БРАТЬЯ КАРАМАЗОВЫ

РОМАНЪ

въ четырехъ частяхъ съ эпилогомъ.

Ѳ. М. Достоевскаго.

Томъ I.

Части I и II.

С.-ПЕТЕРБУРГЪ.

Типографія брат. Пантелеевыхъ. Казанская ул., д. № 33.

1881.

카라마조프가의 형제들 1

표도르 도스토옙스키 지음 | 장한 옮김

더스토리

차례

주요 등장인물

표도르 파블로비치

카라마조프가의 아버지. 떠돌이에서 소지주로 성장하여 육체적 쾌락과 돈을 늘리는 것만을 인생의 목적으로 하는 호색한. 결국 비극적인 죽음을 맞는다.

아젤라이다 이바노브나

표도르의 첫 번째 아내. 윤택한 집안의 딸이었으나 표도르를 잘못 파악하여 그와 결혼함. 아들을 하나 낳았으나 계속되는 남편의 파렴치한 행각에 질려 결국 다른 남자와 가출을 감행한다.

소피아 이바노브나

표도르의 두 번째 아내. 아들 둘을 세상에 남기고 죽는다.

드미트리 표도로비치(미차)

표도르의 맏아들. 퇴역 장교 출신으로 충동적이고 반항적인 기질을 가진 청년. 방종한 생활에 빠졌으나 내면적으로는 공명정대한 성품을 지녔다. 28세.

이반 표도로비치

표도르의 둘째 아들. 드미트리의 이복동생으로 뛰어난 지성과 천재적인 두뇌를 지닌 철저한 무신론자이다. 24세.

알렉세이 표도로비치(알료샤)

표도르의 셋째 아들. 이반의 친동생으로 천사와 같이 순진무구한 청년. 학업까지 중단하고 수도원에 들어간다. 21세.

스메르자코프

표도르의 사생아. 카라마조프가에서 요리사로 일한다. 간질병을 앓고 있으며 비열하고 오만한 성격을 가졌다.

조시마 장로

알료샤의 스승이자 정신적 지주. 러시아 수도사의 이상형을 대변하는 인물이다.

라키친

신학교를 나온 학생. 자신의 재능을 과신하여 자만에 빠진 세속적 청년. 알료샤와 같은 수도원에 거주한다.

카체리나 이바노브나(카차)

중령의 딸. 미차와 약혼했으나 후에 이반을 사랑하고 있음을 깨닫게 된다.

그루센카(아그라페나 알렉산드로브나)

첫사랑이었던 남자에게 버림받고 늙은 상인의 아내가 되었다. 자유분방한 성격으로 뒤에 미차와 사랑에 빠지게 된다.

무샤로비치

비열한 성격의 폴란드인으로 그루센카의 첫사랑이다.

호흘라코바 부인

부유한 지주의 미망인이다.

리즈

호흘라코바 부인의 딸. 알료샤의 어린 시절 친구로 서로 사랑하는 사이다.

그리고리

카라마조프가의 하인. 표도르의 세 아들을 맡아 기른다.

안나 그리고리예브나 도스토옙스카야에게 바친다.

내가 진실로 너희에게 말하노니,
밀알 하나가 땅에 떨어져 죽지 않으면
한 알 그대로 남아 있고
죽으면 수많은 열매를 맺느니라.
_⟨요한복음⟩ 12장 24절

나는 이 작품의 주인공 알렉세이 표도로비치 카라마조프의 전기를 쓰기 시작하면서 다소의 의혹을 떨쳐버리지 못하고 있다. 다름 아니라 그것은 내가 알렉세이 표도로비치를 이 책의 주인공이라고 부르기는 하지만 그가 조금도 뛰어난 인물이 아니라는 것을 나 스스로도 잘 알고 있기 때문이다. 따라서 독자들로부터 다음과 같은 질문이 빗발칠 것을 예견할 수 있다.

"당신은 소설의 주인공으로 알렉세이 표도로비치를 선택했는데, 도대체 그가 어떤 점에서 뛰어나단 말이오? 그가 남긴 훌륭한 업적은 무엇이고, 그가 누구에게 무엇으로 이름이 널리 알려졌단 말이오? 그리고 무슨 이유로 우리가 그의 생애를 연구하느라고 시간을 할애해야 한단 말이오?"

그중에서도 마지막 질문은 가장 치명적인 한 방을 날린다. 왜냐하면 나는 이 질문에 대해서 그저 "소설을 읽어보시면 자연히 알게 될 겁니다"라고밖에 대답할 수 없기 때문이다. 그런데 혹시라도 이 소설을 다 읽고 나서도 독자가 여전히 알렉세이 표도로비치의 뛰어난 점을 인정할 수도 없고 그것에 동의할 수도 없다고 한다면 어떻게 해야 할 것인가? 솔직히 말하면 바로 이와 같은 일이 생기리라는 것을 빤히 예상하기 때문에 나는 이런 말을 늘어놓고 있는 것이다. 그는 내게 분명히 뛰어난 인물이기는 하지만 과연 이 점을 독자에게 증명할 수 있을지는 아직 자신이 없다. 문제는 그가 분명히 주인공이기는 한데 어딘가 애매하기 그지없는 인물이라는 것이다.

요즈음 같은 시대에 작품 속 인물에게 분명함을 요구하는 것 자체가 오히려 이상한 일일지도 모른다. 다만 한 가지 자신 있게 말할 수 있는 것은 그가 몹시 이상한 데다 괴짜라고까지 할 수 있는 사람이라는 것이다. 그러나 이상하다느니 괴짜니 하는 것은 세상의 주목을 받기보다 해를 입는 일이 많다. 특히 요즘처럼 부분적인 것을 통일하여 어떤 보편적인 의의를 발견하려고 노력하는 시대에는 더욱 그렇다. 본래 괴짜란 대부분의 경우 사회의 일부이면서도 고립된 존재이다. 그렇지 않은가?

그런데 만일 독자가 이 마지막 명제에 이의를 제기하면서 "그렇지 않다"든지 "항상 그렇다고 할 수는 없다"고 답한다면, 아마 나는 나의 주인공 알렉세이의 가치에 대해 확신을 가질 수도 있을 것이다. 왜냐하면 괴짜라고 해서 '반드시' 특수한 존재로 한 부분에만 국한되지 않고 오히려 전체의 핵심을 형성하고 있기 때문이다. 그리고 그와 동시대의 다른 사람들은 어떤 이유인지는 몰라도 세찬 바람에 휩쓸려 일시적으로 그에게서 떨어져나간 것에 지나지 않다……

그건 그렇다 치고 이렇게 따분하고 막연한 설명을 늘어놓을 것이 아니라 머리말은 빼고 바로 본론으로 들어가는 편이 더 나았을지도 모른다. 이 책이 마음에 드는 독자라면 끝까지 다 읽어줄 테니까. 그러나 한 가지 곤란한 점은 내가 쓰려는 전기는 하나인데 글은 두 부분으로 나뉘어 있다는 사실이다. 그리고 중요한 부분이 바로 두 번째 부분에 속해 있는데, 내 주인공은 우리가 살아가는 바로 이 시대의 행동, 즉 다시 말해 지금 우리가 경험하고 있는 현대의 모습을 그리고 있다.

반면 첫 번째 이야기는 이미 13년 전의 사건이라서 소설이라기보다는 차라리 주인공의 젊은 시절의 한순간을 그린 것에 지나지 않는다. 그렇지만 이 첫 번째 부분이 없으면 두 번째 이야기에서 이해할 수 없는 부분이 많이 나오기 때문에 빼놓고 넘어갈 수가 없다. 하여 초반 이야기에서부터 더더욱 복잡성을 피할 수가 없다. 만약에 전기 작가인 내가 그처럼 평범하고 대수롭지 않은 인물을 위해 한 가지 이야기만으로도 충분하다고 생각한다면, 두 번째 이야기를 꾸며냈을 때는 과연 어떤 결과가 나올 것인가? 또 나의 이런 오만불손한 태도를 과연 무엇이라 설명해야 할 것인가?

일단 나는 모든 문제를 해결하려고 여러모로 고심했으나 끝내는 답을 생략하고 그대로 넘어가기로 결정했다. 물론 명민한 독자라면 애초부터 내가 이렇게 나오리라는 것을 이미 오래전에 알아차리고, 무엇 때문에 별것 아닌 이야기로 시간을 낭비했느냐고 나를 질책할 것이다. 하지만 나는 이것에 대해 분명히 대답하련다. 내가 이런 쓸데없는 말을 늘어놓으면서 귀중한 시간을 낭비하는 것은, 첫째는 독자에 대한 예의 때문이고 둘째는 '그래도 역시 독자에게 어떤 선입견을 남길 수 있지 않을까?' 하는 교활한 의도에서 비롯되었다. 그러나 나는 이 소설이 '전체적으로 완전한 통일을 유지하면서' 자연스럽게 두 개의 이야기로 나누어진 것을 오히려 기쁘게 생각한다. 첫 번째 이야기를 다 읽고 나면, 이미 독자는 두 번째 이야기가 과연 읽을 만한 가치가 있는지 스스로 판단할 수 있으리라. 물론 누구에게 어떤 속박을 받는 것도 아니니까 첫 번째 이야기를 두어 쪽쯤 읽다가 책을 팽개쳐버리고 다시는 들춰보지 않아도 상관없다.

그러나 세상에는 공정한 판단을 그르치지 않기 위해서 반드시 끝까지 책을 읽는 세심한 독자도 있을 것이다. 이를테면 우리 러시아의 모든 비평가들이 대개 그러하다. 이런 독자들에 대해서는 아무튼 마음이 한결 가볍다. 왜냐하면 이런 사람들이 성실하고도 진지한 태도를 유지하고는 있지만 나는 이 소설의 첫 이야기에서 책을 내던져버릴 수 있는 합당한 구실을 그들에게 제공하고 있기 때문이다. 자, 여기까지가 나의 머리말이다. 나는 이런 머리말이 정말 불필요하다는 데 전적으로 동의하지만 이미 여기까지 쓴 것이니 그대로 두기로 한다.

자, 그럼 이제 본문으로 들어가기로 하자.

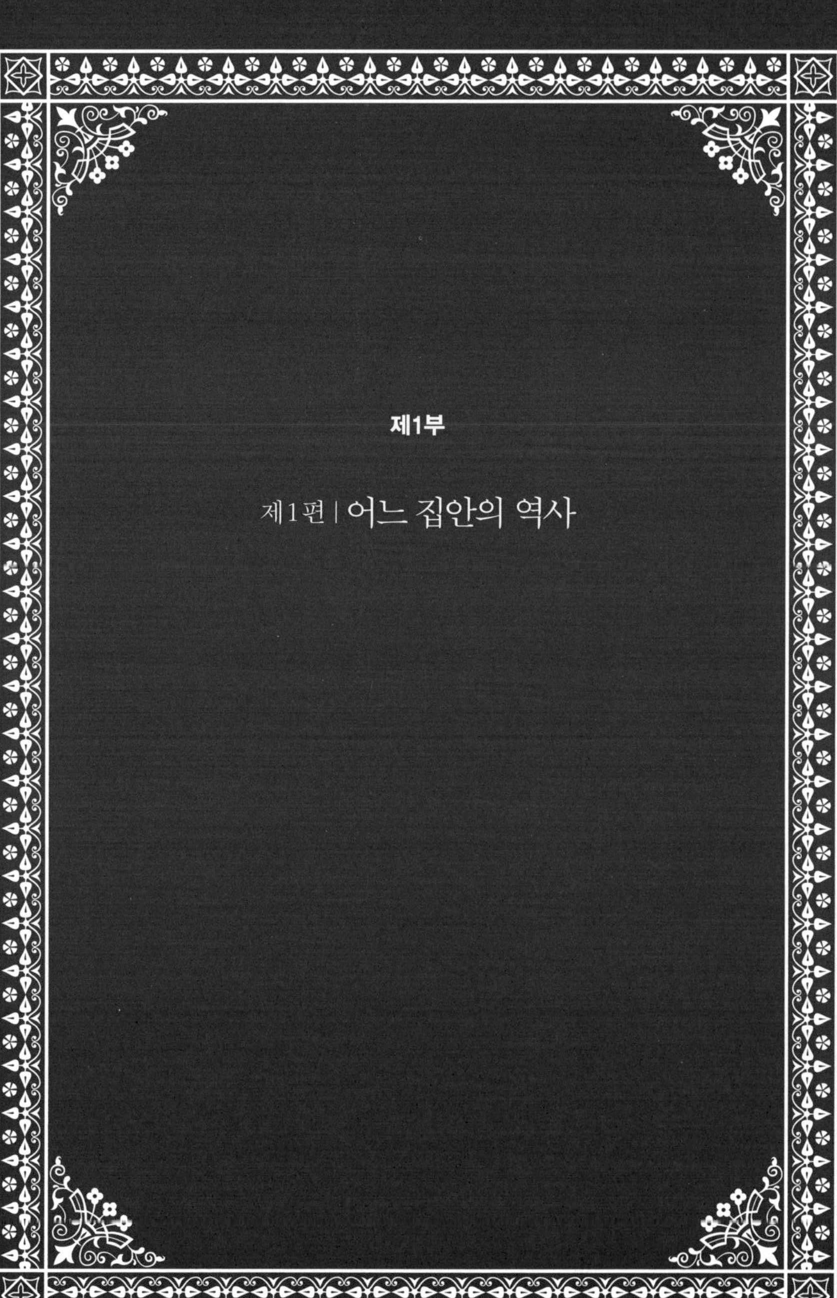

제1부

제1편 | 어느 집안의 역사

1. 표도르 파블로비치 카라마조프

알렉세이 카라마조프는 우리 고장의 지주 표도르 카라마조프의 셋째 아들이다. 그의 아버지 표도르는 지금으로부터 13년 전에 기괴하고도 비극적인 죽음을 당하여 그 당시에는 이름이 꽤 알려진 인물이었다(하긴 그의 이야기는 지금도 가끔 우리 고장에서 회자되고는 한다). 그러나 이 사건에 대해서는 나중에 다시 이야기하기로 하고, 지금은 다만 이 '지주'(그는 평생 자기 영지에서 산 적이 거의 없었지만 어쨌든 우리 고장에서는 그를 이렇게 부른다)가 우리 주변에서 쉽게 찾아볼 수 있는 아주 괴팍한 유형의 인간이었다는 것만 짚고 넘어가기로 하자. 다시 말해 비굴하고도 음탕한 난봉꾼에다가 말도 통하지 않는 우둔한 인간이었다. 그나마 재주가 하나 있다면 자기 영지에 대한 금전적인 일만은 철저하게 처리할 줄 아는 위인이었던 것이다. 표도르는 명색이 지주라고는 하지만, 사실 거의 무일푼으로 시작하여 남의 집 식사 때를 부지런히 찾아다니며 부잣집 식객노릇이나 하면서 살아왔다. 그래도 정작 죽을 때는 현금으로 무려 10만 루블이나 가지고 있었다. 그런데도 그는 여전히 우리 마을 일대에서 가장 분별없고 몰상식한 인물로 살아왔다. 다시 한번 말하지만 그는 결코 바보는 아니다. 오히려 이런 비상식적인 사람들 대다수가 제법 영리하고 치밀한 자들로 그들이 분별심이 없어 보이는 이유는 러시아적인 그 어떤 특유의 기질 때문이다.

그는 두 번 결혼해서 아들 셋을 두었다. 맏아들 드미트리 표도로비치는 전처소생이고 나머지 두 아들인 이반과 알렉세이는 후처에게서 얻었다. 표도르의 전처는 우리 마을에서 상당한 자산가이자 명문 귀족인 미우소프 가문 출신이었다. 딸린 지참금이 상당했고 미인에다가 똑똑하기까지 했다. 그런 아가씨가 (요즘에는 이런 처녀들이 꽤 많아졌지만 그 당시에는 찾아보기 힘들었다) 그때만 해도 '건달'로 불리던 보잘것없는 사내와 어쩌다가 결혼까지 하게 되었는지는 이 자리에서 굳이 설명하지 않겠다.

나는 지난 시절인 '낭만주의적 기풍이 잔존하던 시대'에 태어난 한 처녀를 알고 있다. 이 처녀는 몇 년 동안 어떤 남자에게 수수께끼 같은 사랑을 품어와서 어느 때라도 마음만 먹으면 결혼식을 올릴 수 있었는데도 결국 자기 스스로 넘을 수 없는 장벽을 생각해내서는 어느 폭풍우가 몰아치던 밤, 절벽과 같이 높은 강 언덕에서 꽤 깊은 급류 속으로 몸을 던져 죽고 말았다. 이것은 어디까지나 그녀의 변덕스러운 기분, 그저 셰익스피어의 오필리아를 닮고 싶은 충동 때문이었다. 만일 그녀가 그전부터 점찍어두었던 그 절벽이 그림처럼 아름답지 못하고 평범하고 평탄한 언덕이었다면 자살 소동 같은 것은 결코 일어나지 않았을 것이다. 그러나 이것은 어디까지나 거짓 없는 실화이다. 그리고 러시아의 생활 속에서 최근 두서너 세대 사이에 이와 유사한, 아니면 비슷한 성질의 사건들이 적지 않게 발생해왔다.

이와 마찬가지로 아젤라이다 이바노브나 미우소바의 행동도 의심할 여지 없이 남의 사상에 대한 맹목적인 추종이자, 다른 사람들을 사로잡은 매혹적인 사상의 결과라 할 수 있다. 아마도 그녀는 여자의 자립을 선언하고 사회의 모든 구속과 제약 그리고 자기 친척과 가족의 강압에 대항하여 반기를 들고 싶었을 것이다. 그래서 희망이 넘치는 공상의 포로가 되어서 남의 집 식객에 불과한 표도르를 발전을 향해 나아가는 과도기적 인간이자 가장 용감하고 냉소적인 인간 중 하나라고 한순간이나마 확신했는지도 모른다. 그러나 실제로 그는 음흉한 광대 그 이상도 이하도 아니었다. 게다가 이 결혼의 흥미를 더욱 돋운 것은 '뺑소니 결혼'이라는 데 있었다. 바로 이것이 아젤라이다의 마음을 완전히 사로잡고 만 것이다. 한편 표도르는 본래 수단과 방법을 가리지 않는 사람이었고 당시의 사회적 지위로 보아 이런 돌발적인 사건쯤은 오히려 기다렸다는 듯이 냉큼 붙잡고도 남았다. 그는 방법이야 어떻든 출세하기만을 열망하고 있었다. 때문에 명문가와 인연을 맺고 결혼 지참금까지 손에 넣을 수 있다니 구미가 당길 수밖에 없었다.

두 사람 사이에 애정이라고는 전혀 없었던 것 같다. 여자 쪽에서도 없었고, 표도르 역시 아젤라이다가 뛰어난 미인이었는데도 그랬던 모양이다. 여자라면 눈짓 한 번에도 금방 넘어가는 호색한이었던 그의 삶에서 단 한 번밖에 없는 특수한 경우였다. 이상하게도 아젤라이다는 그에게 성적인 면에서 어떠한 충동도 일으키지 못한 유일한 여자였다.

아젤라이다는 '뺑소니 결혼' 후 자신에게 남편을 경멸하는 감정 외에 다른 감정이라고는 아무것도 없다는 것을 깨달았다. 그리하여 두 사람의 결혼 생활은 너무나도 이례적인 속도로 본색을 드러내고야 말았다. 여자 집안에서는 제법 빨리 이 결혼을 받아들이고 집을 나간 딸자식에게 재산까지 나눠주었지만 부부 사이에는 걷잡을 수 없는 무질서한 생활과 끊임없는 싸움이 시작되었다. 사람들 이야기로는, 그때 젊은 아내는 남편 표도르보다 훨씬 품위 있고 고결하게 행동했다고 한다.

지금은 모두가 다 아는 이야기지만, 표도르는 아젤라이다가 처가의 재산을 받기 무섭게 2만 5000루블을 송두리째 가로채버렸다. 아젤라이다 입장에서 이것은 그 많은 돈을 시궁창에 던져버린 것이나 다름없었다. 또한 그녀의 지참금 속에는 조그만 영지와 시내에 있는 제법 근사한 집 한 채가 포함되어 있었는데, 표도르는 문서를 위조하여 그 건물을 자신의 소유로 등기하려고 많은 시간을 기를 쓰고 달려들었다. 사실 그는 끊임없이 뻔뻔스럽게 강요하고 협박하면서 아내로 하여금 오로지 남편을 떠나고 싶게끔 만들었고, 그 한 가지만으로도 그는 충분히 목적을 달성했고 볼 수 있다. 그러나 다행히도 아젤라이다의 친정에서 개입하여 이 강탈을 막아낼 수 있었다. 이들 부부 사이에 폭력 사태가 자주 있었고 이는 널리 알려진 사실이었다. 하지만 소문에 따르면 주먹질을 한 것은 남편이 아니라 아내 쪽이었다는 것이다. 그녀는 까무잡잡한 피부에 성질이 급하고 대담했는데 힘 또한 장사였다.

마침내 그녀는 세 살 난 아들 미차*를 남편에게 맡기고 신학교를 겨우 졸업한 어느 가난뱅이 선생과 떠나버렸다. 그러자 표도르는 곧 자기 집에 온갖 추잡한 여인네들을 끌어들여 주색으로 방탕하게 세월을 보내는 한편, 온 마을을 돌아다니며 만나는 사람마다 붙잡고는 자기를 버린 아내에 대해 눈물로 하소연했다. 그뿐만 아니라 남편으로서 입에 담기조차 부끄러운 부부 생활의 은밀한 내막까지 뻔뻔스럽게 전하고 돌아다녔다. 많은 사람들 앞에서 바람난 아내를 둔 남편이라는 우스꽝스러운 역할을 연출하면서 자신의 불행에 대해 갖가지 수식어를 동원하여 상세히 묘사했고, 이를 자못 유쾌해했을 뿐만 아니라 무슨 자랑거리처럼 여겼다.

빈정대기 좋아하는 이들은 "이봐, 표도르, 온갖 힘든 일을 겪었으면서도 엄청 기뻐하는 게 무슨 벼슬이라도 한 거 같군그래" 하고 말했다. 게다가 많은 사람들의 말에 따르면 그는 자신의 어릿광대짓을 좀 더 새롭게 꾸며서 나타나기를 즐거워했고, 그 효과를 더욱 극대화하기 위해 일부러 자신의 희극적인 상태를 미처

---

* 드미트리의 애칭이다.

깨닫지 못한 것처럼 행동하곤 했다. 어쩌면 그는 그저 순진했을 뿐인지도 모른다. 마침내 그는 가출한 아내의 행방을 알아내는 데 성공했다. 아내는 신학교 출신 선생과 함께 페테르부르크로 가서 아무런 구속도 없는 완전히 자유분방한 생활을 즐기고 있었다. 표도르는 황급히 페테르부르크로 떠날 준비를 했다. 하지만 무엇 때문에 페테르부르크로 가려고 하는지 자신도 알지 못했다.

사실 그때 그는 당장에라도 떠날 기세였다. 그런데 정작 떠날 결심을 하고 나니 출발하기 전에 기운을 차리려고 다시 한번 실컷 곤드레만드레 술을 마시는 것도 그리 나쁘지 않을 거라는 생각이 들었다. 바로 그때, 아젤라이다가 페테르부르크에서 사망했다는 소식이 아내의 친정으로 날아들었다. 정확한 이유는 알 수 없지만 다락방에서 갑자기 죽음을 맞이한 모양으로, 어떤 이는 장티푸스 때문이라고도 하고 또 어떤 이는 굶어 죽은 것 같다고도 했다. 표도르 파블로비치는 얼큰하게 취해 있다가 아내의 사망 소식을 접하고는 갑자기 한길로 달려 나가 두 손을 하늘로 치켜들고 기쁨에 겨운 목소리로 외쳤다.

"주님, 이제야 해방이군요!"

그러나 또 다른 이들의 말에 따르면 철없는 어린애처럼 엉엉 울어대는 모습이 평소에 그를 몹시 혐오하던 사람들마저 측은해 할 정도였다고 한다. 어쩌면 양쪽의 이야기가 모두 사실일지도 모른다. 다시 말해 자신이 해방된 것을 기뻐하면서 동시에 해방시켜준 아내를 서러워하며 우는 것은, 사실 똑같은 일이었던 것이다. 대부분의 경우, 인간은 아무리 악당이라도 우리가 일반적

으로 알고 있는 것보다 훨씬 더 순진하고 소박한 마음을 가지고
있다. 우리 자신이 그런 것처럼.

2. 맏아들을 내쫓다

　물론 이러한 인간이 아버지로서, 양육자로서 어떤 모습이었을지 상상하기는 어렵지 않다. 결국 모두가 짐작한 대로였다. 아젤라이다의 소생인 자기 자식을 완전히 내쫓아버린 것이다. 그러나 그것은 아들에 대한 증오나 바람난 부인에 대한 악감정 때문이 아니라 그저 자기 자식의 존재를 완전히 잊어버려서였다. 그가 눈물로 호소하며 만나는 사람마다 귀찮게 하면서 자기 집을 음탕한 소굴로 만들고 있는 동안, 세 살짜리 미차를 맡아서 키워준 것은 이 집의 충직한 하인 그리고리였다. 만일 그때 그리고리마저 그 아이를 돌보지 않았다면, 아마 아이의 속옷을 갈아입혀줄 사람조차 없었을 것이다. 게다가 있을 수 없는 일이지만 처음 한동안은 외가 쪽에서도 아이의 존재를 아주 잊고 있는 듯했다. 아젤라이다의 아버지인 미우소프 씨, 즉 아이의 외할아버지는 이미 세상을 떠났고 외할머니도 모스크바로 이사 간 후 병상에 누워 있었다. 이모들 역시 모두 시집을 갔기 때문에 미차는 거의 만 1년 동안을 하인 그리고리의 문간방에서 지내야 했다. 그러나 혹 아버지가 미차를 떠올렸다 해도(표도르도 자기 자식의 존재를 완전히 잊고 있었을 리는 없다), 그가 먼저 아이를 하인 방으로 내쫓았을 것이다. 방탕한 생활을 하는 데 아무래도 어린애는 방해가 될 테니까.

그런데 갑자기 죽은 아젤라이다의 사촌 오빠인 표트르 미우소프가 파리에서 돌아왔다. 그는 여러 해 동안 외국에서 살았는데 귀국 당시만 해도 무척 젊은 나이였다. 그러나 외국이나 도시에서 교육받은 교양인으로 마치 자신이 유럽 사람인 것처럼 행동했고, 나이가 들어서는 1840~1850년대의 자유주의 인사로 사람들에게 알려지는 등 미우소프 가문에서도 제법 특이한 인물이었다.

미우소프는 일생 동안 국내외를 가리지 않고 자유주의자들과 많은 교류를 했고 프루동*이나 바쿠닌**과도 친분을 쌓았다. 그리고 이런 방랑이 끝나갈 무렵, 1848년 파리 2월 혁명에 대한 추억을 이야기하기 좋아해서 자신도 시가전에 참여할 뻔했다고 은근히 자랑하고는 했다. 그 이야기는 그의 젊은 시절 가장 즐거운 추억 중 하나였다. 농노 해방 전으로 따지면 그에게도 농노 1000명

---

* 프랑스의 무정부주의 사상가이자 사회주의자이다.《재산이란 무엇인가》에서 자본가의 사적 소유를 부정하며 힘 대신 정의를 가치의 척도로 삼아야 한다고 주장하였다. 그의 사상은 제1인터내셔널 조직, 파리코뮌에 큰 영향을 끼쳤다
** 러시아의 무정부주의자로 프루동의 영향을 받아 무정부주의를 주장했다. 1868년 제1인터내셔널에 참가하여 마르크스파와 대립하다가 제명당했다.

쯤에 달하는 재산이 있었다. 그가 가진 비옥한 영지는 바로 우리 읍내 길목에 있었고 유명한 수도원의 땅과 맞닿아 있었다. 당시 젊은 나이였던 미우소프는 이 토지를 상속받는 즉시 하천 어업권이나 산림 벌채권과 같은, 나로서는 잘 알 수 없는 권리 문제로 수도원과 끝나지 않는 긴 소송을 벌였다. 그는 교회 권력과 싸우는 것이 시민이자 지성인의 당연한 의무라고 생각했다.

그는 자신이 잘 기억하고 있는, 한때 특별히 관심을 가졌던 사촌누이 아젤라이다에 대해 모두 전해 들었고 드미트리라는 아이도 있다는 것을 알게 되었다. 그는 표도르 파블로비치를 경멸하고 있었지만 청년의 기개와 분노로 이 문제를 해결하기로 마음먹었다. 그리고 표도르를 만나 자신이 아이를 기르겠다고 선언하기에 이르렀다. 그가 처음 표도르에게 미차에 대한 이야기를 하자, 아이 아버지는 어떤 아이에 대한 이야기인지, 자기에게 그런 아들이 있었는지도 몰랐다는 듯이 어리둥절하게 바라보았다고 한다. 이것은 표트르가 후에 표도르의 성격을 단적으로 말하기 위해 이야기한 것으로, 물론 다소 과장이 섞여 있었겠지만 어느 정도는 사실이었을 것이다. 표도르는 실제로 평생을 사람들을 놀라게 하려고 연극을 했고, 자신에게 불리하거나 그럴 필요가 없는데도 자주 그런 짓을 해왔다. 그러나 이런 성향은 표도르뿐만 아니라 그와 전혀 딴판인 대다수의 많은 사람들과 현명한 사람들에게서도 흔히 나타나는 모습이다. 미우소프는 열심히 일을 진척시켜서 (표도르도 함께) 어린아이의 후견인이 되었다. 아이에게는 어머니가 죽으면서 남긴 작은 영지와 집 한 채가 있었기 때문이다.

드미트리는 이렇게 외당숙의 집에서 살게 되었다. 그러나 미우소프는 가족이 없었고 영지의 수입을 안전하게 정리하고 난 뒤 다시 파리로 떠났기 때문에, 아이는 미우소프의 누이들 중 모스크바에 살고 있던 한 누님에게 맡겨졌다. 미우소프는 파리에 살면서 아이는 잊어버렸다. 그의 평생에 가장 깊은 인상을 남긴 파리 2월 혁명이 일어난 것도 이때였다. 미차는 돌봐주던 미우소프의 누님이 죽자, 그녀의 결혼한 딸네 집으로 옮겨야 했고 그 뒤에도 한 번 더 다른 곳으로 옮겼다고 한다. 그러나 그 내용은 길게 다루지 않겠다. 이 표도르의 맏아들에 대해서는 앞으로 자세히 다루게 될 것이고, 지금은 다만 이 소설을 시작하는 데 필요한 필수적인 정보만 다루겠다.

먼저 드미트리는 표도르 카라마조프의 세 아들 중에서 유일하게 재산이 조금 있어서 어른이 되면 독립할 수 있을 거라고 생각하고 있었다. 그의 청소년 시기는 무질서했다. 드미트리는 중학교를 그만두고 군사 학교에 진학했다. 그 뒤 장교가 되어서 카프카스 지방에서 근무를 했는데 싸움을 벌여서 강등되었다가 다시 장교로 복직하기도 했다. 그러는 동안 신분에 걸맞지 않게 방탕한 생활을 일삼아서 많은 돈을 탕진했다. 표도르로부터 돈을 받은 것은 성인이 된 다음부터라서 그때까지 빚이 꽤 있었다. 그는 성인이 된 다음 표도르의 존재를 알고 자신의 재산 문제를 마무리하려고 우리 고장에 찾아왔다. 그와 표도르가 만난 것은 이때가 처음이었다. 그는 아버지가 마음에 들지 않아서 오래 지체하지도 않았고, 자신의 영지에서 생기는 수입에 대해 아버지와 마무리를 지은 다음 얼마간의 돈을 받고 서둘러 떠났다. 그런데 주목할 것은 그가 자신의 영지에서 나오는 수입이 얼마이고 시세가 어느 정도인지는 알아내지 못했다는 것이다.

기억해둘 것은, 표도르는 처음 만났을 때부터 그의 아들 드미트리가 자신의 재산에 대해 과장된 생각을 가지고 있음을 알았다. 그는 나름의 꿍꿍이가 있어서 그런 생각을 오히려 흡족하게 여겼다. 그는 아들이 경솔하고 난폭한 데다 무모하며 여자와 술을 좋아하고 성미가 급하다고 생각해서 돈을 조금씩 보내주면 아무 문제도 없을 거라고 생각했다. 바로 이 점을 표도르는 이용하기 시작했다. 아들이 보챌 때마다 돈을 조금씩 보내주면서 속인 것이다. 결국 새로운 사건이 터졌다. 4년 후, 드미트리가 더는 참지 못하고 재산 문제를 완전히 해결하기 위해 이 고장을 다시 찾아온 것이다. 그런데 남은 재산이 하나도 없고 계산도 하기 힘든 상황이라는 것을 알게 되었다. 이제 돈을 더 달라고 할 수도 없었고 그동안 자신의 재산을 현금으로 받아서 써왔기 때문에 어쩌면 오히려 빚이 있을지도 몰랐다. 이 모든 것은 그동안 자신이 아버지와 맺은 이런저런 협상의 결과였다.

그는 이것이 거짓말이나 속임수는 아닌지 의심을 하다가 엄청난 분노에 휩싸였다. 바로 이런 상황이 내 소설의 도입에 해당하는 첫 번째 이야기의 주제를, 더 정확히 말하면 소설의 뼈대이자 비극적 결말의 시작이다. 하지만 이 소설로 넘어가기 전에 표도르 카라마조프의 두 아들인 드미트리의 이복동생들에 대해서도 설명해둘 필요가 있다.

3. 재혼과 두 아들

표도르는 네 살짜리 미차를 남의 손에 넘겨주고 곧바로 재혼했다. 이 두 번째 결혼은 8년 동안 지속되었다. 그는 다른 지방 출신인 나이 어린 소피아 이바노브나와 결혼했는데, 사업상의 사소한 일을 처리하기 위해 유대인과 그곳에 갔다가 만나게 되었다.

표도르는 방탕을 일삼고 온갖 나쁜 짓은 다했지만 재산을 다루는 일만은 부지런을 떨었다. 물론 떳떳하지 못한 방법을 썼지만 그래도 사업 솜씨는 꽤 훌륭했다. 소피아 이바노브나는 보좌 신부의 딸로 태어나서 부모가 죽고 고아가 된 뒤 부유한 미망인의 집에서 성장했다. 장군의 미망인이었던 보르호프 부인은 그녀에게는 은인이었고 보호자였지만 학대를 일삼기도 했다. 자세한 사정은 모르지만, 이 착하고 온순하고 얌전한 처녀가 헛간에 들어가 목을 매는 것을 사람들이 구한 적이 있다고 들었다. 보르호프 부인은 천성이 나쁜 사람은 아니었지만 따분하고 안일한 생활을 하면서 심술궂은 고집쟁이로 변했다. 죽음을 선택할 만큼 이 처녀는 노파의 변덕과 잔소리를 견뎌낼 수 없었던 것이다.

표도르가 이 처녀에게 청혼을 하자, 미망인은 뒷조사를 한 다음 거절했다. 그러자 그는 첫 결혼 때처럼 이 고아 처녀에게 함께 도망가자고 제안했다. 만약 소피아가 표도르를 조금만 더 잘 알았어도 분명 그를 따라나서지 않았을 것이다. 그러나 표도르의 집은 다른 지방이었고, 장군 부인의 집에 있느니 강물에 뛰어드는 편이 낫다고 생각하던 시기였다. 열여섯 살짜리 소녀가 이 험한 세상을 어찌 알 수 있었겠는가! 그래서 이 불쌍한 처녀는 자선가 노파에게서 벗어나 가난한 남자를 선택했다.

장군 부인은 이 사실을 알고 화가 나서 지참금도 주지 않고 악담과 저주를 퍼부었다. 그래서 표도르는 결혼했지만 한 푼도 받을 수 없었다. 하지만 그는 재산을 탐낸 것이 아니라 처녀의 아름다움에 반한 것이었고, 더 중요한 것은 문란한 여자들만 상대하던 음탕한 호색한이 이 처녀의 청순함에 완전히 반해버렸다는 것이다.

"영롱하고 순수한 두 눈망울이 마치 면도칼처럼 내 영혼을 베어버렸다네."

후에 그는 천박하게 킬킬대면서 이렇게 말하곤 했다. 하지만 음탕한 사람에게는 이것마저도 성적인 매력이었을 것이다. 표도르는 그녀가 아무것도 가져오지 않았기 때문에 업신여겼다. 아내는 '죄인'이며 자신은 '구원자'라고 생각했기 때문에 그녀가 수줍어하며 얌전한 것을 이용해서 부부간의 예의조차 아예 지키지 않았다. 다시 말하면 그녀가 집 안에 있어도 고약한 여자들을 불러들여서 지저분한 술자리를 벌였던 것이다.

여기서 우울하고 우직하며 고집이 센 하인 그리고리의 태도도 주목해야 한다. 그는 전 마님이었던 아젤라이다는 미워했지만 이번에는 새 마님인 소피아의 편에 섰다. 그녀를 보호하기 위해 하인으로서는 건방지게도 표도르에게 대들었고, 술판을 벌이는 계집들을 강제로 쫓아내기까지 했다. 이런 가운데 평생 겁을 먹고 살았던 이 불행한 젊은 여인은 마침내 '소리 지르는 병'이라고 불리는 신경병에 걸리고 말았다. 이 병은 농촌 여인들에게서 흔히 볼 수 있는 신경증이었는데, 이 병에 걸리면 히스테리 발작과 함께 정신을 잃기도 했다.

그렇지만 그녀는 표도르의 두 아들인 이반과 알렉세이를 낳았다. 첫아들인 이반은 결혼하고 1년 만에 낳았고 3년 뒤에 둘째 알렉세이를 낳았다. 알렉세이가 겨우 네 살 되던 해, 그녀가 죽었는데 알렉세이는 평생 꿈에서 어머니를 기억하고 있었다고 한다. 어머니가 죽은 뒤 두 아들은 이복형인 드미트리가 겪은 것과 같은 운명을 거쳤다. 그들도 아버지에게 버림받고 잊힌 채, 하인 그리고리에 의해 문간방으로 옮겨졌다. 어머니의 은인이며 보호자였던 장군 부인이 이 아이들을 처음 발견한 곳도 이 하인의 집에서였다. 장군 부인은 그때까지도 건강했고, 양녀에게서 받은 모멸감을 8년 동안 잊지 않은 채 소피아에 대한 정보를 정확하게 듣고 있었다. 소피아가 병에 걸리고 비참하게 지낸다는 소문을 들을 때마다 손님들에게 여러 번 큰 소리로 이렇게 말했다.

"그년은 혼나야 해. 배은망덕해서 천벌을 받은 거야!"

소피아가 죽고 석 달이 지난 뒤 장군 부인이 갑자기 우리 읍내에 나타났다. 그녀는 표도르의 집에 찾아가서 30분 만에 많은 일을 해결했다. 저녁 무렵, 8년 동안 한 번도 모습을 보이지 않았던 표도르가 술에 취해 부인 앞에 나타났다. 소문에 따르면 부인은 그의 뺨을 두어 번 때리고 머리카락을 잡고 서너 번 넘어뜨렸다고 한다. 그런 뒤 입을 다물고 두 아이가 있는 하인 집으로 향했다. 부인은 씻지 않아서 더러운 얼굴에 꾀죄죄한 옷을 입은 아이들을 보고 그리고리의 뺨을 때린 뒤 두 아이를 데리고 가겠다고 선언했다. 그리고 두 아이를 그대로 담요에 말아서 마차에 싣고 데려가버렸다.

그리고리는 충실한 하인답게 그 봉변을 당하고도 불평하지 않았다. 오히려 부인을 마차까지 모셔다드리고, 허리 굽혀 인사하며 감격스러운 듯 말했다.

"고아들을 거두셨으니 신의 은총이 있을 겁니다."

"아무튼 넌 바보야!"

장군 부인은 마차 안에서 이렇게 외쳤다.

표도르는 깊이 생각한 뒤 오히려 잘된 일이라고 여겼다. 얼마 뒤 부인이 아이들의 양육에 대한 동의서를 보내자, 부인의 조건을 모두 수락했다. 그리고 온 읍내에 따귀를 맞은 일을 떠들어댔다.

얼마 후 장군 부인이 갑자기 세상을 떠났는데 유언장에는 두 아이의 교육비로 각각 1000루블씩 주라고 되어 있었다. '반드시 두 아이를 위해 쓸 것, 이 아이들에겐 이 돈이면 충분하니까. 성인이 될 때까지 이 돈으로 쓸 것. 하지만 누군가 독지가가 나타나면, 이 아이들에게 자선을 베풀어주길 바란다.' 이런 내용도 있었다. 나는 직접 읽지 못했지만, 들리는 소문에 이 유언장은 어딘가 기이한 내용에 꽤 특이한 문체로 쓰여 있었다고 한다. 부인의 재산 대부분을 받은 상속자는 정직한 사람으로 소문난 그 지방의 귀족회장 예핌 폴레노프였다. 그는 표도르와 편지를 몇 번 주고받은 뒤, 아이들의 양육비를 받을 수 없을 거라는 것을 깨달았다(표도르는 노골적으로 거절하지는 않았지만 늘 질질 끌면서 우는 소리를 늘어놓았다). 그래서 폴레노프는 이 아이들을 몹시 불쌍히 여겼고, 특히 알렉세이를 귀여워해서 한동안 자기 집에서 키우기까지 했다.

나는 독자들이 처음부터 이 점에 주목하기를 부탁드린다. 만일 지금은 청년이 된 이 아이들이 양육과 교육에 대해 고마워해야 할 사람이 있다면, 세상에서 찾기 힘들 정도로 점잖고 인정 많은 예핌 폴레노프라는 것이다. 그는 장군 부인이 아이들 각각에게 남긴 1000루블의 돈에는 손도 대지 않고 모두 저축했다. 그래서 아이들이 성년이 되었을 때는 이자가 붙어서 돈이 두 배가 되었다. 또 폴레노프는 자기 돈으로 아이들의 양육비를 부담했는데 한 아이만 따져도 1000루블보다 훨씬 더 많이 쓴 것은 당연하다.

나는 그들의 유소년기에 대해서는 잠시 미뤄두고 가장 중요한 몇 가지를 얘기하겠다. 형인 이반에 대해서는 반드시 언급하고 넘어가야 할 것이 있다. 이반은 겁쟁이는 아니지만 신경질적이고 내성적인 소년이었다. 열 살 무렵부터 자신과 동생이 남의 집에 없혀사는 것과 아버지가 어디다 얘기하기 부끄러운 사람이라는 것을 깨달았다. 이 아이는 아주 어린 시절부터 (소문에 따르면) 공부를 잘했다. 정확히는 모르지만 열세 살 무렵에 모스크바의 어느 중학교에 입학했고, 폴레노프의 옛 친구이자 꽤 이름이 알려진 어느 교육자가 운영하는 기숙사에 들어갔다. 후에 이반은 이러한 모든 일은 천재는 천재에게 교육을 받아야 한다는 폴레노프의 '선행에 대한 열의' 때문이었다고 말했다고 한다.

그러나 이반이 대학교에 입학했을 때는, 폴레노프와 천재적인 교육자도 죽고 없었다. 고집쟁이였던 장군 부인이 아이들에게 남겨둔 돈은 이자가 붙어서 2000루블씩이 되었다. 하지만 폴레노프가 미숙하게 처리한 데다가 형식적인 절차상의 문제로 그 돈을 타기까지는 오랜 시간이 걸렸다. 그래서 이반은 대학교에 입학하고 2년 동안 학비를 버느라 고생을 해야만 했다. 하지만 어려운 상황에서도 아버지에게 한 번도 편지를 보내지 않았다는 사실은 눈여겨볼 만하다. 아마도 자존심과 아버지에 대한 모멸감도 이유겠지만, 냉정하게 생각해봤을 때 아버지에게서 아무런 도움을 받을 수 없다는 것을 깨달았기 때문이다.

이반은 절망하지 않고 일자리를 찾았다. 20코페이카를 받고 가정교사를 했고, 갖가지 사건을 소재로 한 '목격자'라는 열 줄의 기사도 신문사에 보냈다. 소문에 따르면 그의 기사는 호기심을 불러일으키고 흥미로워서 신문이 금방 매진되었다고 한다. 이것만으로도 이반이 같은 처지의 가난한 학생들보다 실생활이나 지성 면에서 훨씬 뛰어나다는 것을 알 수 있다. 페테르부르크나 모스크바의 학생들은 신문사나 잡지사를 찾아다니면서 프랑스어 번역이나 원고 정서(政書)를 부탁하는 게 고작이었다.

이반은 편집인들과 안면을 트고 난 후 대학을 졸업할 때까지 그들과 관계를 지속하면서 여러 분야의 평론을 발표해서 나중에는 문단에까지 이름을 알렸다. 그러다가 최근 우연한 기회로 광범위한 독자층의 관심을 받고 많은 사람들로부터 인정을 받을 만한 일이 생겼다. 이것은 매우 흥미로운 일이었다. 이반은 대학을 졸업한 뒤 2000루블의 돈으로 외국 여행을 준비 중이었는데, 그 무렵 어느 유명한 신문에 기발한 논문을 발표했다. 이과를 졸업한 그와는 거리가 먼 주제로 그 논문 때문에 전문가들과 독자의 관심까지 받게 되었다. 그 논문은 그 무렵 화제가 되던 교회 재판에 대한 것이었다. 그는 이 문제에 대한 기존의 몇몇 입장들을 꼼꼼히 분석한 뒤 자기 나름의 독자적 입장을 펼쳤다. 그런데 그가 말한 전체의 논조와 결론이 놀라울 정도로 의외였다. 이 논문이 신문에 연재되는 동안 교회 관계자들은 필자가 자신들을 옹호한다고 믿었다. 그런데 이번에는 민권론자뿐 아니라 무신론자들까지 필자에게 박수를 보냈다. 결국 통찰력 있는 사람들은 이 논문이 모욕적이고 냉소적인 조롱이라고 단정을 지었다.

내가 이 사건을 지금 언급하는 것은, 당시 말이 많았던 교회 재판 문제에 관심을 기울이던 우리 고장의 유명한 수도원에서도 이 논문을 입수하여 큰 파문이 일었기 때문이다. 사람들은 논문에 나온 이름을 보고 그가 우리 고장 출신이고 '바로 그' 표도르의 아들이라는 것에 더 큰 관심을 보였다. 바로 그때, 당사자인 필자가 우리 마을에 불현듯 모습을 드러냈다.

나는 이반이 왜 이곳으로 돌아왔는지 불안감 속에서 혼자 곰곰이 생각했던 것을 지금도 기억한다. 많은 사건의 실마리가 된 이 운명적인 귀향은 나에게 오랫동안 불투명한 문제로 남아 있었다. 교양 있고 자존심 세며 신중한 이 청년이 추악한 집안의 그런 아버지 앞에 갑자기 나타난 것은 무척 기묘한 일이었다. 그 아버지는 아들을 생각하기는커녕, 아들에 대해 아는 것도 없었고 기억하는 것도 없었다. 또한 아들이 아무리 애원해도 어떤 이유나 경우를 막론하고 돈을 보내지 않을 사람이었다. 오히려 이반과 알렉세이가 돈을 내놓으라고 할까 봐 겁을 먹고 있었다. 그런데 이반은 그런 아버지 집에 온 지 두 달이 넘도록 아버지와 사이좋게 지냈다. 그래서 나뿐만 아니라 모든 사람들이 놀랐다.

그런데 누구보다 놀라워했던 사람은 표트르 미우소프였던 것으로 기억한다. 이미 언급한 바 있는 표도르의 먼 친척 미우소프는 오랫동안 파리에서 살다가 돌아와서 교외에 있는 자신의 영지에서 살고 있었다. 그는 전부터 관심이 있었던 이 청년과 만나 토론을 벌이면서 자신의 배움이 그보다 짧다고 확신했다.

그는 우리에게 이런 말을 한 적이 있었다.

"자부심이 대단한 청년이야. 돈도 벌 수 있고, 외국에 갈 돈도 있는데 도대체 여긴 왜 왔을까? 아버지에게 돈을 받으러 온 게 아니라는 건 모두 알 거야. 그 작자는 절대로 돈을 내주지 않을 테니까. 근데 그 청년은 주색을 좋아하지도 않는데, 그 노인은 아들과 사이가 좋거든!"

이 말은 진짜였다. 청년은 노인에게 눈에 보이는 영향력을 행사하고 있었다. 표도르는 심술궂고 제멋대로였지만 때로 아들의 말에 복종했고 행동도 전에 비해 훨씬 점잖아졌다.

형 드미트리의 부탁으로 이반이 우리 고장에 왔다는 것은 나중에 밝혀진 사실이다. 이반은 형 드미트리가 관련된 중요한 일로 고향에 오기 전부터 모스크바에서 형과 편지를 주고받기는 했지만 형을 보는 것은 처음이었다. 중요한 일이 무엇인지는 앞으로 때가 되면 독자들도 자세히 알게 될 것이다. 후에 내가 그 특별한 상황을 알고 난 뒤에도 이반은 여전히 수수께끼 같은 사람이었고, 그가 고향에 왜 돌아왔는지도 명확하게 밝혀지지 않았다. 그 무렵 드미트리는 아버지와 결판을 짓기 위해 정식 소송 준비를 하고 있었는데, 이반이 두 사람 사이에서 중재자나 조정자처럼 보이기도 했다.

다시 말하지만, 이 카라마조프 가족은 이번에 처음으로 한자리에 모였고 처음 얼굴을 보게 된 식구들도 있었다. 막내 알렉세이만 형제들 중에서 제일 먼저 고향에 돌아와 1년 전부터 이곳에 살고 있었다. 소설의 무대에 알렉세이를 본격적으로 등장시키기 전에 그에 대해 설명하는 것은 굉장히 어려운 일이다. 하지만 그에 대한 서문을 통해 그에게 있는 한 가지 기이한 점에 대해 미리 설명해두겠다. 소설의 처음부터 주인공에게 수도사의 수도복을 입혀서 독자들에게 소개해야 하기 때문이다. 그렇다, 그는 수도원에서 1년 정도 살았고 앞으로도 평생 수행할 각오를 하고 있는 것 같았다.

4. 셋째 아들 알료샤

그때 그는 고작 스무 살(작은형 이반은 스물네 살, 큰형 드미트리는 스물여덟 살)이었다. 먼저 밝혀둘 것은, 알료샤*는 광신도가 아니며 내 생각에는 신비주의자도 아니라는 것이다. 미리 내 의견을 말해두자면, 그는 나이 어린 박애주의자에 지나지 않았다. 그가 수도원에 들어간 것은 단지 그 길에 깊이 빠져 있었기 때문이었다. 속세의 악의에 찬 어둠으로부터 사랑의 빛 속으로 벗어나려고 애쓰는 그에게는 그것이 이상적인 출구였다. 그에게 그런 놀라움을 안겨준 것은 당시 그가 가장 뛰어나다고 생각하던 유명한 조시마 장로를 만나서였는데, 그는 첫사랑처럼 자신의 마음을 통째로 그 장로에게 빼앗기고 말았다.

---

* 알렉세이의 애칭이다.

그 무렵의 그는, 또는 더 어릴 때부터 몹시 특별한 아이였다는 것에는 이의가 없다. 이미 말한 대로 겨우 네 살 때, 어머니를 여의고 평생 어머니의 얼굴과 사랑을 '어머니가 눈앞에 있는 것처럼' 선명하게 기억하고 있었다. 아주 어릴 적부터, 예를 들어 겨우 두어 살 무렵부터 이런 기억을 간직할 수 있는데(모두가 다 알다시피), 이런 기억은 마치 어둠 속에 비치는 몇 가닥의 빛처럼, 또는 낡고 남루한 커다란 화폭에 선명하게 남아 있는 일부분처럼 평생 동안 마음속에서 지워지지 않는다.

알료샤의 경우도 이와 같았다. 그는 어느 조용한 여름날 저녁에 있었던 일을 분명히 기억하고 있었다. 열린 창문으로 비치는 저녁 햇살(저녁 햇살을 가장 선명하게 기억했다)과 방 한쪽에 있던 성상, 성상 앞의 등불 그리고 두 팔로 그를 안고 성상 앞에 무릎 꿇은 채 히스테리라도 부리듯이 날카롭게 소리 지르며 흐느끼던 어머니, 어머니는 그를 으스러질 정도로 껴안고, 아들을 위해 성모 마리아에게 기도하기도 하고, 때로는 성모님께 아이를 안은 두 팔을 내밀기도 했다. 그러면 유모가 뛰어 들어와 놀란 얼굴을 한 어머니 품에서 아이를 낚아챘다. 바로 이런 광경이다.

알료샤는 그때의 어머니 얼굴도 분명히 기억하고 있었다. 그의 기억 속에서 어머니의 얼굴은 광기에 사로잡혀 있었지만 무척 아름다웠다고 한다. 그러나 그는 이런 추억을 말하려고 하지 않았다. 그는 어린 시절과 소년 시절에도 감정을 토로하는 일이 없었고 말수가 적었다. 이것은 인간에 대한 불신, 수줍은 태도, 사람들과 사귀기 싫어하는 우울한 성격 때문이 아니었다. 그것과는 반대로 그에게는 남들과 아무런 상관없이 자신의 내면에 숨은 중대한 문제들이 있었고, 그것에 대한 걱정이 가장 중요해서 남에게는 자연스럽게 관심을 가질 수가 없었던 것이다.

하지만 그는 사람들을 사랑했다. 그는 평생 동안 사람들을 믿었지만 그렇다고 사람들이 그를 바보로 여기거나 유치하다고 생각하지 않았다. 그는 남을 판단하거나 잘잘못을 따져 묻거나 하는 성격이 아니었다(평생 그랬지만). 그는 가끔 어떤 일에는 깊이 슬퍼했지만 남을 원망하지 않고 모든 것을 용서하는 듯했다. 그뿐 아니라 아주 어릴 때부터 어느 누구도 그를 놀라게 하거나 동요시킬 수 없었다. 그가 스무 살이 되었을 무렵 음탕한 아버지의 집에 돌아와서도 이것은 변하지 않았다. 깨끗하고 순결한 그는 차마 눈뜨고 볼 수 없는 풍경 앞에서도 그저 묵묵히 자리를 피할 뿐이었다. 결코 누구를 비난하거나 경멸하지 않았다.

남의 눈치를 많이 보고 살아왔던 아버지는 모욕과 멸시에 민감해서 처음에는 아들을 믿지 않았다. 그래서 "속으로는 별의별 생각을 다하면서 겉으로는 내색을 하지 않는단 말이지" 하면서 투덜댔다. 하지만 2주일이 채 못 되어 아들을 끌어안고 입을 맞추게 되었다. 물론 술에 취해서 한 행동이기는 했지만 눈물을 흘리며 다른 사람에게서는 느끼지 못했던 따스하고 진실한 애정을 비로소 아들에게서 깊이 느끼게 된 것 같았다.

이 청년은 어디를 가든 누구에게든 사랑받았다. 어린 시절에도 은인인 예핌 폴레노프의 집에서 모든 가족에게서 친자식처럼 사랑을 받았다. 매우 어렸을 때였으므로 그가 남에게 귀여움을 받기 위해 계산하거나 간사하게 꾀를 부렸다거나 억지로 자신을 사랑하게 만드는 능력을 가지고 있었던 것은 결코 아니다. 그는 선천적으로 모든 사람에게 사랑을 받을 수 있는 재능과 본성을 타고났던 것이다.

학창 시절에도 마찬가지였다. 언뜻 알료샤는 친구들에게 불신과 비웃음, 증오를 불러일으키는 아이처럼 보였다. 그는 자주 생각에 빠져 자기만의 세계에 고립되는 성향이 있었고 아주 어릴 때부터 방에서 혼자 책 읽는 것을 즐겼다. 그렇지만 그는 학교를 다니면서 모든 학생들의 절대적인 믿음과 사랑을 받았다. 요란하게 장난을 치고 친구들과 재미있게 노는 일은 별로 없었지만, 그를 한번 보면 누구든 그가 우울하고 무뚝뚝한 사람이 아니라 따뜻하고 해맑은 심성을 가진 아이라는 것을 알 수 있었다.

그는 친구들 사이에서 결코 으스대거나 자기를 내세우려고 하지 않았다. 이러한 성격 때문에 지금껏 그 누구도 두려워해본 적이 없었지만 자기를 과시하려고도 하지 않았다. 하지만 친구들은 그가 자신을 지나치게 믿어서 조용한 것이 아니고 자신이 대담한 사람인지 전혀 모르고 있기 때문이라는 것을 곧 알게 되었다. 그는 누가 자신을 모욕해도 반발심을 갖지 않고 1시간이 지나면 자기를 모욕한 그 학생과 태연스레 얘기를 나누었고, 스스로 먼저 말을 걸 때도 있었다. 자신이 모욕당한 것을 잊어버린 것도 아니고 상대를 용서해준 것도 아니었으며 그저 모욕을 조금도 느끼지 않는 태도였다. 때문에 친구들은 그에게 완전히 굴복하고 말았다.

하지만 그에게는 한 가지 이상한 특징이 있었다. 학교에 입학하여 졸업할 때까지 다른 아이들의 놀림감이 될 수밖에 없는 독특한 점이 있었다. (그래봐야 그것도 악의가 있어서가 아니라 단순히 재미에서 비롯된 놀림이었다. 알료샤의 독특한 점은 바로 지나치다 싶을 정도의 수치심과 결벽증이었다). 예를 들어, 그는 여자에 대해 안 좋은 이야기나 대화를 듣는 것마저 괴로워했다. 하지만 불행히도 '안 좋은 이야기나 대화'는 어떤 학교에서든 없앨 수가 없다. 정신적으로나 육체적으로 어린아이처럼 순진하기만 한 소년들은 때로 군인들도 입에 잘 담지 않는 '특정' 모습이나 행위를 교실에서 소곤대거나 떠들어댔다. 군인들도 잘 모르는 그런 분야에 대해 상류 지식 계급의 어린 자식들이 벌써 자세히 알고 있는 경우도 많았다. 하지만 이런 소년들에게 정신적 타락이나 타락한 내면의 냉소 같은 것은 없었다. 있다 하더라도 껍데기에 불과하고 이들에게 냉소는 일종의 품위 있고 세련된, 또는 남자다운 것이어서 흉내 내고 싶은 충동을 느끼게 했다.

아이들은 그런 이야기를 할 때마다 '알료샤 도련님'이 급하게 귀를 막는 것을 보고, 가끔 그의 두 손을 억지로 떼고는 신이 나서 더러운 얘기를 마구 지껄여댔다. 그는 아무런 비난도 하지 않고 입술을 다문 채 아이들을 뿌리치고 교실 바닥을 뒹굴면서 얼굴을 감싸고 견뎌냈다. 결국 악동들도 더는 그를 귀찮게 하지 않았고 '계집애'라고도 놀리지 않았으며, 한편으론 동정을 느끼기까지 했다. 덧붙이자면 그는 늘 우등생이었지만 1등을 한 적은 없었다.

폴레노프 씨가 죽은 뒤에도 알료샤는 2년 더 이 중학교에 다녔다. 폴레노프의 미망인은 남편이 죽자 상심에 빠져서, 장례식이 끝나고 여자만 남은 가족을 모두 데리고 이탈리아로 여행을 떠났다. 당분간 돌아오지 않을 작정이었다. 그래서 알료샤는 폴레노프의 먼 친척이지만 한 번도 본 적이 없는 두 부인 집으로 가서 살게 되었다. 하지만 무슨 이유 때문에 그렇게 되었는지는 정확히 알 수 없었다. 누구의 돈으로 살고 있는지 전혀 관심이 없었던 것도 특이한 점 중 하나였다. 이런 점은 그의 형 이반이 2년 동안 대학에 다니면서 여러 가지 고생을 한 일이나, 어린 시절부터 남에게 신세를 져야 했던 자기 상황을 항상 처절하게 의식한 것과는 아주 상반된 것이었다.

그러나 알료샤에 대해 조금이라도 아는 사람이라면 그의 이런 특이한 성격을 비난할 수 없을 것이다. 알료샤는 유로지비* 같다고 누구나 생각했기 때문이다. 막대한 재산이 그에게 생긴다고 해도 누군가 손을 내밀면 주저하지 않고 몽땅 주거나, 그게 아니면 자선 사업을 벌이거나 상대가 사기꾼이라고 하더라도 순순히 큰돈을 내주었을 것이다. 물론 비유적인 의미겠지만 그는 돈의 가치를 전혀 알지 못했다. 자신이 먼저 용돈을 달라고 한 것도 아닌데 누가 돈을 주면 어디에 쓸지 몰라서 몇 주일씩 가지고 있거나, 엄청나게 낭비해버려서 금방 돈을 다 써버릴 때도 있었다.

표트르 미우소프는 평상시 돈과 시민의 공덕심에 대하여 몹시 예민했지만 언젠가 알료샤를 본 뒤 이런 명언을 했다.

---

* 바보 같은 행동이나 기괴한 행위를 하면서 광인처럼 돌아다니며 예언을 하고 신의 뜻을 전하는 성자들을 가리킨다.

"저런 사람은 세상에 없을 거야. 인구가 100만쯤 되는 도시에 돈 한 푼 없이 버려져도 굶어 죽거나 얼어 죽지 않을 사람이야. 누군가 그에게 곧 먹을 것과 잠자리를 마련해줄 테니까 말이야. 잠자리를 제공하는 사람이 없어도 스스로 잘 곳을 찾겠지. 그에게는 그런 일들이 힘들거나 굴욕적인 일이 아니니까. 그리고 그를 돌봐주는 사람도 귀찮아하지 않고 기쁘게 생각할 거야."

그는 중학교를 졸업하지 못했다. 졸업하기 1년 전 어느 날, 알료샤는 불현듯 어떤 생각에 사로잡혀 돌봐주던 부인들에게 말하길 지금 곧장 아버지에게 가봐야 한다고 했다. 부인들은 무척 서운해하며 그를 보내려고 하지 않았다. 여비가 많이 필요하지 않아서 그는 폴레노프 씨 가족이 외국 여행을 떠날 때 선물한 시계를 전당포에 맡기려고 했다. 하지만 부인들이 말렸고 넉넉하게 여비도 주고 새 옷과 속옷까지 사주었다. 그러나 그는 기어이 삼등차로 가겠다고 하면서 받은 돈의 절반을 다시 부인들에게 돌려주었다.

그가 우리 읍에 도착한 뒤 아버지가 "왜 학교를 안 마치고 온 거냐?"라고 묻자, 대답을 하지 않고 평소보다 더 깊이 생각에 빠진 듯했다고 한다. 얼마 후에 그가 어머니의 무덤을 찾고 있는 것이 밝혀졌다. 알료샤도 그때 자신이 여기 온 이유는 오직 그것 때문이라고 말했다. 그러나 정말 그것 때문에 고향에 왔는지는 도무지 알 수 없었다. 분명한 것은 그의 영혼 속에서 무엇이 떠올라서 그를 신비로운 운명의 길로 이끌었는지 그때는 자신도 몰랐고 설명할 수도 없었을 것이다. 표도르는 자신의 두 번째 아내가 어디에 묻혔는지 아들에게 가르쳐줄 수 없었다. 그는 아내의 관에 흙을 뿌린 뒤로 그 무덤에 한 번도 찾아가지 않았고 시간이 흐르면서 그곳을 완전히 잊어버렸기 때문이다.

표도르 얘기로 넘어가면 그는 그때까지 오랜 기간 우리 마을을 떠나 있었다. 두 번째 아내가 죽고 3, 4년이 지난 뒤에 그는 러시아 남부로 떠났고 그 뒤에는 오데사에서 몇 년을 살았다. 그의 말을 빌리면 처음에 그는 '남녀노소, 노인에서 꼬맹이까지 수상한 유대인'들과 상종했지만 그 후에는 이 수상한 유대인들뿐만 아니라 '정상적인 히브리인 가정'에도 드나들게 되었다. 그가 돈을 모으는 데 특별한 재능을 얻게 된 것도 아마 오데사에서 지냈던 시절이었을 것이다. 그가 이 고장에 다시 돌아온 것은 알료샤가 오기 3년 전이었다. 옛 친척들은 그가 무척 늙었다고 생각했지만 실제로는 그다지 나이를 먹은 것은 아니었다. 그는 전에 비해 점잖아졌지만 어딘가 거만한 구석이 있었다. 예를 들면 예전에는 혼자서 어릿광대짓을 하며 좋아했는데, 이제는 뻔뻔하게 어릿광대짓을 다른 사람에게 시키려 들었다. 추잡한 여자 버릇은 예전과 다름없는 게 아니라 오히려 더 구역질이 날 정도가 되었다.

얼마 후 그는 우리 군 여러 곳에 새 술집을 열었다. 그는 10만 루블이나 아니면 그보다 적은 돈을 가지고 있는 것 같았다. 우리 고장의 많은 사람들이 마치 기다린 것처럼 그에게 돈을 빌렸는데, 그러기 위해서는 물론 확실한 저당이 있어야 했다. 그러나 최근 들어 그는 후줄근해져서 냉정함을 잃고 경솔한 실수를 저지르기까지 했다. 일을 시작해도 제대로 마무리하지 못했고 그러면서도 여러 가지 일에 손을 댔다. 날이 갈수록 취하는 일이 잦아졌는데 이제는 나이가 꽤 든 하인 그리고리가 가정교사처럼 한결같이 쫓아다니며 돌보지 않았다면, 그는 모든 일을 엉망으로 만들고 돌아다녔을 것이다.

알료샤의 귀향은 정신적인 측면에서도 아버지에게 영향을 미친 게 분명했다. 나이보다 훨씬 늙은 이 남자의 영혼 속에 오랫동안 잠들어 있던 무언가가 깨어난 것 같았다.

그는 알료샤를 바라보면서 가끔씩 이렇게 말했다.

"애야, 네가 그 미친 여자를 닮은 걸 알고 있느냐?"

그는 알료샤의 어머니이자 죽은 자신의 아내를 이렇게 불렀다.

결국 알료샤에게 '미친 여자'의 무덤을 알려준 사람은 하인 그리고리였다. 그는 알료샤를 우리 읍 공동묘지로 데려가 구석에 있는 싸구려지만 주철로 만들어져 제법 단정한 묘비를 보여주었다. 거기에는 죽은 어머니의 이름, 나이, 신분, 사망한 날짜가 쓰여 있었다. 그 아래에는 중류 계급의 무덤에서 흔히 볼 수 있는 네 줄 정도의 추도시도 새겨져 있었다. 이 묘비를 세운 사람은 놀랍게도 그리고리였다. 그리고리는 주인 표도르에게 죽은 마님의 무덤을 잘 돌봐달라고 귀찮을 정도로 몇 번씩이나 당부했지만, 표도르는 모두 버려둔 채 오데사로 떠나버렸다. 그래서 결국 자신의 돈으로 이 불쌍한 '미친 여자'의 무덤 앞에 묘비를 세웠던 것이다.

알료샤는 어머니의 무덤 앞에서 특별히 감정을 드러내지는 않았다. 그는 묘비가 세워진 배경에 대해 그리고리가 엄숙하게 설명하는 것을 머리를 숙인 채 조용히 듣다가 아무런 말도 없이 무덤을 떠났다. 그 후 거의 1년 동안 그는 어머니의 무덤에 가지 않았다. 하지만 이 작은 에피소드는 아버지 표도르에게 어떤 영향을, 그것도 아주 독특한 영향을 미쳤다. 갑자기 표도르가 죽은 아내의 영혼을 위로하려고 1000루블을 들고 수도원을 찾아간 것이다. 다만 알료샤의 어머니인 두 번째 아내 '미친 여자'를 위해서가 아니라 자기를 구박했던 전처 아젤라이다를 위한 것이었다. 그는 그날 저녁 술에 취해 알료샤 앞에서 수도사들에게 욕설을 내뱉었다. 그는 신앙과는 거리가 멀었다. 단 5코페이카짜리 양초도 바친 적이 없을 것이다. 그러나 때로는 이런 인간들에게서도 즉흥적인 감성과 충동이 밖으로 터져 나올 때가 있다.

앞에서 나는 이미 표도르가 후줄근해졌다고 말했다. 그의 외모는 요즘 들어서 지금까지 그가 살아온 인생의 특징과 본성을 뚜렷이 보여주고 있었다. 늘 거만하고 사람을 의심하는 듯한 작은 눈 밑에는 기다란 살들이 흐물흐물하게 늘어졌고, 작고 살찐 얼굴에는 주름살이 깊게 파였다. 뾰족한 턱 밑으로는 돈주머니처럼 생긴 길쭉하고 큰 살이 늘어져 있었는데, 바로 이 부분이 흉측하고 음탕한 인상을 주었다. 뿐만 아니라 탐욕에 가득 찬 큰 입의 호색적인 두꺼운 입술이 옆으로 찢어져 있었고 그 입술 사이로 거의 썩은 까만 이들이 보였는데, 그가 말을 할 때마다 침이 사방으로 튀었다. 그는 자신의 얼굴 생김을 두고 농담하는 것을 즐겼는데 자신의 용모를 싫어하는 것 같지는 않았다. 그는 크지는 않지만 매우 높고 특이하게 꼬부라진 매부리코를 가리키며 이렇게 말했다.

“이게 진짜 로마인의 코란 말이지. 이 코가 내 목덜미에 난 혹 하고 한 쌍으로 어울리거든. 몰락한 고대 로마 귀족의 코가 꼭 이렇게 생겼다니까.”

그는 자신의 코를 자랑스러워하는 것 같았다.

어머니의 무덤에 다녀온 얼마 뒤에 알료샤는 갑자기 수도원에 들어가고 싶다고 하면서 수도원에서도 견습 수사로 받아들여주기로 했다고 아버지에게 알렸다. 그리고 간절하게 소망하니 아버지도 기쁜 마음으로 보내주었으면 좋겠다고 말했다. 노인은 이미 그 수도원의 조시마 장로가 ‘얌전한 아이’인 자신의 아들에게 깊은 인상을 남겼다는 것을 알고 있었다.

“그 장로는 누구보다 성실한 수도사지.”

그는 생각에 잠긴 표정으로 조용히 알료샤의 말을 듣고 난 뒤 이렇게 말했다.

“흠, 이제 우리 ‘얌전한 아이’가 거길 들어가고 싶단 말이지!”

그는 술에 취해 갑자기 웃기 시작했다. 주정뱅이처럼 느슨하면서도 어딘가 비열하고 능청스러운 웃음이었다.

“흠, 결국은 네가 이렇게 될 거라고 짐작했다. 너는 안 믿을지 모르지만 내가 생각했던 길을 넌 가려고 하는 거야. 아무렴 어떠냐. 너는 2000루블이 있으니 그걸 지참금으로 가져가면 될 거다. 하지만 나도 사랑하는 아들을 그냥 그렇게 보낼 수는 없지. 거기서 뭘 요구하면 돈이라도 기부하마. 하지만 요구하지 않으면 내가 먼저 기부할 필요는 없겠지, 안 그래? 게다가 너는 돈을 새가 먹는 모이 정도로 쓰니까, 겨우 일주일에 낟알 두 개쯤이면 될 거야……. 음, 그런데 어느 수도원 근처 산기슭에 마을이 하나 있는 건 알고 있냐? 모두가 아는 거지만, 거기는 '수도원의 마누라'들만 살고 있지. 대략 30명 정도 될 거다. 나도 거기 한 번 가본 적이 있는데, 나름대로의 재미가 있었지. 다양한 여자들이 있었단 말이야. 그런데 그놈의 국수주의가 흠이야. 프랑스 여인네가 하나도 없거든. 수사들은 돈이 많으니까 프랑스 여자쯤은 쉽게 부를 수 있을 텐데. 소문이 나면 금세 모일걸. 하지만 여기 수도원에는 아무것도 없다! 수사 마누라는 아직 한 명도 없어. 그런데 수사들은 200명쯤 있으니 그들은 참 깨끗한 사람들이야. 금욕주의자들이지. 그건 나도…….

음, 그래, 네가 수도원에 들어가겠다는 거지? 하지만 알료샤, 나는 서운할 것 같구나. 넌 믿지 않겠지만 그래도 난 너를 사랑한단다……. 하여간 좋은 기회야. 넌 우리 같은 죄인들을 위해 기도도 할 테지? 우린 정말 이 세상에서 죄를 많이 지었으니. 언젠가는 누가 나를 위해 기도해줄까? 이 세상에 그렇게 해줄 사람이 있을까? 난 늘 생각해왔지. 얘야, 난 이런 쪽으로는 아무것도 모른단다. 믿기지 않는 거냐? 하지만 진짜야. 내가 아무리 천치라도 생각하는 건 있단다. 물론 밤낮으로 생각한 건 아니니까, 가끔 생각한다는 게 더 맞겠지만. 어쨌든 내가 죽으면 악마들이 나를 갈고리로 꿰어 지옥불로 끌고 갈 거야.

그래서 궁금한데 악마들은 어디서 갈고리를 구했을까? 뭘로 만들었지? 쇠로 만든 건가? 그럼 어디서 그것을 만들었을까? 지옥에도 대장간이 있는 건가? 수도원의 수도사들은 지옥에도 천장 같은 게 있다고 믿는 모양이야. 하지만 난 지옥이 있다는 것은 믿지만 천장은 없는 게 낫다고 생각한단다. 천장이 없는 편이 더 우아하고 지적이니까. 그러니까 루터파 같은 느낌이 들잖아. 천장이 있으나 없으나 뭐가 다르냐고? 하지만 바로 그 점이 문제지! 천장이 없으면 갈고리도 없을 테니까. 그리고 갈고리도 없다면 모든 게 엉망진창이 되지. 그렇게 되면 누가 나를 갈고리에 꿰어 지옥으로 끌고 가겠니? 나를 지옥으로 끌고 가지 않으면 진실은 어디에 있는 거냐? 갈고리를 만들어내야 해(Il faudrait les inventer).* 나를 위해서라도 특별히 만들어야 해. 단지 나를 위해서 말이야. 알료샤, 넌 잘 모르겠지만 난 구원받을 수 없는 인간이다!"

"하지만 지옥에 갈고리는 없어요."*

알료샤는 아버지를 바라보며 조용하고 진지하게 말했다.

"암, 물론이지. 오직 갈고리의 그림자만 있겠지. 나도 잘 안다. 어떤 프랑스 사람이 지옥을 이렇게 묘사했지. '나는 솔 그림자로 마차의 그림자를 청소하는 마부의 그림자를 보았다(J'ai vu l'ombre d'un cocher, qui avec 1'ombre d'une brosse frottait 1'ombre d'une carrosse)'라고 말이야. 그런데 얘야, 너는 갈고리가 없다는 걸 어떻게 알지? 수도사들과 같이 살게 되면 너도 달리 생각하게 될 거다. 어쨌든 빨리 그곳에 가서 진리를 찾아봐라! 그리고 나에게 얘기를 해다오. 저세상이 어떤 곳인지 자세히 알게 되면 그곳에 가는 것도 수월해질 게 아니냐. 그리고 여기서 주정뱅이 아버

---

* 볼테르가 한 말을 아이러니하게 인용하고 있다.

지나 못된 여자들과 있는 것보다 수도원에서 지내는 게 너한테도 더 좋을 거다……. 하긴 순결하고 천사 같은 너를 유혹할 수도 없겠지. 거기서도 너는 건드리지 못할 거다. 그래서 나도 마음 놓고 허락하마. 아직까지 너의 영혼이 악마한테 잡아먹히지 않았고, 잠시 들떠 있다가 열기가 식으면 다시 본래의 너로 돌아오겠지. 그러면 집으로 다시 오너라. 나는 너를 기다리겠다. 이 세상에서 나를 비난하지 않은 사람은 오직 너뿐이다. 귀여운 나의 아들, 난 정말 그렇게 생각해. 어떻게 내가 그걸 느끼지 못할 수가 있겠니!"

말을 마친 표도르는 흐느끼며 울음을 터트렸다. 그는 어느덧 감상에 빠져 있었다. 그는 말은 험했지만 감상적인 면이 있었다.

5. 장로들

독자들은 알료샤가 병적이고, 광신적이며, 발육이 미약한 몽상가에 보잘것없이 허약한 남자라고 생각할지도 모른다. 그러나 그렇지 않았다. 알료샤는 늘씬한 몸에 붉은 뺨과 눈동자가 맑은, 건강한 열아홉 살의 청년이었다. 꽤 잘생긴 얼굴, 적당한 키에 균형 잡힌 몸, 갈색 머리카락과 갸름한 계란형 얼굴, 간격이 먼 두 눈은 짙은 잿빛으로 반짝이고 있어서 무척 생각이 깊고 온화해 보였다. 어떤 사람들은 그의 뺨이 붉은 것이 광신도나 신비주의자가 아니냐며 반문할 수도 있지만 나는 오히려 알료샤는 누구보다 현실주의자였다고 생각한다. 물론 그가 수도원에 들어간 뒤 종교적 기적을 믿었지만 본디 현실주의자는 기적에 현혹되지 않는다는 게 나의 생각이다.

현실주의자가 신앙이 깊어지는 것은 기적 때문이 아니다. 진실로 현실주의자면서 종교를 믿지 않는 사람은, 자신에게 기적을 믿지 않는 힘과 능력이 있다고 여긴다. 그래서 현실주의자는 실제로 기적이 눈앞에 부정하지 못할 현실로 나타나도 그것을 인정하지 않고 자신의 눈부터 의심한다. 설사 그 사실을 인정하더라도 그는 자신이 아직 모르던 자연계의 한 현상이라고 믿을 뿐이다. 현실주의자에게는 기적에서 신앙이 나오는 것이 아니라 신앙에서 기적이 나온다. 현실주의자가 일단 믿음을 갖게 되면 현실주의 때문에 눈앞에서 일어나는 기적을 부정하지 못한다. 사도 도마도 제 눈으로 보기 전에는 그리스도의 부활을 믿지 않았지만 예수를 직접 보고 나서는 감격에 겨워 "주여, 오오 하느님!" 하고 울부짖었다. 그를 믿게 한 것은 기적이었는가? 아니, 기적이 아니다. 스스로 원해서 믿음을 갖게 된 것이다. "제 눈으로 보기 전에는 믿지 않겠다"고 말했을 때, 이미 마음속에서는 부활을 믿고 있었을지도 모른다.

혹여 어떤 사람들은 알료샤가 덜 떨어지고 성장이 늦은 청년이고, 중학교도 마치지 못했다고 험담할지도 모른다. 그가 중학교를 졸업하지 못한 것은 맞지만, 우둔하다고 말하는 것은 그를 잘 모르고 하는 소리일 뿐이다. 다만 나는 앞에서 한 말을 다시 되풀이할 뿐이다. 그가 수도의 세계에 들어선 것은 그 길이 그의 마음에 깊은 감동을 주어서이며, 암흑에서 빛으로 탈출을 원하는 그의 영혼에 그것은 이상적인 결과였기 때문이다. 한 가지 덧붙이면 그는 어떤 면으로는 우리나라의 근대적 청년, 즉 부정을 싫어하고 진실이 존재한다고 믿으며 그 진실을 추구하는 청년이었고, 진실을 믿기만 하면 마음을 다해 그 진리를 섬기고 그것을 실천하려고 자신의 모든 것, 마침내 생명까지 바치겠다는 소망을 가진 청년이라는 것이다. 하지만 불행히도 이런 청년들은 생명을 버리는 것이 대체로 다른 어떤 희생보다 쉽다는 것을 이해하지 못한다. 예를 들어 그들이 자신의 목표인 진리와 그것을 실천하기 위해 스스로 선택한 것이기는 하지만(설사 그것으로 자신의 능력을 열 배 이상 늘린다 하더라도), 패기 넘치는 청년 시절의 5~6년을 어렵고 지루한 공부나 연구에 바치는 것은 대부분의 청년들에게는 감당하기 힘든 희생이라는 것을 모르고 있는 것이다.

알료샤도 다른 청년들처럼 자신의 진리를 빨리 성취하고 싶은 열망을 가지고 있었지만, 그는 모든 사람들과는 반대되는 길을 택했다. 그는 진중하고 깊이 있는 사색으로 불멸과 신이 존재한다는 확신을 얻자마자 본능적으로 자신에게 말했다.

"나는 불멸을 위해 살고 싶다. 어중간하게 타협하는 일은 없을 것이다!"

이와 마찬가지로 만약 그가 불멸과 신이 없다고 판단했다면, 그는 곧 무신론자나 사회주의자가 되었을 것이다(사회주의는 단순하게 노동 문제나 제4계급의 문제뿐만 아니라, 무신론의 현대적 해석에 대한 문제이고 땅에서 하늘에 다다르기 위해서가 아닌 하늘을 땅으로 끌어내리기 위해 쌓은 바벨탑의 문제이기 때문이다).

알료샤는 이제 예전처럼 사는 게 낯설었고 불가능하다고 생각했다. 성경에 이르길 '네가 완전한 사람이 되려거든, 너희가 가진 모든 것을 가난한 자에게 나누어주고 나를 따르라'*라고 했다. 알료샤는 속으로 이렇게 생각했다.

'나는 모든 것 대신에 달랑 2루블만 내고, 예수도 따르지 않은 채 미사에만 참석하며 살아가는 삶을 살 수는 없다.'

아마 그가 어린 시절을 추억해보면 가끔 어머니가 그를 미사에 데리고 갔던 이곳 수도원에 대한 기억이 희미하게 남아 있을 것이다. 또 병든 어머니가 소리를 지르며 두 손으로 그를 안아서 성상 앞으로 내밀던 그때, 그를 비추던 저녁 햇살이 영향을 주었을 수도 있다. 사려 깊은 그가 그 당시 우리 고장으로 돌아온 것은 '전부인가, 아니면 결국 2루블인가'를 확인하고 싶었던 것일 수도 있다. 그리고 그는 이 수도원에서 그 장로를 만나게 되었다…….

앞에서 내가 말한 조시마 장로가 바로 그 장로다. 나는 우리나라 수도원에서 '장로'가 어떤 의미인지 간략하게 설명하려 한다. 유감스럽게도 나는 이 방면으로는 조예가 깊지 않지만 피상적으로나마 간단하게 설명해보겠다.

우선 전문가들과 학자들의 주장에 따르면 우리나라 수도원에 장로와 장로 제도가 나타난 것은 비교적 최근의 일로 아직 100년이 안 되었다. 하지만 동방의 정교국가들 중 특히 시나이와 아토스에서는 벌써 1000여 년 전부터 내려온 제도였다. 고대 러시아에도 장로 제도가 있었다고 보고 있다. 다만 타타르족의 침공이나 16~17세기의 내란, 콘스탄티노플 함락 뒤 동방과의 교류 단

---

* 〈마태복음〉 19:21, 〈마가복음〉 10:21, 〈루카복음〉 18:22

절로 이 제도가 사라지고 장로도 사라졌다는 주장이 있다.

이 제도는 위대한 고행자로 불린 파이시 벨리치코프스키와 그의 제자들이 노력해서 18세기 말에 우리나라에서 다시 부활했다. 그러나 100년이 지난 오늘에도 장로 제도는 소수의 수도원에서만 존재하고 가끔은 러시아에 전례가 없는 제도라는 이유로 박해를 받기도 했다. 러시아에서 이 제도가 특히 번성했던 것은 유명한 코젤리스카야 오프치나 수도원에서였다. 우리 마을의 수도원에는 언제, 누가 이 제도를 들여왔는지 확실히 알 수 없지만 이젠 장로가 이미 3대째나 이어져서 조시마 장로가 가장 마지막 장로였다. 하지만 그도 이미 늙어서 죽음이 코앞이었는데 그를 이을 만한 사람은 마땅히 나타나지 않았다.

수도원에서 이것은 매우 중요한 문제였다. 그 무렵 이 수도원에는 내세울 게 없었기 때문이다. 성자의 유체나 기적을 일으키는 성상도 없었고 찬란한 역사도 없었다. 또 역사적인 위업도, 조국에 대한 공훈을 세운 일도 없었다. 이 수도원이 러시아에서 유명해진 것은 오직 이 장로들 덕분이었다. 그들을 만나고 설교를 듣기 위해서 러시아의 방방곡곡에서 수많은 순례자들이 무리를 지어 몰려들었던 것이다.

그렇다면 장로란 무엇인가? 장로는 다른 사람의 영혼과 의지를 자신의 영혼과 의지 안에 받아들이는 사람이다. 일단 장로를 선출하면 사람들은 자신의 의지는 버리고 그것을 장로에게 바치고, 장로의 가르침에 절대적으로 복종하고 모든 사심을 버려야한다. 이 길에 들어선 사람은 극기와 자아를 정복하는 긴 시련의 과정을 거쳐서 이런 고행과 인생 수업을 스스로 받아들여야 하며, 복종하는 생활에서 결과적으로는 완전한 자유, 즉 자신으로부터 놓여날 수 있는 진정한 자유를 얻을 수 있다. 이렇게 하면 자신의 참모습을 발견하지 못하고 일생을 허비하는 수많은 다른 사람들과 다른 운명을 살게 되는 것이다.

이러한 장로 제도는 이론으로부터 출발한 것이 아니고 이미 1000년 이상 시험을 거치며 동방정교회에서 만들어졌다. 장로에 대한 의무도 러시아 수도원에서 늘 보던 일반적인 '복종'과는 다르다. 이는 장로에게 복종하는 사람의 끝없는 참회이며 명령하는 자와 복종하는 자 사이에는 끊을 수 없는 유대가 형성된다.

예를 들어보자. 기독교 초기, 어느 견습 수사가 장로의 명령을 어긴 채 시리아의 수도원에서 이집트로 떠났다. 그곳에서 그는 오랫동안 여러 가지 고난을 겪고 혹독한 고문 끝에 순교자로 죽었다. 교회에서는 곧 그를 성자로 받들어 장례식을 치렀는데, 장례식에서 보좌 신부가 '믿지 않는 자는 물러갈 것이다!'*라고 외치자 순교자의 관이 굴러떨어져서 교회 밖으로 튕겨져 나갔다. 이런 일은 세 번이나 반복되었다. 마침내 사람들은 순교자가 복종의 서약을 깨고 장로를 떠났기 때문에 그 장로가 용서하지 않는 한 위대한 공적을 쌓더라도 죄는 용서받을 수 없음을 깨달았다. 그래서 그 장로를 불러서 복종의 서약을 풀어주자 장례식을 계속할 수 있었다는 것이다.

---

* 정식으로 세례를 받지 못한 사람은 나가야 한다.

물론 이 이야기는 전설일 뿐이다. 하지만 최근에도 이런 일이 있었다. 우리 시대를 살고 있는 한 수도사가 아토스에서 수행을 하고 있었다. 그는 그곳을 성지이며 조용한 은신처로 생각하고 마음 깊이 사랑했다. 그런데 그의 장로가 갑자기 아토스를 떠나서 예루살렘으로 성지 순례를 갔다가 다시 러시아로 돌아와서 북쪽에 있는 시베리아로 가라고 했다. '네가 있을 곳은 여기가 아닌 그곳'이라고 했다. 슬픔에 잠겼던 그 수도사는 콘스탄티노플의 대주교에게 달려가 그 명령을 취소시켜주기를 애원했다. 그러나 대주교는 장로가 그런 책무를 부여했다면 자신은 물론이고 이 세상에서 그것을 취소해줄 수 있는 사람은 오직 그 장로뿐이라고, 명령에서 제자를 풀어줄 수 있는 힘이 있는 사람은 이 세상에 단 한 사람, 그것을 명령한 장로뿐이라고 말했다.

이렇게 장로에게는 때로 상상을 초월하는 무한한 힘이 부여된다. 바로 이런 이유 때문에 우리나라의 많은 수도원에서 장로 제도가 처음에 박해를 받았던 것이다. 한편으로 장로들은 민중들에게 대단한 존경을 받았다. 예를 들어 평민이든 유명 인사든 모든 수도원의 장로에게 몰려가서 그 발 앞에 엎드려 마음속 의구심과 고민을 털어놓거나 죄를 참회하고 충고와 교훈의 말을 절절히 구했다. 장로 제도를 반대하는 사람들은 이것을 보고 장로들이 고해성사를 마음대로 더럽히고 있다고 비난을 퍼부었다. 하지만 수도사나 일반 신자가 장로에게 있는 그대로 마음을 털어놓는 것이 꼭 고해성사는 아니었다. 결국 장로 제도는 그대로 이어져서 러시아의 수도원에 뿌리를 내렸다. 하지만 이 제도는 노예 상태에서의 자유와 도덕적 자기완성을 위해 정신적으로 인간을 다시 태어나게 하는 수단으로 사용되었고, 이미 1000여 년 동안 시험을 거치면서 때에 따라 양날의 칼이 되기도 했다. 그리하여 누군가는 완전한 인내와 겸허가 아닌 가장 고약한 악마의 오만에 이끌려, 그 자신이 자유가 아닌 속박의 몸이 되는 경우도 있는 것이다.

조시마 장로는 예순다섯 살이었다. 그는 지주 집안에서 태어나 젊은 시절에는 군대에 들어가 카프카스에서 초급 장교로 지낸 적도 있었다. 그의 영혼이 지니고 있는 어떤 특별함이 알료샤에게 깊은 감동을 준 것은 분명한 일이다. 장로는 알료샤를 몹시 아껴서 자신의 암자에서 지낼 수 있게 해주었다. 그러나 알료샤가 수도원에서 지낸다고 해서 자유롭지 못한 것은 아니었음을 밝혀두어야겠다. 알료샤는 마음만 먹으면 어디든 나갈 수 있었고, 수도원에 며칠 돌아가지 않아도 괜찮았다. 그는 수도원에서 다른 옷을 입고 있는 것이 싫어서 자발적으로 수도복을 입었다. 물론 그 옷을 좋아했기 때문이기도 했다.

알료샤의 젊은 상상력에 강한 자극을 준 것은 장로의 주위에 감돌고 있는 힘과 영광이었다. 지난 몇 년 동안 자신의 심정을 고백하고, 위로와 충고를 들으려고 조시마 장로를 찾아온 사람은 수없이 많았다고 한다. 오랜 세월 동안 이런 사람들의 하소연을 낮이고 밤이고 들어왔기 때문에 장로는 이제 처음 찾아오는 사람일지라도 얼굴만 보면 그 사람이 무슨 일로 찾아왔고, 필요한 것이 무엇인지, 어떤 고뇌와 죄책감에 시달리는지 알 수 있을 정도로 예리한 통찰력을 가지게 되었다. 찾아온 사람이 미처 말을 시작하기도 전에 마음속 비밀을 말해서 상대방을 놀라게 하고 당혹스럽게 하여 두려움까지 느끼게 했다. 알료샤가 늘 느끼는 것이었지만 장로와 은밀하게 이야기를 나누려고 찾아오는 사람들은 처음에는 두려움과 불안감을 가지고 장로의 방으로 들어가지만, 다시 나올 때는 밝고 기쁜 표정으로 바뀌어 행복한 얼굴이었다. 장로가 엄숙한 표정을 하지 않고 늘 언제나 유쾌하게 사람들을 대하는 것에도 알료샤는 깊은 인상을 받았다.

수도사들이 전하는 말에 따르면 장로는 죄를 많이 지은 사람 중에서도 가장 죄가 많은 사람을 누구보다 사랑하고 진심으로 돌보았다. 장로가 나이가 든 뒤에도 그를 증오하고 시기하는 수도사들이 있었다. 그러나 지금은 그런 사람도 많이 줄어들었고 장로를 비난하는 목소리도 들리지 않았다. 하지만 장로를 싫어하는 그 소수의 사람들 중에는 수도원에서 제법 영향력을 가진 사람들, 예를 들면 최고령 수도사로서 곡기를 끊고 몸소 고행의 길을 걷고 있는 분도 있었다. 그러나 대부분은 조시마 장로를 지지했고 온 마음을 다해 진심으로 그를 사랑했다. 그중에는 거의 광신적으로 장로에게 매달리는 사람도 있었다. 이런 이들은 대놓고 말하지는 않았지만 장로가 성인이라고 단정 짓고 곧 장로가 세상을 뜨면 기적이 일어나 수도원에 위대한 영광이 깃들 거라며 기대감에 차 있었다.

알료샤도 옛날 순교자의 관이 교회에서 튕겨 나갔다는 이야기를 굳게 믿는 것처럼 장로가 기적을 일으킬 수 있는 능력이 있다고 굳게 믿고 있었다. 그는 수많은 사람들이 장로에게 찾아와서 병든 자식과 친척들에게 안수 기도를 해달라고 애원하는 것을 보았다. 그들은 곧 (어떤 이는 바로 그다음 날) 다시 찾아와 엎드려 눈물을 흘리며 장로가 병을 고쳐준 것에 대해 감사했다. 알료샤는 장로가 진정 병을 고쳐준 것인지, 병이 자연적으로 나은 것인지 의문을 품지 않았다. 그는 스승의 영적인 힘을 무조건적으로 신뢰했다. 그는 스승의 명예가 곧 자신의 승리라고 여겼다. 알료샤는 마음이 설레고 온몸에서 빛이 나는 것 같은 느낌을 이런 상황에서 경험했다. 장로에게 축복을 받기 위해 전국에서 몰려든 순례자들이 암자 앞에서 무리지어 기다리고 있는데 장로가 나타나면 순례자들은 장로 앞에 몸을 던지고 눈물을 흘리며 장로의 발과 땅에 입을 맞추고 울부짖었다. 여인들은 자식을 그의 앞에 내밀었고 귀신 들린 병자를 끌고 다가오기도 했다. 장로는 그들과 이야기를 나눴고 기도를 간단하게 해주고 축복을 내린 뒤 돌려보냈다.

최근 들어 장로의 병이 악화되어 암자 밖으로 나오기 힘들 정도로 몸이 쇠약해질 때가 이따금 있었다. 그럴 때면 순례자들은 그가 밖으로 나올 때까지 며칠이고 수도원 안에서 기다리곤 했다. 무엇이 그들에게 장로를 그토록 사랑하게 하는지, 도대체 그 무엇이 그들에게 장로를 보자마자 기쁨의 눈물을 흘리며 그 앞에 엎드리게 만드는지 알료샤는 조금도 알려고 하지 않았다. 오, 그는 너무도 잘 이해하고 있었다. 노고와 슬픔, 변함없는 부정, 자신뿐만 아니라 온 인류의 끝없는 죄과에 고통 받는 영혼의 평화를 위해서 성인이나 성물의 모습을 직접 보고 그 앞에 엎드려 경배하는 것보다 더 큰 희망과 위안이 없다는 것을 말이다.

'설령 우리가 죄악과 거짓과 유혹에 괴로워할지라도 어디엔가 우리 곁에는 거룩하고 성스러운 분이 계신다. 바로 그분에게는 진리가 있고, 그분은 진리가 무엇인지 알고 계실 것이다. 그렇다면 진리는 세상에서 사라져가는 것이 아니라 언젠가는 우리에게도 찾아와서 하느님의 말씀대로 온 땅에 퍼지게 될 날이 반드시 올 것이다.'

알료샤는 민중이 이렇게 느끼고 믿는 것을 알았다. 그리고 조시마 장로는 그들이 생각하는 그 성인이며, 하느님의 진리의 수호자라고 굳게 믿었다. 감격해서 눈물을 흘리는 농부들이나 자식을 장로 앞으로 내미는 병든 여인들의 믿음과 같은 신앙이었다.

알료샤는 장로가 세상을 떠날 때 이 수도원에 큰 영광이 찾아오리라고 확신했다. 그러한 생각은 수도원의 다른 누구보다 더 강했을지 모른다. 최근 들어 그 어떤 심오하고 강렬한 환희의 예감이 더 강하게 그의 마음속에서 타올랐다. 장로도 결국 한낱 인간에 불과하다는 사실도 알료샤의 마음을 흔들지 못했다.

'그 누가 뭐래도 이분은 성인이야! 이분의 마음속에는 모든 사람을 갱생시킬 수 있는 비법이, 그리고 세상에 진리를 주는 힘이 깃들어 있어. 결국 누구나 성스러워져서 서로 사랑하게 될 것이고 부유한 사람도, 가난한 사람도, 높은 사람도, 낮은 사람도 모두 똑같은 하느님의 아이들이 될 것이니 결국 이 세상에 진정한 그리스도의 왕국이 세워지게 될 거야……'

이런 꿈의 세계를 알료샤는 마음속으로 바라고 있었다.

그때까지 서로 전혀 모르고 있던 두 형의 귀향은 알료샤에게 강렬한 인상을 준 것 같다. 큰형 드미트리는 둘째 형 이반보다 늦게 돌아왔지만 그는 이복형인 드미트리와 먼저 친해졌다. 그는 둘째 형 이반이 어떤 사람인지 궁금했지만 이반이 돌아온 지 두 달 동안 여러 번 만났어도 어떤 이유인지 두 사람은 좀처럼 친해지지 않았다. 알료샤는 원래 말수가 적었고 뭔가 관심을 보이는 듯하면서도 수줍어하는 편이었다. 이반도 처음에는 알료샤의 얼굴을 흥미롭게 바라보았지만 그 이후에는 관심을 주지 않았다.

그러한 형의 태도에 알료샤는 당황했지만 나이차와 두 사람이 받은 교육 때문에 형이 차갑게 군다고 생각했다. 하지만 다른 한 편으로 형이 호기심이나 흥미를 표현하지 않는 것은 어쩌면 알지 못하는 다른 이유가 있을 거라고 생각했다. 즉, 이반이 어떤 마음속 중요한 문제에 몰두했거나 아니면 어려운 목표를 향해 모든 정력을 쏟고 있어서 자신을 거들떠보지 않는 것이라고, 아마 그것이 자신을 무덤덤하게 대하는 유일한 원인이라고 생각했다. 또 알료샤는 형의 그런 태도는 자신처럼 아둔한 견습 수사에 대한 유식한 무신론자의 경멸이 내재되어 있지는 않은지 생각했다. 그는 이반이 무신론자라는 사실을 잘 알고 있었다. 그렇다고 해도 알료샤가 화를 내지는 않았지만 그는 막연하게나마 불안감을 느끼며 형이 자기에게 다가와주기를 기다렸다.

큰형 드미트리는 이반을 깊이 존경해서 이반에 대해서는 언제나 특별한 감동을 담은 목소리로 이야기했다. 알료샤는 드미트리를 통해 최근 두 형이 끈끈하게 친해지게 된 중대한 일에 대해 빠짐없이 들었다. 알료샤는 드미트리가 이반에 대해 열광적으로 평가하는 것을 특이하게 여겼는데, 여기에는 다른 이유도 있었다. 드미트리가 이반에 비해 거의 교육을 받지 못한 것도 있지만, 두 사람은 인품이나 성격이 그렇게 닮지 않은 경우도 찾아보기 힘들 정도로 극단적인 대조를 이루었기 때문이다.

알료샤는 바로 이런 시기에 조시마 장로의 암자에서 이 들쑥날쑥한 가족의 모임, 정확히 말하자면 가족회의가 열려서 정신적으로 큰 영향을 받게 되었다. 그러나 이 가족회의의 목적은 사실 무척 수상쩍은 데가 있었다. 그 무렵 재산 정리와 상속 문제에 대한 드미트리와 표도르 간의 불화는 이미 한계에 달해 있었다. 두 사람의 관계는 악화될 대로 악화된 상태였고, 그래서 먼저 표도르가 농담처럼 조시마 장로의 암자에서 같이 모이자고 말을 꺼냈다. 물론 장로에게 직접 중재를 부탁한 것은 아니었지만 좀 더 확실하게 타협점을 찾을 수도 있고, 또 장로의 지위와 품격이 화해 분위기를 만드는 데 효과가 있을 거라는 희망 때문이었다. 드미트리는 그때까지 장로를 만나거나 얼굴을 본 적이 없어서 아버지가 분명히 장로를 앞세워 자신을 위협하려는 음모를 꾸미고 있다고 생각했다. 하지만 그는 요즘 아버지에게 지나치게 과격한 언행을 한 것이 마음에 걸려서 아버지의 제안을 그냥 받아들였다. 미리 말해두자면, 그는 이반처럼 아버지의 집에서 사는 것이 아니라 우리 읍내의 반대쪽 끝에서 따로 살고 있었다.

그런데 그 무렵 우리 고장에 와 있던 표트르 미우소프가 이런 제안에 특별한 흥미를 보였다. 1840~50년대의 자유주의자이자 자유사상가였고 무신론자인 그는 일상생활이 따분해서인지, 심심풀이를 위해서인지 갑자기 이 일에 개입했던 것이다. 그는 갑자기 수도원과 ‘성인’을 보고 싶은 강렬한 마음이 들었다. 그는 아직까지 이 수도원과 소유지 경계선, 벌목권, 어업권 문제 등을 둘러싸고 오랜 시간 소송을 계속해오고 있기 때문에 이 싸움을 원만하게 해결할 방법은 없을지 직접 수도원장을 만나서 애기하겠다는 핑계를 가지고 서둘러 이 모임에 참석하려고 했던 것이다. 물론 수도원 측에서도 그런 좋은 뜻을 가진 방문자라면 단순한 구경꾼보다는 훨씬 더 기쁘게 맞아줄 것이다. 이런 것들을 고려하여 최근 병이 들어서 일반 방문객의 면회를 사절하고 암자에서 나오지 않는 장로에게 수도원에서 무언의 압력을 주었을 수도 있다. 결국 장로도 만남을 허락했고 날짜도 결정되었다.

“누가 나를 그 사람들의 재판관으로 만든 거지?”

그는 알료샤에게 미소를 지으며 이렇게 말했다.

이 모임에 대한 사실을 알고 알료샤는 무척 당황했다. 알료샤는 이런 더러운 재산 싸움에 관련된 사람들 중에서 이번 모임을 진지하게 생각하는 사람은 맏형 드미트리뿐이고, 다른 사람들은 모두 장로를 재미삼아 모욕하겠다는 천박한 생각을 가지고 있을지 모른다고 생각했다. 작은형 이반과 미우소프는 무례한 구경꾼의 호기심을 가지고 이 모임에 참석할 것이고, 아버지는 어릿광대짓을 늘어놓을 심산인 게 확실했다. 알료샤는 아직 그런 말을 한 적은 없었지만 아버지의 성격을 너무 잘 파악하고 있었던 것이다. 다시 한번 반복하자면, 그는 남들이 생각하는 것처럼 단순하고 소박한 청년이 아니었다. 그는 무거운 마음으로 약속의 날을 기다렸다. 그는 가족 간의 갈등을 잠재울 묘안은 없을까 하고 계속 고민에 빠져 있었다.

하지만 그보다 장로에 대한 걱정이 더 앞섰다. 특히나 장로의 명예에 모욕을 주는 일이 생기지나 않을지 무척 걱정했다. 미우소프가 무례하게 조롱하거나, 유식한 이반이 멸시하는 태도로 중간에 이야기를 막는 일들이 눈앞에 생생하게 떠올랐다. 그는 장로에게 수도원에 오게 될 사람들에 대해 미리 경고할까 생각했지만, 이내 아무런 말을 하지 않는 것으로 마음을 바꾸었다. 이들이 만나기로 한 전날 맏형 드미트리에게 사람을 보내 자신은 형을 진정 사랑하고 있으며 약속한 일이 지켜지기를 바란다고만 전했다. 드미트리는 동생과 약속을 한 적이 없어서 의아해했지만 어쨌든 자신은 비열한 짓을 보게 되더라도 자신을 억누르는 데 최선을 다할 것이며, 장로와 이반을 깊이 존경하지만 이 모임은 자신에 대한 함정이나 나쁜 의도를 가진 어릿광대극이 분명하다고 답장을 보냈다.

하지만 나는 차라리 입을 다물어서 네가 존경하는 그 성스러운 분에게 무례한 짓은 하지 않겠다고 약속하겠다.

드미트리는 이렇게 편지를 끝맺었다. 그러나 이 편지도 알료샤를 안심시킬 수는 없었다.

제1부

제2편 | 부적절한 모임

1. 수도원에 도착하다

따뜻하고 화창한 날씨가 아름다운 8월 말이었다. 장로와의 만남은 늦은 미사가 끝난 11시 반쯤으로 정해져 있었다. 그러나 이 날 모이기로 한 사람들은 미사에는 참석하지 않고 미사가 다 끝날 시간이 되어서야 도착했다. 그들은 두 대의 마차에 나누어 타고 왔는데, 첫 번째 마차를 타고 먼저 표트르 미우소프가 도착했다. 그는 두 마리의 비싼 말이 끄는 멋진 마차를 타고 먼 친척인 표트르 칼가노프라는 스무 살 정도의 청년을 데려왔다. 이 청년은 대학교에 들어갈 준비 중이었는데, 사정이 생겨서 잠시 미우소프의 집에 머물고 있었다. 미우소프는 대학에 갈 마음이 있다면 자신과 함께 취리히나 예나로 가서 대학 과정을 마치라고 권유했다. 하지만 청년은 아직 결정을 내리지 못하고 있었다.

그는 깊은 생각에 빠질 때가 많았는데 어딘지 멍해 보였다. 산

뜻한 용모에 체격이 좋은 편이었고 키도 컸는데, 가끔 이상하리만큼 오랫동안 한 군데를 바라볼 때가 있었다. 멍한 사람은 흔히 그렇게 하곤 하지만, 그는 다른 사람의 얼굴을 한참 바라보면서도 실제는 그 어느 것도 보지 않았다. 그는 말수가 적은 편이었고 사람을 대하는 것이 서툴렀지만 누군가와 단둘이 있으며 갑자기 말이 많아지고 흥분하기도 해서 이유 없이 크게 웃었다. 그러나 이런 활기찬 태도는 갑자기 나타났던 것처럼 순식간에 사라져버리곤 했다. 그는 멋쟁이로 불릴 만큼 항상 옷차림이 단정했다. 이미 상당한 재산을 보유하고 있었고 앞으로는 그보다 훨씬 더 많은 유산을 상속받을 터였다. 그는 알료샤와 친구였다.

표도르 카라마조프는 아들 이반과 함께 늙은 두 마리 적갈색 말이 끄는 낡아빠진 커다란 짐마차를 타고 미우소프의 마차보다 훨씬 뒤에 처져서 나타났다. 드미트리는 전날 밤에 미리 시간을 알려주었음에도 아직 오지 않고 있었다. 방문객들은 수도원 울타리 옆의 여관집 빈터에 마차를 세우고 수도원 정문으로 걸어서 들어갔다. 표도르를 뺀 나머지 세 사람은 한 번도 수도원을 구경해본 적이 없었다. 특히 미우소프는 거의 30년 동안을 교회에 가지 않았다. 그는 거침없는 태도로 호기심을 가지고 주변을 둘러보았다. 하지만 수도원 안은 평범한 성당 건물과 그 부속 건물 외에는 볼 것이 없어서 관찰력이 좋은 그를 자극하지 못했다. 마지막으로 성당을 나온 신자 무리가 모자를 벗고 성호를 그으며 그들 곁을 스쳐 갔다. 이 사람들 중에는 다른 고장에서 온 상류층 부인 두어 명과 나이 든 장군 한 명이 있었는데, 이들은 모두 여관에

묵고 있었다.

곧 방문자들을 거지들이 둘러쌌지만 아무도 돈을 주지 않았다. 칼가노프만 10코페이카 은화 한 닢을 꺼냈지만, 무엇 때문인지 갑자기 허둥대면서 서둘러 한 여자에게 돈을 주며 급하게 말했다.

"똑같이 나누어 가져요."

방문객들은 돈을 주는 칼가노프의 행동에 대해 아무런 말도 하지 않았으므로 그가 당황할 이유는 없었다. 하지만 그는 자기 혼자 당황했다는 사실에 더 당황스러워했다.

그런데 이상한 일이었다. 사실 수도원 측에서 그들을 마중 나와서 어느 정도의 예의를 표해야만 했다. 왜냐하면 이들 중 한 사람이 얼마 전에 1000루블이나 되는 돈을 기부하기도 했고, 또 한 사람은 꽤 부유한 데다 교양까지 갖춘 지주였기 때문에 하천 어업권에 관한 소송 결과가 나오면 수도원에 있는 사람들은 그가 원하는 대로 따를 수밖에 없었기 때문이다. 그렇지만 그들을 정식으로 마중 나온 사람은 아무도 없었다. 미우소프는 성당 주변의 묘석을 바라보다가 "이런 성스러운 곳에 묻히려고 사람들이 바친 권리금이 꽤 될걸" 하고 말하고 싶었지만 입을 다물었다. 자유주의자인 그의 마음속에서는 냉소가 분노로 변하고 있었다.

"젠장, 누구한테 물어야 할지 도무지 모르겠네. 이러다 시간만 가겠어."

그는 혼잣말처럼 내뱉었다.

이때 갑자기 나이 든 대머리 남자가 헐렁한 여름 외투를 걸치고 눈웃음을 지으며 다가왔다. 그는 모자를 약간 위로 올리는 시늉을 하며 달짝지근하게 자신이 툴라현에서 온 막시모프라는 지주라고 모두에게 소개했다. 그리고 일행을 돕겠다고 나섰다.

"조시마 장로께서는 암자에서 조용히 지내십니다. 저기 작은 숲을 지나서…… 그 숲을 지나면…….""

"숲을 지나는 건 나도 압니다. 그냥 길을 정확히 모르는 거뿐입니다. 여기 다녀간 지가 꽤 오래돼서."

표도르가 대답했다.

"저 문으로 나가서 숲을 가로지르면 됩니다. 바로 저 숲입니다. 전 사실은…… 괜찮다면 제가 안내해드리겠습니다……. 여기로 오세요, 여기로…….""

그들은 문을 지나서 숲속을 걸어갔다. 막시모프는 나이가 예순 전후로 보였고, 호기심 어린 눈으로 일행을 관찰하면서 그들 옆에서 종종걸음을 치고 있었다. 그의 두 눈은 왠지 툭 튀어나온 통방울 같았다.

"우리는 개인적인 일로 장로를 찾아가는 겁니다. 우리는 '면회'를 허락받았습니다. 길을 안내해주시는 건 감사하지만 우리와 함께 들어갈 수는 없습니다."

미우소프가 위엄 있게 말했다.

"아닙니다. 전 벌써 다녀왔습니다. 이미 다녀왔다고요. '정말 완벽한 기사(Un chevalier parfait)!'였어요."

그는 그렇게 말하고 허공으로 손가락을 튕겨 보였다.

"누굴 말하는 겁니까?"

미우소프가 물었다.

"장로님, 그 성스러운 장로님 말입니다……. 그분은 이 수도원의 명예와 영광입니다. 조시마 장로님……. 이 장로님은 그러니까……."

그들을 뒤따라온 젊은 수도사 때문에 그의 횡설수설은 중단되었다. 수도사는 두건을 쓰고 있었고 얼굴이 몹시 여위고 창백해 보였으며 키가 작았다. 표도르와 미우소프는 가던 길을 멈추었다. 수도사는 허리를 깊숙이 숙여 정중하게 인사를 하고 이렇게 말했다.

"암자에서 장로님을 뵌 뒤, 원장님께서 점심 식사에 여러분을 초대하신다고 하셨습니다. 늦어도 1시까지는 원장님이 계신 곳으로 오시면 됩니다. 그리고 막시모프 씨도 함께……."

그는 막시모프를 돌아보았다.

"네, 가고말고요!"

초대받은 것을 기뻐하며 표도르가 외쳤다.

"꼭 가겠습니다. 우린 점잖게 행동하기로 약속했습니다……. 그런데 미우소프 씨, 가실 건가요?"

"왜 안 가겠습니까? 수도원의 모든 관습을 보려고 여기에 온 건데. 그런데 카라마조프 씨, 당신 같은 사람과 같이 다니니 곤란하군요."

"그런데 드미트리가 아직 안 왔네."

"그가 안 온다면 참 고마운 일일 거요. 이런 어색한 연극은 질색이오. 거기다 당신까지 함께라면. 어쨌든 점심 초대는 흔쾌히 응한다고 원장님께 전해주세요."

미우소프는 수도사를 돌아보며 말했다.

"아닙니다, 저에게 여러분을 장로님께 안내해드리라고 말씀하셨습니다."

수도사가 대답했다.

"그럼, 나는 원장님께 가보겠어요. 지금 바로 원장님께."

막시모프가 혀 짧은 소리로 말했다.

"원장님께서는 지금 바쁘십니다. 그렇지만 원한다면 그리하십시오."

수도사가 주저하며 말했다.

"정신 사나운 사람이군."

미우소프는 막시모프가 수도원 쪽으로 황급히 가는 것을 보고 큰 소리로 말했다.

"폰 존* 같은 사람이야."

갑자기 표도르가 말했다.

"겨우 한다는 말이 그거요? 저 사람이 어떻게 폰 존을 닮았다는 거요? 폰 존을 실제로 보기나 하고 하는 소리요?"

"사진을 봤어요. 얼굴이 닮은 건 아니고, 딱히 설명하긴 힘들지만……. 분명히 폰 존 같소. 나는 얼굴만 보면 금방 알 수 있소."

"그렇기도 하겠지. 당신은 그런 쪽으로 전문가니까……. 그런데 카라마조프 씨, 방금 점잖게 행동하기로 약속했다고 한 말을 잊으면 안 되오. 다시 말하지만 부디 처신에 신중하시오. 이곳에서

---

* 창녀들에게 살해된 희생자이다.

당신이 그 광대짓을 한다고 해도 난 맞춰주지 않을 거니까……."

그는 수도사를 바라보며 덧붙였다.

"참 곤란한 사람이라오. 난 이 사람과 함께 점잖은 분들을 뵙기가 정말 민망합니다."

창백하고 핏기 없는 수도사의 입술에 잠시 의미 있는 교활한 미소가 지나갔다. 하지만 그는 아무런 대답도 하지 않았다. 아무런 말도 하지 않는 것은 자신의 위엄을 지키기 위해서라는 게 너무나 분명했다. 미우소프는 더욱 인상을 썼다.

'빌어먹을 놈들 같으니! 몇백 년을 갈고닦은 낯짝이라 멀쩡하구만. 속으론 위선과 거짓으로 가득 찬 꼴이라니…….'

이런 생각이 그의 머릿속에 떠올랐다.

"아, 드디어 암자다. 이제 다 왔어요!"

표도르가 외쳤다.

"그런데 울타리도 있고 문은 닫혔어."

그는 문 위와 문 옆에 그려진 성상을 향해 성호를 긋기 시작했다.

"로마에 가면 로마법을 따르는 법이지. 여기 암자에서는 25명의 성자들이 서로의 얼굴만 보면서 양배추만 먹는다고 들었소. 여자는 단 한 명도 이 문을 들어온 적이 없다고 하고. 생각해볼 문제요. 이건 사실인 것 같으니……. 그런데 들리는 얘기에 장로님은 부인들도 만난다고 하던데요."

그는 갑자기 수도사를 돌아보았다.

"평민 여성들은 저기 복도 옆에 누워서 기다리고 있습니다. 그리고 상류층 부인들을 위해서 담장 밖이기는 하지만 복도 옆으로 작은 방을 두 개 지었지요. 저기 보이는 것이 바로 그 창문들입니다. 장로님께서는 건강하실 때 암자에서 저 방으로 통하는 복도를 통해 부인들을 만나십니다. 즉, 면회는 담 너머로 하는 겁니다. 지금도 하리코프현의 지주 부인 호흘라코바 부인이 몸이 허약한 따님을 데리고 와서 기다리고 있습니다. 아마 장로님께서 만나겠다는 약속을 하셨겠지요. 하지만 장로님도 요즘 허약해지셔서 사람들 만나는 게 힘드신 상태입니다.”

“암자에서 부인들 방으로 가는 비밀통로가 있다는 얘기군요. 신부님, 내가 나쁜 뜻으로 한 말은 아닙니다. 하지만 아토스산의 수도원에서는 여자는 고사하고 닭이나 칠면조, 송아지라도 여자, 즉 암컷 말입니다, 들은 적이 있는지 모르겠지만 암컷은 근처에도 못 오게 되어 있다고 들었는데요…….”

“이보세요, 카라마조프 씨, 계속 이러면 당신을 두고 난 가겠소! 미리 말하지만 내가 없다면 당신은 여기서 당장 쫓겨날걸.”

“내가 당신을 방해한 건 없잖소, 미우소프 씨. 저기 좀 보시구려.”

표도르는 암자의 담장 안으로 들어가면서 외치며 말을 이었다.

“정말 여기 사람들은 장미꽃 동산에서 살고 있군요.”

장미꽃이 필 시기는 아니었지만 아름다운 가을꽃들이 피어날 자리만 있으면 어디든 가득히 소담하게 피어 있었다. 솜씨가 뛰어난 사람이 꽃들을 가꾼 것처럼 보였다. 꽃밭은 교회 담장 안쪽과 무덤 사이에 가꾸어져 있었다. 장로가 사는, 정면에 복도가 있는 작은 단층 목조 건물 역시 가을꽃으로 둘러싸여 있었다.

"예전 바르소노피 장로님이 계실 때에도 이런 꽃밭들이 있었나요? 그분은 아름다운 것을 좋아하지 않았다고 들어서요. 심지어 부인들을 지팡이로 후려갈겼다는 얘기도 돌았으니까요……."

표도르는 현관 앞 계단을 오르며 떠들어댔다.

"바르소노피 장로님은 가끔 유로지비처럼 보이기도 했지만 터무니없는 이야기도 많습니다. 그분이 누구를 때리다니, 그게 있을 수 있는 일입니까."

수도사가 대답했다.

"그럼 여러분, 여기서 잠시 기다려주세요! 안에 가서 말씀드리고 오겠습니다."

"카라마조프 씨, 마지막이니 잘 들으시오. 제발 좀 점잖게 굽시다. 계속 그런다면 나도 다 생각이 있소."

미우소프는 그사이에 틈을 내어 다시 한번 중얼거렸다.

"도대체 이렇게 걱정하는 이유를 모르겠군요."

표도르가 빈정거리며 말했다.

"혹시 죄를 많이 지어서 무서워졌나요? 장로님은 한눈에 무슨 일로 왔는지 안다고들 하니까……. 그런데 당신 같은 진보파 파리 신사가 바보 같은 사람들의 말을 믿는다니 정말 놀랍군요!"

하지만 미우소프는 이 빈정거림에 대답할 겨를이 없었다. 곧 들어오라는 말이 들렸기 때문이었다. 그는 약간 화가 난 상태로 안으로 들어갔다.

'정말 계속 이러면 또 짜증을 내고 싸우게 될지도 모르겠군……. 사람들 시선도 신경 안 쓰면서 흥분하다가는 결국 망신

만 당하게 될 거야.'
그의 머릿속에 이런 생각이 떠올랐다.

2. 늙은 어릿광대

그들은 장로가 침실에서 나온 것과 거의 동시에 방 안으로 들어섰다. 암자에는 이미 두 수사 신부가 그들보다 먼저 와서 장로를 기다리고 있었다. 한 사람은 도서를 담당하는 신부였고, 또 한 사람은 매우 박식하다고 소문이 난 파이시 신부였는데 그는 늙지는 않았지만 건강이 좋지 않았다. 이 밖에도 스물두 살쯤 된 사복을 입은 청년 한 명이 구석에 서서(그는 계속 그렇게 서 있었다) 장로를 기다리고 있었는데, 신학자 지망생인 그가 수도원과 수도사들의 극진한 보호를 받는 이유는 무엇 때문인지 알 수 없었다. 그는 키가 꽤 크고 광대뼈가 튀어나와 있는 시원한 얼굴에 총명하고 진중한 갈색의 가는 눈을 가지고 있었다. 극히 공손하지만 아부라고는 찾을 수 없는 단정한 표정이었다. 그는 방 안으로 들어오는 손님에게 고개 숙여 인사도 하지 않았는데, 자신은 이곳에

종속된 입장이며 여기 온 다른 손님들과는 동등하게 어울리면 안 된다고 생각하는 것 같았다.

조시마 장로는 알료샤와 또 다른 견습 수사를 데리고 나타났다. 두 수사 신부는 빨리 일어나서 코가 땅에 닿을 정도로 인사를 하고 성호를 그은 뒤 장로의 손에 입을 맞추었다. 장로는 그들을 축복한 뒤 방금 그들처럼 경건하게 허리를 굽혀 답례를 하고 그들에게 자신을 위한 축복을 청했다. 이런 격식은 일상적인 관례가 아니라 감동이 느껴질 만큼 엄숙했다. 그러나 미우소프는 이런 짓들이 모두 엄숙한 척하려는 수작이라고 생각했다.

그는 일행 중에서도 가장 앞에 서 있었다. 그는 장로를 만나면 어떻게 해야 하는지 어제저녁에 미리 생각했었다. 자신의 생각이나 주의가 어떠하든지 단순하게 예절을 지키는 의미로(모두 그렇게 하는 것이 관습이므로) 장로에게 축복을 청하거나 장로의 손에 입을 맞출 것까지는 없지만, 성호를 긋는 것은 해야 한다고 생각했다. 그러나 수사 신부들이 절을 하고 입을 맞추는 것을 보고 난 뒤에 생각이 달라져버렸다. 그래서 그는 엄숙하고 진중한 표정으로 속세에서 하는 것처럼 정중하게 고개 숙여 인사하고 의자 있는 곳으로 물러났다.

표도르는 원숭이처럼 미우소프의 행동을 그대로 따라했다. 이반은 무척 정중하고 공손하게 절을 했지만 두 손을 바지 옆에 붙이는 정도일 뿐이었고 칼가노프는 많이 당황해서 그 절마저도 정식으로 하지 못했다. 장로는 축복을 하려고 위로 들었던 손을 내리고 다시 한번 절을 한 뒤에 모두에게 자리에 앉으라고 권했다.

알료샤는 수치스러워서 얼굴이 달아올랐다. 그의 불길한 예감대로 되어가고 있었던 것이다.

조시마 장로는 가죽을 씌운 구식 마호가니 소파에 앉았고 두 신부를 제외한 나머지 손님들을 맞은편 벽 쪽에 놓인 가죽이 닳은 네 개의 마호가니 의자에 나란히 앉도록 했다. 두 신부 중에 한 사람은 문 옆에, 나머지 한 사람은 창문 옆에 앉았다. 신학생과 알료샤, 견습 수사는 여전히 서 있었다. 암자 안은 몹시 좁았고 어딘지 초라해 보였다. 가구며 집기도 모두 낡고 값싼 것들인데 그마저도 꼭 있어야 할 것들만 있었다. 창문턱에는 두 개의 화분이 있었고 방 한쪽 벽에는 여러 폭의 성화가 걸려 있었다. 그중 하나는 정교회가 분리되기 훨씬 이전에 그려진 그림으로 보이는 커다란 성모상이었다. 성상 앞에는 작은 등불이 켜 있었다. 성모상 주위에는 번쩍번쩍 빛나는 금빛 성상화가 두 개 있었고 또 그 옆에는 누군가 만든 천사상과 사기로 만들어진 달걀, 가톨릭 십자가를 안은 비탄의 성모(Mater dolorosa)상 그리고 지난 수세기 동안 이탈리아 옛 거장들이 그린 몇 개의 판화가 장식되어 있었다. 세련되고 값비싼 판화의 옆에는 지극히 서민적인 러시아 석판화가 눈길을 끌었다. 성도나 순교자, 성인 등을 그린 판화였는데 단돈 몇 푼이면 어디서나 금방 살 수 있는 것들이었다. 그 외에도 맞은쪽에는 과거와 현대 러시아 대주교들의 초상화가 그려진 석판화가 나란히 걸려 있었다.

미우소프는 이 모든 형식적 장식물들을 빠르게 훑어본 뒤 장로를 바라보았다. 그는 자신의 관찰력을 지나치게 믿는 약점이 있었다. 하지만 그가 이미 쉰 살이 넘은 것을 감안하면 그리 탓할 바는 아니었다. 사실 그만한 나이가 되고 분명한 생활 기반이 있는 속세의 명민한 신사들은 가끔 자기도 모르게 자신을 높이 평가하곤 하기 때문이다.

그는 조시마 장로를 처음 본 순간부터 마음에 들지 않았다. 미우소프를 제외한 다른 사람들에게도 장로의 얼굴은 호감이 가는 점이 별로 없었다. 장로는 키가 작았고 등은 굽었으며, 특히 두 다리에는 힘이 없어서 나이가 예순다섯이었지만 10년은 더 들어 보였다. 여윈 얼굴에는 그물 같은 잔주름이 퍼져 있었고, 눈가는 특히 심했다. 눈은 크지 않고 밝은 색이었는데 마치 구슬처럼 생기발랄하게 반짝이고 있었다. 머리카락은 희게 셌는데 관자놀이 옆에 조금 남아 있고 턱에는 수염이 세모꼴을 이루며 듬성듬성하게 나 있었다. 때로 미소를 엷게 짓는 두 입술은 마치 가는 두 개의 끈처럼 얇았다. 코는 높지 않았지만 끝이 새처럼 뾰족했다.

미우소프는 머릿속으로 문득 생각했다.

'여러 가지로 볼 때 고약하고 얄팍하며 오만한 늙은이가 틀림없어!'

대체로 그는 이 모든 것이 마음에 들지 않았다.

벽에 걸린 괘종시계가 울려서 이야기가 시작되었다. 작고 값싼 벽시계는 촐랑대듯 '땡땡땡' 열두 번 정확하게 울렸다.

"약속한 시간이에요."

표도르가 갑자기 말했다.

"그런데 아들 녀석인 드미트리가 아직 도착하지 않았네요. 거룩하신 장로님(알료샤는 이 ‘거룩하신 장로님’이란 말에 온몸이 오싹해졌다), 제가 아들을 대신해서 사과드리겠습니다! 저는 항상 시계처럼 정확한 편이어서 1분 1초도 어긴 적이 없습니다. 저는 시간을 지키는 것이 왕이 갖춰야 할 예의라고 생각합니다……."

"설마 당신이 제왕이라는 건 아니겠지!"

견디다 못한 미우소프가 얼른 말을 잘랐다.

"당연하죠. 난 왕이 아닙니다. 미우소프 씨, 당신이 그렇게 말안 해도 그 정도는 나도 알고 있어요. 장로님, 전 늘 이런 엉뚱한 소리를 하는 버릇이 있습니다!"

그는 갑자기 감정이 치솟는 듯 외쳤다.

"전 진짜 어릿광대입니다. 저는 늘 이런 식으로 저를 소개합니다. 정말 한심한 버릇이죠! 하지만 이런 바보 같은 짓을 하는 것도 제 딴에는 목적이 있어서랍니다. 제 목적은 닥치는 대로 사람들을 웃게 만들어서 호감을 얻는 것입니다. 사람이 즐거워야 하지 않을까요? 안 그렇습니까?

한 7년 전쯤에 장사꾼 몇 명과 먼 곳의 작은 도시에 갔었습니다. 사업 때문이었습니다. 우리는 그곳의 경찰서장을 찾아갔습니다. 부탁할 일이 있었고 한턱내려고 했습니다. 그런데 그 경찰서장은 뚱뚱하고 머리털이 노란 것이 깐깐하고 거칠어 보이더군요. 이런 류가 가장 위험한 남자입니다. 하나같이 신경질적이거든요. 그래서 세상 풍파 다 겪은 사람답게 허물없이 이렇게 말했습니다.

‘서장님, 저희에게 나프라브니크가 되어주십시오.’

'나프라브니크가 무슨 말이오?'

그가 이렇게 물었습니다. 엄격한 표정으로 우리를 처다보는 걸 보고 '일이 잘되긴 틀렸구나' 하고 생각했습니다.

'전 그냥 분위기가 좋아지라고 농담을 한 겁니다. 전국에 유명한 오케스트라 지휘자인 나프라브니크 말입니다. 우리의 사업이 잘되기 위해서는 그런 지휘자가 필요하다는 말씀을 드리려고 한 얘기입니다.'

이렇게 설명을 하고 살살 달래려고 했습니다. 괜찮지 않습니까? 그런데 서장은 '미안하지만 나는 이스프라브니크*일 뿐이오. 경찰서장의 관직명을 웃음거리에 사용하는 건 싫습니다!' 하더니 돌아서 나가버렸습니다. 저는 뒤를 쫓으며 외쳤습니다. '그래요, 그래! 당신은 나프라브니크가 아닌 이스프라브니크예요!'라고 말하자 '아닙니다, 당신이 그렇게 말한 이상 난 나프라브니크요' 하고 고집하더군요. 그래서 우리의 일은 엉망이 되고 말았습니다. 저는 늘 이런 꼴이랍니다. 잘 보이려다가 항상 손해를 본다니까요. 꽤 오래된 얘기이지만 제법 힘 있는 인물에게 '사모님께서 간지러움을 잘 타시는 편이지요?'라고 말해버렸습니다. 말하자면 저는 정조 관념에 대한 것을 말한 건데, 도덕적으로 예민하다는 말의 다른 표현이었습니다. 그런데 그분은 갑자기 이렇게 말했습니다. '그럼 자네가 우리 마누라를 간질여본 적이 있단 말이오?'라고 하더군요. 저는 놀려주고 싶어서 거기서 그만두

지 못하고 '네, 그랬습니다'라고 했더니, 그분이 저를 간질이더군요……. 정말 오래전의 일이어서 지금은 창피한 것도 없어졌지만, 전 늘 이런 어리석은 짓을 저지르곤 합니다!"

"당신은 지금도 그러고 있소."

미우소프가 화를 내듯 중얼거렸다.

"그런 것 같군요! 그런데 미우소프 씨, 나도 알고 있습니다. 말을 한 순간 느꼈습니다. 그리고 당신이 끼어들 거라는 것도 알고 있었습니다. 그런데 장로님, 저는 제 농담이 별로 효과가 없다는 것이 느껴지면 양쪽 뺨이 바싹 마르고 잇몸에 달라붙어서 경련이 일 것 같습니다. 젊었을 때, 귀족 댁에서 눈칫밥을 먹을 때 생긴 버릇입니다. 저는 태어나면서부터 늘 어릿광대였습니다. 유로지비와 비슷합니다. 장로님, 제 몸에는 마귀가 들어 있는 것 같습니다. 하지만 그리 대단한 마귀는 아닌 것 같습니다. 대단한 마귀라면 저한테 오지는 않았을 테니까요. 미우소프 씨, 내 생각에 당신도 마귀가 들어와 있을 만큼 대단한 사람은 아닌 것 같소. 하지만 장로님, 저는 믿고 있습니다, 하느님을 믿고 있어요! 조금 전까지 의심했지만 지금은 조용히 앉아서 위대한 말씀을 기다립니다.

장로님, 저는 프랑스 철학자 디드로와 같습니다. 성스러운 장로님은 예카테리나 여왕 폐하 시대에 디드로가 플라톤 대주교를 찾아간 일화를 알고 계시죠? 그는 '하느님은 없다'고 선언했습니다. 그의 말을 들은 대주교는 손가락으로 하늘을 가리키며 말했습니다.

'미친 사람이 마음속에 하느님이 없다고 한다!'

디드로는 대주교의 발 앞에 엎드려 말했습니다.

'믿습니다, 세례도 받겠습니다!'

그래서 그는 바로 세례를 받았습니다. 그때 다쉬코바 공작부인이 대모였고, 포툠킨이 대부였는데……"

"카라마조프 씨, 거짓말 좀 그만하세요! 당신이 허튼짓을 벌이고 있고, 지금 하는 말이 엉터리에 거짓말이라는 건 당신이 더 잘 알 텐데, 왜 그런 바보 같은 짓을 하는 거요?"

미우소프가 흥분해서 떨리는 목소리로 이렇게 말했다.

"저도 엉터리라는 건 알고 있습니다!"

표도르는 흥분해서 외쳤다.

"그러나 여러분, 이번엔 진실을 말씀드리겠습니다. 위대하신 장로님, 저의 거짓말을 용서해주십시오. 마지막에 디드로가 세례를 받은 건 머릿속에 없던 얘기였는데 방금 꾸며냈습니다. 재미있는 이야기를 하려고 그렇게 되었습니다. 미우소프 씨, 내가 바보 같은 짓을 하는 건 잘 보이고 싶기 때문입니다. 하지만 잘 모르고 그러는 경우도 있긴 해요. 하지만 디드로 얘기에 나오는 '미친 사람이 마음속에……' 이 부분은 젊은 시절에 여기저기 떠돌 때 여러 지주들한테 수십 번도 더 들은 얘기입니다. 미우소프 씨, 당신의 숙모인 마브라 포미쉬나도 어떤 얘기를 하다가 이렇게 말했습니다. 그들은 모두 무신론자 디드로가 플라톤 대주교를 찾아가서 하느님이 존재하는지에 대해 논쟁을 벌였다고 지금도 믿습니다."

미우소프는 더는 견딜 수가 없어서 자신도 모르게 벌떡 일어났다. 그는 화가 난 자신이 우스꽝스럽다는 것을 알고 있었다. 하지만 지금 일어나는 일은 이 암자에서는 있을 수 없는 일이었다. 40~50년 동안 대대로 이어지며 많은 방문객이 날마다 몰려들었지만 그들은 모두 신앙심이 깊고 경건한 사람들이었다. 장로와 면담을 하게 된 사람들은 늘 자신이 큰 은혜를 입은 것에 대해 무릎을 꿇고 앉아서 일어나지를 않았다. 왕후 귀족들, 학자 그리고 단순히 호기심으로 또는 어떤 목적으로 찾아오는 자유사상가들도(여러 명이 한꺼번에 만나든지 홀로 만나든) 장로에 대한 깊은 존경과 예의를 갖추는 것을 무엇보다 중요하게 생각하고 있었다. 게다가 이곳에서는 돈을 받지 않았고, 한쪽에는 사랑과 자비가, 한쪽에서는 회개가 그리고 영혼의 어려운 문제나 인생의 난관을 극복하려는 간절한 갈망이 있을 뿐이었다. 그러한 까닭에 지금 상황 판단을 못하고 무의식적으로 표도르가 지껄인 농지거리 광대짓은 그곳에 있는 일부 사람들에게는 충격과 경악을 주기에 충분했다. 두 신부는 표정도 바뀌지 않고 장로의 말을 기다리고 있었지만 미우소프처럼 당장 자리에서 일어나고 싶은 기색이었다.

알료샤는 금방이라도 울음이 터질 것 같은 얼굴로 고개를 숙이고 서 있었다. 그는 무엇보다 형 이반의 태도를 이해할 수 없었다. 이반이 아버지를 말릴 수 있는 영향력을 가진 유일한 사람이어서, 알료샤는 형이 아버지의 어릿광대짓을 말려줄 거라고 기대했다. 그러나 이반은 눈을 아래로 깔고 움직이지 않은 채 의자에 앉아서 자신과는 아무런 상관도 없는 것처럼, 오히려 흥미를 느끼며 사태를 관조하고 있었다. 알료샤는 친구처럼 친하게 지내는 라키친(신학생)까지 볼 엄두가 나지 않았다. 이 수도원에서 라키친의 속마음을 잘 아는 사람은 알료샤뿐이었다.

"죄송합니다."

미우소프가 장로에게 말했다.

"장로님께서는 이 수치스러운 연극을 벌인 것에 제가 동조했다고 생각하실지 모르지만, 카라마조프 씨 같은 사람이 이런 위대한 분을 방문할 때는 최소한의 예의를 알고 있을 거라고 믿었던 것이 제 잘못입니다. 정말 이런 사람과 함께 찾아온 것을 사과드리게 되리라곤 생각도 못했습니다."

미우소프는 말을 끝맺지 못한 채 어쩔 줄 몰라 하며 밖으로 나가려고 했다.

"걱정 마세요."

허약한 다리로 몸을 일으키며 장로는 미우소프의 두 손을 잡고 다시 의자에 앉혔다.

"진정하세요. 특히 당신께 내 손님이 되어주길 부탁드립니다."

그는 고개를 숙이고 다시 자신의 자리에 앉았다.

"위대한 장로님, 말씀해주세요. 제가 지나치게 흥분해서 기분을 상하게 해드렸나요?"

표도르는 의자의 양쪽 손잡이를 잡은 채 대답에 따라서 나갈 것처럼 갑자기 외쳤다.

"당신도 마음을 가라앉히시고 어렵게 생각하지 않으셨으면 합니다."

장로는 그를 달래는 것처럼 말했다.

"어렵게 생각하지 마시고 내 집처럼 편안하게 생각하세요. 가장 중요한 것은 자신을 부끄럽게 여기지 않는 것입니다. 수치심은 모든 것의 원인입니다."

"내 집처럼요? 그럼 제 원래 모습으로 돌아가라는 뜻인가요? 그건 정말 황송한 말씀입니다. 하지만 정 그러시면 기꺼이 따르겠습니다. 하지만 장로님, 저에게 본모습으로 돌아가라고 하지는 말아주세요, 위험합니다! 저는 절대로 그럴 수 없습니다. 장로님의 안전이 걱정돼서 그럽니다. 다른 사람들이 저를 아무리 욕해도 사실어떻게 될지 아무도 아직은 모르니까요. 미우소프 씨, 바로 당신에게 하는 말입니다. 장로님, 주제넘지만, 저는 장로님께 환희를 느낄 뿐입니다."

그는 일어나서 두 손을 위로 들고 이렇게 외쳤다.

"'그대를 밴 배에 복이 있도다. 특히 그 젖꼭지는 복되도다. 모든 원인이 다 그 때문이다'라고 저에게 말씀하셨지만, 그 말씀은 저의 뱃속을 꿰뚫어보신 말씀입니다. 바로 그렇습니다. 저는 사람들과 어울리면 항상 제가 저속하고, 모든 사람이 저를 어릿광대로 취급한다는 생각을 합니다. 그래서 저는 그럼 정말 어릿광대가 되어야겠다고, 두렵지 않다고, 너희는 나보다 더 저속하니까! 하고 생각해왔습니다. 그래서 저는 진짜 어릿광대가 되었습니다. 장로님, 저는 수치심에서 태어난 어릿광대입니다. 제가 이렇게 말을 거칠게 하는 것도 모두 의심이 많기 때문입니다. 지금이라도 사람들이 저를 친절하고 명석한 사람으로 생각한다면, 그걸 제가 믿을 수 있다면, 아아, 그땐 저도 선량한 사람이 될 수 있을 텐데! 아아, 스승님."

그는 갑자기 무릎을 꿇었다.

"영생을 얻으려면 저는 어떻게 해야 할까요?"

그가 연극을 하고 있는 것인지, 정말 감동을 느껴서 그렇게 말하는지 알 수 없었다.

장로가 그를 올려다보며 미소를 짓더니 말했다.

"예전부터 어떻게 해야 하는지 스스로 알고 있었을 텐데요. 당신에게 그 정도 지혜는 있습니다. 술에 취하지 않고, 언행을 조심하세요. 음탕에 빠지지 말고, 특히 돈을 숭배하지 마십시오. 일단 당신의 술집부터 닫으세요. 모두 닫지 못하겠으면 일단 서너 곳이라도 닫아야 합니다. 하지만 가장 중요한 것은 절대 거짓말을 하지 않는 것이지요."

"디드로 얘기 말씀이십니까?"

"디드로 얘기를 하는 게 아닙니다. 자신에게 거짓말을 하지 않는 게 중요합니다. 자신에게 거짓말을 하면 자신의 거짓말을 듣는 자신도, 다른 사람도 진실을 구별할 수 없습니다. 결국 자신에게도, 남에게도 존중심을 잃게 됩니다. 아무도 존경하지 않으면 사랑을 잃어버리게 되고, 사랑이 없어지면 자신을 기쁘게 하고 기분을 달래기 위해서 쾌락과 음욕에 빠지게 됩니다. 마침내 짐승 같은 못된 짓을 하게 되지요. 이 모든 원인은 자신과 남들에게 거짓말을 하기 때문입니다. 자신에게 거짓말을 하는 사람은 화를 잘 냅니다. 화를 내는 것은 어떨 때는 유쾌하니까요. 그렇지요? 그런 사람은 누군가 자신을 모욕하는 것이 아닌데 스스로 모욕을 생각해내고, 그런 생각을 합리화하려고 거짓말을 하고 또 과장한 다는 걸 이미 알고 있습니다. 상대에게 트집을 잡고, 작은 일을 크 게 과장하기도 합니다. 하지만 자신이 버럭 화를 내지요. 마음이 시원해질 때까지, 더 큰 만족을 느낄 때까지 화를 냅니다. 그러다 가 이윽고 상대에게 적개심을 가지게 됩니다. 자, 일어나 앉으세 요. 그것 역시 거짓된 몸짓이니까.”

“오오, 성스러운 분이시여! 제발 손에 입 맞출 수 있도록 허락 해주세요.”

표도르는 일어나서 장로의 여윈 손등에 재빨리 입을 맞추었다.

“정말 옳은 말씀입니다. 화를 내면 확실히 기분이 좋아집니다. 정말 맞는 말씀입니다. 저는 아직까지 그런 얘기를 들어본 적이 없어서요. 저는 정말 평생 화내는 것을 재미있어 했습니다. 이를 테면 겉모습을 위해 화를 냈던 것입니다. 화를 내면 기분이 좋아 지고 때로는 멋있기까지 합니다! 장로님께서도 ‘멋있다’는 건 잊 으셨더군요. 이건 제 수첩에 써야겠습니다! 저는 정말 거짓말만 했습니다. 지금까지 날이면 날마다 한시도 거짓말을 안 한 적이 없습니다. 진실로 거짓은 거짓의 아버지로다! 아니, ‘거짓의 아 버지’는 아니었던 것 같기도 합니다. 전 늘 성경 구절이 헷갈려 서……. 거짓의 아들이라고 해서 이상할 건 없지만요. 천사님, 디 드로 얘기는 용서해줄 수 있으시겠지요? 디드로는 그리 나쁘지 않으니까요. 하지만 다른 거짓말은 모두 나쁜 것이겠지요. 거룩 하신 장로님, 깜빡 잊었는데 한 가지 여쭙겠습니다. 재작년부터 꼭 묻고 싶었던 것이 있습니다. 미우소프 씨, 이번엔 가만히 있어요! 저 사람을 말려주세요. 위대하신 장로님, 그럼 말씀드릴게요. 《순교자 열전》*에 이런 이야기가 있나요? 어떤 성자가 신앙을 지키려고 갖은 박해를 받고 결국 목이 잘렸는데, 그때 그 성자가 벌떡 일어나서 머리를 주워 들고 '경건하게 입 맞췄다'고 합니다. 두 손으로 안고 오래 걸으면서 말입니다. '경건하게 입을 맞췄다'는 것이 사실일까요? 장로님 생각은 어떠십니까?"

"아니요, 그건 사실이 아닙니다."

장로가 대답했다.

"《순교자 열전》에는 그런 이야기가 없습니다. 혹시 어느 성인 이야기에서 그런 내용이 나오는지 아시나요?"

도서를 맡고 있는 신부가 물었다.

"저도 모르겠습니다. 정말 모르겠습니다. 저도 꼼짝없이 속은 얘기입니다! 이건 다른 사람에게 들은 얘기입니다. 도대체 누가 그런 말을 했는지 아십니까? 여기 미우소프 씨가 한 얘기입니다. 아까 디드로 얘기에 그렇게 화를 냈던 이분이 바로 그 얘기를 한 장본인입니다!"

"나는 당신한테 그런 얘길 한 적이 없소. 나는 당신하고 이야기를 나눠본 적이 없잖소."

"정확하게 나에게 그 이야기를 한 건 아닙니다. 하지만 당신이 여러 사람에게 그 얘기를 할 때 나도 거기 있었어요. 4년이 좀 안 되었을 겁니다. 내가 이 말을 꺼낸 건 당신이 한 그 맹랑한 이야기

---

* 성자들과 순례자들의 생애가 담긴 일종의 달력이다.

때문에 내 신앙이 송두리째 흔들렸기 때문입니다. 미우소프 씨는 몰랐겠지만, 나는 그 얘기를 듣고 큰 충격에 빠져 집으로 왔어요. 그 뒤로 나는 신앙에 의심을 품었어요. 맞아요, 미우소프 씨, 당신이 나를 이렇게 타락하게 만든 장본인입니다. 그런 것에 비하면 디드로 얘기는 아무것도 아닙니다!”

표도르는 씩씩거리며 비장한 표정을 지었지만 누가 봐도 그의 광대짓이 다시 시작된 것 같았다. 미우소프는 기분이 몹시 상했다.

“가당치 않은 소리……. 말 같지 않은 소리…….”

그는 중얼거렸다.

“내가 어쩌다 그런 소리를 했는지는 모르지만……. 어쨌든 내가 당신에게 한 얘기는 아니오. 나도 들은 얘기란 말이오. 파리에서 어느 프랑스 사람에게 들었는데, 러시아에서는《순교자 열전》의 그 부분을 낭독한다고 들었다는 거요. 그는 유명한 학자이고 러시아에 대한 여러 통계 연구 전문가이며 러시아에서도 오랫동안 살았다고 했소. 나는《순교자 열전》를 읽은 적이 없습니다. 또 읽을 생각도 없지만 어쨌든 식사할 때 그런 시시콜콜한 이야기를 잠시 할 수도 있는 거 아닙니까? 그때 우린 식사 중이었으니까…….”

“흥, 당신은 그때 식사 중이었는지 몰라도 난 그 때문에 신앙을 잃었습니다!”

표도르가 조롱하는 것처럼 말했다.

“당신 신앙이 나한테 무슨 상관이란 말이오”

미우소프는 이렇게 소리치다가 문득 자신을 억누르며 경멸하듯이 덧붙였다.

"당신은 아무나 걸리는 대로 시비를 걸고 있는 거요."

장로가 갑자기 자리에서 일어났다.

"여러분, 잠시 실례하겠습니다."

그는 모두를 바라보았다.

"여러분보다 먼저 오신 손님들에게 잠시 나갔다 오겠습니다. 그런데 카라마조프 씨는 거짓말을 하지 마세요."

장로는 웃으면서 표도르를 향해 말했다.

그는 밖으로 나갔고 알료샤와 신학생이 그를 부축하려고 뒤쫓아 나갔다. 알료샤는 숨을 몰아쉬고 있었다. 그는 그 자리를 벗어나게 된 것이 기뻤고, 장로가 언짢아하지 않고 유쾌한 것도 기뻤다. 장로는 자신을 기다리는 사람들을 축복하기 위해 복도로 걸어 나갔다. 그러나 암자 문턱에 이르자 표도르가 그를 멈추게 했다.

"성스러운 분이시여!"

그는 감동에 겨운 목소리로 외쳤다.

"장로님의 손에 다시 입을 맞출 수 있도록 해주세요! 아닙니다, 장로님과는 이야기를 더 나눌 수 있고, 같이 지낼 수도 있을 것 같습니다! 장로님께서는 제가 항상 거짓말만 하고 우스꽝스러운 짓만 한다고 생각하세요? 아닙니다. 조금 전에는 장로님을 시험하기 위해서 일부러 그랬습니다. 장로님과 친해질 방법이 없을까 하고요! 장로님의 자존심 옆에 저의 이 겸손한 마음이 자리할 여유가 있으신가요? 당신이 모든 사람과 이야기를 나눌 수 있는 분이라는 증명서를 드리겠습니다! 그리고 이젠 입을 다물겠습니다. 끝까지 입을 다물고 있겠습니다. 제자리에 앉아서 조용히 있겠습니다. 미우소프 씨, 이제 당신이 말해보세요! 이제 당신이 주인공입니다. 단 10분 동안입니다.”

3. 믿음이 깊은 시골 아낙네들

　수도원을 둘러싼 바깥쪽 벽에 붙어 있는 회랑 계단 아래쪽에는 대략 20명의 시골 아낙네들이 몰려와 있었다. 곧 장로가 나온다는 소식을 듣고 두근거리는 마음으로 기다리고 있었다. 여지주 호흘라코바 부인 일행도 상류 부인들만 사용하는 별채에서 장로를 기다리고 있다가 회랑으로 나와 있었다. 그들은 모녀 두 사람뿐이었는데, 어머니인 호흘라코바 부인은 아직 젊었고 부유해서 항상 옷차림이 우아했다. 약간 창백한 얼굴은 사랑스러워 보였고, 까만 눈동자는 생기 있게 반짝였다. 이제 겨우 서른세 살 정도 되었지만 5년 전쯤 과부가 되었다. 딸은 열네 살이었는데 안타깝게도 소아마비에 걸려서 반 년 동안 걷지 못하고 바퀴 달린 좁고 긴 의자를 타고 여기저기 실려 다녔다. 얼굴은 귀엽게 생겼고 병 때문에 약간 창백했지만 무척 쾌활한 표정이었으며, 속눈썹이 긴 큰 눈은 까만 눈동자가 장난꾸러기처럼 반짝거리며 빛났다.

어머니는 봄부터 딸을 외국으로 데리고 휴양을 갈 계획이었지만 영지가 정리되지 않아서 한여름이 지나도 출발하지 못했다. 이 고장에 이 모녀가 온 것은 벌써 일주일이나 되었는데 처음에는 순례를 하러 온 것이 아니라 다른 볼 일이 있어서 여기에 온 것이었다. 그들은 사흘 전에 장로를 만났지만 이날 또 갑자기 찾아왔다. 장로가 아무것도 바꿀 수 없다는 것을 알지만 불쑥 찾아와 다시 한번 '거룩하신 치유자를 뵐 수 있는 영광'을 베풀어주기를 애원했다. 어머니는 장로가 나오기를 기다리면서 딸의 바퀴 달린 의자 옆에 놓인 의자에 앉아 있었다. 그녀에게서 두어 걸음 떨어진 곳에는 늙은 수도사가 서 있었다. 그는 수도원에 있는 사람이 아니고 먼 북방의 이름이 알려지지 않은 수도원에서 찾아온 수도사였다. 그 역시 조시마 장로에게 축복을 받기 위해 찾아온 길이었다.

하지만 장로는 밖으로 나와서 이 별채를 그대로 지나더니 곧바로 시골 아낙네들이 기다리는 회랑 쪽으로 나갔다. 아낙네들은 회랑에서 마당으로 내려가는 낮은 계단 아래쪽으로 몰려들었다. 계단 꼭대기에서 걸음을 멈춘 장로는 어깨에 영대(領帶)를 걸친 채 여인들을 축복했다. 한 미친 여자가 사람들에게 두 손을 붙들린 채 앞으로 끌려나왔다. 이 여자는 장로를 보자마자 갑자기 발작을 일으키는 것처럼 딸꾹질을 하고 온몸을 비틀며 괴상한 비명을 질렀다. 장로가 여인의 머리 위에 영대 자락을 얹고 몸을 구부려서 간단한 기도문을 외우자 여자는 금세 조용해졌다.

요즘같은 세상에서는 잘 모르겠지만, 내가 어린 시절에는 마을이나 수도원에서 이따금 미친 여인을 보거나 그런 사람들이 있다는 이야기를 듣고는 했다. 미사 때 그녀들을 데리고 오면 처음에는 교회가 떠나가라고 시끄러운 비명을 지르거나 개처럼 울부짖었으나, 성체가 오고 빵과 포도주가 있는 곳에 끌려나오면 금세 발작은 멎고 병자는 잠시 평온을 찾곤 했다. 이러한 풍경은 어린 시절의 나에게 감동과 놀라움을 주었다. 그러나 이미 그 시절 내가 이 문제를 물어보자, 마을의 지주나 특히 학교 선생님들은 그것이 꾀병 같은 것이라고 했다. 즉, 시골 아낙네들이 일을 하기 싫으면 곧잘 그런 흉내를 내곤 하는데 적절하게 엄격한 조치를 취하면 당장 고칠 수 있다고 확신하며 그런 사례들을 이야기해주었다.

그러나 나는 그 뒤에 의학자들에게 그것이 꾀병이 아니라 러시아에서만 볼 수 있는 무서운 부인병이라는 얘기를 듣고 놀라움을 금치 못했다. 이것은 러시아 시골 여성들의 처참한 운명을 그대로 보여주는 것으로, 의료 혜택을 받지 못하고 잘못된 방법으로 아이를 낳은 산모가 쉬지 못하고 과격하고 힘든 노동에 시달리게 되면 생기는 병이었다. 이 외에도 연약한 여자가 견디기 힘든 일반적인 것들, 즉 어디 얘기하지도 못할 슬픔과 폭력으로 인해 이 병에 걸리기도 했다.

소리를 치고 날뛰는 병자를 신부가 있는 곳으로 끌고 가면 미친 짓이 가라앉는 신비로운 일도(꾀병이 아니면 '교권파'들이 지어낸 속임수라고 설명해준 사람들도 있지만) 자연스럽게 일어나는 현상이라고 보는 것이 타당하다. 신부 앞으로 병자를 끌고 가는 아낙네들은 물론 그 환자도 이렇게 성체성사(聖體聖事)를 받으러 나가서 성체 앞에 몸을 숙이면 병자를 사로잡는 마귀는 도저히 견딜 수가 없어서 도망친다고 확고한 진리처럼 굳게 믿어왔던 것이다. 그래서 병이 나을 것이라는 신념과 기적이 일어날 것이라는 기대감이, 성체 앞에 몸을 숙이는 순간, 그 환자의 몸 여기저기에서 경련 같은 작용을 일으키고(당연히 일어났을 것이다), 이렇게 기적은 순식간에 일어나게 되는 것이다. 지금 이곳에도 기적은, 장로가 환자의 머리에 영대 자락을 얹는 순간에 일어났던 것이다.

장로 앞에 몰려든 여인들 중 대부분은 한순간의 효과가 불러온 감동과 기쁨으로 눈물을 흘렸다. 또 어떤 여자들은 장로의 옷에 입을 맞추려고 서로 다투며 앞으로 나가고, 다른 여인들은 울면서 넋두리를 늘어놓았다. 장로는 이 모든 여인들을 축복해주고 그중 몇 사람과는 이야기를 나누었다. 장로는 미친 여자를 예전부터 알고 있었다. 수도원에서 6km 정도 떨어진 마을에 살고 있는 여자로 예전에도 이곳에 온 적이 한 번 있었다.

"저기 먼 곳에서 온 사람이 있군!"

장로가 어떤 중년 여인을 가리켰다. 많이 늙지는 않았지만 마르고, 햇볕에 그을린 게 아니라 얼굴이 검게 타버린 여자였다. 그 여인은 무릎을 꿇고 움직이지 않은 채 장로를 바라보고 있었다. 그녀의 시선에는 뭔가 황홀함이 담겨 있었다.

"네, 멀리서 왔습니다, 장로님, 멀리서요. 300km나 떨어진 곳이랍니다. 장로님, 정말 멀리서 왔답니다."

여인은 한 손으로 턱을 괴고 머리를 흔들면서 노래하는 것처럼 큰 목소리로 대답했다. 마치 눈물로 하소연하는 것 같았다.

민중에게는 말없이 끝까지 참는 슬픔이 있다. 그러나 밖으로 터져 나오는 슬픔도 있어서 이 슬픔이 눈물과 함께 밖으로 터져 나오면 금세 통곡으로 변한다. 특히 이것은 여자들에게 그렇다. 하지만 이 괴로움이 말없는 슬픔보다 견디기 쉬운 것은 아니다. 통곡으로 치유받을 수 있는 것은 더 큰 고통으로 가슴이 찢어지는 슬픔을 느낄 때다. 이런 슬픔은 더 이상 위로를 바라지 않고, 치유될 수 없다는 생각에서 생긴다. 통곡은 마음의 상처를 끊임없이 찌르고자 하는 욕망에 불과한 것이다.

"상인 출신인가요?"

장로가 여인을 살펴보는 눈길로 바라보았다.

"예, 읍내에 삽니다. 처음엔 농사를 지었는데 읍내로 이사를 갔습니다. 장로님, 소문을 듣고 장로님을 뵙기 위해 이곳까지 왔습니다. 어린 아들이 죽고 순례길에 올랐습니다. 세 군데의 수도원을 가봤지만 모두 '나스타샤, 그곳에 가도록 해요' 이렇게 말하더군요. 이곳의 장로님에게 말이에요. 어제는 여관에서 자고 그래서 오늘 이렇게 찾아왔습니다."

"왜 울고 있나요?"

"죽은 아들이 불쌍합니다, 장로님. 그 아이는 세 살 된 사내아이입니다, 세 살에서 석 달이 모자라는. 그 아이 때문에 괴롭습니다. 장로님, 바로 그 아이 때문에 말이에요. 그 아이는 한 명 남은 아들이었습니다. 저와 니키타 사이에는 아이가 넷 있었는데 모두 걸음마를 떼기 전에 죽었습니다. 장로님, 이제 아무도 없습니다. 세 아이를 묻을 때는 그렇게 불쌍하지 않았는데 막내를 묻은 뒤에는 잊을 수가 없습니다. 전 아직도 그 애가 제 앞에서 놀고 있는 것 같습니다. 한시도 그 아이가 제 마음을 떠나지 않아요. 그 애가 입던 속옷을 봐도, 윗옷을 봐도, 신발을 봐도 금세 눈물이 납니다. 저는 그 애가 남긴 물건들을 늘어놓고 한바탕 통곡한답니다. 그래서 제 남편 니키타에게 순례를 떠나게 해달라고 했어요. 남편은 마부이지만 저희는 그리 가난하지 않답니다. 마차가 저희 거니까요. 말과 마차 모두 우리 것입니다. 그렇지만 그게 다 무슨 소용인가요? 니키타는 제가 없으면 술을 마십니다. 전부터 그랬어요. 지금도 아마 마시고 있을 거예요. 제가 한눈을 팔면 그 사람은 금방 무너집니다. 하지만 남편이 어찌 되든 지금은 신경 쓰지 않아요. 벌써 집을 떠난 지 석 달째거든요. 이젠 모든 걸 다 잊었습니다, 생각하기도 싫습니다. 그 사람하고 같이 사는 것이 무슨 의미가 있겠습니까? 이제 저는 남편과 끝났습니다, 모든 것과 인연을 끊었습니다. 전 우리 집과 재산도 생각하기 싫습니다. 제 마음속엔 이제 아무것도 남지 않았어요!"

"그런데, 아기 엄마."

장로가 말했다.

"옛날에 어느 위대한 성자께서 당신처럼 아들 때문에 성당에 와서 우는 한 어머니를 보았어요. 그 어머니 역시 하느님이 데려가신 아들 생각에 슬퍼서 울었지요. 성자께서는 여인에게 말씀하셨어요. '너는 아이들이 하느님 앞에서 얼마나 귀엽게 노는지 아느냐? 하늘나라에서는 어린아이들만큼 대담한 사람도 없느니라. 아이들은 하느님께 이런 말까지 한단다. ‘하느님께서 우리에게 삶을 주시고 우리가 세상을 구경도 하기 전에 다시 부르셨으니, 우리가 천사가 되게 하옵소서’ 이렇게 떼를 써서 그들은 천사가 되었느니라. 그러니 울지 말고 기뻐하라. 그대의 아들도 지금 하느님 곁에서 수많은 천사들과 함께할 테니.’ 성자께서는 이렇게 슬퍼하는 어머니를 달래셨다오. 그분은 위대한 성자시니까 거짓 말은 결코 하지 않으셨을 거요. 그러므로 당신의 아이도 지금 하느님 앞에서 즐겁게 뛰놀며 어머니를 위한 기도를 하고 있을 거요. 자, 이제 기쁨의 눈물을 흘려야 할 때요.”

여인은 한 손으로 턱을 괴고 고개를 숙인 채 장로의 말을 들었다. 그녀는 한숨을 깊이 내쉬었다.

“니키타도 똑같은 말을 하면서 저를 위로했어요. ‘바보처럼 왜 울어! 그 애는 지금 하느님 옆에서 천사들과 노래를 부르고 있을 거야.’ 하지만 남편도 이렇게 말하면서 저처럼 울고 있었어요. 제가 우는 것과 똑같이 말이에요. ‘여보, 나도 그건 알아요. 하느님 옆이 아니면 또 어디에 있겠어요? 하지만 지금 우리 곁에 그 아이는 없잖아요? 전에는 우리 옆에 그 아이가 있었잖아요!’ 저는 이렇게 말했습니다. 그 애를 한 번이라도, 단 한 번만이라도 볼 수 있다면! 아니, 옆에서 보지 않아도 좋아요. 구석에 숨어서, 아무 말도 하지 않고, 그저 얼굴만 잠시 볼 수 있다면 여한이 없을 거예요. 마당에서 놀다가 그 가녀린 목소리로 ‘엄마, 어디 있어?’ 하던 그 목소리를 꼭 한 번 다시 듣고 싶습니다, 그저 단 한 번만. 정말

단 한 번만 그 작고 귀여운 발로 통통 뛰어다니는 걸 들을 수 있으면 좋겠습니다. 그전에는 달려 들어와 엄마를 놀라게 하고 깔깔대며 웃곤 했습니다. 발소리라도 한번 들을 수 있다면. 정말 듣고 싶어서 미칠 것 같습니다. 하지만 장로님, 그 애는 갔습니다. 이제는 없어요, 이제 영원히 그 애의 목소리를 들을 수 없습니다! 이 허리띠만 남았고 소중한 그 아이는 이제 없어요. 앞으로도 그 아이를 결코 볼 수도, 들을 수도 없답니다."

여인은 품에서 아이가 쓰던 술 장식이 달린 작은 허리띠를 꺼냈다. 그리고 그 허리띠를 보고 손으로 얼굴을 가리고 떨면서 흐느꼈다. 손가락 사이로 샘처럼 눈물이 흘러내렸다.

장로는 다시 말했다.

"그렇지만, 옛날에 '라헬이 그 자식들 생각에 슬프게 울었지만 결국 위안을 얻지 못했으니 이는 오직 그들이 죽고 없음이니라'라고 한 것과 같소. 어머니가 이 세상에서 겪어야 하는 시련입니다. 그러니 위안을 얻으려고 해서는 안 되고 위안을 얻어서도 안 됩니다. 위안을 얻으려 하지 말고 그냥 우시오. 그리고 울면서 아들이 하느님의 천사가 되어 당신을 보고 있다고 생각하시오. 당신의 눈물을 보고 기뻐하며 하느님께 그것을 손가락으로 가리킬 것이오. 앞으로 오랫동안 어머니로서의 슬픔을 느끼겠지만 결국 이것이 고요한 기쁨이 될 것이오. 그때는 쓴 눈물도 마음을 깨끗이 하고 죄를 씻는 고요한 감동과 정화의 눈물로 바뀔 것이오. 아들의 영혼을 위해 기도하겠소. 이름이 무엇이오?"

"알렉세이입니다, 장로님."

"귀여운 이름이오. 하느님의 사도 알렉세이 님의 이름에서 따온 것이오?"

"네, 장로님, 하느님의 사도 알렉세이 님에게서 따왔습니다."

"귀한 아이군요! 기도하겠소. 그리고 기도를 할 때마다 당신이 슬퍼한다는 말도 잊지 않으리다. 남편의 건강을 위해서도 기도하겠소. 단, 당신이 남편을 홀로 두는 건 좋지 않소. 집으로 돌아가서 남편을 위로하시오. 당신 아들도 당신이 아버지를 떠난 줄 알면 아주 슬퍼할 것이오. 당신은 왜 아들의 행복을 망치려고 합니까? 그 애는 살아 있습니다. 영혼은 영원히 살아 숨 쉽니다. 집에는 없지만 눈에 보이지 않지만 항상 당신 옆에 있습니다. 그런데 당신이 집을 나와 있으면 그 애가 집에 찾아올 이유가 없잖소? 아버지, 어머니가 같이 살지 않으면 그 애는 누구를 찾아가야 한단 말이오? 당신은 지금 아들 때문에 괴로워하지만, 집으로 돌아가면 아이가 안식의 꿈을 보낼 것이오. 남편에게 가세요. 바로 지금 가세요."

"가겠습니다, 장로님. 지금 당장 가겠어요. 장로님은 제 마음을 완전히 이해하셨습니다. 아아, 니키타, 당신은 지금도 나를 기다리고 있겠죠!"

여인은 다시 하소연을 하려고 했지만 장로는 이미 순례자의 차림이 아닌 평상복을 입은 한 노파에게 다가가고 있었다. 노파의 눈을 보면 고민이 있어서 왔다는 것을 알 수 있었다. 하사관의 과부이며 읍내 가까운 곳에 살고 있는 노파였다. 노파의 아들 바센카는 육군 병참 부대 소속으로 시베리아의 이르쿠츠크로 전출되어간 뒤 편지가 두 번 왔고, 그 후 1년이 지나도록 소식이 끊어졌다고 했다. 노파는 아들의 소식을 수소문하고 싶었지만 어디서, 어떻게 해야 할지 몰랐다.

"얼마 전에 부유한 상인의 부인인 스테파니다 베드랴기나가 이렇게 말했어요. '프로호로브나 할머니, 차라리 아들 이름을 써서 성당에서 기도를 드려요. 그러면 아들의 영혼이 고향을 그리워하다가 편지가 올 거예요. 여러 번 이런 일이 있었으니 분명히 효과가 있을 거예요.' 하지만 어쩐지 저는 석연치 않아서……. 장로님, 정말일까요, 거짓일까요? 그렇게 하는 게 좋을까요?"

"당치 않는 소리요. 그런 걸 물어보는 것조차 부끄러워해야 하오. 살아 있는 사람의 영혼에 그 어머니가 기도를 드린다니, 있을 법한 얘긴가! 그것은 미신을 섬기는 것처럼 큰 죄에 속하오! 하지만 몰라서 그런 생각을 했다면 용서받을 수는 있어요. 우리를 항상 돌보시고 보호해주시는 성모님께 아들을 위해 기도하시오. 그리고 당신의 어리석음을 용서해달라고 함께 비시오. 프로호로브나 할머니, 아들은 곧 돌아오거나 소식을 전해올 것이오. 그렇게 알고 이제 안심하고 돌아가시오. 당신의 아들은 살아 있어요, 틀림없이."

"친절하신 장로님, 당신에게 신의 축복이 내리기를! 우리를 위해 우리가 지은 죄를 위해 기도하시는 우리의 은인이신 장로님!"

그러나 장로는 사람들 틈에서 자신을 바라보는 젊은 여인을 보았다. 결핵이라도 앓고 있는 듯 완전히 병든 모습으로 여인은 무언가를 바라는 듯한 눈빛으로 장로를 말없이 바라보고 있었지만,

막상 장로 앞에 나서기는 두려운 듯했다.

"무슨 일로 왔나요?"

"장로님, 제 영혼을 구원해주세요."

젊은 여인은 침착하고 낮은 목소리로 말했고 장로의 발 아래에
무릎을 꿇고 엎드렸다.

"저는 죄인입니다, 장로님, 제 죄가 무섭습니다."

장로가 층계 가장 아래 계단에 앉자, 여인은 무릎을 꿇고 장로
앞으로 다가섰다.

"3년 전에 저는 과부가 되었습니다."

여인은 떨리는 목소리로 속삭였다.

"결혼 생활은 힘들었습니다. 남편은 늙었는데 저를 몹시 구박
했습니다. 그러다 남편이 병이 나서 몸져눕자, 갑자기 저 사람이
병이 나아서 일어나면 어떡하지, 하는 생각이 들었습니다. 그때
제 마음에 끔찍한 생각이 떠올랐어요."

"잠깐!"

장로는 그녀의 말을 멈추고 여인의 입에 귀를 가져다댔다. 여
인이 작게 말해서 거의 알아들을 수가 없었기 때문이다. 이야기
는 금세 끝났다.

"3년 되었다고?"

"네, 3년째입니다. 처음엔 잘 몰랐는데 병이 든 후부터 자꾸 그
생각이 나서 괴롭습니다."

"멀리서 왔나요?"

"여기서 500km 떨어진 곳에서 왔습니다."

“참회에서 이야기했나요?”

“네, 두 번이나 했습니다.”

“성체성사는 받았지요?”

“네, 받았어요. 무서워요. 전 죽는 게 무섭습니다.”

“아무것도 무서워하지 마세요. 두려워하지 말고 상심하지도 마세요. 속죄하는 마음을 잃지 않으면 하느님은 전부 용서해주십니다. 진심을 다해 회개하는데 용서받지 못할 죄는 이 세상에 없습니다. 끝이 없는 하느님의 사랑을 마르게 할 만큼 큰 죄를 인간이 짓게 하실 리가 없습니다. 하느님의 사랑을 뛰어넘는 죄가 과연 있을까요? 그러니 두려워하지 말고 쉼 없이 회개하는 데 마음을 쓰세요. 믿으세요. 하느님께서는 상상하지 못할 만큼 당신을 사랑하십니다. 당신이 죄에 물들고 죄악에 빠지더라도 하느님은 사랑해주십니다. 예로부터 10명의 올바른 사람보다 1명의 회개하는 죄인을 천국에서는 반긴다는 말이 있잖소. 두려움은 내려놓고 돌아가시오. 사람들의 말로 상처받지 말고 모욕을 느껴도 참으시오. 죽은 남편이 당신을 학대한 것을 진심으로 용서하고 그 사람과 화해하시오. 진심으로 회개하면 사랑이 생기고, 사랑이 생기면 당신은 이미 하느님의 자녀라오. 모든 것을 감싸고 구원하는 것이 바로 사랑이오. 당신과 똑같은 죄인인 나도 당신에게 감동하고 당신을 가여이 여기는데 하느님께서는 어떠시겠소? 끝없이 값지고 이 세상 전부를 살 수 있는 것이 사랑이오. 자신의 죄뿐만 아니라 다른 사람의 죄까지 보상할 수 있는 게 사랑이오. 그러니 이제 두려워 말고 돌아가시오.”

장로는 여인에게 세 번 성호를 긋고 자신의 목에 걸렸던 작은 성상을 여인의 목에 걸어주었다. 여인은 조용히 머리가 땅에 닿을 정도로 절을 했다. 장로는 가볍게 자리에서 일어나서 아기를 안은 어떤 건강한 아낙네를 기쁘게 바라보았다.

"브이셰고리예에서 왔습니다, 장로님."

"여기서 6km가 넘는 곳이죠? 아기를 데리고 오느라 고생했소. 무슨 일로 왔지요?"

"장로님을 뵙고 싶어서요. 전에도 몇 번 왔는데 기억하세요? 저를 잊으셨으면 기억력이 좋지 않으신 거예요. 장로님께서 아프시다고 하셔서 직접 뵈러 왔어요. 하지만 직접 뵈니 20년은 더 사실 것 같아요, 진심입니다. 부디 건강하세요. 장로님을 위해 기도하는 사람들이 많은데 장로님이 편찮으시면 되나요?"

"고마운 말이오."

"그런데 부탁이 있습니다. 60코페이카가 있는데 장로님께서 이 돈을 저보다 가난한 사람에게 전해주세요. 이 돈이 필요한 사람을 장로님께서 알고 계실 테니 부탁드려야겠다고 생각했어요."

"고맙고 기특하구려. 친절하고 좋은 분입니다. 당신을 사랑합니다. 원하는 대로 하겠소. 그런데 아기는 딸인가요?"

"네, 딸입니다. 리자베타라고 부릅니다."

"하느님께서 모녀를, 당신과 어린 딸 리자베타를 함께 축복하시길 빌겠소. 당신은 내게 기쁨을 줬어요. 여러분, 모두 안녕히 가세요. 사랑하는 형제들, 안녕히 가십시오!"

110

4. 믿음이 약한 귀부인

이곳에 찾아온 여지주는 장로와 평민의 대화와 장로가 축복하는 모습을 조용히 지켜보다가 소리 없이 눈물을 흘리며 손수건으로 눈물을 닦았다. 감상적인 사람인 데다가 여러 가지 점에서 진실로 선량한 성격을 가진 상류층의 부인이었다. 장로가 드디어 부인 쪽으로 돌아서자 귀부인은 감격에 겨워 그를 맞았다.

"방금 전의 그 감동적인 광경을 보고 도저히 감정을 억누를 수 없어서……."

흥분한 그녀는 말을 다 끝맺지 못했다.

"아아, 사람들이 장로님을 얼마나 사랑하는지 이제야 알 것 같아요. 저 또한 그들을 사랑하고 있고, 사랑하고 싶습니다. 그래요, 사랑하지 않을 수 없어요. 이처럼 순박하고 믿음이 깊은 우리 러시아 사람들을 어떻게 사랑하지 않을 수 있나요!"

"따님은 건강한가요? 다시 한번 나와 이야기를 나누고 싶다면서요?"

"네, 집요하게 부탁하고 떼를 썼답니다. 장로님께서 만나주실 때까지 며칠이고 창문 아래에 무릎을 꿇고 기다릴 각오가 되어 있었어요. 하지만 오늘은 장로님께 무한한 감사를 드리러 온 거랍니다. 리자의 병을 완전히 고쳐주셨어요. 지난주 목요일 장로님께서 저 아이의 머리에 손을 얹고 기도해주신 뒤, 병이 완전히 나았어요. 그래서 저희는 장로님의 손에 입 맞추고 감사를 드리기 위해서 이렇게 달려왔습니다."

"병이 나았다고요? 따님은 의자에 누워 있지 않습니까?"

"하지만 밤에 경련이 나는 것은 완전히 나았습니다. 벌써 이틀째입니다."

귀부인은 들떠서 빨리 말했다.

"뿐만 아니라 다리도 튼튼해졌어요. 오늘 아침에 일어났을 때는 아주 상쾌해 보였어요. 밤에 잠을 푹 잤기 때문이지요. 저 붉은 뺨과 빛나는 눈을 보세요! 언제나 투정만 부리던 애가 지금은 행복하게 웃고 있지요? 오늘 아침에는 일어나게 해달라고 졸라대서 혼났지요. 혼자서 1분간 아무것도 잡지 않고 서 있었어요! 보름 뒤에는 카드리유*를 출 거라고 저에게 내기를 걸었습니다. 정말 신기해서 읍내 의사인 게르첸슈투베 선생께 갔더니 그분은 어깨를 으쓱하면서 이렇게 말했어요. '정말 놀라워요. 믿어지지 않

---

* 프랑스의 사교댄스로 18세기 후반과 19세기에 유행했다.

는군요.' 이런 상황인데도 장로님은 저희의 감사 인사가 귀찮으신가요? 리즈*야, 어서 감사 인사를 드려야지!"

장난스러운 귀여운 얼굴의 리즈는 갑자기 정색을 하더니 의자에서 할 수 있는 한 몸을 일으켜 세우고 장로를 향해 손을 모았다. 그러나 견딜 수 없다는 듯 갑자기 크게 웃기 시작했다.

"저 사람 때문이에요, 저 사람!"

리즈는 웃는 이유에 대해 자못 어린아이다운 표정을 지으며 장로 뒤에 서 있는 알료샤를 지목했다. 이때 알료샤의 얼굴을 본 사람이라면 그의 얼굴이 붉어진 것을 모두 알았을 것이다. 그의 두 눈이 반짝이며 빛났지만 그는 바로 눈을 아래로 떨궜다.

"이 아이가 당신에게 편지를 전하고 싶다네요, 알렉세이 카라마조프 씨. 요즘은 어떻게 지내시나요?"

화려한 장갑을 낀 손을 앞으로 내밀며 부인이 말했다. 장로는 몸을 돌리고 알료샤의 얼굴을 유심히 바라보았다. 알료샤는 리즈에게 가까이 다가가서 어딘가 모르게 어색하게 웃으면서 손을 내밀었다.

리즈는 갑자기 새침해져서 말했다.

"카체리나 씨가 이걸 전해달라고 하셨어요."

아이는 그에게 작은 쪽지를 내밀었다.

"가능하면 빨리 와달라고 하셨어요, 꼭 들러달라고요."

"내가 가야 한다고? 그분이 나를 왜……. 도대체 무슨 일이지?"

---

* '리자'의 프랑스식 발음이다.

알료샤는 어리둥절한 표정으로 중얼거렸다. 그는 근심 어린 표정이었다.

"드미트리 씨와 관련 있는 일일 거예요. 요즘 일어난 여러 가지 일들 말이에요."

어머니가 빠르게 말을 이어받았다.

"카체리나는 중요한 결심을 한 것 같아요. 그런데 그전에 먼저 당신을 만나보고 싶어 해요. 왜 그러냐고요? 왜인지는 나도 잘 모르겠어요. 하지만 빨리 당신을 만나고 싶어 하는 건 알지요. 물론 가시겠지요? 이건 기독교적 신앙이 내리는 명령이니까요."

"저는 그분을 한번 만났을 뿐입니다."

여전히 당황한 표정으로 알료샤가 말했다.

"누구와도 견줄 수 없이 고결한 성품을 지닌 여인입니다! 그 사람이 겪은 고통을 보면……. 그 여자가 지금까지 얼마나 많은 고통을 겪었는지, 그리고 얼마나 큰 고통을 견디고 있는지 생각해보세요! 그리고 앞으로 그 여자를 기다리고 있는 게 무엇인지 생각해보세요. 정말 생각만으로도 끔찍하고 무서운 일이에요."

"좋아요. 제가 가보겠습니다."

알료샤는 수수께끼처럼 짧은 편지를 읽고 난 뒤 말했다. 편지에는 그저 꼭 와달라는 간절한 부탁 외에는 다른 내용이 없었다.

"오, 정말 훌륭하고 친절하세요!"

리즈는 갑자기 생기를 띠며 외쳤다.

"난 엄마에게 당신이 수도 중이니 절대로 그곳에 가지 않을 것 같다고 말했거든요. 당신은 정말 훌륭해요! 전부터 당신이 훌륭하다는 건 알았지만 이렇게 직접 확신하게 되니 정말 기쁘네요!"

"리즈야."

어머니는 꾸중하듯이 딸을 불렀지만 곧 미소를 지었다.

"카라마조프 씨, 당신은 우릴 아주 잊었군요. 요즘엔 우리 집에 전혀 오지 않으시는군요. 하지만 리즈는 당신하고 함께 있을 때가 가장 즐겁다고 두 번이나 말했답니다."

눈을 내리깔고 있던 알료샤는 고개를 들고 얼굴을 붉히며 갑자기 자신도 모르는 미소를 희미하게 지었다. 그러나 장로는 이미 그를 보지 않고 있었다. 앞서 말한 대로 리즈 옆에서 기다리던 다른 지방의 수도사와 이야기를 시작했던 것이다. 그는 평범한 수사, 즉 평민 출신의 수도자로 단순하고 분명한 세계관을 지녔으되 고집스러운 신자처럼 보였다. 그는 먼 북방 오브도르스크 지방의 성 실베스트르 수도원에서 왔다. 그 수도원은 수도사가 9명뿐이었다. 장로는 그를 축복해준 뒤 언제든지 암자에 와도 좋다고 했다.

"장로님께서는 어떻게 그런 일을 행하시는 겁니까?"

수도사는 리즈를 가리키며 질책을 하는 것처럼 엄숙하고 위엄 있는 태도로 물었다. 그것은 리즈의 치료에 대한 말이었다.

"그 일에 대해 말하기는 아직 이릅니다. 병세가 조금 좋아진 것이 완쾌한 것은 아니니까요. 다른 원인이 있는지 알아봐야 하지 않습니까? 조금 병이 호전되었다면 오직 하느님의 뜻일 뿐 어느 누구의 힘도 아닙니다. 하느님께서 모든 일을 행하시니까요. 그럼 또 오세요, 신부님."

그는 수도사에게 덧붙였다.

“하지만 늘 앓고 있어서 손님들을 전부 만날 수는 없습니다. 이젠 제 수명도 다해가고 있으니까요.”

“오, 아니에요, 절대 아니에요. 하느님께선 우리에게서 결코 장로님을 빼앗지 않으실 거예요. 장로님은 오래 사실 거예요.”

소녀의 어머니가 말했다.

“어디가 아프다는 거죠? 이렇게 건강하고 행복해 보이시는데!”

“실은 오늘은 무척 기분이 좋지만 이것도 잠시뿐입니다. 나는 내 병에 대해 잘 압니다. 내가 만약 행복해 보인다면 그것보다 기쁜 것은 없습니다. 사람은 행복하려고 태어난 존재이니까요. 그리고 진실로 행복하다면 ‘나는 하느님의 뜻대로 살았다’고 떳떳하게 말할 수 있습니다. 역사에 나오는 모든 의인, 성자, 순교자들은 모두 행복했지요.”

“정말 훌륭한 말씀이세요! 얼마나 용감하고 귀한 말씀이신지!”

부인은 외쳤다.

“장로님의 말씀은 마치 폐부를 찌르는 것 같아요. 그런데 그 행복은 대체 어디에 있나요? 그리고 자신이 행복하다고 말할 수 있는 사람이 있을까요? 아, 장로님께서는 정말 친절하게도 우리를 다시 만나주셨어요. 그래서 지난번에는 용기가 없어서 차마 말씀드리지 못했던 걸 오늘 얘기하고 싶어요. 제 괴로움을 모두 들어주세요. 오랫동안 심각하게 고민하는 일이 있어요. 용서하세요, 저의 고민은…….”

그녀는 말하면서 격한 감정에 휩싸여 두 손을 모아 장로에게 합장했다.

"어떤 고민이지요?"

"저의 고민은 불신(不信)입니다."

"하느님에 대한 불신입니까?"

"그건 아닙니다. 그런 건 감히 생각도 못했습니다. 제가 믿을 수 없는 건 내세입니다. 이 수수께끼에 대해 정확하게 대답해주는 사람이 없어요. 장로님, 들어보세요. 장로님께서는 병을 고치시고, 사람의 영혼을 잘 아시긴 하지만 제 말을 믿어달라고 하진 않겠습니다. 하지만 제가 지금 경솔하게 이런 말씀을 드리는 건 알아주세요. 솔직하게 저는 지금 내세에 대한 생각으로 공포에 빠져 있어요. 지금까지는 누구에게 이런 생각을 털어놔야겠다고 생각조차 못했어요. 겨우 이제 용기 내어 장로님께 여쭙습니다. 저는 걱정이 됩니다. 앞으로 저를 어떻게 생각할지요."

그녀는 찰싹 소리가 날 정도로 손뼉을 쳤다.

"내가 당신을 어떻게 생각하는지 걱정하지 마세요. 당신의 고민이 진실하다고 믿습니다."

"고마운 분! 저는 가끔 눈을 감고 이런 생각을 합니다. 인간의 신앙심은 과연 어디서 온 것일까 하는 생각을요. 어떤 이들은 신앙이 무서운 자연현상에 대한 공포에서 비롯된 것이라서 내세가 없다고 주장하지요. 저는 이런 생각이 들어요. 평생 믿음을 가지고 살았지만 죽으면 다 끝이 아닐까? 죽는 순간 모든 것이 전부 무(無)로 돌아가고 제가 어디선가 읽은 것처럼 '묘지에 잡초만 우거져 있는' 상태가 된다면 어떻게 해야 할까 하고요. 정말 무서워요. 믿음을 되찾으려면 어떻게 해야 할까요? 어린 시절 저는 멋모르고 기계적으로 믿었습니다. 그러니 무엇으로 그것을 확신할 수 있을까요? 저는 장로님 발밑에 엎드려 이 문제를 여쭈려고 왔습니다. 만일 이번 기회를 놓친다면 저는 죽을 때까지 답을 얻지 못할 거예요. 내세를 증명하려면 어떻게 해야 할까요? 확신을 가지려면 어떻게 해야 할까요? 아, 저는 몹시 불행해요. 주변을 둘러봐도 이런 문제로 괴로워하는 사람은 없습니다. 그런데 저만 이런 생각을 하면서 죽을 것처럼 괴롭다니요. 정말 괴로워요, 죽을 것처럼요!"

"물론 괴로우실 겁니다. 내세는 증명하지 못하니까요. 하지만 신념을 얻을 수는 있습니다."

"어떻게요? 어떤 방법으로요?"

"사랑을 실천에 옮기면서 얻을 수 있습니다. 당신의 이웃에게 사랑을 베풀도록 계속 노력하세요. 그러면 그 사랑의 노력이 열매를 맺어서 신이 존재하는 것도, 영혼이 불멸할 거라는 확신도 얻게 될 것입니다. 게다가 사람들을 사랑하면서 자신을 온전하게 희생할 수 있게 된다면 그때는 정말 확고한 믿음이 생겨서 어떤 의혹에도 흔들리지 않게 됩니다. 이것은 경험으로 이미 증명되었습니다."

"사랑을 실천하라고요? 그건 또 어려운 문제네요. 너무 어려워요. 저는 때로 재산을 전부 버리고 간호사가 되어볼까 생각합니다. 내 딸 리즈까지 버리고 말이에요. 그 정도로 저는 인류애에 휩싸여 있어요. 눈을 감고 그런 공상을 하면 억누를 수 없는 새로운 기운을 느낍니다. 끔찍한 상처나 종기도 두렵지 않아요. 저는 기꺼이 제 손으로 고름을 닦아내고 붕대를 갈아줄 거예요. 그리고 고통 속에서 신음하는 사람들 옆에서 그들을 정성껏 간호할 거예요. 그들의 상처에 얼마든지 입 맞출 준비가 되어 있어요.”

“이미 당신이 그런 공상을 하는 것만으로도 충분히 훌륭합니다. 그러다 보면 진짜 참된 선행을 실천할 기회가 오게 되지요.”

“그런데 제가 그런 생활을 얼마나 견뎌낼 수 있을지요?”

부인은 감정에 들떠 자신을 잊은 듯 말을 이었다.

“여기에 가장 큰 문제가 있어요. 이 문제가 여러 가지 생각 중에서도 저를 몹시 괴롭혀요. 눈을 감고 저는 저에게 이렇게 물어봅니다. 너는 과연 그런 생활을 오래 견뎌낼 수 있느냐? 네가 상처를 치료해준 그 환자가 감사해하지 않고 오히려 인류애에서 나온 너의 봉사 활동을 무시하면서 짜증을 내고 욕을 하고, 그것도 모자라서 더 많은 요구를 하고 너에 대한 불평들을 다른 사람에게 말한다면(많이 아픈 사람들은 때로 그럴 수 있으므로), 그럼 너는 어떻게 할 것인가? 그런 상황에서도 너의 사랑은 계속될 수 있을까? 그리고 결국 저는 온몸에 전율을 느끼며 결론에 도달했습니다. 만약 인류에 대한 저의 실천적인 열정을 싸늘하게 식혀버리는 것이 있다면 그것은 오직 배은망덕뿐입니다. 저는 보수를 바라고 일하는 노동자들과 마찬가지입니다. 저는 당장 보답을 바라고, 찬사와 사랑을 요구하고 있어요. 그러한 보답이 없다면 누구도 사랑할 수 없어요.”

부인은 자신을 자책하며 말을 마치고 단호한 표정으로 장로를
바라보았다.

"어떤 의사가 그와 똑같은 얘기를 한 적이 있습니다. 꽤 오래전
의 일이지요."

장로가 말했다.

"그는 이미 나이가 지긋한 누가 봐도 현명한 사람이었지만 지
금과 비슷한 얘기를 솔직히 한 적이 있습니다. 농담으로 한 말이
었지만 그냥 넘겨버릴 수 없는 얘기였지요. 그는 '나는 인류애에
사로잡혀 있지만 놀랍게도 인류를 사랑할수록 인간에 대한 사랑
은 점점 더 사라져갔다. 공상 속에서는 열정을 다해 인류에 대한
봉사를 꿈꾸고, 또 필요하다면 인류를 위해 십자가에 못 박힐 수
도 있을 것 같은데, 그러면서도 나는 그 어떤 사람과도 이틀 동안
같은 방에서 지낼 수 없다. 이건 실제로도 그랬는데 누군가 내 근
처에 있으면 그 사람의 개성이 내 자존심을 짓누르고 자유를 속
박한다. 나는 아무리 좋은 사람이어도 하루를 같이 보내면 그를
미워할 것 같다. 그의 식사 시간이 길다든가, 감기에 걸려서 코를
훌쩍거린다든가 하는 등의 사소한 이유 때문에'라고 말입니다.
또 이런 말도 했습니다. '누가 나를 조금이라도 건드리면 그 사람
과 적이 된다. 하지만 인간을 미워하면 할수록 인류 전체에 대한
사랑은 더욱 뜨거워진다'는 이런 의미의 이야기였습니다."

"그럼 어떻게 해야 할까요? 그런 경우에는 어떻게 해야 하는
걸까요? 이제 절망에 빠질 수밖에 없는 건가요?"

"그렇지 않습니다. 그런 이유 때문에 당신이 가슴 아파한다는

사실만으로도 충분합니다. 단지 당신이 할 수 있는 일을 하면 됩니다. 그러면 보답이 돌아올 것입니다. 당신이 그만큼 진지하게 자신을 깨달은 것만으로도 이미 많은 일을 한 것과 같습니다. 하지만 지금 자신의 성실함에 대해 칭찬을 받으려고 말한 거라면 실천적인 사랑에 아무런 결과도 얻지 못할 수 있습니다. 당신의 사랑은 공상 속에서 살아 숨쉬기 때문에 인생이 마치 환상처럼 스쳐가겠지요. 그러면 내세에 대한 생각을 잊은 채 결국 자신도 모르게 스스로에게 만족하게 되겠지요."

"장로님은 제게 깨달음을 주셨어요. 장로님의 말씀을 듣는 순간, 제가 배은망덕은 견딜 수 없다고 한 말이 장로님의 말씀대로 오직 성실함을 내세우려고 한 말이라는 걸 알았습니다. 장로님은 제가 어떤 사람인지 일깨워주셨습니다. 저를 통찰하시고 저의 본질을 깨닫게 하셨어요!"

"진심인가요? 당신의 말이 진심이라면 나도 당신이 성실하고 선량한 사람이라는 걸 믿겠습니다. 당신은 진지하고 선량한 사람입니다. 당장은 행복하지 않더라도 언제나 자신이 옳은 길을 걷고 있다고 생각하며 일탈하지 않도록 신경 쓰십시오. 거짓을 피하는 것이 중요합니다. 모든 거짓 중에서도, 특히 자신에 대한 거짓을 저지르지 말아야 합니다. 자신이 지금 거짓을 행하는 것은 아닌지 매시간, 아니 1분마다 반성하십시오. 또 한 가지 주의해야 할 것은 증오심입니다. 자신에 대해서나 남에 대해서나 그것이 무엇이든 미워하지 마십시오. 스스로 추하다고 느껴져도 그것을 느끼는 것 자체만으로 정화가 되니까요. 두려움도 피해야 합니다. 물론 두려움은 온갖 거짓의 결과이긴 합니다.

그리고 사랑을 실천할 때 자신의 소심함을 탓하지 마세요. 비록 잘못한 게 있더라도 두려워할 건 없습니다. 위로를 해드리지 못해서 유감이지만 실천적인 사랑이란 사실 공상 속의 사랑과는 달라서 무척 잔혹하고 무서우니까요. 공상적인 사랑은 모든 이들의 칭찬을 받으려고 그 자리에서 만족스러운 결과가 나오기를 바라므로 조금이라도 빨리 성취하여 마치 무대 위의 연극처럼 사람들에게 관심을 끌려고 하는 것입니다. 그래서 남들의 주목과 찬사를 받고 싶다는 생각에 생명까지 내던지게 되는 거죠.

하지만 실천적인 사랑은 이와 다릅니다. 묵묵하게 일하고 말없이 견딜 뿐이며 어떤 사람들에게는 훌륭한 학문일 수도 있습니다. 미리 말하지만 실천적인 사랑이란 아무리 노력해도 좀처럼 목표에 이를 수 없고 반대로 목표에서 더 멀어지는 듯한 느낌도 주지요. 하지만 그런 사실을 깨닫고 놀라서 자신을 돌아보는 순간, 바로 그 순간, 다시 한번 말하지만 우리는 이미 목표에 도달한 자신을 발견하게 될 것입니다. 그때는 마침내 우리를 사랑하시고 남몰래 이끄신 하느님의 기적과 같은 힘을 자신 안에서 분명하게 알 수 있게 됩니다. 죄송합니다. 안에서 기다리는 분들이 계셔서 이야기할 시간이 더는 없군요. 조심해서 돌아가세요."

부인은 울고 있었다.

"리즈, 리즈, 제발 우리 리즈를 축복해주세요! 이 아이를 축복해주세요!"

그녀는 일어났다.

"이 아이는 축복받을 수 없어요. 아까부터 계속 장난만 했으니까요."

장로가 농담하듯 말했다.

"왜 계속 알렉세이를 놀려댔지?"

실제로 리즈는 장난에 몰두해 있었다. 그녀는 예전부터, 즉 지난번에 만났을 때부터 알료샤가 자신을 보고 당황하면서 눈을 마주치지 않으려고 애쓰는 것을 알고 있었다. 그녀는 다른 곳을 보는 척하다가 재빨리 그를 보기도 하고, 일부러 그의 얼굴을 바라보면서 기다렸다. 결국 알료샤가 그녀의 끈질긴 눈빛을 견디지 못하고 극복할 수 없는 힘에 굴복해서 그녀를 바라보면 리즈는 마치 승리한 것처럼 미소를 띠며 그를 똑바로 바라보았다. 알료샤는 더욱 당황해서 화가 났다. 결국 그녀에게서 얼굴을 돌리고 장로의 등 뒤에 숨었다. 하지만 이내 참을 수 없는 호기심 때문에 아직도 그녀가 자신을 보고 있는지 어떤지 다시 얼굴을 보였다. 그는 리즈가 의자에서 몸을 앞으로 내밀고 자신이 다시 쳐다보기만 기다리고 있는 것을 보았다. 리즈는 그와 시선이 마주치자 그만 큰 소리로 웃어댔다. 그래서 장로도 이번만큼은 그냥 지나칠 수 없었다.

"왜 이 사람을 부끄럽게 하는 거지, 응? 장난꾸러기 아가씨야!"

예상 밖으로 리즈는 얼굴이 붉어졌다. 눈을 빛내더니 갑자기 심각하고 진지한 표정을 지었다. 그녀는 화난 것처럼 신경질을 부리며 불평을 했다.

"저분은 왜 모든 걸 잊은 거죠? 내가 어렸을 때는 나를 안아주고 함께 놀기도 했잖아요. 우리 집에 와서 나에게 책을 어떻게 읽는지 가르쳐준 적도 있는데, 장로님은 그거 알고 계세요? 2년 전에 여기 올 때만 해도 나를 언제까지나 잊지 않겠다고, 우리는 영원한 친구라고 했단 말이에요! 그런데 지금은 나를 저렇게 무서워하니 내가 자길 잡아먹는 줄 아나 보죠? 왜 나에게 가까이 오지 않는 거죠? 왜 나와 말도 안 하려고 하는 걸까요? 왜 우리 집에 놀러 오지 않는 걸까요? 장로님이 외출을 못하게 해서 그러는 건가요? 하지만 외출을 하는 걸 난 벌써 알고 있어요. 우리가 저분을 부르는 건 실례니까 먼저 찾아와야 하지 않나요? 우리를 아주 잊은 게 아니라면 말이에요. 아, 지금은 수도 생활 중이군요! 그런데 장로님은 왜 저 사람에게 긴 옷을 입히셨나요? 달려가다가 그냥 넘어지겠어요!"

그러면서 리즈는 참지 못하고 손으로 얼굴을 가리며 발작하듯 웃기 시작했다. 한동안 숨도 쉬지 않으며 경련이라도 일어난 듯 온몸을 흔들면서 제대로 소리조차 내지 못하는 그런 웃음이었다. 장로는 리즈의 말을 다 듣고 나서 미소를 지은 채 인자하게 그녀를 축복해주었다. 그런데 장로의 손에 입을 맞추던 리즈가 갑자기 장로의 손에 얼굴을 파묻으며 울기 시작했다.

"제발 화내지 마세요! 전 정말 어리석고 하찮은 계집애예요. 알료샤가 옳아요. 저처럼 별 볼 일 없는 아이한테 오기 싫은 건 당연한걸요. 당연한 일 맞아요!"

"내가 꼭 들르라고 전하마."

장로가 단호하게 말했다.

5. 아멘, 아멘!

　장로는 약 25분 동안 암자를 비운 셈이었다. 12시 반은 이미 지났지만 이 모임이 만들어지게 한 장본인인 드미트리는 아직 나타나지 않은 상태였다. 하지만 그에 대해서는 모두 잊었는지 장로가 다시 암자에 들어서자 매우 활기찬 대화가 오가고 있었다. 이반 카라마조프와 2명의 수사 신부가 대화를 주도했다. 미우소프도 이 대화에 끼어들기 위해 열심이었지만 그는 이번에도 운이 나빴다. 어느새 그는 대화에서 밀려나버렸고, 그의 말에 제대로 대꾸해주는 사람도 없는 형편이어서 이런 분위기는 그의 가슴속에 쌓인 울분을 더욱 부채질할 뿐이었다. 예전에도 그는 이반과 지식을 겨뤄봤지만 이반이 자신을 얕보는 듯이 대하는 것을 보자 아무래도 참을 수 없었던 것이다.

　'나는 최소한 지금까지 유럽의 모든 진보적인 활동의 중심에

있었다. 그런데 이 새 세대의 신참이 감히 나를 무시하다니!'

그는 속으로 이렇게 생각했다.

한편 표도르는 조용히 있겠다고 약속한 것처럼 한동안은 가만히 있었다. 하지만 그는 미우소프가 안절부절못하자 무척 재미있다는 듯 입가에 드러난 비웃음을 숨기지 않은 채 관찰 중이었다. 그는 아까부터 미우소프에게 복수할 기회를 노리고 있었고 이런 기회를 놓치고 싶지 않았다. 결국 그는 참지 못하고 미우소프에게 얼굴을 가까이 가져가서 귓속말로 약을 올렸다.

"당신이 아까 그 예의 바른 작별을 하고 나서 돌아가지 않고 여기 이렇게 버릇없는 친구들과 함께 남은 이유는 뭘까요? 그건 당신이 아까 처참해졌다는 걸 스스로 인정했기 때문에 이들의 콧대를 어떻게 해서든지 한번 꺾으려고 하는 거 아닙니까? 이제는 당신의 뛰어난 지혜를 뽐내기 전에는 돌아가지 못하는 거지요."

"왜 또 이러는 거요? 농담하지 마시오. 난 금방 돌아갈 거니까."

"다른 사람이 다 가버린 뒤에 돌아간다는 말인가요?"

표도르는 다시 한번 급소를 찔렀다. 그 순간 장로가 돌아왔다.

논쟁은 잠시 중단되었다. 그러나 장로는 자리로 돌아가 앉더니 계속하라는 것처럼 너그러운 표정으로 사람들을 둘러보았다. 알료샤는 장로의 표정을 모두 알고 있었기 때문에 장로가 지금 피곤하지만 겨우 버티고 있다는 것을 분명하게 느꼈다. 최근 들어서 병 때문에 몸이 많이 쇠약해져서 기절을 할 때도 있었는데 지금 장로의 얼굴은 기절하기 직전처럼 창백했고 입술도 파리했다. 하지만 이 모임을 끝내고 싶지 않은 것은 분명했다. 오히려 어떤 목적이 있는 것처럼 보였다. 그 목적은 대체 무엇일까? 알료샤는 장로를 유심히 지켜보았다.

"이분이 쓰신 흥미로운 논문에 관해 얘기하고 있었습니다."

도서를 담당하는 이오시프 신부가 이반을 가리키면서 말했다.

"여러 가지 새로운 견해가 많지만 아무래도 애매한 점도 많습니다. 이분은 어느 성직자가 쓴 교회의 사회 재판과 그 권한의 범위에 대한 책에 대하여 잡지에 논문을 기고하여 반론을 펼쳤지요."

"유감스럽게도 그 논문을 읽지 못했지만 이야기는 들은 적이 있습니다."

장로는 이반을 노려보면서 대답했다.

"이분은 흥미로운 관점을 취하고 있습니다. 교회의 사회 재판에 대한 문제를, 교회를 국가로부터 분리하는 것을 완전히 부정하고 있는 듯합니다."

이오시프 신부가 말했다.

"흥미롭군요. 어떤 의미에서 그렇게 생각하는지요?"

장로가 이반에게 물었다.

장로의 질문에 이반은 대답을 했으나, 그의 태도는 알료샤가 어제저녁부터 걱정한 것처럼 상대를 무시하는 듯한 어조가 아니라 겸손하고 조심스럽게 상대를 배려하는 것이어서 다른 뜻이 있는 것처럼 보이지 않았다.

"저는 교회와 국가라는 다른 요소의 결합이 계속해서 이어질 것이라는 불합리한 주장에 반대하는 입장에서 출발했습니다. 이와 같은 결합은 이루어진다고 해도 정상적일 수 없고 만족스러운 상태로도 이끌 수가 없기 때문에 불가능합니다. 왜냐하면 그 밑바닥에는 허위가 숨어 있으니까요. 예를 들어, 제 생각에는 재판에서 국가와 교회의 타협이란 그 완벽하고 순수한 본질에서 보면 전혀 불가능합니다. 제가 반론을 제기한 그 성직자는 교회는 국가 안에서 확고한 지위를 가지고 있다고 주장했지만 저는 그 반대로 교회가 그 자체로 국가 전체를 포함해야 한다고 생각합니다. 즉, 교회가 국가의 일부분을 차지하는 게 아니라 스스로 국가 안에 뛰어들어 전체가 되어야 하는 거죠. 지금은 그것이 불가능해 보일지라도 본질적인 면에서 국가는 기독교 사회의 발전을 위한 직접적이고도 가장 중요한 목적이 되어야 한다고 반론을 펼쳤습니다."

"참 옳은 말씀입니다!"

박식하고 말이 별로 없는 편인 파이시 신부가 신경질적인 어조로 말했다.

"그건 교황 절대권론이군요!"

미우소프가 지루하다는 듯이 다리를 바꿔 꼬면서 끼어들었다.

"아니, 우리나라에는 교황이 없는걸요?"

이오시프 신부는 이렇게 말하고 다시 장로를 보며 말을 이었다.

"그런데 이분은 자신의 논적(論敵)인 성직자가 말하는 '기본적이고 본질적인 명제'에 대해 다음과 같이 대답하고 있음을 유의해야 합니다. 그 명제는 첫째, 사회의 그 어떤 단체의 구성원도 시민적, 정치적 권리가 없으며 있어서도 안 된다. 둘째, 형법과 민법상의 재판권은 교회에 속해서는 안 되는데, 이는 신의 장소 혹은 종교적 목적을 가진 인간 단체로서 교회의 본질과 조화를 이룰 수 없다. 셋째, 교회는 이 세상에 세워진 왕국이 아니다……."

"성직자 입장에서는 절대 수용하기 힘든 궤변입니다."

파이시 신부가 참지 못하고 이야기를 끊더니 이반을 돌아보며 말했다.

"당신이 논박한 그 책은 읽었습니다. '교회는 이 세상에 세워진 왕국이 아니다'라는 성직자의 말에 정말 깜짝 놀랐습니다. 만약 교회가 이 세상에 세워진 왕국이 아니라면 결국 지상에는 교회가 존재할 수 없다는 것입니까? 성경에 나오는 '이 세상 것이 아니다'라는 말은 그런 의미가 아닙니다. 정말 말도 안 되는 궤변이지요. 예수 그리스도께서는 바로 이 지상에 교회를 세우려고 오셨습니다. '이 세상의 것'이 아니라면 하늘을 가리키는 것이고 하늘에 임하기 위해서는 지상에 세워진 교회를 통할 수밖에 없습니다. 교회는 이 세상에 군림하기 위한 지상의 왕국이며, 또한 마지막에는 온 세계의 왕국으로 군림해야 합니다. 이것이 바로 하느님과의 약속입니다……."

그는 여기까지 말하고 스스로를 억누르는 듯 입을 다물었다. 이반은 겸손하게 그의 말을 끝까지 다 듣고 침착하고 솔직하게 장로에게 말했다.

"제 논문의 핵심은 이렇습니다. 고대, 즉 기독교 초창기 이후 3세기 동안 기독교는 이 지상에서 그저 하나의 교회로 나타났으며 그저 단순한 교회일 뿐이었습니다. 그러나 이교 국가인 로마 제국이 기독교 국가가 되기를 원하자, 이런 일이 일어날 수밖에 없었던 것입니다. 다시 말하면 로마는 비록 기독교 국가가 되었지만 그 국가 속에 교회를 포함시켰을 뿐, 국가는 여전히 이교도적으로 남아 있었습니다. 반드시 그렇게 될 수밖에 없었지요. 로마의 국가 목적이나 기초를 생각해보면, 로마에는 정말 많은 이교적인 문명과 학문의 유물이 그대로 남아 있었습니다. 한편 교회는 국가에 속하면서 자신의 기반을 양보할 수 없었습니다. 오로지 하느님에 의해 제시되고 지시받은 확고한 목적만을 추구했습니다. 그 목적 중에서도 가장 중요한 것은 고대 이교 국가들을 포함한 전 세계를 교회로 바꾸는 것이었습니다. 그렇다면 미래의 목적도 같은 것이어야 하겠지요? 즉, 제가 반박을 한 그 성직자의 말처럼 교회는 모든 사회단체나 종교적인 목적을 가진 사람들이 만든 단체로서 국가 안에서 지위를 가질 것이 아니라 반대로 지상의 모든 국가가 시간이 흐른 뒤 모두 교회로 바뀌어야 하고, 교회 자체로 바뀜으로써 결국은 교회와 일치하지 않는 목적들은 물리쳐야 합니다. 이 모든 것은 위대한 국가의 명예나 영광을 뺏는 것도 아니고, 국가의 위엄을 훼손시키는 것도 아닙니다. 국가를 이교적인 허위의 길에서 끌어내어 영원하고 바른 길로 인도하는 것입니다. 그렇기 때문에 《교회의 사회 재판 원리》를 쓴 저자가 이 원리를 탐구하고 제안하면서 지금처럼 불안하고 죄를 많이 짓는 시대에는 그것이 일시적인 타협이고, 그 이상의 것은 아니라고 했다면 타당했을 것입니다. 그러나 국가와 교회의 결합이 영원한 것이라는 원칙을 만든 그 저자가 이오시프 신부께서 말한 그런 명제를 확고하게 원칙이라고 주장한다면, 그것은 교회에 반기를 들고 교회의 확고하고 불변하는 거룩한 사명을 부정하는 것입니다. 이상이 제 논문의 핵심입니다."

"즉, 간추려 말하자면."

파이시 신부가 말 한 마디 한 마디에 힘을 주면서 다시 말했다.

"19세기에 들어 분명해진 다른 이론에 따르면 하등한 것이 고등한 것으로 진화하듯이 교회는 국가로 변질되어 마침내 그 안에서 사라지면서 과학이나 시대정신, 또는 문명에 자리를 내주어야 한다는 것입니다. 만일 교회가 그것을 거부하면 국가는 그 일부분의 땅을 교회에 떼어줄 수도 있지만 반드시 감시가 따르게 된다는 것이지요. 지금 유럽 어디서나 볼 수 있는 일입니다. 그러나 러시아 사람은 하등한 것이 고등한 것으로 진화하는 것처럼 교회가 국가로 변질해야 하는 것은 아니라고 기대합니다. 반대로 국가가 교회로 바뀌어야 한다고 생각하지요. 아멘, 아멘!"

"솔직히 그 말씀을 들으니 저도 안심이 되는군요."

미우소프가 다리를 다시 꼬면서 미소를 지었다.

"그건 먼 훗날 예를 들어 그리스도가 이 땅에 재림하실 무렵에 이루어질 공상 같군요. 하지만 아무려면 어떻습니까. 어쨌든 전쟁, 외교관, 은행, 이런 것들이 세상에서 없어질 날을 꿈꾸는 아름다운 공상입니다. 유토피아를 꿈꾸는 것은 사회주의와 비슷하지만, 제가 너무 진지하게 받아들여 이제부터 교회가 형사 사건의 재판권을 맡아서 태형이나 유형은 물론 사형까지 선고하는 건 아닌가 생각했어요."

"하지만 교회가 사회 재판을 맡는다고 해서 사형이나 유형을 선고하지는 않을 겁니다. 왜냐하면 범죄에 대한 생각이 바뀌게 될 테니까요. 물론 바로 변하는 것은 아니지만 조금씩 변해간다는 겁니다. 하지만 그리 오래 걸리지는 않겠지요.”

이반이 눈도 깜빡이지 않고 침착하게 말했다.

“그거 진담입니까?”

미우소프는 이반을 유심히 바라보았다.

“만일 모든 것이 교회가 되어버린다면, 교회는 범죄자나 반항적인 자들을 파문하겠지만 목을 자르지는 않을 겁니다. 그런데 파문을 당한 사람들은 어디로 가야 할까요? 그 사람은 오늘날과 마찬가지로 인간 세계에서 버려질 뿐 아니라, 그리스도에게서도 떠나야 하는 것 아니겠습니까? 그들이 죄를 저지름으로써 인간 사회뿐 아니라 교회에도 반기를 든 것과 같지요. 물론 현재도 엄격한 의미에서는 그렇습니다만 아직 명백하게 밝혀진 사실은 아닙니다. 그래서 오늘날 범죄자들의 양심은 쉽게 자신과 타협합니다. 그들은 ‘내가 물건을 훔친 건 사실이지만 교회를 반대하거나 그리스도의 적이 된 건 아니지’, 이렇게 생각합니다. 하지만 교회가 국가를 대신한다면 그때는 이 지상의 모든 교회를 부정하지 않는 한 결코 그런 말은 할 수 없게 되겠지요. ‘이 세상 사람들은 모두 악당이야, 전부 잘못된 길을 가고 있고 모든 교회는 가짜다. 살인자이자 도둑인 나만이 올바른 기독교 교회다’, 이런 식으로 쉽게 말하지 못할 것입니다. 이건 특별한 상황이나 무슨 특별한 조건이 있어야만 말할 수 있을 테니까요. 다른 한편으로 범죄에 대한 교회 자체의 견해도 지금처럼 이교적인 태도를 버려야 하지 않을까요? 오늘날 사회를 보호하려고 취하는 방법들, 그러니까 병든 사람을 기계적으로 잘라내고 있는데 이는 한 치의 거짓도 없이 다시 한번 인간의 재생, 부활, 구원에 대한 숭고한 이상을 실현시킬 방향으로 바꾸어야 하지 않을까요?"

"그게 대체 무슨 말이오? 도무지 이해할 수 없군요."

미우소프가 끼어들며 말했다.

"무슨 꿈같은 이야기만 늘어놓으니 당최 이해가 되지를 않소. 파문이라니, 그래서 파문이 어떻게 되었다는 건가요? 카라마조프 씨, 내 생각에 당신은 지금 농담을 하고 있는 것만 같소이다."

"지금도 마찬가지라고 생각합니다."

갑자기 장로가 말했다. 모든 사람들이 전부 장로를 바라보았다.

"만약 지금 기독교가 없다면 범죄자들의 범행을 막을 수 없고 죄인에게 주는 형벌도 사라지게 됩니다. 방금 이분이 말씀한 대로 대부분 인간의 공포심만 자극할 뿐 효과도 없는 기계적인 형벌을 말하는 것은 아닙니다. 내가 말하는 것은 진정한 형벌입니다. 즉, 효과가 있을뿐더러 범죄자에게 두려움과 뉘우침을 줘서 양심을 일깨우는 그런 형벌을 말하는 겁니다."

"죄송하지만 그게 무슨 말이지요? 좀 더 설명해주시겠습니까?"

호기심을 누르지 못하고 미우소프가 이렇게 물었다.

"설명하면 이렇습니다."

장로가 설명을 시작했다.

"전에는 징역형이 채찍을 때리는 것이었지만 그런 방법을 써서는 누구도 올바른 길로 이끌지 못합니다. 이런 방법은 범죄자를 두렵게 만들지 못해서 범죄자를 더욱 늘리는 결과만 초래합니다. 무엇보다 중요한 사실은, 아마 당신도 이 점에는 동의할 수밖에 없을 겁니다. 사회에 해를 끼치는 자를 기계적으로 분리하여 멀리 보낸다고 해도 다른 범죄자가, 두 배가 넘는 새로운 범죄자가 다시 나타나게 됩니다. 그래서 이런 방법으로는 사회를 보호할 수 없는 것이지요. 만일 현대에도 사회를 보호하고 범죄자를 교화하여 새로운 인간으로 태어나게 할 수 있는 것이 있다면 그것은 죄인의 양심 안에 살아 있는 그리스도의 계율뿐입니다. 범죄자는 자신이 기독교 사회의 아들이며 교회의 자식임을 깨달을 때 비로소 사회와 교회에 대한 자신의 죄를 알게 될 것입니다. 그래서 현대의 범죄자는 오직 교회에 대해서만 자신의 죄를 알 수 있지 자신에게 형벌을 내린 국가에 대해 죄책감을 느끼지 않습니다.

그런데 만일 기독교 사회에 재판의 권한이 교회에 있다면 국가가 어떤 사람을 풀어주고 어떤 사람을 교회가 받아들여야 할지 분명히 잘 알고 있을 것입니다. 하지만 지금 교회는 어떤 재판권도 가지고 있지 않으며 도의적으로 비판을 가할 권리만 가지고 있으므로 범죄자에게 효력이 있는 징벌로부터 스스로 멀어져 있는 형국입니다. 교회는 그들을 파문하지 않고 설교를 할 뿐이며 단순하게 감시할 뿐이니까요. 더불어 죄를 저지른 사람에게는 기독교와의 관계를 끊지 않도록 노력할 뿐입니다. 범죄자를 교회의 의식이나 성찬식 같은 데 참석할 수 있도록 하며, 희사금과 물품도 나눠주면서 죄인보다는 포로로 취급하고 있습니다.

기독교 사회인 교회마저 그들을 밀어내고 외면한다면 그들은 과연 어떻게 될까요? 생각만으로도 끔찍한 일입니다. 만약 우리 교회가 법에 따라서 죄인이 벌을 받을 때마다 그에게 즉시 파문을 선고한다면 그는 어떻게 될까요? 적어도 러시아의 죄인에게 그보다 큰 절망은 없을 것입니다. 러시아의 죄인들은 신앙을 간직하고 있을 테니까요. 그런데도 교회가 그들을 파문한다면 그땐 무슨 일이 생길지 아무도 알 수 없습니다. 마지막 희망마저 잃어버린 죄인의 마음에서 신앙이 아주 없어질지도 모릅니다. 그러면 어떻게 하는 것이 좋을까요? 그렇지만 다행스럽게도 교회는 너그러운 어머니처럼 효력이 있는 형벌을 회피하고 있습니다. 법에 따라 죄인은 이미 가혹한 벌을 받았으니까요. 죄인이라 하더라도 의지할 구석이 한 군데는 있어야 하지 않을까요? 교회가 처벌을 하지 않는 것은 바로 교회의 심판이야말로 진실을 담은 유일한 재판이자 최후의 재판이기 때문이지요. 비록 잠시의 타협이라도 그 결과는 본질적, 정신적으로 다른 재판과도 도저히 결합할 수 없습니다. 다른 나라의 범죄자들은 잘못을 뉘우치는 경우가 드물다고 들었는데, 범죄를 범죄라고 가르치지 않고 부당한 압박에 대한 항거라는 생각을 강조한 게 원인이라고 생각합니다.

사회는 절대 권력으로 범죄자를 기계적으로 사회 밖으로 추방합니다. 그리고 추방하면서 증오까지 더합니다(유럽에서는 모두 그렇게 말합니다). 동포였던 사람에게 증오와 무관심을 주고 망각이 뒤따릅니다. 그러므로 결국 모든 과정이 교회로부터 동정도 받지 못하고 이뤄집니다. 유럽에 참된 교회는 남아 있지 않고 성직자와 웅장한 교회 건물만 남아 있기 때문입니다. 교회 자체가 이미 오래전부터 교회라는 하등한 것에서 고등한 것으로 변해서 그 속에서 완전히 사라져버리려고 노력하는 것 같습니다. 적어도 루터파 교회에서는 그렇습니다. 이미 로마는 1000여 년 이상 교회보다 국가를 더 높이 내세웠기 때문에 범죄자들도 교회의 자식이란 생각이 없었고, 그래서 추방당하면 절망에 빠지고 맙니다. 사회에 복귀하더라도 대부분 증오만 가득한 채 돌아오기 때문에 사회로부터 멀어질 수밖에 없습니다. 그 결과가 무엇일지 우리는 쉽게 짐작할 수 있습니다.

우리나라도 마찬가지라고 사람들은 생각할지 모르지만 문제가 바로 이것입니다. 러시아에는 재판 제도 외에 교회가 있고 교회는 범죄자를 자식으로 생각해서 무슨 일이 있어도 그들과의 관계를 끊지 않습니다. 더불어 아직은 단순한 생각에 불과할 뿐이라 실행한 것이 없지만 비록 마음속에서나마 이상적인 미래의 교회 재판이라는 관념이 훌륭하게 이어지고 있고, 범죄자들도 영혼이 이끄는 대로 분명하게 알고 있습니다. 여러분이 지금까지 한 말도 틀리지 않습니다. 만일 교회 재판이 정말 이루어져서 능력을 발휘하게 된다면, 즉 사회가 교회만 바라보게 될 때가 오면 교회 재판이 범죄자를 회개시키는 것은 예전과 비교되지 않을 정도로 큰 힘을 얻게 될 것이고 범죄의 수도 줄어들지 모릅니다. 또 교회도 범죄의 미래나 미래의 범죄에 대해 지금과는 다른 생각을 갖게 될 것이 확실합니다. 추방된 자는 다시 불러오고 나쁜 생각을 하는 자에게 미리 경고하고, 타락한 자는 다시 새 삶을 살 수 있도록 이끌 수 있을 것입니다."

장로는 가벼운 미소를 지었다.

"현재 기독교 사회는 아직 준비를 하지 못해서 정의로운 일곱 사람들 위에 서 있을 뿐입니다. 그러나 아주 쇠락한 것은 아니라 아직도 이교적인 집단인 사회가 전 세계를 통치하는 유일한 교회로 변할 거라는 기대를 가지고 굳건하게 존재하는 것입니다. 이것은 반드시 이루어지도록 정해져 있으므로 비록 종말이 오더라도 반드시 실현될 것입니다. 오오, 그렇게 될지어다. 아멘! 그리고 그것이 이루어지는 시간이나 기한에 대해서는 걱정하지 않아도 됩니다. 시간이나 기한의 비밀은 하느님의 예지, 선견, 사랑 속에 숨어 있습니다. 인간의 생각으로는 먼 훗날의 일이 될지도 모르지만 하느님이 정하신 대로라면 이루어지는 코앞에 와 있을 수도 있습니다. 오오, 그렇게 될지어다. 아멘, 아멘!"

"아멘, 아멘!"

엄숙하고 경건하게 파이시 신부가 따라서 말했다.

"기이하군, 정말 기이해!"

미우소프는 흥분한 기색은 아니었지만 분노를 억누르지 못하는 듯 중얼거렸다.

"뭐가 기이하다는 건가요?"

이오시프 신부가 조심스럽게 물었다.

"하지만 이건 도대체 뭐죠?"

미우소프가 폭발하는 것처럼 외쳤다.

"이 땅의 국가를 제외하고 교회가 국가의 위치에 선다니 이건 교황 절대권론이 아니라 초(超) 교황 절대권론이잖습니까? 교황 그리고리 7세조차도 생각하지 못한 일일 겁니다."

"당신은 반대로 이해하고 있군요!"

파이시 신부가 엄한 목소리로 대답했다.

"교회가 국가가 되는 것이 아닙니다. 이 점을 명심하세요. 그것은 로마이고 로마의 꿈입니다. 이것이 바로 악마의 세 번째 유혹입니다. 국가가 교회로 변해야 한다는 것입니다. 정반대의 뜻입니다. 국가가 교회의 위치에 올라서 온 세계의 교회가 되는 것이지요. 그래서 교황 절대권론도, 로마도, 당신의 해석도 정반대 것이고, 이것은 이 땅의 러시아 정교의 거룩한 사명입니다. 그리고 이 별은 동방에서부터 빛날 것입니다."

미우소프는 당당하게 침묵을 지켰다. 자존심이 넘치는 듯했고, 상대를 얕보는 듯한 미소를 짓고 있었다. 알료샤는 심장이 크게 뛰는 것을 느끼며 이 광경을 지켜보았다. 그들의 대화에 완전히 동요되었던 것이다. 그는 갑자기 라키친을 바라보았다. 라키친은 아직도 방문 옆에 서서 움직이지 않으며 눈을 아래로 내리깔고 주의 깊게 관찰하며 귀를 기울이는 중이었다. 하지만 두 뺨이 발개진 것으로 볼 때 그도 몹시 흥분해 있다는 것을 알 수 있었다. 그가 왜 흥분했는지 알료샤는 잘 알고 있었다.

"죄송하지만 여러분께 작은 일화를 소개하고 싶습니다."

갑자기 엄숙하고 의미심장하게 미우소프가 말했다.

"12월 혁명 이후 파리에서 있었던 일입니다. 어느 날 저는 중요한 위치에 있는 정치가인 친척에게 갔습니다. 그곳에서 우연히 매우 재미있는 사람을 만나게 되었지요. 그는 경찰이었는데 그냥

하급 형사가 아니라 비밀경찰의 수장으로 높은 지위에 있는 사람이었습니다. 저는 호기심이 생겨서 기회를 보다가 그 사람과 이야기를 나누었습니다. 그런데 그는 그 집에 손님으로 온 것이 아니었고 보고를 드리러 온 것이었습니다. 정치가가 저를 대하는 걸 보더니 호감을 가지고 진솔하게 저를 상대해주었습니다(물론 어느 정도였습니다). 예의 바르다고 하는 게 더 맞겠군요. 프랑스 사람들은 워낙 친절하고 더구나 제가 외국인이라는 걸 알고 더 그렇게 대한 것이겠지요. 하지만 저는 그의 말을 아주 잘 이해했습니다. 그 당시 경찰의 박해를 받던 사회주의 혁명가들에 대한 이야기를 나눌 때 갑자기 그가 재미있는 말을 했습니다. 가장 흥미 있는 부분만 말씀드리겠습니다. 그는 이렇게 말했습니다. '사실 우리는 사회주의적 무정부주의자나 무신론자나 혁명가 같은 사람들을 대수롭지 않게 생각합니다. 우리는 그들을 줄곧 감시하고 있어서 그들이 무엇을 하는지 전부 알고 있습니다. 그런데 그들 중에 비록 소수이지만 조금 특이한 사람이 있습니다. 그것은 기독교도이면서 사회주의를 믿는 사람들입니다. 우리가 가장 경계하는 것이 바로 이런 사람들입니다. 그들은 정말 무섭습니다. 기독교를 믿는 사회주의자는 무신론자 사회주의자보다 훨씬 더 무서운 사람입니다.' 저는 그때 이 말을 듣고 충격을 받았는데 지금 여러분이 하는 말씀을 들으니 그때 생각이 났습니다."

"결국 당신은 그들을 우리와 연결시켜서 우리가 사회주의자라는 건가요?"

파이시 신부가 단도직입적으로 말했다. 그런데 미우소프가 대답하려는 사이에 갑자기 방문이 열렸고 엄청나게 늦은 드미트리 표도로비치가 들어왔다. 사람들은 그를 잊고 있었으므로 그의 갑작스러운 등장에 놀랐다.

6. 어떻게 저런 사람이 있을 수 있을까!

드미트리 카라마조프는 보통 키에 호감이 가는 외모를 지니고 있었다. 그는 스물여덟 살이었지만 나이보다 훨씬 늙어 보였다. 그는 한눈에 보기에도 근육질이었지만 얼굴에는 어딘지 모를 병마의 기운이 감돌았다. 얼굴은 야위었고 두 뺨이 움푹하게 들어가 있었으며 안색도 누런빛이라 좋지 않았다. 약간 튀어나온 크고 검은 두 눈은 강철처럼 완고하게 보였으나 침착한 구석은 없었다. 흥분해서 열띤 어조로 이야기할 때도 그의 시선은 마음과 달리 그 순간에 어울리지 않는 이상한 표정이었다.

"그는 도대체 무슨 생각을 하고 있는지 모르겠어."

그와 대화를 나눈 사람들은 이따금 이렇게 말하곤 했다. 그의 눈은 어딘가에 골몰해 있는 것처럼 음울한 기운이 어리다가 별안간 큰 소리로 웃음을 터트렸고 그럴 때면 사람들은 흠칫 놀라곤 했다. 그 웃음은 그의 눈이 가장 우울해 보이는 순간에도 머릿속에서는 재미있고 장난스러운 생각을 하고 있다는 것을 말해주었다.

그러나 그의 약간 병적인 기운은 그의 방탕한 생활을 알면 이해할 수 있다. 사실 그를 불안하게 만드는 무절제한 생활은 모든 사람이 직접 보거나 들은 바가 있어서 잘 알고 있었고, 최근 들어서는 그런 생활에 더 푹 빠져 있었다. 또한 아버지와 재산 문제로 싸우기 시작한 후부터 그가 자주 화를 내는 것도 모두 알고 있어서 그에 대한 소문이 마을에 퍼져 있었다. 타고나기를 신경질적이고 성급한 편이어서 우리 지역의 치안판사인 세몬 카찰니코프가 어떤 모임에서 평가한 것처럼 그는 '즉흥적이고 비뚤어진 머리'를 가진 자였다.

방 안에 들어선 그는 단정하게 단추를 채운 프록코트를 입고 검은 장갑을 낀 채 손에는 실크 모자를 든 완벽하고 깔끔한 복장이었다. 전역한 지 얼마 되지 않는 군인이어서 콧수염만 기른 채 턱수염은 깨끗하게 면도된 상태였다. 갈색 머리카락은 짧게 깎았고 관자놀이 주변은 정돈되어 있었으며 군대식으로 걷는 걸음은 무척 절도 있어 보였다. 그는 문턱에 들어서자 걸음을 멈추고 사람들을 모두 돌아본 뒤 장로 앞으로 걸어갔다. 그리고 장로에게 허리를 굽혀서 인사하고 나서 축복을 청했다. 장로는 자리에서 일어나 그를 축복해주었다. 드미트리는 엄숙하게 입을 맞춘 뒤 몹시 흥분해서 초조함을 감추지 않은 채 말했다.

"오래 기다리시게 해서 죄송합니다. 아버지가 저에게 보낸 하인 스메르자코프가 1시라고 말해서……. 두 번이나 확인했지만 1시라고 분명하게 말하기에 그만 늦었습니다. 이제야 늦은 걸 알았습니다.”

“걱정하지 마세요.”

장로가 그의 말을 가로막았다.

“조금 늦었으니 괜찮습니다.”

“정말 고맙습니다. 짐작한 대로 친절하시군요.”

드미트리는 퉁명스럽게 말한 뒤 다시 한번 허리를 굽혔다. 그리고 몸을 돌려서 아버지를 향해 장로에게 한 것처럼 공손하게 허리를 굽혔다. 그는 여러 가지로 생각해본 뒤 선량한 의도와 존경심을 드러낼 필요가 있다고 생각하여 인사한 것이 틀림없어 보였다. 표도르는 아들의 갑작스러운 행동에 잠시 당황하는 듯했으나 곧 자신도 의자에서 일어나서 아들과 같이 정중하게 인사했다. 표도르의 얼굴이 갑자기 엄숙해지고 뭔가를 생각하는 듯한 표정으로 변했지만 또 한편으로는 적대감을 품은 모습이 되었다. 드미트리는 다른 사람들에게도 눈인사를 보낸 뒤에 성큼성큼 창가로 걸어가서 파이시 신부 옆에 남아 있는 빈 의자에 앉았다. 그리고 의자에서 몸을 내밀며 자신의 등장으로 중단된 이야기를 들을 준비를 했다.

드미트리의 등장으로 소요된 시간은 채 2분이 되지 않았으므로 이야기는 다시 이어져야 했지만, 미우소프는 파이시 신부의 집요한 질문에 대답할 필요성을 느끼지 못했다.

“그 문제는 이제 그만 얘기해도 좋을 것 같습니다.”

미우소프는 약간 거만하면서 능수능란하게 말했다.

"꽤 미묘한 문제입니다. 이반이 이쪽을 보며 웃는데, 좋은 의견이 있는 것 같으니 이야기를 들어보는 게 어떨까요?"

"특별한 건 없고 짧게 말씀드리겠습니다."

이반이 재빨리 대답했다.

"유럽의 자유주의, 심지어 러시아의 자유주의적 딜레탕티즘만 해도 오래전부터 사회주의의 최종 결론과 기독교의 그것을 자주 혼동해왔습니다. 물론 이런 괴상한 결론이 그 특징을 명백하게 보여주고 있지요. 그런데 지금 얘기를 듣고 보니 사회주의와 기독교를 헷갈리는 사람은 자유주의자나 딜레탕트뿐만 아니라 헌병도 그런 것 같네요. 외국의 헌병들에 한하는 얘기지만요. 미우소프 씨가 말씀하신 파리에서의 일화는 흥미로웠습니다."

"다시 한번 이 주제는 여기서 그만 얘기했으면 좋겠습니다."

미우소프가 반복해서 말했다.

"제가 이반에 대한 매우 흥미롭고 의미 있는 이야기를 한 가지 소개해드리려고 합니다. 바로 닷새쯤 전에 있었던 일입니다. 주로 이 고장 부인들이 모인 곳에서 이반이 당당하게 이런 말을 했지요. 이 세상에서 인간에 대한 사랑을 강요하는 것은 아무것도 없고 '사람이 사람을 사랑해야 한다'는 자연계의 규칙이 있는 것도 아니며, 만일 이 땅에 사랑이 존재해왔다면 그것은 자연계의 규칙에 의해서가 아니라 사람이 영생을 믿었기 때문이라고 말입니다. 또 이반은 덧붙여 말했는데 바로 여기에 자연의 모든 법칙이 있으며, 그래서 인류가 이 영생에 대한 신앙을 버리면 이 세상에서 사랑은 없어질 뿐만 아니라 이 세상을 살아가는 데 필요한 모든 생명력조차 사라진다고 했습니다. 또 그렇게 되면 부도덕이란 개념 자체가 사라져서 악행이 일어나고 심지어 사람을 잡아먹는 일까지 허용된다고 했습니다. 이것으로도 모자라 이반은 현대의 신앙심이 없는 사람들은 이미 신이나 영생을 믿지 않으므로 자연의 도덕률은 지금까지의 종교적인 규범과는 정반대로 즉각 바꿔야 한다고 결론을 내렸습니다. 악행을 저지르는 이기주의는 인간에게 허용될 뿐 아니라 그 입장에서는 가장 필요하고도 합리적인 그리고 가장 이상적인 결론으로 인정받아야 한다는 것입니다. 여러분, 이제까지의 역설로 볼 때 우리의 친애하는 역설가인 이반이 주장하는, 또한 앞으로 하려는 주장들이 어떤 것들인지 예상할 수 있으시겠지요.”

“잠시만요!”

예상 밖으로 드미트리가 큰 목소리로 끼어들었다.

“제가 잘못 들었나 해서 묻습니다만 ‘모든 무신론자들의 입장에서 악행은 허용되어야 하며, 가장 필요하고 합리적인 행위로 인정받아야 한다!’는 것인가요? 그런 뜻 맞습니까?”

“바로 그렇습니다.”

파이시 신부가 대답했다.

“잘 알겠습니다.”

이렇게 말한 드미트리는 입을 다물었다. 방금 대화에 끼어들 때처럼 예상치 못한 반응이어서 모두 호기심 어린 눈빛으로 그를 바라보았다.

“당신은 정말 인간이 영생에 대한 믿음을 잃게 되면 그런 결과가 올 거라고 생각하나요?”

장로가 갑자기 이반에게 물었다.

“네, 저는 그렇게 주장했습니다. 영생이 없어지면 선도 사라질 것입니다.”

“그렇게 믿는다면 당신은 정말 행복하거나 아니면 아주 불행할 거요!”

“왜 불행하다는 것인지요?”

이반은 슬며시 미소를 지으며 물었다.

“당신은 영혼의 불멸은 물론 자신이 쓴 교회 문제에 대한 주장도 아마 전혀 믿지 않기 때문입니다.”

“장로님 말씀이 옳을지도 모릅니다! 하지만 저는 처음부터 농담은 아니었습니다.”

이반은 얼굴을 붉히며 이상한 고백을 했다.

“물론 농담이 아니라는 것은 진심이겠지요. 아직 당신이 그 사상에 대해 해결하지 못했으니까요. 그러나 재난을 겪은 사람은 크게 절망한 나머지 가끔은 그 절망에 위안을 느낄 때가 있습니다. 지금 당신도 마찬가지입니다. 자신의 변증법을 스스로 믿지 못하고 절망한 나머지 잡지에 논문을 쓰고 사교계에 나가 토론을 하면서 그것으로 위안을 삼는 거지요. 당신의 마음속에서 이 문제를 해결하지 못한 것이 바로 당신의 큰 비극입니다. 이 문제가 끝없이 해결을 강요하며 당신을 괴롭힐 테니까요.”

“그러나 과연 제 마음속에서 그 문제를 해결할 수 있을까요?

그것도 긍정적인 쪽으로요."

이반은 야릇한 미소를 지은 채 장로를 바라보며 기이한 질문을 계속했다.

"긍정적으로 해결할 수 없으면 부정적인 쪽으로도 해결되지 않을 겁니다! 당신의 마음이 이런 속성을 지녔다는 건 스스로 잘 알겠지요. 당신의 고뇌가 바로 거기에 있지요. 그러나 이런 고뇌를 할 수 있는 고귀한 영혼을 주신 신께 감사해야 할 거요. '높은 것에 마음을 두고 높은 것을 원하라. 우리의 모든 것은 하늘 위에 있을지어다.' 당신이 이 세상에 있는 동안 마음속 고뇌를 해결할 수 있도록 하느님께서 당신에게 축복을 내려주시기를!"

장로는 한 손을 들어 이반을 향해 성호를 그으려고 했다. 하지만 이반이 먼저 일어나서 장로 앞으로 가서 축복을 받았다. 그리고 그 손에 입을 맞춘 뒤 아무런 말없이 다시 자신의 자리로 돌아갔다. 이반의 얼굴은 단호하고 진지했다. 그의 이런 행동과 이반의 예상이 빗나간 장로와의 대화는 신비스러우면서도 엄숙한 그 무언가가 있어서 모든 사람에게 큰 놀라움을 주었고 모두 한동안 조용히 입을 다물었다. 알료샤는 거의 두려움에 가까운 표정을 지었다. 미우소프는 불현듯 어깨를 움찔거렸고 동시에 표도르가 갑자기 의자에서 일어났다.

"가장 거룩하고 거룩하신 장로님!"

그는 이반을 가리키며 외쳤다.

"이 아이는 제 아들입니다. 제 피와 살을 나눈 아들이자 가장 사랑하는 제 육신이지요! 이 아이는 제가 가장 존경하는 카를 모어라고 할 수 있습니다. 그리고 드미트리는 장로님께 공정한 판결을 의뢰하기도 했지만 가장 존경할 수 없는 인물인 프란츠 모어입니다! 두 사람 다 실러의 《군도(群盜)》에 나오는 인물이지만, 이렇게 되니 저는 자연스럽게 영주인 모르 백작이 되겠네요. 잘 생각하셔서 우릴 구원해주세요. 우리에겐 기도뿐만 아니라 장로님의 예언도 필요합니다!"

"어리석은 소리는 하지 마세요. 자신의 가족을 모욕하는 건 안 됩니다."

장로는 기운이 없는 듯 희미하게 말했다. 그는 시간이 흐름에 따라서 더 큰 피로를 느끼고 눈에 보일 정도로 기운을 잃어가고 있었다.

"가당치 않은 어릿광대 놀음입니다! 이곳에 오기 전부터 이럴 거라고 예상했지요!"

드미트리는 이렇게 외치며 자리에서 일어났다.

"장로님, 용서하세요. 저는 제대로 된 교육을 받지 못해서 당신을 어떻게 불러야 할지도 모르지만, 어쨌든 당신은 속으셨습니다. 이곳에 우리가 모이도록 허락해주시다니 정말 너무나 선한 분이시군요. 아버지에게 필요한 것은 추문뿐입니다. 아마 자신만이 무엇을 위한 추문인지 알겠지요. 아버지는 나름대로 속셈이 있으니까요. 하지만 이번에는 저도 그 속셈을 대충 알 것 같습니다."

드미트리가 장로를 보며 말했다.

"모두가 하나같이 나만 나쁜 사람을 만들고 있군. 전부!"

표도르가 질 수 없다는 듯 외쳤다.

"이 미우소프 씨도 마찬가지입니다. 그도 나를 비난했어요! 미우소프 씨, 당신도 나를 비난했지요?"

표도르는 갑자기 끼어들 생각도 하지 않는 미우소프에게 말했다.

"당신은 내가 아이들의 돈을 장화에 감추고 가로챘다고 욕하지만, 뭐 여기엔 재판소도 없는 줄 아시오? 재판소에 가면 드미트리가 쓴 영수증, 편지, 계약서 등을 조사해서 원금이 얼마였는지, 그가 돈을 얼마나 썼는지, 그래서 얼마나 남았는지 분명하게 계산해줄 것이오! 그런데 미우소프 씨는 그러고 다니면서도 재판은 싫어하거든요. 왜 그러는지 아십니까? 그건 미우소프 씨가 드미트리와 친척이기 때문입니다. 그래서 모두 한통속이 되어 나한테 덤비지만 모든 것을 따지면 오히려 드미트리가 나한테 빚진 겁니다. 적은 돈도 아니고 수천 루블이나 되는 엄청난 금액이지요. 난 모든 증거 서류를 가지고 있습니다! 저 녀석은 온 동네에 방탕하다고 소문이 났지요. 전에 일하던 고장에서는 어떤 참한 아가씨를 꼬셔내느라 일이천 루블을 아무렇지도 않게 쓴 적도 있고요. 드미트리, 난 네가 비밀로 하려는 일을 전부 알고 있어! 증거도 준비되어 있고. 거룩하신 장로님, 믿지 않으실지도 모르지만 저 녀석이 반했던 여자는 지체 높고, 재산도 많은 양가집 아가씨였습니다. 그녀는 여러 해 군대에서 공훈을 세우고 성(聖) 안나 십자훈장까지 받은 대령의 딸로서, 저 녀석은 자기 상관의 딸인 그 아가씨에게 청혼을 해서 명예를 더럽혔습니다. 그 아가씨는 후에 고아가 돼서 결국은 저 녀석과 약혼하고 지금은 여기에 와서 삽니다. 그런데 저 녀석은 그런 과분한 약혼녀가 있는데도 이 고장의 어떤 매력적인 여자를 쫓아다니는 중입니다. 그 여자 는 어느 높은 분과 내연 관계에 있는데 실은 부인이나 다름없습 니다. 독립심이 매우 강해서 누가 꼬드긴다 해도 넘어가지 않는, 지조 있는 여자입니다. 암, 그렇고말고요! 신부님들, 그 여잔 정 말 지조 있는 여자예요. 그런데 드미트리가 이 지조 있는 여자를 황금 열쇠로 열어보려고 내게 돈을 빼앗으려고 애쓰는 거랍니다. 그동안 저 녀석이 그 여자에게 가져다준 돈만 해도 수천 루블이 지요. 그 때문에 계속 빚을 지고 있는데 저 녀석이 누구에게서 그 돈을 얻는지 아십니까? 드미트리, 어떠냐, 말해도 되냐?”

“가만히 계세요!”

드미트리가 소리를 질렀다.

“내가 여기서 나갈 때까지 기다리세요. 내 앞에서 그 성스러운 아가씨를 더럽히지 마세요. 아버지 같은 사람이 그 아가씨를 입 에 올린 것만 해도 씻을 수 없는 모욕입니다. 난 절대 용서하지 않 을 거예요!”

그는 숨을 헐떡였다.

“미차, 미차야!”

표도르는 억지로 눈물을 빼면서 가냘프게 외쳤다.

“널 낳아준 아버지가 너를 축복해주는 것도 안 되느냐? 내가 만일 너를 저주한다면 그땐 어떻겠니?”

“뻔뻔한 위선자!”

드미트리가 미친 듯이 울부짖었다.

"이놈이 애비한테, 애비한테 저런 말을 합니다! 그러니 내가 아버지가 아니었다면 무슨 짓을 당했을지 모릅니다! 여러분, 제 이야기를 들어보세요. 비록 가난하지만 존경을 받아야 하는 퇴역 대위가 있습니다. 사고를 당해서 군에서 물러났지만 군법회의 같은 곳에 회부된 적도 없는, 명예를 지켜온 사람입니다. 지금은 부양가족이 많아서 고생을 많이 하기는 하지만요. 그런데 바로 이 드미트리가 3주일 전, 어느 술집에서 이 사람의 턱수염을 잡아당겨서 길에 넘어뜨리고 사람들이 보는 데서 두들겨 팼지요. 그 사람이 어떤 사소한 사건으로 비밀스럽게 내 대리인 노릇을 했기 때문입니다."

"거짓말이에요! 사실인 것도 있지만 대부분 다 거짓말입니다!"

드미트리는 분노가 끓어올라서 온몸을 떨었다.

"아버지, 내가 한 짓에 대해 변명은 안 하겠습니다. 여기 계신 분들 앞에서 모두 말하겠습니다. 내가 그때 그 대위에게 짐승 같은 행동을 한 것은 맞지만 지금은 후회가 됩니다. 왜 내가 야수처럼 분노를 표출했는지 몹시 유감스럽습니다. 그러나 그 대위는 아버지의 대리인으로 아버지가 매력 있는 여자라고 말한 그 여인을 찾아가서 당신이 부탁했다며 이런 말을 했습니다. 내가 앞으로 재산을 가지고 계속 문제를 일으키면 아버지에게 쓴 어음을 그 여자한테 넘겨줄 테니 소송을 벌여서 나를 감옥에 보내라고 말입니다. 아버지는 내가 그 여자에게 반했다고 비난했지만 실은 바로 아버지가 그 여자에게 나를 유혹하라고 한 거 아닙니까! 그 여자가 내게 직접 그 얘기를 해줬습니다. 아버지를 비웃으면서. 왜 아버지가 아들을 감옥에 보내려고 할까요? 모두 질투 때문입니다. 자신이 그 여자에게 흑심을 품었으니까요. 저는 전부 알고 있습니다. 그 여자가 웃으면서 모두 얘기해주었습니다, 아시겠어요? 아버지를 비웃으면서 그 애기를 했습니다.

신부님들, 어떠세요? 이것이 방탕한 아들을 질책하는 아버지의 본모습입니다! 여러분, 제가 방금 화낸 것은 용서해주십시오. 저는 저 사악한 노인이 여러분을 이 자리에 부른 것이 추문을 일으키려고 한 의도임을 예측하고 있었습니다. 하지만 저는 혹여 아버지가 제게 용서를 빌지도 모른다는 생각으로 이곳에 왔습니다. 아버지가 만일 그렇게 하면 저도 모두 포기하고 깨끗이 용서를 빌어야겠다는 마음이었어요. 하지만 아버지는 나뿐만 아니라 내가 너무나 존경해서 감히 입에 올리지조차 못하는 숭고한 아가씨까지 모욕했습니다. 그래서 저는 아버지라고 할지라도 그 교활한 짓을 폭로하기로 결심했습니다.”

드미트리는 더 말을 하지 못했다. 두 눈은 불타올랐고 숨 쉬는 것도 힘들어 보였다. 그 자리에 모인 사람들은 모두 동요하기 시작했다. 장로를 제외하고 모두가 불안해하면서 자리에서 일어났다. 두 신부는 준엄한 눈으로 쳐다보며 장로가 말을 꺼내기를 기다렸다. 장로는 이미 창백해진 채로 앉아 있었는데 흥분해서가 아니라 병 때문에 쇠약해진 탓이었다. 애원하는 듯한 미소가 그의 입가에 걸려 있었다. 그는 때로 분노하는 사람들을 만류하려는 듯이 한쪽 손을 들어올렸다. 물론 이런 손짓 하나만으로도 소란을 가라앉히기는 충분했다. 하지만 장로는 스스로 아직 납득이 가지 않는 것이 있는 듯이, 무언가를 기다리는 것처럼 가만히 한 곳을 바라보았다. 결국 미우소프는 자신이 모욕당하고 무시받았다고 느끼는 듯했다.

"이런 사태가 일어난 것은 우리 모두의 책임입니다!"

그는 다소 들뜬 목소리로 말했다.

"저는 사실 이곳에 오면서 이 정도일 줄은 몰랐지요. 물론 저와 같이 온 사람이 어떤 사람들인지는 잘 알고 있었지만요. 어쨌든 이런 일은 당장 끝내야 합니다! 장로님, 제가 지금 이 사건에 대해 자세히 모르고 있었음을 믿어주세요. 저는 정말 그런 소문은 믿고 싶지 않습니다. 지금 여기에서 처음 알게 됐습니다. 아버지가 더러운 여자 때문에 아들을 질투하고, 또 그런 여자와 어울려 아들을 감옥에 넣으려 했다니, 저는 정말 이런 내용도 모르는 채 따라왔습니다. 저는 속았습니다. 여기서 여러분께 확실히 말하지만, 저 역시 여러분처럼 속았습니다!"

"드미트리!"

갑자기 표도르는 자신의 목소리답지 않은 소리로 외쳤다.

"만약 네가 내 아들만 아니라면 나는 당장 이 자리에서 결투를 신청했을 것이다! 권총을 가지고 세 걸음 떨어져서, 눈은 손수건으로 가리고……. 눈을 가린 채 하는 결투 말이다!"

그는 두 발을 구르면서 외쳤다. 평생을 어릿광대로 지낸 늙은 거짓말쟁이에게도 흥분하면 몸이 떨리고 분노한 채 눈물을 흘리는 참된 순간이 있다. 물론 그 순간마저(아니면 고작 1초 뒤에) 속으로 이런 말을 되뇔지도 모른다. '이 거짓으로 뭉친 치사한 늙은이, 넌 또 거짓말을 하고 있어. 네가 거룩한 분노나 거룩한 분노의 순간을 지껄여도 너는 여전히 광대짓을 하고 있는 거잖아.'

드미트리는 경멸이 담긴 눈으로 아버지를 노려보면서 얼굴을 찌푸리고 침착하게 낮은 목소리로 말했다.

"나는, 그러니까 나는, 천사 같은 약혼녀와 같이 고향으로 돌아와서 아버지를 모시려고 했습니다. 그러나 돌아오니 아버지는 방탕한 호색가에 야비한 희극배우였어요!"

"결투다, 결투!"

노인은 또 숨을 몰아쉬며, 말을 할 때마다 침을 튀겨가며 소리를 질러댔다.

"이보시오 미우소프 씨, 내 말 잘 들으시오. 당신이 지금 대범하게 창녀라고 부른 그 여자보다 더 고상하고 품격 있는, 듣고 있소? 그보다 더 거룩하고 신성한 여자는 당신네 가문을 아무리 뒤져도 없을 거요. 예전에도 없었지만 지금도 역시 없을 것이오! 그리고 드미트리, 네놈이 약혼녀에게서 그 '창녀'한테 간 걸 보니, 약혼녀가 그 여자 발가락의 때만도 못하다고 인정한 게 아니냐! 그러고 보면 그 창녀도 여간 매력이 큰 게 아닌가 보구나, 안 그래?"

"창피한 줄 아시오!"

갑자기 이오시프 신부가 고함을 질렀다.

"부끄럽고 치욕스럽소!"

지금까지 한 마디도 하지 않았던 칼가노프까지 얼굴이 벌개져서 소년처럼 떨리는 목소리로 소리쳤다.

"어떻게 저런 사람이 있을 수 있을까!"

드미트리는 분노를 이기지 못해서 어깨를 추켜올리고 등은 구부린 채 허탈하게 중얼거렸다.

"저 사람이 이렇게 대지를 더럽히는 말을 해도 되는지 말씀해 주세요."

그는 노인을 가리키며 모두를 바라보았다. 느리지만 분명한 말투였다.

"보셨습니까? 신부님들, 저 말 들으셨습니까? 아버지를 죽이려고 하는 저놈의 말을?"

표도르는 이오시프 신부에게 달려들었다.

"이것이 바로 창피한 줄 알라는 당신의 말에 대한 대답입니다! 뭐가 부끄럽단 말입니까? 그 창녀는, 그 더러운 여자는 여기 있는 수도사들보다 더 성스러운 사람일지도 모릅니다! 물론 그 여자가 어린 시절에 환경 때문에 잠시 타락했을 수도 있지만, 대신 '많은 사람'을 사랑했습니다. 많은 사람을 사랑한 사람은 그리스도께서도 용서했습니다."

"그리스도께서 용서하신 건 그런 사랑 때문이 아닙니다!"

온화하기로 정평이 난 이오시프 신부도 더는 참지 못하고 외쳤다.

"천만에요! 그런 사랑 때문에 용서하신 겁니다. 바로 그런 사랑! 신부님들, 그리스도께서는 그런 사랑을 기특하게 여기셨습니다. 당신들이 날마다 양배추만 먹으면서 도를 닦으니 스스로 바른 인간이라는 생각이 들겠지요! 하루에 겨우 민물고기 한 마리 정도밖에 안 먹으면서 그 민물고기로 하느님을 매수할 수 있다고 생각하는 겁니까!"

"망측한 말을! 어떻게 하느님을 매수한다는 말을 하는 건지!"

암자의 이곳저곳에서 동시에 이런 소리가 들려왔다. 하지만 추악한 연극으로 치달은 이 연극은 전혀 예상 밖의 일로 중단되었다. 갑자기 장로가 자리에서 일어난 것이다. 알료샤는 장로의 건강을 걱정하면서 사람들에 대한 공포감 때문에 정신이 나갈 지경이었다가 무의식중에 장로의 손을 잡고 간신히 부축했다. 장로는 드미트리 쪽으로 걷다가 그 앞에 다다르자 갑자기 무릎을 꿇고 엎드렸다. 알료샤는 장로가 기운이 없어서 쓰러진 거라고 생각했지만 그런 것이 아니었다. 장로는 무릎을 꿇더니 드미트리의 발을 향해서 공손하게 절을 했다. 그것은 이마가 방바닥에 닿을 정도로 예의 바르고 정중한 절이었다. 알료샤는 너무 놀라 장로가 다시 몸을 일으킬 때 그를 부축할 생각도 못했다. 장로의 입가에는 희미한 미소가 보일 듯 말 듯 걸려 있었다.

"용서하십시오. 전부 용서하십시오!"

그는 거듭 이렇게 말하면서 주위의 모든 손님에게 절을 했다. 드미트리는 세게 머리를 얻어맞은 것처럼 한동안 움직이지 않고 서 있었다. 자신의 발 앞에 장로가 절을 하다니 무슨 일일까? 갑자기 그는 "오, 하느님!" 하고 소리를 지르며 두 손으로 얼굴을 가린 채 밖으로 달려 나갔다. 남은 손님들도 당황하여 주인에게 인사하는 것도 잊은 듯 드미트리의 뒤를 쫓아서 한꺼번에 나가버렸다. 다시 장로에게 다가간 사람은 축복을 받으려는 두 수사 신부 뿐이었다.

"도대체 왜 발에 절을 했을까요? 분명히 깊은 뜻이 있을 것 같은데."

갑자기 얌전해진 표도르는 다시 이야기를 꺼냈지만 누군가에게 말을 걸 엄두는 나지 않았다. 그 순간 그들은 암자 울타리를 벗어나고 있었다.

"나는 정신병원이나 정신병자들에 대해서는 할 말이 없소."

미우소프가 갑자기 화를 내며 말했다.

"난 당신을 상대하지 않을 테니 그리 아시오. 카라마조프 씨, 앞으로 영원히! 그런데 아까 그 수도사는 어디 있소?"

수도원장의 점심 초대를 알려주었던 그 수도사는 사람들을 기다리게 하지 않았다. 암자 앞 계단으로 그들이 내려서자 그 수도사가 계속 그 자리에서 기다리고 있었던 것처럼 그들 앞에 모습을 드러냈다.

"수사님, 죄송하지만 원장님께 부름에 응하지 못하겠다고 전해 주시겠습니까? 갑자기 예기치 못한 사정이 생겼지 뭡니까. 더불어서 이 미우소프를 대신해서 원장님께 깊이 존경한다고도 전해주십시오. 물론 저는 초대에 가고 싶은 생각이 간절하지만……."

미우소프는 어쩔 줄 몰라 하며 수도사에게 말했다.

"그 예기치 못한 사정이 바로 접니다."

표도르가 재빨리 그의 말을 가로챘다.

"수사님, 들어보세요. 미우소프 씨는 나와 같이 있지 않으려고 저렇게 말하는 거랍니다. 내가 없다면 흔쾌히 초대에 응했을 거예요. 그렇지만 미우소프 씨, 그럴 필요 없으니 빨리 가보도록 하세요. 원장님에게 가서 배불리 얻어먹으라니까요. 정말 거절해야 할 사람은 당신이 아니라 나요. 난 돌아가겠소. 빨리 사라져드리지요. 집에서 식사하겠소. 나도 여기서는 별 볼 일 없을 테니까. 맞지요? 내 정다운 친척 미우소프 씨?"

"나는 당신 친척도 아니고 지금까지 당신을 친척이라고 생각한 적도 없소. 비열한 인간!"

"당신이 친척이라는 말을 가장 싫어하니까 약 올리려고 일부러 한 말이오. 하지만 당신이 아무리 아니라고 해도 당신은 분명히 내 친척인데 어쩌겠소? 교회의 달력을 펼쳐놓고 언제 어디서 어떻게 당신이 내 친척이 되었는지 확인해드려야 하오? 그런데 이반, 원한다면 너도 남아도 된다. 내가 나중에 마차를 보내주마. 하지만 미우소프 씨, 다른 사람은 몰라도 당신은 원장님께 가는 게 예의라고 생각합니다. 아까 나와 소란을 피운 것을 사과해야 하니까요."

"아니, 정말로 돌아가는 거요? 거짓말은 아니겠죠?"

"미우소프 씨, 내가 방금 그런 짓을 저지르고 무슨 염치가 있어서 식사를 할 수 있겠소? 너무 흥분해서 실수했습니다. 여러분, 용서하세요, 많이 흥분해서 일어난 일입니다. 저도 충격입니다, 많이 창피합니다. 이 세상에는 마케도니아의 알렉산드로스 대왕 같은 마음을 지닌 사람도 있고 반대로 피델코의 강아지 같은 심장을 가진 사람도 있습니다. 많이 겁먹어서 아주 작아졌습니다.

내가 소동을 벌이고 어떻게 수도원의 음식을 먹을 수 있겠습니까? 부끄러워서 차마 그럴 수 없습니다. 자, 이제 난 실례하겠습니다."

'지겨운 놈! 또 속임수를 쓰는 건 아니겠지?'

미우소프는 멀어지는 어릿광대의 뒷모습을 의심의 눈초리로 보면서 곰곰이 생각에 잠겨 걸음을 멈추었다. 표도르가 뒤돌아보고 미우소프가 자신을 바라보고 있는 것을 알아채고는 손으로 키스를 보냈다.

"자네도 원장에게 갈 건가?"

미우소프가 더듬거리며 이반에게 물었다.

"왜 안 가겠어요? 나는 어제 원장님께 특별히 와달라는 초대를 받았습니다."

"유감스럽지만 나도 어쩔 수 없이 그 지겨운 오찬에 참석해야 한다네."

미우소프는 수도사가 옆에서 듣고 있는데도 상관하지 않고 씁쓸하게 투덜대며 말을 이었다.

"우선 우리가 소동을 벌인 것에 대해 용서를 구하고, 우리가 그 소동을 벌인 것이 아니란 것을 설명해야 하지 않을까?"

"맞아요, 우리가 한 짓이 아니라고 해명해야 해요. 이제 아버지도 안 계시니까……."

"아버지 얘기는 왜 또 꺼내는 건가? 그자가 오면 만찬은 엉망이 될걸!"

그들은 만찬에 참석하기 위해 계속 걸었다. 수도사는 조용히 이야기를 듣고 있었다. 그저 작은 숲속을 거의 지나오자 원장님이 오래전부터 기다렸고 이미 30분이나 늦었다고만 말했다. 이 말에는 아무도 대답하지 않았다. 미우소프는 이반의 얼굴을 증오스럽다는 듯 노려보았다.

"아무 일 없었다는 듯이 천연덕스럽게 식사를 하러 간다고?"

그는 생각했다.

"뻔뻔한 철면피가 과연 카라마조프 양심답군."

7. 야심이 강한 신학생

알료샤는 장로를 부축해서 침실의 침대 위에 앉혔다. 그곳은 꼭 필요한 가구만 있는 작은 방이었고, 좁은 철제 침대 위에는 이불대신 모포 한 장이 깔려 있었다. 방 한쪽의 구석 성상화 앞에 있는 독경대 위에는 십자가와 성경책이 있었다. 장로는 기운 없이 침대에 앉았는데 눈은 빛났지만 몹시 숨차 보였다. 그는 무엇인가 깊게 생각하는 것처럼 알료샤를 바라보았다.

"이제 그만 가보거라. 내 옆에는 포르피리만 있으면 되니까 어서 그리 가보거라. 너는 거기에 있어야 한다. 원장님에게 가서 식사가 끝날 때까지 시중을 들거라."

"여기 있게 허락해주세요."

알료샤는 애원하는 듯 말했다.

"너는 그곳에서 더 필요한 사람이란다. 그곳에는 평화가 없거든, 시중을 들다 보면 도움이 될 거야. 소동이 일어나면 기도문을 외우거라. 아들아(장로는 그를 이렇게 부르기를 좋아했다), 앞으로도 네가 있어야 할 곳은 이곳이 아니란다. 이 점을 잘 기억해두어라. 내가 하느님의 부름을 받으면 너는 곧 이 수도원을 떠나거라. 영원히 떠나야 한다.”

알료샤는 깜짝 놀랐다.

“왜 그러느냐? 여기는 결코 네가 있을 곳이 아니다. 세속에서 큰 수행을 할 수 있도록 축복을 내리겠다. 너는 앞으로 경험을 많이 해야 하고, 아마 결혼도 해야 할 것이다. 네가 다시 이곳으로 돌아오기까지는 많은 고난을 겪어야 하고, 할 일도 많을 것이다. 나는 너를 믿기 때문에 속세로 보내는 것이다. 너는 언제나 그리스도와 함께 있으니 네가 그리스도를 지키면 그리스도께서도 너를 지켜주실 것이다. 물론 큰 슬픔을 겪게 될 때도 있겠지만 그 슬픔 안에서 너는 행복해질 것이다. 슬픔 속에서 행복을 찾아라. 이것이 너에게 주는 나의 마지막 유언이다. 열심히 일하고, 내가 한 말을 마음속 깊이 새기거라. 앞으로 이야기를 나눌 기회가 또 있겠지만 내 생명이 며칠은커녕 몇 시간도 견디지 못할 것 같구나.”

알료샤의 얼굴에는 다시 동요가 일었다. 입 근처가 떨렸다.

“왜 그러느냐?”

장로는 인자하게 미소를 지었다.

“세속의 사람들은 눈물을 흘리며 죽은 자를 보내지만 이곳에 있는 우리는 하느님의 부름을 받은 사람을 기뻐하며 보내야 하느니라. 기쁨의 기도를 드려야 한다. 자, 이제 그만 혼자 있고 싶구나. 기도를 드리려고 하니, 가보아라. 형님들 곁에 있거라. 한쪽에만 있지 말고 두 형님 모두에게 붙어 있거라."

장로는 알료샤에게 성호를 그었다. 알료샤는 그곳에 남아 있고 싶었지만 장로의 말을 거역할 수 없었다. 왜 드미트리 앞에 무릎을 꿇고 절을 했는지 장로에게 물어보고 싶었지만(그 말을 입 밖에 꺼낼 뻔했지만) 감히 물을 용기가 생기지 않았다. 만일 장로가 이야기할 것이라면 그가 묻기 전에 설명해주었으리라는 것을 잘 알고 있었다. 하지만 그러지 않았기 때문에 장로는 말해줄 뜻이 없는 것 같았다. 장로가 절을 한 것은 알료샤에게 무섭도록 충격적인 일이었다. 그는 장로의 절에 뭔가 신비롭고 무서운 뜻이 담겨 있을 것이라고 믿었다.

알료샤는 수도원장의 오찬에 늦지 않으려고(시중을 들러 가는 것이지만) 급하게 암자 울타리까지 달려 나오다가 문득 가슴이 조이는 듯한 통증을 느끼고 그 자리에 멈출 수밖에 없었다. 갑자기 장로가 자신의 죽음을 예언하던 것이 다시 그의 귓가에 들려오는 것만 같았다. 장로가 예언했으니, 특히나 정확하게 말한 예언은 반드시 일어날 것이라고 알료샤는 굳건히 믿고 있었다. 장로님이 돌아가시면 자신은 어떻게 될 것인가? 이제 그분의 얼굴을 보지 못하고 그분의 목소리도 들을 수 없다면 어떻게 해야 한단 말인가? 장로는 울지 말고 수도원을 떠나라고 하시지 않았는가? 알료샤는 일찍이 이런 슬픈 우수를 느껴보지 못했다. 그는 수도원과 암자 사이의 작은 숲길을 급히 가로질러가면서도 무서운 생각들이 떠올라서 가슴이 터질 것 같았다.

그는 길 양쪽에 우거진 수백 년 된 소나무 숲을 바라보았다. 숲 속에 난 길은 짧아서 겨우 500걸음 정도였다. 이 시간에는 길에서 사람을 마주치는 경우가 거의 없었다. 그런데 길모퉁이를 돌자 갑자기 라키친이 나타났다. 그는 누군가를 기다리고 있었다.

"나를 기다리고 있었나?"

알료샤가 그와 나란히 걸으며 물었다.

"그래 맞아."

라키친은 쑥스러운 듯이 웃었다.

"원장님께 가는 길이지? 원장님이 손님들에게 점심을 대접한다는 걸 이미 알고 있었어. 대주교님과 파하토프 장군 일행이 다녀가신 뒤로 이처럼 성대한 오찬은 처음일 거야. 나는 그곳에 가지 않지만 자네는 가서 소스라도 부어드리게. 알렉세이, 한 가지만 말해주게. 아까 그 예언은 무슨 뜻인가? 난 그게 궁금했네."

"어떤 예언?"

"자네 형인 드미트리에게 절하신 거 말이야. 이마가 마루에 부딪쳤잖은가!"

"조시마 장로님 말하는 건가?"

"그래, 장로님 말이야."

"이마를 부딪쳤다고?"

"아, 내가 말실수를 했군. 하지만 뭐 큰일이야 나진 않겠지. 그런데 예언은 대체 무슨 뜻인가?"

"미샤,* 나도 잘 모르겠네."

"자네에게도 설명을 해주지 않으셨군. 내가 그럴 줄 알았다니까! 하나도 이상할 건 없네. 평소처럼 하던 허세 같은 거였네. 그것도 장로님이 꾸민 연극인 거야! 두고 보게, 이제 읍내의 광신자들이 이러쿵저러쿵 떠들어대기 시작할 거야. 곧 읍내에 소문이 날 거야. '그건 무슨 뜻일까?' 하고 말이야. 하지만 내가 생각해도 장로님은 정말 사물을 꿰뚫어본다네. 범죄의 냄새를 맡는다네. 자네 집안에선 냄새가 난단 말이야."

"범죄라고?"

라키친은 전부 말하고 싶은 기색이었다.

"앞으로 자네 집안에 생길 범죄 말이야. 형들과 부자인 아버지 사이에서 반드시 생길 걸세. 그래서 조시마 장로는 그런 일이 생길까 봐 바닥에 이마를 부딪친 거야. 나중에 정말 무슨 일이 생기면 사람들은 '위대하신 장로님이 예언한 일이 일어났구나' 하고 놀라게 하려고. 사실 이마를 마루에 부딪치는 것이 무슨 예언인가! 그래도 사람들은 상징이나 비유가 숨어 있다면서 떠들어댈 뿐 아니라, 범죄를 미리 알았고 범인도 사전에 지목했다고 요란하게 장로를 숭배하며 기억할 거라고 미리 계획한 거지. 유로지비들이 하는 짓들이 다 그 모양이야. 예를 들어 술집을 향해 성호를 긋고 성당에 돌을 던지는 짓들처럼 장로도 신앙심이 깊은 사람에게는 몽둥이를 휘두르고, 범죄자들에게는 절을 하는 거지."

---

* 라키친의 애칭이다.

“범죄? 살인자? 도대체 누구에게 하는 말인가? 무슨 소리야?”

알료샤가 못 박힌 것처럼 멈춰 서자 라키친도 걸음을 멈추었다.

“누구에게 하는 말이냐고? 정말 모르나? 내기를 걸어도 좋지만 자네도 알지 않나. 점점 재미있는 얘기가 되는군. 알료샤, 자넨 태도가 분명하지 않지만 거짓말은 하지 않는 사람이니까 한 가지만 묻겠네. 자네는 그런 생각을 하지 않았나?”

“생각해봤지.”

알료샤가 조그맣게 대답했다. 이 말에 라키친도 당황했다.

“세상에! 자네 정말로 그런 생각을 했었나?”

라키친이 외쳤다.

“내가 꼭 그런 생각을 했다는 건 아니고.”

알료샤가 중얼거렸다.

“지금 자네가 이상한 얘기를 하니까 나도 그런 생각을 했던 것처럼 느꼈을 뿐이네.”

“그것 보게, 내가 얘기하지 않았나! 자넨 정말 분명히 말했네. 오늘 아버지와 미차를 보고 범죄를 생각한 거지? 그럼 내가 잘못 본 건 아닌가 보군.”

“잠깐 기다려보게.”

알료샤는 불안해하며 말을 가로챘다.

“그런데 자네는 무슨 근거로 그런 생각을 하는 건가? 아니, 자네가 왜 여기에 이렇게 관심이 많은지 그것부터 말해주게.”

“서로 상관없어 보이긴 하지만 그 두 가지는 당연히 물어볼 수 있는 질문이군. 하나하나 대답해주겠네. 우선 내가 무슨 근거로 그런 생각을 하게 되었느냐면, 오늘 자네의 형인 드미트리를 보고 한눈에 이해할 수 있었네. 딱 한 가지만 보고도 드미트리를 알 수 있더군. 자네 형처럼 그렇게 순결하면서도 여자를 좋아하는 남자는 넘어서는 안 되는 선이 있는 법이야. 만약 그렇지 않으면 아버지도 칼로 찌를 수 있거든. 자네의 아버지도 주정뱅이에 방탕한 사람이어서 자제할 줄 모르잖나. 그런데 이 두 사람이 자신을 억누르지 못한다면 시궁창에 빠져버리고 만다네."

"아니야, 미샤, 아니야. 단지 그런 이유라면 안심이 되네. 그렇게 되지는 않을 거야."

"그렇다면 왜 그렇게 몸을 떨고 있나? 자넨 이런 사실을 알고 있었던 건가? 그는 정직하지만, 미차 말이야(그는 멍청하지만 정직한 사람이지), 호색한이기도 하잖아. 그에 대한 정의이자 그의 본질이기도 하지. 아버지로부터 비열하고 음탕한 성격을 그대로 이어받았네. 알료샤, 난 자네에게 정말 놀랐네. 자네는 어쩌면 그다지 순진한가? 자네도 카라마조프 집안사람이 분명한데! 자네 집안에는 호색이 염증처럼 퍼져 있잖나. 그 호색한 세 사람은 지금 서로 뒤를 쫓는 것 같네. 서로 장화 속에 칼을 숨긴 채로. 즉 세 사람이 서로 이마를 맞대고 화를 내기 시작했네. 어쩌면 네 번째는 자네가 될지도 모르네."

"그 여자에 대해서 자네는 잘못 알고 있군. 드미트리는 그 여자를 경멸해."

"그루센카 말인가? 아니야, 경멸하지 않는다네. 그가 약혼녀를 버리고 그 여자에게 가버린 걸 보면 경멸하는 게 아니라네. 지금 자네는 이해할 수 없는 그 무언가가 있단 말이야. 사내란, 어떤 아름다움이나 여자의 육체, 그 육체의 일부분에 반하면(호색한이라면 안다네), 그렇게 빠져버리면 그땐 부모나 자식도 버리고 결국 나라도 팔아먹게 된다네. 정직한 사람도 도둑질을 하게 되고, 온순한 사람도 살인을 하고, 성실한 사람도 배신을 하게 되는 걸세. 그래서 시인 푸시킨도 여자의 귀여운 발을 찬양하는 시를 썼네. 물론 찬양하지 않는 자들도 아름다운 발을 보게 되면 순식간에 온몸이 짜릿해지지. 사실 발만 그런 건 아니지만. 어쨌든 드미트리가 그루센카를 경멸한다고 해도 소용없는 일이야. 경멸하면서도 절대 그 여자를 떠날 수 없을지도 모르니까 말이야."

"나도 아네."

알료샤가 문득 중얼거렸다.

"안다고? 털어놓는 걸 보니 뭘 좀 아는 것 같군."

라키친은 장난스럽게 비아냥거렸다.

"무심코 중얼거린 말이기 때문에 더욱 진실한 거야. 그래서 그 고백은 더 가치가 있지. 자네는 그런 얘기를 이미 알고 있었고 그런 일을 생각해본 적이 있다는 거지? 정욕에 대해서 말이야. 난 그것도 모르고 자네를 그저 순수한 청년이라고 생각했군! 알료샤, 자네는 얌전하고 앞으로 성인군자가 될 거라고 생각하네. 하지만 점잖게 굴면서도 뭐든지 다 생각하고, 다 알고 있었군! 순진하면서도 그런 쪽에 조예가 깊단 말인가? 난 예전부터 자네를 지켜봤지만 자네는 역시 카라마조프, 완전한 카라마조프야. 혈통이나 유전을 결코 무시할 수가 없는 거지. 호색적인 성격은 아버지로부터, 유로지비의 소질은 어머니로부터 물려받았으니까. 그런데 왜 떨고 있나? 내가 정곡을 찔렀나? 그런데 그루센카가 나에게 어떤 부탁을 했는지 아나? '그 사람을 (즉, 자네를) 꼭 좀 데려와주세요. 내가 그의 답답한 법복을 벗길 테니까.' 이렇게 자네를 데려오라고 신신당부를 했다네. 그래서 생각해보았네. 그 여자가 왜 자네에게 그렇게 흥미를 느끼는 걸까? 어쨌든 그 여자도 예사롭지 않아."

"난 가지 않는다고 분명히 전해주게. 미샤, 하던 얘기를 계속해주게. 내 생각은 나중에 말하겠네."

알료샤는 쓴웃음을 가볍게 지으며 말했다.

"뻔한 얘긴데 하고 말 게 어디 있나. 만약 자네에게 호색한의 피가 흐른다면 같은 뱃속에서 나온 형 이반은 어떨까? 그 사람도 카라마조프의 아들 아닌가. 호색과 물욕과 유로지비로부터 카라마조프 집안의 모든 문제가 시작되거든. 이반은 무신론자이면서도 도저히 이해할 수 없는 멍청한 이유로 잡지에 신학에 대한 논문을 쓰고 있지. 그것이 야비한 짓이라는 것을 이반 자신이 누구보다 잘 알고 있어. 바로 자네 형인 이반 말일세. 또 형 드미트리의 약혼녀를 뺏으려고 하는데 아마 잘될 거야. 드미트리가 이걸 부추기고 있으니까 말이야. 드미트리는 하루라도 빨리 그루센카에게 가고 싶어서 자기 약혼녀를 이반에게 넘기려는 생각이지. 그런데 그 모든 게 자신의 고귀하고 욕심 없는 인품 때문이라고 하다니! 그래, 모두 파멸의 운명을 가진 인간들이네!

이런 상황이니 도무지 알 수 없네. 더 들어보게. 드미트리에게 훼방을 놓는 게 바로 그 영감, 자네의 아버지인데 그 영감은 요즘 그루센카에게 반해서 침을 흘리고 있다네! 아까 암자에서 추태를 보인 것도 사실은 그 여자 때문이지. 미우소프가 창녀라고 하면서 성질을 건드렸으니까. 하여간 발정난 수고양이 같아! 그루센카는 전에 그 영감이 운영하던 술집에서 돈을 받고 이런저런 수상한 일을 도와주기도 했는데, 이제 와서야 갑자기 그 외모에 반해 영감이 애간장을 태우고 있다네. 물론 말도 안 되는 일이지만 결국에는 아버지와 아들이 같은 길에서 부딪칠 수밖에 없는 거지.

그런데 그루센카는 분명하게 대답하지 않고 양쪽에 다 꼬리를 흔들어댄다네. 어느 쪽이 더 유리한지 아직은 지켜보고 있는 거지. 영감에게서 돈은 뜯어낼 수 있겠지만 본부인이 될 수는 없고, 또 앞으로는 구두쇠가 되어 돈을 주지 않을 수도 있으니까 말이야. 그렇게 생각하면 무일푼인 드미트리가 낫기도 하지. 비록 돈은 없지만 결혼을 정식으로 할 수 있으니 말이네. 결혼할 수 있고말고! 돈 많은 귀족인 데다가 대령의 딸인 카체리나를 버리고, 비열하고 방탕한 늙은 상인인 삼소노프의 첩이었던 그루센카와 정식으로 결혼을 하겠다니! 이런 여러 가지 상황으로 볼 때 범죄를 만들어낼 만한 충돌이 생길 수 있는 거지. 이반은 아마 이걸 기다리고 있을 걸세. 모든 게 뜻대로 되면 자신이 좋아하는 카체리나뿐 아니라 6만 루블이나 되는 그녀의 지참금도 챙길 수 있으니 무일푼인 처지에 이런 횡재가 어디 있겠나!

그런데 그런 일은 드미트리에게 모욕을 주는 게 아니라 큰 은혜를 베푸는 거라는 것에 주목해야 하네. 분명한 사실은 지난주에 드미트리가 어떤 술집에서 술에 취해 여자들에게 말하길, 자신은 카체리나를 아내로 맞을 자격이 없지만 이반은 자격이 있다고 대놓고 말했다는 거야. 물론 카체리나도 매력 있는 이반을 끝까지 거절하지는 못하겠지. 이미 두 형제 사이에서 고민하고 있으니까. 그런데 이반이 도대체 자네 식구들에게 어떻게 했기에 모두가 그를 그렇게 떠받드는 건가? 하지만 그는 자네들을 비웃는다네. '그래, 어서 딸기를 사와라, 난 가만히 먹기만 할 테니까' 하고 말이야."

"자네는 그 모든 걸 어떻게 안 건가? 무슨 근거로 그렇게 자신 있게 말하는 건가?"

알료샤가 인상을 찌푸리며 신경질적으로 물었다.

"그럼 자네는 왜 그렇게 묻는 건가? 또 내가 대답도 안 했는데 두려워하는 이유는 뭔가? 그건 내 말이 맞다는 걸 증명하는 거 아닌가?"

"자네는 이반이 마음에 안 들겠지만 이반은 돈에 관심 있는 사람이 결코 아니네."

"그래? 하지만 카체리나의 아름다움은 어떤가? 6만 루블이나 되는 지참금이 크긴 하지만 꼭 돈이 중요한 것도 아니지."

"이반은 고귀한 뜻이 있어. 돈이 아무리 많아도 결코 그를 유혹할 수 없어. 이반이 원하는 것은 돈이나 평안이 아니라 고뇌 같아."

"또 무슨 꿈 같은 소리를 하는 건가? 정말 자네 식구들은…… 무슨 귀족같이 구는군!"

"미샤, 이반은 폭풍 같은 영혼을 지녔고 이성은 어떤 문제에 홀려 있어. 비록 아직 부족하지만 그의 사상은 위대하다네. 이반은 돈을 얻기보다는 사상의 완성을 추구하는 사람들 중 한 명이라네."

"그건 문학적 표절이야. 자네는 장로의 말을 그대로 인용하고 있어. 아무튼 이반이 자네들에게 큰 수수께끼를 준 건 사실이네!"

라키친은 악의를 품은 채 소리쳤다. 그의 얼굴은 창백했고 입술은 일그러져 있었다.

"하지만 수수께끼도 차분히 생각하면 더 생각할 것도 없다는 걸 알게 되네. 그가 쓴 논문도 하찮은 거라네. 최근에 그가 발표한 어리석은 이론은 들어보았나? 아까 그 사람이 '영생이 없다면 선도 없으므로, 어떤 것이든 다 허용된다'고 하더군. 그때 드미트리가 '잘 기억해두겠다'고 외쳤지. 야비한 사람에게는 귀가 솔깃해지는 이론이네. 내 말이 지나쳤네. 야비한 사람이 아니라 멍청한 사람, 즉 '설명할 길 없는 심각한 사상'에 빠진 떠버리 풋내기라고나 할까. 한마디로 허풍을 떤다는 거야. 하지만 그 본바탕은 마침내 한편으론 그것을 인정하지 않을 수 없고 다른 한편으로도 인정할 수밖에 없는 거지. 그러니까 그 이론은 '야비'라는 단어가 핵심이야! 인류는 영생을 믿지 않는다 해도 결국 선을 위해 살아갈 힘을 자신 안에서 스스로 발견하고 말 테니까! 자유, 평등 그리고 형제에 대한 사랑 안에서!"

라키친은 지나치게 흥분해서 자제심을 잃을 정도로 들떠 보였다. 그러나 다음에는 무슨 생각을 한 것인지 입을 다물었다.

"이제 이런 얘긴 그만하지."

그는 더욱 일그러진 미소를 지으며 말했다.

"아니, 그런데 자네는 왜 웃지? 날 속물이라고 비웃는 건가?"

"아니야. 나는 자네를 속물이라고 생각한 적 없어. 자네는 머리가 영리해, 그렇지만……. 아니네. 그만하기로 하지. 그저 난 무심코 웃은 것뿐이야. 미샤, 자네가 왜 그렇게 흥분하는지 나도 안다네. 자네 얘기를 들으면서 자네가 카체리나에게 마음이 있다고 생각했어. 실은 예전부터 혹시 그런 게 아닐까 생각했었네. 그래서 자네가 이반을 싫어한다고 생각했어. 자네는 그를 질투하는 게 아닌가?"

"왜 지참금에도 질투하고 있다고 하지 그러나?"

"아니, 난 돈 얘기를 한 게 아니야. 자네를 모욕할 생각은 없네."

"자네의 말이니 그대로 믿어보겠네. 하지만 자네나 자네의 형 이반이 어떻게 되더라도 난 관심 없네! 자네들은 모를 거야. 카체리나 문제뿐만 아니라 난 이반을 좋아할 수 없네. 내가 이반을 어떻게 좋아하겠나? 나는 그런 사람은 질색이네! 이반이 먼저 나를 욕하니까 나도 그를 욕할 권리가 있네."

"난 형이 자네에 대해 얘기하는 걸 들어본 적이 없네. 좋은 일도 나쁜 일도 자네에 대해서는 얘기한 적이 없어."

"하지만 내가 듣자니 그가 엊그제 카체리나의 집에서 나를 실컷 흉봤다고 하던데? 그래서 그의 말대로 하인 근성이 몸에 밴 나에게 관심이 많다는 걸 알 수 있었네. 도대체 누가 질투를 한단 말인가! 나에 대한 그의 생각 또한 기가 막힌다네. 만약 내가 곧 이 수도원 원장이 되겠다는 꿈을 버리고 수도사를 포기하면, 그때는 페테르부르크에 가서 큰 잡지사에 취직할 거라고 했다네. 한 10년 정도 평론을 쓰다가 결국 그 잡지사를 내가 가질 거라고 하더군. 그 뒤에는 잡지 발행인이 될 거고, 거기서 나오는 잡지는 분명히 자유주의에 무신론이 섞인 성격이 될 거라고 했다네. 어리석은 대중을 유혹하려고 사회주의적 성격을 가진 잡지를 만들되 그 대신 귀는 곤추세우고 적이나 자기편을 가리지 않고 늘 경계 태세일 거라는 거야. 그러니까 내 출세의 마지막은 자네 형이 예언한 대로라면 다음과 같네. 잡지 신청금을 받아서 내 은행 계좌에 입금하고, 유대인이나 누군가의 지도를 받아서 그것을 능력껏 굴려서 재산을 늘린다는 거야. 그렇게 하는 건 잡지가 가진 사회주의적 성격과는 상관없을 테니까. 그래서 페테르부르크에 큰 건물을 짓고, 편집부를 거기로 옮긴 뒤에 나머지 방은 모두 세를 놓을 거라고 했네. 그 건물이 어디에 있을지도 예언했는데 현재 도시 계획 중인 네바강 새 다리를 가로질러서 리테이나야 거리와 비보르그스카야 거리를 잇는 노브이 카멘느이 다리 바로 옆이라고 했네."

"아! 미샤, 그건 정말 그대로 실현될 거야."

알료샤는 유쾌함을 억누르지 못하고 웃으며 말했다.

"알렉세이, 이제 자네까지 나를 놀리나?"

"아니, 농담이네. 용서해주게. 나는 전혀 다른 생각을 하고 있었어. 도대체 누가 자네에게 그렇게 자세하게 말해줬는지 말이야. 누구에게 그런 소리를 들었나? 이반이 그런 말을 할 때 자네가 그

자리에 있었던 것도 아니잖나."

"나는 없었지만 드미트리가 있었네. 드미트리가 그 얘기를 들었으니 그가 나에게 얘기해준 것과 같아. 다른 사람에게 말하는 걸 우연히 엿들은 거긴 하지만 말이야. 실은 그루센카 집에 갔다가 드미트리가 찾아와 옆방에서 얘기하는 걸 전부 듣게 됐다네. 그동안 난 그 여자의 침실에 숨어 있었네."

"아, 그랬군! 자네가 그루센카의 친척인 걸 잊고 있었네."

"친척? 그루센카와 내가 친척이라고?"

라키친은 갑자기 얼굴이 빨개지면서 소리를 질렀다.

"이봐, 자네 제정신인가? 머리가 어떻게 되지 않고서야 어떻게 그런 말을 하는가?"

"아닌가? 친척이 아니었나? 난 그렇게 들었네."

"누가 그런 소릴 했나? 이런, 카라마조프 집 사람들은 자기네 집안이 전통 있는 귀족의 자손이나 되는 것처럼 굴지만, 자네 아버지는 다른 집 부엌에서 찬밥을 얻어먹으려고 어릿광대짓을 한 사람이 아닌가! 자네 같은 귀족들 생각에 사제의 아들인 나는 아주 하찮은 존재겠지만, 재미로 사람을 놀리는 건 그만하게. 알렉세이, 나에게도 명예가 있어! 내가 그루센카와 친척이라니, 내가 그런 창녀하고 친척 같은가? 사람을 너무 무시하지 말게!"

라키친은 몹시 화가 난 것 같았다.

"용서해주게. 난 자네가 이렇게 화를 낼 줄 몰랐네. 그런데 왜 그 여자가 창녀인가? 정말 그런 여자인가?"

알료샤는 갑자기 얼굴이 붉어졌다.

"또 얘길 꺼내서 미안한데 난 자네가 그 여자의 친척이라고 들었네. 또 자네는 그루셴카 집에 자주 가지만 연애는 하지 않았다고 했잖은가? 나는 자네가 그 여자를 그렇게 혐오하는 줄은 정말 몰랐네! 그루셴카가 정말 그런 여자란 말인가?"

"내가 그 여자에게 갈 때는 이유가 있었네. 하지만 자네에게 더 얘기하고 싶지 않군. 친척이라면 자네 아버지나 형이 그 여자와 자네를 친척으로 만들어주겠지. 내가 아니고 자네 말이야. 자, 이제 도착했군. 자네는 식당 쪽으로 들어가는 게 좋겠네. 이런! 무슨 일이지? 우리가 너무 늦었나? 오찬이 이렇게 일찍 끝날 리가 없는데? 카라마조프네 사람들이 또 소동을 피운 건 아닐까? 분명히 그럴 거야. 저기 자네 아버지 아니신가. 그 뒤를 이반이 따르는군. 수도원장님과 함께 있다가 뛰어나오는 것 같군. 계단 위에서 이오시프 신부가 외치고 있네. 자네 아버지도 손을 휘저으며 맞받아치고 있고. 아마 욕지거릴 하는 것 같군. 저런, 미우소프도 마차를 타고 가는군. 보이는가? 마차의 속도가 빨라지고 있네. 막시모프 지주도 뛰어가고 있군. 분명히 소동이 벌어진 거네! 식사도 못 했을 것 같고, 수도원장님을 때린 건 아니겠지? 아니면 저 사람들이 맞았나? 그게 더 그럴듯하군!"

라키친이 수선을 피울 만했다. 정말 본 적도 없고 들은 적도 없는 추태가 벌어진 것이다. 어떤 '영감(靈感)'이 이 모든 것의 발단이었다.

8. 추문

미우소프가 이반 카라마조프와 함께 수도원장의 방에 들어선 순간, 원래 성실하고 섬세한 편인 미우소프는 내면에서 갑자기 감정이 미묘하게 바뀌면서 자신이 화를 낸 게 창피해졌다. 장로의 암자에서 표도르 같은 인간 말종과 똑같이 화를 내고 이성을 잃다니 몹시 후회스러웠다.

'신부들은 아무런 잘못이 없지. 만약 여기 있는 수도사들도 점잖다면 나도 그들에게 다정하고 친절하고 예의 바르게 행동하는 게 좋지 않을까? 게다가 수도원장인 니콜라이 신부는 귀족 출신이니까. 논쟁은 이제 그만두고 맞장구를 쳐주며 넘어가야겠다. 그리고 마지막에는 내가 그 이솝 영감의 어릿광대인 피에로와 한 패가 아니라는 사실을, 나 역시 재수 없게 그에게 걸려들었다는 걸 알려줘야지.'

그는 수도원장이 있는 건물의 계단을 오르며 갑자기 이렇게 생각했다. 현재 소송 중인 벌목권과 어업권(그 자신도 그게 어디에 있는지 모르지만)을 지금 이 순간부터 깨끗하게 포기해야겠다고 생각했다. 그리고 사실 아무런 소득도 없는 이런 권리 때문에 수도원을 상대로 제기했던 소송 전부를 취하하기로 결심했다. 이런 대견한 결심은 그들이 수도원장의 식당 안으로 들어섰을 때 더 굳건해졌다. 건물 안에는 방이 두 개뿐이었으므로 식당이라고 부를 만한 것이 없었다. 장로의 암자와 비교하면 넓고 편리했지만 접대용 가구도 마호가니 나무에 가죽을 씌운 1820년대에 유행했던 오래된 것들이었다. 바닥은 칠이 되어 있지 않았는데 청결해서 은은하게 윤이 났고 창가에는 희귀한 꽃들이 한 다발 꽂혀 있었다. 물론 가장 화려한 것은 방 한가운데 차려진 호화로운 식탁이었다. 이런 경우에 상대적으로 그렇다는 얘기다. 식탁과 그릇은 모두 깨끗했고 반짝이며 빛났다. 세 가지 빵은 잘 구워져 있었고 포도주 두 병, 수도원에서 만드는 맛있는 꿀 두 병 그리고 이 수도원의 유명한 특산품인 크바스*를 담은 커다란 유리병이 놓여 있었다. 하지만 보드카는 없었다.

라키친이 나중에 말한 것에 따르면 이날 오찬에는 다섯 가지의 요리가 준비되어 있었다. 철갑상어 수프에 생선을 곁들인 피로시키,** 특별한 조리법으로 만든 생선찜, 연어 너비 튀김, 과일이 들

---

* 호밀, 보리 등으로 만들어 시큼한 맛이 나는 러시아식 발효 음료이다.
** 만두의 일종이다.

어간 아이스크림과 설탕에 절인 과일, 블랑망제 등이었다. 궁금증을 참지 못한 라키친이 얼굴을 아는 수도원장의 요리사에게서 직접 물어봐서 알게 된 내용이었다. 그는 도처에 아는 사람이 많아 정보를 잘 얻어냈다. 하지만 질투가 많고 침착하지 못했다. 재능이 뛰어난 것을 자신도 알고 있었지만 자만심 때문에 그것을 신경질적으로 드러내는 경향이 있었다. 그는 자신이 나중에 경영자가 될 거라는 것을 잘 알고 있었지만 정직하지 않았다. 친한 친구인 알료샤는 그가 그 점을 전혀 인식하지 못하는 것이 괴로웠다. 라키친은 책상 위에 놓인 돈을 훔치지 않는 것만으로도 자신이 아주 정직하다고 생각했다. 알료샤뿐만 아니라 그 누구도 그런 그에게 속수무책이었다.

신분이 낮은 라키친은 끼어들 수 없었지만 오찬에는 수도원 측에서도 이오시프 신부, 파이시 신부 그리고 또 한 명의 수사 신부가 초대되었다. 그들은 미우소프와 칼가노프, 이반이 방으로 들어왔을 때 이미 수도원장의 식당에 먼저 도착해 기다리는 중이었다. 그 외에도 암자로 가는 길을 안내해주었던 지주 막시모프도 한쪽 구석에 있었다. 손님을 맞기 위해 수도원장이 방 한가운데로 걸어 나왔는데 그는 키가 컸고 말랐으면서도 아직 건강한 노인이었다. 그의 머리는 검었지만 흰머리가 섞여 있었고, 긴 얼굴은 우울하지만 위엄이 가득했다. 그가 손님에게 일일이 머리를 숙이며 조용하게 인사를 건네자, 손님들은 축복을 받기 위해 그의 앞으로 다가섰다. 미우소프는 손에 입을 맞추려다가 원장이 손을 거두어들이는 바람에 실패했지만, 이반과 칼가노프는 서민들처럼 소박하게 손에 입을 맞춰서 축복을 받을 수 있었다.

"신부님, 먼저 깊은 사죄를 드리겠습니다."

미우소프는 하얀 이를 드러내며 친절하게 말문을 열었지만 어딘가 거만함이 배어 있는 정중한 어조였다.

"초대받은 표도르 카라마조프 씨와 함께 오지 못해서 몹시 유감입니다. 표도르 씨는 사정이 생겨서 원장님의 초대에 응할 수가 없었습니다. 사실은 좀 전에 조시마 장로님의 암자에서 자신의 아들과 집안싸움을 벌이고 그만 흥분해서 그곳에서는 해서는 안 되는……. 한마디로 점잖지 못한 말을 입 밖에 내버렸습니다. 그 일은 원장님께서도 이미(그는 두 신부를 슬며시 바라보았다) 들으신 줄로 압니다. 당사자는 자신의 잘못을 인정하고 뉘우치며 부끄러워했습니다. 진심으로 사죄드리며 유감과 참회의 뜻을 원장님께 전해달라고 저와 자신의 아들인 이반에게 부탁했습니다. 간단하게 설명하면 그 사람은 모든 것을 보상할 각오가 되어 있고, 원장님의 축복을 구하지만 그 사건에 대해서는 잊어주시길 바라고 있습니다."

미우소프는 입을 다물었다. 이 길고 긴 인사를 끝내자 그는 스스로 만족해서 조금 전까지 가슴속에 쌓인 울분이 모두 사라졌다. 그는 다시 진심으로 사람에 대한 사랑을 느꼈다. 수도원장은 위엄 있게 그의 말을 들은 뒤 고개를 숙이며 대답했다.

"이곳에 오지 못한 분에 대해서는 진심으로 유감입니다. 식사를 함께 나누면 우리가 그분을 사랑하듯이 그분도 우리를 사랑하게 될지도 모르는데 말입니다. 자, 여러분, 이제 식사를 시작합시다."

　수도원장은 성상 앞에서 감사의 기도를 드렸다. 모두 엄숙하게 고개를 숙였다. 막시모프는 특별히 경건한 마음으로 두 손을 모으고 다른 사람보다 더 몸을 내밀었다.

　마지막 어릿광대 극을 펼치기 위해서 표도르가 나타난 것은 바로 그 순간이었다. 미리 말해두자면, 그는 정말 집에 돌아갈 생각을 하고 있었다. 장로의 암자에서 그가 추악하게 소동을 벌인 이상 아무 일도 없었던 것처럼 수도원장의 오찬에 참석할 수 없다고 생각했기 때문이다. 그러나 그것은 자신의 행동을 창피하게 생각하고 진심으로 뉘우쳤기 때문이 아니었다. 아니, 심지어 정반대였을지도 모른다. 어쨌든 그는 오찬에 참석하는 것은 예의에 어긋난다고 생각해서 집으로 가려고 했다. 그러나 그의 오래된 마차가 여관 현관 앞에 도착하고 그 마차에 오르려고 하는 순간, 그는 갑자기 걸음을 멈췄다. 자신이 장로에게 했던 말이 갑자기 생각났기 때문이었다.

　'사람들 앞에 나설 때 저는 제 자신을 야비하다고 생각합니다. 모두가 저를 어릿광대로 생각하지요. 그래서 저는 그래, 그렇다면 정말 어릿광대가 되겠다, 너희 생각 따위는 무섭지 않다. 모두가 나보다 더 야비하니까.'

　문득 그는 자신의 추태에 대해 반대로 그들에게 복수해야겠다고 생각했다. 언젠가 누군가 그에게 왜 그렇게 사람을 미워하는지 묻던 것도 떠올랐다. 그때 그는 어릿광대다운 파렴치한 태도로 이렇게 대답했다.

　"사실 그는 내게 나쁜 짓을 하지 않았지. 오히려 내가 그에게 야비한 짓을 했지."

그때의 일이 떠오르자 표도르는 잠시 생각에 잠겨 짓궂게 웃었다. 그의 눈이 갑자기 빛나고 입술까지 파르르 떨렸다.

'이왕 이렇게 된 거 갈 데까지 가보자!'

그는 결심했다. 이 순간, 그의 마음속에 깊이 감춰져 있던 감정은 아마 이렇게 표현할 수 있을 것이다.

'어차피 내 명예를 회복하기는 틀렸어. 그렇다면 저들의 얼굴에 침이나 실컷 뱉어야지. 그자들이 뭐라고 하든 내 알바 아니거든!'

그는 마부에게 기다리라고 말한 뒤 서둘러 수도원으로 되돌아가서 수도원장이 있는 건물로 달렸다. 자신이 무슨 짓을 하려는 것인지 그 자신도 몰랐지만 중요한 건 누구도 자신을 말릴 수 없으며, 누가 조금이라도 건드리면 당장 최악의 상황을 만들어서 마지막 선을 넘어버릴 것을 스스로 잘 알고 있었다. 그렇지만 단지 추악한 행동일 뿐이고 법적인 처벌을 받을 수 있는 범죄는 아니었다. 그는 최악의 경우에는 언제나 적당한 순간에 스스로 억눌렀고 이따금 그런 자신을 보며 감탄하기까지 했다.

수도원장의 기도가 끝나고 사람들이 식탁에 앉으려고 하던 그 순간, 그가 나타났다. 그는 문지방에 서서 사람들을 둘러보더니 뻔뻔하고 징그러운 웃음소리를 길게 내며 한 사람 한 사람의 눈을 노려보았다.

"모두 내가 떠난 걸로 알았겠지만, 난 여기 있소!"

그는 식당이 떠나갈 정도로 외쳤다. 한동안 사람들은 넋을 잃고 멍하니 그의 얼굴만 바라보았다. 그러나 금세 이제부터 추악한 사건이 벌어질 것이라는 것을 직감했다. 미우소프의 온화한 기분은 흉악하게 바뀌었다. 그의 가슴속에서 사라졌던 모든 것이 한꺼번에 되살아나기 시작했던 것이다.

"아니, 이건 정말 못 참겠군! 도저히 참을 수 없어! 절대로!"

미우소프가 외쳤다. 온몸의 피가 머리로 치솟는 듯했다. 혀가 마비되는 듯했으나 신경 쓰지 않았다. 그는 모자를 그러쥐었다.

"대체 뭐가 안 된다고 그러는 거요? 도저히 안 되는 건 무엇이 고, 절대로 참을 수 없는 것은 무엇인가? 그런데 원장님, 들어가 도 될까요? 저를 손님으로 맞으시겠습니까?"

표도르가 외쳤다.

"진심을 다해 환영합니다."

수도원장은 표도르에게 대답하고 이렇게 덧붙였다.

"여러분, 진심으로 말씀드립니다. 순간적인 감정은 잊고 준비 한 건 별로 없지만 이 오찬을 함께 들면서 하느님께 기도해서 사 랑과 가족 같은 즐거운 분위기 속에 하나가 되기를……."

"아니, 안 됩니다. 그건 절대 불가능합니다."

미우소프가 정신 나간 듯이 외쳤다.

"미우소프 씨가 불가능하다면 저 역시 불가능하니 전 가야겠 습니다. 이제부터는 미우소프 씨를 그림자처럼 따라다니려고요. 미우소프 씨, 돌아가십시다. 나도 돌아가겠소. 만일 당신이 여기 있으면 나도 여기 있겠소. 원장님, 가족 같은 화목한 분위기라고 말씀하시니 저 사람이 찔리는 구석이 있나 봅니다. 저 사람은 본 디 나를 친척으로 인정하지 않으니까요! 안 그렇소, 폰 존? 저기서 있는 사람이 바로 폰 존입니다, 안녕하시오, 폰 존?”

“그건, 저에게 하는 말씀이신가요?”

어리둥절한 지주 막시모프가 말했다.

“물론이오! 당신이 아니면 대체 누구란 말이오? 설마 원장님께서 폰 존이겠소.”

“하지만 저도 폰 존이 아닙니다. 막시모프입니다.”

“아니, 당신은 폰 존이오. 신부님, 폰 존이 누구인지 아십니까? 살인 사건의 주인공인데 그 사람이 살해된 것은 어떤 타락한 곳이었습니다. 이곳에서는 그렇게 부르더군요. 어쨌든 그는 나이도 꽤 들었는데 그런 곳에서 돈도 빼앗기고 살해되어 상자 속에 담겨 페테르부르크에서 모스크바까지 화물 열차로 운송되었습니다. 그런데 상자에 못을 박을 때 방탕한 여자들이 노래를 부르고 구슬리*도 연주했답니다. 바로 그 폰 존이 여기 이 사람입니다. 죽은 사람이 다시 살아난 거지요. 안 그렇습니까, 폰 존?”

“저게 도대체 무슨 말인 건지? 왜 저런 말을 하는 거지?”

신부들 사이에서 이런 소리가 들렸다.

“갑시다!”

미우소프가 칼가노프에게 외쳤다.

“잠시 기다리시오.”

표도르는 방으로 들어가서 쇳소리가 섞인 목소리로 미우소프를 말렸다.

---

* 러시아 악기이다.

"할 말은 하고 가겠소. 암자에서는 내가 민물고기 얘기를 꺼내서 모두 나를 예의 없다고 질책하더군요. 내 친척인 미우소프 씨는 말할 때 '진실함보다 고상함(plus de noblesse que de sincérité)'을 더 좋아하는 것 같은데 난 반대로 '고상함보다는 진실함'이 있는 말을 더 좋아하니까 고상함(noblesse)은 개나 주라고 하시오! 그렇지요, 폰 존?

죄송하지만 원장님, 나는 어릿광대로서 광대놀음을 좋아하지만 그래도 명예를 존중하는 남자로서 확실하게 말씀드리겠습니다. 맞습니다. 명예를 존중하는 남자이지만, 미우소프 씨는 마음속에 억눌린 자존심밖에 없는 사람입니다. 어쨌든 내가 오늘 이곳에 온 것도 상황을 보고 한마디 하기 위해서였는지 모릅니다. 내 아들인 알렉세이가 이곳에서 지내고 있는데 아버지 되는 사람으로 아들의 미래가 무척 걱정됩니다. 걱정하는 것이 당연하지요!

내가 이곳에서 내내 광대 짓을 하며 조용히 살펴보았지만 이제부터는 내 광대 짓의 마지막 장면을 보여드릴까 합니다. 지금 우리나라의 사정은 어떠합니까? 망가질 것은 이미 전부 망가졌습니다. 한번 망가진 것은 영원히 다시 일어설 수 없습니다. 정말 한심한 상황이지요. 나는 다시 일어날 겁니다. 신부님들, 나는 여러분에게 분노합니다. 고해는 절대 비밀을 지켜야 하는 것임에도— 그렇다면 나도 거룩하게 엎드려 감사드릴 것이지만—아까 암자에서 살펴보니 모두 무릎을 꿇고 자신의 죄를 크게 말하는 상황이니 도대체 이게 뭡니까! 그렇게 큰 소리로 고해를 하는 것이 과연 맞습니까? 고해는 귓속말로 하라고 옛 성인들이 정해주지 않았습니까. 그렇게 해야만 비밀을 지킬 수 있습니다. 예전부터 고해는 그런 방법으로 이어졌습니다. 그런데 어떻게 많은 사람들 앞에서 자신이 지은 죄를 말하는 겁니까? 아시겠지만, 이따금 부끄럽기 때문에 소리 내지 못할 말도 있는 법입니다. 이것이 추문이 아니고 무엇입니까! 이곳에서 신부님들과 같이 지내면 난 분명히 편신교도(鞭身敎徒)*가 될 것입니다. 나는 기회가 오면 언제든지 종무원(宗務院)에 이를 고발하고 내 아들 알렉세이를 데려가겠습니다.”

여기서 지적해둘 것이 있다. 표도르는 세상의 소문을 누구보다 먼저 알고 있었다. 언젠가 장로에 대한(이 수도원뿐만 아니라 장로 제도를 선택한 다른 수도원도 마찬가지로) 나쁜 소문이 퍼져서 대주교까지 알게 된 일이 있었다. 장로가 지나친 존경을 받아서 수도원장의 위엄이 떨어졌으며 특히 장로들이 고해의 기밀을 악용하고 있다는 등의 내용이었다. 그러나 이런 소문들은 전혀 근거가 없어서 결국 이 고장을 비롯해서 다른 고장에서도 모두 사라졌다. 그런데 악마가 흥분한 표도르를 더러운 구렁텅이 속으로 끌고 들어가려고 이 오래된 소문을 그에게 속삭인 것이다. 표도르는 이 비난의 의미를 이해할 수도 없었고 그것을 논리적으로 표현하는 것도 불가능했다. 거기다 오늘 장로의 암자에서 크게 참회를 한 사람이 없었기 때문에 표도르가 그런 장면을 보는 건 불가능했다. 그는 옛날 소문이 기억나서 그저 아무렇게나 떠들어댄 것이었

---

* 편신교는 신비주의적이고 종말론적 성격을 띠는 신비 종교로, 여기에서는 광신적인 고행자를 가리킨다.

186

으므로 이야기를 끝내고 자신도 터무니없는 헛소리를 늘어놓았다는 사실을 잘 알고 있었다. 그러나 그는 자신의 말이 결코 엉터리가 아니라는 것을 상대보다 자신에게 보여주고 싶어 했다.

그는 말을 하면 할수록 이미 말한 헛소리에 다른 헛소리가 덧붙여질 뿐이라는 것을 훤히 알았지만, 이미 자제할 수 없는 지경이어서 마침내 절벽으로 뛰어내린 것이다.

"어찌 저런 망나니가 있을까!"

미우소프가 크게 소리를 질렀다.

"죄송합니다만."

수도원장이 갑자기 말했다.

"예전부터 이런 말이 전해오고 있습니다. '사람들이 나를 비난하고 나중에는 험한 악담까지 하는지라, 내가 이를 듣고 나 자신에게 말하기를, 이것은 허영에 들뜬 내 영혼을 치료하기 위해 그리스도께서 보내신 선물이도다.' 이처럼 지금 우리도 소중한 손님이신 당신에게 감사를 드리겠습니다!"

그는 표도르에게 공손하게 허리를 숙였다.

"쯧쯧쯧, 이미 알고 있었지. 위선적이고 고리타분해요! 고리타분한 문구에 고리타분한 몸짓! 냄새나는 거짓말에 형식적인 절이나 하다니! 그런 절은 나도 할 줄 안답니다! 실러의 《군도》에서 '입술에는 입맞춤을, 심장에는 칼을'이라는 말이 나오지요. 신부님들, 나는 거짓말이 정말 싫소. 나는 진실을 원한다오. 하지만 진실은 민물고기를 먹는 곳에만 있지 않지요. 아까 암자에서도 분명히 밝혔습니다. 무엇을 위해 신부님들은 수행에 정진하십니까? 왜 정진을 하며 천국에서 보상을 바라는 건가요? 정말 보상이 있다면 나도 단식일에 수행을 하겠습니다. 그러면 안 됩니다, 안 돼요! 신부님들, 수도원에 처박혀서 남들이 주는 빵으로 배를 불리며 천당에 갈 궁리나 하지 말고, 세상에 나가서 착한 일을 하고 사회에 도움이 되는 일을 하셔야 합니다. 그러는 편이 훨씬 더 어렵지만 말입니다. 원장님, 어떠신가요? 나도 말을 꽤 잘하지요? 그런데 무슨 요리가 나왔을까나?"

표도르가 식탁으로 다가가며 말했다.

"오래된 포트와인에 옐리세예프 형제 가게에서 만든 벌꿀 술이군. 신부님들도 굉장한 미식가이시군! 민물고기만 드시는 줄 알았더니 아니었네요! 신부님들이 식탁에 술병을 올리다니, 하하하! 그런데 이런 걸 여기 가져다준 사람은 누구인가요? 러시아의 성실한 노동자와 농민들이 못이 박힌 손으로 일해서 얼마 되지 않는 돈을, 자신의 가족이나 나라의 요구는 뒤로 한 채 이곳에 가져왔습니다. 신부님들은 백성의 피를 빨아먹고 있어요!"

"그건 너무 지나친 말씀이오!"

이오시프 신부가 말했다. 파이시 신부는 굳은 표정으로 침묵하고 있었다. 미우소프는 방에서 나갔고 칼가노프가 뒤를 이었다.

"그럼 신부님들, 나도 미우소프 씨의 뒤를 따르겠습니다. 앞으로 이곳에 절대로 오지 않겠습니다. 제발 와달라고 애원을 해도 안 오겠습니다! 내가 1000루블을 기부했으니 돈을 또 주지 않을까 하고 눈에 불을 켜고 기다리겠지만, 하하하, 헛수고입니다. 이제는 한 푼도 주지 않겠소! 지나간 청춘과 내가 지금까지 받은 모든 굴욕에 대한 복수입니다!"

그는 스스로 꾸민 감정의 발작을 이기지 못하고 주먹으로 식탁을 쾅! 내리쳤다.

"내 평생에 이 수도원은 의미 있는 곳이오! 이 수도원 때문에 쓰디쓴 눈물도 많이 흘렸소! 마누라가 하느님에게 미쳐서 나를 돌보지 않게 된 것도 모두 당신들 탓이오. 일곱 번이나 교회 회의에서 나를 저주하고 나쁜 소문을 퍼뜨린 것도 당신들이었지. 신부님들, 이제 그만하시오! 지금은 자유주의 시대고, 증기선과 철도의 세기라오. 앞으로는 1000루블은 고사하고, 100루블, 아니 100코페이카도 주지 않을 거요!"

또 한 가지 사실을 지적해두겠다. 그의 평생에 이 수도원이 특별한 의미를 준 적은 한 번도 없었고, 그가 수도원 때문에 눈물을 흘린 적도 없었다. 그러나 그는 스스로 쥐어짠 눈물에 감동해서 스스로 사실인 것처럼 느꼈고, 실제로 감격해서 눈물을 흘릴 뻔했다. 그러나 그와 동시에 그는 이제 물러날 때가 되었음을 느꼈다. 수도원장은 그의 악의적인 거짓말을 듣고 머리를 숙였고 다시 훈계하듯 말했다.

"이런 말씀이 있습니다. '그대에게 가해지는 모욕을 기쁘게 참고, 그대를 모욕하는 자를 미워하지 말 것이며, 또한 헛된 증오에 사로잡히지 말지어다.' 그래서 우리도 그렇게 실천하고 있습니다."

"쯧쯧쯧, 또 형식적인 소리를 하는구려! 그건 다 헛소리요! 신부님들, 위선자인 나는 갈 테니까. 그리고 내 아들 알렉세이는 아버지의 권한으로 영원히 데려가겠소. 존경하는 아들 이반아, 너도 같이 돌아갈 거지? 그리고 폰 존, 그대도 여기 있을 필요 없소! 읍내에 있는 우리 집으로 당장 오시오. 우리 집이 더 재미있다오. 1km도 떨어지지 않은 곳이니까. 곰팡이 냄새 나는 수도원의 기름 대신 양념이 발라진 새끼 돼지를 대접할 것이니 같이 식사합시다. 코냑도 주고, 리큐어도 주겠소, 아껴둔 딸기술 말이오. 이보게, 폰 존, 이런 행운을 놓칠 건가?”

그는 요란하게 몸을 움직이며 큰 소리로 떠들면서 밖으로 나왔다. 그때 라키친이 표도르를 발견하고 알료샤에게 알려준 것이었다.

“알렉세이!”

자신의 아들을 본 아버지는 멀리서 외쳐 불렀다.

“오늘 중으로 집에 당장 오거라. 베개와 이불을 몽땅 가지고 와! 이곳에 냄새를 조금이라도 남겨두면 안 된다!”

못 박힌 것처럼 알료샤는 그 자리에 서서 가만히 이 장면을 바라보았다. 결국 표도르는 마차를 탔고, 이반도 알료샤를 본척만척하며 말없이 마차에 타려고 했다. 그러나 이날의 사건에 종지부를 찍는 거의 믿지 못할 촌극은 또 생겼다. 어느새 마차의 발판 앞으로 지주 막시모프가 헐레벌떡 달려온 것이다. 그는 표도르를 놓치지 않기 위해 숨을 헐떡이며 달려온 모양이었다. 라키친과 알료샤는 그가 달려가는 것을 바라보았다. 그는 발판 앞에 도착하자 마차가 떠날까 봐 안절부절못하며 이반이 아직 한쪽 발을 걸치고 있는 발판 위에 자기 발을 올려놓았다. 금방이라도 마차

안으로 뛰어들 태세였다.

"나도 태워주시오!"

막시모프가 마차에 훌쩍 뛰어들면서 외쳤다. 밝게 웃으며 기쁜 표정이 가득한 그의 얼굴에는 행복감에 젖어 무슨 일이 있어도 따라가겠다는 결의가 드러나 있었다.

"그러니까 내가 아까 뭐라고 했소?"

표도르가 의기양양하게 외쳤다.

"폰 존! 당신은 무덤에서 부활한 진짜 폰 존이야! 그런데 어떻게 빠져나온 거요? 폰 존다운 솜씨를 어떻게 발휘했는지 모르겠지만, 차려진 음식을 두고 나오다니 당신도 여간 뻔뻔한 게 아니군! 내 얼굴도 꽤 두껍지만 당신에게는 도저히 못 당하겠어! 자, 안으로 들어오시오. 어서 들어오시오! 이반, 태워드려라, 재미있을 거다. 발밑에 쪼그리고 앉으라고 해. 그래도 되지요, 폰 존? 그게 싫으면 마부 옆자리에 타시오. 좋소, 마부석에 오르시오, 폰 존!"

그러나 이미 마차 안에 앉아 있던 이반이 갑자기 손으로 막시모프의 가슴을 힘껏 밀쳐냈다. 막시모프는 비틀거리며 2m가량 뒤로 팅겨져 나갔고, 넘어지지 않은 것이 다행이었다.

"가자."

이반이 지겹다는 듯이 마부에게 외쳤다.

"왜 그러니? 왜 저 사람을 밀친 거냐?"

표도르가 외쳤지만 마차는 이미 출발한 뒤였다. 이반은 대답하지 않았다.

"괴상한 녀석!"

표도르는 2분 정도 조용히 있다가 아들을 흘끔거리며 다시 말했다.

"오늘 수도원에 모이자고 계획한 것도 너고, 다른 사람을 부추겨서 동의를 얻어낸 것도 넌데 왜, 무엇 때문에 화를 내는 거냐?"

"실없는 소리 그만하세요. 이제 좀 쉬세요."

이반이 쏘아붙였다.

표도르는 다시 2분쯤 입을 다물었다.

"이럴 때는 코냑을 마시는 게 좋지."

그는 점잖게 말했다. 그러나 이반은 대꾸가 없었다.

"집에 가면 너도 한잔해라."

이반은 여전히 대답하지 않았다.

표도르는 다시 2분가량 기다렸다.

"그나저나 알료샤를 수도원에서 데려와야겠어. 너에게는 그리 유쾌하지 않겠지만. 존경해 마지않는 카를 폰 모어군!"

이반은 경멸하는 것처럼 어깨를 으쓱하더니 시선을 돌려 창밖을 바라보았다. 그렇게, 집에 도착할 때까지 두 사람은 아무 말도 하지 않았다.

제1부

제3편 | 음탕한 사람들

1. 하인 방에서

표도르 카라마조프의 집은 읍내에서 꽤 멀리 떨어진 편이었지만 변두리는 아니었다. 건물은 낡았어도 산뜻한 느낌의 단층집으로 다락방이 있었다. 벽은 전부 회색이었고 함석지붕은 빨간색으로 칠해져 있었다. 아주 오래전에 지어졌지만 아직도 튼튼하고 아늑한 느낌의 집이었다. 집 안에는 광과 벽장이 있었고 계단이 예기치 못한 곳에 여기저기 있었다. 쥐도 꽤 많았다. 그러나 표도르는 별로 개의치 않았다. '밤에 혼자 있을 때 심심하지 않아서 좋다'고 했다. 실제로 그는 밤에 꼭 하인들을 바깥채로 보내고 혼자서 지내는 버릇이 있었다. 마당 건너에 있는 바깥채는 아주 튼튼하고 큰 건물이었다. 그런데 표도르는 안채에도 부엌이 있었지만 음식만큼은 바깥채에서 만들도록 했다. 그는 음식 만드는 냄새를 싫어해서 언제나 마당을 통해 음식을 안채로 운반해야 했다. 본래 이 집은 대가족이 살도록 설계되었기 때문에 안채나 바깥채 모두 지금보다 다섯 배가 많은 사람들이 살아도 충분할 만큼 넓었다. 그런데 이 이야기의 무대가 되었던 그 당시에는 표도르, 이반 그리고 바깥채에 3명의 하인이 살았을 뿐이었다. 하인들은 그리고리 영감과 그의 부인 마르파 할멈 그리고 젊은 스메르자코프라는 요리사였는데, 이 세 사람에 대해서는 자세히 소개하기로 하겠다.

그리고리 쿠투조프 영감에 대해서는 앞서 설명해두었다. 그는 자신이 옳다고 생각한 것은(무턱대고 논리적이지 않을 때도 있지만) 무슨 일이 있어도 끝까지 해치우는 고집불통이었는데, 예를 들어 돈으로는 살 수 없는 매우 정직한 하인이었다. 그의 부인인 마르파 이그나치예브나도 평생 남편의 뜻을 따른 순박한 노파였지만 잔소리가 심했고 남편에게 바가지를 긁곤 했다. 농노 해방 때, 마르파는 카라마조프댁 하인을 그만두고 모스크바에 가서 작은 가게를 차리자고 남편을 무척 졸랐다(그들에게는 저축한 돈이 조금 있었다). 그러나 그리고리는 즉시 거절했다. '여자들은 부끄러움을 모르는 족속'들이라서 언제나 거짓말을 하기 때문이고, 하인은 주인이 어떻든지 간에 절대로 그 곁을 떠나지 않는 것이 '의무'라고 했다.

"자네는 '의무'가 무엇인지는 알아?"

그는 마르파에게 물었다.

"나도 안다우, 하지만 영감, 이 집에 남는 것이 왜 우리의 의무인 거유?"

마르파 할멈도 지지 않았다.

"아무것도 모르면 조용히 해."

결국 이렇게 그들은 주인 곁에 남았다. 표도르는 이들에게 급료를 조금씩 지불했으나 그리고리는 급료보다 자신이 주인에게 영향력을 가진 사람이라는 것에 스스로 만족했다. 엄격하고 교활한 어릿광대인 주인 표도르는 자신의 말대로 인생의 '어느 면'에서는 확고한 의지가 있었지만 '다른 면'으로는 스스로 놀랄 정도로 우유부단했다. 그는 이 다른 면에 대해 잘 알고 있었고, 그래서 두려운 마음을 갖기도 했다. 이런 일은 엄밀한 경계가 필요한 법이므로 누구라도 충실한 사람이 옆에 붙어 있지 않으면 마음을 놓을 수가 없었다. 그런 점에서 그리고리는 더할 나위 없이 충직한 하인이었다. 표도르는 지금까지 살아오면서 남에게 맞은 적이 수없이 많았고 이따금씩 맞아죽을 뻔한 적도 여러 번이었다. 그럴 때마다 그를 위기에서 구해준 것은 그리고리였다. 물론 표도르를 구해준 다음에는 매번 장황하게 설교를 하기는 했지만 말이다.

단순히 얻어맞기만 했다면 표도르도 두려워하지는 않았을 것이다. 때로는 맞는 것 이외에도 섬세하고 숭고하며 그보다 복잡한 상황이 일어났고 그럴 때마다 표도르는 내심 자신의 주변에 충직한 사람이 있었으면 좋겠다고 생각해왔다. 이러한 마음은 거의 병적이어서, 바닥까지 타락하고 독벌레 같은 색욕을 지닌 표도르도 만취했을 때는 마음속 깊숙한 곳에서 생리적으로 전해지는 영적인 공포와 도덕적인 불안함을 강하게 느꼈다.

그는 때로 "그런 때는 내 영혼이 목구멍 속에서 파르르 떠는 것 같아"라고 말했다. 바로 그 순간, 그는 자신의 옆에 충직하고 믿을 수 있는 사람이, 같은 공간이 아니라 바깥채라도 좋으니 가까운 곳에 있어주었으면 하고 원했다. 자신과는 다르게 타락하지 않은 사람, 자신의 온갖 추잡함과 비밀을 보고도 충성심으로 인자하게 묵인할 수 있는 사람, 또 자신을 비판하거나 매도하거나 협박하지 않고 필요하다면 자신을 보호해줄 수 있는 사람. 그렇다면 대체 누구한테서? 누구인지 알 수 없지만 무섭고 위험한 인간으로부터일 것이다. 쉽게 말하면 자신과 다른 인간이면서도 친근하게 대할 수 있는 오래된 친구가 필요했다. 견딜 수 없이 마음이 괴로울 때면 그 친구를 만나서 얼굴을 보거나 실없는 농담을 하는 것만으로도 충분할 것 같았다. 그가 자신에게 화를 내지 않으면 마음이 가벼워지고, 그가 화를 낸다면 그때는 실망하면 될 것이다.

광장히 드물기는 했지만 표도르는 한밤중에 바깥채로 나가서 그리고리를 깨우고 안으로 들어오라고 할 때도 몇 번 있었다. 그리고리가 안채에 들어오면 그는 허튼짓을 잠깐 하거나 엉뚱한 야유나 농담을 하고 돌려보냈다. 늙은 하인이 돌아가면 그는 침을 퉤 뱉고는 잠자리에 들었다. 그리고 눕자마자 마치 성자처럼 조용하고도 깊은 잠에 빠져들었다.

알료샤가 집으로 돌아온 이후에도 표도르에게는 이와 비슷한 일이 일어났다. 같이 살기 때문에 알료샤는 모든 것을 보았지만 '비난하지 않는다'는 점이 그에게 깊은 감명을 주었다. 더욱이 알료샤는 자신이 그동안 누구에게도 받아보지 못했던 정다움을 주었다. 알료샤는 이 노인을 경멸하지 않았을 뿐 아니라 아버지의 자격이 없는 그에게 늘 친절하고 자연스럽게 소박한 애정을 표현했다. 이런 알료샤의 태도는 지금까지 가정다운 가정생활을 해본 적이 없는 늙은 한량이자 '추악한 것'만 좋아한 표도르에게 뜻밖의 선물과 같았다. 그래서 알료샤가 수도원으로 들어가자 그는 지금까지 관심도 없었던 것들을 이제야 조금은 이해하게 되었다고 인정했다.

이미 첫머리에서 늙은 하인 그리고리가 주인의 전처이며 드미트리의 생모인 아델라이다는 미워했지만 후처인 '미친 여자' 소피아는 끝까지 보호해주려고 했다고 언급했다. 그는 소피아에 대해 나쁘거나 경솔하게 말하는 사람들을 혼내주었고 표도르와 이 문제로 여러 번 싸우기도 했다. 그는 불행한 마님에게 동정심을 느꼈고 세월이 흘러서 20년이 지난 지금도 누군가 소피아에 대해 욕을 하면 당장 무안을 주었다. 그리고리는 무척 냉철하고 의젓하며 진중한 사람이었다. 그가 가끔 입을 열 때는 말 한 마디마다 무게감이 있었고 신중했다. 그래서 그가 순종적이고 얌전한 자신의 아내를 어떻게 생각하는지 겉으로는 알기 힘들었다. 그러나 그는 아내를 진심으로 사랑했고 아내도 물론 이 점을 잘 알고 있었다.

그의 아내인 마르파는 어리석지 않았을 뿐만 아니라 남편보다 현명했을 수도 있다. 그에 비하면 살림 솜씨가 무척 실속 있었다. 그녀는 그와 부부가 된 이후 불평이나 말대꾸를 하지 않고 남편이 정신적으로 자신보다 뛰어남을 인정하고 복종하며 존경했다.

그러나 이 부부는 일생을 함께하면서 피할 수 없는 일상을 빼고는 서로 대화를 나눈 일이 매우 드물었다. 그리고리는 자신의 일이나 걱정거리에 대해 늘 엄격하게 혼자서만 생각하는 성격이었고, 마르파는 남편이 충고나 간섭을 원하지 않는 것을 일찍 깨달았다. 그녀는 자신이 말을 하지 않으면 남편이 오히려 자신을 영리하게 생각한다는 것도 잘 알았다. 그리고리는 아내를 평생 때리지 않았지만 딱 한 번 가볍게 손을 댄 적이 있었다. 표도르가 아델라이다와 결혼하던 해에 그 시절 아직 농노였던 마을 처녀들과 부인들이 이 지주 댁에 불려 와서 노래를 부르고 춤을 춘 적이 있었다. '푸른 초원에서'라는 노래가 시작되자, 그때만 해도 새색시였던 마르파가 노래하는 여자들 앞으로 나가서 색다른 동작으로 '러시아 춤'을 추었다. 보통 아낙네들이 추는 시골 춤이 아니었고, 그녀가 미우소프 댁에 하녀로 있었을 무렵 모스크바에서 온 무용 선생에게 배운, 그 집의 사설 극장 무대에서 추었던 세련된 춤이었다. 그리고리는 아내가 춤을 추는 동안 말없이 바라보았다. 그러나 1시간쯤 뒤 아내가 집에 돌아오자 머리카락을 가볍게 잡아당기며 혼을 냈다. 그가 아내에게 손찌검을 한 것은 그것이 처음이자 마지막이었고 마르파는 그 이후 춤을 출 생각조차 하지 않았다.

그들은 자식이 없었다. 아기가 한 번 생겼지만 곧 죽고 말았다. 그리고리는 어린애를 몹시 좋아했고 자신의 그런 점을 감추려 들지 않았다. 즉, 자기 입으로 그렇게 말했다. 아델라이다가 집을 나가자, 그는 세 살짜리 드미트리를 맡아서 코도 닦아주고 머리도 빗겨주면서 1년이 넘도록 돌봤다. 그 뒤에도 이반과 알료샤를 맡아서 길렀는데 이것 때문에 뺨을 맞은 것도 앞서 밝혔다. 본인 자식을 통해 즐거움을 느낀 것은 아내의 뱃속에 들어 있을 때뿐이었다. 막상 아이가 태어나자 그의 기대는 놀라움과 슬픔으로 변했다. 아들이었지만 육손이었기 때문이다. 그리고리는 실망해서 아기가 세례를 받을 때까지 말도 하지 않고 정원에만 머물렀다. 봄이어서 사흘 내내 말없이 정원의 채소밭을 일구기만 했다. 사흘째 되던 날 아기는 세례를 받을 예정이었고 그리고리는 속으로 결심한 것처럼 보였다. 신부가 세례 준비를 마치고 손님들도 모여서 마침내 대부가 될 표도르까지 나타났을 때, 그리고리는 갑자기 "이 아이에게는 세례가 필요 없다"고 말했다. 물론 소리친 것은 아니고 더듬거리며 겨우 말하고 나서 희미한 시선으로 신부를 물끄러미 쳐다보았다.

"왜 그러시오?"

신부가 놀라워하며 물었다.

"이 아이는 이무기니까요."

그리고리가 중얼거리듯이 말했다.

"이무기? 이무기가 도대체 뭐요?"

그리고리는 잠시 말이 없었다.

"천지신명의 실수로 나온 것입니다."

그는 몹시 모호한 말을 단호하게 중얼거린 뒤 이 일에 대해서는 더 말하고 싶어 하지 않았다. 모두 실컷 웃었지만 불쌍한 아기의 세례는 원래대로 진행되었다. 그리고리는 성수반(聖水盤) 옆에 서서 열심히 기도했다. 끝내 그는 아기에 대한 생각을 바꾸지 않았지만 다른 사람을 막으려고 하지도 않았다. 이 불완전한 아기는 2주일을 더 살았는데 그동안 그는 아기를 한 번도 들여다보지 않았고 내내 밖에 있었다. 하지만 보름 후 아기가 아구창으로 죽자 그제야 아기를 관 속에 누이고 몹시 슬퍼하며 그 관을 바라보았다. 얕은 흙구덩이에 관을 묻은 뒤, 무릎을 꿇은 채 아기의 무덤을 향해 머리가 땅에 닿을 정도로 절했다. 그 뒤로 세월이 많이 흐르는 동안 그는 죽은 아기에 대해 이야기를 꺼내지 않았다. 마르파도 남편에게 아기 이야기를 꺼내지 않았고 가끔 남편이 없을 때 '갓난아기'에 대한 말을 하려면 귓속말로 소곤거렸다. 마르파가 말하길 그리고리는 아기를 묻고 난 뒤 종교에 몰두해서《순교자 열전》을 읽었다고 한다. 그는 크고 둥근 은테 안경을 쓰고 눈으로만 읽었는데, 사순절을 제외하고는 소리 내어 읽지 않았다. 그는 구약 성경의 〈욥기〉를 주로 읽었고, 어딘가에서 '하느님의 성스러운 사제'인 성 이삭 시린의 잠언집과 설교집 등을 구해서 여러 해 동안 꾸준히 읽었다. 하지만 내용은 제대로 이해하지 못했다. 그러나 이해하지 못했기 때문에 더욱 그 책을 소중하게 생각하고 사랑했는지도 모른다. 최근 들어서 편신교의 교리에 관심을 두고 심한 충격을 받은 것 같았지만 구태여 새로운 종교로 전향할 생각은 하지 않았다. 열심히 종교 서적을 읽어서 지식을 쌓은 덕분인지 그는 전보다 더 엄숙해 보였다.

그리고리에게는 아마도 본디 신비주의 경향이 있었을 것이다. 그런데 마치 주문을 외운 것처럼 육손이 아기의 출생 그리고 죽음과 동시에 해괴한 사건이 생기는 바람에 그가 훗날 말한 대로 그의 마음에 깊은 '자국'이 생긴 것이다. 그것은 육손이 아기를 묻은 바로 그날 밤에 생겼다. 깊은 밤, 마르파는 갓난쟁이의 울음소리를 듣고 문득 잠에서 일어났다. 그녀는 깜짝 놀라서 남편을 깨웠다. 그리고리는 오랫동안 가만히 들어보더니 갓난아기의 우는 소리가 아니라 사람의 신음소리, 그것도 '여자'의 신음소리 같다고 말했다. 그는 일어나서 옷을 입었다. 꽤 따뜻한 5월의 어느 밤이었다. 현관의 층계로 나와서 귀를 기울이니 신음소리는 분명히 정원에서 들려왔다. 밤이 되면 정원은 안에서 자물쇠를 채우지만 정원 둘레에는 높고 튼튼한 울타리가 둘러져 있어서 그 문을 열지 않으면 정원 안으로 들어갈 수 없게 되어 있었다. 그리고리는 일단 방으로 돌아온 뒤 초롱에 불을 켜고 정원을 열 수 있는 열쇠를 손에 쥐었다. 그리고 마르파가 겁에 질려서는 죽은 아기가 울면서 자신을 부르는 것 같다며 히스테리를 부려도 아랑곳하지 않고 말없이 정원으로 나갔다. 샛문 가까운 정원 한구석의 목욕탕에서 신음소리가 들렸고 그것은 분명히 여자의 신음소리였다. 목욕탕 문을 열자, 그리고리는 눈앞의 광경을 보고 말뚝처럼 그 자리에 서버렸다. 읍내를 돌아다니는, 리자베타 스메르자시차야*라고 불리는 백치 아가씨가 목욕탕에서 아기를 낳았기 때문이었다. 어머니 옆에 아기가 누워 있었고 산모는 아기 옆에서 죽어가고 있었다. 그녀는 아무런 말도 하지 못했다. 본디 말을 할 수 없었기 때문이다. 하지만 이 사건은 특별한 설명이 필요할 것이다.

---

* '악취가 나는 여자'라는 의미이다.

2. 리자베타 스메르자시차야

이 사건에는 그리고리를 깊숙하게 흔드는 특별한 사정이 있었다. 예전부터 그가 품고 있던 불쾌하고 추악한 의혹이 분명한 사실이라는 것을 확인시켜주었기 때문이다. 리자베타 스메르자시차야는 키가 몹시 작아서 그녀가 죽은 뒤에 이 읍내의 신앙심 깊은 노파들은 "키가 140cm도 안 되는 꼬마였어!" 하고 안쓰럽게 소곤거렸다. 그녀는 이제 스무 살이 되었고 얼굴빛도 좋았지만 항상 넋 나간 표정이었다. 눈동자는 온순했지만 늘 한곳만 바라보고 있어서 어딘지 모르게 불쾌감이 들었다.

리자베타 스메르자시차야는 여름이나 겨울이나 언제나 삼베옷을 걸치고 밤이나 낮이나 맨발로 나다녔다. 그녀의 새카만 머리카락은 양털처럼 곱슬거렸는데 마치 큰 모자를 쓴 것처럼 보였고 언제나 진흙탕이나 맨땅 위에서 자는 바람에 가랑잎, 대팻밥,

나뭇가지, 검불 같은 것들이 붙어 있었다. 그녀의 아버지는 일리야라는 사람이었는데 재산을 탕진하고 병이 든 채 집도 없이 품팔이를 하며 돌아다녔다. 그는 몇 년 전부터 읍내의 부자 상인 집에 얹혀살았다. 그녀의 어머니는 오래전에 죽었고, 병 때문에 신경질적이던 일리야는 딸이 집에 돌아오면 막무가내로 때려서 쫓아냈다.

하지만 그녀는 유로지비였고 어디를 가든 대접을 받았기 때문에 아버지에게 거의 들르지 않았다. 일리야의 주인과 아버지 일리야를 포함하여 읍내의 정 많은 상인과 부인들은 늘 속옷만 입은 리자베타에게 점잖은 옷을 입혀주려고 겨울이 오면 양털 외투를 입혀주고 장화도 신겨주었다. 그러나 리자베타는 그들이 입혀줄 때는 가만히 있다가 혼자 있게 되면 성당 문 앞 같은 곳에서 얻어 입은 모자와 외투, 치마, 장화 등을 전부 벗어던지고 전처럼 속옷만 입고 맨발로 가버렸다. 언젠가 현에 새로 부임한 지사가 순찰차 읍에 왔다가 우연히 리자베타를 보고 크게 불쾌해했다. 지사는 보고를 받고 그녀가 유로지비라는 것을 알았으나 젊은 아가씨가 속옷 차림으로 거리를 돌아다니는 것은 풍기문란이므로 앞으로는 이런 일이 없도록 하라고 지시했다. 그러나 지사가 돌아가자 리자베타는 다시 전처럼 방치되었다.

리자베타의 아버지가 죽자 사람들은 고아가 된 그녀를 더욱 친절히 대했다. 모든 사람이 그녀를 사랑하고 있었기 때문에 사내아이들이나 특히 장난꾸러기 초등학생들도 그녀를 못살게 굴지는 않았다. 그녀가 모르는 집에 불쑥 들어가도 아무도 내쫓지 않았고, 오히려 모두 귀여워하며 그녀에게 동전을 건네고는 했다. 그러나 그녀는 돈을 얻으면 성당이나 교도소에 가져가서 자선함에 넣었다. 시장에서 둥근 빵이나 흰 빵을 얻게 되어도 그냥 가지고 다니다가 처음 만나는 어린애에게 주거나 부잣집 부인에게 주어버렸다. 그러면 그들도 기뻐하며 그것을 받았다. 정작 리자베타 본인은 맹물에 검은 빵만 먹었다. 그녀는 거리낌 없이 큰 상점에 들어가 한참 앉아 있곤 했는데, 주인은 값비싼 상품과 돈이 있어도 그녀를 경계하지 않았다. 그녀 앞에 몇천 루블이 쌓여 있어도 단 1코페이카도 없어지지 않았기 때문이다. 교회는 거의 가지 않았고, 밤이면 성당 현관이나 남의 집 울타리를 넘어가서 채소밭에서 잤다(읍내에는 아직도 담장보다 생나무로 된 울타리를 두른 집이 많다). 그래도 겨울이 되면 일주일에 한 번 가던 자신의 집(더 정확하게 말하면 아버지의 주인집이지만)에 매일 밤늦게 들어가서 현관이나 마구간에서 잠을 자고 아침이면 또 사라졌다.

리자베타 스메르자시차야가 이런 생활을 탈 없이 해내는 것을 보고 사람들은 놀랐지만 그녀에게는 이미 습관이 되어서 아무렇지 않았다. 그녀는 키가 작았지만 몸은 굉장히 튼튼했다. 고장의 유지들 중 어떤 사람은 그녀가 자존심 때문에 이런 생활을 하는 것이라고 잘라 말하기도 했지만 그런 생각은 앞뒤가 맞지 않았다. 말도 제대로 못하고 가끔 혀를 굴리며 웅얼거리는 소리를 낼 뿐인 그녀에게 자존심이 있을 것 같지는 않았다.

꽤 오래전에는 이런 일도 있었다. 9월의 어느 날 보름달이 뜬 따뜻한 밤이었다. 너무 늦은 시간에 술집에서 만취한 사내 대여섯 명이 '뒷길'을 통해 집에 가고 있었다. 골목의 양 옆은 생나무 울타리로 이어졌고 울타리 너머에는 채소밭이 있었다. 그 골목길을 계속 걸어 나가면 시궁창 위에 있는 다리로 곧장 연결되었다. 그들은 그 생나무 울타리 옆의 쐐기풀과 우엉이 울창하게 자란 곳에서 리자베타가 잠든 것을 보았다. 술에 취한 이 사내들은 음담패설을 늘어놓았다. 그리고 갑자기 한 사람의 머릿속에 해괴한 생각이 떠올랐다.

"누가 이 짐승 같은 백치를 여자로 만들 수 있을까? 지금 이곳에서 당장."

꽤 이름난 놈팡이 사내들도 이 말을 듣고 모두 얼굴을 찌푸리고 고개를 저으며 불가능하다고 답했다. 그런데 일행 중에 끼어 있던 표도르가 앞으로 나오더니 얼마든지 가능하며 남다른 재미도 있을 거라고 말했다. 이 시절의 표도르는 어릿광대처럼 사람들을 웃기는 일을 취미로 즐기고 있었다. 겉으로 보기에는 이들과 잘 어울리는 것 같았지만 실상은 일종의 하인 같은 존재였다. 게다가 이 일이 있었던 때는 첫 번째 아내였던 아델라이다가 페테르부르크에서 사망했다는 소식이 들려왔을 무렵이었다. 표도르는 모자에 상장(喪章)을 달고 온갖 추태를 부렸기 때문에 그 지방의 이름난 난봉꾼들도 고개를 저을 정도였다.

표도르가 예기치 않은 주장을 펼치자 그들은 모두 크게 웃었다. 어떤 사람은 표도르에게 지금 당장 그것을 증명해 보이라고 부추겼다. 물론 다른 사람들은 생각만 해도 더러운 듯이 침을 뱉었지만 여전히 흥거운 분위기였다. 오랫동안 그렇게 시시껄렁한 농담을 주고받다가 그들은 결국 각자의 집으로 돌아갔다. 표도르도 맹세코 나중에 그들과 함께 분명히 그곳을 떠났다고 성호까지 그었다. 표도르의 말이 사실일 수도 있지만, 그 일에 대해 정확하게 알고 있는 사람이 없었기 때문에 검증할 방법은 없었다. 대여섯 달이 흐른 뒤, 마을 사람들은 리자베타의 배가 불렀다며 격분하여 수군댔다. 범인을 찾아내려고도 했지만 누구인지 알아내지는 못했다. 그런데 별안간 리자베타의 배가 부르게 한 장본인이 표도르라는 소문이 떠돌았다. 도대체 이런 소문이 어디로부터 날아들었을까?

그날 밤 함께 있었던 난봉꾼 가운데 읍내에 살고 있는 사람은 단 하나로, 그는 다 자란 딸들을 둔 가장이었고 오등관(伍等官)이라는 사회적으로도 높은 지위에 있었기 때문에 그런 일이 있었다 해도 함부로 말할 사람은 아니었다. 그 외에 5명은 이미 오래전에 다른 지방으로 이사한 뒤였다. 소문은 곧바로 표도르를 향했고, 아직도 그에 대한 의심이 남아 있는 상태였다. 또한 표도르도 이런 소문에 대해 거세게 항의하지 않았다. 하찮은 장사꾼이나 마을 사람들에게 미주알고주알 변명할 필요를 못 느꼈기 때문이었다. 그 무렵의 그는 몹시 거드름을 피웠고 어릿광대짓을 하더라도 관리나 귀족들만을 대상으로 하고 있었다.

그때 그리고리가 주인을 위해 온 힘을 다해 편을 들었다. 그는 그저 비난으로부터 주인을 보호하려고 했을 뿐만 아니라 그 소문을 없애기 위해 싸움과 언쟁을 벌였다.

"그 난쟁이 여자가 잘못한 거야."

그는 자신만만하게 말했다. 그가 말하는 범인은 '집게손 카르프'였다. '집게손 카르프'는 이 고장에서는 모두 다 아는 흉악범이었고 감옥에서 탈출해서 숨어 지내던 사람이었다. 그의 추리는 꽤 그럴듯했다. 사람들은 그해 초가을 그날 밤 무렵, 카르프가 밤중에 행인 3명을 공격하고 강도짓을 벌인 것을 알고 있었다.

어쨌든 이런 일들은 불쌍한 유로지비에 대한 사람들의 동정심을 앗아가지 않았고 오히려 전보다 더욱 그녀를 보살피고 감싸주게 하였다. 부유한 상인의 미망인인 콘드라치예브나는 4월 말에 리자베타를 자신의 집으로 데려와서 아이를 낳을 때까지 밖에 나가지 못하게 했다. 그 집 사람들이 리자베타를 감시했지만, 아이를 낳기 바로 전날 밤에 리자베타는 콘드라치예브나의 집을 몰래 빠져나와서 표도르의 집에 나타났다. 그녀가 만삭으로 어떻게 높고 튼튼한 울타리를 넘었는지는 아직도 수수께끼였다. 누군가는 어떤 이가 그곳으로 '옮겼을' 거라고 했고 또 누군가는 '악마가 그곳으로 데려다주었을 것'이라고 주장했다. 어떻게 된 일인지 알 수 없는 것은 마찬가지이지만 가장 그럴 듯한 추측은 자연스럽게 그렇게 되었을 것이라는 주장이었다. 리자베타는 평소에도 채소밭에서 잠을 자려고 울타리를 잘 넘어 다녔으므로, 그날 밤에도 있는 힘을 다해 울타리로 올라가서 뛰어내렸으리라는 거였다.

그리고리는 마르파에게 가서 리자베타를 돌봐주라고 한 뒤 근방에 사는 늙은 산파를 부르러 달려갔다. 갓난아기는 목숨을 건졌으나 리자베타는 새벽에 결국 숨을 거두었다. 그리고리는 갓난

아기를 안고 집으로 돌아와 아내의 무릎에 내려놓았다.

"고아는 하느님의 자식이기 때문에 누구에게나 친척이오. 우리 부부에게는 더욱 그렇소. 이 아기는 마귀와 천사 같은 어미 사이에서 태어났지만 죽은 우리 아기가 자신을 대신하여 보내준 거요. 그러니까 이 아기를 기르고 앞으로는 울지 마시구려."

그래서 마르파는 아기를 길렀다. 이름은 파벨이었는데 세례도 받고 누가 정한 것도 아닌데 자연스럽게 표도로비치라고 불렸다. 표도르는 리자베타의 일은 부정하면서도 아기에 대해서는 자못 재미있게 여기는 듯했다. 표도르가 어린애를 맡게 된 것을 사람들도 만족스럽게 여겼다. 후에 표도르는 어머니의 별명인 스메르자시차야에서 가져온 스메르자코프라는 성도 붙여주었다. 이 이야기의 시작 부분에 그리고리 부부와 별채에서 살고 있던 표도르의 두 번째 하인이 바로 그 스메르자코프였다. 그는 이 집의 요리사였다. 이 스메르자코프에 대해서 특별히 짚고 넘어갈 것이 있지만, 하찮은 하인들의 이야기로 독자를 괴롭히는 것은 미안한 일이므로 그에 대해서는 이야기 전개에 따라서 자연스럽게 언급하기로 하고 지금은 일단 다음의 이야기로 넘어가겠다.

3. 뜨거운 마음의 고백, 시의 형식으로

알료샤는 아버지가 수도원을 떠나며 마차에서 큰 소리로 자신에게 한 말을 듣고 어리둥절한 표정으로 잠시 서 있었다. 그러나 마냥 그렇게 서 있을 수도 없어서 그는 불안한 마음을 억누르며 수도원장의 부엌으로 달려가서 아버지가 식당에서 무슨 일을 저질렀는지 알아보았다. 그런 뒤 지금까지 자신을 괴롭힌 문제들을 해결할 수 있을지 모른다는 막연한 기대를 가지고 읍내 쪽으로 걸어갔다. 미리 말해두자면, 그는 '베개와 이불을 몽땅 가지고 오라'는 아버지의 명령을 신경 쓰지 않고 있었다. 아버지가 그렇게 크게 외치며 명령을 한 것은 순간적인 '감정'일 뿐으로, 무대 효과를 더 극적으로 연출하기 위해서라는 것을 그는 잘 알고 있었다. 비슷한 사례로 이 고장의 상인이 자신의 명명일 잔치에서 만취하여 보드카를 더 가져오지 않는다고 손님들이 있는 곳에서 물건을 마구 깨고 아내의 옷을 찢어버리고 유리창까지 깬 일이 있었다. 이런 일도 아버지의 사건처럼 과장된 연기였다. 다음 날 술에서 깬 상인이 깨진 접시와 찻잔을 몹시 아까워한 것은 당연한 일이다. 알료샤는 그래서 아버지도 내일이나 오늘 안으로 자신에게 다시 수도원으로 가라고 할 수도 있다고 생각했다. 알료샤는 아버지가 다른 사람도 아닌 자신을 모욕할 리가 없다고 굳게 믿었다. 그는 이 세상에서 자신을 모욕하려는 사람은 없으며, 그런 마음조차 가질 수 없다고 믿었다. 그에게 이것은 증명이 필요하지 않은 확실한 공리(公理)였고, 그는 이런 면에서는 목표를 향해 흔들리지 않고 나아갈 수 있었다.

그렇지만 그때 그의 마음에는 전혀 다른 공포가 서렸으며, 그것이 무엇인지 스스로 설명할 수 없었기 때문에 더욱 두려웠다. 그것은 여자에 대한 두려움, 즉 호흘라코바 부인 편에 편지를 보내 이유는 모르지만 반드시 자신에게 와달라고 한 카체리나에 대한 공포심이었다. 그녀의 요구와 반드시 가야 한다는 상황이 그의 마음에는 엄청난 부담으로 다가왔다. 수도원과 수도원장의 식당에서 일어난 여러 가지 소동이 있었지만 아침 내내 두려움이 되어 그를 괴롭히고 시간이 지나면서 더욱 심하게 그를 조여 왔다. 그가 두려움을 느끼는 것은 그녀가 무슨 말을 할지, 또 자신이 어떻게 대답해야 할지 몰라서도 아니고, 그녀가 여자라서 그런 것도 아니었다. 그는 수도원에 들어오기 전까지 여자들 사이에서 자랐기 때문에 여자에 대해 무지하기는 했지만 여자를 무서워하지는 않았다. 그는 여자가 아니라 카체리나가 두려웠다. 처음 본 순간부터 그녀가 무서웠다. 그녀를 본 것은 한두 번으로 많아도 세 번이었고, 우연하게 몇 마디 대화를 나눈 것이 전부였다.

카체리나는 그의 기억 속에서 무척 미인이고 자존심이 아주 강하며 위압적이었다. 하지만 그를 괴롭힌 것은 그녀의 아름다움이 아닌 다른 무엇이었다. 그래서 자신의 두려움을 설명할 수 없기 때문에 그가 느끼는 공포감은 더욱 커져만 갔다. 알료샤는 그녀의 목적이 더할 나위 없이 고귀하다는 것을 잘 알고 있었다. 그녀의 목적은 그녀의 정의감으로 자신에게 죄를 지은 드미트리를 구원하는 것이었다. 알료샤는 그녀의 아름답고 넓은 마음을 인정해야 한다고 생각하면서도 그녀의 집이 가까워지자 점점 더 공포 때문에 서늘해졌다. 알료샤는 카체리나와 가깝게 지내는 둘째 형 이반이 그녀의 집에 와 있지는 않을 거라고 생각했다. 이반은 아마 아버지와 함께 집에 있을 것이다. 그리고 드미트리도 분명히 거기에 없을 거라고 예상했다. 그렇다면 그와 카체리나 단 두 사람만 이야기를 나누게 될 것이다. 그는 이 운명적인 만남이 이뤄지기 전에 우선 큰형 드미트리를 잠시라도 만나고 싶었다. 그녀가 보낸 편지를 보여주지 않아도 짧게 이야기를 나누고 싶었다. 그러나 드미트리는 읍내의 저쪽 끝에 살고 있었고 지금은 집에도 없을 것 같았다. 그는 약 1분 정도 그 자리에서 망설이다가 마침내 결심하고, 습관처럼 빠르게 성호를 긋고 웃음을 머금은 채 당당한 태도로 무서운 그녀의 집으로 걸어갔다.

알료샤는 카체리나의 집을 잘 알고 있었다. 볼쇼이 거리를 지나 광장을 거쳐서 가면 꽤 멀리 돌아가게 된다. 작은 읍내였지만 집들이 떨어져 있어서 잘못하면 아주 멀리 돌아가게 될지도 몰랐다. 또 아버지는 아까 한 말을 기억하면서 자신을 기다리고 있을지도 몰랐다. 아버지를 기다리게 하지 않으려면 가능한 한 빨리 다녀와야 했다. 알료샤는 고민을 하다가 결국 뒷길을 통해 질러가는 방법을 택했다. 그는 읍내의 지름길은 손바닥 보듯 훤히 꿰고 있었다. 그러나 뒷길이라고 해도 거의 길은 없고, 낡은 울타리를 따라 걷다가 이따금 남의 집 담을 넘고 마당을 가로질러야 했는데, 남의 집이기는 해도 모두 알고 있는 사람들이라 서로 인사를 나누는 사이였다.

하여튼 이 지름길을 선택해서 볼쇼이 거리로 나오는 시간이 절반으로 줄어들었다. 하지만 중간에 아버지의 집 바로 옆을 지나야 하는 곳이 있었다. 아버지네 바로 옆집 정원이었는데 그 집은 창문이 네 개 있는 기울어가는 작은 집이었다. 그 집의 주인은 알료샤가 알기로는 읍내 사람이었고 다리가 불편한 노파로 딸과 둘이 살고 있었다. 노파의 딸은 페테르부르크에서 장군 댁 같은 곳에서 최근까지 하녀로 지낸 탓에 세련됐는데, 1년 전부터 어머니의 병간호 때문에 고향에 돌아왔고 세련된 옷차림을 한 멋쟁이였다. 그런데 이 모녀는 형편이 안 좋아져서 카라마조프네 집으로 날마다 수프와 빵을 얻으러 왔고, 마르파도 싫어하지 않고 이들에게 먹을 것을 나누어주었다. 하지만 딸은 음식을 얻으러 다니면서도 자신의 옷은 팔지 않았는데, 그녀의 옷 중에는 귀부인의 야회복처럼 치마가 긴 옷도 있었다. 물론 이 마지막 내용은 읍내에 관련된 것이면 훤히 알고 있는 라키친에게서 우연히 들은 것이다. 알료샤는 그 말을 듣고 곧 잊었지만 지금 그 집 정원에 오자 문득 그 긴 치마가 떠올라서 깊은 생각에 잠겼다가 머리를 갑자기 들었다. 그는 그곳에서 뜻하지 않았던 사람과 갑자기 마주쳤다.

맏형 드미트리가 옆집 정원의 울타리 안에서 무언가에 올라선 채 몸을 앞으로 내밀고 알료샤에게 필사적으로 손짓을 하고 있었다. 혹여 누가 들을세라 소리는커녕 말하는 것조차 두려워하는 눈치였다. 알료샤는 곧장 울타리 근처로 달려갔다.

"네가 마침 봐서 다행이다. 하마터면 소리내 부를 뻔했네."

드미트리가 반가워하며 빠르게 소곤거렸다.

"이쪽으로 넘어와! 빨리! 아, 난 네가 와서 무척 기쁘다. 방금 네 생각을 하던 참이었지."

알료샤도 마찬가지로 반가웠지만 울타리를 어떻게 넘을지 몰라서 잠시 망설였다. 그러자 미차가 굳센 팔로 알료샤의 팔꿈치를 잡았고 알료샤는 긴 수도복을 걷은 채 마을의 장난꾸러기들처럼 잽싸게 울타리를 뛰어넘었다.

"자, 됐다! 이제 가자!"

입가에 흡족한 미소를 띤 채 미차는 속삭였다.

"어디를요?"

주위를 둘러보며 알료샤도 속삭였다. 두 사람 이외에는 텅 빈 정원에 아무도 없었다. 정원은 무척 작았지만 그들이 있는 곳에서 노파의 집까지는 50보 이상 떨어져 있었다.

"아무도 없는데 왜 속삭이는 거예요?"

“왜 속삭이느냐고? 내가 그랬어? 빌어먹을.”

드미트리가 갑자기 크게 외쳤다.

“그래, 속삭였느냔 말이지? 그런데 너도 알다시피 사람은 가끔 자신도 모르게 이상해질 때가 있지. 난 지금 여기 숨어서 다른 사람의 비밀을 감시 중이야. 나중에 자세한 건 말하겠지만 비밀이라는 생각을 하다 보니 바보 같은 짓을 하고 말았구나. 목소리를 죽일 필요까지는 없었는데. 이제, 저쪽으로 가자! 그때까지는 조용히 해라. 너에게 입이라도 맞추고 싶구나!

　무한히 높은 곳에 영광,
　내 마음 높은 곳에 영광!

네가 오기 전까지 여기에 앉아서 이 구절을 되풀이해서 읊고 있었지.”

1헥타르 정도의 정원은 사과나무, 떡갈나무, 보리수, 자작나무 등의 나무들이 울타리를 따라 사방에 둘러져 있었다. 텅 빈 풀밭은 가운데에 있었는데, 여름에는 이 풀밭에서 200kg 정도의 건초를 얻을 수 있었다. 봄이 오면 노파는 이 정원을 몇 루블만 받고 남에게 빌려주었는데 자두나무, 살구나무, 딸기밭은 모두 울타리 옆에 있고 최근에 만든 채소밭만 주인집 옆에 있었다. 그 집에서 가장 멀리 떨어진 으슥한 곳으로 드미트리는 동생을 데려갔다. 그곳에는 울창한 보리수, 자두나무, 말오줌나무, 까치밥나무, 라일락 등의 고목이 있었고, 지붕은 기울어지고 녹색 칠도 검게 변한 부서진 낡은 정자도 보였다. 그 정자는 사방의 벽에 격자창이 있었고 지붕은 비를 겨우 막을 수 있을 정도였으며 검게 그을린 상태였다. 소문에 따르면 언제 정자가 세워졌는지는 알 수 없지만 약 50년 전에 알렉산드르 폰 슈미트라는 퇴역한 중령이 지었다고 했다. 하지만 지금은 마루는 썩어서 판자가 흔들리고 기둥에서는 곰팡이 냄새가 나는 등 건물 전체가 완전히 낡아 있었다. 정자의 바닥에는 고정된 녹색 나무 탁자가 한 개 있었고 사람이 앉을 만한 녹색 의자도 몇 개 있었다. 알료샤는 형이 몹시 들뜬 상태라는 것을 알고 있었는데 역시나 정자에 들어가니, 탁자 위에 반쯤 마시다 만 코냑과 유리잔이 있었다.

"코냑이야!"

미차가 소리 내어 웃었다.

"'또 술이야?' 하는 표정이구나. 하지만 환영을 믿지 마라.

허황되고 거짓된 무리를 믿지 말지어다,
그리고 마음속 의심을 버려야 할지어니…….*

나는 술타령을 하는 게 아니라 네 친구인 돼지 같은 라키친의 말처럼 술을 그저 '즐기는' 거란다. 그놈은 훗날 오등관이 되면 술을 즐기느니 어쩌니 하면서 떠들어댈 거다. 알료샤, 앉거라. 나는 너를 내 가슴에 안고 싶구나. 으스러질 정도로 내가 이 세상에

서…… 정말…… 진심으로…… 잘 들어라, 알았니? 내가 정말 사
랑하는 사람은 너뿐이야!"

드미트리는 마지막에는 정신을 잃은 것처럼 말했다.

"너 하나만…… 아니 한 명 더 있구나, 나는 '더러운 여자'한테
반했어. 그래서 신세를 망쳤지. 하지만 반한다는 게 꼭 사랑한다
는 걸 의미하는 건 아니야. 미워하면서도 반할 수는 있으니까. 잘
들으렴! 이제 잠깐 즐겁게 얘기를 나누자. 어서 탁자 앞에 앉거
라. 나는 네 옆에 앉아서 너를 바라보며 전부 얘기해주고 싶구나.
넌 그냥 가만히 앉아서 듣기만 하면 돼. 너에게 전부 얘기해줄 때
가 되었지. 하지만 내 생각에 이곳에서는 작게 얘기해야 할 것 같
다. 왜냐하면 이곳은…… 이곳은…… 혹시 누가 엿들을지도 모르
니까. 어쨌든 모든 것을 전부 설명할게. 이제 일어날 일까지 전부
말이야. 그런데 너를 왜 이렇게 만나고 싶어 했는지 알고 있니?
내가 이곳에 닻을 내린 지 벌써 닷새나 되었어. 내가 그동안 너를
마냥 기다렸던 것은 무엇 때문일까? 왜냐하면 오직 너에게만 전
부 털어놓으려고 했기 때문이야. 그래야 하니까, 네가 필요했으
니까 말이야. 난 내일 구름 위에서 떨어져서 지금까지의 인생에
작별을 고하고 동시에 새로운 인생을 시작하게 될 거야. 혹시 너
는 꿈에서 산꼭대기 분화구 안으로 떨어진 적이 있었니? 그런데
나는 지금 꿈속이 아니라 현실에서 생생하게 떨어지고 있단다.
하지만 난 두렵지 않으니 너도 두려워하지 마라. 아니, 두렵지만
그게 나에게는 기분 좋은 일이니까, 아니 기분 좋은 건 아니지. 이
건 환희야……. 젠장, 어쨌든 마찬가지야. 강하거나, 약하거나, 여

자 같거나, 그 정신은 같아! 그런데 자연을 정말 찬양해야겠다. 햇빛은 밝고, 하늘은 맑고, 나뭇잎들은 푸르고, 한여름 같은 이 조용한 날 오후 3시의 고요함이 어떠냐! 그런데 너는 지금 어디로 가던 참이냐?"

"아버지에게요. 하지만 그전에 카체리나 씨의 집에 먼저 갈 생각이었어요."

"아버지와 그 여자에게? 왜 너를 이곳에 불렀을 것 같니? 내가 너를 만나고 싶어 한 이유는 무엇 때문이겠냐? 지푸라기라도 잡는 마음으로 너를 원하고 너를 갈망했던 것은 너를 아버지와 카체리나에게 보내서 그 두 사람과 모두 인연을 끊으려고 했던 거야. 천사를 보내는 거지. 아무나 보내도 되지만 이런 일에는 천사가 적역이니까. 그런데 그 천사가 그 두 사람에게 가는 길이었다는 거지?"

"정말 나를 보내려고 했나요?"

갑자기 알료샤가 고통스러운 표정을 지었다.

"가만있으렴. 넌 벌써부터 그걸 알고 있었어. 너는 단박에 모든 걸 이해해버린 것처럼 보이는구나. 어쨌든 잠시만 입을 조용히 다물어라. 실망할 것도 없고 눈물을 흘릴 것도 없어!"

드미트리는 자리에서 일어나서 손가락을 이마에 짚고 잠시 생각에 잠겼다.

"그 여자가 너를 불렀구나! 편지가 와서 지금 그 여자에게 가는 거지? 네가 먼저 그 여자 집으로 갈 이유는 없을 테니까."

"여기 편지가 있어요."

알료샤가 주머니에서 편지를 꺼내자 미차는 재빨리 그 편지를 읽었다.

"그래서 너는 뒷길로 온 거였군! 오, 하느님! 동생을 뒷길로 향하게 해서 나를 만나게 해주신 것에 감사드립니다! 이건 흡사 늙고 멍청한 어부에게 황금 물고기가 걸린 옛날이야기와 비슷하구나. 알료샤, 이제 알겠다. 내가 너에게 전부 얘기할 테니 잘 들어라. 누구에게는 어차피 해야 할 얘기야. 하늘에 있는 천사에게는 미리 다 말했지만 땅 위의 천사에게도 얘기해야지. 이 땅에서 천사는 바로 너니까. 그러니까 내 얘기를 잘 듣고, 잘 생각한 다음에 나를 용서해라……. 나는 가장 고결한 사람에게 용서를 받고 싶다. 그런데 알료샤, 만약 어떤 두 사람이 갑자기 이 세상의 모든 것을 저버리고 전혀 모르는 미지의 세계로 가버린다면……. 아니면 최소한 그중에 한 사람이 아주 날아가거나 죽기 전에 다른 한 사람에게 자신을 위해 어떤 일을 해달라고, 임종 전에나 하는 부탁을 한다면, 그 사람은 그 부탁을 들어줄까? 그들이 만약에 친구나 형제라면 말이다."

"나라면 들어줄 것 같아요. 하지만 그게 무엇인지 빨리 말해요."

알료샤가 말했다.

"빨리 말하라고? 음……, 그런데 알료샤, 서두르지 마라. 넌 지금 몹시 초조하고 불안하구나. 하지만 서두를 필요가 없단다. 이제 세상은 새 궤도에 접어들었어. 알료샤야, 이 황홀한 경지를 네가 못 느끼는 것이 유감스럽구나! 그런데 나는 동생에게 무슨 바보 같은 소리를 하는 건지! 너에게 아무것도 못 느낀다고 말하다니, 왜 이런 바보 같은 소리를 하는지 나도 모르겠다.

인간이여, 고결할지어다!*

이건 누구의 시였지?”

알료샤는 더 기다리기로 마음먹었다. 자신의 의무는 여기에 있는지도 모른다고 생각했기 때문이다. 미차는 탁자 위에 팔을 올리고 손으로 턱을 괸 채 잠시 생각에 빠졌다. 두 사람 모두 말을 하지 않았다.

“알료샤. 너는 비웃지 않을 거야! 나는 내 참회를…… 실러의 《환희의 송가》로 시작하려고 했어……. ‘환희에 부치는 노래’ 말이야! 하지만 난 그냥 ‘환희에 부치는 노래’만 알 뿐 독일어는 몰라. 내가 지금 취해서 술주정을 한다고 생각하지는 말아다오. 나는 멀쩡하니까. 코냑이 있긴 하지만 취하려면 두 병은 마셔야 하잖니…….

붉은 얼굴의 실레노스**는,
비틀거리는 나귀를 타고…….

하지만 난 반의 반 병도 안 마셨고 실레노스도 아니다. 실레노

<hr>

* 괴테의 시이다.
** 술의 신 바커스의 양부이다.

스가 아니라 아마 실론*이 맞을 거야. 내가 중요한 결정을 했으니까. 지금 헛소리는 용서하거라. 너는 오늘 헛소리뿐만 아니라 더 많은 것을 용서해줘야 할 테니까. 근데 너무 걱정하지는 마라. 난 실없는 말을 하려는 게 아니고 중요한 얘기를 하려고 하니까. 이제 곧 본론을 얘기하마. 빨리 시작해야지. 잠깐, 그런데 그 시는 어떻게 이어지지……?"

그는 고개를 들고 잠시 생각에 잠기더니 맹렬하게 시를 읊었다.

동굴에 사는 벌거벗은 야만인은

겹에 질려 바위 굴 안에 숨고

광야를 떠도는 유목민은

풍성한 들판을 황폐하게 만들더니

창과 활을 든 수많은 사냥꾼이

숲을 휩쓰는구나……

슬프구나, 파도에 여기저기 밀려서

쓸쓸한 바닷가에 버려진 죽음이여……!

올림포스의 산정에서

어머니 데메테르가 땅으로 내려와

잃어버린 딸 페르세포네를 찾으려고 헤맬 때

험한 세상에는 반겨주는 이가 없고

---

* 굳건하고 강한 사람이라는 의미이다.

여신은 갈 곳을 몰랐네
신들을 경배하는 신전은 없고
어디에도 성소를 지키는 이가 없구나

들판의 과일인 달콤한 포도도
잔치에 없고
피 묻은 제단에서
희생된 고깃덩이만이 연기처럼 사라지니
어디를 가고 어디를 봐도
여신의 슬픈 눈이 바라보는 곳에는
치욕에 빠진
죄 많은 인간의 참혹함뿐이라!

갑자기 미차는 가슴 깊이 흐느꼈다. 그는 알료샤의 손을 세게 잡았다.

"동생아, 들었느냐. 치욕, 끝없는 구렁텅이다. 난 지금 치욕의 진흙탕에 빠져 있어. 인간은 이 세상에서 수없이 많은 고통과 재앙을 겪어야 하지. 하지만 내가 장교 견장을 단 채 코냑을 마시고 방탕함에 빠져 수치심도 잊은 천한 놈이라고 생각하지는 말아라! 나는 요즘 늘 치욕에 빠진 인간에 대해 생각한단다. 내가 지금 거짓말을 하고 있지 않다면 말이야. 이제야 거짓말을 하거나 허풍을 치는 게 아니라면 말이다. 내가 치욕에 빠진 인간을 생각하는 이유는 내가 바로 그런 인간이기 때문이야.

치욕의 구렁텅이에서
굳건하게 일어나려면
고대의 어머니인 대지와
영원히 하나로 결합할지어다.

하지만 문제는 내가 어떻게 해야 대지가 하나가 될 수 있느냐는 거지. 나는 대지에 입을 맞추지도 않고 대지의 가슴을 두드리지도 않아. 내가 어떻게 하면 농부나 목동이 될 수 있을까? 나는 내가 악취나 오욕 속에 들어가고 있는 건 아닌지, 광명과 환희를 향해 가고 있는 게 맞는지, 이렇게 살면서도 도무지 모르겠어. 바로 이것이 나의 불행이야. 나에게는 이 세상 전부가 수수께끼라니까! 나는 예전에 방탕하게 살면서 깊숙하게 치욕에 빠져 있을 때(물론 평생을 그렇게 살았지만) 늘 데메테르 여신과 인간을 노래한 이 시를 읽었지. 그렇다면 그 시가 나를 개과천선하게 해주었을까? 전혀! 그런 일은 절대 없었어. 왜냐하면 나는 카라마조프니까. 어차피 나락으로 떨어진다면 똑바로 떨어지는 것이 낫지. 또 창피하게 살면서 어떤 만족을 느끼기도 하고, 더 나아가 이런 삶이 아름답다고 느끼기도 했지.

바로 그런 치욕 속에서 갑자기 하느님을 찬양하기 시작했어……. '저는 저주받아 마땅한 야비한 놈이지만 하느님의 옷에 입 맞출 수 있게 허락해주세요, 제가 악마를 뒤따르고 있지만 그래도 하느님의 아들입니다, 저는 하느님을 사랑합니다, 이런 환희도 없으면 그때는 세상이 성립되지 못하고 존재하지도 못합니다……'라고 말이야.

하느님의 어린 양들의 영혼을
적시는 영원한 환희여!
그대는 신비스러운 발효의 힘으로
생명의 술잔을 불태운다
풀잎도 빛을 향하고
어둡던 카오스도 태양으로 키워서
점성가들도 알 수 없는
끝없는 우주에 가득 채우셨도다

풍요로운 자연의 품속에서, 환희여!
살아 숨 쉬는 모든 만물은 그대를 마시고
모든 창조물, 모든 사람들은
이끄는 그대의 뒤를 따른다
불행에 빠졌을 때 그대는 친구들을 주고
포도주와 꽃다발을 주었나니
벌레들에게는 정욕을 주고……
이윽고 천사는 하느님 앞에 서리라

하지만 시는 이제 지겹구나! 자꾸 눈물이 나는구나, 나를 그냥
울게 두렴, 이런 멍청한 짓을 하면 모두 나를 놀리겠지만 너는 그
러지 않겠지. 그런데 너도 눈이 빨갛게 되었구나. 어쨌든 이제 시

는 그만하자. 이제부터는 '벌레'에 대한 얘기를 하자. 하느님께서 정욕을 보내주신 그 벌레에 대한 얘기 말이야.

벌레들에게는 정욕을!

동생아, 알겠느냐? 내가 바로 벌레란다. 이 시는 특별히 나를 얘기한 거야. 그리고 카라마조프 집안사람들은 모두 이런 벌레야. 너 같은 천사의 마음속에도 벌레가 살 테고 그 벌레가 너의 피 안에서 폭풍우를 일으키는 거야. 그건 폭풍우야, 왜 그러냐고? 폭풍 같은 정욕이기 때문이지! 아니 폭풍보다 더하단다……. 아름다움은 진실로 무섭다! 무엇이라고 정의내릴 수 없기 때문에 무섭고, 정의를 내릴 수 없는 건 하느님이 던진 수수께끼이기 때문이다.

아름다움에는 반대의 것들이 하나로 뭉쳐져서 모든 모순이 한 덩어리가 된단다. 알료샤, 나는 배운 건 전혀 없지만 이 문제에 대해서는 다양하고 깊게 생각해봤지. 이 세상에는 셀 수 없는 많은 신비와 수수께끼가 널려 있어서 늘 우리를 괴롭힌단다. 이 수수께끼를 풀어보라는 건 흡사 옷을 젖게 하지 않고 물에 들어갔다가 나오는 것과 똑같지. 아름다움! 또 내가 참을 수 없는 건, 드높은 고귀한 마음과 위대한 지성을 지닌 인간이 마돈나의 이상을 가지고 출발했다가 끝내 소돔의 이상으로 끝나는 거야. 그러나 더 무서운 게 있어. 그건 이미 소돔의 마음을 품은 남자가 마음속에서는 마돈나의 이상을 부정하지 못한 채 순진한 개구쟁이였

던 때처럼 그 이상에 마음을 불태우고 있는 거야. 아, 인간의 마음
은 넓고 넓구나. 그래서 난 좁혔으면 좋겠다고 생각한다. 이래서
야 뭐가 뭔지 도무지 모르겠으니까! 맞아, 이성으로 보면 치욕적
인 것이라도 마음의 눈으로 보면 지극한 아름다움으로 보이니 말
이다.

소돔에도 아름다움이 있을까? 한번 믿어보렴. 소돔에 아름다
움이 있다고 대부분의 인간은 생각하지. 이 비밀을 너는 알았니?
무서운 건 아름다움은 단지 무서울 뿐만 아니라 신비롭기까지 하
다는 거야. 아름다움 안에서 악마와 신이 싸우고 그 싸움터는 바
로 인간의 마음이야. 그렇지만 사람은 언제나 자신의 상처를 얘
기하게 마련이지. 자, 이제 본론을 얘기하마.

4. 뜨거운 마음의 고백, 일화의 형식으로

"난 그곳에서 지낼 때 무척 방탕하게 살았어. 아버지는 내가 처녀들을 꼬드기려고 수천 루블을 썼다고 말했지만 그건 돼지 같은 망상이고, 나는 그런 적이 없어. 또 그렇다고 해도 '그런 일'을 위해서라면 한 푼도 필요 없지. 돈은 내게 장신구이고 영혼의 기운이며, 소도구일 뿐이니까. 오늘은 귀족의 딸이 애인이었지만 내일이 되면 거리의 천한 여자가 그 자리를 대신할 테지. 나는 양쪽 여자들 모두를 만족시켜줬어. 노래, 춤, 집시 처녀들에게 마구잡이로 돈을 썼어. 필요할 때는 돈을 주기도 했지. 돈을 받는 여자들이었으니까, 이건 진실이다. 여자들은 돈을 받으면 아주 좋아하고 감사함을 느낀단다. 나와 놀았던 여자들 중에는 귀부인들도 있었는데, 모두가 그런 건 아니지만 가끔은 그런 일들이 있었지.

하지만 내가 언제나 좋아한 것은 뒷골목이었다. 큰길 뒤에 있는 좁고, 꼬불거리고, 어둡고, 지저분한 곳 말이야. 그곳에는 늘 모험이 있었고, 예상 밖의 일들이 있었어. 그야말로 진흙탕 속에 있는 천연광(天然鑛)이었지. 이건 비유야, 알료샤. 내가 살던 그 읍내에는 진짜 '그런' 뒷골목이 있었던 건 아니고 도덕적인 뜻으로서의 뒷골목이 있었을 뿐이야. 하지만 네가 나와 같다면 그 뒷골목이 무엇을 뜻하는지 이해할 수 있겠지.

나는 방탕을 사랑하고, 방탕의 치욕을 사랑하고, 방탕의 잔인성마저 사랑했다. 이런데도 내가 빈대가 아니란 말이냐. 더러운 벌레가 아니란 말이냐. 아무래도 나는 카라마조프가 아니냐! 이런 적도 있었다. 어느 겨울 온 읍내 사람들이 마차 일곱 대에 나눠 타고 소풍을 갔었지. 나는 어두운 마차 안에서 옆에 앉은 처녀의 손을 잡고 강제로 입을 맞추었다. 아주 귀엽고 온순하고 가녀린 어떤 관리의 딸이었지. 그 아가씨는 내가 어둠 속에서 별짓을 다 하는데도 얌전히 있더구나. 아마 그다음 날이라도 당장 내가 집으로 찾아와서 청혼이라도 할 줄 알았던 모양이야. 나는 모두가 인정하는 좋은 신랑감이었으니까.

하지만 나는 그 뒤로 다섯 달이 지나도록 그 아가씨에게 말을 붙이기는커녕 아무것도 하지 않았어. 무도회에 가면—그곳에서는 무도회가 자주 열렸지—그 아가씨는 홀의 구석에서 나를 유심히 살펴보곤 했어. 그녀의 눈동자에는 조용한 분노가 끓어오르고 있었지. 이런 장난질은 내 안에 살고 있는 벌레의 더러운 욕정을 어느 정도 해결해줄 뿐이었어. 다섯 달 뒤에 그 아가씨는 어떤 관리와 결혼해서 그곳을 떠났어. 나를 원망하면서도 나를 사랑했던 것이 분명해. 지금 두 사람은 행복하게 잘 살고 있는 것 같더라.

여기서 분명히 말해두고 싶은 건 나는 그 아가씨에 대해서는 아무에게도 얘기하지 않았고 그 아가씨의 명예를 더럽힐 만한 소문도 낸 적이 없어. 야비한 욕망에 사로잡혔고 그 야비함을 사랑했지만 나는 결코 파렴치하진 않다. 그런데 너는 또 얼굴이 빨개졌구나? 눈빛도 이상하고? 너에게 이런 더러운 얘기는 그만해야겠다. 하찮은 얘기에 불과하니까. 폴 드 콕*의 서론에 불과할 뿐인 이야기 아니냐. 그런데 그 잔인한 벌레가 더 크게 자라서 내 마음을 완전히 지배하고 말았단다.

그때의 추억을 모으면 아마 멋진 사진첩이 될 거야. 오, 하느님, 그 귀여운 아가씨들을 축복하소서! 나는 여자들과 헤어질 때도 결코 다투지 않았다. 그 아가씨들의 비밀을 감싸고 이상한 소문도 전혀 내지 않았어. 맞아, 맞아, 이젠 이런 얘긴 그만하자. 내가 너에게 이런 쓸데없는 이야기를 하려고 너를 이리로 데려온 것은 아니니까! 그럼, 아니고말고! 이제부터는 더 진지한 이야기를 하마. 하지만 내가 이런 얘기를 하면서 부끄러워하기는커녕 오히려 신나는 표정을 짓는다고 이상하게 생각할 건 없다.”

“내가 얼굴이 빨개져서 그러는 건가요?”

알료샤가 대답했다.

“형님이 그런 얘기를 하거나 과거가 그랬기 때문에 그랬던 건 아니에요. 나 역시 형님과 같은 사람이라고 느껴서 그런 거예요.”

---

* 프랑스의 소설가로, 파리 하층민의 정욕 세계를 묘사하였다.

"네가? 그건 좀 지나친 표현이구나."

"아니요, 과장이 아니에요."

알료샤가 강하게 말했다. 그는 예전부터 그런 생각을 해온 것처럼 보였다.

"우리는 같은 계단 위에 서 있어요. 내가 가장 아래 계단에 서 있다면 형님은 더 위에 있는, 한 열세 계단 정도에 있는 게 다른 거죠. 나는 그냥 그렇게 생각해요. 결국은 모두 같다고……. 맨 아래에 있는 계단에 발을 놓으면 언젠가는 반드시 가장 위에 있는 계단까지 올라갈 수 있을 테니까요."

"그럼 처음부터 발을 내딛지 않으면 되겠네?"

"할 수 있으면요."

"그럼 너는 내딛지 않겠구나?"

"그럴 수는 없을 것 같아요."

"그만, 그만, 동생아, 아무 말도 하지 마라! 아, 난 지금 너의 손에 입을 맞추고 싶구나! 예를 들면 감격의 입맞춤 말이다. 그런데 악당 같은 그루센카는 사람을 제법 볼 줄 알아. 언젠가 나한테 너를 잡아먹겠다고 한 적이 있다. 자, 이제는 그만하자. 파리가 모이는 더러운 들판에서 나의 비극으로 무대를 옮기자. 이쪽 무대도 파리가 들끓고 온갖 더러운 것들이 모여 있긴 하지만, 어쨌든 얘기는 이렇다. 아까 아버지가 내가 순진한 아가씨를 꼬드겼다고 이러쿵저러쿵했지만 사실 나의 비극에는 그 비슷한 일이 있긴 했지. 하지만 단 한 번뿐이었고 제대로 되지도 않았다. 그 늙은이는 내 비밀에 대해 잘 알지도 못하면서 그저 짐작만으로 대충 얘기할 뿐이니까. 나는 한 번도 누구에게 이 얘기를 한 적이 없다. 지금 처음으로 너에게 말하는 거야. 이반을 빼고 말이다. 이반은 전부 알고 있어. 벌써 예전부터 알고 있지. 하지만 이반은 마치 무덤 같으니까."

"이반 형이 무덤이라고요?"

"응, 입이 무겁다는 뜻이야."

알료샤는 온 힘을 다해 듣고 있었다.

"그때 나는 포병 대대의 주력 부대에서 근무 중이었어. 신참 소위였지만 장교 취급을 못 받고 마치 유형수처럼 항상 감시를 받고 있었지. 하지만 그 고장 사람들은 나를 반갑게 맞아주었지. 내가 돈을 흥청망청 쓰니까 아마 나를 부잣집 아들로 생각했던 것 같아. 하긴 나도 내가 부자라고 생각하고 있었지만 말이야. 하지만 돈 이외에도 내가 사람들에게 호감을 사는 무언가가 있었을 거야. 모두 나에게 고개를 내저으면서도 실제로는 나를 좋아했으니까.

그런데 우리 대대장이었던 늙은 중령은 웬일인지 나를 마음에 들어 하지 않았어. 그래서 사사건건 나를 혼내주려고 했지만, 나는 뒷줄이 든든했고 그 고장 사람들이 모두 내 편을 들고 있었으니 함부로 하지 못했지. 나도 잘못한 점이 있긴 해. 당연히 해야 하는 존경의 표시조차 하지 않았으니까. 지나치게 오만하게 굴었던 거야.

그런데 이 완고한 늙은이가 나쁜 사람은 아니고 무척 사람이 좋아서 손님을 대접하는 걸 즐겼었지. 그는 두 번이나 결혼을 했다가 두 번 다 홀아비가 된 재수가 옴팡지게 없는 노인이었어. 평민 출신이었던 전처가 낳은 딸이 하나 있었지. 딸도 서민적이었는데 내가 있을 그 당시에 스물네댓 살이나 되었으면서 시집을 못 갔던지라, 죽은 어머니의 동생과 함께 아버지 집에서 살았어. 그 여자의 이모는 순박했고 말이 없는 편이었는데, 중령의 큰딸도 소박한 것 같았지만 성격은 무척 활발했어.

내가 추억에 대해서는 대부분 아름답게 말하긴 하지만 사실 그 아가씨만큼 성격이 좋은 사람은 아직까지 본 적이 없어. 이름은 아가피야 이바노브나였고 평범한 외모지만 러시아 여인의 얼굴에 키도 크고 통통했어. 무엇보다 눈이 아주 예뻤지. 혼담이 두어 번 들어왔지만 잘 안 돼서 노처녀가 되었지만 명랑한 건 여전했지. 나는 이 아가씨와 아주 가깝게 지냈는데 절대로 이상한 관계는 아니었어. 친구 사이로 지내면서 깨끗하게 만났으니까. 나는 가끔 여자들과 친구처럼 지내며 깨끗하게 만났거든. 내가 이 아가씨한테 지금 생각해도 후회될 만큼 노골적인 이야기를 했는데 이 아가씨는 그런 얘기를 듣고도 그저 크게 웃었어.

대부분 여자들은 그런 이야기를 즐기기도 하지만 아가피야는 진짜 숫처녀였으니 더욱 흥미로웠겠지. 그 여자의 흠은 좋은 집 안에서 자란 규수 같은 느낌을 찾기 힘들다는 거였지. 아가피야는 이모와 함께 아버지 집에 살았지만 자신을 항상 낮추었고 사교계에 나가서 사람들을 사귀려고도 하지 않았어. 바느질을 잘해서 사람들에게 칭찬도 많이 받고 늘 일거리 부탁이 들어왔는데도 말이야. 재능이 뛰어났지만 부탁을 받아서 일을 하면서도 상대가 돈을 주지 않으면 굳이 대가를 달라고도 하지 않았어.

하지만 아버지인 중령은 딸과 전혀 달랐어. 그는 그곳에서 유명한 유력 인사였기 때문에 사치스러운 생활을 했고, 자주 만찬회나 무도회를 열어서 사람들을 초대했어. 내가 그곳에 도착해서 대대에 배속되었을 때, 마을 사람 모두가 만나기만 하면 중령의 둘째 딸이 곧 페테르부르크에서 돌아온다고 떠들어대더군. 굉장히 아름다운 아가씨로, 수도의 어느 귀족 여학교를 졸업하고 오는 거라고 했지. 이 둘째 딸이 카체리나 이바노브나였는데, 후처에게서 태어났지. 그 후처는 이미 죽었지만 어느 유명한 장군의 딸이었다고 들었어. 믿을 만한 사람한테 들은 바로는 중령과 결혼할 때 지참금은 전혀 가져오지 않았고, 명문가 출신이라는 것 외에는 아무것도 없었다고 하더군. 후에 유산을 상속받을 수도 있지만 시집을 올 때는 아무것도 가진 것이 없었다고 해. 그런데 그 여학교 출신의 아가씨가 돌아오자—실제로는 완전히 돌아온 것이 아니라 그저 잠깐 다니러 온 것뿐이지만—온 마을이 시끄러워져서 마치 죽음에서 부활한 것 같았어. 그 고장의 유명한 귀부인들—고작 장군 부인 둘에 대령 부인 하나였지만—을 비롯해서 모든 사교계 사람들이 이 아가씨에게 엄청난 관심을 가지고 떠받들었지. 무도회나 야유회가 열릴 때마다 아가씨를 환영한다는 의미로 여왕처럼 받들고, 가련한 여자 가정교사를 돕는다는 핑계를 만들어서 그녀를 연극 무대에 초대하는 등 요란법석이었지.

그 무렵 나는 그런 건 신경도 안 썼고 그저 방탕하게 지내면서 마을이 들썩일 정도로 큰 소동을 벌였어. 그래서 포병 대대장 집에서 모임이 있을 때 이 아가씨가 나를 무슨 감정이라도 하듯 유심히 쳐다본 적이 있었지. 나는 관심 없는 척하면서 그녀를 거들떠도 보지 않았고 다가가지도 않았어. 얼마 뒤, 어떤 파티에서 내가 아가씨에게 다가가서 슬며시 말을 걸었더니 입술을 깨물고 나를 쳐다보지도 않은 채 여간 무시하는 게 아니더군. 그래서 나는 '그래, 어디 한번 두고 봐라!' 하고 결심했어.

그때의 나는 누구도 말리지 못하는 망나니였고, 내가 그렇다는 건 나도 잘 알고 있었지. 하지만 여기서 중요한 것은 '카차'라는 이 아가씨가 순진한 여학교 출신이라는 것이 아니고 뚜렷한 개성과 자존심을 가진, 그래서 지성과 교양을 겸비한 여성인데 반해 나는 그런 것을 하나도 갖추지 못했다는 걸 나 스스로 절감한 거야. 내가 그 아가씨에게 청혼할 생각을 했을 것 같아? 전혀, 어림없는 소리지. 내가 두고 보자고 한 것은 나처럼 훌륭한 남자를 알아주지 않는 것에 대한 복수심이었지. 그렇지만 한동안은 여전히 술과 유흥을 즐겼고 결국 중령이 사흘 동안 나를 영창에 가두었어.

그 무렵 아버지가 6000루블을 보내주었어. 내가 정식으로 권리 포기증을 쓰겠다고, 앞으로 단 한 푼도 요구하지 않을 테니 모든 것을 청산하자고 했기 때문이야. 그때 나는 정말 아무것도 몰랐어. 알료샤, 알겠어? 난 이곳에 올 때까지도, 바로 며칠 전까지만 해도, 아니 오늘까지도 아버지와의 금전 관계에 대해서는 아는 게 없었다. 하지만 그런 문제는 상관없으니 나중에 다시 얘기하자.

그 6000루블을 받은 뒤, 나는 한 친구가 보낸 편지에서 아주 흥미로운 사실을 우연히 알았어. 우리 대대장인 중령이 공금을 횡령한 혐의로 상부의 감찰을 받는다는 거였지. 반대파 사람들이 중령을 해치려고 꾸민 계획이었는데, 사단장이 직접 검열까지 나와서 그를 심하게 압박했고 결국 제대 명령이 떨어졌어. 아주 당연한 얘기지만 그에게 적이 있었던 거지. 그런 일이 있고 난 뒤 중령과 그의 가족을 대하는 마을 사람들의 태도가 차갑게 변했고, 썰물이 빠져나간 것처럼 아무도 가까이하려고 하지 않았어.

바로 이때 나는 움직였지. 나는 친하게 지내던 아가피야에게 이런 말을 했어.

'아버님이 관리하던 공금 4500루블이 없어졌다고 하던데 사실인가요?'

'무슨 말씀인가요? 지난번에 장군님이 오셨을 때 전부 그대로였는데……'

'그때는 그랬지만 지금은 그렇지 않다는 말이지요.'

내 얘기를 들은 아가피야는 깜짝 놀랐어.

'사람을 놀라게 하시는군요. 누구에게 그런 얘기를 들었나요?'

'걱정 마세요! 아직 아무도 모르니 나만 입을 다물면 아무 일 없을 거예요. 당신도 알다시피 나는 이런 문제에 대해서는 입이 무거워요. 하지만 만일 상황이 나빠지면 군법 회의에 회부될 겁니다. 당신 아버지가 4500루블을 갚지 못하면 그 나이에 병졸로 강등될 수밖에 없다는 말이지요. 그러니 여학교를 졸업한 동생을 몰래 나에게 보내세요. 집에서 부쳐준 돈이 있어서 4000루블가량은 빌려줄 수 있어요. 신께 맹세하는데 비밀을 지켜드릴게요.'

'아, 당신은 정말 야비하군요!—정말 이렇게 말했어—야비하고 추잡한 악당이에요! 감히 어떻게 그런 말을!'

그녀는 엄청나게 화를 내며 가버렸어. 나는 짓궂게 그 뒤를 쫓아가서 비밀은 지켜준다고 다시 한번 외쳤지. 미리 말해두면 아가피야와 그 이모는 이 문제에 대해서는 천사처럼 순수했어. 그 두 여자는 자존심 강한 카차를 진심을 다해 사랑해서 하녀처럼 자신을 낮추면서까지 아끼고 보살폈는데, 아가피야는 우리가 나눈 이야기를 곧 동생에게 말했어. 나중에서야 나는 이런 사정을 알았는데 아가피야는 숨김없이 다 말했던 것 같아. 내가 노린 게 바로 그 점이었다는 건 말 안 해도 알겠지.

그런데 갑자기 신임 대대장인 소령이 부임해서 인수인계가 시작됐어. 늙은 중령은 갑자기 쓰러져서 꼼짝도 못했기 때문에 이틀을 집에서 나오지도 않고 공금을 인계할 생각도 하지 않았지. 군의관인 크라프첸코까지 분명히 병에 걸렸다고 증언했어. 하지만 나는 그전부터 모든 걸 다 알고 있었지. 사령관의 검열이 끝나면 그 돈은 4년에 걸쳐서 계속 얼마씩 사라졌지. 중령이 믿을 만한 상인에게 이 돈을 빌려주고 이자를 받았던 거지. 상인은 우리 고장에 사는 트리포노프라는 홀아비 노인이었어. 금테 안경을 쓰고 수염이 난 이 노인은 중령이 빌려준 돈으로 장날에 장사를 하고 돌아와서 돈을 꼭 돌려주었는데 그 돈에는 물론 이자와 선물이 붙었지.

그런데 이번에는 이 상인이 장사가 끝났는데도 돈을 돌려주지 않았던 거야. 이건 트리포노프의 상속인인 망나니 아들에게서 우연히 들어서 알게 되었지. 아무튼 그래서 중령이 부리나케 달려가니까 돌아온 대답은 '당신에게서 받은 게 아무것도 없고, 받을 이유도 없습니다'였지. 닭 잡아먹고 오리발 내민다는 말이 딱 어울릴 거야. 그래서 중령은 드러눕게 된 거지. 어느 날, 여자 3명이 얼음찜질을 한다고 요란을 떨었는데 갑자기 연락병이 장부와 명령서를 가지고 들이닥쳤던 거야. 명령서에는 '귀관은 2시간 안에 반드시 공금을 반납할 것'이라고 쓰여 있었어. 그는 서명을 하고―나도 장부에 서명한 것을 나중에 봤어―군복을 입으려고 자기 방으로 가서, 2연발 엽총에 화약을 채우고 군용 총알을 채운 뒤, 오른쪽 장화를 벗고 가슴에 총구를 댄 채 방아쇠를 발가락으로 더듬거렸어. 그런데 때마침, 내가 말한 대로 아버지를 유심히 살피던 아가피야가 아버지의 침실에 갔다가 절묘하게 그걸 본 거야. 그녀는 재빨리 달려들어서 아버지를 뒤에서 힘껏 껴안았어. 천장을 향해서 총이 발사되었기 때문에 아무도 다치지 않았지만, 곧 사람들이 와서 중령에게서 총을 빼앗고 움직이지 못하게 하려고 두 손을 묶으려 하는 등 크게 소동을 벌였지. 하지만 이건 나중에 전부 알게 된 일이고, 나는 그때 집에서 외출 준비 중이었어. 해질 무렵이어서 옷을 갈아입고, 머리를 빗고, 목도리를 두른 뒤, 코트를 들고 집을 막 나서려는데 갑자기 문이 열리고 내 앞에 카체리나가 나타난 거야!

　세상에는 이상한 일도 있는 법이잖아. 내 집으로 그 아가씨가 들어오는 걸 이상하게도 아무도 못 보았어. 그래서 마을에서는 이 일을 아무도 몰랐지. 나는 미망인 둘이 운영하는 집에서 하숙을 했는데 둘 다 늙은 노파라서 내게 잘 대해주었어. 이 점잖은 할머니들은 내 말이라면 무엇이든 다 들어주기 때문에 이 일에 대해서도 내가 한 부탁을 지키기 위해서 입을 꾹 다물었어. 물론 나는 카체리나가 왜 찾아왔는지 단박에 알 수 있었어. 방 안에 들어서자마자 나를 똑바로 바라보았는데 그 까만 눈동자에는 대담하고 결연한 기운이 서려 있었어. 하지만 입술과 입가에는 망설이는 기색이 역력했지.

'내가 스스로 당신을 찾아오면 4500루블을 주실 거라고 언니한테 들었어요. 그래서 왔어요. 돈을 주세요!'

힘들었는지 간신히 그렇게 말하고 목이 메어 입을 다물었는데 겁을 먹은 것처럼 입술 부근이 희미하게 떨렸어. 알료샤, 듣고 있니, 아니면 잠이 든 거니?"

"미차, 형이 지금 진실을 말한다는 건 알고 있어요."

알료샤는 흥분한 어조로 말했다.

"그럼, 진실이지. 진실을 말해야 한다면 있는 그대로 말해야 하니까 나를 감싸는 말은 하지 않겠다. 그런데 역시 카라마조프다운 생각이 머릿속에 떠올랐어. 알료샤, 난 예전에 지네에게 물려서 보름간 열이 나고 앓았었는데, 그때도 그 지네가 갑자기 내 심장을 물어뜯는 것 같은 느낌이 들었어. 알료샤, 넌 무시무시한 독충인 지네를 알아? 이제 내가 그 아가씨를 전부 훑어볼 차례였지. 너도 그 여자를 보았겠지만 정말 미인이야. 그렇지만 그때 그 여자가 가진 아름다움은 지금과는 달랐어. 그때 그토록 그녀가 아름다워 보였던 이유는 바로 이런 거였다.

그 아가씨는 지극히 고귀한 존재인데 나는 비열한 남자였어. 그 아가씨는 아버지를 위해서 자신을 희생하려는 너그러운 정신을 가지고 있는데, 나는 빈대나 다름없었지. 그런데 그 순간, 그 여자의 '모든 것'이, 정신과 육체, 이 모든 것이 비열한 빈대의 손아귀에 들어 있었어. 그녀의 몸매가 분명하게 눈에 보였어. 너에게는 전부 말하마. 그 비열하고 독충 같은 생각이 내 심장을 아프고 괴롭게 해서 심장이 금방이라도 터질 것 같았어. 갈등이나 동정심 같은 건 내던지고 빈대나 독거미가 된 것처럼 잔인하게 깨물어버리면 모든 게 끝난다는 생각에 숨이 콱 막히는 기분이 들었어. 그렇지만 나는 이 일을 공정하게 처리하고 비밀을 지키기 위해 그다음 날 청혼하러 가면 되었어. 나는 추악한 욕정에 사로잡혔지만 바탕은 성실한 사람이었으니까 말이야.

바로 그때, 누군가 내 귀에 갑자기 이렇게 속삭였어.

'네가 내일 청혼을 하러 간다고 해도 저런 여자는 분명히 나타나지도 않고 하인을 시켜서 너를 내쫓아버릴 거야. 소문을 얼마든지 내거라, 너 같은 걸 누가 겁낼 줄 아느냐' 하는 식으로 말이야.

나는 슬며시 아가씨를 바라보았어.

'마음은 거짓말을 하지 않는다. 분명히 그렇게 할 테지. 멱살이나 잡혀서 내쫓길 게 뻔해.'

눈앞의 얼굴을 보자니 그런 생각이 문득 떠오르더군. 그러자 마음속에서 독기에 가득찬 복수심이 끓어올라서 짐승보다 못한 장사꾼처럼 야비하게 장난치고 싶다는 생각이 치밀어올랐어. 나는 코웃음을 치면서 아가씨가 눈앞에 서 있는 동안 장사치 같은 말투로 아가씨를 가지고 놀고 싶은 충동이 솟아올랐어.

'4000루블요? 난 농담을 한 건데 그걸 그대로 믿었군요? 아가씨, 짐작을 잘못한 것 같은데, 단지 100루블이나 200루블이면 모르겠지만 4000루블 같은 거금을 이런 일에 내놓을 줄로 아셨다면 단단히 잘못 생각하신거요. 헛걸음하신 거라구요!'

이렇게 말하면 나는 당연히 모든 것을 잃고 말겠지. 아가씨는 분명히 도망칠 테니까. 하지만 그 대신 나는 속이 시원하게 복수를 할 수 있고, 내가 당한 모욕감에서 시원하게 벗어날 수 있지. 어찌 되었든 나는 평생을 가슴을 치며 후회한다 해도 그 순간에는 이 말을 하고 싶어서 참을 수가 없었어! 믿지 않겠지만 나는 상대가 어떤 여자라도 증오하는 눈빛으로 바라본 적이 없었는데, 그때는 그 여자를 3초, 아니 한 5초 정도 증오의 눈빛으로 쏘아보았어. 맹세할 수 있다.

그렇지만 증오는 사랑, 그 미칠 듯한 사랑과 실오라기 하나 정도의 차이잖니! 나는 창문에 다가가서 언 유리창에 이마를 붙였어. 그때 불덩어리 같던 이마가 지금도 기억나는구나. 그렇지만 오랫동안 아가씨를 데리고 있었던 것은 아니니까 걱정할 건 없다. 나는 이내 몸을 돌려서 책상으로 다가가 5부 이자가 딸린 액면가 5000루블짜리 무기명 채권을 꺼내들었지. 프랑스어 사전 안에 넣어두었거든. 그리고 조용히 채권을 아가씨에게 보여준 뒤 반으로 접어서 주고, 현관문을 직접 열어서 한 걸음 뒤로 물러나서 지극히 정중하게 허리를 굽혔어. 진짜로 그렇게 했어!

아가씨는 멈칫하더니 백지장처럼 하얗게 질려서 나를 뚫어져라 바라보더군. 그리고 조용히, 발작이 아니라 아주 조용하고 부드럽게 갑자기 허리를 깊숙이 숙이더니 그대로 내 발 앞에 무릎을 꿇고 이마가 바닥에 닿을 정도로 절을 했어. 여학생이 하는 절이 아니라 순러시아식 절 말이야! 그러고는 재빨리 일어나서 뛰어나갔어.

아가씨가 방을 나간 뒤, 나는 허리에 찬 군도(軍刀)를 뽑아들었어. 당장 자살을 하려고 했는데 내가 왜 그랬는지는 나도 모르겠어. 물론 그것은 어리석은 짓이었지만 어쨌든 나는 무척 기뻤어. 너는 사람이 감격하면 자살까지 할 수 있다는 걸 이해할 수 있니? 하지만 나는 자살하지 않았지. 그냥 칼날에 입을 맞추고 군도를 다시 칼집에 넣었어. 이런 얘기까지 너에게 할 필요는 없었는데 말이야. 내 마음속의 갈등을 이야기하면서 스스로를 미화시킨 대목도 있었으니 말이야. 그렇지만 뭐 어떠냐? 인간의 마음속에 있는 이런 사악한 무리들은 귀신이 전부 잡아가야 해! 지금까지 얘기한 것들이 나와 카체리나 사이에 있던 '사건'의 전부야. 이제 이 사실을 아는 사람은 이반과 너, 두 사람밖에 없어!"

갑자기 드미트리는 일어나서 흥분한 것처럼 두어 걸음을 걸었다. 그리고 손수건으로 이마의 땀을 닦은 뒤, 지금까지 앉았던 곳이 아니라 그 맞은편 벽 쪽에 있는 벤치에 다시 앉았다. 그 때문에 알료샤는 방향을 반대로 돌려서 앉아야 했다.

5. 뜨거운 마음의 고백, 나락으로 떨어지다

"이제 사건의 전반부를 알게 됐네요."

알료샤가 말했다.

"너도 이제 전반부는 알게 된 거네. 이건 하나의 드라마고 무대는 저쪽이었지. 그리고 후반부는 비극이고, 그 무대는 바로 여기야."

"하지만 그 후반부에 대해 나는 아는 게 아무것도 없어요."

"나는 어떨 것 같니? 나는 알고 있단 말이냐?"

"잠깐, 드미트리 형, 여기서 짚고 넘어갈 게 하나 있어요. 대답해 줘요. 형님은 정말 약혼한 건가요? 지금도 약혼 중인 게 맞나요?"

"그 일이 있고 난 직후 약혼한 게 아니라 석 달 뒤에 약혼했어. 그 일이 있은 다음 날, 사건은 깔끔하게 마무리되었고 더는 뒷이야기가 없을 거라고 확신했지. 나는 청혼을 하러 가는 건 저열한 짓이라고 생각했어. 그녀도 한 달 반이 넘게 그 도시에 살았지만 나에 대해서 어떤 말도 하지 않았지.

그런데 이런 일이 있었어. 그 여자가 나를 찾아왔던 그다음 날, 중령네 하녀가 아무도 모르게 나를 찾아와서 별다른 말없이 봉투를 주고 갔어. 겉봉투에는 누구에게 보낸다고 되어 있고 주소도 써 있었어. 열어보니 전날 가져간 5000루블짜리 채권의 거스름돈이 있었어. 그녀가 4500루블을 필요로 했으나 수수료로 200 몇 십 루블을 쓴 것인지 내게 돌아온 거스름돈은 아마 260루블쯤 되었을 거야. 기억이 확실하진 않지만 그 정도 금액이었지. 봉투에 들어 있는 거라곤 돈뿐이었고 편지나 설명도 없었어. 난 혹시 연필 흔적이라도 있을까 해서 봉투를 전부 뒤졌지만 끝내 아무것도 없었어. 그래서 그 돈으로 술 마시고 여자와 실컷 놀아버렸지. 그랬더니 신임 대대장인 소령도 결국 나에게 견책 처분을 내렸어.

그리고 중령이 공금을 모두 내자 모두 깜짝 놀랐어. 중령에게 그 돈이 전부 남아 있을 거라고는 아무도 예상하지 못했으니까. 그런데 그는 돈을 고스란히 반납했지만 곧 병에 걸려서 20일쯤 앓다가 뇌출혈로 닷새 만에 죽었어. 정식 제대 신고도 하기 전의 일이라서 장례식은 부대장(部隊葬)으로 치러졌는데 카체리나는 이모와 언니와 함께 장례식이 끝나고 닷새 뒤에 모스크바로 떠났지. 그녀가 떠나기 직전에, 그러니까 출발하는 날에 작은 하늘색 봉투를 받았는데, 나는 그때까지 그들과 만난 적도 없었고 또 배웅할 생각도 안 하고 있었어. 그런데 봉투 안에는 얇은 종이가 있었고 '편지를 쓸 테니 기다려주세요. K'라고 연필로 단 한 줄이

씌어 있었어. 그게 전부였지.

그다음 일어난 일은 간단히 설명할게.《아라비안나이트》에 나오는 이야기처럼 모스크바에서 그녀들의 생활은 갑자기 꿈처럼 변했어. 그녀의 힘 있는 친척인 장군 부인이 가장 가까운 상속인인 두 조카딸을 한 번에 모두 잃어버린 거야. 천연두에 걸려서 일주일 동안 차례로 죽었다고 하더군. 그 일로 부인은 크게 상심했는데 마침 카체리나가 돌아오자 구세주를 만난 것처럼, 친딸을 만난 것처럼 반가워하며 유언장을 카차에게 유리하게 고쳐 쓰도록 했어. 이건 나중의 일이고 우선은 유언장에 적힌 유산 상속액과는 별도로 결혼 지참금으로 8만 루블을 주고 마음대로 쓰라고 했어. 내가 나중에 모스크바에 가서 만나보니 그 장군 부인은 히스테리가 심한 여자더군.

여하튼 나는 갑자기 4500루블을 받고 뭐에 홀린 기분이 들었어. 나는 사정을 전혀 알지 못했으니까. 그리고 사흘 뒤에 약속대로 편지가 왔어. 지금도 그 편지는 보관하고 있지만 내가 죽을 때도 관에 함께 가지고 갈 거야. 어때, 보고 싶니? 꼭 읽어봐. 청혼하는 편지야. 그녀가 내게 먼저 청혼을 하다니!

당신을 죽도록 사랑해요. 당신이 저를 사랑하지 않아도 괜찮아요. 제 남편이 되어주신다면 저는 더 바랄 게 없어요. 당신이 어떤 행동을 해도 속박하지 않을 테니 겁내지 마세요. 당신의 가구(家具)가 되고 싶어요. 당신이 밟을 양탄자가 되겠어요! 당신을 영원히 사랑할게요. 또 당신을 당신으로부터 구해드릴게요.

아, 알료샤, 나의 이 남루하고 저열한 언어로는 그 편지를 그대로 옮길 수가 없구나! 이 천박한 말투를 고치기 힘드니까. 그 편지는 지금도 내 마음에 비수처럼 박혀 있어. 그러니 내가 지금 마음이 어떻게 편하겠니? 너는 내 마음이 지금 편할 거라고 생각해? 나는 당장 답장을 보냈어. 그때 나는 모스크바로 바로 달려갈 수 없었거든. 나는 줄곧 눈물을 흘리며 편지를 썼지. 나는 한 가지 일이 창피하다고. 당신은 많은 지참금이 있는 부자 아가씨이지만 나는 가난뱅이 장교에 불과하다는 돈 이야기를 쓴 거야! 그런 얘기는 안 해도 되는데 그런 얘기를 써버리고 만 거야. 그래서 모스크바의 이반에게 여섯 장이나 편지를 써서 상황을 설명하고 카차를 찾아가달라고 부탁했어.

그런데 알료샤, 왜 내 얼굴을 빤히 보는 거야? 그래서 이반은 그녀에게 반하고 말았지. 지금도 반해 있고. 나는 그걸 알아. 너처럼 보통 사람들에게는 내가 아주 멍청한 짓을 한 것처럼 보이겠지만, 이제 지금은 그 멍청함이 우리 모두를 구할 수 있을 거야! 너는 그녀가 이반을 얼마나 존경하는지, 얼마나 우러러 보는지 모르는 거냐? 누구든 이반과 나를 비교해보면 절대 나를 사랑하지 않을 테니까. 게다가 내가 여기에 온 뒤, 불미스러운 일까지 있었으니"

"하지만 그 여자가 사랑하는 사람은 형님이지 이반 형은 아닐 거예요."

"그녀는 날 사랑하는 게 아니라 자기 선행을 사랑하는 거야."

드미트리가 갑자기 내뱉은 말에는 증오가 느껴질 정도였다. 그는 곧 소리 내어 웃었지만 그 뒤, 그의 눈은 갑자기 이상하게 빛났다. 그는 얼굴이 붉어지며 주먹으로 탁자를 내리쳤다.

"알료샤, 이건 진실이야!"

그는 자신에 대해 지나치게 진지해져서 분노에 휩싸여 외쳤다.

"네가 믿든 믿지 않든 나는 거룩하신 하느님의 이름으로, 주 예수 그리스도의 이름으로 진실을 말한 것뿐이야. 나는 카차의 고결한 마음을 조롱했지만 실은 내가 카차보다 수백만 배는 하찮은 사람이라는 걸 잘 알아! 카차의 훌륭한 마음은 천사처럼 성실하지. 그런데 비극은 내가 이걸 분명히 깨닫고 있는 데 있어. 내가 연설하는 것처럼 얘기해도 괜찮겠지? 내 말투가 연설조 같아서 말이야. 하지만 나는 지금 진지해. 매우 진지해!

이반이 얼마나 저주스럽게 나를 보는지 나는 잘 알아! 그런 지성을 가진 남자라면 당연하지. 그렇지만 실제로 선택된 사람이 누구지? 바로 이 쓰레기 같은 인간, 이미 약혼했으면서도 모두 앞에서 더러운 짓을 하는 인간이 선택된 거잖니? 약혼녀가 보는데도 짐승 같은 짓을 저지르는 바로 이놈 말이다. 그럼에도 불구하고 나는 선택받았고 이반은 선택받지 못했지. 왜일 거 같냐? 그건 그녀가 단지 감사하는 마음으로 자신의 인생과 운명을 엉뚱하게 바꾸려고 했기 때문이야! 정말 멍청한 짓이지! 물론 나는 지금까지 이런 얘기를 이반에게 한 번도 한 적이 없고 이반도 내게 이런 이야기는커녕 암시도 주지 않았지만, 결국은 자격 있는 자가 제자리를 찾고 자격 없는 자는 영원히 뒷골목으로 사라지는 것이 세상의 법칙 아니겠어? 더러운 뒷골목, 남자가 좋아하고 남자에게 어울리는 뒷골목 말이야. 그런 진흙탕과 악취 속의 뒷골목에서 쾌락을 즐기다가 스스로 파멸하는 거지. 내가 너무 지루한 얘기만 늘어놓았군. 거짓말 같은 얘기만 늘어놓아서 허풍처럼 들릴지도 모르겠지만, 정말 내가 말한 대로 이루어질 거야. 즉, 나는 뒷골목으로 사라지고 그녀는 이반과 결혼하게 될 거야."

"형님, 잠깐."

알료샤는 굉장히 불안한 얼굴로 다시 말을 막았다.

"아직도 중요한 걸 말하지 않았어요. 형님은 분명히 약혼을 했죠? 두 사람이 약혼한 것은 분명한 사실이잖아요? 그렇다면 상대가 원하지 않는데 한쪽에서 일방적으로 파혼해버릴 수는 없는 거 아닌가요?"

"물론 나는 정식으로 축복받은 약혼자야. 그 뒤 내가 모스크바에 갔을 때 성상 앞에서 제대로 된 약혼식을 엄숙하고 진지하게 치렀으니까. 장군 부인은 우리 둘을 축복해주었지. 그리고 카체리나에게도 축하를 건네더군. '너는 참 좋은 신랑을 얻었구나, 난 이 사람이 좋은 사람이란 걸 한눈에 알 수 있어' 하고 말했지. 그런데 이반은 장군 부인의 마음에 들지 않았던 것 같아. 그래서 이반에게는 축하를 건네지 않았어. 나는 모스크바에서 카체리나와 대화를 많이 나누었어. 나에 대한 전부를 모두 고백했지. 솔직하게 있는 그대로, 점잖게. 카체리나는 내 얘기를 끝까지 경청해주었어.

귀여운 당혹함이 얼굴에 보였네,
그러나 입에는 부드러운 위로가……

맞아, 좀 강하게 말하기도 했어. 그녀는 곧 내게 앞으로는 행동을 고쳤으면 좋겠다고 어려운 약속을 강요했거든. 나는 약속했지. 그런데……."

"그런데요?"

"그런데 나는 이렇게 너를 여기로 데려왔지. 바로 오늘을 잘 기억해라. 오늘 나는 너를 카체리나에게 보낼 거야……."

"왜요?"

"앞으로 내가 절대로 그 집에 가지 않겠다고 전해주렴."

"어떻게 그런 말을?"

"그래서 너를 대신 보내는 거 아니냐? 내가 간다고 해도 어떻게 내가 직접 그런 말을 할 수 있겠어?"

"그럼, 형님은 어디로 갈 건가요?"

"뒷골목이지."

"그루센카 집에?"

알료샤는 손뼉을 치며 슬픈 기색으로 말했다.

"이야기를 들으니 라키친의 말이 사실이었네요? 나는 형님이 그저 두어 번 찾다가 이제는 안 가는 줄 알고 있었는데."

"약혼하고도 그곳에 다녔는지 묻는 거냐? 그게 가능할 수 있다고 생각해? 게다가 카체리나와 같은 약혼녀가 있는데 모두가 보는 앞에서 나도 자존심이 있단 말이다. 내가 그루센카를 만나러 갔다면 그때부터는 누구의 약혼자도 아니고, 자존심도 없는 인간이지. 그건 나도 잘 알아. 그런데 왜 나를 그렇게 바라보는 거냐? 사실 처음에는 그 여자를 한 대 때리려고 갔었어. 아버지의 대리인인 그 이등 대위가 내 어음을 그루센카에게 주고는 나를 고소하라고 시켰다고 해서 간 거야. 나를 겁먹게 만들어 유산 문제에서 물러나게 하려는 속셈이었던 거지. 나중에야 그게 근거 있는 소문이라는 걸 확인했지만, 하여튼 나를 협박하겠다는 게 아니고 뭐냐?

그래서 나는 그루센카를 때리려고 살기를 품은 채 달려갔어. 전에도 몇 번 그 여자를 봤지만 그때는 그냥 지나쳐버리고 말았거든. 나이 든 상인과 산 얘기도 이미 알고 있었지. 요즘엔 병이 들었지만 그루센카에게 돈을 꽤 많이 남겨줄 거 같아. 그녀가 돈을 버는 재미를 알아서 고리대금을 하는 것도, 돈에 대해서는 사정을 봐주지 않는 악질이란 것도 알고 있고. 그래서 한번 손을 봐줘야 할 것 같아서 갔던 거야. 그런데 나는 결국 그 여자 집에 주저앉고 말았어. 벼락을 맞은 것처럼, 페스트에 걸린 것처럼, 그때 갑자기 걸린 병이 아직도 낫질 않았지. 물론 나도 이젠 모든 것이 끝났다는 걸 잘 알아. 되돌리기에는 너무 늦었어. 운명의 바퀴가 휘익 돌아버린 거지.

이것이 내 사건의 자초지종이야. 그런데 그때, 거지나 다름없었던 나에게 3000루블이 갑자기 생긴 거야. 그래서 나는 그루센카를 이곳에서 25km 정도 떨어진 모크로예로 데려갔어. 그곳에서 집시들을 부르고 농부들에게 샴페인을 나눠주었지. 마을 농부들, 아낙네들, 여자아이들 모두를 실컷 먹여주고 수천 루블을 흥청망청 써버렸어. 사흘도 못 되어서 나는 다시 거지가 되었지만 그때 나는 마치 매가 된 것 같았어. 그래서 그 매가 얻은 게 뭐냐고? 전혀, 아무것도 주려고 하지 않았지! 너는 곡선미를 알아? 사기꾼 그루센카의 곡선미는 기가 막혔지. 그 여자의 다리에도, 발등에도, 왼쪽 새끼발가락에도 곡선이 있었어. 새끼발가락의 곡선을 보고 난 그곳에 입을 맞추었어. 그뿐이야. 정말 그것뿐이었어! 그 여자는 ‘당신은 빈털터리예요. 하지만 당신이 원하면 결혼할게요. 무슨 일이 있어도 나를 때리지 않고 내가 무슨 짓을 해도 상관하지 않는다고 맹세하면 결혼할게요’ 하고 크게 웃었어. 지금도 웃고 있어!”

드미트리는 갑자기 흥분하여 자리에서 벌떡 일어났다. 그는 마치 술에 취한 것 같았다. 그의 눈에는 빨간 핏발이 섰다.

“그럼 형님은 정말 그 여자와 결혼할 건가요?”

“그녀가 원하면 당장이라도 할 수 있어. 하지만 원하지 않는다면 그냥 있을 거야. 나는 그 집의 문지기라도 할 테다. 그런데, 알료샤.”

그는 갑자기 멈춰서 알료샤의 어깨를 잡고 흔들어댔다.

“순결한 네가 알 턱이 있겠냐만 이 모든 건 잠꼬대야, 상상도 못할 잠꼬대야. 바로 이것이 가장 큰 비극이야! 하지만 알료샤, 나는 저열하고 헛된 욕망에 빠진 인간이지만, 이 드미트리 카라마조프는 좀도둑이나 날치기나 사기꾼으로 타락하진 않을 거야. 내가 저지른 짓을 보면 그렇게 말할 수도 있겠지만. 나는 지금 역시 좀도둑이자 날치기이자 사기꾼이니까!

그루센카를 때리려고 찾아갔던 그날 아침에 말이야, 카체리나가 나를 부르더니 비밀을 지켜달라고, 지금 현청 소재지에 가서 모스크바의 이복 언니(아가피야)에게 3000루블을 보내달라고 부탁했어. 잘 모르지만 무슨 사정이 있었을 거야. 그렇게 멀리까지 가서 돈을 전달해주라는 건 아마 여기 사람들에게 알리고 싶지 않아서였겠지.

그런데 나는 3000루블을 가지고 그루센카를 먼저 찾아갔고 모크로예로 가버린 거야. 카체리나에게는 나중에 부탁대로 한 것처럼 말했지만 영수증은 보여주지 않았지. 돈은 분명히 보냈는데 영수증은 나중에 보여준다고 어영부영하고서는 아직도 안 보여줬어. 깜빡 잊은, 잠시 잊은 것처럼 말이야. 너는 어떻게 생각하니? 오늘 네가 카체리나를 찾아가서 이렇게 말해봐. '형님이 안부를 전하라고 했어요.' 그러면 그녀는 '돈은 어떻게 됐나요?' 하고 물을 거야. 그러면 이렇게 대답해라. '형은 형편없는 호색한이고 감정을 조절하지 못하는 저열한 인간입니다. 형은 그때 당신의 돈을 전부 써버렸답니다. 야비한 동물이라 자신을 억제하지 못한 거죠'라고 말해. 또 이렇게 덧붙이거라. '하지만 형은 결코 도둑이 아닙니다. 당신의 3000루블이 여기 있습니다. 다시 돌려드린다고 했어요. 그러니 아가피야에게 직접 보내세요. 형이 내게 대신 사과해달라고 했어요'라고 해보렴. 아, 그 여자는 '그럼, 돈은 지금 어디에 있나요?' 하고 물어볼 거야!"

"형님, 형님은 정말 불행하군요. 하지만 형이 생각하는 것처럼 큰 불행은 아닐 거예요. 절망에 지지 마세요. 지면 안 돼요!"

"너는 내가 3000루블을 못 구해서 당장 권총으로 죽을 거라고 생각하니? 문제는 거기에 있어, 나는 자살하지 않아. 언젠가는 할 수도 있지만 지금은 아니야. 이제 그루센카에게 가봐야 해……. 일이 이렇게 된 이상 갈 데까지 가볼 거야!"

"그녀에게 가서 뭘 어떻게 하려고요?"

"그녀의 남편이 될 거야. 그래서 남편 역할을 할 거야. 애인이 찾아오면 다른 방으로 피해줄 거야. 남자 친구들 구두에 묻은 흙도 털고, 사모바르에 물도 끓이고 심부름도 하고……."

"카체리나는 모든 걸 이해할 거예요."

알료샤는 갑자기 엄숙하게 말했다.

"그녀는 형님의 불행을 모두 이해하고 모든 것을 용서할 거예요. 그녀는 뛰어난 지성을 가지고 있으니 이 세상에서 형님보다 불행한 사람이 없다는 것도 알 거예요."

"아니야, 용서해주지 않을 거야."

드미트리는 이를 보이며 웃었다.

"아무리 너그러운 여자라고 해도 도저히 용서할 수 없는 일이라는 게 있어. 그래서 어떻게 하는 게 가장 좋을 것 같니?"

"뭘 말이에요?"

"3000루블을 갚는 문제 말이야."

"돈을 어떻게 구하죠? 아, 이렇게 하면 어떨까요. 내게 2000루블이 있고, 이반 형도 1000루블은 줄 수 있을 테니 이렇게 돈을 갚으면 될 거예요."

"하지만 그 돈을 언제 구하니? 게다가 너는 아직 성인이 아니잖아. 여하튼, 오늘 너는 꼭 카체리나에게 나 대신 작별 인사를 전해 주렴. 돈을 갚든 빈손으로 가든 말이야. 이젠 이 문제를 더는 지체할 수 없어. 사정이 급해졌어. 내일은 너무 늦어, 늦는다고. 그래서 나는 먼저 너를 아버지에게 보내려고 해."

"아버지에게?"

"그래, 카체리나에게 가기 전에 먼저 아버지에게 가서 3000루블을 달라고 말해봐."

"하지만 형님, 아버지는 돈을 주지 않을 거예요."

"물론 주지 않을 거야. 하지만 알렉세이, 넌 절망이 뭔지 아니?"

"알아요."

"그래서 말인데, 아버지는 법적으로 나에게 빚진 게 없어. 내가 찾아서 모두 쓴 것으로 되어 있으니까. 나도 그건 잘 알아. 하지만 도덕적인 면에서 아버지는 내게 빚진 게 있어. 어머니의 돈 2만 8000루블을 종자돈으로 10만 루블 이상을 벌었잖아. 그러니까 그 본전 2만 8000루블에서 3000루블쯤은 나에게 줘도 상관없지 않을까? 3000루블이잖아. 큰아들을 지옥에서 구할 수 있고 자신이 저지른 죄도 함께 용서받을 수 있는 기회! 약속하는데 만약 그 3000루블만 준다면 나는 그걸로 모든 걸 청산하고 아버지에게 더는 나에 대한 말이 들리지 않게 할 거야. 그리고 마지막으로 아버지에게 아버지 역할을 할 수 있는 기회를 주는 거지. 그러니까 아버지에게 가서 하느님이 주시는 기회라고 확실하게 말해라."

"형님, 아버지는 절대 돈을 주지 않을 거예요."

"그렇겠지. 주지 않을 게 분명해. 게다가 지금은 더욱 그럴 테지. 나는 알지. 아버지는 최근, 아니 어제였나, 그루센카가 농담이 아니고 정말 나와 결혼할 수도 있다는 사실을 확실하게―'확실하게'란 말에 주목해라―알게 되었거든. 아버지도 이 암고양이 같은 여자의 성격을 잘 아니까 말이야. 게다가 아버지는 그녀에게 미칠 것처럼 열을 올리고 있는 판에 나한테 돈을 줘서 불에 기름을 끼얹는 짓을 할 리가 없겠지? 그리고 그것보다 더 굉장한 일이 있다. 벌써 4~5일 전부터 아버지가 3000루블을 은행에서 찾아서 100루블 뭉치로 바꾼 다음 큰 봉투에 넣어 봉인을 다섯 군데나 하고 그 위에 빨간 끈을 십자로 묶어서 가지고 있는 걸 알고 있어. 이 정도면 나도 꽤 자세하게 알고 있지 않냐? 봉투 위에는 '나의 천사 같은 그루센카에게, 내게 찾아올 마음이 있다면'이라고 적어놨더군. 하인 스메르자코프 말고는 아버지가 혼자 몰래 글을 쓴 것과 그런 돈이 아버지 방에 감춰져 있다는 걸 아무도 몰라. 그 녀석의 정직함에 대해 아버지는 자신만큼이나 굳게 믿고 있어. 아버지는 벌써 사나흘째 그루센카가 돈을 받으러 오지나 않을까 하고 기다리고 있어. 그루센카에게 그 봉투 이야기를 슬며시 했더니 '갈 수도 있을 것 같다'는 회답이 왔거든. 만약에 그루센카가 아버지를 찾아가면 나는 그녀와 결혼을 못하게 되겠지? 그러니 이제 너도 내가 왜 이런 곳에 진을 쳤는지, 또 무엇을 감시하는지 알겠니, 얘야?"

"그루센카를 지키고 있었군요."

"맞아. 포마라고 이 집 주인인 창녀들에게 세들어 사는 자가 있어. 그는 본디 이 고장 출신으로 예전에 내가 병졸로 근무할 때 알던 사이야. 그는 낮에는 주로 메추리를 사냥하고 밤에는 이 집의 보초를 서며 생계를 꾸려가고 있지. 나는 그의 방에 숨어 있는데 이 친구나 집주인은 아무것도 몰라. 내가 여기서 무엇을 감시하고 있는지 전혀 몰라.”

“스메르자코프 말고는 이 일에 대해 아는 사람이 없는 거네요?”

“맞아. 그는 만일 그루센카가 영감을 찾아오면 내게 알려준다고 했어.”

“스메르자코프가 돈 봉투에 대해서도 알려준 건가요?”

“그래. 하지만 이건 비밀을 꼭 지켜줘. 이반도 돈에 대해서나 그 외의 일에 대해서는 전혀 몰라. 영감은 지금 이반을 3, 4일간 체르마쉬냐에 보내려고 해. 그곳에 있는 영감의 숲을 8000루블쯤에 벌채하겠다는 사람이 나타났거든. 그래서 영감은 이반에게 ‘날 돕는다 생각하고 나 대신 다녀오거라’ 하면서 열심히 설득하고 있어. 이반이 없는 그 2~3일 동안 그루센카를 집으로 데려오려고 수작을 부리는 거지.”

“그렇다면 오늘도 아버지는 그루센카를 기다리고 있나요?”

“그렇지는 않아. 오늘은 아마 오지 않을 테니까. 짐작 가는 데가 있어. 오늘은 오지 않는 게 분명해!”

드미트리는 갑자기 크게 말했다.

“스메르자코프도 나와 생각이 같아. 지금 식당에서 아버지는 이반하고 술을 마시고 있어. 알료샤, 지금 거기로 가서 아버지에게 3000루블을 달라고 부탁하렴.”

“형님, 흥분을 가라앉히세요.”

알료샤는 극도의 흥분 상태인 드미트리를 바라보면서 자리에서 일어나 외쳤다. 갑자기 형이 미쳐버린 것은 아닌지 싶었던 것이다.

"왜 그래? 나 안 미쳤어."

드미트리는 차분하고 조용하게 동생을 바라보며 말했다.

"겁내지 마. 그저 너를 아버지에게 보내려는 거고, 내가 무슨 말을 하고 있는지도 잘 알고 있으니. 나는 단지 기적을 믿을 뿐이야."

"기적요?"

"그래, 하느님의 섭리 말이야. 하느님은 지금 내 마음을 잘 알고 계시고, 절망에 빠져 허우적거리는 나를 다 알고 계시거든. 그러니까 하느님께서 상황이 나빠질 때까지 그냥 바라만 보실 리는 없잖아? 알료샤, 나는 기적을 믿는다. 이제 어서 다녀오렴!"

"그럼 다녀올게요. 형님은 여기서 기다릴 건가요?"

"그럼, 기다려야지. 이야기를 나누다 보면 시간이 좀 걸릴 거야. 들어가자마자 돈 얘기부터 할 수는 없을 테니까, 게다가 아버지는 지금 술에 취해 있을 거고. 기다릴게, 3시간이든, 4시간이든, 5시간이든, 아니 6시간, 7시간이라도 기다릴게! 하지만 이것만은 기억해두거라. 어떤 일이 있더라도 오늘 내에, 자정이라도 괜찮으니 카체리나에게 꼭 가야 해. 돈을 가지고 가든 빈손으로 가든 그녀에게 가야 한다. 그리고 '당신에게 작별 인사를 전하라고 했어요' 하고 말해야 한다. 네가 분명히 '형님이 당신에게 작별 인사를 전하라고 했어요'라고 해야 해."

"하지만 형님, 그루센카 씨가 오늘 갑자기 나타나면 어떻게 해야 할까요? 오늘이 아니더라도 내일이나 모레 사이에 갑자기 여기 나타날 수도 있잖아요."

"그녀가? 그렇다면 훼방을 놓을 거야."

"그렇지만 만일……."

"만약 그렇다면 그냥 죽여야지. 내가 그 꼴을 보고 참을 수 있을 것 같냐?"

"누구를 죽인다는 거예요?"

"영감 말이야. 여자는 죽이지 않을 거야."

"형님, 무슨 말을 그렇게!"

"어떻게 될지는 나도 잘 모르겠다. 죽일 수도 있고, 안 죽일 수도 있겠지. 내가 두려워하는 건 바로 그때, 아버지가 갑자기 구역질나게 보일 것 같다는 거야. 툭 튀어나온 울대, 코, 눈, 수치를 못 느끼는 웃음을 보게 되면 구역질을 못 참을 것 같아. 인간적인 혐오를 느끼게 될 거야. 나는 그게 무서워. 그건 도무지 참을 수가 없을 거야."

"어쨌든 다녀올게요, 형님. 하느님께서 그런 일이 일어나지 않도록 잘 보살펴주실 거예요."

"나는 이곳에 앉아서 기적이 일어나길 기다리고 있을게. 그러나 기적이 일어나지 않으면 그때는……."

알료샤는 슬픈 표정으로 아버지의 집으로 향했다.

6. 스메르자코프

알료샤가 집에 들어가자마자 마주친 것은 식탁에 앉아 있는 그의 아버지였다. 집에는 식당이 따로 있었지만 응접실에 식탁을 놓고 음식을 차렸다. 응접실은 이 집에서 가장 큰 공간이었고, 언뜻 보면 고가구로 꾸며져 있는 것처럼 보였다. 매우 낡은 흰색의 가구에는 붉은 비단을 씌워놓았고, 창문 사이의 벽에 걸려 있는 거울도 흰색과 금박으로 테두리를 장식하고 구식 조각들이 새겨져 있었다. 하얀 벽에는 여러 군데 벽지가 찢어져 있었는데 초상화 두 점이 눈길을 끌었다. 초상화 중 하나는 30년 전 이 지방 출신이었던 장군으로 현지사(縣知事)를 지낸 어떤 공작을 그린 것이었고, 또 하나는 오래전에 죽은 대주교의 초상화였다.

방문의 맞은편 구석에는 성상화가 몇 개 있었고, 날이 어두워지면 등불을 켰는데 신앙심 때문에 그러는 것이 아니라 단지 방을 밝히기 위해서였다. 표도르는 새벽 3~4시에 잠자리에 들었는데 잠들기 전까지 방 안을 서성이거나 안락의자에 앉아서 사색하는 것이 습관이었다. 하인들이 바깥채로 나가면 가끔 혼자 안채에서 잘 때도 있었지만, 대개는 스메르자코프가 그와 함께 방에 있었다. 스메르자코프는 현관에 놓인 큰 궤짝 위에서 잠을 잤다.

알료샤가 갔을 때는 저녁 식사가 끝났고 커피와 잼이 차려져 있었다. 표도르는 식사를 마친 뒤에 코냑을 마시면서 안주로 단 것을 먹는 것을 즐겼다. 이반도 식탁에서 커피를 마시는 중이었다. 그리고리와 스메르자코프가 시중을 들었는데 주인들과 하인들 모두 전과 다르게 활기차 보였다. 표도르는 큰 소리로 웃으며 농담을 하고 있었다. 알료샤는 현관에서 귀에 익숙한 그 쇳소리 같은 웃음소리를 들었고, 아버지가 약간 취했을 뿐 만취 상태는 아니라는 것을 알 수 있었다.

"왔구나! 기다리는 중이었다."

표도르는 알료샤를 보고 웃으며 외쳤다.

"자, 이리 와서 같이 커피라도 들자꾸나. 우유는 안 넣으니까 괜찮을 거야. 따뜻한 게 아주 맛있다. 넌 수도 중이니 코냑은 권하지 않으마. 그렇지만 조금 맛보겠니? 아니다, 너에게는 리큐어가 낫겠어. 아주 괜찮은 리큐어가 있지. 스메르자코프, 찬장에 가서 가져오거라. 두 번째 선반의 오른쪽에 있다. 열쇠를 줄 테니 어서 빨리 가져와!"

알료샤는 리큐어를 거절하려고 했다.

"괜찮다, 네가 마시지 않으면 우리가 마시면 되니까. 그런데 너 저녁은 먹은 거냐?"

표도르는 활짝 웃으며 말했다.

"네, 먹었어요."

알료샤는 이렇게 대답했지만 사실은 수도원장의 주방에서 빵 한 조각과 크바스 한 잔을 마신 게 전부였다.

"하지만 따뜻한 커피는 마시고 싶어요."

"그래, 좋은 생각이다! 커피라도 마시겠다니 다행이구나. 어디 보자, 안 데워도 될까? 아직 끓는 중이군. 이건 참 고급 커피야. 스메르자코프 커피라고 부르지. 커피와 파이는 스메르자코프 솜씨가 최고지. 그리고 생선 수프도. 진짜란다. 너도 언제 와서 생선 수프를 먹어봐야 해. 하지만 미리 기별은 주고 와야 해. 그런데 오전에 내가 이불과 베개를 전부 가지고 오라고 했었는데 가지고 온 거냐? 하하하⋯⋯."

"아니에요. 안 가져왔어요."

알료샤도 웃으며 대답했다.

"아깐 놀랐지? 놀랐을 거다. 알료샤, 내가 어떻게 너를 모욕할 수 있겠니? 그런데 이반, 얘가 내 눈을 바라보며 웃으면 도저히 그냥 앉아 있을 수가 없어. 속에서 웃음이 터져 나와서 정말 못 참겠어! 귀여운 녀석! 알료샤, 너에게 아비로서 축복을 내리마."

알료샤가 일어섰지만 표도르는 금세 마음이 변했다.

"아니야, 됐어, 지금은 그냥 성호를 긋기로 하자. 자, 그냥 앉아라. 그런데 네게 할 말이 있어. 네가 들으면 딱 좋아할 얘기야. 맘

껏 웃어보렴. 다름이 아니라 우리 발람의 나귀*가 갑자기 입을
열었다! 더구나 말도 얼마나 잘하는지!”

발람의 나귀란 스메르자코프를 칭하는 것이었다. 그는 스물네
댓 살이었지만 사교성은 전혀 없었고 입이 워낙 무거웠다. 본디
내성적이거나 수줍음 때문이 아니라 오히려 그와 반대로 오만한
성격 때문이었으며 사람을 멸시하는 성격이었다. 스메르자코프
에 대해 여기에서 설명해두고 넘어가겠다. 스메르자코프는 마르
파와 그리고리 부부가 키웠지만, 그리고리의 말대로 ‘은혜는 전
혀 모르고’ 사람을 싫어했으며 구석진 곳에서 혼자 숨어서 세상
을 엿보는 소년으로 자랐다. 어린 시절에는 고양이의 목을 졸라
서 죽인 뒤에 장례식 놀이를 즐겼다. 그는 침대 시트를 상복으로
걸치고 향로와 비슷한 것을 골라서 고양이 시체 위에서 휘두르며
노래를 불렀다. 이런 짓을 할 때는 아무도 모르게 혼자 숨어서 했
는데 그리고리에게 한번 들켜서 채찍으로 호되게 혼난 적도 있었
다. 그는 그리고리에게 혼난 뒤에 방에서 나오지 않고 일주일 정
도 눈을 흘겼다.

“저 녀석은 우리를 안 좋아해, 저 괴물 녀석 말이야.”
그리고리가 마르파에게 말했다.
“세상 사람을 전부 미워하는 게 틀림없어. 너도 사람이 맞냐?”
이번에는 직접 스메르자코프에게 말했다.
“너는 사람의 자식이 아니야, 목욕탕 수증기 속에서 잘못 만들

---

* 구약성서의 〈민수기〉 22장에 나오는 내용으로, 발람의 불행을 사람의 말로
미리 알려주었다는 당나귀이다.

어진…… 그런 애야."

　나중에 밝혀졌지만 스메르자코프는 그리고리가 한 말을 잊지 않고 있었다. 그리고리는 그에게 글을 가르쳤고 열두 살 무렵부터 성경도 가르치려고 했지만 실패하고 말았다. 두 번째인지 세 번째 공부를 하던 중에 소년이 갑자기 히죽거렸던 것이다.

　"왜 웃는 거냐?"

　그리고리는 안경 너머로 그를 노려보며 물었다.

　"아무것도 아니에요. 하느님은 첫째 날에 세상을 만드시고, 넷째 날에야 해와 달과 별을 만드셨다고 하는데, 그렇다면 도대체 첫째 날에는 어디에서 빛이 비춘 걸까 해서요."

　그리고리는 어이가 없어 말문이 막혔다. 소년은 선생을 비웃으며 바라보았고 눈길에는 오만함이 담겨 있었다. 그리고리는 더 이상 참지 못하고 별안간 "바로 여기서다"라고 외치며 소년의 뺨을 때렸다. 소년은 말없이 뺨을 맞았지만 다시 며칠간 방에 처박혔다. 그러고 나서 일주일 뒤, 간질병이 처음 그에게 나타났는데 평생 그 병이 그를 따라다니게 되었다.

　표도르는 이 소식을 전해 듣고 소년을 완전히 다르게 대했다. 표도르는 그전까지 소년에게 욕을 한 적도 없고 만날 때마다 1코페이카 동전을 주기도 하고, 기분이 좋으면 식탁 위의 사탕을 보내주기도 했지만 대부분은 소년에게 관심이 없었다. 그러던 표도르가 소년에게 간질병이 생겼다는 소식을 듣자마자 갑자기 부모라도 된 것처럼 의사까지 불러서 치료를 받게 했다. 하지만 완치가 될 수 없는 병이었다. 발작은 보통 한 달에 한 번 정도 일어났지만 불규칙하게 발생했다. 발작의 강도도 불규칙해서 가볍게 일어날 때도 있었고, 몹시 심하게 일어날 때도 있었다. 표도르는 그리고리에게 아이를 절대로 때리지 말라고 엄하게 일렀고, 소년에게 안채의 자기 방에 드나들 수 있도록 허락했다. 그리고 공부를 하는 것도 당분간 중단시켰다.

소년이 열다섯 살이 되던 어느 날, 표도르는 그가 책장 앞을 오가며 유리창을 통해 책들의 제목을 읽고 있는 것을 보았다. 표도르에게는 100여 권이 넘는 제법 많은 책이 있었지만 책을 읽는 것을 아무도 보지 못했다. 그는 스메르자코프에게 책장 열쇠를 주고 "네 마음껏 읽어라. 뜰을 배회하는 것보다 책을 관리하며 독서를 하는 게 좋지. 일단 이걸 읽거라"라고 말하며 고골리의 《지카니카 근교 야화》를 추천해주었다. 그 책을 읽는 동안 소년은 불만이 생겼는지 전혀 웃지 않았고, 다 읽은 뒤에는 얼굴을 찌푸리기까지 했다.

"책이 재미없니?"

표도르가 물었다. 스메르자코프는 대답이 없었다.

"바보같이 굴지 말고 빨리 대답해!"

"이 책은 거짓말뿐인걸요."

스메르자코프는 미소를 지으며 중얼거렸다.

"맘대로 해! 그게 하인 근성인 거다. 가만있어 보자, 그러면 이건 어때? 스마라그도프의 《세계사》다. 여기에는 전부 사실만 적혀 있으니 읽어보거라."

하지만 스메르자코프는 10쪽도 읽지 못했다. 도무지 재미를 느끼지 못했기 때문이었다. 마침내 책장문은 다시 닫혔다. 얼마 뒤, 마르파와 그리고리는 스메르자코프가 점점 결벽증이 심해지고 있다고 표도르에게 말했다. 수프를 먹을 때도 수프 안에 무엇이 있는 것처럼 숟가락으로 휘젓고, 등을 구부린 채 한참 들여다보는가 하면 한 수저 떠서 불빛에 비춰본다는 것이었다.

"바퀴벌레라도 있니?"

그리고리가 재차 물었다.

"아마도 파리일 거예요."

마르파가 한마디 했다.

갑자기 결벽증이 생긴 청년은 한 번도 대답하지 않았지만 빵이나 고기를 먹을 때나 그 외의 무슨 음식을 먹을 때도 그런 행동을 반복했다. 포크로 빵을 집은 뒤 마치 현미경이라도 들여다보듯 불빛에 비춰보며 자세히 살펴보다가 한동안 망설인 뒤에 결심을 하고 비로소 음식을 먹는 것이었다.

"쳇, 귀족집의 도련님보다 더 심하군."

그리고리는 곧잘 이렇게 불평했다. 표도르는 스메르자코프에게 이런 버릇이 생긴 것을 안 뒤 그가 요리사가 되면 좋겠다고 생각해서 모스크바로 유학을 보냈다. 그는 몇 해 동안 요리를 배웠고, 다시 돌아왔을 때는 사람이 완전히 달라져 있었다. 어떻게 된 일인지 지나치게 늙어 보였고, 나이에 어울리지 않게 주름살이 많았으며 안색까지 누래져서, 마치 강제로 거세당한 사내처럼보였다. 그러나 성격은 모스크바에 가기 전과 달라지지 않아서 여전히 사람을 싫어하고 누가 됐든 전혀 사람을 사귀려고 하지 않았다. 나중에 듣기에는 모스크바에 있을 때도 역시 말을 하지 않았다고 했다. 모스크바도 그에게는 그다지 흥미가 없었는지 모스크바에 대해서도 별로 알지 못했다. 자신과 직접적인 관련이 없는 것에는 전혀 관심을 갖지 않았던 것이다. 단 한 번 극장에 간 적이 있었는데 그때도 말을 전혀 하지 않고 불만스러운 표정으로 돌아왔다고 했다. 하지만 모스크바에서 돌아왔을 때, 그는 꽤 훌륭한 옷차림이었다. 하얀 셔츠에 말끔한 프록코트를 입고 하루에 두 번씩 정성스럽게 옷에 솔질도 했다. 멋진 구두는 송아지 가죽으로 만든 것이었는데 영국산 고급 구두약으로 닦아서 거울처럼 빛났다.

요리사로서 그의 솜씨는 나무랄 데가 없었다. 그는 표도르에게 받은 봉급을 전부 옷차림과 포마드, 향수를 사는 데 썼다. 그런데도 그는 남성뿐만 아니라 여성도 경멸했고, 여성을 대할 때 예의를 갖추어 상대가 접근하지 못하게 했다. 표도르는 다른 시각으로 그를 바라보았다. 다름이 아니라 그의 간질병 발작이 심해지면 마르파가 대신 식사를 준비했는데 그것이 표도르의 입맛에는 전혀 맞지 않았기 때문이었다.

"발작이 왜 점점 심해지는 거지?"

그는 새 요리사를 곁눈으로 흘겨보며 말했다.

"결혼을 하면 좀 나아질 텐데, 내가 중매를 서는 건 어떤가?"

그러나 스메르자코프는 화난 듯이 안색이 창백해져서 대답도 하지 않았다. 표도르도 할 수 없이 손을 한 번 내젓고 그에게서 물러났다.

하지만 중요한 것은 표도르가 그의 정직함을 믿고 무엇을 가로채거나 훔치지 않는다고 굳게 믿고 있었다는 것이다. 표도르가 언젠가는 만취해서 무지개 색깔의 100루블 지폐 3장을 정원 바닥에 떨어뜨린 적이 있었다. 다음 날, 그 사실을 알고 당황해서 호주머니를 전부 뒤지다가 책상 위를 살피니 잃어버린 돈이 고스란히 놓여 있었다. 대체 어떻게 된 일일까? 스메르자코프가 주워서 가져다놓았던 것이다.

"정말 나는 너처럼 정직한 놈은 본 적이 없어."

표도르는 이렇게 말하며 그에게 10루블을 건넸다.

그런데 여기서 주목해야 할 것은 표도르가 이 청년의 정직성을 믿었을 뿐만 아니라 무슨 이유에서인지는 모르지만 그를 사랑했다는 것이다. 하지만 풋내기인 이 청년은 다른 사람에게 하는 것과 마찬가지로 표도르를 곁눈질하면서 먼저 말을 걸지 않았다. 그럴 때 만약 누가 그의 얼굴을 바라보며 대체 이 청년은 무엇에 흥미를 느끼고, 무슨 생각을 하는지 알아내려고 해도 도저히 알 수 없을 것이다.

스메르자코프는 집 안에서든 뜰에서든 이따금은 길에서든 가끔씩 걸음을 멈춘 채 생각에 잠겨 10분 정도 서 있을 때가 있었다. 만약 관상가가 그의 얼굴을 자세히 본다면 그가 무슨 생각에 빠진 것이 아니라 명상에 잠겨 있다고 말했을 것이다.

화가 크람스코이가 그린 작품 중에서 〈명상하는 사람〉이라는 명작이 있다. 겨울 숲을 그린 그림인데 어떤 숲길에 다 해진 외투를 입고 짚신을 신은 농부 한 명이 외롭게 서 있다. 한적한 숲에서 길을 잃고 혼자 멍하니 서서 생각에 빠진 것처럼 보이지만 실제로는 아무것도 생각하지 않고 '명상'에 빠져 있는 것이다. 만약 그를 누가 건드린다면 그는 깜짝 놀라서 꿈에서 깬 것처럼 어리둥절하게 상대를 바라볼 것이다. 곧 제정신으로 돌아오겠지만, 혼자 서서 무슨 생각을 했는지 물어도 아마 기억해내는 게 없을 것이다. 그렇지만 그가 명상 중에 받은 인상은 그의 가슴속에 깊이 기억되어 그에게는 매우 소중한 것이 되고 자신도 알지 못하는 사이 마음속에 몰래 쌓아두게 될 것이다.

무엇을 하려는지, 무엇 때문에 그러는지 본인도 알 수 없는 중에⋯⋯. 이렇게 오랫동안 그러한 인상들이 쌓이다가 갑자기 모두 내던지고 방랑과 수행을 하려고 예루살렘으로 떠날 수도 있고, 가끔은 별안간 고향 마을에 불을 지를 수도 있다. 어쩌면 그런 일들을 모두 한꺼번에 할 수도 있다. 사람들 가운데는 이런 식의 '명상하는 사람'이 많은데 스메르자코프도 분명히 이런 '명상가' 중의 한 명이었을 것이다. 그래서 자신도 무엇 때문인지 영문을 모른 채로 그러한 인상들을 게걸스럽게 모았을 것이 확실하다.

7. 논쟁

그런데 이 발람의 나귀가 갑자기 말을 하기 시작했다. 그 화제도 기이했다. 그리고리가 이른 아침 루키야노프의 가게에 물건을 사러 갔다가 어떤 러시아 병사에 대한 얘기를 듣고 왔는데, 그 이야기에 따르면 그 러시아 병사는 어딘지 모르는 먼 국경에서 아시아인들에게 포로로 잡혀서 기독교를 버리고 이슬람교로 개종하지 않으면 당장 죽이겠다는 소리를 들었다고 한다. 하지만 그는 자신의 신앙을 지키고 수난을 택했고 산 채로 가죽이 벗겨지면서도 그리스도를 찬미하며 죽었다는 것이다. 이 대단한 이야기는 그날 온 신문에도 실렸는데 식사 시간에 그리고리가 그 얘기를 했던 것이다. 표도르는 식사 후에 디저트를 먹을 때는 상대가 그리고리뿐이더라도 잠깐 재미난 이야기를 나누는 것을 즐겼다. 게다가 이날은 전에 없이 즐겁고 편안한 기분이었다. 코냑을 마시며 이야기를 들은 그는, 그런 병사는 성인으로 추앙해야 하며 거룩한 가죽은 수도원에 보내야 한다면서 이렇게 덧붙였다.

"그렇게 하면 참배자들이 몰려들어서 많은 기부금을 모을 수 있을 거야."

그리고리는 표도르가 러시아 병사의 얘기에 감동을 받기는커녕 평소처럼 벌 받아 마땅한 말을 하는 것을 듣고 인상을 찡그렸다. 그런데 바로 그때, 문 옆에 서 있던 스메르자코프가 무슨 생각을 했는지 히죽거렸다. 예전에도 그는 식사를 마칠 무렵에는 식탁 가까이에서 시중을 들었지만 이반이 이 고장에 온 뒤에는 점심 식사 때는 거의 매일 와서 시중을 들었다.

"너는 무엇 때문에 그리 웃는 거냐?"

표도르는 스메르자코프가 웃는 것을 보고 이렇게 물었다. 표도르는 스메르자코프의 웃음이 그리고리를 향한 거라고 생각했다.

"지금 그 이야기 말이에요."

스메르자코프는 갑자기 큰 소리로 이렇게 말했다.

"그 병사는 칭찬을 받는 게 당연하고 훌륭하지만, 그렇게 위급한 경우에는 그리스도의 이름과 자기의 세례를 부정해도 죄는 아닐 거라고 생각합니다. 그리스도를 부정해서 자신의 목숨을 구할 수 있다면 앞으로 착한 일도 할 수 있을 테고, 또 그런 선행을 지속하면 비겁했던 과거에 대해 보상할 수도 있으니까요."

"왜 죄가 아니라는 거냐? 헛소리 그만해. 괜히 그런 소리를 했다가 지옥에 끌려가서 불타는 고기가 되고 말 거다."

표도르가 얼른 대답했다.

이때 알료샤가 방에 들어왔다. 앞서 말한 것처럼 표도르는 알료샤를 보고 무척 반겼다.

"너에게 딱 맞는 이야기를 하고 있었다!"

그는 재미있는 것처럼 키득거리며 이야기를 전해주려고 알료샤를 자리에 앉게 했다.

"지옥불에 타는 고기라니요, 절대 그렇지 않습니다. 그런 말을 했다고 지옥에서 그런 벌을 받지는 않아요. 정말 공정하게 생각해본다면 말이지요."

스메르자코프는 진지하게 대답했다.

"공정하게 생각한다는 건 또 무슨 소리냐?"

표도르는 무릎으로 알료샤를 툭툭 치며 더욱 유쾌하게 외쳤다.

"비겁한 놈! 저놈은 원래 저렇게 생겨먹은 놈입지요!"

별안간 그리고리가 내뱉었다. 그는 화가 난 듯이 스메르자코프를 노려보았다.

"비겁한 놈이란 말은 나중에 하시지요, 그리고리 씨."

스메르자코프가 침착하게 말했다.

"무엇보다 당신 스스로 생각해보는 게 어떨지요. 만약 내가 기독교를 핍박하는 자들에게 붙잡혀서 하느님을 저주하고 세례를 부정하도록 강요받았다고 해도 내게는 이성에 따라 스스로 결정할 수 있는 권리가 있어요. 그렇게 하는 게 죄가 되지는 않습니다."

"그건 방금 한 말이잖아? 쓸데없는 소리는 그만하고 이유나 설명해보거라!"

표도르가 외쳤다.

“쳇, 부엌데기 주제에!”

그리고리가 경멸하듯이 속삭였다.

“부엌데기란 말도 나중에 하시지요. 욕만 하실 게 아니라 생각을 해보세요, 그리고리 씨. 내가 기독교를 핍박하는 자들에게 ‘맞습니다. 나는 기독교도가 아닙니다. 나는 신을 저주합니다’ 이렇게 말하면, 나는 곧 하느님의 재판에 의해 특별히 저주받은 파문자(破門者)가 되어 이교도처럼 교회에서 아주 쫓겨나는 것이 아닙니까? 그런 말을 하는 순간, 또는 그리스도를 부정하려고 마음먹은 그때, 4분의 1초도 되지 않는 찰나에 나는 이미 파문을 당하는 것이지요. 안 그렇습니까, 그리고리 씨!”

그는 그리고리를 보며 만족스러운 표정으로 말했다. 사실 그도 자신의 말이 표도르의 질문에 대한 대답인 것을 잘 알고 있었지만 마치 그리고리가 그런 질문을 던진 것처럼 굴었다.

“이반!”

별안간 표도르가 말했다.

“네 귀를 좀 빌려주렴. 저놈이 너에게 칭찬을 받고 싶어서 저렇게 말하는 것 같으니 네가 칭찬을 좀 해주거라.”

이반은 아버지의 유쾌한 귓속말을 심각한 표정을 지으며 들었다.

“조용히 해, 스메르자코프, 넌 잠시 조용히 해.”

표도르가 다시 외쳤다.

“이반, 너의 귀를 한 번만 더 빌려주렴.”

이반은 다시 심각한 표정으로 아버지에게 몸을 구부렸다.

"나는 알료샤와 마찬가지로 너도 사랑한단다. 내가 너를 미워한다고 생각하지 마라. 코냑 한 잔 더 마시겠니?"

"네, 주세요."

'이 양반, 벌써 많이 취했군.'

이반은 이렇게 생각하며 아버지의 얼굴을 빤히 바라보았다. 그와 동시에 그는 굉장한 호기심을 느끼며 스메르자코프를 유심히 쳐다보았다.

"너는 지금도 저주받은 파문자야. 그런데 네가 감히 그런 말도 안 되는 소리를 지껄인단 말이냐! 만일 네가⋯⋯."

갑자기 그리고리가 소리를 질렀다.

"그만하게. 그리고리, 욕은 하지 마!"

표도르가 저지했다.

"잠시 기다려주세요, 그리고리 씨. 아직 제 말이 안 끝났으니 조금 더 들어보세요. 내가 하느님께 저주를 받는 순간, 바로 그 최고의 순간에 나는 이미 이교도가 되기 때문에 세례도 소용없어지고 그래서 아무런 책임도 없어지는 거예요. 이건 아시겠어요?"

"빨리 결론을 말하라니까, 결론!"

표도르가 이렇게 재촉하며 술잔을 맛있게 비웠다.

"그래서 내가 기독교도가 아니라고 하면 '너는 기독교인이냐, 아니냐'라고 핍박하는 자들이 협박할 때 내가 '아니다'라고 말해도 나는 거짓말을 한 것이 아닙니다. 왜냐하면 내가 말하기 전에, '아니다'라고 대답을 해야겠다는 생각을 한 순간 이미 하느님에게 기독교인의 자격을 빼앗겼기 때문이지요. 그래서 내가 이미 그 자격을 빼앗겼다면 저승에서 내가 그리스도를 저버린 것을 어떤 근거를 가지고, 무슨 정의에 의해 문책할 수 있습니까? 이미 기독교도가 아닌 나를요. 신앙을 버리기 전에 그렇게 생각한 것만으로 이미 세례 받은 것이 소용없어지는데 말입니다. 만일 내가 기독교도가 아니라면 나는 그리스도를 배신할 수도 없습니다. 나에게는 이미 배반할 것이 없으니까요. 그리고리 씨, 타타르인 같은 이교도가 만약에 천국에 가도 왜 너는 기독교도로 태어나지 못했냐고 문책당할 리는 없겠지요? 소 한 마리에서 두 장의 가죽을 얻지 못한다는 것은 천국에서도 알고 있을 텐데, 그런 이유 때문에 타타르인에게 벌을 주지는 않을 겁니다. 위대하신 하느님도 그 타타르인이 죽어서 심판을 받게 될 때, 이교도인 부모에게서 이교도인 자식이 태어나는 것은 당연하기 때문에 태어난 자식에게는 잘못이 없다는 점을 고려할 겁니다. 전혀 벌을 주지 않을 수는 없겠지만 벌을 주더라도 가벼운 벌을 주게 될 겁니다. 그리고 하느님이라 하더라도 타타르인에게 기독교도였다고 말하지는 못하겠지요? 그렇게 하면 거룩하신 하느님께서 거짓말쟁이가 되니까요. 우주를 지배하시는 하느님은 단 한 마디의 거짓말도 못하는 거 아닌가요?"

그리고리는 크게 놀라서 눈을 크게 뜨고 이 웅변가를 바라보았다. 그는 스메르자코프의 이야기들을 잘 이해할 수는 없었지만, 그래도 이 헛소리 중에서 무언가 짐작 가는 것이 있었던지 이마를 벽에 부딪친 듯한 표정을 지으며 그 자리에 멍하니 서 있었다. 표도르는 술잔을 비우고 크게 소리를 내며 웃었다.

"알료샤, 알료샤야, 들은 거니? 엄청난 궤변가가 아니냐? 이반, 저 녀석은 예수회 수도사들과 어울렸나 보구나? 이런, 젖비린내 나는 예수회 놈아, 도대체 넌 누구에게서 그런 말을 배운 거냐? 아무리 들어도 네가 하는 말은 전부 헛소리야! 이 궤변가야, 전부 헛소리다, 헛소리! 그리고리, 자네가 그렇게 의기소침할 건 없네. 저놈의 말도 안 되는 이론 따위는 우리가 금방 부셔버릴 테니까. 이제 어디 대답해보렴, 이 나귀 녀석아. 만약 네가 기독교를 핍박하는 자들에게 한 태도가 올바르다고 해도 너는 역시 속으로 신앙을 부정한 순간 파문자가 된다고 했지? 네가 파문자가 되면 지옥에서 네가 파문당한 것을 위로해주고 쓰다듬어줄 거라고 생각하냐? 그런 거야? 거룩하신 예수회 양반!"

"마음속으로 신앙을 부정한 것은 사실이지만 그렇다고 해서 그런 행동이 죄가 되지는 않습니다. 혹여 죄가 된다고 해도 아주 평범하고 사소한 죄겠지요."

"뭐, 사소한 죄?"

"헛소리 그만해, 이 저주받을 놈아!"

그리고리가 씩씩대며 외쳤다.

"그리고리 씨, 자꾸 화만 내지 말고 생각해보세요."

스메르자코프는 자신이 승리했음을 확신하고 패배한 상대방을 불쌍하게 여기는 것처럼 차분하고 정중하게 말을 이었다.

"잘 생각해보세요, 그리고리 씨, 성경에도 나와 있습니다. 만일 사람이 조금, 겨자씨만 한 믿음이라도 있을 때 산을 향해 바다로 들어가라고 명령하면 산은 그 명령이 떨어지자마자 주저하지 않고 바다로 들어갈 것이라고요. 그리고리 씨, 나는 믿음이 없지만 당신이 쉬지 않고 나를 비난할 정도로 그렇게 훌륭한 믿음을 가졌다면, 어디 시험 삼아서 산에게 바다로 들어가라고 명령해보시지요. 이곳에서 바다는 멀리 있으니 바다는 아니더라도 우리 집 정원 뒤에 흐르는 냄새가 지독한 개천이라도요. 당신이 아무리 소리 질러도 아무것도 움직이지 않고 제자리에 있을 거라는 걸 당신도 금방 깨닫게 될 겁니다. 이거야말로 당신이 진정한 신앙도 없으면서 상대방에게 욕만 하고 있다는 증거입니다. 생각해보면 비단 당신뿐만이 아니지요. 세상에서 가장 훌륭한 사람과 쓰레기 같은 미천한 농부를 모두 포함해서 산을 바다로 옮길 수 있는 사람은 없습니다. 이 드넓은 세상에 단 한 사람, 아니 두 사람을 빼고 말이죠, 그렇지만 그 사람도 분명히 이집트 같은 사막에서 도를 닦고 있을 테니까 그 두 사람을 찾는 건 불가능한 일입니다. 만약 그 한두 사람을 제외하고는 모두 믿음이 없다고 가정한다면 지극히 자애로운 하느님께서 사막에 숨어 사는 한두 사람을 제외한 나머지 사람들, 즉 인류 전체를 저주하며 한 사람도 빠뜨리지 않고 용서하지 않을 수 있을지 말입니다. 하느님을 한 번 의심한 적이 있어도 회개의 눈물을 흘리면 용서받을 수 있을 거라고 나는 믿습니다."

"잠시만."

표도르가 감격에 겨워 날카롭게 외쳤다.

"너는 그러니까 산을 바다로 움직일 수 있는 사람이 두 사람 정도 있다고 생각하는 거지? 이반, 잘 기억하고 있다가 기록해두어

라. 이곳에 진정한 러시아인이 있다고 말이야!”

“네, 좋은 말씀입니다. 이것은 러시아적 특성을 가진 신앙 이야기네요.”

이반이 만족스럽게 웃으며 동의를 표했다.

“동감이란 거냐? 네가 동감이라면 틀림없구나! 알료샤, 너는 어때, 안 그래? 완전한 러시아적 신앙인 거지?”

“아니요, 스메르자코프의 신앙은 러시아적인 게 절대 아닙니다.”

알료샤는 정색을 하고 진지하게 말했다.

“나는 저놈의 신앙을 말하는 게 아니다. 그 특징 말이다, 그 두 사람의 은둔자가 있다는 걸 말하는 거야. 어때, 그건 틀림없이 러시아적이지? 맞지?”

“예, 그건 완전히 러시아적입니다.”

알료샤는 빙그레 웃으면서 말했다.

“이봐, 나귀 녀석. 너의 말은 금화 한 닢을 받을 만한 가치가 있으니 당장 오늘 중으로 주겠다. 하지만 그 외의 말은 전부 헛소리야. 결국 헛소리란 말이다. 잘 들어라, 이 바보야. 이 세상에서 인간이 믿음을 갖지 못하는 건 경솔해서인데 그건 우리에게 그럴 만한 여유가 없어서야. 우선 할 일이 너무 많지. 둘째로, 하느님께서는 시간을 적게 주셨어. 하루가 24시간이니 회개할 시간은커녕 잠잘 시간도 모자라. 하지만 네가 기독교를 핍박하는 자들 앞에서 하느님을 부정한 것은 신앙 말고는 아무것도 생각할 것이 없었을 때이고, 그때는 자신의 신앙을 보란 듯이 보여주어야 할 때였잖아! 난 그렇게 생각하는데 어떠냐?”

"사실 그렇기도 하지만, 그래도 잘 좀 생각해보세요. 그리고리 씨, 그래야 이쪽도 마음이 편해지니까요. 만일 그때 내가 인간으로서 당연히 가질 참된 신앙이 있으면서도 신앙을 위한 고통을 못 받아들이고 이교도인 이슬람교로 쉽게 개종한다면 분명히 죄가 되지요. 하지만 수난을 당하지는 않을 거예요. 왜냐하면 바로 그때 산이 움직여서 핍박하던 자들을 뭉개달라고 기도하면, 산은 즉시 움직여서 벌레를 짓밟는 것처럼 그자들을 깔아뭉갤 것이고, 그러면 나는 아무렇지도 않게 하느님을 찬양하며 무사히 돌아올 수 있을 겁니다. 하지만 만약 그때 모든 것을 시도한 끝에 눈앞의 산을 향해서 핍박하는 자들을 짓밟아주십사 외치고 또 외쳤는데도 산이 움직이지 않으면 내가 어떻게 의심하지 않을 수 있을까요? 게다가 생명이 위태로운 그런 절체절명의 순간에 말이지요. 안 그래도 천국에 가는 게 힘들다는 걸 알고 있는 마당에—내 뜻대로 산이 움직이지 않으면 천국에서는 내 믿음을 제대로 믿지 않는다는 뜻이고 그러면 저승에서도 내게 보상을 해줄 것 같지 않으니—나에게 아무런 이익도 없는데 왜 내가 내 가죽까지 벗겨주어야 하느냐는 것이지요. 이미 등의 가죽이 절반이나 벗겨지고, 아무리 외쳐도 산은 움직이지 않습니다. 당신은 의심을 하는 게 아니라 공포 때문에 이성까지 마비될 거예요. 그러면 무엇인가를 생각하고 판단하는 게 불가능해지겠지요. 그렇게 되면 이승에서도 저승에서도 자신에게 별로 이롭지도 않고, 보상도 못 받는다는 걸 알게 된 후에는 자신의 가죽이라도 소중히 여겨야겠다고 생각하는 게 그렇게 큰 죄가 될까요? 그래서 나는 하느님의 자

비로움을 믿고 하느님은 분명히 모든 것을 용서하실 거라는 희망
을 가질 수밖에 없다는 것입니다……."

8. 코냑을 마시며

논쟁은 끝이 났다. 하지만 이상하게도 그토록 기분이 좋던 표도르는 논쟁이 끝날 무렵이 되자 갑자기 잔뜩 찌푸린 얼굴로 코냑 잔을 비워버렸다. 이제 완전히 과음 상태가 된 것이다.

"이봐, 너희들은 다 나가버려. 예수회 놈들 같으니!"

그가 하인들에게 소리쳤다.

"나가봐, 스메르자코프, 오늘 중으로 약속한 금화는 보내줄 테니어서 물러가 있어. 그리고리, 자네도 울지 말고 마르파한테나 가 있으라구. 자넬 잘 위로해주고 잠도 재워줄 테니. 버르장머리 없는 놈들 같으니라구. 식후에 좀 조용히 앉아 있을 수도 없다니까."

하인들이 물러나자 그는 입맛이 쓴 듯 갑자기 이렇게 이반에게 내뱉었다.

"스메르자코프가 요즘 식사 때마다 여기 나타나곤 하는데 너한테 상당히 관심이 있는 모양이야. 그 녀석을 어떻게 꼬드긴 거냐?”

“뭐 아무것도 한 것이 없습니다. 괜히 저 혼자 나를 존경하고 싶은가 보죠. 뭐 그 녀석은 어디까지나 천박한 하인 놈에 지나지 않아요. 하지만 때가 되면 선두에 나설 놈이지요.”

“뭐, 선두라니?”

“때가 되면 좀 더 훌륭한 사람들도 나오겠지만 저런 친구들도 나옵니다. 먼저 저런 위인들이 나온 뒤에 좀 더 훌륭한 사람들이 뒤따라 나타나겠지요.”

“그래, 그런 때는 언제쯤일까.”

“봉화가 오를 때가 바로 그때입니다. 그러나 그 봉화는 어쩌면 다 타지 못하고 꺼질지도 모릅니다. 현재 민중은 저런 무식한 놈들이 하는 말에 그다지 귀 기울이려 하지 않으니까요.”

“그야 그렇겠지. 하지만 저 발람의 나귀 같은 놈이 늘 골똘히 생각한다는 건 여간 놀라운 일이 아니야. 대체 무슨 생각을 어떻게 하는 것인지는 모르겠다만.”

“사상을 축적하고 있는 거겠죠.”

이반이 히죽 웃었다.

“그런데 그 녀석은 누구한테나 다 그렇지만 특히 나를 싫어하는 것 같단 말이다. 너는 그 녀석이 널 존경하고 싶어 하는 것처럼 말하고 있지만 너 역시 싫어하는 건 마찬가지야. 알료샤는 더욱 심하지. 그 녀석은 알료샤를 멸시하고 있어. 하지만 녀석의 손버릇이 나쁘지 않아 다행이야. 입도 무거워서 집 안에서 벌어진 일을 밖에 나가 떠벌리는 법이 없거든. 파이 굽는 솜씨는 정말 보통이 아니지. 하지만 아무래도 좋아. 이야기할 만한 가치도 없는 놈 아니냐.”

“물론 그럴 가치 자체가 없죠.”

“그리고 그 자식이 하는 생각이 뭐 별거 있겠니? 아무튼 러시아 농민들은 두들겨 패야 해. 나도 언제나 그렇게 주장하지만 말이다. 우리나라의 농민들이라는 것들은 죄다 사기꾼이어서 전혀 동정할 가치가 없거든. 요즘도 가끔 매질을 하는 주인이 있는 건 다행이야. 러시아의 땅이 단단한 것은 자작나무 숲이 있기 때문인데, 만약 그 숲을 마구 베어버리면 러시아의 땅은 사라지고 말 거야. 나는 현명한 인간들을 지지한단다. 우리는 너무 현명해서 농민들을 매질하는 것을 그만뒀지만 그놈들은 여전히 저희들끼리 매질을 하고 있어. 하긴 잘하는 짓이지. ‘네가 헤아리는 것처럼 너도 헤아림을 받으리라.’ 아니, 뭐라고 말해야 좋을까. 한 마디로 말해서 인과응보라는 것이지. 내가 러시아를 얼마나 증오하는지 너는 짐작도 못할 게다. 아니, 러시아 그 자체가 아니라 러시아의 모든 악덕을 싫어한다는 말이야. 하지만 뭐 그것이 바로 러시아 전체인 셈이지만 말이야. ‘그건 모두 부패에서 비롯되는 거야 (Tout cela c’est de la cochonnerie).’ 넌 내가 무엇을 좋아하는 줄 알고 있니? 나는 영리한 재치를 좋아한단다.”

“또 한잔하셨군요. 이젠 그만하시죠.”

“좀 기다려. 나는 또 한 잔, 그러고 나서 한 잔만 더 하면 되니까. 넌 내 말을 가로채지 말고 가만 있거라. 언젠가 내가 모크로예 마을을 지나는 길에 어느 노인에게 그 문제를 물어본 일이 있었지. 그랬더니 노인이 말하길 '우린 계집애들을 매질해주는 게 무엇보다도 재미있습니다. 매질하는 것은 젊은 총각들에게 맡기지요. 그런데 오늘 때려준 계집애한테 그다음 날이면 그 젊은 총각이 장가를 간답니다. 그래서 계집애들도 오히려 그런 벌을 좋아하는 형편이랍니다' 하는 거야. 어떠냐? 이것이야말로 사드 후작도 울고 갈 일이지 뭐냐? 어때, 재치가 넘쳐흐르지 않니? 어디 우리도 한번 구경 가볼까? 아니, 알료샤, 너 얼굴이 빨개졌구나. 얘야, 부끄러워할 건 없다. 아까 수도원장의 오찬 자리에서 모크로예 마을의 계집애들 이야기를 해주지 않은 게 유감이구나. 알료샤, 아까는 내가 너희 수도원장에게 모욕적인 말을 마구 지껄여 댔지만 그렇다고 너무 화를 내지는 말아라. 한번 화가 나면 참을 수가 없어서 그런 거다. 만약에 하느님이 있다면, 정말로 존재한다면, 그야 물론 내가 나쁘니까 어떤 벌이라도 달게 받겠지만, 반면에 하느님이 전혀 존재하지 않는다면 그자들을 그대로 내버려둘 수는 없지. 너희 그 신부들은 목을 자르는 정도로는 부족하단 말이다. 그자들은 진보를 방해하고 있는 거야. 아니, 너는 내 말을 믿지 않아. 그 눈에 다 나타나니까. 알료샤, 너도 사람들의 말을 믿고 나를 어릿광대로만 생각하고 있어. 알료샤, 너도 나를 어릿광대라고 생각하는 게냐?"

"아니요. 전 그렇게 생각하지 않습니다."

"네가 진심으로 그렇게 생각하고 있다는 건 나도 믿는다. 나를 보는 눈이 진지하고 말하는 품이 성실하니까 말이야. 그런데 이반은 달라. 이반은 거만하지. 그렇더라도 어쨌든 너희 그 수도원과는 아예 결판을 지어버렸으면 좋겠다. 러시아 전체에 퍼져 있는 그 신비주의 소굴들을 싹 쓸어버리고 싶어. 모든 어리석은 자들을 각성시키기 위해 그런 것들은 죄다 없애버리고 수도원을 폐쇄하고 싶다니까. 그렇게 하면 굉장히 많은 금과 은이 조폐국으로 쏟아져 들어갈 게다.”

“아니, 구태여 없애버릴 것까진 없지 않겠습니까.”

이반이 물었다.

“조금이라도 빨리 진리가 세상을 환하게 비추도록 하기 위해서, 바로 그것 때문이야.”

“그렇지만 진리가 빛을 발할 경우에는 무엇보다도 먼저 아버지부터 알몸뚱이가 되고 수도원은 그다음에 없애게 되겠죠.”

“아니, 뭐! 내가 한 대 얻어맞았군. 어쩌면 네 말이 옳을지도 모르지. 아, 결국 나야말로 나귀에 지나지 않는구나!”

표도르는 자신의 이마를 가볍게 툭 치고서 갑자기 큰 소리로 외쳤다.

“그렇다면 알료샤, 너희 수도원은 그냥 놔두기로 하자. 우리처럼 영리한 사람들은 따스한 방 안에 앉아서 그저 유쾌하게 코냑이나 마시면 되는 거야. 애, 이반, 이건 하느님께서 일부러 그렇게 되도록 마련해놓은 게 아닐까? 이반, 어디 말해봐라. 하느님은 있는 거냐, 없는 거냐? 아니, 가만있어 봐라. 확실하게, 그리고 진지하게 대답을 해! 뭐가 우스워서 또 웃는 거냐!”

“제가 웃는 것은, 산을 움직일 수 있는 은둔자가 한두 사람은 있을 거라고 말한 스메르자코프의 종교관에 대해서 아까 아버지가 꽤 재치 있는 비판을 가했기 때문입니다."

"그럼 내가 지금 한 말도 그것과 비슷하다 그 말이냐."

"매우 비슷하지요."

"그러고 보면 나도 역시 러시아인이고, 러시아적인 뭔가를 가지고 있는 셈이군. 그러나 너 같은 철학자한테도 그것과 비슷한 특질을 지적할 수 있어. 원한다면 내가 찾아봐주마. 내 장담하지. 내일이라도 지적할 수 있으니까. 그건 그렇고 어서 대답해봐. 하느님은 있는 거냐, 없는 거냐? 단, 진지하게 대답해야 한다. 나는 지금 진지하게 묻고 있는 거니까."

"없습니다. 하느님은 없습니다."

"알료샤, 너는 어떠냐, 하느님은 있니?"

"하느님은 계십니다."

"이반, 그렇다면 불멸은 있는 거냐? 그 어떤 것이든 아주 하찮고 사소한 것이라도 좋으니 말이다."

"불멸이라는 것도 없습니다."

"전혀?"

"네, 전혀 없습니다."

"아니, 그렇다면 절대로 없다는 거냐. 아니면 무엇인가가 있기는 있다는 거냐? 그래도 무언가는 조금은 있지 않을까. 설마 아무것도 없을 리는 없지 않느냐 말이다."

"절대로 없습니다."

"알료샤, 불멸이 있다고 생각하니?"

"있습니다."

“하느님도, 불멸도 다 있다는 거지?”

“하느님도, 불멸도 다 있습니다. 바로 하느님 안에 불멸이 있습니다.”

“흥! 아무래도 이반의 말이 옳은 것 같군. 아아! 인간이 이러한 공상에 얼마나 많은 신앙을 바쳤고 얼마나 많은 정력을 헛되이 소비했는지, 생각만 해도 끔찍하구나. 더구나 그런 걸 수천 년 동안이나 반복하고 있으니 말이다. 도대체 누가 인간을 이처럼 조롱하는 걸까? 이반, 다시 한번 마지막으로 확실히 말해다오. 하느님은 있는 거냐? 마지막으로 묻는 거다!”

“마지막으로 말씀드리지만 없습니다.”

“그럼 누가 인간을 조롱하는 거냐, 이반?”

“아마 악마겠죠.”

이반은 피식 웃었다.

“그렇다면 악마가 있다는 거냐?”

“아니요, 악마도 없습니다.”

“그거 참 유감이군. 제기랄! 그렇다면 하느님을 처음으로 고안해낸 작자는 어쩌면 좋지? 백양나무에 목을 매달아도 부족할 그놈을 말이야.”

“하느님이라는 존재를 고안해내지 않았다면 문명이라는 것도 전혀 없었을 겁니다.”

“없었을 거라고? 그러니까 하느님이 없었다면?”

“예, 그리고 코냑도 없었겠죠. 어쨌든 코냑은 이제 그만 드셔야 할 것 같아요.”

“아니, 기다려. 한 잔만 더 하고 끝낼 테니까. 내가 알료샤의 기분을 상하게 했구나. 하지만 너 화난 건 아니겠지? 내 귀여운 알료샤, 그렇지?”

“아니요. 화를 내다니요. 아버지 마음을 잘 이해해요. 아버지는 머리보다 마음씨가 훨씬 더 좋은걸요.”

“머리보다 마음이 더 좋다구? 아아, 너 말고 누가 나에게 이런 말을 해주겠니? 이반, 너도 알료샤를 좋아하니?”

“그렇습니다.”

“그래야지(표도르는 몹시 취해 있었다). 애야, 알료샤, 나는 오늘 너희 장로한테 실례를 범했어. 하지만 정말로 난 흥분해 있었단다. 그런데 이반, 넌 어떻게 생각하니, 그 장로에겐 재치라는 것이 있더구나.”

“아마 그럴지도 모르죠.”

“아니, 틀림없이 있어. 그자 속엔 피롱*의 모습이 있어(Il y a du Piron là-dedans). 그자는 예수회, 그것도 러시아식 예수회야. 고상한 사람이란 으레 그렇지만 억지로 성인 시늉을 내면서 마음에도 없는 연극을 해야 하기 때문에 가끔 자기 자신 속에 남모르는 울화가 치미는 거지.”

“하지만 장로님은 하느님을 믿고 계십니다.”

“조금도 믿고 있지 않아. 아니, 너는 그걸 눈치채지 못하겠니? 그자는 스스로 모든 사람에게 그렇게 말하고 있어. 하긴 모든 사

---

* 프랑스의 극작가이다.

람이 아니라 자신을 찾아오는 현명한 사람들에게 하는 말이지만. 현지사인 슐리츠에게는 '믿고 있습니다(credo), 그러나 무엇을 믿고 있는지 나 자신은 모르겠습니다' 하고 노골적으로 말했다는 거야."

"설마 그럴 리가 있나요."

"정말 사실이라니까. 그래도 나는 그자를 존경해. 그에게는 뭔가 메피스토텔레스다운 데가 있거든. 아니 그보다는《현대의 영웅》*에 나오는 아르베닌**이라고나 할까. 아무튼 그자는 호색한이야. 만일 내 딸이나 마누라가 그에게 고해를 하러 간다면 나는 근심스러워 못 견딜걸. 그자가 어떻게 말을 풀어가는지 아니? 3년 전인가 그자가 우릴 리큐어를 곁들인 다과회에 초대한 적이 있어(리큐어는 부인네들이 보내주지). 그때 그자가 옛날이야기를 시작했는데, 어찌나 웃기던지 우리 모두 배꼽이 빠지도록 웃어댔단다. 특히 그중에서도 재미있었던 것은 그자가 몸이 약한 어떤 여자를 고쳐주었다는 얘기였어. '내가 다리만 아프지 않다면 당신들한테 춤을 한번 보여드릴 텐데' 이런 말도 했지. 자, 어떠냐? '나도 젊었을 땐 꽤 몹쓸 짓을 많이 했지요'라는 것이었어. 그리고 그자는 데미토프라는 상인한테서 6만 루블을 슬쩍 가로챈 적도 있지."

"아니, 도둑질을 했다는 건가요?"

"그 상인은 그자를 믿을 만한 사람이라고 생각해서, '내일 가택

---

* 레르몬토프의 마지막 소설이다. 주인공 이름은 페초린이다.
** 레르몬토프의 희곡 〈가면무도회〉의 주인공으로, 표도르가《현대의 영웅》의 주인공으로 착각하고 있다.

수색이 있으니 이걸 좀 맡아주십시오'라고 부탁했지. 그래서 그 자는 그 돈을 맡게 되었는데 나중에 가서 한다는 말이, '그 돈은 우리 교회에 기부하신 것이 아닙니까?'라고 잡아떼더라는 거야. 그래서 나는 그자에게 비열한 악당이라고 말해줬더니 '나는 악당이 아니라 도량이 넓은 인간이오'라고 대답하더군. 아니, 그건 그 자 얘기가 아닌 것 같은데. 그건 딴 사람 이야기야. 그만 다른 놈과 혼동을 하고 있구나. 내가 정신이 없구나. 자, 그럼 한 잔만 더 하고 그만두마. 이반, 술병을 치워라. 내가 허튼소리를 지껄이는데도 어째서 넌 말리지 않느냐. '그건 거짓말입니다'라고 왜 말해주지 않느냔 말이다."

"내가 말리지 않아도 아버지 스스로 그만둘 줄 아니까요."

"거짓말 마라. 너는 내가 싫어서, 그저 밉기 때문에 말리지 않은 거야. 너는 나를 경멸하잖니. 너는 나한테 와서 내 집에 얹혀살고 있으면서도 나를 멸시하고 있어."

"그러니까 곧 떠나도록 하겠습니다. 아버지는 지금 취하셨어요."

"체르마쉬냐에 하루나 이틀쯤 다녀오라고 말했는데 너는 아예 가볼 마음도 없는 거지, 응!"

"정 그렇게 말씀하신다면 내일이라도 당장 떠나겠습니다."

"가기는 뭘 가. 너는 나를 꼼짝 못하게 하려고 여기서 날 지키고 있는 거잖아. 못된 놈. 그래서 가지 않는 거야!"

노인은 좀처럼 진정할 줄 몰랐다. 그는 이제 완전히 취해버렸다. 이제까지 얌전하던 술꾼이라고 해도 갑자기 벌컥 화를 내고 한바탕 기염을 토하지 않고는 못 배길 만큼 취기가 올라 있었던 것이다.

"넌 왜 나를 노려보니, 그런 눈초리로? 네 눈은 나를 노려보며, '저 주정뱅이 상판 좀 보라니까'라고 말하고 있어. 네 눈은 믿을 수가 없어. 사람을 경멸하는 눈이야. 너는 속셈이 있어서 온 거지. 봐라, 알료샤도 너를 보고 있다만 저 눈은 얼마나 맑으냐? 알료샤는 나를 멸시하고 있지도 않아. 얘, 알렉세이, 이반을 좋아해선 안된다."

"형한테 화내지 마세요. 형을 더 이상 모욕하지 말아주세요."

갑자기 알료샤가 애원하는 듯한 어조로 말했다.

"그래, 알았다. 그만하자. 아아, 골치가 아프구나. 이반, 코냑을 치워라. 벌써 세 번씩이나 말하지 않았니."

표도르는 잠시 생각하더니 갑자기 능글맞게 웃어대면서 말했다.

"얘, 이반. 폐인이 다 된 늙은이한테 화를 내진 말아다오. 나는 본래 누군가의 호감을 사기는 그른 놈 아니냐. 하지만 체르마쉬냐에는 제발 좀 다녀와다오. 나도 뒤따라 선물을 갖고 갈 테니. 거기서 예전부터 점찍어둔 참한 계집애를 하나 보여주마. 아직은 맨발로 다니고 있겠지만, 뭐 맨발이라고 멸시해선 안 돼. 그야말로 흙 속의 진주와 다름없으니까!"

표도르는 이렇게 말하고는 자기 손에 가볍게 키스했다.

"나한테는" 하고 그는 대번에 술이 깨기라도 한 것처럼 갑자기 활기를 띠고는 가장 좋아하는 화제로 옮겨갔다.

"나한테는 말이다……. 이런 말을 해도 너희들 젖비린내 나는 애송이들은 잘 알아듣지 못하겠지만 나한테는 말이야……. 한평생 못생긴 여자는 단 한 사람도 없었지. 이게 바로 내 원칙이야! 이게 무슨 말인지 알아듣겠니? 아니, 어림도 없을 거다. 너희 몸 속에는 피 대신 젖이 흐르고 있거든. 아직 솜털도 벗지 못했어! 내 원칙에 따르면 다른 여자에게선 찾아볼 수 없는 지극히 재미 있는 점을 어떤 여자에게서든 반드시 발견할 수 있다는 거지. 그 러나 그것을 찾아내는 방법을 아는 게 문제야. 이게 중요해! 바 로 이게 재능에 속하는 문제야! 나한테는 못생긴 여자란 존재하 지 않아. 여자라는 그 사실만으로도 벌써 매력의 반은 있는 거니 까……. 아니, 이건 너희들이 알 리 없지! 아무리 관심을 못 받는 늙은 여자라 해도 세상 남자들이 오죽 눈이 멀었으면 저런 여자 를 여태껏 몰라보고 저렇게 늙도록 내버려두었을까 하고 의아하 게 생각되는 그 무언가를 끄집어내는 요령이 있거든. 맨발로 다 니는 계집애나 못생긴 계집애는 아예 처음부터 깜짝 놀라게 해야 해. 바로 이게 그런 여자들에게 접근하는 비결이지.

아마, 너희는 이런 걸 몰랐겠지. 그런 것들은 깜짝 놀라게 해서 '이렇게 훌륭한 어른이 나 같은 비천한 계집애를 사랑해주시다 니' 할 정도로 마음을 흔들어놓아야 하는 거야. 언제나 하인에게 는 주인이 있듯이, 어떤 비천한 계집에게도 항상 주인이 있게 마 련이지. 세상사가 다 그렇지. 인생의 행복을 위해 필요한 건 바로 그것밖에 없다니까! 얘, 알료샤, 나도 죽은 네 어미를 언제나 깜짝 놀라게 해주곤 했단다. 하긴 좀 색다른 방법이긴 했지만. 여느 때 는 다정한 말 한 마디 건네지 않다가도 적당한 때가 오면 갑자기 있는 애정을 다 쏟곤 했지. 무릎을 꿇고 엉금엉금 기어 다니기도

하고 발에 키스를 하기도 해서 언제나 나중에는(그때 일이 바로 어제처럼 눈에 선하구나) 네 어미를 웃기고 말았지. 그 웃음소리는 또 얼마나 독특하던지, 가늘고도 신경질적으로 울리는 독특한 소리였지. 그렇게 웃는 사람은 네 어미 말고는 없었지. 그러나 그럴 때엔 언제나 병이 고개를 쳐들어서, 다음 날엔 반드시 히스테리 발작을 일으켜 고래고래 소리를 질러댔어. 그러니까 그 짤막한 웃음소리도 결코 기쁨의 표현은 아니었던 셈이지. 나중엔 내가 속았다는 걸 알게 됐지만 아무튼 그 순간만은 거짓으로나마 기뻐하는 것처럼 보였어. 어떤 여자에게서 그 나름의 매력을 발견하는 재능이란 바로 이런 걸 두고 하는 말이야!

한번은 벨랍스키라는 돈 많은 미남이 네 어미 꽁무니를 쫓아다니며 우리 집에 자주 드나들곤 했는데, 그놈이 느닷없이 내 뺨을 철썩 때렸단 말이야. 글쎄 네 어미가 보는 앞에서 말이야. 그러자 여느 때는 양처럼 순하던 네 어미가 나를 때리기라도 할 것처럼 맹렬한 기세로 악을 쓰며 나한테 대드는 거야. '당신은 지금 얻어맞았어요. 얻어맞았죠. 저 사람한테 맞았잖아요! 당신은 저 사내한테 나를 팔아버린 거나 다름없어요……. 내 눈 앞에서 감히 당신에게 손찌검을 하다니! 이제 다시는 나한테 오지도 마세요. 빨리 따라가서 결투를 청하세요!' 그래서 할 수 없이 나는 네 어미의 마음을 진정시키려고 수도원으로 데려가서 신부들한테 기도를 청했지. 그렇지만 알료샤, 맹세컨대 난 히스테리에 걸린 네 어미를 모욕한 적이 한 번도 없었다. 아니, 딱 한 번, 정말 단 한 번뿐이었다.

그건 결혼 첫해였는데, 그때 네 어미는 기도를 너무 열심히 해서 성모 마리아 축일 같은 때는 나더러 방해하지 말라며 서재로 쫓아냈지. 그래서 나는 네 어미의 미신을 타파해야겠다고 생각했지. '자기, 여길 봐, 여기 당신의 성상이 있지. 내가 이걸 꺼내서 어떻게 하나 똑똑히 보란 말이야. 당신은 이것이 기적을 만들어낸다고 생각하고 있지만, 나는 지금 당신이 보는 앞에서 여기다 침을 뱉을 테니 두고 보라구. 그래도 나한테 아무 일 없을 테니!' 네 어미가 나를 노려보는 모습이 당장에라도 나를 죽일 것만 같았지. 그러나 네 어미는 그저 벌떡 일어나 손뼉을 치더니 갑자기 두 손으로 얼굴을 가리고는 몸을 부들부들 떨다가 마룻바닥에 쓰러져……, 그대로 졸도를 해버리더구나……. 아니, 알료샤, 알료샤! 왜 그러니, 너 어떻게 된 거냐?"

늙은이는 깜짝 놀라며 튀어 일어났다. 알료샤는 아버지가 그의 어머니 얘기를 시작했을 때부터 조금씩 얼굴빛이 변하기 시작했다. 얼굴은 빨갛게 달아오르고 두 눈은 번쩍이고 입술은 경련을 일으킨 듯이 떨고 있었다. 술에 취한 늙은이는 아무것도 눈치채지 못하고 연방 침을 튀기며 떠들어대고 있는 중에 갑자기 알료샤의 몸에는 기이한 현상이 일어났다. 즉, 방금 아버지가 얘기한 '미치광이 여자'와 같은 현상이 알료샤에게도 일어난 것이다. 그는 식탁에서 벌떡 일어나더니 자기 어머니와 마찬가지로 손뼉을 치고 두 손으로 얼굴을 가리고서 밑동이 잘린 짚단처럼 맥없이 의자 위로 쓰러져버렸다. 그리고 갑자기 눈물을 쏟으며 히스테리 발작으로 온몸을 부들부들 떨기 시작했다. 이 모든 행동이 그의 어머니와 너무나 똑같아 노인은 화들짝 놀랐다.

"이반, 이반! 빨리 물을 떠오너라. 제 어미와 아주 똑같구나. 정말 똑같아. 그때도 꼭 저랬다니까! 얘, 입으로 물을 뿜어줘라. 나도 늘 그래주곤 했어. 이 애는, 제 어미 때문에, 제 어미 때문에 그만……."

표도르는 이반에게 횡설수설 중얼거렸다.

"하지만 알료샤의 어머니와 제 어머니는 같은 분이 아닙니까? 안 그래요?"

이반은 울컥 치미는 분노와 모멸감을 참지 못해 불쑥 이렇게 말했다. 노인은 이반의 광채 나는 두 눈을 보고 흠칫 몸을 떨었다. 그러나 이때 비록 짧은 순간이나마 아주 괴이한 착각이 일어났다. 알료샤의 어머니가 곧 이반의 어머니라는 것을 표도르는 까맣게 잊고 있었던 모양이다.

"뭐, 네 어미가 어쨌다고?"

그는 뭐가 뭔지도 알 수가 없다는 투로 중얼거렸다.

"도대체 지금 무슨 소릴 지껄이는 거냐? 그래 이 애 어미가……, 이런 제기랄! 그렇구나. 이 애 어미가 네 녀석의 어미도 되는구나! 이런, 염병할, 내 정신 좀 봐. 그전엔 이렇게 정신이 흐려본 적이 없었는데……. 용서해라. 이반, 나는 그저……, 헤헤헤!"

노인은 거기서 입을 다물었다. 술에 취한 듯한, 흐릿하고 길게 끄는 듯한 뜻 없는 웃음만 얼굴에 퍼졌다. 그러나 바로, 이 순간, 현관에서 우당탕탕 하는 요란한 소음과 함께 사나운 외침 소리가 들리더니 방문이 확 열리며 홀 안으로 드미트리가 뛰어 들어왔다. 노인은 공포에 질려 이반에게 달려갔다.

"날 죽인다, 날 죽여! 날 살려다오, 제발 날 살려다오."

그는 이반의 옷자락에 매달리며 이렇게 소리를 쳤다.

9. 음탕한 사람들

드미트리 표도로비치를 뒤따라 그리고리 노인과 스메르자코프
도 방으로 뛰어 들어왔다. 두 하인은 드미트리를 방 안에 들여보
내지 않으려고 현관에서 한바탕 실랑이를 한 것이다(그들은 이미
며칠 전부터 주인한테서 그런 지시를 받았었다). 드미트리가 방 안에 뛰
어들어 잠시 머뭇거리는 사이에 그리고리는 식탁 쪽으로 돌아가
안으로 통하는 입구 맞은편 방문을 닫아버렸다. 그리고리는 마지
막 피 한 방울까지 바칠 각오가 되어 있다는 듯 두 팔을 벌리고 그
앞을 막아섰다. 이것을 본 드미트리는 고함 소리라기보다 오히려
절규에 가까운 소리를 지르면서 그리고리에게 달려들었다.

"그년이 거기 있단 말이지! 그년을 저기다 숨겨두었어! 비켜.
이 죽일 놈 같으니라구."

그는 그리고리를 떠밀려고 했으나 오히려 늙은 하인에게 떠밀

려버렸다. 머리끝까지 격분한 나머지 제정신이 아닌 드미트리는
주먹을 번쩍 들더니 그리고리를 내리쳤다. 노인은 맥없이 쓰러져
버렸다. 드미트리는 그 위를 넘어 방문을 박차고 안으로 달려 들
어갔다. 스메르자코프는 홀의 맞은편 구석에 얼굴이 새파랗게 질
린 채 부들부들 떨면서 표도르 옆으로 바싹 다가섰다.

“그년은 분명 여기 있어.”

드미트리가 소리쳤다.

“방금 이 집 쪽으로 돌아가는 걸 내 눈으로 똑똑히 봤어. 따라
가 붙잡질 못했을 뿐이야. 그년 어디 있어? 어디 있느냐 말이야.”

“그년 여기 있어!”라는 외침 소리는 표도르에게 말할 수 없이
강렬한 충격을 주었는지 그 순간 그토록 무섭던 공포심도 순식간
에 사라져버렸다.

“저놈을 잡아라, 저놈을 잡아!”

그는 이렇게 외치며 드미트리를 뒤쫓아 달려갔다. 그러는 사이
그리고리는 방바닥에서 일어나 앉았으나 아직도 제정신이 아닌
것 같았다. 이반과 알료샤는 아버지의 뒤를 쫓아 안으로 달려 들
어갔다. 방 안에서는 갑자기 어떤 물건이 마룻바닥에 떨어져 산
산이 깨지는 소리가 들렸다. 대리석 받침 위에 두었던 커다란 유
리 꽃병(그리 비싼 것은 아니었다)을 드미트리가 옆으로 지나가다
건드려서 깨뜨린 것이었다.

“저놈을 잡아라!”

노인은 비명을 질렀다.

“누구 없느냐?”

그제야 겨우 노인을 따라잡은 이반과 알료샤가 억지로 노인을 홀로 끌고 돌아왔다.

"어쩌자고 형을 쫓아가는 거예요! 정말 형의 손에서 죽고 싶어 그러시는 거예요?"

이반은 아버지에게 화를 내며 소리쳤다.

"이반, 알료샤! 그루센카는 여기 와 있어. 여기 와 있단 말이야. 이리로 들어오는 것을 저놈이 제 눈으로 보았다잖니……."

그는 숨이 차서 제대로 말이 나오지 않는 모양이었다. 오늘 그루센카가 찾아오리라고는 전혀 생각지 못했으므로 그녀가 여기 와 있다는 예기치 못한 소식에 그는 순식간에 미친 사람처럼 되어버렸다. 흡사 실성한 사람처럼 온몸을 부들부들 떨고 있었다.

"하지만 그 여자가 오지 않았다는 건 아버지 자신도 잘 알고 있지 않습니까?"

이반이 소리쳤다.

"하지만 저 뒷문이 있잖니, 저리 들어왔을 거야!"

"그 문은 잠겨 있어요. 아버지가 열쇠까지 갖고 계시면서……."

갑자기 드미트리가 다시 거실에 나타났다. 그는 지금 뒷문이 잠겨 있는 것을 보고 온 것이다. 그리고 실제로 열쇠는 표도르의 호주머니 속에 들어 있었다. 모든 방의 창문도 잠겨 있었기 때문에 그루센카가 들어오거나 빠져나갈 길도 없었다.

"저놈을 잡아라!"

드미트리를 보자 표도르는 다시 날카로운 쇳소리를 질렀다.

"저놈은 내 침실에서 돈을 훔쳤어!"

그는 이반의 손을 뿌리치고 드미트리한테 달려들었다. 그러나 드미트리는 두 손을 들어 노인의 관자놀이에 조금 남아 있는 터럭을 덥석 움켜잡고 쿵 하는 소리가 날 정도로 방바닥에 내동댕이쳤다. 그러고 나서도 그는 마루에 쓰러져 있는 아버지의 얼굴을 구둣발로 두어 번이나 걷어찼다. 노인은 숨이 넘어갈 듯이 비명을 질렀다. 이반은 자기 형처럼 완력은 없었으나 두 손으로 형을 끌어안고 사력을 다해 아버지에게서 떼어놓았다. 알료샤도 그 허약한 몸으로 앞에서 큰형을 붙잡고 있는 힘을 다해 말렸다.

“정신 나갔소? 아버지를 죽일 작정이오!”

이반이 소리쳤다.

“이 영감쟁이는 뜨거운 맛을 좀 봐야 해!”

드미트리가 숨을 헐떡이며 말했다.

“만약 죽지 않았다면 다시 와서 죽이고 말 테다. 나를 말릴 사람은 아무도 없어!”

“형님, 당장 여기서 나가주세요!”

알료샤가 위엄 있는 목소리로 말했다.

“알렉세이! 좀 알려다오, 너밖엔 믿을 사람이 없으니. 조금 전에 그년이 여기 왔니, 안 왔니? 그년이 골목길에서 울타리 옆을 따라 얼른 이쪽으로 기어드는 걸 내 눈으로 똑똑히 보았단 말이야. 내가 부르니까 도망치고 말았어…….”

“정말로 여기 안 왔어요. 게다가 누구 하나 그 여자가 오리라고 기대한 사람도 없구요!”

“그렇지만 분명히 내 눈으로 봤는데……. 그렇다면 그년이 어디 있는지 내가 곧 찾아내고 말 테니……. 잘 있거라, 알렉세이!
일이 이렇게 됐으니 이 이솝 영감한테 돈 얘긴 꺼내지도 말아라.
그러나 카체리나 이바노브나한테는 지금 곧 가서 '형이 인사말을
전하라고 해서 왔습니다'라고 말해다오! 간곡히 인사를 전하더
라고 꼭 말해야 한다. 그리고 여기서 일어난 장면도 자세히 설명
해줘라!"

그러는 사이에 이반과 그리고리는 노인을 일으켜 안락의자에
앉혔다. 그는 얼굴이 피투성이가 되었지만 정신만은 말똥말똥해
서 드미트리의 고함 소리에 열심히 귀를 기울이고 있었다. 그는
아직도 그루센카가 정말 이 집 어느 구석에 숨어 있는 것처럼 생
각한 것이다. 드미트리는 밖으로 나가면서 그를 증오에 찬 눈초
리로 노려보았다.

"당신 같은 영감쟁이가 피를 흘려도 난 조금도 후회하지 않소!"
드미트리가 소리쳤다.

"영감, 꿈을 잘 간직하시오, 나에게도 꿈은 있으니까! 나는 당
신을 저주해주겠어. 그리고 어차피 부자간의 인연은 내 쪽에서
먼저 끊어버릴 테니 그리 아시오……."

그는 방에서 휙 나가버렸다.

"그루센카는 여기 있어. 틀림없이 여기 와 있어! 스메르자코프,
얘, 스메르자코프!"

노인은 손가락으로 하인을 가리키며 들릴 듯 말 듯한 목소리로
말했다.

"여기 없다니까요, 없어요! 정말 머리가 어찌 된 모양이군."

화가 난 어조로 이반이 쏘아붙였다.

"아니, 기절해버렸잖아. 빨리 물을 가져와. 수건도! 빨리 해, 스메르자코프."

스메르자코프는 물을 가지러 달려갔다. 노인의 옷을 벗기고 침실로 옮겨 침대에 눕혔다. 그들은 노인의 머리 위에 물수건을 얹어주었다. 코냑을 과음한 데다 마음의 충격 그리고 얼굴의 타박상 때문에 노인은 기진맥진한 상태로 베개에 머리를 얹자마자 곧 눈을 감고 의식을 잃어버렸다. 이반과 알료샤는 홀로 돌아왔다. 스메르자코프는 깨진 꽃병을 치웠고 그리고리는 침울한 표정으로 눈을 내리깐 채 우두커니 식탁 옆에 서 있었다.

"영감도 어서 가서 머리에 냉수찜질이라도 하는 게 좋을 것 같군. 침대에 가서 눕도록 해요."

알료샤는 그리고리에게 말했다.

"우리 둘이, 여기 남아서 아버지를 간호해드릴 테니. 형이 꽤 세게 때린 것 같던데…… 그것도 머리를."

"어찌, 그리 나한테 그러는지!"

그리고리는 침울한 어조로 느릿느릿 말했다.

"그 사람은 아버지한테도 '그런 짓'을 했으니 거기에 비하면 할 아범에게 한 짓은 약과야."

이반이 입술을 일그러뜨리며 말했다.

"어릴 때 내 손으로 목욕까지 시켜드렸는데……. 나에게 그렇게까지 하다니!"

그리고리는 거듭 중얼거렸다.

"쳇, 내가 형을 떼어놓지만 않았어도 정말 그 자리에서 죽여버렸을지도 몰라. 그까짓 이솝 영감 하나쯤 해치우는 게 형한테 문제가 되겠나?"

이반은 알료샤에게 속삭였다.

"아니, 무슨 말을 그렇게 하세요!"

알료샤는 소리쳤다.

"왜, 못할 말도 아니고."

이반은 여전히 음성을 낮추어 증오에 찬 얼굴을 찌푸린 채 말을 이었다.

"독사가 독사를 물어 죽이는 형국이야. 결국 둘 다 그렇게 될 수밖에 없는 거니까."

알료샤는 부르르 몸을 떨었다.

"그렇지만 물론 나는 절대로 살인이 일어나도록 방관하지는 않을 거야. 방금도 그대로 내버려두지 않았던 것처럼. 알료샤, 넌 여기 좀 남아 있어라. 난 뜰에 나가 산책을 좀 하고 올 테니. 머리가 좀 쑤시는구나."

알료샤는 아버지 침실로 가서 1시간 남짓 침대 맡 병풍 밑에 앉아 있었다. 노인은 갑자기 눈을 뜨더니, 무엇인가를 골똘히 생각해내기라도 하려는 듯이 오랫동안 말없이 알료샤의 얼굴을 바라보고 있었다. 별안간 그의 얼굴에 형용할 수 없는 흥분의 빛이 떠올랐다.

"알료샤,"

노인은 걱정스럽게 물었다.

“이반은 어디 있니?”

“골치가 아프다고 뜰에 나가 있습니다. 거기서 우리를 지켜주고 있는 거예요.”

“거울 좀 다오. 저쪽에 있는 거울 말이다.”

알료샤는 장롱 위에 놓여 있는 접이식 둥근 거울을 집어 들었다. 노인은 거울을 자세히 들여다보았다. 코가 꽤 부어오르고 왼쪽 눈썹 위 이마에는 시퍼런 멍이 들어 있었다.

“이반은 뭐라고 하더냐? 하나밖에 없는 내 아들 알료샤야, 나는 이반이 무섭구나. 난 드미트리보다 이반이 더 무섭단다. 무섭지 않은 건 너 하나뿐이야.”

“이반 형을 무서워하실 필요 없어요. 화를 내기는 했지만 그래도 아버지를 지켜드릴 겁니다.”

“알료샤, 그런데 그 녀석은 어떻게 됐니? 곧장 그루센카에게 달려갔겠지! 내 귀여운 아들아, 제발 바른 대로 말해다오. 아까 그루센카가 왔었니, 안 왔었니?”

“그 여자가 온 걸 본 사람은 아무도 없는걸요. 그건 착각이었을 거예요. 아무튼 절대로 온 적이 없어요.”

“그렇지만 드미트리 녀석은 그루센카와 꼭 결혼할 생각인 거야, 결혼 말이야!”

“그 여자는 형님에게 가지 않을 겁니다.”

“암, 그렇고말고. 당연히 그렇고말고. 그 여자가 결혼할 리가 있나. 절대로 하지 않을 거야. 절대로.”

지금 이 순간 이보다 더 기쁜 말은 없다는 듯이 노인은 온몸을 떨며 기뻐했다. 그는 기쁨에 넘친 나머지 알료샤의 손을 덥석 잡아 자기 가슴에 꼭 가져다댔다. 뿐만 아니라 눈물까지 글썽였다.

"아까 네게 말한 성모 마리아 상을 줄 테니 가지고 가거라. 수도원으로 돌아가는 것도 허락해주마……. 아침에 한 말은 모두 농담이니 화내지 말아다오. 아, 머리가 아프구나. 알료샤…… 알료샤, 제발 내 마음이 진정되게 진실을 말해다오."

"그 여자가 왔느냐, 안 왔느냐를 또 물으시는 겁니까?"

알료샤는 슬픈 표정으로 말했다.

"아니, 그게 아니다. 그건 네 말을 믿는다. 내가 말하려는 건 다른 문제야. 네가 그루셴카한테 직접 찾아가든지 아니면 어떻게 해서라도 그년이 나와 그놈 중에 도대체 누굴 택할 셈인지 빨리 알아오라는 말이다. 되도록 빨리 말이다. 네가 직접 그 눈치를 확인해야 된다. 어때? 할 수 있겠니, 없겠니?"

"그 여자를 만나게 되면 물어볼게요……."

알료샤는 난처하다는 듯이 중얼거렸다.

"아니야. 그년이 너한테 바른 대로 말해줄 리가 없어."

노인은 말을 가로챘다.

"그년은 변덕쟁이니까 아마 너를 붙잡고 키스를 퍼부으면서 너한테 시집가고 싶다고 말할 게 뻔해. 그년은 거짓말쟁이에다 파렴치한 계집이야. 넌 안 돼. 네가 거기 가선 안 돼. 암, 안 되고말고!"

"어쨌든 제가 거기 가는 것이 좋은 일도 아닙니다. 아버지, 절대로 좋은 일이 아니에요."

“아까 그 녀석이 너보고 어디를 갔다 오라고 했지? 아까 달아나면서 ‘다녀오라’고 소리치던 것 같던데.”

“카체리나 이바노브나한테요.”

“돈 때문이겠지. 돈을 구걸하려구?”

“아닙니다. 돈 때문이 아니에요.”

“그 녀석은 돈이 없어. 동전 한 닢도 없어. 그런데 알료샤, 나는 오늘 밤 자면서 곰곰이 생각해볼 테니, 너도 이젠 가봐도 좋다. 어쩌면 그루센카가 올지도 모르니까……. 하지만 내일 아침엔 꼭 나한테 들러다오. 꼭 와야 한다. 내일 너한테 할 말이 있어. 꼭 와주겠지?”

“오겠습니다.”

“내일 올 때는 내가 오라고 했단 말은 아무에게도 하지 말고 그냥 네 스스로 문병 오는 것처럼 하고 오너라. 특히 이반한테는 더욱 말해선 안 돼.”

“알겠습니다.”

“그럼, 잘 가거라. 너는 아까 내 편을 들어주었지. 그건 내가 죽어도 잊지 않겠다. 내일은 꼭 해야 할 말이 있어. 지금은 좀 더 생각을 해야겠다.”

“지금 기분은 좀 어떠세요?”

“내일이면 일어날 게다. 내일은. 일어나서 걸을 수 있을 거야. 아무렇지도 않을 거야.”

알료샤는 뜰을 지나다가 대문 옆 벤치에 앉아 있는 이반을 만났다. 이반은 수첩에다 무언가를 적고 있었다. 알료샤는 아버지가 의식을 회복했다는 것과 자기에게 수도원으로 돌아가도록 허락해주었다는 말을 했다.

"알료샤, 내일 아침에 너를 좀 보았으면 하는데."

이반은 일어서며 상냥하게 말했다. 이처럼 상냥한 태도는 알료샤에게는 참으로 뜻밖이었다.

"나는 내일 호흘라코바 부인에게 가봐야 하고……."

알료샤는 대답했다.

"그리고 오늘 카체리나 이바노브나를 만나지 못하면 내일이라도 거길 가봐야 할지도 모릅니다."

"그럼 너 지금 카체리나한테 가는 길이구나! '인사와 안부'를 전하기 위해서?"

갑자기 이반이 히죽 웃으며 말하자 알료샤는 기분이 상했다.

"나도 이제 아까 드미트리 형이 고함을 지르던 것과 지금까지 있었던 일들로 봐서 어느 정도 알 수 있을 것 같구나. 드미트리 형이 너를 거기 보내는 것은 필시 그 여자에게……. 아마 '마지막 인사'를 전하기 위한 것이겠지?"

"형님, 아버지와 큰형 사이의 이 무서운 사건은 도대체 어떻게 결말이 날까요?"

알료샤는 큰 소리로 물었다.

"확실히 말하기는 어렵지만 별다른 일 없이 흐지부지될 수도 있지. 그 계집은 짐승과 다름없어. 아무튼 늙은이를 집에 꼭 붙잡아두고 드미트리를 절대로 집에 들이지 말아야 해."

"형님, 실례지만 한 가지 물어보고 싶은 게 있는데요. 한 인간이 세상 사람에 대해서 너는 살 자격이 있고 너는 그렇지 않다고 제멋대로 결정할 권리가 있을까요?”

“무엇 때문에 너는 이 문제에 자격의 결정이니 뭐니 하는 소리를 끄집어내는 거냐? 그런 경우는 자격 같은 걸 기초로 하는 것이 아니라 보다 자연스러운 다른 이유에 의해 사람의 마음속에서 결정되는 법이지. 하지만 권리 그 자체로 말하자면 희망의 권리를 가지고 있지 않은 사람이 어디 있겠니?”

“그렇다고 다른 사람의 죽음을 바라는 희망 같은 걸 뜻하진 않겠죠?”

“다른 사람의 죽음을 희망한다고 해도 할 수 없는 일이지. 게다가 모두가 그렇게 살고 있는데, 그 밖의 다른 방법이란 있을 수 없는데 구태여 자기 자신에게 거짓말을 할 필요가 어디 있겠니. 네가 그런 말을 하는 건 아까 내가 두 마리의 독사가 서로 물어 죽이려 하고 있다고 말했기 때문이지? 그렇다면 나도 너한테 한번 물어보자. 너는 나도 드미트리 형처럼 이숍 노인의 피를 흘리게 할 수 있는, 다시 말해 죽일 수 있다고 생각하니?”

“무슨 말을 하는 거예요. 형님! 그런 건 꿈에도 생각해본 적이 없어요! 그리고 드리트리 형도 그런 짓을 못할 거예요.”

“그렇게 생각해주는 것만으로도 고맙다.”

이반은 문득 미소를 지었다.

“알겠니? 나는 언제나 아버지를 보호해드릴 거야. 그렇지만 이런 경우 나 자신의 희망 속에는 충분한 여유를 남겨두고 싶어. 그럼 잘 가거라. 내일 다시 만나자. 제발 나를 책망하지 말고 나를 악당으로 생각하지 말아다오."

　그는 미소를 띠며 덧붙였다. 두 형제는 전에 없이 굳게 악수를 나누었다. 알료샤는 형 쪽에서 먼저 자기에게 한 걸음 다가온 것을 느꼈고 여기에는 반드시 무슨 의도가 있을 거라고 생각했다.

10. 두 여자가 한자리에

알료샤는 아까 아버지 집에 들어갈 때보다 더욱 마음이 허탈하고 괴로운 심정으로 그 집을 나섰다. 머릿속의 이성은 산산이 부서져 흩어져버린 것 같았다. 그와 동시에 그는 흩어진 조각들을 다시 주워 모아 오늘 하루 동안 겪은 갖가지 고통과 모순 속에서 하나의 일관된 결론을 내는 것조차 두려웠다. 그것은 알료샤가 일찍이 경험해보지 못한 절망의 한계 같은 것이었다. 가장 중요하고도 숙명적으로 해결할 수 없는 의문이 모든 것을 내려다보는 것처럼 가로막고 있었다.

그 무서운 여인을 둘러싼 아버지와 드미트리 형의 싸움은 도대체 어떻게 끝장을 볼 것인지 이제 알료샤 자신이 그 목격자가 된 것이다. 그는 직접 두 사람이 맞붙어 싸우는 것을 똑똑히 보지 않았는가. 정말로 불행한 사람은 형 드미트리였다. 그 앞에는 의심할 여지도 없는 무서운 재난이 기다리고 있었다. 게다가 알료샤의 예상보다 훨씬 더 많은 사람들이 이 일에 연관을 맺고 있는 것 같았다. 어쩐지 수수께끼 같은 느낌마저 들었다. 이반 형은 알료샤가 원했던 대로 자기 쪽으로 한 걸음 다가왔다. 그러나 어째선지 이 접근에 알료샤는 불안함이 느껴졌다.

그렇다면 두 여자들은 어떤가? 이상한 일이지만, 알료샤는 아까 카체리나의 집을 향해 걸을 때는 마음의 혼란이 느껴졌는데 지금은 아무런 동요도 느껴지지 않았다. 오히려 그녀한테서 무슨 적절한 해결책이라도 나올 것 같은 기대를 품고 그녀의 집을 향해 발길을 서두르고 있었다. 그렇지만 드미트리가 부탁한 말을 그녀에게 전해야 한다는 것은 아까보다 더욱 힘들게 생각되었다. 3000루블을 해결할 길이 거의 사라진 드미트리는 지금 자신을 파렴치한 인간으로 낙인찍고 절망한 나머지 어떠한 타락의 구렁텅이 앞에서도 주저하지 않을 것임에 틀림없다. 게다가 그는 방금 일어난 사건을 카체리나에게 상세히 전해달라고 부탁하지 않았던가.

알료샤가 카체리나의 집에 갔을 때는 벌써 저녁 7시여서 어둠이 사방에 내리기 시작하고 있었다. 그녀는 볼쇼이 거리에 위치한, 무척 넓고 살기 편한 집을 빌려 쓰고 있었다. 그녀가 두 이모와 함께 살고 있다는 것을 알료샤는 알고 있었다. 그중 하나는 그녀의 이복언니인 아가피야의 이모인데, 그녀는 카체리나가 여학교를 졸업하고 아버지에게 돌아왔을 때 시중을 들어주었던 말수 적은 부인이었다. 또 한 이모는 가난한 집안 출신이면서도 제법 격식을 따지는 모스크바의 귀부인이었다. 그러나 들리는 말에 따르면 둘 다 카체리나의 말이라면 무엇이든지 순순히 복종하고 있어서, 세상에 대한 체면 때문에 시중꾼 삼아 조카딸 옆에 붙어 있는 데 지나지 않은 듯했다. 카체리나가 어려워하는 유일한 사람은 지금 몸이 아파 모스크바에 남아 있는 그녀의 은인인 장군 부인뿐이었다. 이 부인에게는 매주 두 통씩 편지를 보내서 자기의 근황을 상세히 알려주어야만 했다.

알료샤가 현관에 들어가서 문을 열어준 하녀에게 자기의 방문을 알려달라고 부탁했을 때, 벌써 안에서도 그의 방문을 알고 있는 것 같았다(어쩌면 창문에서 보았는지도 모른다). 갑자기 황급히 뛰어다니는 여자들의 소리며 옷자락 스치는 소리 같은 것이 언뜻 들려왔다. 아마도 2~3명의 여자가 다른 방으로 급히 달려가는 듯했다. 알료샤는 자신의 방문이 이 같은 소동을 일으키게 될 줄 몰랐기 때문에 적잖게 놀라지 않을 수 없었다. 이윽고 그는 집 안으로 안내되었다.

시골티가 전혀 나지 않는 우아한 가구들을 많이 갖추어놓은 큰 방이었다. 여러 개의 소파와 안락의자, 크고 작은 탁자 등이 놓여 있었다. 사면에는 벽마다 그림이 걸려 있고 탁자 위에는 몇 개의 꽃병과 램프가 놓여 있었는데 꽃도 많이 꽂혀 있었다. 그리고 창가에는 물고기가 든 커다란 어항까지 놓여 있었다. 해질 무렵이라 방 안은 다소 어두웠으나 알료샤는 조금 전까지 사람이 앉아 있었던 것으로 보이는 소파 위에 부인용 비단 코트가 걸쳐져 있는 것을 알아볼 수 있었다. 소파 앞 탁자 위에는 먹다 남은 코코아

두 잔과 비스킷 그리고 푸른 건포도를 담은 유리 접시 등이 놓여 있었다. 누군가를 접대하고 있었던 것이 분명했다. 알료샤는 자기가 방해가 된 것을 깨닫고 미간을 찌푸렸다. 그러나 바로 그때 방문에 드리운 커튼이 젖혀지더니 카체리나가 바쁜 걸음으로 들어섰다. 그녀는 기쁨에 넘치는 미소를 지으며 다가와 알료샤에게 두 손을 내밀었다. 그 뒤를 따라서 하녀가 불을 켠 촛대를 두 개 들고 들어와 탁자 위에 놓았다.

"당신도 드디어 와주셨군요. 정말 고마워요! 나는 온종일 당신만을 위해 하느님께 기도를 드리고 있었답니다. 자, 앉으세요."

카체리나의 아름다운 외모는 전에 만났을 때에도 알료샤에게 깊은 인상을 남긴 적이 있었다. 그것은 약 3주 전 그녀 자신의 열렬한 희망에 따라 드미트리가 처음으로 동생을 여기에 데리고 와서 소개해주었을 때의 일이었다. 그러나 첫 대면에서 두 사람 사이에 대화가 이루어지지 않았었다. 알료샤가 무척 수줍어하는 것을 알아챈 카체리나가 그를 배려하여 줄곧 드미트리하고만 이야기를 했기 때문이다. 알료샤는 입을 다물고 있었지만 그사이에 매우 많은 것을 자세히 살펴볼 수 있었다.

그때 그는 남을 지배하는 듯한 그녀의 고압적인 태도와 소탈하면서도 어딘지 모르게 느껴지는 오만함 그리고 자신만만한 태도에 놀라움을 느꼈다. 그가 받은 이러한 인상은 어디를 보아도 의심의 여지가 없었다. 더구나 알료샤 자신이 과장되게 생각한다고는 느끼지 않았다. 그 크고 정열적인 검은 눈이 무척 아름답다는 것 그리고 그 눈이 노르스름한 빛조차 띠고 있는 창백하고 갸름한 얼굴과 멋진 조화를 이룬다는 것을 발견했다. 그녀의 두 눈과 우아한 곡선을 그리고 있는 그 입술에 그의 형이 매혹당했으리라는 것은 충분히 짐작할 수 있었으나, 동시에 그 속에는 다른 사람을 오랫동안 사랑할 수 없는 그 무언가가 있었다. 이 방문이 있은 후 드미트리가 자기의 약혼녀를 보고 어떤 인상을 받았느냐고 끈질기게 물었을 때, 알료샤는 자기가 받은 인상을 솔직하게 털어놓았다.

"그 아가씨와 함께라면 형님은 무척 행복하게 지낼 테지만, 그러나 그 행복은 평온하지만은 않을 겁니다."

"그래, 맞았어. 바로 그거야. 저런 여자는 언제나 제멋대로 하면서 운명에 맞서려고 하니까. 그래서 너는 내가 그 여자를 영원히 사랑할 수는 없다는 거지?"

"아니, 어쩌면 영원히 사랑할지도 모르죠. 그러나 영원히 행복할 수만은 없을 거예요."

알료샤는 그때 얼굴을 붉히면서 자신의 의견을 내놓았다. 그리고 형의 무리한 간청이었기는 해도 그런 '어리석은' 말을 입 밖에 낸 자기 자신이 원망스러웠다. 그런 말을 입 밖에 내자마자 자기 자신도 그것이 말할 수 없이 어리석은 의견이라는 것을 느꼈기 때문이다. 더구나 여자에 관해 자신의 생각을 드러냈다는 그 자체가 몹시 수치스러웠다.

이런 일이 있었기에 지금 자신에게 달려 나온 카체리나를 본 순간 그의 놀라움은 배가 되었다. 혹시 그때는 이 여자를 잘못 보지나 않았나 하는 생각이 들었을 정도였다. 지금 눈앞에 있는 그녀의 얼굴은 아무 꾸밈도 없는, 소박한 선량함과 솔직하고도 선한 표정으로 빛나고 있었다. 그때 그토록 알료샤를 놀라게 한 '자신만만함과 오만함'은 온데간데없고 지금은 그저 용감하고도 고결한 에너지와 명랑하고도 굳센 신념이 엿보일 뿐이었다. 사랑하는 남자와의 관계에서 생겨난 자신의 비극적 위치는 그녀에게 있어 아무런 비밀도 아니었다. 어쩌면 그녀는 이미 모든 사실을 전부 다 알고 있을지도 모르는 일이었다.

알료샤는 그녀의 얼굴을 보는 순간, 그리고 그녀의 입에서 나오는 몇 마디 말을 듣는 순간 이런 느낌을 받았다. 그러나 그럼에도 불구하고 그녀의 얼굴에는 미래에 대한 신념과 기대가 흘러넘치고 있었다. 알료샤는 갑자기 자기 자신이 그녀에게 일부러 크나큰 죄를 저지르고 있는 게 아닌가 걱정스러웠다. 그는 순식간에 그녀에게 압도되고 매료되어버렸다. 더구나 그녀의 몇 마디 말을 듣자마자, 그녀가 그 어떤 강렬한 흥분, 그녀로서는 좀처럼 있을 수 없는 거의 환희와도 비슷한 흥분 상태에 놓여 있다는 것을 깨달았다.

"제가 그토록 당신을 기다린 것은 지금 나에게 모든 진실을 숨김없이 말해줄 사람이라곤 오직 당신밖에 없기 때문이에요. 정말이지, 당신 말고는 아무도 없답니다."

"제가 온 것은……" 하고 알료샤는 머뭇거리며 이야기를 시작했다.

"형의 심부름으로……."

"아, 그분이 보내셨군요. 나도 그럴 거라고 예상은 하고 있었어요. 이젠 나도 모든 걸 다 알고 있어요. 모두."

카체리나는 갑자기 눈을 빛내며 소리쳤다.

"잠깐만 기다리세요. 알렉세이. 내가 왜 그토록 당신을 기다렸는지 그것부터 먼저 말씀드릴게요. 어쩌면 나는 당신보다 훨씬 많은 것을 알고 있는지도 몰라요. 그래서 나는 당신한테서 새로운 정보를 얻고 싶은 게 아니에요. 나는 그저 당신 자신이 그이에게서 어떤 인상을 받았는지 알고 싶을 뿐이에요. 그러니까 제발 꾸밈없이 솔직하게 그분의 근황을 알려주세요. 무례한 이야기라도 괜찮아요(네, 아무리 무례하다고 해도요). 당신은 지금 그이의 마음이 어떤 상태인지 아시겠죠? 내가 그분에게 직접 설명을 듣는 것보다는 이렇게 당신한테 물어보는 것이 좋을 것 같아요. 그이는 나한테 오고 싶어 하지 않으니까요. 내가 당신한테 원하는 게 무엇인지 이젠 아셨죠? 그리고 우선 그이가 무슨 일로 당신을 이리로 보냈는지 단순하고 쉽게 말씀해주세요. 난 틀림없이 그이가 당신을 보낼 거라고 짐작하고 있었어요."

"형은 당신한테……, 인사를 전해달라고 하더군요. 이젠 두 번 다시 여기 오지 않겠다고 하면서……, 당신한테 작별 인사를 전해달라고 했습니다."

"작별 인사라고요? 그이가 그렇게 말을 하던가요? 정말 그런 식으로 말하던가요?"

"그렇습니다."

"아무 생각 없이 무심코 한 말일지도 모르지요. 무슨 말을 해야 할지 생각이 안 나서 그랬을 수도 있지요."

“아닙니다. 형은 당신에게 ‘작별 인사’를 꼭 전해달라고 말했습니다. 게다가 잊지 말라고 세 번씩이나 강조했어요.”

카체리나의 얼굴이 울그락불그락해졌다.

“알렉세이, 그렇다면 제발 나를 도와주세요. 지금이야말로 당신의 도움이 필요해요. 내 생각을 당신에게 말씀드릴 테니 그걸 들으시고 내 판단이 옳은지 말씀해주세요. 아시겠지요? 만일 그분이 그저 지나가는 말로 작별 인사를 전해달라고 했다면, 그것으로 모두 끝나는 거예요. 그러나 만일 그분이 그것을 꼭 전하라고 강조했다면 그이는 몹시 흥분한 상태로 제정신이 아니었을지도 몰라요. 그런 결심을 하고서도 자신의 그 결심이 무서워진 것이 틀림없어요. 단호한 걸음으로 내 곁을 떠난 것이 아니라 가파른 내리막길을 그저 내닫는 대로 달려 내려간 데 불과해요. 그 말을 특히 강조했다는 것이 벌써 허세를 뜻하는 거예요!”

“맞습니다. 바로 그렇습니다.”

알료샤는 갑자기 열을 내며 그녀의 말에 동의했다.

“저도 지금 그렇게 생각됩니다.”

“만일 그렇다면 그이는 아직 가망이 없는 것이 아니에요. 그저 절망에 빠져 자포자기하고 있을 뿐이니까. 나는 지금이라도 그이를 구할 수가 있을 거예요. 그런데 참 그분은 당신한테 돈 이야기를, 3000루블 얘기를 하지 않던가요?”

“물론이지요, 했어요. 아마 형을 가장 괴롭히고 있는 문제가 바로 그 돈이니까요. 형은 이제 명예까지 상실한 이상 어떻게 되든 상관없다고 말하더군요.”

알료샤는 열띤 어조로 대답했다. 그는 자기 마음속에 한 가닥 희망이 솟구쳐 오르는 것을 느끼고 어쩌면 자신이 형을 구원할 수도 있을지 모른다고 생각했다.

"그렇다면 당신은 그 돈에 대해 알고 있었던 겁니까?"

알료샤는 그렇게 말하고는 갑자기 입을 다물어버렸다.

"벌써부터 알고 있었어요. 잘 알고 있었지요. 모스크바에 전보를 보내서 돈이 도착하지 않았다는 걸 이미 오래전에 알았지요. 그분은 돈을 부치지 않은 거예요. 그렇지만 난 아무런 내색도 하지 않았어요. 지난주에야 비로소 나는 그분에게 돈이 필요하다는 것과 지금도 돈 때문에 몹시 고통 받고 있다는 사실을 알게 되었지요. 나는 그래서 한 가지 목표를 세웠어요. 즉, 그분이 결국 누구에게 돌아가야 하는지, 자신의 진실한 벗은 과연 누구인지 스스로 깨닫게 하자는 거죠. 그런데 그분은 내가 자기에게 가장 충실한 친구라는 사실을 믿어주지 않는 거예요. 내가 어떤 사람인지 알려고도 하지 않고 그냥 한 여자에 불과하다고 생각하고 있죠. 그분이 그 3000루블을 써버린 일을 수치로 여기지 않게 하려면 도대체 어떻게 하면 좋을까 하고 지난 한 주일 내내 애를 태우며 걱정했어요. 세상 사람이나 자기 자신에게 수치를 느끼는 것은 몰라도, 나에게만은 그런 일로 수치심을 느끼지 않도록 하고 싶었어요. 그이는 하느님에게는 부끄럼 없이 모든 것을 고백할 거예요. 그런데 어째서 그이는 내가 자기를 위해서라면 무슨 일이라도 감내할 수 있다는 걸 몰라주는 걸까요? 그이는 어째서 내 마음을 알아주려 하지 않는 걸까요? 나는 어떻게 해서라도 그이의 영혼을 구해주고 싶어요. 나를 약혼녀로 생각하지 않아도 좋아요. 그런데도 그분은 내 앞에서 자신의 명예만 근심하고 있으니! 알렉세이, 당신한테만큼은 모든 것을 토로했을 테죠? 그런데 왜 나는 지금까지 그만한 대우도 받지 못하는 걸까요?"

카체리나의 마지막 말은 거의 울음소리 같았다. 그녀의 눈에서는 마침내 눈물이 흘러내렸다.

"저도 당신에게 꼭 전해야 할 얘기가 있습니다."

알료샤는 떨리는 목소리로 입을 열었다.

"바로 조금 전에 아버지와 형 사이에 벌어진 사건입니다."

그는 오늘 아버지 집에서 일어난 사건을 처음부터 끝까지 모두 얘기해주었다. 돈 때문에 아버지에게 갔던 일이며, 거기에 형이 나타나서 아버지에게 폭행을 가한 일, 그다음에 형이 자기한테 '작별 인사'를 전하러 가달라고 거듭 강조한 일 등을 모조리 들려주었다.

"그런 다음 형은 그 여자에게 갔습니다."

알료샤는 낮은 목소리로 덧붙였다.

"당신은 내가 그 여자를 미워한다고 생각하시는군요. 아니 형님도 내가 그 여자를 미워한다고 알고 있겠지요. 그렇지만 결국 그분은 그 여자하고 결혼하지 않을 거예요."

갑자기 카체리나는 신경질적으로 웃음을 터뜨렸다.

"그런 정욕이 카라마조프의 집안에서 영원히 불탈 수는 없을 거예요. 그건 정욕이지 사랑은 아니니까요. 형님은 결혼하지 않아요. 무엇보다 우선 여자 쪽에서 형님하고 결혼하려 들지 않을 테니까요."

카체리나는 한 번 더 기묘한 미소를 지었다.

"아마 형님은 결혼할 겁니다."

알료샤는 눈을 아래로 내리깔면서 슬픈 듯이 중얼거렸다.

"절대로 결혼하지 않을 거라고 내가 지금 말하잖아요! 그 처녀는 천사와 같은 사람이에요. 당신은 그걸 알고 계시나요?"

갑자기 그녀는 이상하리만큼 열에 들뜬 목소리로 소리쳤다.

"그 여자만큼 개성 있는 여자는 세상에 둘도 없을 거예요. 나는 그 처녀가 얼마나 매력적인지 알고 있지만 또한 그녀가 얼마나 선량하고 의지가 굳고 고상한 성품을 지녔는지도 잘 알고 있어요. 왜 그런 눈으로 나를 바라보나요? 알렉세이 표도로비치? 내 말에 놀라신 모양이군요. 아마 내 말이 믿어지지 않는가 보죠? 아 그라페나 알렉산드로브나!"*

그녀는 갑자기 옆방을 향해 누군가를 불렀다.

"이리 나오세요. 여기 계시는 분은 알료샤예요. 우리에 대해 모든 것을 알고 계시니 나와서 인사하세요."

"커튼 뒤에서 당신이 불러주시기만을 기다리고 있었어요."

상냥하면서도 감미로운 여자의 목소리가 들렸다. 커튼이 들리더니 다름 아닌 그루센카가 기쁜 듯이 웃으며 탁자 옆으로 다가왔다. 알료샤의 몸속에서 뭔가 경련이 이는 듯했다. 그는 그루센카에게서 눈을 떼지 못한 채 못 박힌 듯 움직이지 않았다. 이 여자

---

* 그루센카의 정식 이름이다.

가 바로 작은형이 '짐승'이라고 했던 바로 그 무서운 여자다. 그러나 지금 알료샤의 눈앞에 보이는 여자는 지극히 평범하고 소박해 보였으며 선량하고 사랑스러운 모습을 하고 있었다. 그녀는 물론 아름답기는 했으나 세상의 아름다운 여성들과 별로 다를 것이 없는 평범함이었다. 어쨌든 그녀가 무척 아름다운 것만큼은 사실이었다. 많은 사내들로부터 열렬한 사랑을 받을 수 있는 러시아적인 아름다움이었다. 키도 꽤 큰 편이었으나 카체리나보다는 조금 작았다. 카체리나가 유난히 키가 컸다. 토실토실한 몸집과 부드럽고 감미로운 몸동작은 그 목소리가 그렇듯이 나긋나긋했다. 그녀는 카체리나의 힘차고 성큼성큼 걷는 걸음걸이와 달리 소리 없이 사뿐사뿐 다가왔다. 발이 마룻바닥에 닿아도 전혀 소리가 나지 않았다. 그녀는 호화로운 검정 비단옷을 사각사각 스치면서 가벼운 몸짓으로 안락의자에 앉더니 고가의 검은 모직 숄로 우유처럼 희고 풍만한 목과 넓은 어깨를 살포시 감쌌다. 그녀의 나이는 스물둘이었다. 그리고 그 얼굴은 나이에 딱 어울려 보였다. 얼굴은 말할 수 없이 희지만 그 볼에는 발그레한 홍조가 감돌고 있었다. 얼굴 윤곽은 좀 큰 듯하고 아래턱이 약간 나와 있었으며 윗입술은 무척 얇았지만 도톰하게 나온 아랫입술은 두 배가량이나 두꺼워서 흡사 부어오른 것처럼 보였다. 그러나 아름답고 풍성하게 물결치는 밤색 머리칼과 검은담비처럼 새까만 두 눈썹, 기다란 속눈썹과 매혹적인 잿빛 눈동자는 아무리 혼잡한 인파 속을 무심히 거닐다가도 그녀에게 자연히 시선이 이끌려 우두커니 서게 만들 만했다. 그리고 누구든 그 예쁜 모습을 오랫동안 마음에 새겨둘 수밖에 없을 것 같았다. 그 얼굴에서 무엇보다도 알료샤를 강하게 사로잡은 것은 그녀의 어린애처럼 티 없이 맑고 순진한 표정이었다. 그녀는 어린애 같은 시선으로 무엇이 우스운지 천진난만하게 웃고 있었다.

사실 그녀는 기쁜 듯이 탁자 앞으로 다가왔지만, 그 얼굴은 마치 호기심에 가득 찬 어린애가 뭔가 재미있는 일이 있나 하며 기대하는 표정이었다. 그녀의 눈초리에는 무언가 사람의 마음을 들뜨게 하는 것이 있었다. 알료샤도 그것을 느낄 수 있었다. 그 밖에도 그녀에게는 무언가 자신이 이해하지 못하는, 이해하려고 해도 이해할 수 없는 뭔가가 있었다. 그것은 다름 아니라 부드럽고 나긋나긋한 몸놀림과 고양이처럼 조용한 움직임에서 비롯되는 것이었다. 그녀의 육체는 풍만하고도 활력이 넘쳐흘렀다. 숄 밑으로 싱싱하게 높이 솟아오른 젖가슴이 느껴졌다. 그녀의 육체는 그야말로 밀로의 〈비너스상〉을 재현한 듯한 모습이었다.

지금도 다소 과장된 느낌을 주는 그 균형 속에서 이미 그것을 예측할 수 없는 것은 아니지만 러시아의 여성미를 연구한 사람이라면 그루센카를 보고 틀림없이 자신 있게 예언할 수 있을 것이다. 젊음이 넘치는 이 싱싱한 육체의 아름다움도 서른 살이 되면 이미 곧 조화를 잃어 뚱뚱해지고, 피부는 늘어지고 눈가와 이마에는 잔주름이 생기고 얼굴빛은 윤기를 잃은 채 불그스름하게 변해버릴지도 모른다고. 그녀의 아름다움은 단적으로 말해 러시아 여성들에게서 흔히 볼 수 있는 이른바 찰나적인 아름다움, 소위 덧없는 아름다움인 것이다. 물론 알료샤가 그 순간에 그런 것을 생각하고 있지는 않았다. 오히려 그녀에게 매력을 느낀 것도 사실이지만, 내심 어딘가 불쾌하고도 유감스러운 기분이 들었고 어째서 이 여자는 자연스럽게 말을 하지 못하고 저렇게 자꾸만 말꼬리를 길게 늘이는 것일까, 하고 자기 자신에게 물어보는 중이었다. 보아하니 이렇게 낱말과 음절을 길게 끌며 달콤하게 이야기하는 것을 그녀는 무슨 매력으로 여기는 것 같았다. 그러나 그것은 그녀의 낮은 교육 수준과 어릴 때부터 몸에 밴 저속한 예절 습관을 드러내주는 증거에 지나지 않았다. 그녀의 이러한 발음이나 억양은 어린애처럼 순진한 얼굴 표정이라든가 고요하고도 온화한 눈빛과는 거의 어울리지 않을 정도로 어색하기 그지없었다.

카체리나는 그녀를 알료샤 맞은편 안락의자에 앉게 하고는 그 웃음 띤 입술에 여러 번 열렬한 키스를 퍼부었다. 마치 그녀에게 홀딱 반하기라도 한 것 같았다.

"알렉세이 표도로비치, 우린 오늘 처음으로 만났어요."

그녀는 기쁨에 들뜬 어조로 말문을 열었다.

"나는 이분을 만나서 어떤 사람인지 알고 싶었답니다. 그래서 내가 먼저 찾아가려던 참인데 이분이 내 초청을 받아들여 스스로 찾아주신 거예요. 이분과 함께라면 어떤 문제라도 다 해결할 수 있을 거라고 난 확신했어요. 어쩐지 그런 예감이 들더군요. 내가 이렇게 결정했을 때 모두들 그렇게 되지 않을 거라 했지만, 나는 그 결과를 예감하고 있었죠. 결과적으로 내 예감은 틀리지 않은 셈이죠. 그루센카는 모든 것을 설명해주었어요. 자기의 미래 계획까지도요. 이분은 착한 천사처럼 이 집에 날아와서 우리에게 위안과 기쁨을 안겨주었답니다.”

“당신은 나 같은 여자도 결코 경멸하지 않으셨어요. 정말 훌륭하신 분이에요.”

여전히 아양을 떠는 듯한 기쁜 미소를 지으며 그루센카는 노래하듯 말끝을 길게 늘였다.

“내 앞에서 농담으로라도 그런 말은 하지 마세요. 당신처럼 아름답고 매력적인 여자를 어떻게 경멸할 수 있겠어요! 자, 당신의 그 아랫입술에 입 맞추게 해주세요. 당신 입술은 통통하게 부어오른 것 같으니 이왕이면 더 부어오르게 해야겠어요. 한 번 더, 한 번 더……. 알렉세이 표도로비치, 저 웃는 모습을 좀 보세요. 저 천사 같은 얼굴을 보면 저절로 마음이 즐거워진다니까요.”

알료샤는 얼굴이 빨개져 눈에 띄지 않을 정도로 가늘게 몸을 떨고 있었다.

“아가씨는 그토록 나를 귀여워해주시지만 어쩌면 나는 그만한 자격이 없는 여자인지도 몰라요.”

“자격이 없기는요! 이분에게 그럴 자격이 없다니!”

카체리나는 여전히 들뜬 어조로 소리쳤다.

“알렉세이 씨, 이분은 현실에서 벗어나 있지만 그 대신 고상하고 자유분방한 마음을 가지고 있어요. 알렉세이 표도로비치, 이분이 얼마나 고결하고 관대한 분인지 몰라요. 이분은 그저 한때 불행했을 뿐이에요. 너무나도 일찍 보잘것없는 경박한 남자 때문에 너무 일찍이 모든 희생을 감수했을 뿐이에요. 훨씬 전, 한 5년 전쯤의 이야기예요. 이분에게는 한 남자가 있었답니다. 그도 역시 장교였는데, 이분은 그를 사랑하게 되어 모든 것을 바치고 말았지요. 그런데 그 남자는 이분을 저버리고 다른 여자와 결혼을 하고 말았답니다. 최근에 와서야 아내가 죽었으니 다시 이 고장으로 오겠다는 편지를 보냈답니다. 그런데 아시겠어요. 이분은 여태까지 그 사람만을 사랑해왔고 지금도 오직 그 사람만을 사랑하고 있답니다. 그 사람이 돌아오면 그루센카도 다시 행복해질 수 있겠지만 지난 5년 동안은 그저 불행의 연속이었어요. 하지만 도대체 누가 이분을 나무랄 수 있겠어요? 또 누가 이분의 관대한 마음씨를 칭찬할 수 있을까요? 그것은 지금 병석에 누워 있는 저 늙은 상인 말고 또 누가 있을까요! 하지만 그 사람은 이분의 아버지나 친구나 혹은 보호자라고 하는 편이 나을 거예요. 그 노인은 애인한테 버림받고 절망과 고뇌에 빠져 있을 때 구세주처럼 나타나서 이분을 구해준 거예요! 그러니까 그 노인은 이분을 구해준 거라구요!"

"아가씨, 아가씨는 지금 저를 너무 감싸주시려고 애쓰시지만 모든 면에서 너무 서두르시는 것 같아요."

그루센카는 또다시 말꼬리를 길게 늘이면서 말했다.

"당신을 감싸다니요. 어떻게 내가 감히 그런 짓을 할 수 있겠어요? 천사 같은 그루센카. 당신의 손을 이리주세요. 알렉세이 표도로비치, 이 작고 토실토실한 매력적인 손 좀 보세요. 자, 이 손이 바로 나에게 행복을 가져다주고 나를 소생케 해주었답니다. 자, 지금 이 손에 키스할 테니 보세요. 손등에도 손바닥에도 입 맞추는 걸 봐주세요. 자, 이렇게, 그리고 또 이렇게!"

카체리나는 기쁨에 들뜬 것처럼 매력적인 그루센카의 손에 세 번이나 키스를 했다. 그루센카는 자기 손을 내맡긴 채 낭랑하게 울려 퍼지는 간드러진 웃음소리를 내면서 이 친절한 아가씨의 거동을 지켜보고 있었다. 그녀는 이렇게 자기 손에 입을 맞추는 것을 무척 좋아하는 눈치였다.

'아무래도 자기 기분에 너무 도취된 것 같아' 하는 생각이 문득 알료샤의 머릿속을 스치고 지나갔다. 그는 얼굴을 붉혔다. 왠지 모르게 엄습하는 불안감 때문에 마음이 편치 못했다.

"아가씨, 알렉세이 표도로비치 앞에서 이렇게 키스를 하시면 내가 부끄러워져요."

"내가 뭐 당신을 부끄럽게 하려고 이러는 줄 아세요?"

카체리나는 다소 의외라는 듯이 말했다.

"아아, 당신은 내 심정을 이해하지 못하시는군요!"

"아니에요. 오히려 아가씨가 제 마음을 모르실 수도 있어요. 나는 당신이 생각하는 것보다 훨씬 나쁜 여자일지도 모르니까요. 나는 마음이 삐뚤어진 데다가 또 고집쟁이예요. 저 가엾은 드미트리 씨만 해도 그저 한번 장난삼아 유혹해본 것에 지나지 않으니까요."

"하지만 지금 당신은 스스로 그이를 구해주려 하고 있지 않나요? 당신이 그렇게 약속하셨지요. 당신은 오래전부터 다른 사람을 사랑해왔는데 지금 그 사람이 당신에게 구혼하고 있다는 것을 솔직하게 알려서 드미트리의 눈을 뜨게 해주겠다고요……."

"저런, 그렇지 않아요! 난 그런 약속을 한 적은 없어요. 그건 아가씨 혼자서 하신 말씀이지 내가 약속한 게 아니에요.”

“그럼 내가 잘못 알았단 말인가요?”

카체리나는 얼굴빛이 창백해져 낮은 목소리로 중얼거렸다.

“당신은 분명히 그렇게 약속했는데…….”

“천만에요. 아가씨, 나는 아무것도 약속하지 않았어요.”

그루센카는 여전히 명랑하고도 순진한 표정으로 거침없이 말을 이었다.

“이젠 아셨죠. 아가씨. 당신에 비해 내가 얼마나 비열한 심술쟁이인가를……. 나는 마음만 내키면 무엇이든 당장 해치우고 마는 성미니까요. 아까는 내가 정말 무슨 약속을 했는지도 모르지만……. 다시 생각해보니 갑자기 그이가 다시 좋아질 것 같군요, 그 미차가 말이에요. 전에도 한 번 그분이 무척 마음에 들었다니까요. 지금이라도 돌아가서 당장 오늘부터 우리 집에서 함께 살자고 말할지도 모르겠어요……. 나는 원래가 이렇게 변덕이 심한 계집이랍니다.”

“아까 당신이 한 말은……, 그와는 전혀 다른 말이었는데…….”

카체리나가 간신히 이렇게 중얼거렸다.

“아, 아까는 정말! 나는 마음이 무척 약한 어리석은 여자예요. 그분이 나 때문에 얼마나 많이 괴로워했을까 생각하기만 해도 그만! 이제 집에 돌아가서 갑자기 그이가 불쌍하다는 생각이 들면 그때는 나도 어떻게 할지 몰라요.”

“정말 뜻밖이군요…….”

“아가씨는 정말 나 같은 여자에 비하면 너무나도 친절하고 훌륭하신 분이에요. 그러니 이제 나같이 변덕 많고 못돼먹은 계집에겐 싫증이 나셨을 테죠. 아가씨, 이번엔 아가씨의 손을 이리 좀 주세요."

그루센카는 다정한 어조로 말하면서 카체리나의 손을 공손하게 잡았다.

"자, 아가씨, 이번에는 아가씨 손을 잡고 아까 내게 해주신 것처럼 키스를 하겠어요. 당신은 세 번 해주셨지만 나는 300번은 해야 할 거예요. 그게 당연한 일이죠. 다음엔 하느님의 뜻대로 완전히 당신의 노예가 되어 무슨 일이든 당신이 원하시는 대로 봉사하고 싶어질지도 모르지요. 우리가 무슨 약속이니 협약이니 하는 걸 하지 않아도 하느님께서 정해주신 대로 될 테니까요. 아, 이 손, 어쩌면 이렇게도 예쁠까! 귀여운 아가씨, 당신은 너무나도 아름다우세요!"

그루센카는 정말 키스에 '보답한다'는 기이한 목적으로 그녀의 손을 살그머니 자기 입으로 가져갔다. 카체리나는 그 손을 뿌리치지 않았다. 그녀는 매우 이상한 표현이긴 하지만 노예처럼 봉사하겠다는 그루센카의 마지막 약속을 듣고, 아직도 한 가닥의 희망을 놓지 못하고 있었던 것이다. '어쩌면 이 여자는 지나칠 정도로 순진해서 그럴지도 몰라!' 이런 희망이 카체리나의 가슴속을 스치고 지나갔다. 한편 그루센카는 '아가씨의 예쁜 손'에 반하기라도 한 듯 천천히 그 손을 자기 입술로 가져갔다. 그러나 바로 입술에 닿으려는 바로 그 순간 갑자기 무언가를 생각하는 듯 그 손을 2, 3초가량 그대로 붙잡고 있었다.

“그런데요, 아가씨.”

그루셴카는 더욱 달콤하고 부드러운 목소리로 말꼬리를 끌며 말했다.

“모처럼 당신 손을 잡긴 했지만 키스는 그만두는 게 좋겠네요.”

그러고는 재미있어 죽겠다는 듯이 키득키득 웃어댔다.

“원하는 대로 하세요……. 근데 대체 뭣 때문에 이러는 거죠?”

카체리나는 흠칫 몸을 떨었다.

“어쨌든 이것만은 잘 기억해두셨으면 좋겠네요. 당신은 내 손에 키스를 하셨지만 나는 결코 아가씨 손에 입을 맞추지 않았다는 걸 말이에요.”

갑자기 그루셴카의 눈이 번쩍거렸다. 그녀는 카체리나의 얼굴을 뚫어지게 쳐다보았다.

“건방진 것 같으니!”

순간 뭔가를 깨달은 듯이 카체리나는 이렇게 뇌까리고는 얼굴이 새빨갛게 되어 자리에서 벌떡 일어났다. 그루셴카도 천천히 몸을 일으켰다.

“곧 미차한테 가서 얘기해줘야겠군요. 아가씨는 내 손에 키스를 했지만 나는 한 번도 하지 않았다고요. 아마 그이는 굉장히 재미있다고 하면서 웃어댈 거예요!”

“더러운 계집 같으니, 어서 나가버려!”

“저런, 부끄럽지 않으세요, 아가씨! 당신 같은 분께서 그런 상스러운 말을 입에 올리시다니, 전혀 어울리지 않는군요.”

“빨리 꺼져버려, 이 창녀 같은 년!”

카체리나는 악을 썼다. 흉하게 일그러진 그녀의 얼굴은 경련이라도 일으킨 듯 바르르 떨고 있었다.

“네, 창녀라도 좋아요. 하지만 그런 소리를 하는 아가씨 역시 처녀의 몸으로 돈이 탐나서 늦은 저녁에 젊은 사내를 찾아가지 않았느냔 말예요. 그 예쁜 얼굴을 팔러 간 거죠! 난 모두 알고 있어요.”

카체리나가 악을 쓰면서 그루센카에게 달려들려 했으나 알료샤가 있는 힘을 다해 그녀를 붙들었다.

“가만 계세요! 한 마디도 대꾸하지 말고 상대하지 마십시오! 저 여자는 곧 돌아갈 겁니다. 지금 당장요.”

바로 이때, 카체리나의 이모들과 하녀가 고함 소리를 듣고 방 안으로 달려 들어왔다.

“네, 그럼 이만 돌아가지요.”

그루센카는 소파에서 코트를 집어 들며 말했다.

“알료샤, 날 좀 데려다줘요.”

“가세요, 빨리 돌아가주세요!”

알료샤는 간청하듯 그루센카에게 두 손을 모으면서 말했다.

“귀여운 알료샤, 그러지 말고 좀 데려다줘요! 가는 길에 아주 재미있는 얘기를 하나 들려드리겠어요! 지금은 그저 당신을 위해 한바탕 연극을 해보인 것뿐이에요. 자, 나를 좀 데려다줘요. 그러면 반드시 잘했다고 여길 거예요.”

알료샤는 두 손을 불끈 쥐고 얼굴을 옆으로 돌려버렸다. 그루센카는 깔깔 웃어대면서 집에서 뛰어나갔다. 카체리나는 미친 듯이 흥분하여 발작을 일으켰다. 그녀는 흐느껴 울고 있었다. 그리고 경련 때문에 숨이 막히는 것 같았다. 모두 갈피를 못 잡고 어찌해야 좋을지 몰라 허둥지둥했다.

"그래, 내가 뭐라고 했니!"

나이 많은 이모가 입을 열었다.

"그래선 안 된다고 내가 그만두라고 했는데……, 너는 너무 성미가 급해서 탈이란 말이야……. 그런 쓸모없는 짓을 왜 하는지! 너는 그런 부류의 여자들이 어떤지 잘 모를 거다. 사람들 말에 따르면 그 여자는 아주 몹쓸 년이라는구나. 너는 너무 고집이 세서 탈이야!"

"호랑이 같은 년!"

카체리나가 소리를 꽥 질렀다.

"알렉세이, 왜 당신은 나를 붙잡았나요? 당신만 아니었으면 그년을 마구 때려줬을 텐데!"

카체리나는 알료샤 앞에서도 자기 자신을 자제하지 못했다. 아니, 어쩌면 자제심을 발휘하고 싶지 않았는지도 모른다.

"그런 년은 교수대에 올려놓고 망나니들을 시켜 실컷 채찍질을 해야 해요. 사람들이 모두 지켜보는 앞에서!"

알료샤는 자신도 모르게 방문 쪽으로 뒷걸음질쳤다.

"그렇지만 아, 아!"

카체리나는 손바닥을 찰싹 때리며 외쳐댔다.

"그이가, 그이가 그렇게까지 양심이 없는 사람이라니, 어떻게 그렇게까지 몰인정할 수 있어요! 그이가 그 창녀에게 모든 이야기를 했을 줄은 정말 몰랐어요. 그 저주할, 영원히 저주할 숙명적인 그날의 일을! '아가씨, 당신도 그 예쁜 얼굴을 팔러 가지 않았던가요?' 그년은 모든 걸 알고 있어요. 알렉세이, 당신 형님은 정말 비열한 사람이에요!"

알료샤는 뭐라고 말하고 싶었으나 한 마디도 입 밖으로 낼 수가 없었다. 그는 가슴이 죄어오는 것 같은 통증을 느꼈다.

"그만 돌아가주세요, 알렉세이 표도로비치! 나는 부끄럽고 또 무서워요! 내일……, 제발 내일 한 번 더 와주세요. 제발 부탁할게요. 나를 너무 나쁘게 생각하지 말아주세요. 이제부터 어떻게 해야 할지, 나도 잘 모르겠어요!"

알료샤는 비틀거리는 걸음으로 그 집을 나서 거리로 들어섰다. 그녀와 마찬가지로 그도 역시 울고 싶은 심정이었다. 이때 갑자기 카체리나의 하녀가 뒤쫓아 나왔다.

"아가씨께서 이걸 전하시는 걸 잊으셨답니다. 호흘라코바 부인께서 부탁하신 편지인데, 아까 점심때부터 맡겨두었던 거예요."

알료샤는 조그만 장밋빛 봉투를 기계적으로 받아서 호주머니 속에 찔러 넣었다.

11. 또 하나의 짓밟힌 명예

마을에서 수도원까지는 기껏해야 1km 남짓한 거리였다. 이 시각이면 지나는 사람 하나 없는 밤길을 알료샤는 바쁜 듯이 걸어갔다. 이미 캄캄한 밤이라 30보 앞도 분간하기 어려웠다. 중간쯤 되는 곳에 사거리가 하나 있었다. 그 갈림길에 한 그루 외로이 서 있는 버드나무 아래 사람의 그림자 같은 것이 언뜻 보였다. 알료샤가 거기 다다르자마자 그 그림자가 확 덤벼들면서 벼락같이 소리를 질렀다.

"목숨이 아깝거든 돈을 내놔라!"

"아니, 형님 아니세요!"

알료샤는 질겁하고 놀라다가 겨우 정신을 차리고 이렇게 말했다.

"하하하! 놀랐지? 너를 어디서 기다릴까 생각해보았지. 그 여자의 집 앞에서 기다릴까 하는 생각도 했지만 거기는 세 갈래로 길이 갈라지니까 너를 놓칠 수도 있어서 여기서 기다리기로 했지. 수도원으로 가는 길은 이 길밖에 없으니까 반드시 여길 지날 거라 생각했지. 자, 어서 그 집에서 있었던 얘길 해다오, 내 체면이 바퀴벌레처럼 납작해져도 좋으니……. 어서 솔직하게 말해봐. 아니, 너 왜 그러니?"

"아무것도 아닙니다. 형님……. 하도 놀라서 그만……. 하지만 형님! 아까 아버지의 피를 보고서도……."

알료샤는 울음을 터뜨렸다. 실은 아까부터 목구멍까지 치밀어 올라와 있던 울음이 형을 보자 갑자기 터져 나오고 만 것이다.

"하마터면 아버지를 죽일 뻔하고서도……, 아버지한테 저주를 퍼붓고도 지금……, 여기서 목숨이 아깝거든 지갑을 내놓으라고, 그런 장난을 하시다니!"

"그래, 그게 어쨌다는 거냐? 무례하단 말이냐? 지금의 내 처지에 도저히 맞지 않는 일을 저질렀단 말이지?"

"아니요, 그런 것이 아니라 나는 다만……."

"잠깐만 기다려봐. 자, 이 밤의 경치를 좀 살펴보렴. 얼마나 음산한 밤이냐! 저 짙은 구름, 게다가 몰려오는 바람까지! 나는 여기 이 버드나무 밑에 숨어서 너를 기다리다가 문득 이런 생각을 했단다. 이렇게 된 이상 무엇을 우물쭈물 기다리느냐! 여기 버드나무도 있고, 손수건도 있고 셔츠도 있으니 당장 꼬아서 노끈을 만들 수 있다. 게다가 바지에는 멜빵까지 달려 있으니 나 같은 구차한 인간이 더 이상 대지를 더럽힐 필요가 어디 있느냐! 바로 그때 네가 걸어오는 발소리가 들려온 거야. 그러자 갑자기 내 머리 위로 뭔가가 날아 내린 것 같은 느낌이 들었어. 그래, 나에게도 가장 사랑하는 사람이 있다. 저게 바로 그 사람이다. 세상에서 가장 사랑하는 동생이 있지 않느냐! 이렇게 생각한 순간 나는 네가 더욱 사랑스럽게 여겨져서 당장 너를 꼭 껴안아주고 싶어졌어. 그런데 다음 순간 바보 같은 생각이 떠올랐어. '저 녀석을 한번 놀라게 해줘야지, 그것도 재미있을 거야.' 그래서 다짜고짜 강도 흉내를 냈던 거야. 어리석은 짓을 해서 미안하다. 용서해다오. 하지만 그건 어디까지나 장난이고 내 마음속은 정말 심각하거든. 하지만 그런 건 아무래도 상관없다. 그보다도 거기 갔던 얘기나 들려다오. 내가 놀라 자빠질 정도로 그녀가 화를 냈겠지, 그렇지?"

"아니요, 그렇지 않았어요……. 그런 일은 절대로 없었어요. 형님, 거기서 나는……, 두 여자를 모두 만났어요."

"두 여자라니, 누구 말이냐?"

"카체리나와 그루센카 말이에요."

드미트리는 장승처럼 멍하니 얼어붙었다.

"그럴 리가 있나! 너 무슨 꿈을 꾸고 있니? 그루센카가 그 집에 가다니, 어떻게 그런 일이!"

드미트리가 소리쳤다.

알료샤는 카체리나 집에 들어간 순간부터 자기가 보고 들은 것을 모조리 이야기했다. 유창하고 조리 있게 설명하지는 못했지만 중요한 말이나 동작을 정확히 짚어가며, 때로는 자기가 받은 인상과 느낌을 요령 있게 섞어가면서 모든 것을 전달했다. 그의 이야기는 거의 10분이나 지속되었다. 드미트리는 꼼짝도 하지 않은 채 묵묵히 귀를 기울이면서 동생의 얼굴을 뚫어지게 바라보고 있었다. 알료샤는 형이 모든 것을 알아채고 모든 사실의 진의를 정확하게 파악했다는 것을 짐작할 수 있었다. 이야기가 진행됨에 따라 드미트리의 얼굴은 점점 침울해졌을 뿐만 아니라 나중에는 무서울 만큼 험악한 형상으로 변하고 있었다. 그는 눈살을 찌푸리고 이를 악문 채 이야기를 듣고 있었다. 움직임 없는 그의 시선은 더욱 무서운 느낌을 주었다. 그런데 별안간 놀랍게도 그처럼 무서운 표정을 짓고 있던 그의 얼굴이 순식간에 변하더니 굳게 다물었던 입술이 벌어지며 갑자기 폭소를 터뜨렸다. 그것은 말 그대로 참을 수가 없어서 배꼽을 잡고 웃어대는 형상이었다. 그는 웃음 때문에 한참 동안 말을 제대로 하지 못했다.

"그래, 그 손에 끝내 입을 맞추지 않았단 말이지! 결국 키스를 하지 않고 그냥 달아나버렸단 말이지!"

그는 마치 어떤 병적인 쾌감을 느끼면서 이렇게 소리쳤다. 그 기쁨이 그토록 솔직하고 자랑스럽지가 않았다면 그것은 오만한 쾌감이라고 할 수도 있었을지도 모른다.

"그래, 그 여자가 호랑이라고 고함을 쳤다고? 하긴 틀림없는 사실이지. 교수대에 올려야 한다고? 그럼 당연하지. 나도 동감해. 벌써 오래전부터 그렇게 해야만 했어. 그건 그렇고 알료샤, 교수대도 좋지만 우선 마음의 병부터 고칠 필요가 있지 않을까? 어쨌든 수치심을 모르는 여자의 마음은 나도 이해할 만해. 그 여자의 정체는 바로 그 손에 드러나 있는 거야. 방탕한 여자의 본성 말이야. 그 여자는 모든 방탕한 여자들의 여왕과 같다고. 그래서 방탕한 기쁨을 느끼는 거야! 그래, 그년은 곧장 제집으로 돌아갔니? 그럼 나도 당장 그리로 가봐야겠다. 알료샤, 제발 나를 비난하지 말아다오. 그년은 목을 졸라 죽여도 시원치 않을 년이라는 점에서 나도 동감하는 바니까.”

“하지만 카체리나 이바노브나는!”

알료샤는 슬픈 목소리로 소리쳤다.

“그녀의 심정도 잘 알겠다. 속속들이 알게 되었어. 이제야 그 여자를 잘 알게 된 건 이번이 처음이야. 이건 신대륙 발견과도 같은 거야. 아니, 사대주가 아니라 오대주였던가? 어쨌든 놀라운 일이야. 이것은 다름 아닌 그때의 카체리나의 이야기야. 아버지를 구하려는 고결한 이상 때문에 무서운 모욕의 위험을 무릅쓰고 추잡한 난봉꾼 장교에게 달려갔던 그때의 여학생 바로 그대로거든! 아, 그 무서운 자존심, 모험에 대한 욕구, 운명에 대한 도전, 지칠 줄 모르는 끝없는 도전! 그 이모가 말렸다고 했었어. 그래도 그 이모라는 여자가 모스크바에 있는 장군 부인의 친동생인데 고집이 여간 아닐 텐데. 자기 언니보다 더 콧대가 쎈 여자였지만 남편이 공금 횡령죄로 토지고 재산이고 모두 몰수당한 뒤 그처럼 거만하던 그 여자의 콧대가 꺾였지. 그때 이후 비굴한 생활을 하고 있는 거야. 그래 그 이모가 말렸는데도 카체리나는 듣지 않았었지. ‘내가 정복할 수 없는 건 이 세상에 아무것도 없어요. 모든 것을 내 마음대로 할 수 있어요. 그러니까 내가 하려고만 한다면 그루셴카쯤은 얼마든지 꼼짝 못하게 할 수 있다니까요’ 하며 허세를 부려본 거야. 그러고는 자신의 힘을 믿고 자기 자신에게 배짱을 부린 거겠지. 그러니 누구를 원망하겠어. 그 여자가 그루센카의 손에 먼저 입을 맞춘 데는 무슨 속셈이 있어서라고 생각하니? 천만의 말씀. 그 여자는 정말 마음속으로부터 그루센카한테 반해버린 거야. 아니, 그루센카가 아니라 자신의 꿈과 공상에 반해버린 거지. 왜냐하면 그루센카의 꿈과 공상을 자신의 것으로 알았으니까. 그러니 반하지 않을 수 없지. 그런데 알료샤, 넌 용케도 그 여자들한테 도망쳐 나올 수 있었구나. 그곳을 어떻게 도망쳐 나왔니? 그 수도복 자락을 치켜들고 도망쳐온 거니. 하하하!"

"형님은 카체리나 아가씨한테 얼마나 큰 잘못을 했는지 모르시는 것 같군요. 형님은 그날 일을 그루센카에게 모두 이야기했죠! 그루센카는 아까 카체리나 씨에게 대놓고 이렇게 말했어요. '당신도 그 예쁜 얼굴을 팔러 밤중에 젊은 사내를 찾아가지 않았던가요?' 형님, 이보다 더 큰 모욕이 어디 있겠어요?"

알료샤가 무엇보다 가슴 아프게 생각한 것은 카체리나가 받은 모욕을 형이 오히려 기뻐하고 있는 것처럼 보인다는 점이었다.

"아참, 그렇구나!"

갑자기 드미트리는 잔뜩 얼굴을 찡그리며 손바닥으로 이마를 딱 때렸다. 그는 조금 전에 알료샤한테 이 모욕에 대한 이야기를 듣고 카체리나가 '당신 형은 비열한 사람이에요'라고 외쳤다는 사실을 이제야 비로소 깨달았던 것이다.

"그래, 난 분명히 그 '저주받을 운명의 날'에 있었던 일을 그루센카한테 얘기했어. 그래, 얘기했어. 이제야 생각나는군! 그건 바로 그때 모크로예 마을에 갔을 때였어. 완전히 술에 취해버렸고 집시들은 노래를 부르고 있었지. 그때 난 울고 있었어. 흐느껴 울면서 카체리나에게 속죄의 기도를 했단다. 그루셴카도 나를 이해해주더군. 지금도 생각나지만 그때 그년은 모든 걸 다 이해하고 자기도 함께 눈물을 흘려주었어. 그런데, 젠장! 이제 와서 이런 말을 한들 무슨 소용이 있겠니! 그때는 눈물을 흘리던 계집이 이제 와서 가슴에 비수를 꽂다니! 계집이란 언제나 그런 동물이야."

그는 시선을 내리깔고 잠시 생각에 잠겼다.

"그래, 난 비열한 인간이야! 암, 어디를 봐도 비열한 인간이지!"

그는 갑자기 침울한 목소리로 입을 열었다.

"그때 내가 울었건, 울지 않았건 모두 마찬가지야. 어차피 비열한 인간인 것은 변함없으니까. 카체리나에게 가거든 이렇게 전해다오. 만일 그걸로 화가 풀린다면 나는 얼마든지 비열한 놈이란 말을 듣겠노라고. 자, 이제 얘기는 그만두기로 하자. 더 이상 말해봐야 소용이 없으니까. 자, 그럼 너는 네 갈 길을 가고 나는 내 갈 길을 가는 거야. 이제 마지막 순간이 올 때까지 더 이상 만날 일이 없을 거다. 그럼 잘 가거라, 동생아!"

드미트리는 알료샤의 손을 꼭 쥐더니, 여전히 눈을 내리깔고 고개를 숙인 채 억지로 그 자리를 뿌리치기라도 하듯이 몸을 돌려 읍내 쪽으로 황급히 걸어갔다. 알료샤는 형이 갑작스레 떠나버린 것이 믿어지지 않는 것처럼 멍하니 그의 뒷모습을 바라보았다.

"잠깐만, 알렉세이! 너에게 고백할 일이 한 가지 더 있다."

갑자기 드미트리가 되돌아와서 말했다.

"나를 좀 봐라, 나를 자세히 봐. 바로 여기서 무서운 파렴치한 행위가 일어나고 있는 거야(바로 여기라고 할 때 드미트리는 아주 야릇한 표정으로 자기 가슴을 쳐 보였다. 마치 그 파렴치한 행위가 가슴팍 어디에, 호주머니 속이나 아니면 목에 건 주머니 안에 들어 있는 것 같은 표정이었다). 너도 이제 알다시피 나는 세상이 다 아는 비열한이야! 그러나 이것만은 분명히 기억해다오. 내가 과거에 무슨 짓을 했고, 앞으로 무슨 짓을 벌이든 지금 이 순간 이 가슴속에 품고 있는 파렴치와 비교한다면 그것들은 문제도 되지 않아. 그 파렴치는 지금 막 일어나려고 하고 있지만 이것을 중지하느냐 실천하느냐 하는 건 오직 내 마음에 달려 있어. 알겠니? 이 점을 명심해달라는 거야. 그렇지만 결국 나는 그걸 해치우게 될 거라고 생각한단다. 이것도 역시 명심해다오. 아까 나는 모든 걸 죄다 털어놓았지만 차마 이것만은 말할 수가 없단다. 아무리 나라고 해도 그렇게 뻔뻔스럽지는 않으니까! 나는 아직 그것을 멈출 수는 있어. 만일 그렇게 한다면 나는 당장 내일이라도 상실한 명예의 절반쯤은 되찾을 수 있겠지. 하지만 나는 결코 멈추지 않을 거야. 그리고 그 비열한 계획을 그대로 실천해나가게 될 거야. 자, 네가 그 증인이 되어다오. 나는 그걸 미리 알고 너한테 이야기하는 거야! 파멸과 암흑! 뭐 그런 거지! 때가 되면 자연히 알게 될 테니까 지금은 입을 다물겠어. 악취가 풍기는 뒷골목과 세상에 둘도 없는 방탕한 여자라! 그럼, 잘 가거라. 나를 위해 기도할 건 없어. 난 그만한 가치도 없는 놈인 데다 그럴 필요도 없으니까. 암, 없고말고…… 그럼, 어서 가봐라!"

드미트리는 이렇게 말하고는 정말로 가버렸다. 알료샤는 수도원을 향해 걷기 시작했다. '도대체 형이 한 말은 무슨 뜻일까, 앞으로 다시는 형을 만날 수 없다는 것은 대체 무슨 뜻일까?' 알료샤는 자꾸만 이상한 생각이 들었다. '내일은 꼭 형님을 만나서 기어코 무슨 뜻인지를 알아내야겠다!' 그는 수도원 옆을 돌아 솔밭을 가로질러 곧장 암자로 걸어갔다. 이렇게 늦은 시각에는 아무도 암자에 들어가지 못하는 게 규칙이었지만 그만은 예외였기에 문이 열렸다. 장로의 방에 들어서자 그는 갑자기 가슴이 두근거리기 시작했다. '무엇 때문에, 아까 나는 이 방을 떠났던가? 무엇 때문에 장로님은 나를 속세에 내보냈을까? 여기는 정적과 거룩함으로 가득 차 있지만 거기는 혼란과 암흑만 있어서 발을 들여놓으면 곧 길을 잃고 방황할 수밖에 없는데……'

장로의 방에는 견습 수사인 포르피리와 파이시 신부가 와 있었다. 파이시 신부는 오늘 하루 종일 조시마 장로의 병세를 알아보려고 1시간마다 드나들었지만 그의 병세는 점점 더 악화되어갈 뿐이었다. 이 말을 듣고 알료샤는 가슴이 덜컥 내려앉는 것만 같았다. 매일 하게 되어 있는, 수사들을 위한 저녁 간담회마저 오늘은 중지되었다는 것이다. 보통 때 같으면 저녁 예배를 마친 뒤 취침하기 전에 암자의 수사들이 장로의 방에 모여서 그날 하루 동안 범한 죄과며 죄스러운 공상, 사상, 유혹, 심지어 동료 사이에 있었던 말다툼까지 죄다 큰 소리로 장로한테 고백하는 것이 일과였다. 그중에는 무릎을 꿇고 고백하는 자도 있었다. 장로는 그것을 하나하나 해결하고 화해시키고 훈계를 내리기도 하며 일일이 축복을 내려 돌려보내곤 했다. 이러한 수사들의 '참회'에 대하여 장로 제도 반대자들은 그것을 성스러운 비밀 의식인 고해성사의 세속화라고 맹렬히 비난의 화살을 퍼부었고, 심지어는 그것을 신성모독과 다를 것이 없다고 부당한 주장을 했었다. 뿐만 아니라 이러한 참회는 결코 좋은 결과를 가져올 수 없으며 오히려 이 때문에 사람들을 죄악과 유혹으로 이끌게 된다고 교구장(敎區長)에게 진정서까지 제출하기도 했었다.

사실 수도사들 대부분은 장로의 암자에 저녁마다 모이는 것을 부담으로 여겼다. 그들은 남들이 모두 가니까 자기도 할 수 없이 간다는 수동적 태도로, 또는 자신만이 오만하고 반항적인 인간이라는 소리를 듣는 것이 두려워서 어쩔 수 없이 모이는 것이었다. 또 소문에 따르면 수도사들 중에는 그날 저녁에 모이기 전에 미리 '나는 오늘 자네한테 화를 냈다고 할 테니 자네도 적당히 맞장구를 쳐주게' 하는 식으로 서로 이야깃거리를 만들어 적당히 자기 순서를 떼우는 자들도 있었다. 알료샤는 간혹 이런 류의 사람들이 있다는 것을 실제로 잘 알고 있었다. 그는 또 장로가 수도사들에게 온 편지를 먼저 뜯어보는 관습에 대해 몹시 불만을 가지고 있다는 것도 알고 있었다. 물론 이 모든 것은 자발적인 복종과 지도를 받으려는 바람 아래서 자유롭고도 성실하게 이루어져야 한다는 것을 전제로 하고 있지만, 실제로는 매우 불성실하게 혹은 거짓되게 위선적으로 행해진 일도 있었다. 그렇지만 수도사들 중에서 나이 많고 경험 많은 이들은 '진심으로 영혼의 구원을 위해 이 수도원 담 안으로 들어온 사람들에게 이러한 복종과 고행이 유익한 구제의 힘을 갖고 있다는 사실은 의심할 여지가 없다. 그러나 반대로 그것을 고통으로 여기는 사람들은 수도사라고 할 수 없으니까 수도원에 들어온 것부터가 무의미하다. 따라서 그들이 있어야 할 곳은 수도원이 아니라 속세이다. 그리고 악마나 죄악으로부터 자신을 보호하는 것은 속세에서만이 아니라 수도원 안에서도 역시 마찬가지로 어렵기 때문에 죄악에 대해서는 전혀 묵인할 필요가 없다'는 견해를 고집하고 있었다.

"이젠 지나치게 쇠약해져서 혼수상태에 빠져 계신다."

파이시 신부는 알료샤를 축복해주고 나서 이렇게 속삭였다.

"깨워드리기조차 곤란할 정도야. 그럴 필요도 없기는 하지만 말이다. 아까 5분가량 눈을 뜨시고 모든 수도사에게 축복을 전해달라고 부탁하셨어. 그리고 모두에겐 저녁 예배 때 자기를 위해 기도해달라고 당부하고 내일 한 번 더 성찬을 받고 싶다고 말씀하시더구나. 그리고 알렉세이, 네 얘기도 물으시면서 이젠 아주 이곳을 떠난 거냐고 물으시기에 잠시 읍내에 나갔다고 대답했어. 그랬더니 '그래서 나도 그 애를 축복해주었던 거야. 알료샤가 있을 곳은 속세니까 당분간 여기 머물지 않는 게 좋아' 하고 말씀하시더라. 참으로 사랑과 배려가 넘치는 어조였단다. 너는 네가 받은 영광이 어떤 건지 알 수 있겠니? 그런데 장로님께서 너더러 당분간 속세에 나가서 지내라고 판단하신 것은 대체 무엇 때문일까? 그건 너의 운명에 대해서 무언가를 예감하셨기 때문일 거야. 그러나 알렉세이, 네가 속세로 돌아간다 하더라도 그것은 어디까지나 장로님께서 네게 내린 복종의 의무로 생각해야 한다. 결코 헛되이 경솔한 행동을 취하거나 속세의 향락을 취하라는 뜻이 아니라는 점을 명심해둬야 해."

파이시 신부는 밖으로 나갔다. 장로가 비록 하루 이틀쯤 더 살지라도 이제 곧 세상을 떠나리라는 것은 알료샤에게도 의심할 여지가 없는 사실이었다. 그는 아버지를 비롯하여 호흘라코바 모녀와 카체리나 그리고 형을 만나기로 이미 약속은 했지만 장로가 돌아가실 때까지 그 옆에 가까이 있어야겠다고 굳게 다짐했다. 그의 가슴은 조시마 장로에 대한 뜨거운 애정으로 불타올랐다. 그리고 이 세상에서 누구보다도 깊이 존경하고 있는 분을, 더욱이 임종의 자리에 남겨둔 채 읍내로 나가 잠시 동안이기는 했지만 그분의 일을 까맣게 잊을 수 있었던 자기 자신에 대한 책망에 사로잡혔다. 그는 장로의 침실로 들어가서 무릎을 꿇고 잠들어 있는 장로를 향해 이마가 마루에 닿도록 공손히 절을 했다. 장로는 아주 낮은 숨소리를 내면서 조용히 잠들어 있었다. 장로의 얼굴은 평온했다.

옆방으로 물러난 알료샤는 구두만 벗은 채 옷도 제대로 갈아입지 않고 딱딱하고 좁은 가죽 소파 위에 누웠다. 그것은 오늘 아침 장로가 손님들을 맞아들였던 방으로, 알료샤는 벌써 오래전부터 베개만을 들고 와서 밤마다 이 소파를 잠자리로 사용하고 있었다. 아까 아버지가 집으로 가져오라고 소리쳤던 그 이불은 이미 오래전부터 사용하지 않고 있었다.

그는 법의를 벗어 담요 대신 덮었다. 그러나 잠을 자기 전에 무룰을 꿇고 오랫동안 기도를 드렸다. 진실 되고 열렬한 기도 속에서 그가 하느님께 청한 것은 결코 자기 마음의 의혹을 풀어달라는 것이 아니었다. 다만 하느님을 찬양하고 난 다음에 언제나 찾아들던 기쁨에 찬 환희와 감동을 다시 되찾기를 갈망했을 뿐이다. 잠자리에 들기 전의 기도는 언제나 하느님에 대한 찬양으로 충만했었다. 그리고 이러한 환희의 감동은 언제나 그에게 상쾌하고 평온한 꿈을 가져다주고는 했다. 그는 지금도 그런 식으로 기도를 하고 있는데 문득 호주머니 속에서 뭔가 감촉이 느껴졌다. 그것은 아까 카체리나의 하녀가 뒤쫓아와서 그에게 전해준 조그만 장밋빛 봉투였다. 그는 마음이 산란해진 가운데서도 끝까지 기도를 마쳤다. 이윽고 그는 잠시 머뭇거리다가 봉투를 뜯었다. 봉투 속에는 프랑스어로 '리즈'라고 서명한 편지가 들어 있었다. 리즈란 바로 오늘 아침 장로 앞에서 그토록 알료샤를 놀려주었던 호흘라코바 부인의 어린 딸이었다.

알렉세이 표도로비치, 저는 아무도 모르게 어머니한테도 숨겨가면서 이 편지를 쓰고 있어요. 물론 이것이 얼마나 나쁜 짓인지 잘 알지만 제 마음속에 생긴 이것을 당신에게 말하지 않고서는 단 하루도 못 살 것만 같아요. 그러니까 이 일은 우리 두 사람 이외에 그 누구도 알아서는 안 돼요. 그렇지만 제가 말하고 싶은 것을 어떻게 당신에게 전해야 좋을까요? 종이는 얼굴을 붉히지 않는다고 하지만 그건 거짓말이에요. 종이는 지금 저와 같이 새빨갛게 되어 있으니 말이에요.

그리운 알료샤, 저는 당신을 사랑하고 있어요. 제가 아주 어렸을 때부터, 당신이 지금과는 전혀 달랐던 모스크바 시절부터 저는 당신을 사랑해왔어요. 그리고 앞으로도 한평생 당신을 사랑할 거예요. 저는 당신과 한몸이 되어서 늙어가며 이 세상을 떠나겠다고 결정했어요. 물론 여기에는 당신이 수도원을 반드시 떠나야 한다는 조건이 있어요. 우리들의 나이가 아직 어리다면 법률로 정한 나이가 될 때까지 기다리기로 해요. 반드시 그렇게 될 거예요.

이만하면 제가 얼마나 신중하게 생각했는지 아시겠죠. 그렇지만 꼭 한 가지는 아무래도 알 수가 없어요. 이 편지를 읽고 당신이 저를 어떻게 생각하실까 하는 점이에요. 저는 밤낮으로 웃거나 장난치기를 좋아해서 오늘 아침만 해도 당신을 화나게 만들었어요. 그렇지만 저는 펜을 잡기 전에 성모 마리아께 진심으로 기도를 드렸죠. 지금도 울고 싶은 심정으로 기도를 드리고 있어요.

이제 저의 비밀은 당신의 손에 있어요. 내일 당신이 오시면 나는 정말 당신을 어떻게 대해야 할지 모르겠어요. 아아, 알렉세이 표도로비치, 제가 만약 당신의 얼굴을 보고 있다가 또 오늘 아침처럼 참지 못하고 바보처럼 웃어버리면 어떡하죠? 당신은 아마 제가 남을 놀릴 줄밖에 모르는 개구쟁이니까 이 편지도 혹시 장난이 아닐까 의심하실 거예요. 그러니까 부탁드리고 싶어요. 제발 우리 집에 오시면 저를 똑바로 바라보지 말아주세요. 당신과 눈이 마주치면 저는 틀림없이 웃음을 터뜨리게 될 테니까요. 더구나 당신은 그 기다란 사제복을 걸치고 계시니까요. 지금도 그 생각만 하면 오싹하게 소름이 끼쳐요. 그러니까 방에 들어오시거든 얼마간은 저를 보지 마시고 어머니나 창문 쪽을 보도록 하세요.
드디어 저는 당신에게 이렇게 사랑 고백 편지를 쓰고 말았군요.
아아, 제가 무슨 짓을 하고 있는 걸까요. 알료샤, 제가 이런 짓을
한다고 제발 경멸하지는 마세요. 만일 저의 행위가 몹시 어리석
은 짓이어서 당신을 괴롭혀드렸다면 제발 용서하시기 바랍니다.
이제 이 편지로 저의 명예는 당신의 수중에 들어 있습니다. 어쩌
면 저의 명예는 영영 파멸되어버렸는지도 모르겠네요.
저는 오늘 틀림없이 울고 말 거예요. 그럼 '두려운' 우리의 재회까
지 안녕!

리즈

추신 : 알료샤, 무슨 일이 있어도 내일 꼭 와주셔야 해요!

알료샤는 놀라움 속에서 편지를 읽었다. 그리고 다시 한번 끝
까지 읽어보고는 잠시 생각에 잠겼다가 갑자기 조용하고도 감미
로운 미소를 입가에 지었다. 그러다가 갑자기 흠칫 몸을 떨었다.
지금의 미소가 죄악처럼 여겨졌기 때문이다. 그러나 잠시 후 또
다시 고요하고도 행복한 미소를 지었다. 그는 천천히 편지를 봉
투 속에 넣고는 성호를 그은 다음 자리에 누웠다. 그러자 마음속
의 동요는 씻은 듯이 사라져버렸다.
'하느님, 오늘 제가 만나고 온 모든 사람들을 불쌍히 여기시어
마음의 평안을 잃은 그 불행한 이들을 구원해주시옵소서. 그리고
그들의 마음을 올바른 길로 인도해주시옵소서. 모든 길은 주님

의 손 안에 있음을 믿사오니 주님의 길로 그들을 인도해주시옵소
서! 주님의 사랑으로 모든 이들에게 기쁨을 내려주옵소서!'
　알료샤는 이렇게 중얼거리며 다시 성호를 긋고 포근하게 잠이
들었다.

제2부

제4편 | 착란

1. 페라폰트 신부

이른 아침, 아직 날이 완전히 새기도 전에 알료샤는 일어나야 했다. 장로가 잠에서 깨어난 것이다. 그는 기력이 없으면서도 침대에서 일어나 안락의자에 앉고 싶다고 했다. 의식만은 아주 또렷해서 얼굴에는 피로의 빛이 짙게 드리워져 있었지만 표정은 밝아서 눈빛이 맑고 명랑해 보였다.

"어쩌면 오늘 하루를 넘길 것 같지 않구나."

장로가 알료샤에게 말했다. 그러고 나서 그는 곧 고해를 하고 성찬을 받고 싶다고 했다. 장로의 고해성사는 언제나 파이시 신부가 담당하고 있었다. 이 두 개의 의식이 끝난 뒤 병자성사(病者聖事)가 거행되었다. 수도사들이 모여들었고 암자는 곧 수도사들로 가득 찼다. 그러는 사이 해가 떠오르기 시작했다. 식이 끝나자 장로는 모든 사람들과 이별을 하고 싶다면서 한 사람 한 사람에게 입을 맞춰주었다. 장소가 좁아서 먼저 온 사람은 밖으로 나가 뒤에 온 사람에게 자리를 내주었다. 장로는 힘이 다할 때까지 설교를 계속했다. 그의 음성은 비록 약하긴 했으나 아주 단호했다.

"나는 여러 해 동안 여러분에게 설교를 해왔습니다. 너무 오랫동안 말을 해왔고 설교를 하는 것이 그만 습관처럼 굳어져버렸어요. 그래서 지금처럼 기운이 없을 때에도 입을 다물고 있는 것이 말을 하는 것보다 힘들 지경입니다."

그는 자기 주위에 있는 사람들을 정답게 둘러보면서 이렇게 농담조로 말했다.

이때 장로가 한 말 중의 어떤 것은 알료샤도 조금은 기억에 남았다. 어조도 정확하고 음성도 꽤 또렷했으나 이야기의 내용은 그렇게 논리적이지 않았다. 장로는 여러 가지 이야기를 했다. 생전에 못 다한 말을 임종을 앞두고 다시 한번 마음껏 얘기해두고 싶은 모양이었다. 그것도 단순히 교훈만을 위한 것이 아니라 자기의 환희와 법열을 모든 사람에게 나누고 살아 있는 동안 한 번 더 자기의 진정을 토로하고 싶었던 것 같았다.

"여러분, 서로 사랑하십시오."

장로는 설교를 시작했다(이 내용은 알료사가 나중에 기억한 것이다).

"그리고 하느님의 백성들을 사랑하십시오. 우리가 여기, 이 울타리 안에 은둔해 있다고 해서 그것만으로 속세에 있는 사람들보다 더 신성하다고 할 수 없습니다. 아니, 오히려 여기 온 사람은 누구나 여기 왔다는 그것만으로도 자기가 속세의 누구보다도, 또 지구상의 누구보다도 못한 존재라는 것을 자각한 사람들이라고 볼 수 있습니다……. 그러니까 이 안에 있는 사람들은 이 울타리 안에서 오래 살면 살수록 이것을 더욱더 뼈저리게 자각해야 합니다. 그렇지 않다면 구태여 이런 곳에 올 필요가 어디 있겠습니까. 자기가 속세의 누구보다도 못하다는 것뿐 아니라 자기는 모든 사람들에 대해 책임이 있다는 것을 자각했을 때, 그제야 우리는 은둔 생활의 목적을 달성하는 것입니다. 왜냐하면 우리들 한 사람 한 사람은 이 지상에 사는 모든 사람에 대해 분명 죄가 있기 때문입니다. 그것은 보편적인 만큼 공통의 죄만이 아니라 우리들 각 개인이 이 지상에 사는 모든 사람에게 개인적인 죄를 짓고 있기 때문입니다. 이런 자각이야말로 수행을 하는 사람뿐만 아니라 지상의 모든 사람에게 있어 나아가야 할 길의 종착점이라 할 수 있습니다. 수도사라고 해서 무슨 특수한 존재가 아니라 다만 지상의 모든 사람이 당연히 그래야 하는 인간의 모습에 지나지 않는 것입니다. 그렇게 되어야만 비로소 우리의 마음은 싫증을 느낄 줄 모르는 우주처럼 넓은 사랑으로 충만하게 될 것입니다. 그때 비로소 우리 한 사람 한 사람은 사랑으로써 전 세계를 자기 것으로 얻을 수도 있을 것이고, 또한 그 눈물로써 세상의 죄악을 모두 씻어버릴 수도 있을 겁니다…….

우리는 누구나 항상 자기의 마음을 감시하고 스스로 참회하기를 게을리해서는 안 됩니다. 자기의 죄를 두려워해서는 안 됩니다. 일단 죄를 자각했다면 다만 그것을 회개하기만 하면 되는 것이지, 결코 하느님 앞에 약속 같은 것을 해서는 안 됩니다. 다시 한번 말하거니와 반드시 교만을 버리시기 바랍니다. 작은 것에 대해서나 큰 것에 대해서나 오만하지 마십시오. 우리를 배척하는 자, 우리를 비방하는 자, 모욕하는 자 그리고 우리를 중상하는 자들을 미워해서는 안 됩니다. 무신론자, 악의 전도자, 유물론자들도 결코 증오해서는 안 됩니다. 특히 오늘과 같은 시대에는 그런 사람들 중에도 선량한 사람이 많이 있으니까요.

그런 사람들을 위해서는 이렇게 기도하십시오. '주여, 아무도 기도해줄 사람이 없는 모든 이들을 구해주옵소서. 주께 기도하기를 원하지 않는 이들도 모두 구원해주시옵소서.' 또 이렇게 기도하십시오. '주여, 제가 이런 기도를 드리는 것은 결코 교만해서가 아닙니다. 왜냐하면 저는 이 세상의 누구보다도 더러운 자이기 때문입니다'라고. 하느님의 백성인 사람들을 사랑하십시오. 순진한 그 양들을 침입자한테 빼앗겨서는 안 됩니다. 나태와 오만과 특히 정욕에 빠져 졸고 있다가는 순식간에 사방에서 이리 떼가 몰려와 양 떼를 가로채갈 것입니다. 아무쪼록 게으름을 피우지 말고 하느님의 복음을 민중에게 전하십시오. 결코 사람들에게서 재물을 빼앗지 마십시오. 금은보화를 사랑하여 그것을 모아두어서도 안 됩니다……. 오로지 하느님을 믿고, 신앙의 깃발을 꼭 붙잡고 그것을 높이 치켜드십시오……."

그러나 장로의 말은 여기에 적은 것보다, 즉 알료샤가 나중에 기록한 것보다는 훨씬 단편적인 것이었다. 장로는 때때로 기운을 모으기 위해 말을 멈추고 가쁘게 숨을 몰아쉬곤 했지만 그래도 깊은 환희에 젖은 듯 보였다. 사람들은 모두 감격에 휩싸여 그의 말에 귀 기울이고 있었으나, 사람들 중에는 장로의 말에 놀란 표정을 짓는 사람이 적지 않았고 무슨 말인지 알아듣지 못하는 사람들도 있었다. 그리고 모두가 장로의 말뜻을 되새겨보게 된 것은 훨씬 뒤의 일이었다.

알료샤가 볼일이 있어서 잠깐 암자 밖으로 나왔을 때, 그는 암자 안팎에 모여 있는 수도사들이 누구나 흥분과 기대로 충만해 있는 것을 보고 깜짝 놀랐다. 그 기대는 어떤 이들에게는 거의 불안에 가까운 것이었으나 몇몇 이들에게는 지극히 엄숙한 것이었다. 이런 기대는 어떤 면에서 보면 경박한 생각에 가까웠지만 가장 엄격한 늙은 수도사까지도 그런 생각에서 벗어나지 못하고 있었으며 그중에서도 가장 엄숙한 얼굴을 하고 있는 것은 파이시 신부였다. 알료샤가 암자 밖으로 나온 것은 방금 시내에서 돌아온 라키친이 어느 수도사를 통해 그를 몰래 불러냈기 때문이었다. 라키친은 알료샤 앞으로 보내는 호흘라코바 부인의 이상한 편지를 가지고 왔다. 호흘라코바 부인은 알료샤에게 이런 경우에 꼭 들어맞는 흥미진진한 소식을 전해왔다. 그건 다름 아니라 어제 장로한테 축복을 받으러 왔던 신앙심 깊은 평민 여자들 가운데 하나이자 이 고을에 사는 하사관의 미망인에 대한 것이었다. 그 노파는 장로에게 자기 아들 바셴카가 일 관계로 멀리 시베리아의 이르쿠츠크로 전속되어갔는데 벌써 1년 동안이나 소식이 없다며, 죽은 것으로 생각하고 교회에서 명복을 빌면 어떻겠느냐고 물었다. 그러자 장로가 엄격한 어조로 그런 건 미신과도 같은 짓이니 절대로 안 될 일이라고 대답했다. 그리고 노파가 그런 말을 한 것은 아무것도 몰라서 그런 것이니 더는 나무라지 않았고, 호흘라코바 부인의 편지에 따르면 '마치 미래의 일을 예견한 것처럼' 다음과 같은 말로 노파에게 위안의 말을 덧붙였다는 것이다.

"당신의 아들은 틀림없이 살아 있으니 곧 돌아오든지 편지라도 써 보낼 테니 걱정 말고 집에 돌아가 기다려보시오."
그런데 어떻게 됐는지 아세요? 예언은 말 그대로, 아니 그 이상으로 실현되었어요!

호흘라코바 부인은 몹시 감격한 투로 쓰고 있었다.
편지에 따르면 노파가 집으로 돌아가니 기다리고 기다리던 아들의 편지가 시베리아에서 와 있었다. 뿐만 아니라 자기가 지금 어떤 관리와 동행하여 러시아로 돌아가는 길이며, 여행 도중 예카테린부르크에서 이 편지를 어머니한테 보내고 있는데 편지가 도착한 뒤 3주일 정도 후면 '어머니를 껴안아드릴 수 있을 겁니다'라고 써 있었다. 호흘라코바 부인은 알료샤에게 이렇게 나타난 '예언의 기적'을 한시라도 빨리 수도원장을 비롯한 모든 이에게 전해달라고 간곡히 부탁하면서 '이건 모든 분이, 누구나가 다 알아야 하는 일이에요!'라는 감격의 말로 편지를 마쳤다. 그러나 알료샤는 수도사들에게 알릴 필요가 없었다. 이미 그 얘기를 모두 알고 있었기 때문이다.
라키친은 알료샤를 불러내달라고 부탁한 수도사에게 또 한 가지 이런 부탁을 했다.
"파이시 신부님께 제가 좀 전할 말이 있다고 해주세요. 이건 매우 중요한 일이어서 한시도 지체할 수가 없어요. 그리고 저의 이러한 무례한 청에 대해 거듭 용서를 빈다고도 전해주세요."

그런데 그 수도사는 알료샤를 불러내기 전에 먼저 파이시 신부에게 라키친의 말을 전했기 때문에 알료샤는 다시 방으로 돌아가 파이시 신부에게 편지가 왔노라고 보고하는 일이 남아 있었다. 그러나 좀처럼 남의 말을 믿지 않는 이 존엄한 신부도 미간을 찌푸리고 그 '기적'의 보고를 읽을 때, 자기 마음속에 솟구치는 그 어떤 감정을 억제할 수가 없었다. 그의 두 눈은 번쩍이고 입술에는 갑자기 엄숙하고도 의미심장한 미소가 떠올랐다.

"우리가 볼 기적이 이게 전부일 리는 없어."

갑자기 그의 입에서 이런 말이 터져 나왔다.

"그렇습니다. 우리는 그보다 더 큰 기적을 보게 될 겁니다."

주위에 둘러서 있던 수도사들도 맞장구를 쳤다. 그러나 파이시 신부는 다시 미간을 모으고 어쨌든 좀 더 확인될 때까지 이 일에 대해서 아무 말도 말아달라고 당부했다.

"왜냐하면 세상에는 무책임한 소문이 많은 데다 이 일은 그저 하나의 우연일지도 모르니까요."

이렇게 그는 마치 자기의 양심에 대해 변명이라도 하는 듯 덧붙였다. 그러나 사실 그 자신조차 이러한 변명을 거의 믿지 않는다는 것을 옆에서 듣고 있는 사람들도 뻔히 알고 있었다. 이 '기적'은 삽시간에 온 수도원에 퍼졌고 미사에 참여하려고 수도원에 온 많은 이들에게도 알려졌다. 그런데 이 기적의 실현에 누구보다도 충격을 받은 것은 어제 먼 북방 오브도르스크의 '성 실리베스트르 수도원’에서 온 수도사였다. 이 사람은 어제 호흘라코바 부인 옆에서 장로에게 인사를 드리고는 장로가 ‘병을 고쳐준’ 부인의 딸을 가리키며, “어떻게 감히 그런 일을 하십니까?” 하고 장로에게 따지듯이 물었던 바로 그 수도사였다.

지금 그 수도사는 의혹에 빠져서 도대체 무엇을 믿어야 할지를 자기 자신도 알 수 없게 된 것이다. 어제저녁 그는 양봉장 뒤에 외따로 떨어진 암자로 페라폰트 신부를 방문하여 강한 인상을 받았다. 사실 이 만남은 그의 마음에 더할 나위 없는 강한 인상을 주었다. 이 수도원에서 가장 나이가 많은 페라폰트 신부는 금욕과 침묵의 위대한 수행자였다. 그는 앞에서도 말한 바와 같이 조시마 장로와 장로 제도의 반대자였는데, 그는 장로 제도가 유해하고도 경박한 제도라는 견해를 고집하고 있었다. 그는 침묵의 고행자였기에 거의 누구에게도 말을 하는 일이 없었으나 장로 제도의 반대자 중에서는 지극히 위험한 인물이었다. 그가 위험한 이유는 수도원을 방문하는 일반인들 중에 그의 동조자가 꽤 많았기 때문이다. 그들은 그가 이른바 ‘광신자’임에 틀림없다는 것을 인정하면서도 그를 위대한 의인으로서, 위대한 고행자로서 깊이 존경했다.

페라폰트 신부는 조시마 장로의 암자를 찾아간 적이 한 번도 없었다. 그는 같은 경내에 살고 있었지만 이곳의 규칙 같은 것에는 별로 구애받지 않았다. 왜냐하면 꼭 유로지비처럼 생활해왔기 때문이다. 그는 일흔다섯쯤 되어 보였는데, 수도원 양봉장 뒤쪽에 있는 허물어져가는 낡은 목조 암자에 기거하고 있었다. 그 암자는 먼 옛날, 다시 말해서 앞 세기에 백다섯 살까지 장수했다는,

역시 위대한 금욕과 침묵의 고행자였던 이오나 신부를 위해 만든 것이었다. 이오나 신부의 행적에 대해서는 아직까지도 이 수도원이나 인근 지방에 여러 가지 재미있는 일화들로 많이 전해지고 있었다.

페라폰트 신부가 오랫동안 염원하던 이 호젓한 암자에 들게 된 것은 약 7년 전이었다. 암자는 흔히 볼 수 있는 시골 오두막집과 다를 것이 없었지만, 그래도 어딘가 모르게 조그마한 예배당과 비슷한 데가 있었다. 그 안에는 신도들이 기증한 성상들이 즐비하게 안치되어 있었고, 그 앞에는 누군가 기증한 제단용 등불이 항상 꺼지지 않고 켜져 있었다. 그러니까 페라폰트 신부는 성상과 등불을 돌보는 지킴이로 임명된 셈이었다. 소문에 의하면(그것은 사실이었지만) 그는 사흘에 약 800g 정도의 빵밖에 먹지 않는다고 했다. 가까운 양봉장이가 사흘에 한 번씩 날라다주곤 했는데 그런 심부름을 하는 꿀벌지기들한테도 페라폰트 신부는 좀처럼 말을 하는 일이 없었다. 이렇게 날라다주는 빵과 일요일마다 저녁 미사 후에 수도원장이 규칙적으로 내주는 성찬용 떡만이 그가 일주일 동안 먹는 양식의 전부였다. 그러나 항아리에 물은 날마다 새롭게 갈아주고는 했다. 그는 기도식에도 거의 나가지 않았고, 때때로 방문객들은 그가 무릎을 꿇고 옆은 거들떠도 보지 않은 채 온종일 기도만 드리는 것을 보기도 했다. 어쩌다 방문객과 말을 주고받는 일이 있어도 그의 말은 매우 간단하고 단편적인 데다 기묘하고 매우 무뚝뚝하기까지 했다. 극히 드문 일이기는 했는데 방문객들과 오랫동안 이야기를 한 적도 가끔 있었다.

그러나 그런 경우에는 으레 상대방에게 수수께끼 같은 이상한 말을 한 마디씩 던지곤 했다. 그리고 나중에 아무리 간청을 해도 절대 그 뜻을 설명해주지 않았다. 그는 아무 직위도 없는 보통의 수도사에 지나지 않았다. 이것은 극히 무식한 사람들 사이에서만 통하는 소문이었지만, 참으로 기괴한 소문이 돌고 있었다. 다름 아니라 페라폰트 신부는 하늘의 정령과 소통하고 있기 때문에 지상의 인간들에게는 말을 하지 않는다는 것이었다.

오브도르스크에서 온 수도사는 양봉장에 도착한 뒤 역시 입이 무겁고 까다로운 성격의 꿀벌지기 수사한테 길을 알아내어 페라폰트 신부가 있는 암자의 담 모퉁이로 걸음을 옮겼다.

"어쩌면 먼 곳에서 오신 분이라 말을 하실지도 모르지만, 또 한 마디도 하지 않으실 수도 있습니다."

꿀벌지기 수사는 그에게 미리 일러주었다. 후에 이 수도사가 전한 바에 따르면 자신은 굉장한 공포를 느끼며 조심조심 암자로 다가갔다고 한다. 이미 꽤 늦은 시간이었다. 페라폰트 신부는 마침 그때 암자 문 앞의 낮은 의자에 걸터앉아 있었다. 머리 위에는 커다란 느릅나무 고목이 가볍게 흔들리고 싸늘한 밤의 냉기가 감돌고 있었다. 오브도르스크의 수도사는 고행자의 발밑에 엎드려 축복을 청했다.

"자네는 나도 같이 엎드려 절하기를 바라는 건가?"

페라폰트 신부가 말했다.

"일어나게!"

수도사는 일어났다.

“서로 인사를 나누고 축복했으니 이리 와서 앉게. 그래, 어디서 왔는가?”

이 가련한 수도사를 무엇보다도 놀라게 한 것은 페라폰트 신부가 무척 고령에다 엄격한 금욕 생활 중인데도 겉보기에는 아직도 원기 왕성한 노인으로 보인다는 점이었다. 키도 크고 허리도 전혀 굽지 않았으며 여위기는 했으나 얼굴도 생기 있고 건강해 보였다. 그의 몸이 아직도 매우 건강하다는 것은 의심할 여지가 없었다. 체격 역시 장사처럼 늠름했다. 나이가 그토록 많은데도 머리카락은 아직 백발이 되지 않았고 여전히 그의 머리와 턱을 풍성하게 뒤덮고 있었다. 또한 커다란 잿빛 눈은 광채를 발하며 앞으로 툭 튀어나왔고 모음 ‘O’를 강하게 말하는 습관이 있었다. 예전에 죄수 옷감이라 통하던 올이 성긴 천으로 지은 길고 불그죽죽한 농부의 두루마기를 걸치고 굵은 새끼줄을 허리띠처럼 두르고 있었으며, 목과 가슴은 그대로 노출되어 있었는데 몇 달째 갈아입지 않아서 새까맣게 때 묻은 두툼한 삼베 속옷이 두루마기 사이로 보였다. 소문에 따르면, 그는 두루마기 밑에 12km나 되는 쇳덩어리를 차고 있다고 했다. 발에는 낡을 대로 낡아 형체를 알 수 없는 신발을 걸치고 있었다.

“오브도르스크의 실리베스트르라는 작은 수도원에서 왔습니다.”

수도사는 약간 겁먹은 듯한 그러나 호기심 어린 조그만 눈을 빛내며 은둔자의 모습을 살피면서 공손히 대답했다.

“나도 실리베스트르의 수도원에 가본 적이 있지. 얼마 동안 거기서 신세를 지기도 했으니까. 그래 실리베스트르는 잘 있나?"

수도사는 잠시 머뭇거렸다.

"내 말을 알아듣지 못하겠나! 그런데 단식일은 어떻게들 지키고 있지?"

"저희들의 식사는 옛날부터 내려오는 수도원의 관습을 그대로 지키고 있습니다. 사순절에는 월요일과 수요일, 금요일에는 전혀 식사를 하지 않습니다. 화요일과 목요일에는 흰 빵에 꿀을 바른 과일 절임, 산딸기, 배추 절임 그리고 귀리죽을 먹습니다! 토요일엔 흰 배춧국과 완두콩이 들어 있는 국수, 거기에 죽이 나오는데, 모두 식물성 기름이 들어 있습니다. 그리고 주일날에는 마른 생선과 죽이 곁들여 나옵니다. 신성주간(神聖週間)이 되면 월요일에서 토요일 밤까지 엿새 동안 물과 빵 그리고 채소 외에는 아무것도 먹을 수 없습니다. 제1주에 대해서 말씀드린 것처럼 그것도 제한이 있어서 날마다 먹을 수는 없습니다. 성금요일에는 단식을 하다가 오후 2시가 지난 다음에 비로소 약간의 물과 빵을 먹고 포도주를 한 잔 마십니다. 성목요일에는 기름을 쓰지 않은 요리에 포도주 한 잔, 이따금 마른 음식을 먹을 수 있습니다. 왜냐하면 라오디케아 종교 회의에서 '사순절 마지막 목요일을 성실히 지키지 아니하면 사순절 재계를 전혀 지키지 아니한 것과 같다'고 결정하셨기 때문이지요. 이것이 저희들의 방법입니다. 그렇지만 신부님, 당신과 비교하면 이런 것쯤은 아무것도 아닙니다."

수도사는 조금씩 원기를 되찾아 이렇게 덧붙였다.

"왜냐하면 신부님은 1년 내내, 심지어 부활절에도 빵과 물밖에 드시지 않으니까요. 게다가 저희들의 이틀분 빵은 당신의 일주일 양식이니 말입니다. 정말로 놀랍고 위대한 고행을 하고 계십니다.”

“그러면 버섯은?”

페라폰트 신부가 갑자기 물었다. 그는 ‘버’의 발음을 마치 ‘허’처럼 말했다.

“버섯 말씀이십니까?”

수도사는 놀라서 다시 물었다.

“그래, 버섯 말일세. 나한테 빵 같은 건 조금도 필요 없네. 그런 건 모두 외면해버리고 숲속에라도 들어가 버섯이나 산딸기를 먹고 연명할 수 있는데도 여기 있는 자들은 아직도 빵에 미련을 가지고 있어. 말하자면 악마에게서 손을 떼지 못하고 있는 게지. 요즘은 더러운 녀석들이 나타나서 그렇게까지 금식을 할 필요가 없다고 주둥이를 놀리고 있지만 그런 자들의 생각이야말로 오만불손한 사고방식이 아닐 수 없네.”

“예, 정말 옳으신 말씀입니다.”

수도사는 맞장구를 치며 탄식했다.

“그자들한테서 마귀를 보았나?”

페라폰트 신부가 물었다.

“그자들이라니 누구 말씀이신지요?”

수도사가 겁에 질린 어조로 되물었다.

“나는 작년 오순절에 수도원장에게 간 이후 한 번도 가지 않았네. 그때 나는 마귀를 보았지. 어떤 놈은 가슴팍에 들러붙어 법의 속에 숨어서 뿔만 내밀고 있는가 하면, 또 어떤 놈은 호주머니 속에서 살그머니 내다보고 있더군. 그 녀석들은 나를 무서워하며 재빨리 눈치를 보고 있지 않겠나. 어떤 놈은 그 더러운 뱃속에 아주 자리를 잡고 또 어떤 놈은 목을 휘감고 대롱대롱 매달려 있는데, 본인만 그걸 모르고 있더란 말일세.”

“신부님 눈에는 그게 보이십니까?”

수도사가 물었다.

“보인다지 않나! 내 눈은 죄다 꿰뚫어볼 수 있지. 내가 원장실에서 나오니까 마귀 한 마리가 나를 피해 얼른 문 뒤로 숨는 것이 보이더군! 키가 1m는 족히 될 만큼 큼직한 놈이었어. 굵고 기다란 갈색 꼬리가 매달려 있었는데 마침 그 꼬리 끝이 문틈으로 삐죽 나와 있지 않겠나. 나도 그리 우둔한 인간은 아닌지라 갑자기 방문을 쾅 닫아 그놈의 꼬리를 문틈에 끼워버렸지. 그러자 캥캥 비명을 지르며 빠져나가려고 버둥거리는데, 내가 십자가로 세 번 성호를 그으니까 당장 그 자리에서 짓밟힌 거미 새끼처럼 납작하게 죽어버리더군. 지금쯤 한쪽 구석에서 썩어 악취를 풍기고 있겠지만, 그자들은 그걸 보지도 못하고 냄새도 맡지 못하더군. 그 후 1년이 넘도록 가지 않고 있다네. 자네가 멀리서 왔다고 하니까 자네한테만 하는 말일세.”

“정말 무서운 말씀이십니다! 그건 그렇고 위대하신 신부님.”

수도사는 점차 대담해져서 말했다.

“당신에 대한 놀라운 소문이 먼 지방까지 퍼져 있던데, 과연 그게 사실입니까? 당신은 언제나 정령과 소통을 하고 계신다던데요.”

“날아온다네, 이따금.”

“날아온다니요, 어떤 모습입니까?”

“새의 모습이지.”

“정령은 비둘기 모습입니까?”

“정령이 날아올 때도 있고 천사가 올 때도 있지. 천사일 경우에는 다른 새의 모습으로 날아올 때도 있네. 어떤 때는 제비, 때로는 방울새의 모습으로.”

“그 새를 보고 어떻게 천사인 줄 아십니까?”

“말을 전하니까.”

“어떤 말을, 어떤 식으로 전하나요?”

“물론 사람의 말을 하지.”

“그래 무슨 말을 하던가요?”

“오늘은 이런 말을 전해주더군. 이제 곧 어리석은 녀석이 찾아와서 어리석은 질문을 할 것이라고 말이야. 자네는 정말 많은 것을 알려고 하는군.”

“위대하신 신부님, 실로 무서운 말씀이십니다.”

수도사는 고개를 흔들었으나 그 겁먹은 눈에는 불신의 표정이 엿보였다.

“그건 그렇고 자네에겐 저 나무가 보이나?”

잠시 말을 멈췄다가 페라폰트 신부가 물었다.

“예, 보입니다. 신부님.”

“자네 눈에는 느릅나무로 보일 테지만, 내 눈엔 전혀 다른 것으로 보인다네.”

"그게 무엇입니까?"

수도사는 별 기대를 하지 않고 입을 다물고 기다렸다.

"이런 일은 대개 밤에 일어나지. 자, 저기 나뭇가지 두 개가 보이지. 밤이 되면 저 가지가 마치 그리스도께서 손을 벌리시고 그 손으로 나를 찾고 계신 것처럼 보인단 말일세. 어찌나 똑똑히 보이는지 몸이 후들후들 떨릴 지경이야. 두려워, 참으로 두려워."

"그게 정말이라면 두려워할 건 조금도 없지 않겠습니까?"

"나를 붙잡아 하늘로 데리고 가실 텐데도."

"산 채로 말입니까?"

"영혼과 엘리야의 영광 속에, 자네 그런 말을 들어본 적이 없나? 나를 팔에 껴안으시고 그대로 데리고 가실 텐데……"

오브도르스크의 수도사는 이런 이야기를 나누고 난 뒤 자기에게 지정된 방으로 돌아왔다. 그는 적잖은 의혹이 들기는 했지만 그래도 조시마 장로보다는 페라폰트 신부에게 마음이 더 기울어져 있었다. 오브도르스크의 수도사는 무엇보다도 금식이라는 것을 중요하게 생각하는 사람이었으므로, 페라폰트 신부와 같은 위대한 고행자가 '기적'을 직접 목격한다고 해도 특별하게 이상한 일로 여기지 않을 것이라고 생각했다. 신부의 말은 물론 터무니없이 여겨지긴 했지만 그래도 그 속에 어떤 오묘한 뜻이 숨어 있는지도 모를 일이었다. 게다가 신자들은 모두 그보다 훨씬 더 괴상한 언행을 하고 있지 않은가. 문에 꼬리가 끼인 악마 얘기 같은 것은 단순한 비유로서가 아니라 사실 그대로 오롯이 믿고 싶은 심정이었다. 뿐만 아니라 그는 이 수도원에 오기 훨씬 전부터 말로밖에 듣지 못했던 장로 제도에 대해 많은 편견을 품고 있었고 다른 사람들의 견해를 좇아 장로 제도의 폐지를 이로운 개혁이라고 단정하고 있었다. 이 수도원에서 하루를 머무는 동안 장로 제도를 반대하는 몇몇 경솔한 수도사들이 뒤에서 수군거리는 불평불만을 재빨리 알아챘던 것이다. 더욱이 그는 원래 모든 일에 호기심이 강해서 수도사이면서도 무슨 일에나 얼굴을 들이미는 성격이었다. 이런 연유로 조시마 장로가 새로운 '기적'을 행했다는 놀라운 소식에 그의 마음속에 격렬한 의혹이 일었다.

훗날 알료샤는 호기심 많은 오브도르스크의 수도사가 암자 주위에 모여든 수도사들 사이를 왔다 갔다 하며 여기저기 머리를 들이밀고 사람들이 하는 이야기에 귀를 기울이는가 하면 아무에게나 꼬치꼬치 질문을 하던 일이 생각났다. 그러나 당시에는 그런 수도사 따위에게 별로 관심을 기울일 여유가 없었다. 조시마 장로는 다시 피로를 느껴 침대에 돌아가 누웠으나 눈을 감으려다가 갑자기 생각난 듯 알료샤를 불러달라고 했다. 알료샤는 급히 달려갔다. 이때 장로 옆에는 파이시 신부와 이오시프 신부 그리고 견습 수도사인 포르피리밖에 없었다. 장로는 피로한 눈을 뜨고 물끄러미 알료샤의 얼굴을 바라보다가 불쑥 이렇게 물었다.

"가족들이 널 기다리고 있지?"

알료샤는 머뭇거렸다.

"가봐야 하지 않니? 오늘 가겠다고 약속을 했지?"

"약속했습니다. 아버지하고 형님들하고…… 그리고 또 다른 사람들과도."

“그것 봐라. 어서 가봐라. 슬퍼할 건 없단다. 알겠니, 알료샤? 나는 네가 있는 자리에서 이 세상에서의 마지막 말을 하고 난 후에야 죽어도 죽을 테니까. 나는 그 말을 너한테 하려는 거야, 내 유언을 너한테 남겨주려는 거다. 왜냐하면 너는 나를 그토록 사랑해주었으니까. 그렇지만 지금은 어서 약속한 사람들에게 다녀오너라.”

그 자리를 떠나기가 괴로웠지만 알료샤는 곧 스승의 말에 복종했다. 장로가 이 세상에서의 마지막 말, 더욱이 자기에게 유언을 들려주겠다고 한 약속은 그의 마음을 환희에 떨게 했다. 알료샤는 시내에 나가 용무를 빨리 마치고 돌아와야겠다는 생각에 외출 준비를 서둘렀다. 그런데 바로 그때, 파이시 신부도 그에게 축복의 말을 해주었다. 그리고 그 말은 뜻하지 않게 알료샤에게 강렬한 감명을 주었다. 그것은 두 사람이 장로의 방을 나왔을 때였다.

“알료샤, 네가 깊이 명심해야 할 일이 있다.”

파이시 신부는 바로 서두를 꺼냈다.

“꼭 명심해라. 속세의 과학은 커다란 세력으로 성장하여 현 세기에 이르러 성서에 약속된 모든 것을 재검토했다. 특히 속세의 학자들이 무자비하게 분석한 결과, 지금까지 신성불가침으로 여기던 모든 것이 그림자도 없이 소멸되고 말았어. 그러나 우리는 부분만을 검토하는 데 골몰하여 중요한 전체를 보지 못하고 말았다. 그 맹점은 그야말로 놀라지 않을 수 없어. 그런데 그 전체로서의 완전한 모습은 과거와 마찬가지로 현재도 엄연히 버티고 있는 지옥의 문, 즉 죽음의 힘도 정복할 수 없는 거야. 과연 1900년이라는 오랜 세월 동안 존재해오지 않았을까. 그것은 과연 사람들의 정신 속에, 대중의 생활 속에 존재해오지 않았단 말인가. 아니야, 그것은 모든 것을 파괴하는 무신론자들의 마음속에 예나 지금이나 존재하고 있어. 왜냐하면 기독교를 부정하고 종교에 반기를 쳐든 사람들조차 그 본질에서는 자기 자신도 그리스도의 모습을 그대로 지니고 있기 때문이지. 그리고 그들은 지금도 역시 똑같은 모습을 그대로 보이고 있어. 그 증거로는 그들의 지혜도, 그들의 정열도, 일찍이 그리스도에 의해 제시된 이상을 제외하고는 인간과 그 덕성에 어울리는 최고의 모습을 창조하지 못했다는 거지. 비록 그런 시도가 있었다 해도 그 결과는 언제나 기형적인 모습에 지나지 않았어. 알료샤, 특히 넌 이 점을 잘 기억해두어야 한다. 너는 이제 곧 승천하시게 될 장로님의 분부에 따라 속세로 나가야 할 몸이니까 말이다. 앞으로 이 위대한 날을 떠올릴 때면 너를 떠나보내며 내가 너에게 마음으로부터 준 이 말을 기억해주리라 믿는다. 내가 이런 말을 하는 것은 너는 아직도 어린데 세상의 유혹은 너무나 강해서 네 힘만으로는 감당해내기 어렵지 않을까 근심스러워 그런단다. 자, 그럼, 알료샤, 잘 다녀오너라."

이렇게 말하며 파이시 신부는 알료샤를 축복했다. 수도원 문을 나서며 알료샤는 이 뜻하지 않은 축복을 다시 생각하며, 지금까지 자기에게 그처럼 냉정하고 엄격했던 이 신부가 실은 자기를 열렬히 사랑해주는 새로운 친구, 새로운 지도자라는 것을 문득 깨달았다. 혹시 조시마 장로가 죽음을 앞두고 이 사람에게 유언으로 자기를 부탁하지 않았나 하는 생각까지 들었다.

‘어쩌면 두 분 사이에 그런 일이 있었을지도 모르지.’

알료샤는 문득 그렇게 생각했다. 방금 자기가 들은 뜻하지 않은 학문적 고찰, 바로 그 말이야말로 자기에 대한 파이시 신부의 뜨거운 애정을 증명하는 것이다. 그는 되도록 빨리 알료샤의 젊은 지성을 세상의 유혹과 싸울 수 있도록 무장시키고 장로의 유언에 따라 그에게 맡겨진 이 젊은 영혼을 위해 더 할 수 없이 견고한 방벽(防壁)을 둘러쳐주려는 것이 틀림없었다.

2. 아버지의 집에서

　알료샤는 맨 먼저 아버지의 집으로 갔다. 집 근처에 왔을 때, 어제 아버지가 이반 모르게 살그머니 들어오라고 부탁한 말이 떠올랐다. '왜 그러셨을까?' 하고 알료샤는 이제야 갑자기 이상하다는 생각을 했다.

　'아버지가 나한테만 하실 말씀이 있다고 해도 내가 몰래 들어가야 할 필요는 없을 텐데. 어제 무슨 다른 말을 하시려다가 너무 흥분해서 미처 못한 게 분명해.'

　알료샤는 이렇게 단정했다. 그러나 마르파가 대문을 열어주며, (그리고리는 몸이 좋지 않아 별채에 누워 있었다) 이반 표도로비치는 벌써 2시간 전에 외출했다고 말하자 다행이라는 생각이 들었다.

　"그럼, 아버지는?"

　"일어나서 커피를 드시고 계십니다."

웬일인지 마르파가 딱딱한 어조로 대답했다.

알료샤는 안으로 들어갔다. 노인은 낡은 가운에 슬리퍼를 신고 혼자 식탁에 앉아서 별로 내키지 않는 얼굴로 무슨 장부를 들여다보고 있었다. 그 넓은 집에는 표도르 혼자뿐이었고 (스메르자코프도 점심 장을 보러 나가고 없었다) 장부에 집중하고 있지도 않았다. 그는 아침 일찍 침대에서 일어나 기력을 차렸지만 그래도 피곤에 지친 쇠약한 기색을 보였다. 이마에는 지난밤 사이에 생긴 커다란 자줏빛 멍이 들어 있었고 그곳에 붉은 천을 감고 있었다. 콧등 역시 하룻밤 사이에 무섭게 부어올라 그리 눈에 띌 만큼 과한 것은 아니었지만 조그마한 반점처럼 멍이 여기저기 들어 있었다. 그리고 그 멍들이 얼굴 전체에 무언가 심술궂고도 짜증스러운 표정을 만들어내고 있었다. 노인 자신도 이것을 알고 있었고 방으로 들어오는 알료샤를 못마땅한 눈초리로 흘끗 바라보았다.

"커피가 식었군. 그러나 너한테 굳이 권하지는 않겠다. 나는 오늘 금식을 하려고 생선 수프 한 가지만 먹기로 했어. 그래서 아무도 초대하지 않은 거야. 무슨 일로 왔니?"

노인이 퉁명스러운 목소리로 말했다.

"잠깐 아버지가 어떠신지 문안드리려고요."

알료샤가 대답했다.

"그래, 참, 어제 내가 너한테 집으로 오라고 했지. 그러나 그건 그냥 실없는 소리였어. 공연히 마음을 쓰게 했구나. 하긴 나도 네가 곧 찾아오리라고 생각하고 있었다만."

그는 노골적으로 못마땅하다는 표정을 지으며 말하더니, 이윽고 자리에서 일어나 거울에 비친 자기의 코를 들여다보았다(아침부터 벌써 마흔 번쯤은 살펴보았을 것이다). 그러고는 이마에 두른 붉은 천도 보기 좋게 고쳐맸다.

"붉은 게 좋아. 하얀색은 병원 냄새가 나거든."

그는 약간 설교하는 말투로 이야기했다.

"그래 수도원은 별일 없니? 너희 장로는 좀 어떠냐?"

"아주 위독하세요. 어쩌면 오늘 운명하실지도 모르겠어요."

알료샤가 이렇게 대답했지만 아버지는 별로 귀담아듣지 않았다. 아니, 그뿐 아니라 자기가 물어본 것조차 금방 잊어버린 것 같았다.

"이반은 외출했다."

그는 불쑥 이렇게 말했다.

"그 녀석은 지금 있는 힘을 다해서 미차의 색시를 가로채보려고 애쓰고 있어. 그 녀석이 여기에 머무는 것도 사실은 그 때문이지."

그는 심통 사납게 이렇게 말하고는 입을 실룩거리며 알료샤의 얼굴을 바라보았다.

"이반 형이 그렇게 말하던가요?"

알료샤가 물었다.

"암, 벌써 오래전에 그렇게 말했지. 너는 어떻게 생각하니? 그런 말을 한 지가 벌써 3주일은 되었어. 설마 나를 몰래 죽이려고 그 녀석이 여기 이 집에 온 건 아니겠지? 그렇다면 대체 무엇 하러 왔을까?"

"아버지, 무슨 말씀을 그렇게 하세요."

알료샤는 몹시 당황했다.

"그 녀석은 나한테 돈을 달라고는 하지 않아. 어차피 나한테서 동전 한 닢도 긁어내지 못할 테니까. 난 말이다, 알료샤, 나는 되도록 오래오래 살고 싶단다. 이 점은 너도 명심해다오. 그래서 내게는 동전 한 푼이라도 소중한 거야. 오래 살면 살수록 돈이 중요하니까."

그는 누런 삼베로 만든 헐렁한 가운 호주머니에 두 손을 넣고, 방 안을 이리저리 다니며 말을 이어갔다.

"난 이제 쉰다섯밖에 안 되었으니까 아직 사내구실을 할 수 있어. 앞으로 20년은 남자로 우뚝 서 있고 싶은 거야. 하지만 나이를 먹으면 점점 꼬락서니가 초라해져서 계집들이 자진해서 달라붙지 않거든. 그때 필요한 게 바로 돈이야. 그래서 지금 되도록 많은 돈을 거둬 모으려고 하는 거야. 그러나 알료샤, 이건 어디까지나 나 혼자만을 위한 일이야. 알겠니? 왜냐하면 나는 끝까지 추악한 세계에서 살고 싶단 말이다. 이 점은 잘 기억해두는 게 좋을 거다. 추악하게 사는 편이 더 달콤하거든. 모두가 추악한 행동을 욕하고 있지만 실은 누구나 다 그 속에서 살고 있지 않느냐 말이다. 다만 딴 놈들은 몰래 그 짓을 하지만 나는 드러내놓고 한다는 게 다를 뿐이야. 그런데도 나의 이 솔직한 생활 태도에 대해서 그 더러운 놈들은 나를 공격하고 있지. 애, 알료샤, 나는 천국 같은 건 가고 싶지도 않아. 이 점도 잘 기억해주렴. 그리고 설령 천국이 있다고 해도 의젓한 신사가 그런 데 간다는 건 격에 맞지 않지. 내 생각에는 일단 눈을 감으면 영원히 잠들어버리는 거야. 그것 이외에는 아무것도 없어. 내가 죽은 뒤 기어이 하고 싶다면 내 명복을 빌어줘도 좋아. 그러나 마음이 내키지 않는다면 안 해줘도 상관없어. 이것이 바로 내 인생관이야. 이반 녀석은 그저 콧대만 높을 뿐이지, 뭐 이렇다 할 학식이 있는 건 아니야. 그리고 특별히 교육을 받은 것도 아니고 그저 말없이 남의 얼굴을 바라보며 비웃고만 있지. 그게 바로 그 녀석의 수법이야."

알료샤는 말없이 듣고만 있었다.

"왜 그 녀석은 나하고는 말하려 들지 않을까? 어쩌다 말을 한다 해도 공연히 거드름만 피우거든. 비굴한 녀석 같으니라구! 나는 하려고만 하면 지금 당장에라도 그루센카하고 결혼할 수 있어. 돈만 가지고 있으면 무엇이든 원하는 것을 가질 수 있으니까. 이반 녀석은 그게 두려워서 내가 결혼하지 못하도록 감시하고 있고 미차를 부추겨서 그루센카와 결혼을 시키려고 하지. 그런 식으로 그루센카를 나한테서 멀리 떼어놓으려는 속셈인 거야. 내가 그루센카와 결혼하지 않으면 자기한테 돈이라도 남겨줄 것으로 아는 모양이지. 그리고 또 미차가 그루센카와 결혼하면 돈 많은 형의 약혼녀를 자기가 차지하려는 속셈이야. 그놈이 노리는 것은 바로 그거란다. 이반은 네 형이지만 정말 비열하다니까."

"지금 아주 흥분하셨어요. 아마 어제 일 때문이겠죠. 가서 좀 누우시는 게 좋겠어요."

알료샤가 말했다.

"그래, 그런 말을 네가 하면 화가 나지 않는데 만약 이반이 했다면 틀림없이 괘씸하게 여겼을 게다. 내가 마음이 가라앉는 것은 너하고 함께 있을 때뿐이란다. 다른 때는 영락없이 구제불능의 불한당이 되어버리지."

이제야 비로소 떠오르기라도 한 것처럼 노인이 갑자기 이렇게 말했다.

"아버지는 못된 인간이 아닙니다. 그저 좀 비뚤어진 거죠."

알료샤가 살갑게 웃었다.

"헌데 알료샤, 나는 오늘 그 강도 놈, 미차 녀석을 감옥에 처넣어버릴까 생각을 했지만 아직 결정을 못 내렸단다. 그야말로 유행을 따라가는 요즘 세상에 부모 같은 것이야 미신 나부랭이로 여긴다고 하지만, 아무리 세상이 개화되었다고 해도 늙은 아비의 머리를 움켜쥐고 구둣발로 얼굴을 걷어차는 건 아니지. 그것도 다른 데가 아니라 지 아비의 집에서 말이다. 그러고도 다시 와서 아주 숨통을 끊어버리겠다고 모두가 지켜보는 앞에서 호언장담을 하니 기가 막힐 노릇이지. 내가 마음만 먹으면, 어제 일만 가지고도 당장 그놈을 감옥에 처넣을 수 있다구."

"그럼 형을 고발하실 생각은 없단 말씀이군요. 그렇죠?"

"이반이 말리더구나. 하긴 이반의 설교 같은 건 아무것도 아니지만, 실은 내게도 생각이 있어서……."

그는 알료샤에게 몸을 숙이고 무슨 비밀 이야기라도 하듯 속삭였다.

"만일 내가 그놈을 감옥에 처 넣겠다고 하면 소식을 들은 그 계집이 틀림없이 그놈에게 달려갈 거야. 그러나 그놈이 약한 노인을 마구 때려서 반쯤 죽여놓았다는 말을 들으면 아마 그년은 오늘이라도 나를 위로하러 오겠지. 인간은 누구나 다 뭐든지 반대로 하려는 성질이 있게 마련이거든. 코냑이라도 좀 마시지 않겠니? 차가운 커피에 코냑을 조금 타면 아주 별미거든.”

“아니요, 괜찮습니다. 저는 이 빵이나 가져가겠습니다.”

알료샤는 이렇게 말하고는 3코페이카짜리 프랑스빵을 집어 사제복 호주머니에 집어넣었다.

“아버지도 이제 술을 그만 드시는 게 좋을 텐데요.”

알료샤는 노인의 얼굴을 들여다보면서 걱정스러운 어조로 충고했다.

“네 말이 맞다. 공연히 화만 나지 마음이 가라앉지 않는구나. 그래도 딱 한 잔만 하련다.”

그는 열쇠로 찬장을 열더니 유리잔에 술을 따라 단숨에 들이켜고는 다시 찬장문을 잠그고 열쇠를 호주머니 속에 집어넣었다.

“이거면 됐어. 한 잔 했다고 해서 죽지는 않을 테니까.”

“전보다 훨씬 마음이 편해 보이세요.”

알료샤가 미소를 지었다.

“음! 나는 코냑을 안 마셔도 네가 좋단다. 그렇지만 상대방이 악당일 때는 나도 악당으로 변하지. 이반은 체르마쉬냐에 가려고 하지 않는데, 왜 그런지 아니? 그루센카가 여기 오면 내가 돈을 많이 내어줄까 봐 그걸 감시하려는 거야. 하나같이 모두가 악당이라니까! 정말이지 나는 그 녀석을 알 수가 없어. 도대체 어디서 그런 악당 놈들만 나왔을까! 그 녀석은 우리하고는 전혀 딴

판이야. 그런데도 내가 무슨 유산이라도 남겨줄 줄 아는 모양이지. 나는 그런 유언 같은 건 아예 남기지 않을 작정이다. 너희 모두가 이 점을 알아두는 게 좋을 게다. 미차 같은 놈은 바퀴벌레처럼 밟아버려야 해! 나는 밤마다 곧잘 슬리퍼로 검은 바퀴벌레를 짓밟아 죽이곤 하는데, 발을 대기만 하면 부지직 소리를 내며 터져버리거든. 네 형 미차도 곧 그런 소리를 낼 게다. 내가 지금 네 형이라고 한 것도 그나마 네가 그놈을 사랑하기 때문이야. 하지만 네가 그놈을 사랑한다 해도 나는 조금도 두렵지 않다. 대신 이반이 그놈을 사랑한다면 약간 불안하기는 하지만 이반은 누구도 사랑할 놈이 아니야. 우리하고 다른 놈이니까. 이반은 우리와는 다른 종류의, 말하자면 허공에 떠다니는 먼지야. 바람이 불면 사라져버리는 티끌 말이다. 실은 어제 내가 너더러 오늘 꼭 와달라고 한 건 바로 그때 문득 바보 같은 생각이 떠올랐기 때문이란다. 너를 통해 미차의 생각을 정탐하려 했던 거야. 만일 지금 그놈한테 1000이나 2000루블 정도를 주면 그 거지같이 염치없는 놈이 여기서 완전히 꺼져주지 않을까? 적어도 5년쯤, 아니 15년쯤이면 더 좋고……. 물론 그루센카는 두고 가야지. 그 계집과는 깨끗이 헤어져야 해. 어떠냐? 그놈이 들어줄 것 같니?"

"글쎄요. 제가 형한테 한번 물어보죠……. 3000루블을 주신다면 아마 형도……."

알료샤는 중얼거리듯 말했다.

"집어치워라. 이제 와서 그런 건 물어볼 필요도 없지. 물어보지 마! 이젠 나도 생각이 달라졌어. 어제 잠깐 그런 어리석은 생각이 떠올랐다는 것뿐이야. 그놈한테는 한 푼도 줄 수 없어. 돈은 내가 더 필요하다구.”

노인은 손을 내저었다.

“어찌 됐든 나는 그놈을 벌레처럼 짓밟아주고 말 테니까. 그놈한텐 아무 말도 하지 마라. 괜히 말했다가 또 행여나 기대할지 모르니까. 그리고 너도 이제 여기 있어봐야 아무것도 할 일이 없으니 어서 가봐라. 그런데 그놈의 약혼녀 카체리나 말이다. 그놈은 어떻게든 그 아가씨를 나한테 숨기려고 드는데 그 여자는 미차하고 결혼할 생각일까, 아닐까? 어제 너는 그 집에 갔다 오지 않았니?”

“그분은 절대로 형을 포기하지 않을 거예요.”

“대체로 얌전한 아가씨들은 그 녀석 같은 건달 놈팡이를 좋아하지! 얼굴이 창백한 그런 종류의 아가씨들이란 모두 보잘것없는 존재야. 암, 그렇고말고. 에잇, 제기랄! 내가 만일 그놈만큼 젊고 그놈 나이 때의 내 얼굴이 있다면 (내가 스물여덟 살이었을 때는 훨씬 미남이었거든) 나도 그놈 못지않게 계집들을 울려줄 텐데. 망할 놈 같으니라구. 아무튼 그루센카에겐 절대로 손을 대지 못하게 할 테니까. 암, 절대로 안 되지. 안 돼. 내 그놈을 그냥 놔두진 않을 거야!”

이 마지막 말과 함께 그는 미친 사람처럼 격분하기 시작했다.

“너도 이제 가봐라. 오늘은 여기 있어봐야 아무 소용도 없으니.”

노인은 퉁명스럽게 말했다.

알료샤는 작별 인사를 하려고 다가가서 아버지의 어깨에 입을 맞췄다.

"왜 이런 짓을 하는 거냐?"

노인은 조금 놀라는 기색이었다.

"이제 곧 만날 텐데. 아니면 다신 못 만날 것 같아서 그러느냐?"

"아니요, 그래서가 아니라 저도 모르게……."

"나도 별 뜻 없이 한 말이다. 나도 그만……."

노인은 물끄러미 알료샤를 바라보았다.

"얘, 알료샤!"

그는 아들의 등에 대고 소리쳤다.

"곧 다시 한번 오너라! 생선 수프를 먹으러. 오늘 먹은 것 같은 게 아니라 특별한 생선 수프 말이야. 꼭 와야 한다. 옳지, 내일이 좋겠구나. 꼭 오도록 해라!"

알료샤가 밖으로 나가자마자 그는 다시 찬장으로 달려가 코냑을 반쯤 따라 단숨에 마셨다.

"이제 그만해야겠군!"

노인은 이렇게 중얼거리며 꿀꺽 군침을 삼키고는 다시 찬장을 잠그고 열쇠를 호주머니 속에 넣었다. 그는 침실로 가서 맥없이 침대에 쓰러졌다. 그리고 바로 잠이 들었다.

3. 초등학생들과 함께

'아버지가 그루센카 이야기를 묻지 않으신 게 천만다행이었어.'

알료샤는 아버지의 집을 나와 호흘라코바 부인 집을 향해 걸어가면서 마음을 쓸어내렸다.

'물으셨다면 어제 그루센카와 만난 얘기를 어쩔 수 없이 해야 했을 텐데.'

알료샤는 두 사람의 적수가 밤새 새로 기운을 차려 날이 새자마자 또다시 돌처럼 마음이 굳어버린 게 가슴 아팠다.

'아버지는 짜증을 내며 적개심에 불타고 계셔. 뭔가에 사로잡혀서 그것에 골똘히 빠져 있는 게 분명해. 그러면 큰형은? 형도 역시 밤사이에 완전히 기력을 되찾아 증오심에 가득 차 있겠지. 그리고 속으로 뭔가를 생각하고 있겠지……. 아아, 무슨 일이 있어도 오늘은 형님을 찾아내야만 하는데…….'

그러나 알료샤는 이런 생각에 오래 골몰할 수 없었다. 가는 도중에 뜻하지 않은 사건이 일어났기 때문이다. 겉보기에는 별로 대수롭지 않은 일이었지만 그에게 큰 충격이었다. 작은 개울을 사이에 두고 큰 거리와 평행으로 나 있는 미하일로프 거리로 나가려고 광장을 지나 골목길로 들어섰을 때, 그는 조그만 다리 앞에서 무리지어 모여 있는 초등학교 학생들을 발견했다. 모두가 아홉 살에서 열두 살 정도로 보이는 어린애들로, 마침 학교에서 돌아오는 길이어서 등에 배낭 형태의 책가방을 멘 아이도 있고 가죽 가방을 어깨에 둘러맨 아이도 있었다. 짧은 재킷을 입은 아이도 있고 외투를 입은 아이도 있었으며, 무릎까지 오는 긴 장화를 신은 아이도 있었다. 이 한 무리의 아이들은 무엇을 논의하는지 열심히 재잘거리고 있었다.

알료샤는 언제나 어린아이들을 무심히 지나쳐버리지 못하는 성격이었다. 그것은 모스크바에 있을 때부터 그랬다. 그중에서도 특히 서너 살짜리 어린애를 제일 좋아했지만 열 살이나 열한 살짜리 아이들도 무척 좋아했다. 그래서 알료샤는 이번에도 여러 가지 걱정거리가 있었지만 아이들에게 다가가 그들과 이야기하고 싶었다. 가까이 가서 생기발랄한 장밋빛 얼굴을 들여다보다가 문득 아이들이 모두 돌을 하나씩 손에 쥐고 있는 것을 발견했다. 개중에는 두 개씩 들고 있는 아이들도 있었다. 작은 개울 뒤편에, 아이들이 있는 곳에서 30보가량 떨어진 울타리 옆에는 사내아이가 하나 서 있었다. 그 역시 책가방을 어깨에 멘 초등학생이었다. 키를 보아 열 살이 될까 말까 했는데, 병든 것처럼 창백한 얼굴에 새까만 눈동자만 이상하게 반짝거리고 있었다. 알료샤가 주의 깊게 살펴보니, 그들은 모두 같은 반 학생들로 방금 교문을 함께 나왔지만 지금은 서로 으르렁거리고 있는 모양이었다. 알료샤는 검은 재킷을 입은 혈색이 좋은 아이한테 다가가서 말을 걸어보았다. 곱슬곱슬한 금발의 소년이었다.

"내가 너희들처럼 그런 책가방을 메고 다닐 때는 모두 왼쪽에 메고 다녔지. 오른손으로 금방 책을 꺼낼 수 있도록 말이야. 그런데 너는 오른쪽에 가방을 멨는데 불편하지 않니?"

알료샤는 미리 생각해둔 말로 기교를 부리지 않고 일상적 화제를 불쑥 꺼내며 말을 걸었다. 하기는 어린애, 특히 여러 명의 어린이 모두에게 신뢰를 얻으려면 이런 방법 이외에 다른 도리가 없었다. 진지한 태도로 어디까지나 대등한 입장에서 시작하는 것이 무엇보다 필요했다. 알료샤는 본능적으로 그것을 이해하고 있었다.

"저 앤 왼손잡이예요."

활발하고 건강해 보이는, 열한 살쯤 되어 보이는 다른 애가 얼른 이렇게 대답했다. 나머지 아이들도 알료샤를 뚫어지게 바라보고 있었다.

"저 애는 돌을 던질 때도 왼손으로 던져요."

또 다른 소년이 덧붙였다. 바로 그때 돌멩이 하나가 날아와서 왼손잡이 소년을 살짝 스치며 옆으로 빗나갔다. 그러나 던지는 솜씨가 제법 능숙하고 힘이 있었다. 돌멩이는 개울 뒤쪽에 있는 소년이 던진 것이었다.

"애, 스무로프, 한 대 맞혀. 패줘!"

소년들이 소리쳤다. 그러나 스무로프라고 불린 왼손잡이 소년은 그런 말을 듣기도 전에 벌써 응수를 한 뒤였다. 그는 개울 뒤쪽에 있는 소년을 겨누고 돌을 던졌으나 돌은 빗나가서 땅에 떨어졌다. 그러자 건너편 소년이 다시 이쪽을 향해 돌을 던졌다. 이번에는 꽤 아프게 알료샤의 어깨에 명중했다. 개울 건너편 소년의 호주머니에는 준비해둔 돌이 가득 있는 것 같았다. 외투 주머니가 불룩한 것이 30보가량 떨어진 이곳에서도 금방 알아볼 수 있었다.

"저 자식은 아저씨한테 던진 거예요. 일부러 아저씨를 겨누고 던진 거예요. 아저씨는 카라마조프니까요, 카라마조프!"

아이들이 깔깔거리면서 소리쳤다.

"자, 이번에는 한꺼번에 사격이다. 던져라!"

돌멩이 여섯 개가 한꺼번에 날아갔다. 그중 한 개가 저쪽 소년의 머리에 맞았다. 소년은 쓰러졌지만 곧 다시 벌떡 일어나서 열심히 돌을 던지기 시작했다. 양쪽에서 쉴 새 없이 돌팔매질이 계속 이어졌다. 이쪽에도 호주머니에 돌을 채워둔 아이가 많았다.

"얘들아, 이게 무슨 짓이냐! 부끄럽지도 않니! 여섯이서 하나와 싸우다니! 그러다간 저 애가 죽고 말겠다!"

알료샤가 고함을 치며 앞으로 달려 나가 날아오는 돌을 향해 방패처럼 막아섰다. 3~4명의 아이가 잠시 손을 멈췄다.

"저 녀석이 먼저 싸움을 시작했는데요!"

빨간 셔츠를 입은 소년이 흥분하여 외쳤다.

"저 자식은 아주 비겁한 놈이에요. 아까 크라소트킨을 칼로 찔러 피까지 나게 했어요. 크라소트킨은 선생님한테 고자질하기가 싫어서 그냥 뒀지만, 저런 놈은 단단히 혼을 내줘야 해요.”

“이유가 뭔데? 너희들이 먼저 저 애를 놀린 모양이구나.”

“저것 봐, 저 녀석이 또 아저씨 등에 돌을 던졌어요! 저 자식은 아저씨가 누군지 아는 거예요.”

아이들이 소리쳤다.

“저 자식은 우리들이 아니라 아저씨한테 돌을 던지고 있어요. 하지만 아무래도 상관없어. 자, 다시 한번 공격하자. 스무로프, 이번엔 명중시켜야 해.”

다시금 돌팔매질이 시작되었고 이번에는 싸움이 굉장히 거칠었다. 그러는 사이에 돌 하나가 저쪽 소년의 가슴팍에 명중했다. 소년은 비명을 지르고 울부짖으며 미하일로프 거리 쪽 언덕길을 달리기 시작했다. 그걸 보고 이쪽 아이들은 욕설을 퍼부었다.

“야아, 겁이 나서 도망가는구나. 병신 같은 자식!”

“카라마조프 아저씨, 저 자식이 얼마나 비겁한지 아저씨는 몰라요. 죽여도 시원찮을 거예요.”

재킷을 입은 소년이 눈을 번쩍이며 말했다. 가장 나이가 많아 보이는 아이였다.

“도대체 어떤 아이길래!”

알료샤가 물었다.

“고자질이라도 한다는 거냐?”

소년들은 비웃기라도 하는 듯이 서로의 얼굴을 살폈다.

“아저씨도 미하일로프 거리 쪽으로 가는 길이죠? 그럼 어서 저 자식을 쫓아가보세요. 저것 봐, 저기 서서 기다리며 아저씨를 바라보고 있잖아요.”

그 소년이 다시 말했다.

“그래, 아저씨를 보고 있어요.”

다른 아이들도 맞장구를 쳤다.

“가서 저 자식한테 물어보세요. ‘너는 너덜너덜한 목욕탕 수세미를 좋아하니’ 하고 말이에요. 그렇게 물어보세요. 꼭 그렇게 해야 해요.”

아이들이 또 한바탕 폭소를 터뜨렸다. 알료샤는 아이들의 얼굴을 바라보고 아이들은 알료샤의 얼굴을 바라보았다.

“가지 마세요. 얻어맞을지도 몰라요.”

스무로프가 경고하듯 말했다.

“애들아, 나는 수세미에 대해선 묻지 않을 거다. 너희들이 그걸 가지고 저 애를 놀려주는 모양이니까. 그 대신 왜 너희들이 저 애를 그렇게 미워하는지 저 애한테 직접 알아봐야겠다.”

“알아보세요. 알아보세요.”

아이들이 또 웃어댔다. 알료샤는 다리를 건너 울타리 옆 언덕길을 따라 외톨이가 된 소년을 향해 곧장 걸어 올라갔다.

“조심하세요.”

등 뒤에서 아이들이 경고했다.

“그 자식이 당신이라고 무서워할 줄 아세요! 몰래 칼을 꺼내 갑자기 공격할지도 몰라요. 크라소트킨에게 그런 것처럼.”

소년은 그 자리에 꼼짝 않고 서서 알료샤가 가까이 오기를 기다리고 있었다. 가까이 다가가보니 겨우 아홉 살 정도밖에 안 된, 키가 작고 허약한 소년이었다. 여월 대로 여윈 갸름한 그 아이의 얼굴은 창백했다. 크고 검은 눈은 증오로 가득 차서 알료샤 쪽을 노려보고 있었다. 아이는 다 낡아빠진 매우 오래된 외투를 입고 있었는데 그 외투마저 몸에 맞지 않아서 이상한 모습이었다. 양쪽 소매 밑으로는 빨간 팔목이 드러났고 바지 오른쪽 무릎 위에는 커다란 헝겊조각을 덧대어 기워놓았다. 그리고 장화는 오른쪽 엄지발가락 근처에 구멍이 뚫려서 잉크로 칠한 흔적이 보였다. 불룩한 외투 양쪽 호주머니에는 돌이 가득 들어 있었다. 알료샤는 두어 걸음쯤 앞에 멈춰 서서 뭔가 묻고 싶은 얼굴로 소년을 바라보았다. 소년은 알료샤가 자기를 때리려는 게 아니라는 것을 눈치채고 조금 누그러진 태도로 먼저 입을 열었다.

"나는 혼자고 저 자식들은 여섯이나 되지만……, 나는 혼자서도 다 해치울 수 있어."

소년은 갑자기 눈을 번쩍이며 말했다.

"그렇지만 지금 세게 한 대 맞지 않았니? 몹시 아팠을 텐데."

알료샤가 말했다.

"나도 스무로프의 머리를 맞혔어요."

소년이 외쳤다.

"저 애들 말이, 네가 나를 알아보고 뭔가 이유가 있어서 나한테 일부러 돌을 던졌다고 하던데?"

소년은 가라앉은 표정으로 알료샤의 얼굴을 쳐다보았다.

"나는 너를 모르겠는데, 너는 정말 나를 알고 있니?"

알료샤가 다시 물었다.

"귀찮게 하지 마요!"

소년이 발끈 성을 내며 소리쳤다. 그러면서도 소년은 여전히 무언가를 기다리는 듯 그 자리에서 움직이지 않고 서서 다시금 적의에 찬 눈을 번득였다.

"그럼, 난 가마. 하지만 나는 네가 누군지도 모르고, 또 너를 놀리려는 것도 아니야. 저 애들은 너를 꾫려주려고 하는 것 같던데, 난 조금도 그럴 생각이 없으니까, 그럼 잘 있거라!"

알료샤가 말했다.

"수도사라면서 비단 바지나 입고!"

소년은 여전히 적대적인 태도로 알료샤를 보면서 이렇게 외치고는 이번에는 틀림없이 알료샤가 달려들 거라고 생각했는지 얼른 방어 자세를 취했다. 그러나 알료샤는 몸을 돌려 소년 쪽을 한 번 바라보고는 그냥 앞으로 발걸음을 돌렸다. 그러나 세 걸음을 채 내딛기도 전에 소년이 던진 돌이 그의 등을 세차게 때렸다. 소년의 호주머니 속에 있는 돌 중에서 가장 큰 것이었다.

"뒤에서 이러는 법이 어디 있니? 저쪽 애들이 너를 보고 언제나 뒤에서 달려든다고 하더니, 그 말이 사실인가 보구나?"

알료샤가 뒤를 돌아보며 말했다. 그러나 소년은 악에 받쳐 또다시 돌을 던졌다. 이번에는 정통으로 얼굴을 겨누었으나 알료샤가 재빨리 피해서 팔꿈치에 맞았다.

"아니, 부끄럽지도 않니. 내가 너한테 무슨 잘못을 했다는 거니?"

알료샤가 큰 소리로 외쳤다. 소년은 이번에야말로 알료샤가 틀

림없이 자기에게 덤벼들겠거니 생각하고 말없이 몸을 도사리고
있었다. 그러나 이번에도 알료샤가 달려들지 않자, 소년은 야수
처럼 울분을 터뜨리며 자기 쪽에서 먼저 알료샤에게 달려들었다.
알료샤가 미처 몸을 피할 사이도 없이 두 손으로 알료샤의 왼손
을 붙잡더니 가운뎃손가락을 으스러지게 깨문 채 10초 정도 놓
아주지 않았다. 알료샤는 있는 힘을 다해 손가락을 빼려고 했지
만 너무 아파서 그만 비명을 지르고 말았다. 마침내 소년은 손가
락을 놓아주고 뒤로 물러나서 아까와 같은 간격을 두고 마주 섰
다. 알료샤의 손가락은 손톱 바로 밑의 뼈가 이에 닿을 정도로 깊
이 찍혀서 피가 줄줄 흘러내렸다. 알료샤는 손수건을 꺼내 상처
를 꼭 동여맸다. 그러는 동안 거의 1분 가까이 지났지만 소년은
꼼짝도 하지 않고 서서 지켜만 봤다. 이윽고 알료샤는 부드러운
눈길로 시선을 들었다.

"자, 이제 됐다. 봐라, 지독하게 물었구나. 이젠 성이 좀 풀렸니?
그럼, 말해다오. 내가 너한테 무슨 짓을 했다는 거냐?"

알료샤는 말했다.

소년은 놀란 눈으로 알료샤를 올려다보았다.

"나는 네가 누군지도 모르고, 너를 만난 것도 오늘이 처음이야."

여전히 침착한 어조로 알료샤는 말을 계속했다.

"내가 아무래도 너한테 뭔가를 잘못했나 보구나. 그렇지 않고
서야 이렇게 할 리가 없지. 그러니까 내가 무슨 짓을 했는지, 너한
테 무슨 잘못을 저질렀는지 좀 알려다오."

대답 대신 소년은 별안간 큰 소리로 울음을 터뜨리더니 갑자기

알료샤에게서 도망쳐 달아났다. 알료샤는 그 뒤를 쫓아 미하일로
프 거리 쪽으로 천천히 걸음을 옮겼다. 그리고 뒤도 돌아보지 않
고 여전히 빠른 걸음으로 멀리 도망치고 있는 소년의 뒷모습을
오랫동안 지켜보았다. 아마 소년은 여전히 소리 내어 울고 있는
것 같았다. 알료샤는 반드시 시간이 나는 대로 소년을 찾아내서,
이 이상한 수수께끼를 꼭 풀어야겠다고 다짐했다. 그러나 지금은
그럴 시간이 없었다.

4. 호흘라코바 부인의 집에서

알료샤는 곧 호흘라코바 부인의 집에 다다랐다. 그 집은 부인의 소유로 이 지방에서도 호화주택에 속하는 아름다운 2층 석조 가옥이었다. 호흘라코바 부인은 다른 현에 있는 자기 영지와 모스크바의 본가에서 주로 살고 있었지만 이 지방에도 대대로 내려오는 자기 집을 가지고 있었다. 그런데 이 지방에 있는 영지가 세 군데의 영지 중에서 제일 컸지만 부인이 이곳을 찾아오는 것은 극히 드문 일이었다. 호흘라코바 부인은 문간방까지 달려 나와 알료샤를 맞아주었다.

"받으셨지요? 새로운 기적에 대해서 적어 보낸 내 편지 말이에요. 받으신 거죠?"

부인이 호들갑스럽게 말했다.

"예, 받았습니다!"

"모든 사람에게 알리고 모든 사람에게 보여주었나요? 장로님
께서 어머니한테 아들을 돌려보내주셨어요!"

"장로님께서는 오늘 중으로 운명하실 겁니다."

알료샤가 말했다.

"네, 나도 들어서 알고 있어요. 아아, 나는 당신과 얼마나 얘기
하고 싶었는지 몰라요. 당신이 아니면 누구에게라도 이 이야기는
꼭 하고 싶었어요. 아니, 당신하고 해야 해요. 꼭 당신하고요. 그
런데 다시는 장로님을 뵐 수 없으니 정말 유감이에요. 온 마을이
흥분에 들떠 기적이 나타나기를 기다리고 있답니다. 그런데 지
금……. 카체리나 이바노브나가 지금 여기 와 있는 걸 아세요?"

"마침 잘됐군요."

알료샤가 소리쳤다.

"그럼 댁에서 그분을 만나봐야겠습니다. 그분이 오늘 꼭 와달
라고 어제 저한테 간곡하게 부탁했거든요."

"그건 나도 알고 있어요. 죄다 알고 있죠. 어제 그 집에서 일어
난 일도 자세히 들었어요. 그리고 그 더러운 계집의 간사한 행동
도 다 들었죠. 정말 비극이에요(C'est tragique)! 만약 내가 그런 꼴
을 당했다면 정말이지 무슨 일을 저질렀을지도 몰라요! 하지만
당신 형님이 정말 너무했더군요! 어머나! 알렉세이 표도로비치,
내가 제정신이 아니군요. 지금 저 방에는 당신 형님이, 어제의 그
무서운 형님이 아니라 둘째 형님이 카체리나 이바노브나와 얘기
를 하고 있어요. 그런데 무척 심각한 대화거든요. 지금 두 사람 사
이에는 굉장한 일이 일어나고 있어요. 정말 무서운 일이에요. 그

야말로 제정신이라고 할 수가 없어요. 절대로 믿을 수 없는 무서운 이야기라고 할까, 두 사람이 다 이유도 모른 채 스스로 파멸로 치닫고 있어요. 그들 자신도 그것을 잘 알고 있고 오히려 즐기고 있어요. 나는 당신을 얼마나 기다렸는지 몰라요. 정말 애타게 기다렸지요. 우선 무엇보다 나는 그런 일을 그냥 보아 넘길 수가 없거든요. 여기에 대해서는 나중에 자세히 말씀드리겠지만 지금은 다른 얘기부터 해야겠어요. 그것이 가장 중요한 얘기예요. 아아, 내 정신 좀 봐, 가장 중요한 얘기라는 것조차 깜빡 잊고 있으니! 좀 말씀해주세요. 도대체 무엇 때문에 우리 리즈는 히스테리만 부리는 걸까요? 당신이 오셨다는 말을 듣자마자 히스테리부터 부렸어요!"

"엄마, 지금 히스테리를 부리는 건 엄마지 내가 아니에요."

갑자기 옆방으로 통하는 문틈으로 리즈의 지저귀는 듯한 목소리가 들려왔다. 문틈은 아주 좁았으나 억지로 억누르는 듯한 목소리는 금방이라도 웃음이 터져 나오려는 것을 필사적으로 참고 있는 듯한 느낌이었다. 알료샤도 곧 그 문틈의 존재를 알아챘다. 리즈가 틀림없이 그 바퀴 달린 안락의자에서 몸을 내밀고 문틈으로 이쪽을 내다보고 있으리라 생각했지만 그것까지는 그도 확인할 방법이 없었다.

"당연한 거 아니겠니, 리즈야. 네가 그렇게 변덕을 부리는데 난들 어떻게 히스테리를 안 부릴 수 있겠니! 그렇지만 알렉세이 씨, 저 애는 또 몸이 좋지 않은가 봐요. 간밤에 내내 열이 높아서 환자처럼 신음을 하지 않겠어요. 빨리 날이 밝아 게르첸슈트베 선생이 와주기를 얼마나 기다렸는지 모른답니다. 그런데 그 의사가 말하기를 아직 원인을 알 수 없다면서 좀 더 경과를 두고 봐야겠다는 거예요. 그 의사 선생은 우리 집에 올 때마다 항상 진단을 내릴 수 없다고만 하죠. 글쎄 당신이 우리 집으로 가까이 다가오자마자 저 애가 막 고함을 지르며 발작을 일으키더군요. 그리고 전에 자기가 쓰던 저 방으로 의자를 옮겨달라고 그렇게 졸라댔어요.”

“엄마, 난 알렉세이 씨가 우리 집에 올 거라는 건 전혀 모르고 있었어요. 내가 이 방으로 오고 싶어 한 건 그것과는 아무 관계가 없어요.”

“또 거짓말을 하는구나, 리즈야. 율리야가 달려와서 이분이 이리 오고 있다고 너한테 알리지 않았니! 그 애를 감시인으로 세워둔 건 바로 너잖니.”

“엄마는 왜 그런 실없는 소리만 하세요? 명예를 회복하기 위해서 뭐 좀 현명한 말을 하고 싶으시면 엄마, 지금 여기 계신 알렉세이 씨한테 이렇게 말하세요. ‘어제 그런 일이 있으신 후 모든 이의 조롱거리가 되신 후에도 아무렇지 않게 우리 집을 방문하기로 결심한 것만으로도 당신이 얼마나 생각 없이 사는 사람인지 알겠군요’라고요.”

“리즈야, 말이 너무 지나치구나. 미리 말해두지만, 너 그러다가 혼날 줄 알아라. 대체 누가 이분을 조롱한다는 거냐? 나는 이분이 와주셔서 얼마나 기쁜지 모르겠다. 나한테는 이분이 필요해. 절대 없어서는 안 될 분이야. 아아, 알렉세이 씨, 나는 정말 불행한 여자예요!”

"엄마, 갑자기 그건 무슨 말씀이세요?"

"아아, 리즈야, 너의 변명과 그 들뜬 마음, 너의 질병과 밤새도록 계속된 그 무서운 고열 그리고 언제나 진단을 내리지 못하는 게르첸슈트베. 가장 견딜 수 없는 것은 아무리 해도 끝이 없다는 거야. 언제 끝날지 알 수가 없어. 게다가 또 모든 것이……. 그리고 마지막으로 그런 기적까지 일어났으니 말이야! 알렉세이 표도로비치, 그 기적이 얼마나 나를 놀라게 하고 감동시켰는지 모른답니다! 게다가 지금 저쪽 객실에서는 차마 눈 뜨고 볼 수 없는 비극이 생기고 있어요. 당신한테 미리 말씀드리지만, 나는 도저히 그것을 감당해낼 수가 없어요. 그러나 어쩌면 비극이 아니라 희극이 될지도 모르지요. 그건 그렇고 조시마 장로님은 내일까지 버티실 수 있을까요? 아아, 내가 정말 왜 이럴까요. 이렇게 눈만 감으면 모든 게 다 무의미하게 생각되니 말이에요."

"제게 한 가지 부탁이 있습니다만, 손가락을 싸맬 깨끗한 헝겊을 좀 주시면 고맙겠습니다. 손가락을 다쳤는데 자꾸 아파오네요."

갑자기 알료샤는 부인의 말을 가로채며 말했다. 알료샤는 아까 소년한테 물린 손가락을 끌러 보였다. 손수건에는 검붉은 피가 잔뜩 배어 있었다. 호흘라코바 부인은 비명을 지르며 눈을 질끈 내리감았다.

"어머, 이게 어디서 난 상처예요? 끔찍해라!"

그때 문틈으로 엿보고 있던 리즈가 알료샤의 손가락을 보자마자 문을 휘익 열어젖혔다.

"들어오세요. 이리 들어오세요."

리즈가 명령하는 듯한 어조로 소리쳤다.

"지금은 그런 쓸데없는 소리나 주고받을 때가 아니에요. 어머나! 아니, 이렇게 다치고서도 왜 아무 말도 않고 가만히 계셨어요. 하마터면 피를 많이 흘려 죽을 뻔했잖아요. 도대체 어디서 이런 상처를 입으셨어요? 그보다 먼저 물이 있어야겠어요. 물, 물을 가져와요! 상처를 싸매야 하니까. 아니, 그것보다 냉수에 가만히 손을 담그고 있는 편이 낫겠어요. 그렇게 하고 있으면 아픔이 가실 거예요. 엄마, 빨리 물을 가져다줘요. 엄마, 양치질용 컵에다 빨리 물을 가져다달라니까요."

리즈가 신경질적으로 외쳤다. 그녀는 공포에 질려 있었다. 알료샤의 상처에 몹시 충격을 받은 것이다.

"게르첸슈트베 선생을 부를까?"

호흘라코바 부인이 말했다.

"엄마는 나를 죽이려고 그러세요? 게르첸슈트베 선생이 온들 잘 모르겠다는 말밖에 더하겠어요. 그보다도 물, 물이 필요해요! 엄마, 제발 좀 가서 율리야를 재촉해주세요. 그 앤 언제나 꾸물거려서 빨리 오는 법이 없다니까요. 빨리요, 엄마! 그렇잖으면 난 죽어요……."

"아니에요. 별로 대수로운 상처가 아닙니다!"

알료샤는 두 모녀의 호들갑에 무척 당황하며 이렇게 소리쳤다. 율리야가 물을 떠가지고 뛰어왔다. 알료샤는 그 물에 손가락을 담갔다.

"엄마, 미안하지만 붕대 좀 가져다주세요. 그리고 상처에 바르는 그 걸쭉한 물약, 뭐라고 하더라? 냄새가 지독한 그 물약 말이에요. 아무튼 우리 집에 그 약이 있잖아요. 엄마는 그 약이 어디 있는지 아시죠? 엄마 침실 오른쪽 찬장, 거기에 그 약병과 붕대가 있어요.”

“곧 가져올 테니 리즈야, 좀 진정해라. 그렇게까지 걱정할 건 없어. 알렉세이 씨는 저렇게 다치고도 꿈쩍 않고 참고 있지 않니? 그런데 어디서 이렇게 심하게 다쳤어요?”

호흘라코바 부인이 황급히 나갔다. 리즈는 그 순간만을 노리고 있었다.

“우선 이것부터 대답해주세요. 어디서 이렇게 다치셨죠? 그걸 먼저 들어야 당신한테 다른 얘기를 할 수 있을 거 같아요. 자, 어서요.”

리즈는 재빨리 알료샤에게 말했다. 알료샤는 부인이 돌아올 때까지의 시간이 리즈에게 얼마나 귀중한지 본능적으로 알았다. 그래서 불필요한 얘기는 생략하고 아까 그 초등학생과의 수수께끼 같은 만남을 급히 서둘러 말했다. 얘기를 다 듣고 난 리즈는 손뼉을 딱 쳤다.

“아니, 그런 옷을 입고 있으면서 코흘리개 아이들과 어울려도 괜찮단 말이에요?”

리즈는 자기가 마치 알료샤에 대해 무슨 권리라도 가지고 있는 것처럼 성난 목소리로 외쳤다.

“그런 짓을 하는 걸 보니 당신도 역시 어린애군요. 어쩌면 세상에서 가장 철없는 어린애일지도 몰라요! 그렇지만 그 괘씸한 꼬마 녀석은 무슨 일이 있어도 찾아내서 나한테 죄다 말해주셔야 해요. 거기엔 분명히 무슨 사정이 있을 테니까요. 자, 그럼 다음 얘기로 넘어가겠는데 그전에 하나 물어볼 말이 있어요. 알렉세이 표도로비치, 당신 상처가 아프셔도 나하고 이야기를 좀 나눌 수 있으시죠? 비록 쓸데없는 이야기로 들릴지 모르겠지만 나한테는 정말 중요한 이야기거든요.”

“할 수 있고말고요. 지금은 그리 아픈 것 같지도 않습니다.”

“그건 손가락을 찬물에 담그고 있어서 그래요. 이젠 물을 갈아야겠군요. 곧 미지근해지니까요. 율리야, 빨리 지하실에 가서 얼음을 꺼내서 다른 잔에 물과 함께 담아와. 이젠 저 애도 나가버렸으니 용건을 말씀드리죠. 알렉세이 표도로비치, 어제 내가 당신한테 보낸 그 편지를 지금 당장 돌려주세요. 빨리요. 엄마가 돌아오기 전에. 난…….”

“지금은 그 편지를 가지고 있지 않은데요.”

“거짓말 마세요. 가지고 계실 거예요. 나도 당신이 그렇게 대답하실 줄 알았어요. 그 호주머니 속에 가지고 계시죠? 어째서 그런 바보짓을 했을까 밤새도록 후회했어요. 자, 돌려주세요, 빨리 돌려달라니까요.”

“그 편지는 수도원에 두고 왔습니다.”

“아마 당신은 그런 어리석은 편지를 읽고 나를 철없는 계집애라고, 아주 철없는 애라고 생각했을 거예요. 그런 바보짓을 한 건 당신에게 미안하지만 편지만은 꼭 돌려주셔야 해요. 정말 지금 안 가지고 계시면, 오늘 중으로 꼭 가져다주세요. 꼭 가져다주셔야 해요, 꼭!”

“오늘 중으로는 안 되겠는데요. 난 이제 수도원으로 돌아가면 앞으로 2~3일, 아니 나흘은 여기에 올 수 없을 겁니다. 조시마 장로님께서…….”

“나흘이라니? 그걸 말이라고 하세요! 당신은 나를 무척 비웃으셨겠죠?”

“아니, 조금도 비웃지 않았습니다.”

“그건 어째서죠?”

“당신의 말을 그대로 믿었기 때문입니다.”

“나를 모욕하시는군요.”

“천만에요. 나는 그 편지를 읽자마자 반드시 그렇게 되리라고 생각했습니다. 왜냐하면 조시마 장로님께서 운명하시면 나는 곧 수도원에서 나와야 하니까요. 거기서 나오면 나는 다시 공부를 계속하고 시험을 치를 계획입니다. 그리고 법정 연령이 되면 우리는 결혼하는 겁니다. 나는 언제까지나 당신을 사랑할 거예요. 아직 충분히 생각할 여유는 없었지만 나는 당신보다 더 좋은 아내를 얻을 수 있다고 여기지 않습니다. 그리고 조시마 장로님께서도 결혼하라고 분부하셨고…….”

“그렇지만 나는 불구자예요. 의자에 앉아 이리저리 끌려 다니는 몸이란 말이죠.”

리즈는 두 볼을 붉히며 웃었다.

“내 손으로 당신 의자를 밀고 다니겠습니다. 하지만 그때까지는 틀림없이 완쾌하리라 믿습니다.”

"당신 머리가 어떻게 된 모양이군요."

리즈가 신경질적으로 말했다.

"그런 농담을 진심으로 알고, 그런 얼토당토않는 소리를 하니 말이에요! 아, 마침 엄마가 오시네요. 엄마는 언제나 왜 이렇게 동작이 느려요. 이렇게 꾸물거리면 어떡해요. 율리야는 벌써 얼음을 저렇게 가져오는데."

"얘, 리즈야, 제발 소리 좀 지르지 마라, 제발. 네 소리를 들으면 나는……. 어떻게 늦지 않을 수 있겠니? 네가 엉뚱한 데다 붕대를 넣어두었는데. 그걸 찾아내느라 얼마나 힘들었는 줄 아니? 아무래도 네가 일부러 숨겨둔 것 같구나."

"그렇지만 이분이 손가락을 물려서 오리라곤 전혀 몰랐죠. 하긴 그걸 미리 알았더라면 정말 일부러 그랬을지도 모르지만 말이에요. 엄마도 이젠 말솜씨가 보통이 아니군요."

"그래, 내 말솜씨가 보통이 아니라고 해두자. 그러나 리즈야, 알렉세이 씨의 손가락이나 다른 모든 일에 대해서나 너는 도대체 왜 그렇게 어쩔 줄 모르고 흥분하는 거니, 아아, 알렉세이 표도로비치, 나를 괴롭히는 것은 정말이지 한두 가지가 아니에요. 게르첸슈트베니 뭐니 하는 문제가 아니라 이것저것 모든 게 한꺼번에 합쳐져서, 모든 것이 함께 나를 괴롭히고 있어요. 정말 참을 수가 없어요!"

"그만하세요. 엄마, 그 의사 이야기는 듣기도 싫다니까요."

리즈가 명랑하게 웃었다.

"자, 빨리 붕대를 건네주세요. 물약도 같이요. 알렉세이 표도로비치, 이건 보통 초연수예요. 이제야 이름이 기억나네요. 그러나 아주 잘 듣는 약이에요. 그런데 엄마, 이분은 여기 오는 길에 어린 애와 싸움을 하다가 손가락을 깨물렸대요. 그러니 이분도 똑같은 어린애인 게 맞죠. 그러면서도 결혼을 생각하고 있어요. 엄마, 한 번 생각해보세요. 이분이 남편 노릇을 하는 모습을요. 우습잖아 요? 아니, 얼마나 끔찍하겠어요!"

리즈는 장난스러운 눈으로 알료샤를 바라보며 발작적으로 웃 어댔다.

"아니, 결혼이라니, 리즈야. 왜 그런 엉뚱한 소리를 하는 거냐! 그런 소리는 이 자리에 어울리지 않아……. 어쩌면 그 아이가 광 견병에 걸렸을 수도 있잖니?"

"원 엄마두! 광견병에 걸린 아이가 어디 있어요?"

"왜 없다는 거니? 넌 내 말을 우습게 여기는구나! 만일 그 애가 미친개한테 물려 광견병에 걸렸다면 옆에 있는 사람을 닥치는 대 로 물 게 아니니? 그건 그렇고, 알렉세이 표도로비치, 우리 리즈 가 붕대를 감아드렸군요. 나도 그렇게 모양 있게 감아드리진 못 할 거예요. 아직도 통증이 있나요?"

"이젠 그리 아프지 않습니다."

"혹시 물을 두려워하지 않으세요?"

리즈가 물었다.

"얘, 리즈야, 그만해두렴. 내가 엉겁결에 광견병 이야기를 했더 니 너도 대뜸 그걸 가지고 수다를 떨고 있구나. 그보다 알렉세이 표도로비치, 카체리나 이바노브나는 당신이 여기 올 거라는 말을 듣자마자 나한테 와서 좀 전부터 당신을 기다리고 있어요.”

“엄마도 참! 그 방에 가시려면 엄마 혼자 가세요. 이분은 지금 갈 수 없어요. 이렇게 손이 아픈데 어떻게 가겠어요.”

“이젠 괜찮습니다. 지금이라도 갈 수 있어요.”

알료샤가 말했다.

“어머, 가신다구요? 그럼 당신은?”

“왜 그러시죠? 거기서 볼일을 마치고 다시 이리로 돌아올 테니까 그때는 당신하고 얼마든지 얘기를 할 수 있을 겁니다. 나는 지금 카체리나 아가씨를 만나봐야 합니다. 오늘은 무슨 일이 있어서 수도원으로 돌아가야 하니까요.”

“엄마, 빨리 이분을 데리고 가세요. 알렉세이 씨, 카체리나를 만난 후 나한테 일부러 올 필요 없어요. 곧바로 수도원으로 돌아가세요. 당신이 속한 곳은 거기니까요. 그것이 당신의 길이에요! 나는 잠을 좀 자야겠어요. 간밤에 한잠도 못 자서.”

“애, 리즈, 농담은 그만하려무나. 그건 그렇고 잠을 자는 게 좋겠다!”

호흘라코바 부인이 이렇게 외쳤다.

“어떻게 해야 할지 모르겠군요. 내가 뭘 잘못한 건지, 그럼 3분만 여기 더 있겠습니다. 아니 5분도 괜찮아요.”

알료샤가 중얼거리듯 말했다.

“5분이라구요! 엄마, 빨리 이분을 데리고 가시라니까요. 이분은 악마예요. 악마!”

“리즈, 너 미친 거 아니니? 자, 갑시다, 알렉세이 표도로비치. 저 애가 오늘은 너무 변덕이 심하군요. 저 애의 신경을 자극할까 봐 무서워요. 신경과민의 여자를 상대하는 것은 정말 어려운 일이에요. 하지만 저 애는 당신하고 함께 있는 중에 정말로 졸음이 왔는지도 모르죠. 어쨌든 빨리 저 애를 졸리게 해줘서 고마울 뿐이에요.”

“엄마도 이젠 제법 애교 있는 말을 하네요. 그런 뜻에서 엄마한테 키스를 해드리죠.”

“그럼, 나도 너한테 키스를 해주마. 리즈야. 그런데 알렉세이 표도로비치.”

알료샤와 함께 방을 나오며 부인은 무슨 대단한 비밀이라도 전하듯 빠른 소리로 소곤거렸다.

“나는 당신에게 암시를 주거나 내 손으로 비밀의 막을 올려서 보여주고 싶지는 않아요. 거기에 들어가시면 어떤 일이 벌어지고 있는지 당신 눈으로 직접 확인하실 수 있을 거예요. 정말 무서운 일이에요. 그야말로 어처구니없는 희극이죠. 그 아가씨는 당신의 둘째 형을 사랑하고 있으면서도 큰형 드미트리를 사랑하고 있다고 끝까지 우기고 있다니까요. 이건 보통일이 아니에요. 나도 당신과 함께 들어가서 쫓겨나지 않는 한 끝까지 지켜보겠어요.”

5. 객실에서의 파국

그러나 객실에서의 대화는 거의 끝나가고 있었다. 카체리나는 결의에 찬 표정이었지만 몹시 흥분한 상태였다. 알료샤와 호흘라코바 부인이 들어갔을 때, 이반은 막 돌아가려고 자리에서 일어서는 중이었다. 그의 얼굴은 좀 창백해 보였다. 알료샤는 불안한 눈길로 그를 바라보았다. 지금 알료샤에게는 한 가지 의혹이, 언제부터인가 그를 괴롭혀온 한 가지 불안한 수수께끼가 풀리려 하고 있기 때문이었다. 알료샤는 한 달 전부터 여러 사람들로부터 둘째 형 이반이 카체리나한테 반해서 드미트리로부터 그녀를 '가로채려고' 한다는 소문을 여러 번 듣고 있었다. 그러나 바로 최근까지만 해도 알료샤에게 이 소문은 도저히 있을 수 없는 허무맹랑한 것이었다. 그러나 몹시 불안했던 것은 사실이다. 알료샤는 두 형을 모두 사랑했으므로 두 사람 사이의 이런 연적 관계가 견딜 수 없이 두려웠다.

그런데 어제 갑자기 드미트리가 자기는 오히려 이반의 경쟁을 기쁘게 생각하고, 그것이 여러 가지 면에서 본인에게 도움이 된다고 말했다. 어째서 도움이 된다는 걸까? 그루센카와 결혼하는 데? 그러나 그것은 자포자기에서 오는 최후의 자학이라고밖에 생각되지 않았다. 뿐만 아니라 알료샤는 어젯밤까지만 해도 카체리나 역시 열정적이고 끈기 있게 큰형 드미트리를 사랑하고 있다고 굳게 믿고 있었다. 하기는 이런 신념도 어제저녁까지밖에 지속되지 않았지만 어찌되었든 그녀가 이반 같은 인물을 사랑할 리가 없다, 그녀가 드미트리를 사랑하는 것만은 틀림없다고 생각했던 것이다. 그랬던 것이 어제 그루센카와의 장면을 목격하자 문득 다른 생각이 그의 마음속에 떠오르는 것이었다.

방금 호흘라코바 부인의 입에서 나온 '일종의 착란'이란 말은 그를 거의 전율케 했다. 바로 오늘 아침 새벽에 그는 저도 모르게 "착란이다! 착란!" 하고 소리 질렀던 것이다. 아마도 그는 꿈을 꾸면서 밤새도록 카체리나 집에서 벌어졌던 그 소동을 모두 다시 보았던 것이다. 그래서 지금 호흘라코바 부인이 자신 있게 딱 잘라서 한 말, 카체리나는 이반을 사랑하고 있으면서도 어떤 감정의 '착란' 때문에 일부러 자기 자신을 기만하고 있으며, 아버지의 명예를 구해준 데 대한 고마운 마음을 표명하려는 염원에서 형을 사랑하고 있는 듯이 가장하면서 스스로를 괴롭히고 있다는 말에 알료샤는 크게 놀랐다.

'그렇다, 어쩌면 그 말 속에 모든 진실이 포함되어 있는지도 모

른다.'

알료샤는 이렇게 생각했다.

그러나 만일 그렇다면 이반의 처지는 어떻게 되는 것일까. 알료샤는 일종의 본능에 의해, 카체리나와 같은 성격의 여성은 상대방인 남성을 지배하지 않고는 못 배기며, 그러나 그녀가 지배할 수 있는 것은 드미트리와 같은 남성이지 결코 이반과 같은 부류의 남자는 아니라고 직감하고 있었다. 왜냐하면 (비록 오랜 시간이 소요될지라도) 드미트리 같으면 결국 여자에게 굴복해서 그것이 자신의 행복이라고 여길 수 있겠지만(이것이 알료샤가 원하는 바이기도 하지만), 이반의 경우 결코 그녀 앞에 굴복할 수도 없거니와 설사 굴복한다 하더라도 결코 행복하지 않을 것이다. 어째서인지 알료샤는 저도 모르게 이반에 대하여 이런 고정관념을 가지고 있었다. 그래서 지금 객실에 발을 들여놓은 순간, 이 모든 마음의 동요와 상상이 퍼뜩 그의 뇌리를 스치고 지나갔다. 그리고 또 한 가지 다른 생각이 억제할 수 없는 힘으로 그의 머리에 떠올랐다.

'만일 이 여자가 두 형 가운데 어느 쪽도 사랑하고 있지 않다면 어떻게 되는 걸까?'

여기서 한 가지 지적해두지만, 알료샤는 자신의 이런 생각을 부끄럽게 여기고 지난 한 달 동안 이런 상념이 떠오를 때마다 자신을 꾸짖어왔다.

'나 같은 것이 사랑이니 여성이니 하는 것에 대해 어떻게 안단 말인가? 어떻게 내가 감히 이런 결론을 내릴 수 있겠는가?'

이렇게 알료샤는 이와 유사한 생각이나 추측을 하고 난 뒤에는 반드시 자기 자신을 책망하곤 했다. 하지만 그렇다고 해서 그 문제를 전혀 생각하지 않을 수도 없는 것이 지금의 심정이었다. 이제 두 형의 운명에서 이 연적관계는 너무나 중요한 문제여서, 그해결 여하에 따라 너무나 많은 일이 달라진다는 것을 그는 본능적으로 알고 있었다.

"두 마리의 독사가 서로 잡아먹으려고 하는 거야."

어제 이반은 아버지와 드미트리를 두고 홧김에 이런 말까지 했다. 그러고 보면 이반의 눈으로 볼 때 드미트리는 독사였고 어쩌면 벌써 오래전부터 독사였는지도 모른다. 그것은 이반이 카체리나를 처음 알게 된 때부터가 아닐까? 물론 그것은 이반이 무심코 입 밖에 낸 것이겠지만 무심코 나온 말이기에 더욱 중대한 뜻을 지니고 있었다. 만일 그렇다면 이 경우, 평화란 존재할 수 없지 않은가! 오히려 한 집안에서 증오와 적대감의 새 불씨만 생기는 것이 아닌가!

그러나 알료샤에게 가장 절실한 것은 두 사람 중 도대체 누구를 동정해야 하는가, 두 형의 어떤 점들을 각각 동정해야 할 것인가의 문제였다. 그는 두 형을 똑같이 사랑하고 있었다. 그러나 이 무서운 모순 속에서 그들 각 개인을 위해 무엇을 바라는 게 좋단 말인가? 이러한 혼돈 속에 빠지면 누구든지 어찌할 바를 모르게 된다. 알료샤는 아무래도 이 어리둥절한 상태를 그냥 참고 견딜 수가 없었다. 그의 사랑은 항상 실천적인 성격을 띠고 있었기 때문이다. 그에게 소극적인 사랑은 불가능했다. 일단 누구를 사랑하게 되면 그는 지체 없이 구원의 손길을 내밀어야만 했다. 그러기 위해서는 확고부동한 목표를 설정하고 그들 각자에게 무엇이 옳은가를 정확히 알아야 했다. 그리하여 그 목표가 확실하다는 것에 자신이 생기면 비로소 어느 한쪽을 도와주어야 하는 것이다. 그런데 지금은 어떠한가? 확실한 목표는 고사하고 모든 것이 불확실하고 애매할 뿐이었다. 게다가 방금 '착란'이란 말이 나왔지만, 대체 이 말을 어떻게 이해하면 좋단 말인가. 이 혼돈의 미궁 속에서 그는 이 중요한 한 마디조차 이해할 수가 없었다.

카체리나는 알료샤가 들어온 것을 보자, 떠나려고 준비하며 자리에서 일어선 이반에게 기쁜 듯이 재빨리 말을 걸었다.

"잠깐만! 잠깐만 기다려주세요. 나는 진심으로 신뢰하고 있는 이분의 의견을 듣고 싶어요. 그리고 부인께서도 여기 그냥 남아 계세요."

그녀는 호흘라코바 부인을 향해 말했다. 그리고 알료샤를 자기 옆에 앉게 하였다. 호흘라코바 부인은 그 맞은편에 이반과 나란히 앉았다.

"이 자리에 계시는 분들은 모두 이 세상에 둘도 없는 나의 친구들입니다."

카체리나는 열띤 어조로 입을 열었다. 그녀의 목소리에서 성실한 고뇌의 눈물이 느껴졌기 때문에 알료샤의 마음은 또다시 그녀 쪽으로 쏠리지 않을 수 없었다.

"알렉세이 표도로비치, 당신은 어제 그 무서운 장면을 직접 목격하셨습니다. 그리고 그때의 내 처지에 대해서도 잘 알고 계실 거예요. 이반 표도로비치, 당신은 그걸 보지 못했지만 이분은 모두 다 보셨어요. 이분은 어제의 나를 어떻게 생각했는지 모르지만 다만 한 가지 분명한 것은 만약 오늘 지금 이 자리에서 그러한 일이 다시 되풀이된다 해도 나는 당연히 어제와 똑같은 행동을 했을 거라는 거예요. 당신은 내가 어제 취한 행동을 기억하시겠죠. 알렉세이 씨. 당신은 어제 나의 행동 중 하나를 극구 말리셨으니까요."

이렇게 말하면서 그녀는 얼굴을 붉히고 다시 두 눈은 눈물로 반짝거리기 시작했다.

"분명히 말씀드리지만 나는 무엇과도 타협할 수가 없어요. 알렉세이 씨, 나는 이렇게 된 지금 내가 그이를 정말 사랑하는지 어떤지, 그것조차 알 수가 없어요. 나는 그이가 불쌍해요. 이건 사랑의 증거로 좋지 않는 거겠지요……. 내가 그이를 사랑하고 있다면, 계속 사랑해왔다면 지금 그이를 불쌍히 여기기보다는 오히려 증오해야 할 테니까요."

그녀의 목소리가 떨리며, 속눈썹에서 눈물 한 방울이 스며 나오기 시작했다. 알료샤는 마음속으로 생각했다.

'이 아가씨는 정직하고 진실해. 그러나 이제 드미트리 형을 사랑하지 않는구나.'

"그래요! 바로 그거예요!"

호흘라코바 부인이 큰 소리로 말했다.

"잠깐만 기다려주세요. 부인. 나는 아직 중요한 것을 말하지 않았어요. 간밤에 결심한 것을 아직 다 말하지 못했어요. 어쩌면 나의 결심은 내게는 무서운 것일지도 모르지만 나는 무슨 일이 있어도 평생 이 결심만은 절대 바꾸지 않고 밀고 나갈 거예요. 이반 표도로비치는 친절하고 관대하고 언제나 변함없는 나의 친구이지만, 이분도 나의 생각에 전적으로 찬성하고 내 결심을 칭찬해 주셨어요. 이분도 그걸 다 알고 계세요.”

“그렇습니다. 나는 찬성합니다.”

낮으면서도 확고한 목소리로 이반이 말했다.

“그렇지만 나는 알료샤한테도, 어머, 용서하세요. 알렉세이 표도로비치. 알료샤라고 막 불러서 죄송해요. 알렉세이 씨한테도 지금 나의 두 친구가 있는 자리에서 내 생각이 어떤지 그 의견을 듣고 싶어요. 이건 나의 본능적인 예감이지만 나의 사랑하는 동생 알료샤, 당신은 내 귀여운 동생인걸요.”

그녀는 뜨겁게 달아오른 손으로 그의 싸늘한 손을 잡고 감격에 찬 어조로 말을 이었다.

“나는 이렇게 괴로워하고 있지만 당신의 결정과 당신의 동의만 있다면 내 마음도 풀릴 것 같은 예감이 드네요. 당신의 말을 듣고 있노라면 내 마음도 가라앉아서 그대로 따르게 될 거예요. 나는 그런 예감이 들어요.”

“나한테 무슨 말을 바라시는지 잘 모르겠습니다만.”

알료샤는 얼굴을 붉히며 말했다. 그리고 무엇 때문인지 황급히 이렇게 덧붙였다.

“내가 당신을 사랑하고 있다는 것, 그리고 지금 이 순간, 나 자신보다 당신의 행복을 더 열망하고 있다는 것만은 나도 잘 알고 있습니다! 그렇지만 그런 문제에 대해서는 아무것도 모르기 때문에…….”

“이 문제에서는요, 알렉세이 표도로비치, 이런 문제에서 지금 무엇보다도 중요한 것은 명예와 의무예요. 거기다 또 하나 뭐라고 말하면 좋을까요. 그래요, 더 고상한 것, 어쩌면 의무 그 자체보다도 좀 더 고상한 그 무엇이에요. 내 마음 자체가 그러한 억제할 수 없는 감정이 있다는 것을 속삭이고 그 감정이 나를 자꾸자꾸 끌고 가는 거예요. 그러나 이 모든 건 한두 마디로 요약할 수 있어요. 나는 이미 결심했으니까요. 비록 그이가 그 여자와……, 내 입장에서는 절대 용서할 수 없는 그 여자와 결혼하더라도 나는 여전히 그이를 버리지 않을 거예요! 오늘 이 슈가부터 절대로 버리지 않을 생각이에요. 절대로!”

그녀는 이유는 알 수 없지만 착란을 일으킨 듯, 마지못해 기쁜 것처럼 창백한 표정으로 말했다.

“그렇다고 해서 그이를 쫓아다니면서 주변을 끊임없이 얼씬거리며 괴롭힐 마음은 없습니다. 천만에요. 그이가 원한다면 나는 어디든 다른 도시로 떠나겠습니다. 그 대신 한평생 죽는 날까지 그이를 주시할 거예요. 그리고 만일 그이가 그 여자하고 불행해진다면, 물론 내일이라도 당장 그렇게 되리라 믿지만, 그때는 나한테 오면 되는 거예요. 그때는 내가 정다운 친구, 진정한 누이동생으로 그이를 맞이할 테니까요……. 물론 그때는 어디까지나 그이의 누이동생에 지나지 않을 테지만, 그것은 영원히 변치 않을 거예요. 그러면 그이도 마침내는 그 누이동생이 진심으로 자신을 사랑하고 있다는 것을, 자기를 위해 평생을 희생한 사람이 바로 누이동생이라는 것을 깨닫게 되겠죠. 나는 반드시 이렇게 되도록 할 거예요. 그리하여 그이가 나의 인간됨을 인정하고 부끄럼 없이 모든 것을 나에게 드러내도록 만들겠어요!”

그녀는 극도로 흥분하여 소리쳤다.

“나는 그이의 신이 될 것이고, 그이는 나한테 기도를 드리게 될 거예요. 이것은 나에 대한 그이의 최소한의 대가니까요. 그이가 나를 배반했고 그래서 내가 어제 같은 일을 겪어야 했으니까요. 나는 그이에게 맹세한 이상 어디까지나 그 말을 지키며 한평생 충실히 그 약속을 이행하겠다고 마음먹고 있는데도, 그이는 신의를 외면하고 배신행위를 한 거예요. 나는 이 사실을 그이로 하여금 똑똑히 지켜보도록 할 작정이에요. 나는……, 그이의 행복의 수(아니, 뭐라고 하면 좋을까요), 어쨌든 그이의 행복의 도구가 되고 싶어요. 기계가 되겠어요. 죽을 때까지 한평생 이것은 변하지 않을 거예요. 나는 이것을 그이에게 평생을 통해 증명하고 싶어요! 이것이 내 결심의 전부입니다! 이반 표도로비치도 나의 이 결심에 적극 찬성해주셨습니다.”

카체리나는 숨이 차 헐떡였다. 그녀로서는 좀 더 품위 있게, 좀 더 능숙하고 자연스럽게 자기 생각을 표현하려 했던 모양이지만, 결과는 너무 성급하고 너무나 노골적인 얘기가 되고 말았다. 젊은 혈기 때문에 감정에 치우친 느낌도 많았고, 어제의 분노가 아직도 엿보이는 듯한 느낌도, 그리고 자존심을 유지하고 싶다는 바람도 많아 보였다. 그녀 자신도 그 점을 느끼고 있었다. 그녀의 얼굴이 갑자기 어두워지고 눈빛도 험악해졌다. 알료샤는 이 모든 것을 쉽게 알 수 있었다. 그러자 그의 마음속에는 그녀에 대한 동정이 뭉클 솟아올랐다. 바로 그때 그의 형 이반이 옆에서 불쑥 말을 시작했다.

"나는 내 생각을 이야기했을 뿐입니다. 다른 여성이 그렇게 말했다면 억지로 짜낸 병적인 것이 되고 말겠지만, 당신의 경우는 그렇지 않습니다. 다른 여자라면 거짓말이 되겠지만 당신의 경우는 정당한 것입니다. 그것을 어떻게 설명해야 좋을지 모르겠지만, 다만 당신이 어디까지나 매우 진지하다는 것, 따라서 정당하다는 것만은 나도 알고 있습니다."

그는 말했다.

"그렇지만 그것은 이 한순간만의 이야기가 아닐까요? 그렇다면 지금 이 순간이란 대체 무엇인가요? 모든 것은 어제의 모욕과 관련이 있어요. 이 순간은 바로 어제의 그 모욕이나 다름없어요!"

호흘라코바 부인이 참지 못하고 갑자기 끼어들었다. 그녀는 될 수 있는 대로 이 대화에 끼어들지 않기로 결심하고 있었던 모양이었으나, 끝내 참아낼 수가 없었던지 자기 나름대로 지극히 정당한 견해를 불쑥 나타낸 것이다.

"그렇습니다. 옳은 말씀이세요."

이반은 자기 말을 가로챈 데 기분이 상했는지 갑자기 퉁명스러운 어조로 부인의 말을 막았다.

"물론 다른 여자였다면 이 순간은 어제의 인상에 대한 연속이겠지만, 카체리나 씨와 같은 성격의 여성에게는 이 순간이 평생토록 계속될 겁니다. 즉, 다른 사람에게는 단순한 약속에 지나지 않는 것도 카체리나 이바노브나에게는, 비록 참을 수 없이 고통스러운 의무라 하더라도 영원불변의 의무가 되는 것입니다. 그리고 이분은 평생 그 의무를 다했다는 마음에서 만족을 느끼며 살아가겠지요. 카체리나 씨, 한동안은 자기의 감정, 자기의 헌신적인 행위, 자신의 비애에 대한 괴로운 의식의 연속이겠지만, 시간이 흐르면 그 고통도 가벼워지고 긍지 높은 확고한 목적을 영원히 달성했다는 감미로운 자각으로 변해갈 겁니다. 사실 그 목적이라는 것은 어떤 의미에서는 오만이라고 말할 수 있겠지요. 절망감에서 나온 것만은 틀림없습니다만, 그러나 당신은 그것을 정복했기 때문에 그러한 자각은 결국 당신에게 더는 바랄 수 없는 만족을 주어 그 밖의 모든 고통을 잊게 할 겁니다.”

이반은 무언가에 오기를 품은 듯이 딱 잘라 단언했다. 어쩌면 그는 자신의 의도, 즉 일부러 냉소적인 의도로 말을 하려는 기분을 감출 생각을 하지 않았는지도 모른다.

“오, 그렇지 않아요. 그건 당치도 않아요!”

호흘라코바 부인이 또다시 큰 소리로 외쳤다.

“알렉세이 씨, 당신은 어떻게 생각하세요! 당신이 어떻게 말씀하실지 궁금하군요!”

카체리나는 이렇게 외치더니 갑자기 눈물을 주르륵 흘리기 시작했다. 알료샤는 소파에서 일어났다.

“아니, 아무것도 아니에요. 아무것도 아니에요.”

울먹이는 소리로 그녀는 말을 이어갔다.

“어젯밤 일 때문에 머리가 좀 이상해졌나 봐요. 그렇지만 당신이나 당신의 형님 같은 이런 다정한 친구가 곁에 있어주시니 한 결 마음이 든든하네요. 당신들 두 분은 결코 나를 저버리지 않으리라는 걸 나는 잘 알고 있답니다."

"유감스럽게도 나는 내일이라도 모스크바로 출발해야 할 것 같습니다. 당분간 당신을 뵙지 못할 것 같군요. 정말 유감스럽지만 이것은 바꿀 수 없기 때문에……."

갑자기 이반이 이렇게 말했다.

"아니, 내일 모스크바로 떠나신다고요?"

별안간 카체리나의 얼굴이 일그러졌다.

"하지만…… 마침 잘됐군요!"

순식간에 그녀는 완전히 달라진 목소리로 말했다. 그리고 어느새 눈물을 닦아버렸는지 그 얼굴에서 눈물이 흔적도 없이 사라졌다. 결국 눈 깜짝할 사이에 무서운 변화가 일어나 알료샤를 깜짝 놀라게 했다. 조금 전까지도 그 어떤 감정의 발작에 울고 있던 보기에도 가련한 소녀가 별안간 자기 자신을 회복하고, 마치 무슨 좋은 일이라도 생긴 듯 기뻐하는 여인으로 변한 것이다.

"아아, 당신과 헤어지는 것이 잘됐다는 건 아니에요. 물론 그런 뜻이 아니란 걸 잘 아시겠지만."

카체리나는 갑자기 사교적인 상냥한 미소를 띠고 자기 말을 정정하듯 이렇게 말했다.

"당신처럼 이해심 많은 친구가 그렇게 생각하실 리는 없겠지요. 그와 반대로 당신과 헤어지는 것은 나에게 더없는 불행이니까요."

그녀는 느닷없이 이반에게 달려들어 그의 손을 열정적으로 움켜쥐었다.

"내가 잘됐다고 한 것은 당신이 모스크바에 가시면 지금의 내 처지를, 이 불행한 처지를 우리 이모와 아가피야 언니에게 직접 전해주실 수 있을 것 같아서랍니다. 아가피야 언니에게는 사실 그대로 숨김없이 전해주시고, 이모님에게는 당신의 재량에 따라서 적당히 가감해주세요. 이 무서운 편지를 어떻게 써 보내야 하나 어젯밤부터 오늘 아침까지 얼마나 괴로웠는지 아마 당신은 상상도 못할 거예요. 원래 이런 건 편지로 써서 전할 수 있는 일이 아니거든요. 하지만 이제는 마음 놓고 쓸 수 있을 것 같아요. 당신이 그쪽에 가서서 이모님과 언니에게 직접 설명해주실 테니까요. 정말 잘됐어요! 그렇지만 이건 어디까지나 지금 말한 그런 뜻에서 잘됐다는 것뿐이에요. 거듭 말씀드리지만 당신은 내게 누구와도 바꿀 수 없는 소중한 분이랍니다. 그럼, 난 이제 달려가서 편지를 써야겠어요."

그녀는 갑자기 이렇게 말을 마치고 방에서 나가려고 발걸음을 옮겼다.

"그럼, 알료샤는요? 당신이 꼭 듣고 싶다던 알렉세이 표도로비치의 의견은 듣지도 않았어요!"

호흘라코바 부인이 큰 소리로 외쳤다. 그녀의 말투에는 어딘지 정곡을 찌르는 듯한 분노의 어조가 서려 있었다.

"그걸 잊은 게 아니에요."

카체리나가 갑자기 걸음을 멈췄다.

“그런데 부인께선 이런 때에 왜 그렇게 가시 돋친 듯이 말하시는 거죠?”

카체리나는 비통하고도 열띤 어조로 나무라듯이 쏘아붙였다.

“나는 내 입으로 말한 것은 반드시 지킵니다. 내게는 이분의 의견이 매우 중요해요. 아니, 그뿐만 아니라 이분이 말하는 대로 할 거예요. 내가 당신의 말을 얼마나 듣고 싶어 하는지 알고 계시죠. 그런데 알렉세이 씨, 왜 그러시죠?”

“나는 이런 건 한 번도 생각해보지 못했습니다. 상상도 할 수 없는 일이에요!”

갑자기 알료샤가 비통한 어조로 말했다.

“뭐가요? 도대체 무슨 말씀이시죠?”

“형님이 모스크바로 간다고 하시자 당신은 큰 소리로 잘됐다고 말했습니다. 그러나 당신은 일부러 그렇게 말을 한 겁니다! 그래서 곧 당신은 변명을 하셨지요. 친구를 잃는다는 것은 오히려 불행한 일이라고. 하지만 그건 당신이 일부러 연극을 하신 거예요……. 마치 무대에서 배우가 연극을 하는 것처럼요!”

“연극이라고요? 어째서요? 도대체 무슨 뜻이죠?”

카체리나는 얼굴을 붉히고 몹시 놀란 듯이 이렇게 소리쳤다.

“형님 같은 친구를 잃는 것은 유감이라고 말하면서도, 역시 형님이 이곳을 떠나서 기쁘다고 자신에게 주장하고 있어요.”

알료샤는 숨을 헐떡이다시피 하며 이렇게 말했다. 그는 탁자 옆에 선 채 앉으려고 하지 않았다.

“무슨 말씀이신지 나는 도무지 모르겠군요.”

“하긴 나 자신도 잘 모르겠습니다만……, 어쨌든 갑자기 머릿속이 환히 밝아진 것 같은 느낌이 드네요. 잘 표현할 수 있을지 잘 모르겠지만 그래도 해야 할 말은 하겠습니다.”

알료샤는 여전히 떨리는 목소리로 띄엄띄엄 말을 이었다.

“나는 지금 머릿속이 환히 밝아진 것 같다고 말했습니다만, 그건 다름이 아니라, 당신은 드미트리 형님을…… 처음부터…… 전혀 사랑하지 않았는지도 모르고…… 또 형님 역시 당신을 사랑했던 것이 아니라, 그저 존경하고 있었을 뿐이라는 점을 똑똑히 깨달았기 때문입니다. 제가 지금 어떻게 감히 이런 대담한 말을 할 수 있는지 정말, 나 스스로도 이상할 지경입니다만, 그래도 누구든 한 사람쯤은 진실을 말해야 하지 않겠습니까. 왜냐하면 이곳에서는 아무도 진실을 말하려는 사람이 없으니까요.”

“진실이라니, 그건 무슨 뜻이죠?”

카체리나는 소리쳤다. 그 목소리에는 히스테릭한 경련이 묻어 나왔다.

“그럼 말씀드리죠.”

알료샤는 마치 지붕 위에서 뛰어내리는 심정으로 입을 열었다.

“지금 드미트리 형님을 불러주십시오. 아니, 내가 찾아내겠습니다. 그리고 형님이 여기 오면, 우선 당신의 손을 잡게 하고, 그 다음엔 이반 형의 손을 잡게 해서 서로 손을 맞잡게 하는 겁니다. 왜냐하면 당신은 이반 형님을 사랑하고 있으면서도 오히려 그에게 고통을 주고 있기 때문입니다. 드미트리 형에 대한 당신의 사랑은 일종의 착란입니다. 그것은 진정한 사랑이 아닙니다. 그래서 이반 형은 괴로워하는 겁니다. 당신은 억지로 당신을 설득하려 하기 때문에……."

알료샤는 여기서 말을 끊고 입을 다물었다.

"당신은…… 뭐랄까…… 그래요, 햇병아리 유로지비로군요. 그 이상의 아무것도 아니에요."

카체리나는 파랗게 질린 얼굴로 분노 때문에 입술을 일그러뜨린 채 말했다. 그때 이반이 갑자기 커다란 소리로 웃으며 자리에서 일어났다. 그의 손에는 모자가 쥐어져 있었다.

"틀렸어. 알료샤. 너는 잘못 생각하고 있어."

그는 지금까지 알료샤가 한 번도 본 적 없는 표정으로 말했다. 그것은 젊은이다운 성실함과 억제할 수 없는 강렬한 감정을 토로하는 것이었다.

"카체리나 이바노브나는 나를 한 번도 사랑한 일이 없어. 물론 내가 입 밖으로 내본 적은 한 번도 없지만 내가 사랑하고 있다는 것은 처음부터 잘 알고 있었지. 그걸 알고 있으면서도 나를 사랑할 수는 없었어. 아니, 도대체 나는 이 사람의 친구였던 적도 없었어. 자존심 강한 여성에게 나 같은 놈의 우정이 필요할 리가 없지. 이 사람이 나를 옆에 잡아두고 있었던 건 순전히 복수를 하기 위해서야. 이분은 드미트리 형과 처음 만났던 때부터 끊임없이 받아온 굴욕에 대한 모종의 분풀이를 나한테 하고 있는 거지. 사실 드미트리와 처음 만났다는 것 자체가 이분의 가슴속엔 모욕으로 남아 있으니까. 이분은 바로 그런 마음을 가진 사람이야. 나는 지금까지 형에 대한 사랑 얘기밖에는 아무것도 들은 것이 없었으니까. 카체리나 이바노브나, 나는 이곳을 떠나겠습니다. 당신이 정말 사랑하고 있는 것은 드미트리 형뿐입니다. 제발 이 점을 잊지 말아주십시오. 당신의 사랑은 형의 모욕이 심하면 심할수록 뜨거워질 뿐입니다. 바로 여기에 당신의 착란이 있어요. 당신은 지금 그대로의 형을 사랑하는 것이고 당신을 모욕하는 형을 사랑하고 있는 겁니다. 만일 형의 행실이 좋게 변한다면 당신의 애정은 바로 식어 형을 버리고 말 테죠. 당신에게 형이 필요한 것은, 당신이 항상 자신의 헌신적인 행위를 끊임없이 확인하고 형의 불성실을 책망하기 위해서입니다. 그리고 이것은 모두 당신의 자존심에서 생기는 겁니다. 물론 거기에는 많은 굴욕과 모욕 등 여러 가지가 있겠지만 어쨌든 이 모든 것은 자존심에서 나오는 것입니다.

나는 너무나 젊었고 또 너무도 당신을 사랑했습니다. 하긴 이런 말을 할 필요도 없이 그저 말없이 당신 곁을 떠나는 게 나의 품위도 보존하고 당신한테도 모욕을 주지 않게 된다는 것을 잘 알고 있습니다. 나는 멀리 떠나서 다시는 돌아오지 않을 생각입니다. 이것으로 당신과 영원히 이별하게 되겠지요. 나는 그러한 착란을 옆에서 보고 싶지 않습니다. 자, 이제 할 말은 다 했습니다. 그럼, 안녕히 계십시오. 카체리나 씨. 나는 당신보다 백 배 이상 혹독한 벌을 받았으니까 나한테 화를 내서는 안 됩니다. 당신을 만날 수 없다는 것만으로도 나에게는 가혹한 벌입니다. 안녕히 계십시오. 내겐 악수도 필요 없습니다. 당신은 너무나 의식적으로 나를 괴롭혔기 때문에 지금은 당신을 용서할 수가 없군요. 앞으로 용서할지는 몰라도 지금은 악수를 청하고 싶지 않습니다. 고맙습니다, 부인. 하지만 나는 아무런 감사를 바라지 않습니다!(Den Dank, Dame, begehr ich nicht).”

이반은 일그러진 미소를 지으면서 이렇게 덧붙였다. 이반은 그 한마디로 자신이 실러의 시를 암송할 정도로 책을 많이 읽었다는 뜻밖의 사실을 입증했다. 전 같으면 알료샤는 이반의 말을 절대 믿지 않았을 것이다. 하지만 이반은 집주인인 호흘라코바 부인한테조차 아무런 인사도 하지 않은 채 방에서 나가버렸다. 알료샤는 놀란 듯 두 손을 탁 쳤다.

“형님!”

그는 망연자실한 채 이반에게 소리쳤다.

“돌아와요, 형님! 아아, 안 돼, 형은 절대로 돌아오지 않을 거야.”

그는 또다시 비통한 슬픔에 잠겨 소리쳤다.

“이건 내 잘못이야. 내가 공연한 얘길 해서……, 이반 형은 홧김에 그런 말을 한 거예요. 틀린 말이고 적절하지 못한 말이랍니다. 형은 다시 이리 돌아올 의무가 있습니다.”

알료샤는 거의 반미치광이처럼 부르짖었다. 카체리나는 갑자기 옆방으로 나가버렸다.

“당신에겐 아무 잘못도 없어요. 당신은 천사처럼 훌륭한 행동을 하셨을 뿐이에요.”

호흘라코바 부인이 슬픔에 잠긴 알료샤에게 빠르게 속삭였다.

“내가 어떻게 해서든지 이반 씨가 모스크바로 떠나지 않도록 해볼게요.”

부인의 얼굴에 기쁜 표정이 넘치는 것을 보고 알료샤는 더욱 슬퍼졌다. 바로 그때 카체리나가 황급히 돌아왔다. 그녀의 손에는 무지갯빛 100루블짜리 지폐가 두 장 쥐어져 있었다.

"실은 당신한테 좀 어려운 부탁이 있어요. 알렉세이 씨."

그녀는 알료샤를 마주 보며 말했다. 마치 아무 일도 없었던 것처럼 침착한 어조였다.

"일주일쯤 전에, 아마 일주일이 되었을 거예요. 드미트리 표도로비치가 흥분한 끝에 아주 부당한 일을 저질렀답니다. 이 읍내엔 좋지 못한 술집이 한 군데 있는데, 거기서 그이가 어느 퇴역 장교를 만났다는 거예요. 언젠가 당신 아버님께서 무슨 사건과 관련해서 대리인으로 세웠던 그 퇴역 대위 말이에요. 그런데 무슨 이유에선지 그 이등 대위한테 화를 내며 많은 사람들이 보는 앞에서 그 사람의 턱수염을 움켜쥐고 한길로 끌고 나와 한참이나 그런 모욕적인 방법으로 끌고 다녔답니다. 그런데 소문을 들으니 그 대위에게는 이곳 초등학교에 다니는 어린 아들이 있는데, 이 애가 그 소동을 보고 아버지 곁에서 엉엉 울면서 대신 용서를 빌기도 하고, 주위 사람에게 아버지를 도와달라고 애걸하기도 했답니다. 그렇지만 모두 웃기만 하고 상대도 해주지 않았다고 해요. 미안한 일이지만 나는 그이가 저지른 추악한 행동을 생각할 때마다 분노가 치밀어요. 사실 그런 짓은 드미트리가 미칠 듯이 격분하지 않고서는 엄두도 낼 수 없는 잔인한 행동이지요. 나는 그에게 이런 얘기를 할 용기가 없어요. 말을 하려고 해도 적당한 말을 생각해낼 수가 없군요. 그래서 봉변을 당한 사람에 대해 알아봤더니 무척 가난한 사내더군요. 스네기료프라고 하는데 군대에서 무슨 잘못을 저질러 파면된 모양이지만 자세한 것은 나도 잘 모르겠어요. 어쨌든 그 사람은 지금 병든 아이들과 실성한 아내를 데리고 말할 수 없는 빈곤 속에서 허덕이고 있어요. 이 마을에 오래 살아서 어느 관청의 서기 일을 한 적도 있었다는데 요즘은 수입이 딱 끊어져버렸다는 거예요.

알렉세이 표도로비치, 그래서 나는 당신 생각을 떠올렸어요. 내가 생각하기에 당신은 친절한 분이니까, 그 사람을 찾아가서, 뭔가 적당한 이유를 대고 그 집에 들어가서 말이에요, 아, 내가 왜 이렇게 횡설수설하는 걸까요. 들어가면 상대의 기분을 상하지 않고 상냥하게—이건 당신이 아니면 안 되는 일이지만(이 말에 알료샤는 얼굴을 붉혔다)—이 돈을 그 사람에게 전해주면 좋겠어요. 여기 200루블이 있어요. 아마 받아줄 거라고 생각해요. 아니, 꼭 받도록 당신이 설득해주셔야 해요. 그래도 역시 받지 않는다면 어쩌면 좋을까요. 그렇지만 이건 고소를 하지 말라는 위로금은 아니에요. 그 사람은 고소를 제기할 모양이니까요. 그저 조그마한 성의 표시로 내가, 드미트리의 약혼녀인 내가 보내는 걸로 해주세요. 드미트리가 보내는 것은 아니니까요. 아무튼 당신은 이 일을 원만히 해낼 수 있을 거예요. 그 사람은 오조르나야 거리에 있는 칼므이코바라는 여자의 집에 세 들어 있다고 해요. 알렉세이 씨, 제발 부탁이니 나를 위해 이 일을 해주세요. 난 지금, 나는 지금…… 너무 피곤해서…… 그만 실례하겠어요.”

카체리나는 몸을 홱 돌려 재빨리 커튼 뒤로 사라져버렸기 때문에 알료샤는 하고 싶던 말을 결국 한 마디도 할 수가 없었다. 그는 자신을 꾸짖든 용서를 빌든, 가슴에 가득 찬 것을 몇 마디라도 하지 않으면 못 견딜 것만 같아서 그 방을 나가고 싶지 않았다. 그러나 호흘라코바 부인이 그의 손을 잡고 문밖으로 이끌었다. 현관으로 나오자 부인은 아까처럼 그를 다시 멈춰 세우고, "자존심이 강한 여자가 지금 자기 자신과 싸우고 있는 거예요. 그렇지만 친절하고 아름답고 너그러운 여자예요" 하고 반쯤 속삭이는 듯한 어조로 탄성의 말을 했다.

"나는 정말 저 아가씨가 좋아요. 어떨 땐 견딜 수 없을 만큼 좋다니까요. 나는 지금 모든 것이 기뻐요! 알렉세이 표도로비치, 당신은 모르시겠지만, 실은 우리 모두, 즉 나와 저 아가씨의 두 이모, 심지어 우리 리즈까지 모두가 지난 한 달 동안 오직 한 가지 일만을 빌어왔어요. 저 아가씨가 당신의 형 드미트리 씨와 헤어지고 교양 있고 훌륭한 청년 신사인 이반 씨와 결혼하게 되기를 말이지요. 아시다시피 드미트리는 그녀를 털끝만큼도 사랑하고 있지 않지만, 이반은 이 세상의 누구보다도 카체리나를 사랑하고 있으니 말이에요. 우린 거기에 대해 완전히 생각이 같아요. 내가 계속 여기에 머무는 것도 실은 그 때문인지도 모르죠."

"그렇지만 카체리나 씨는 또다시 모욕을 받고 눈물을 흘리기까지 했는데요!"

"여자의 눈물 같은 것은 믿지 마세요. 알렉세이 씨. 이런 경우난 언제나 여자의 적이에요. 남자 편을 들기로 했어요."

"엄마, 그분에게 나쁜 것을 가르쳐서 타락시키려는군요!"

리즈의 가냘픈 목소리가 방문 뒤에서 들려왔다.

"아닙니다. 모든 원인은 내게 있습니다. 내가 정말 무서운 잘못을 저지른 거예요!"

알료샤는 자기 행동에 수치심을 느끼며 두 손으로 얼굴을 가리고 처량한 표정으로 이렇게 되풀이했다.

"아니요. 천만에요. 당신은 천사처럼 행동하셨어요. 그야말로 천사였어요. 나는 몇천 번, 몇만 번이라도 이 말을 되풀이할 용의가 있어요."

"엄마, 그분의 행동이 뭐가 천사와 같다는 거죠?"

리즈의 목소리가 또다시 들려왔다.

"나는 그 모든 것을 보고 어째선지 이런 생각이 들었습니다."

리즈의 목소리 따위는 귀에 들리지도 않는다는 듯이 호흘라코바 부인은 자기 말을 계속했다.

"그 아가씨는 이반을 사랑하고 있다고 말입니다. 그래서 그만 그런 어리석은 말을 했던 겁니다. 그렇지만 대체 앞으로 어떻게 될까요?"

"아니, 그건 누구 얘기예요, 누구 말씀이냔 말이에요. 엄마, 엄마는 날 말려 죽일 생각이세요? 아무리 물어도 대답을 안 하니……."

리즈가 외쳤다.

이때 하녀가 달려왔다.

"카체리나 아가씨가 편찮으신가 봐요……. 울고 계세요……. 히스테리 발작처럼 마구 몸부림을 치면서요."

"뭐라고?"

리즈는 몹시 걱정스러운 목소리로 이렇게 외쳤다.

"엄마, 히스테리는 그 여자가 아니라 내가 일으킬 것 같아요."

"리즈야, 제발 그렇게 소리 지르지 마라. 그 소리에 내가 먼저 저세상 사람이 될지도 모르겠구나. 너는 아직 어리니까 어른들의 일을 다 알 필요는 없어. 이제 곧 가서 네가 알아야 할 일들을 모두 이야기해줄 테니까. 아아, 정말 골치덩어리군! 그래, 간다, 가! 하지만 히스테리를 일으켰다는 건 좋은 징조예요. 알렉세이 표도로비치, 저 아가씨에게 히스테리가 일어난 건 참 다행한 일이에요. 꼭 그래야 하는 거니까요. 나는 이런 경우에 언제나 여성에게 반대의 입장을 취하죠. 그따위 히스테리니, 여자의 눈물이니 하는 건 질색이거든요. 애, 율리야, 얼른 가서 내가 곧 간다고 전해라. 그건 그렇고 이반 씨가 아까 그런 식으로 나가버린 것은 카체리나 아가씨에게 잘못이 있어요. 그렇지만 이반 씨는 떠나지 않을 거예요. 리즈야, 제발 소리 좀 지르지 마라! 아니, 소리를 지른 건 네가 아니라 나였구나. 엄마를 용서하렴. 하지만 나는 너무 기뻐서 어쩌면 좋을지 모르겠구나. 알렉세이 표도로비치, 당신도 느끼셨는지 모르겠지만, 아까 이반 씨가 여기서 나갈 때 그 패기 넘치던 늠름한 태도, 모든 것을 다 고백하고 주저 없이 나가버린 그 태도는 정말 훌륭했어요. 나는 그저 유식한 학자라고만 생각했는데, 뜻밖에도 그처럼 열정적이고 솔직하고, 순진할 정도로 젊은이답게 행동하더군요! 그리고 독일 시 한 구절을 암송할 땐 정말 당신과 흡사했어요. 이젠 나도 가봐야겠어요. 서둘러야겠어요. 알렉세이 씨, 당신도 지금 부탁받은 일을 빨리 하시고 다시 곧 이리로 돌아오세요. 애, 리즈야, 너 무슨 할 말 없니? 제발, 알렉세이 씨를 오래 붙잡지 마라. 1분도 지체해서는 안 돼. 이제 곧 돌아 오실 테니까.”

호흘라코바 부인은 그제야 겨우 카체리나에게 달려갔다. 알료 샤는 떠나기 전에 리즈의 방문을 열려고 했다.

“절대 안 돼요! 지금은 절대로 안 돼요. 문밖에서 그냥 말하세 요. 그런데 어떻게 했기에 당신은 천사란 말을 듣게 되었죠? 내가 알고 싶은 건 그것뿐이에요.”

리즈가 소리쳤다.

“아주 바보 같은 짓을 했기 때문이죠. 그럼 안녕히 계십시오.”

“그렇게 가시는 법이 어디 있어요!” 하고 리즈가 외쳤다.

“리즈, 지금 죽고 싶을 만큼 슬픈 일이 있어요! 곧 돌아오겠습 니다만, 내게는 정말 슬픈 일이에요.”

이렇게 말하고 알료샤는 밖으로 달려 나갔다.

6. 오두막에서의 착란

사실 알료샤는 지금까지 느껴보지 못한 큰 슬픔을 느끼고 있었다. 쓸데없는 말을 꺼내서 '어리석은 짓'을 저지르고 만 것이다. 게다가 그것은 남녀 간의 사랑에 대한 문제가 아니었던가!

'도대체 내가 그 문제에 대해 무엇을 알고 있단 말인가?'

그는 얼굴을 붉히면서 마음속으로 백 번이나 되풀이하는 것이었다.

'부끄러운 것쯤은 문제가 아니다. 그건 당연한 벌이니까. 문제는 나 때문에 새로운 불행이 일어날 것이라는 점이다. 장로님이 나를 내보내신 것은 우리 집안을 화해시키고 결합시키기 위한 것이었는데, 과연 이런 식의 결합이 어디 있겠는가?'

여기서 문득 그는 자기가 두 사람의 손을 맞잡게 하려던 일을 떠올렸다. 또다시 부끄러운 생각이 들어 참을 수가 없었다.

‘나로서는 이 모든 것을 진심으로 한 일이기는 하지만, 앞으로
는 좀 더 현명하게 행동해야겠다.’

알료샤는 갑자기 그렇게 결심했다. 그러나 그 결심에 대해서도
만족의 미소를 지을 수가 없었다.

카체리나에게 부탁받은 곳은 오조르나야 거리였는데, 사실
은 큰형 드미트리의 집도 그 근처에 있었다. 알료샤는 이등 대위
의 집에 가기 전에 먼저 형한테 들러야겠다고 생각했으나, 어쩐
지 형이 집에 없을 것 같은 예감이 들었다. 뿐만 아니라 어쩌면 형
이 일부러 자리를 피할지도 모른다는 우려도 있었다. 그러나 무
슨 일이 있어도 형을 찾아내야만 했다. 시간이 얼마 남지 않았다.
더욱이 임종을 앞둔 장로에 대한 걱정이 수도원을 나섰을 때부터
한시도 머리에서 떠나지 않고 있었다.

카체리나의 부탁 중 알료샤가 특별히 관심을 갖는 부분이 한
가지 있었다. 그것은 이등 대위의 아들인 초등학교 학생이 울부
짖으며 자기 아버지 옆을 뛰어다녔다는 얘기였는데, 알료샤의 머
리에 퍼뜩 어떤 생각이 떠올랐다. 그것은 다름 아니라 ‘내가 너한
테 무슨 짓을 했다는 거냐’고 따져 물었을 때 갑자기 자기의 손가
락을 깨문 아이가 바로 그 대위의 아들이 아닐까 하는 생각이었
다. 어째서인지는 알 수 없어도 그 아이가 틀림없다는 확신이 들
었다. 이렇게 딴 생각에 젖어 있으니 한결 마음이 가벼워졌다. 그
래서 그는 방금 저지른 ‘잘못’만 뉘우치며 스스로를 괴롭히고 있
을 게 아니라 자기가 할 일만 하면 그만이라고 생각했다. 이렇게
생각하니 훨씬 기운이 나기 시작했다. 드미트리 형이 사는 뒷길

로 접어들었을 때, 갑자기 허기가 느껴져 알료샤는 아까 아버지한테서 얻어온 빵을 호주머니에서 꺼내 먹으며 걸었다. 뱃속에서 기운이 솟아나는 것 같았다.

드미트리는 집에 없었다. 그 집 사람들, 즉 늙은 목수 부부와 그 아들이 이상한 눈초리로 알료샤를 훑어보았다.

"벌써 집을 비운 지 사흘쯤 됩니다. 어디로 갔는지 모른다오."

노인은 알료샤의 끈덕진 질문에 이렇게 대답했다. 알료샤는 노인이 이미 지시받은 대로 대답하고 있다는 것을 알아챘다.

"그럼, 그루첸카한테 간 게 아닐까요? 아니면 또 포마 씨 집에 숨어 있을지도 모르겠군요?"

일부러 알료샤가 직접적으로 물어보자, 이 집 사람들은 놀란 표정으로 알료샤를 바라보았다.

'그러고 보니 이 사람들도 형님을 좋아해서 형님 편을 들어주는 모양이군. 어쨌든 그건 좋은 일이야.'

알료샤는 생각했다.

마침내 그는 오조르나야에 있는 칼므이코바의 집을 찾아냈다. 그것은 한길 쪽으로 창문이 세 개밖에 없는, 다 쓰러져가는 오막살이집으로, 지저분한 뜰 한가운데 암소 한 마리가 쓸쓸히 서 있었다. 입구는 마당에서 현관으로 들어가는 구조로 되어 있었다. 현관으로 들어가면 왼쪽에는 주인 노파와 딸이 살고 있었는데, 딸 역시 이미 할머니가 다 된 여자였는데, 둘 다 귀가 멀어 소리를 못 듣는 것 같았다. 이등 대위에 대해 몇 번이나 되풀이해서 물었더니 한참 만에 그중 하나가 세 들어 사는 사람을 찾는가 보다고 눈치채고 현관 건너편의 초라한 문을 가리켰다. 실제로 이등 대위의 셋방도 그 오두막과 다를 바 없었다. 알료샤가 문을 열려고 쇠로 된 손잡이를 잡으려 했으나 이상하리만큼 고요한 방 안의 정적이 그를 놀라게 했다. 그는 카체리나의 말을 통해서 이등 대위가 처자를 거느리고 있다는 것을 알고 있었다.

'모두 자고 있는 걸까? 아니면 내가 온 소리를 듣고 문을 열기를 기다리고 있는지도 모르지. 어쨌든 우선 문을 두드리는 게 좋겠다.'

이렇게 생각하고 그는 문을 두드렸다. 안에서 한참 만에 대답하는 소리가 들렸다. 그것은 한 10초가량 지나서였다.

"거, 누구요!"

누군지는 모르지만 몹시 화난 듯한 소리가 들렸다. 알료샤는 문을 열고 안으로 들어섰다. 그가 들어간 곳은 생각보다 넓기는 했지만 너저분한 가재도구며 사람들로 꽉 차 있었다. 왼쪽에 커다란 페치카가 있고 그 페치카에서 왼쪽 창문까지 방 안을 가로질러 빨랫줄이 매여 있는데 그 줄에는 가지각색의 누더기가 걸려 있었다. 왼쪽과 오른쪽 벽 쪽에는 침대가 하나씩 놓여 있고 털실로 짠 이불이 덮여 있었다. 왼쪽 침대에는 옥양목을 씌운 베개 네 개가 크기에 따라 가지런히 놓여 있었으나, 오른쪽 침대에는 아주 조그만 베개가 한 개 놓여 있을 뿐이었다. 그리고 맞은편 구석에는 역시 엇비슷이 매어놓은 줄에 커튼인지 홑이불인지 모를 천 자락으로 칸막이를 해놓은 곳이 있었다. 이 칸막이 뒤에도 벤치를 이어 붙여 만든 침대가 살짝 눈에 들어왔다. 아무 장식도 없는 볼품없는 네모난 나무 식탁은 원래 맞은편 구석에 있던 것을 창문 옆으로 옮겨놓은 것 같았다. 곰팡이가 슨 듯이 푸르스름한 유리를 넉 장씩 끼운 창문은 셋 다 뿌옇게 흐려 있는 데다 꽉 닫혀 있었기 때문에 방 안은 숨이 막힐 듯했고 그다지 밝지도 않았다. 식탁 위에는 먹다 남은 달걀부침이 들어 있는 프라이팬이며 먹다 만 빵조각이며 '지상의 행복'* 병까지 널려 있었다.

왼쪽 침대 옆 의자에는 포플린 원피스를 입은 어딘지 의젓해 보이는 부인이 앉아 있었다. 그 얼굴은 몹시 여위고 누렇게 떠 있었다. 이상하게도 푹 팬 두 볼은 첫눈에 그녀가 환자라는 것을 말해주고 있었다. 그러나 무엇보다도 알료샤의 마음에 충격을 준 것은 이 가련한 부인의 눈빛이었다. 그것은 무언가를 묻고 싶어 하면서도 거만하기 짝이 없는 교만한 모습이었다. 알료샤가 주인과 이야기하고 있을 동안 부인은 자기 쪽에서는 말을 시작하지 않은 채 두 사람을 그저 번갈아가며 바라보고 있었다. 이 부인 옆 왼쪽 창가에는 머리털이 불그죽죽하고 얼굴이 좀 못생긴 처녀가 있었는데 매우 가난해 보이기는 했으나 제법 깨끗한 옷차림을 하고 있었다. 그녀는 방 안에 들어선 알료샤를 비꼬는 듯한 눈길로 바라보았다. 오른쪽에는 역시 침대 옆에 또 다른 여자가 앉아 있었다. 이 여자 또한 스무 살 안팎의 젊은 처녀로, 얼핏 보기에도 비참한 모습이었는데 후에 알료샤가 들은 바에 의하면 곱사등이에다 다리마저 못 쓰는 앉은뱅이라고 했다. 방 한쪽 구석, 침대와

---

* 보드카 상표이다.

벽 사이에 그녀의 목발이 세워져 있었다. 이 가엾은 처녀의 놀랄 정도로 아름답고 선량한 눈은 차분하고도 상냥한 빛을 띠고 알료샤를 바라보고 있었다. 그리고 마흔 대여섯가량 된 남자가 식탁에 앉아서 달걀부침을 먹고 있었다. 작은 키에 깡마르고 허약한 체격의 사내였는데 머리털도 붉고 턱수염도 붉은색이었으며 특히 숱이 적은 턱수염은 닳아빠진 수세미를 연상시켰다. 나중에 깨달은 거지만 알료샤는 그 사내를 보자 수세미라는 말이 떠올랐다. 방 안에는 이 사람 말고는 남자가 없는 것으로 보아 방금 "거 누구요?"라고 소리친 것은 바로 그 사람이 분명했다. 그러나 알료샤가 방 안에 들어서자 그는 앉았던 자리에서 벌떡 튀어 일어나, 구멍투성이의 냅킨으로 황급히 입술을 닦으면서 알료샤 앞으로 달려 나왔다.

"수도사가 동냥하러 왔나 봐요. 번지수를 잘못 알았군요."

왼쪽 구석에 있던 처녀가 큰 소리로 말했다.

그러나 알료샤한테 달려 나온 남자는 그녀 쪽으로 홱 돌아서며 이상스레 흥분한 기색으로 말했다.

"아니야, 바르바라. 그건 네가 잘못 안 거야. 저, 제가 한마디 여쭈어보겠습니다만……."

그는 다시 알료샤한테 몸을 돌렸다.

"대관절 무슨 일 때문에 오셨습니까, 이런 누추하기 짝이 없는 곳에?"

알료샤는 주의 깊게 상대를 바라보았다. 처음으로 보는 사람이었다. 그에게는 어딘지 딱딱하고 성급하고 신경질적인 데가 있었다. 방금 술을 한 잔 마신 것은 틀림없으나 그렇다고 취해 있지는 않았다. 그 얼굴에는 어딘지 모르게 매우 뻔뻔스러우면서도 동시에(매우 기묘한 일이기는 했지만) 어딘지 겁먹은 듯한 표정이 서려 있었다. 이를테면 오랫동안 참고 견디며 복종만 해온 남자가 지금 갑자기 일어서서 자기의 존재감을 과시하려는 것만 같았다. 아니, 좀 더 적절히 표현하자만 상대를 실컷 패주고 싶지만 도리어 얻어맞지나 않을까 하고 몹시 전전긍긍하고 있는 사람처럼 보이기도 했다. 그가 하는 말투나 제법 날카로운 그 억양에서는 어딘가 미치광이 같은 유머가 느껴지긴 했지만, 그것이 때로는 심술궂고 때로는 겁먹은 듯이 어조가 자꾸만 바뀌곤 해서 도무지 갈피를 잡을 수가 없었다. '누추한 곳' 운운할 때도 그는 이상하게 몸을 떨며 알료샤에게 바싹 다가서는 바람에 알료샤는 무의식중에 한 걸음 뒤로 물러서지 않을 수 없었다. 그는 낡아빠진 검은 무명옷을 걸치고 있었는데, 더덕더덕 기운 데가 여기저기 얼룩져 있었다. 바지는 무척 밝은 색깔의 체크무늬 천으로 만든 것으로, 오래전에 유행하던 것이라 아마 요즘 세상에 그런 옷을 입고 다니는 사람은 아무도 없을 것이다. 게다가 바짓가랑이가 형편없이 구겨져 위로 끝이 말려 올라가서 어린애처럼 다리가 드러나 있었다.

"나는……, 알렉세이 카라마조프란 사람입니다……."

알료샤는 이렇게 말했다.

"그건 잘 알고 있습니다."

그는 새삼스레 그런 말은 필요 없다는 식으로 얼른 알료샤의 말을 가로챘다.

434

"저는 스네기료프 대위라고 합니다만, 그건 그렇고 제가 알고
싶은 것은 대체 무슨 일로 여기에 오셨는지⋯⋯."

"그저 잠깐 들렀을 뿐입니다. 실은 당신에게 한 가지 드릴 말씀
이 있는데⋯⋯, 만약 괜찮으시다면⋯⋯."

"그러시면 여기 의자가 있으니 자리를 잡으시기 바랍니다. 이
건 옛날 희극에 자주 나오는 대사지요. '자리를 잡으시지요'라고
말입니다."

이렇게 말하며 이등 대위는 재빨리 빈 의자를 집어 들어(겉에
아무것도 씌우지 않은 딱딱한 나무 의자였다) 방 한가운데다 옮겨놓
았다. 그러고 나서 자기 의자도 가져다놓고 알료샤와 마주 앉았
는데, 이번에도 조금 전과 마찬가지로 너무 바싹 붙어 있었기에
무릎이 맞닿을 정도였다.

"니콜라이 스네기료프올시다. 러시아 보병 이등 대위, 비록 처
신을 잘못해서 명예를 더럽히긴 했지만 이등 대위인 것만은 확실
합니다. 그러나 스네기료프라기보다는 이등 대위 슬로보예르소
프라고 하는 편이 더 적절할지도 모르지요. 왜냐하면 인생의 후
반기에 접어들면서 나는 언제나 슬로보예르스*를 붙여 말하게
되었으니까요. 이것은 비굴한 자들이 자주 쓰는 표현입지요."*

"그렇겠군요."

알료샤는 쓴웃음을 지었다.

"그런데 그것은 무의식중에 그렇게 되는 겁니까, 아니면 의식

---

* 러시아에서 경의를 표시하는 접미사 's'를 말한다. 그리고 슬로보예르소프는
'비굴한 사람'이라는 뜻이다.

적으로 그러는 겁니까?"

"솔직히 말씀드려서 무의식중에 그렇게 되는 겁니다. 한평생 슬로보예르스를 붙여서 말해본 일은 한 번도 없지만, 갑자기 몰락했다가 일어났더니 어느새 슬로보예르스가 입에 붙어버리더군요. 이건 인간의 힘으론 어쩔 수 없는 모양입니다. 보아하니 당신은 현재의 여러 문제에 관심이 많은가 보군요. 하지만 어떻게 저 같은 사람한테까지 관심을 두게 되셨지요? 손님 접대마저도 불가능한 환경에서 살고 있는 저 같은 놈에게 말입니다."

"다름 아니라, 나는……, 바로 그 일 때문에 찾아왔습니다."

"그 일 때문이라니요?"

이등 대위는 성급하게 말을 가로챘다.

"내 형인 드미트리와 당신이 만났던 일 말입니다."

알료샤가 민망한 표정으로 말했다.

"만났던 일이라니, 대체 무슨 말씀이신지, 그럼 그 사건을 두고 하시는 말씀인가요? 다시 말해서 그 수세미 사건, 목욕탕 수세미 사건 말인가요?"

그가 갑자기 앞으로 몸을 내미는 바람에 이번에는 실제로 무릎이 마주치고 말았다. 그러자 그의 입술이 한일자로 꼭 다물어졌다.

"아니, 수세미라니 무슨 말입니까?"

알료샤가 중얼거리듯이 물었다.

"아빠, 저 사람은 나를 일러바치려고 온 거예요!"

알료샤에게 이미 귀에 익은 아까 그 소년의 목소리가 칸막이 커튼 뒤에서 들려왔다.

"아까, 내가 저 사람의 손가락을 물어주었거든요!"

커튼이 걷혔다. 성상이 있는 방 한쪽 구석에 의자를 맞붙여 만든 침대 위에 그 소년이 누워 있었다. 소년은 아까 입었던 허름한 외투 위에 다시 낡은 솜이불을 덮고 누워 있었다. 그 충혈된 눈빛으로 보아 몹시 열이 높아 보였다. 아까와 달리 소년은 두려워하는 기색 없이 알료샤를 노려보았다. '여긴 우리 집이니 아무것도 두렵지 않다'는 태도였다.

"네가 손가락을 깨물었다고?"

이등 대위는 엉거주춤 의자에서 일어나며 말했다.

"그래, 저 애가 당신의 손가락을 깨물었습니까?"

"예, 그렇습니다. 아까 저 애가 한길에서 다른 아이들에게 돌을 던지고 있더군요. 상대는 여섯이고 저 애는 혼자였습니다. 그래서 내가 저 애한테 가까이 다가갔더니, 글쎄 나에게도 돌을 던지지 않겠습니까. 두 번째 돌은 제 머리에 맞았습니다. 그래서 내가 너한테 무슨 잘못을 했기에 그러느냐고 물어보았지요. 그랬더니 느닷없이 달려들어 내 손가락을 사정없이 깨물더군요. 나는 아직도 그 이유를 모르겠습니다."

"지금 곧 벌을 주겠습니다! 지금 당장!"

이등 대위는 벌떡 일어났다.

"아니에요. 나는 그걸 일러바치려고 온 것이 아닙니다. 그저 그런 일이 있었다는 걸 얘기했을 뿐입니다. 저 애가 그 일로 벌을 받는다면 내 마음이 편치 않을 거예요. 게다가 저 애는 몹시 아픈 것 같은데……."

"아니, 그럼 당신은 정말로 내가 저 애를 혼낼 줄 아셨습니까? 내가 저 아이를 당장 끌어내다가 당신 앞에서 당신을 만족시키기 위해 두들겨 팰 줄 아셨나요? 지금 당장 그렇게 하라는 말씀이십니까?"

갑자기 대위는 알료샤 쪽으로 몸을 돌리고 달려들기라도 할 듯이 소리쳤다.

"그야 물론 당신의 손가락에 대해서는 유감스럽게 생각합니다. 그러나 우리 아이를 패주기 전에 지금 당장 당신의 눈앞에서 당신이 충분히 만족하실 수 있도록 내 손가락 네 개를 몽땅 잘라버리면 어떻겠습니까. 여기 있는 이 칼로 말입니다. 손가락 네 개면 당신의 복수심도 충분히 만족하리라고 생각합니다만, 설마 마지막 남은 손가락까지 요구하지는 않겠지요?"

갑자기 그는 숨이 막히기라도 한 듯이 말을 끊고 헐떡거렸다. 그 얼굴은 근육 하나하나가 꿈틀거리며 경련을 일으키고 두 눈에는 도발의 기운이 엿보였다. 그는 극도의 흥분 상태인 것 같았다.

"이제야 모든 걸 알겠군요."

알료샤는 여전히 자리에 앉은 채 슬픔에 찬 조용한 어조로 답했다.

"결국 저 애는 착한 마음씨를 가지고 있군요. 아버지를 사랑하기에 아버지를 모욕한 원수의 동생이라며 나한테 달려들었던 겁니다. 이제야 비로소 알았습니다."

그는 생각에 잠기며 그렇게 되풀이해서 말했다.

"그러나 우리 형 드미트리는 자신이 저지른 일을 후회하고 있습니다. 나는 압니다. 형이 당신을 찾아올 수 있도록 허락해주신 다면, 아니 그보다도 그때 그 장소에서 다시 당신을 만난다면, 형 님은 모든 사람이 보는 앞에서 당신에게 용서를 빌 겁니다. 만일 당신이 그것을 원하신다면 말입니다."

"아니, 그러니까 남의 수염을 잡고 마구 끌고 다녔으면서도 나 중에 용서만 빌면……, 그것으로 모든 것이 끝나고 상대의 마음 도 풀릴 거라는 말씀인가요?"

"오, 천만의 말씀입니다. 그와는 반대로 형님은 당신이 원하신 다면 무슨 일이든 다 할 겁니다!"

"그렇다면 내가 당신의 형님한테 바로 그 술집, '수도'라는 이 름의 술집입니다만, 그곳에서든지 아니면 어느 광장에서 내 앞에 서 무릎을 꿇으라고 하면 과연 그렇게 할까요?"

"예, 물론 그렇게 할 겁니다."

"오오, 감동했습니다. 너무 감동해서 눈물이 날 것 같군요. 이제 는 당신 형님의 관대한 마음을 이해할 수 있을 것 같군요. 그러면 내 가족을 소개해드리겠습니다. 여기 있는 이들이 우리 가족입니 다. 딸이 둘, 아들이 하나, 모두가 한 배에서 난 내 자식들입니다. 내가 죽으면 대체 누가 저 애들을 사랑해주겠습니까? 내가 살아 있는 동안 저 애들 말고 대체 누가 나 같은 너절한 인간을 사랑해 주겠습니까. 사실 이것은 나 같은 인간들을 위해 하느님께서 정 해주신 위대한 은총입니다. 사실 나 같은 인간도 누구 한 사람한 테쯤은 사랑을 받아야 하니까요……."

"오오, 그야말로 옳은 말씀이십니다!"

알료샤가 말했다.

"이젠 제발 어릿광대짓은 그만하세요. 어디서 바보 같은 인간이 찾아오기만 하면 아버지는 저렇게 창피한 짓만 한다니까!"

갑자기 창가에 있던 처녀가 아버지한테 얼굴을 찡그리며 경멸의 표정으로 소리쳤다.

"잠깐만 기다려다오, 바르바라. 말을 이왕 시작했으니 마무리를 해야 할 게 아니냐?"

아버지가 소리쳤다. 비록 그것은 명령조이긴 했으나, 그 시선은 딸의 말이 옳다는 것을 시인하고 있었다.

"저 애는 원래 저런 성격이랍니다."

이렇게 말하고 그는 다시 알료샤 쪽으로 몸을 돌렸다.

이 세상 그 어느 것도
그의 눈에 든 것은 아무것도 없더라

"아니, 이건 주어를 여성형으로 고쳐야겠군요. 그녀의 눈에 든 것은 아무것도 없더라구요. 그건 그렇고 이번에는 나의 아내를 소개하게 해주십시오. 여기는 내 아내 아리나 페트로브나인데 올해 마흔세 살로 다리가 불편합니다. 아니, 걷기는 좀 걷습니다만 조금밖에 못 걸어요. 원래는 천민 출신이랍니다. 아리나 페트로브나, 자 얼굴을 좀 펴는 게 어때. 이분은 알렉세이 카라마조프 씨. 일어나십시오. 알렉세이 씨."

그는 갑자기 알료샤의 팔을 잡더니 어디서 그런 힘이 솟아나는

지 뜻밖일 정도로 강한 힘으로 그를 일으켜 세웠다.

"당신은 부인을 소개받고 계시니까 일어나는 게 당연합니다. 이분은 말이야. 여보, 나한테……, 그런 짓을 한, 그 카라마조프가 아니라, 그분의 동생이 되는 분인데 아주 얌전하고 훌륭한 분이지. 그보다도 아리나, 우선 당신의 손에 입을 맞추게 해주구료."

그는 자못 경건하고 다정한 태도로 아내의 손에 입을 맞췄다. 창가의 처녀는 화가 나서 등을 돌리고 말았다. 오만하고 무언가 미심쩍어하던 부인의 얼굴에 갑자기 상냥한 표정이 떠올랐다.

"잘 오셨습니다. 체르노마조프* 씨, 앉으세요!"

그녀가 말했다.

"여보, 카라마조프라니까, 카라마조프라구! 저희는 본래 천민 출신이라서."

그는 또다시 속삭였다.

"카라마조프건 뭐건 아무려면 어떤가요. 아무튼 저는 체르노마조프라고 하겠어요. 자, 앉으세요. 저 양반은 또 뭣 때문에 당신을 일으켜 세웠을까요? 저보고 다리를 못 쓰는 장애인이라고 했지만, 제 다리는 분명히 움직인답니다. 그저 다리가 술통처럼 퉁퉁 부어오르고, 그 대신 몸은 빼빼 말랐을 뿐이지요. 그래도 전에는 살이 꽤 쪘었는데 지금은 보시다시피 바늘이라도 삼킨 사람처럼 이렇게 말라버렸어요."

"우리는 천민 출신입니다. 천민 출신."

---

* '얼굴빛이 검다'는 뜻이다.

대위는 또다시 속삭였다.

"아빠, 아빠는 정말!"

지금까지 잠자코 의자에 앉아 있던 곱사등이 처녀가 이렇게 외치며 손수건으로 얼굴을 가렸다.

"어릿광대!"

창가의 처녀가 내뱉듯 말했다.

"보십시오. 저희 집 상태는 이렇답니다."

어머니가 두 딸을 가리키며 질렸다는 듯이 말했다.

"마치 구름이 움직이는 것과 다름이 없어요. 구름이 지나가버리면 또다시 입씨름이 시작되니까요. 전에 저이가 군인 생활을 할 때는 훌륭한 손님들이 많이 방문해주셨지요. 그렇다고 해서 지금과 비교하려는 것은 아닙니다만, 남한테서 사랑을 받으면 이쪽도 남을 사랑해야 하거든요. 그 당시 보제(補際)의 부인이 찾아와서 이런 말을 하더군요. '알렉산드르 알렉산드로비치는 아주 마음씨가 착한 분이지만, 나스타샤 페트로브나는 보기만 해도 역겹다니까' 그래서 저는 이렇게 대꾸했지요. '그야 사람마다 서로 좋아하는 사람이 다르게 마련이지만, 당신은 언제나 썩은 냄새를 풍기고 다니잖아요.' 그랬더니 '너 같은 여자는 꼼짝 못하게 버릇을 가르쳐줘야 해'라고 하질 않겠어요. '무슨 소리야, 이 악마 같은 년아, 넌 누굴 설교하러 왔느냐' 하고 저도 대들었어요. 그랬더니 이번에는 '나는 깨끗한 공기를 마시고 있지만, 너는 불결한 공기를 마시고 있지 않느냐?'라는 거예요. 그래서 저는 이렇게 응수했지요. '그럼 어느 장교건 붙잡고 물어봐, 내 몸 안에 불결한 공기가 들어 있는지, 아닌지.' 그 후부터 왜 그런지 그 생각이 마음에 걸려 견딜 수가 없었어요. 그런데 얼마 전에 제가 지금처럼 여기 앉아 있으니까, 진짜 장군께서 찾아오시지 않겠어요. 그래서 저는 '각하, 어엿한 귀부인이 바깥 공기를 마셔도 괜찮을까요?' 하고 물어보았지요. 그랬더니 '그렇소. 창문이나 방문을 좀 열어 놓든지 해야겠군요. 댁의 공기가 신선한 것 같지 않으니까'라고 대답하시더군요. 글쎄 누구나 다 똑같은 대답이라니까요! 어째서 모두들 저희 집 공기에 신경을 쓰는 걸까요? 송장 냄새보다 더 지독하다는 거예요. 그래서 저는 항상 이렇게 말하지요. '당신네들의 공기를 더 이상 더럽히고 싶지 않으니까, 신발을 맞춰 신고 어디 먼 데로 가버리겠다'고요. 애들아, 제발 이 어미를 나무라지 말아다오. 니콜라이 일리치, 당신은 내가 마음에 들지 않나요? 하지만 저한텐 일류센카라는 아들이 있어요. 이 아이가 학교에서 돌아와서 위로해주는 것이 제 유일한 기쁨이랍니다. 어제도 사과를 하나 가져다주더군요. 애들아, 이 어미를 용서해다오. 이 외롭고 쓸쓸한 어미를 용서해다오. 그런데 왜 모두들 내 공기를 그처럼 싫어하게 되었을까요!"

가련한 부인은 갑자기 소리 내어 울기 시작했다. 눈물이 끝도 없이 쏟아져 내렸다. 이등 대위는 황급히 아내 쪽으로 달려갔다.

"여보, 마누라, 이제 그만해둬요, 그만 울라니까. 당신은 혼자가 아니야. 모두 당신을 사랑하고 있어. 그리고 존경하고 있다니까!"

그는 또다시 아내의 손에 입을 맞추고는 손바닥으로 부드럽게 아내의 얼굴을 쓰다듬어주었다. 그러고 나서 냅킨을 집어 눈물을 닦아주었다. 알료샤가 보기에 이등 대위의 눈에서도 눈물이 반짝이는 것 같았다.

"자, 어떻습니까? 잘 보셨습니까? 잘 들으셨지요?"

그는 불쌍하게 실성한 여인을 가리키며 격분한 표정으로 알료샤에게 몸을 돌렸다.

"보았습니다. 그리고 들었습니다."

알료샤는 중얼거렸다.

"아빠, 저런 사람은 상대하지 마세요!"

소년이 침대 위에서 벌떡 일어나 앉아서 타는 듯한 눈초리로 아버지를 쏘아보며 소리쳤다.

"아빠, 그런 광대짓은 그만하시라고요. 그런 어리석은 짓은 아무 소용도 없어요."

화가 머리끝까지 치민 바르바라는 여전히 한쪽 구석에서 발을 구르며 외쳐댔다.

"그래, 바르바라, 네가 그렇게 성을 내는 건 당연한 일이다. 그럼, 곧 네 말대로 따르마. 자, 알렉세이 표도로비치, 당신도 모자를 쓰십시오. 저도 이렇게 모자를 쓰고…… 우리 밖으로 나갑시다. 당신한테 꼭 드릴 말씀이 있는데 여기서는 안 되겠군요. 아참, 여기 앉아 있는 아이가 우리 딸 니나입니다. 소개하는 걸 깜빡했군요. 이 애는 인간 세계에 내려온……, 인간의 모습을 한 천사입니다. 내 말뜻을 이해하실지는 모르겠습니다만……."

"보세요. 갑자기 경련이라도 일으키는 것처럼 온몸을 떨고 있잖아요."

바르바라가 여전히 성난 어조로 소리쳤다.

"그리고 바로 이 애, 방금 발을 구르며 나더러 어릿광대라고 쏘아붙인 저 애도 역시 인간의 모습을 한 천사입니다. 그러니 나더러 어릿광대라 부르는 것도 당연한 일이지요. 자, 이제 나갑시다. 어쨌든 결론을 내야 하니까요."

7. 신선한 공기 속에서

"공기가 신선하군요. 우리 집 안의 공기는 어느 의미로 보아서는 건 공기가 신선하다고 할 수 없지요? 천천히 걷기로 하지요. 실은 당신에게 한 가지 흥미로운 얘기를 들려드리고 싶은데!"

"나도 한 가지 중요한 용건이 있습니다만……. 하지만 어떻게 얘기를 시작해야 할지 모르겠군요."

알료샤가 말을 받아 말했다.

"나한테 용건이 있다는 건 잘 알고 있습니다. 용건이 없다면야 무슨 일로 우리 집 같은 데를 들르시겠습니까? 그보다 정말로 우리 아이의 일 때문에 오신 건 아닙니까? 아무래도 그런 것 같지는 않군요. 그건 그렇고 말이 나온 김에 그 애 얘기를 좀 하지요. 집에서는 모든 것을 설명할 수가 없었지만, 여기서는 그때의 광경을 자세히 말씀드릴 수 있습니다. 보십시오. 사실 이 수세미는 하루 전만 해도 숱이 많았습니다. 제 수염에는 수세미란 별명이 붙어 있습니다만, 주로 초등학생들이 그렇게 움켜쥐고 끌고 다녔던 겁니다. 제게 잘못이 있다면 당신 형님이 격분해 있는 그 순간에 재수 없게도 내가 나타났다는 것뿐입니다. 내가 수염을 잡혀 술집 바깥으로 끌려 나갔을 때, 마침 초등학생들이 학교에서 돌아오고 있었지요. 그 무리에 우리 일류샤가 있었어요. 제가 그런 꼴을 당하고 있는 것을 보자, 그 애는 저한테 달려와서 '아빠, 아빠!' 하고 울부짖으며 저를 부둥켜안고는 어떻게 해서든 저를 떼어놓으려고 몸부림을 쳤어요. 그러면서 제 수염을 잡고 있는 형님에게 소리쳤습니다. '놓아주세요! 놓아주세요! 이분은 제 아버지예요. 용서해주세요!'라고 외쳤습니다. 정말입니다. 그 애는 분명히 '용서해주세요'라고 소리쳤어요. 그리고 당신 형님에게 매달려 그 조그만 손으로 당신 형님 손을 잡고 입을 맞추지 않았겠습니까. 그 순간 그 애가 어떤 얼굴을 하고 있었는지 지금도 눈에 선합니다. 잊을 수가 없어요. 앞으로도 영원히 잊지 못할 겁니다."

"나는 맹세합니다."

알료샤는 외쳤다.

"형님은 진심으로 성의를 다해서 당신한테 잘못을 뉘우칠 것입니다. 바로 그 광장에서 무릎을 꿇는 것조차……. 내가 꼭 그렇게 하도록 하겠습니다. 그렇게 하지 않는다면 더 이상 나도 형이라고 생각하지 않을 테니까요!"

"아하! 그렇다면 그것은 아직 그럴 계획이라는 것이군요. 즉, 그분의 생각이 아니라 당신의 그 고결하고도 착한 마음에서 우러나온 생각이라 그 말씀이군요. 그럼 그렇다고 처음부터 말씀해주시질 않고, 아니, 그러시다면 나도 당신 형님의 기사도적이고 장교다운 성격을 말씀드려야겠군요. 당신 형님은 그날 그 성격을 유감없이 발휘하셨습니다. 수염을 잡고 실컷 끌고 다닌 다음에 놓아주면서 '너도 장교라고 하니 적당한 증인을 구하면 결투를 신청하든지. 비록 상대가 더러운 놈이라도 반드시 상대해줄 테니'라고 말씀하시더군요. 이것이야말로 기사도 정신이 아니고 무엇입니까! 저는 일류샤를 데리고 그 자리를 떠나왔습니다만, 저희 집 족보에 기록될 만한 그 광경은 영원히 일류샤의 가슴속에 깊이 새겨지고 말았습니다. 사실 이런 꼴을 하고서 어떻게 저희가 귀족 행세를 할 수 있겠습니까! 그리고 생각해보십시오. 당신은 방금 저희 집에 오셔서 무엇을 보셨습니까? 세 여자가 있었지만 하나는 다리를 못 쓰고, 하나는 앉은뱅이에 곱사등이 그리고 또 하나는 다리도 멀쩡하고 지나칠 만큼 영리하지만 아직은 여학생에 지나지 않습니다. 그 애는 다시 페테르부르크로 가겠다고 야단이에요. 네바 강변에서 러시아 여성의 권리를 찾는 운동에 참여하겠다고요. 일류샤에 대해서는 말하지 않겠습니다. 이제 겨우 아홉 살밖에 안 된, 친구 하나 없는 아이니까요. 그런데 만일 당신 형님한테 결투를 신청했다가 그 자리에서 내가 죽는다면 우리 가족들은 어떻게 되겠습니까? 나는 꼭 이걸 당신한테 묻고 싶습니다. 이런 상태에서 내가 아주 죽어버리지도 못하고 장애만 입는다면 그것도 큰일입니다. 일은 하지도 못하면서 여전히 먹을 입만 남게 되니까요. 그렇게 되면 도대체 누가 나를 먹여 살리겠습니까? 또 누가 우리 아이들을 먹여 살리겠습니까? 결국 일류샤는 학교에도 가지 못하고 날마다 구걸이나 해야겠지요. 당신 형님한테 결투를 신청하는 것은 바로 이런 의미입니다. 도대체가 어리석은 일이 아닐 수 없지요.”

“반드시 형님은 당신한테 사과를 할 겁니다. 광장 한가운데서 당신의 발밑에 무릎을 꿇고 머리를 숙일 겁니다.”

알료샤는 다시 한번 눈을 빛내며 소리쳤다.

“그 사람을 고소할까 하는 생각도 해보았습니다만.”

이등 대위는 말을 이었다.

“러시아의 법전을 한번 펼쳐보십시오. 내가 받은 개인적인 모욕에 대해 가해자로부터 만족할 만한 보상을 받게 되어 있는지……. 게다가 그때 아그라페나(그루셴카)가 나를 불러서는 ‘아예 그런 생각은 하지 말아요. 만일 그이를 고발하면 당신이 사기를 쳤기 때문에 얻어맞은 거라고 세상 사람들에게 폭로하고 말겠어요. 그렇게 되면 오히려 당신이 재판소에 끌려가게 될걸요’라고 말하더군요. 그렇지만 대체 누구 때문에 그런 사기 행위를 했으며, 또 누구의 명령으로 나 같은 소인배가 그따위 비겁한 짓을 했는지 하느님만은 잘 알고 계십니다. 모든 것은 그 여자와 표도로 파블로비치가 시킨 일이 아니냐 그 말입니다. 그 여자는 또 이런 말까지 하더군요. ‘나는 당신 같은 건 영원히 쫓아버려서, 앞으로 한 푼도 벌지 못하게 할 수 있어요. 그리고 우리 상인한테도 그렇게 말해서(그 여자는 삼소노프 노인을 ‘우리 상인’이라고 부르더군요) 당신을 고용하지 말라고 하겠어요.’ 그래서 저도 생각해보았지요. 만일 그 상인까지 나를 써주지 않는다면 도대체 누구한테 가서 빌어먹나 하고 말입니다. 실상 내가 의존할 사람이라고는 그 두 사람밖에 없으니까요. 당신 아버지 표도르 씨는 어떤 다른 이유에서 나를 신용하지 않고 있을뿐더러 내가 서명한 영수증을 손에 넣어 가지고 오히려 나를 재판소로 끌고 가려는 눈치니까요. 이런 모든 것 때문에 나도 울며 겨자 먹기로 그만 풀이 죽고 말았지요. 당신도 우리 집안 사정을 다 보게 된 거지요. 그건 그렇고 다시 묻겠습니다만, 그 애는, 일류샤 놈은 아까 당신의 손가락을 심하게 물어뜯었나요? 아까 집에서는 그 애가 있어서 자세히 물어볼 수가 없었습니다만……."

"네, 굉장히 아프게 물더군요. 그 애도 몹시 화가 났었으니까요. 같은 카라마조프라고 해서 나한테 복수를 한 거겠죠. 이젠 나도 그 사정을 잘 알겠습니다. 하지만 그 애가 학교 동무들하고 돌팔매질을 하고 있는 것을 당신이 보셨다면! 정말 위험했습니다. 철없는 아이들이라 그러다가 돌에 맞아 죽을 수도 있으니까요. 돌에 맞아 머리가 깨질지도 모르니까요."

"예, 벌써 맞긴 맞았지요. 머리는 아니지만 가슴에 한 대 맞았습니다. 오늘도 가슴 위를 돌로 한 대 맞았다면서 시퍼렇게 멍이 들어 돌아와서는 울면서 씩씩거리다 저렇게 앓아누워 있답니다."

"그런데 그 애가 먼저 다른 애들에게 덤볐단 말입니다. 당신 일로 그 애는 화풀이를 한 모양입니다. 아이들의 말에 의하면, 오늘 그 애가 크라소트킨인가 하는 아이의 옆구리를 칼로 찔렀다더군요."

"그 얘기도 들었습니다만 정말 위험한 짓입니다. 그 크라소트 킨이라는 아이의 아버지는 이곳 관리니까, 어쩌면 또 시끄러운 문제가 일어날지도 모르겠습니다."

"당신한테 충고해드리지만, 당분간 그 애의 마음이 가라앉을 때까지 학교에 보내지 않는 편이 좋을 것 같습니다. 그렇게 되면 가슴속 분노도 사라지겠지요."

알료샤는 열심히 말했다.

"분노라구요!"

이등 대위는 알료샤의 말을 되뇌었다.

"맞습니다. 분노지요! 조그만 애의 가슴에도 위대한 분노가 끓어오르는 법입니다. 당신은 그 자초지종을 잘 모르실 겁니다. 그럼, 그 얘기를 자세히 설명해드리지요. 실은 그 사건이 있은 후부터 학교 동무들 모두가 그 애를 수세미라고 놀려대기 시작했나 봅니다. 학교에 다니는 아이들은 간혹 무자비할 때가 있으니까요. 하나하나 떼어놓고 보면 모두 천사 같지만 한데 모이면, 특히 학교 같은 곳에서는 잔인해질 때가 있습니다. 그렇게 모두가 놀려대니까 일류샤의 가슴속에 고귀한 정신이 고개를 쳐들고 일어난 겁니다. 보통 아이 같으면 그만 기가 죽어 오히려 자기 아버지를 부끄럽게 여겼을 테지만, 그 애는 아버지를 위해 혼자서 모든 아이들을 상대로 분연히 일어섰습니다. 아버지를 위해, 정의를 위해, 진리를 위해 일어선 것이지요. 사실 그때 당신의 형님 손에 입을 맞추며 '아버지를 용서해주세요, 아버지를 용서해주세요'라고 애원했을 때, 그 애 마음이 얼마나 고통스러웠을지 그것을 아는 것은 하느님하고 나밖에 없습니다. 사실 우리 집 아이들은—당신네 아이가 아니라 우리 아이들 말입니다—끊임없이 멸시를 받고는 있지만 고귀한 기백을 잃지 않는 우리 천민의 아이들은 겨우 아홉 살밖에 안 된 나이에 벌써 이 세상의 진실을 알게 된 겁니다. 부잣집 아이들은 그야말로 평생이 걸려도 그런 인생의 깊이는 도저히 알 수 없습니다. 그렇지만 우리 일류샤는 그 광장에서 당신 형님의 손에 입을 맞추는 바로 그 순간에 세상의 모든 진리를 깨우친 겁니다. 그리고 그 진리가 그 애의 내부로 파고들어가 영원히 회복할 수 없는 깊은 상처를 남겨주었단 말입니다.”

이등 대위는 다시금 극도의 흥분 상태가 되어 열에 들뜬 음성으로 이렇게 말하고, 그 ‘진리’가 어떻게 일류샤의 마음을 짓부수었는지를 똑똑히 보여주려는 듯이 오른손 주먹으로 왼쪽 손바닥을 힘껏 내리쳤다.

“바로 그날 그 애는 무섭게 열이 나서 밤새껏 헛소리를 하더군요. 그날은 온종일 나하고 말도 하지 않고 입을 다문 채로 한쪽 구석에서 저를 힐끔힐끔 쳐다보고 있었답니다. 물론 창문 쪽으로 엎드려 공부하는 체를 하고 있었습니다만, 공부 같은 건 염두에도 없다는 것을 저도 잘 알 수 있었습니다. 그다음 날은 술을 한잔 마셨기 때문에 별로 기억이 나지 않습니다. 슬픔을 잊으려고 마시기는 했지만 생각해보면 나도 죄 많은 놈입니다. 마누라도 울음을 터뜨리고 말더군요. 나는 아내를 무척 사랑한답니다. 나는 슬픔을 잊으려고 주머니를 털어 술을 마셔버렸지요. 이런 나를 너무 경멸하지는 마십시오. 우리 러시아에서는 술꾼만이 제일가는 호인입니다. 그리고 우리나라에서 제일가는 호인은 예외 없이 모두 술꾼이지요. 아무튼 나는 그날 술을 마시고 하루 종일 누워 있었기 때문에 일류샤에 대해서는 별로 기억에 남은 것이 없지만 바로 그날 아침부터 학교 아이들이 그 애를 놀려대기 시작한 겁니다. '야, 수세미 자식아, 너희 아버지는 수세미를 잡혀 술집에서 끌려 나왔는데 넌 그 앞을 따라가면서 용서해달라고 빌었다면서' 이러면서 놀려댄 겁니다. 사흘째 되는 날 그 애가 학교에서 돌아오는 걸 보니 얼굴이 새파랗게 질려 있어서 이유를 물어보았지만 아무 대꾸가 없었습니다. 게다가 집에선 마누라와 딸들이 자꾸만 끼어들어서 얘기를 하려 해도 할 수가 없었습니다. 게다가 딸들은 사건 첫날부터 모든 걸 다 알아버렸거든요. 바르바라는 '저렇게 언제나 광대짓만 하다니, 아버지가 도대체 제대로 하는 일이 뭐가 있어요' 하고 불평을 했습니다. '그래, 네 말이 맞다. 우리 집에 한 번쯤 제대로 된 일이 생기면 좋을 텐데…….' 그때 나는 이렇게 대답했지요.

그날 저녁 나는 그 애를 데리고 산책을 나갔습니다. 한 가지 말씀드립니다만, 전에도 그 애를 데리고 저녁마다 지금 당신과 함께 거닐고 있는 이 길을 산책하곤 했습니다. 우리 집 대문에서 저기 울타리 길가에 외로이 놓여 있는 저 커다란 바윗돌까지가 우리의 산책 코스입니다. 저기부터 목장이 시작되는데 아주 한적하고 아름다운 곳이지요. 나는 언제나처럼 일류샤의 손을 잡고 걷고 있었습니다. 그 애의 손은 아주 조그마한데, 그 가느다란 손가락은 매우 차가웠습니다. 그 애는 가슴이 고통 받고 있었죠. 그런데 갑자기 그 애가 '아빠, 아빠' 하고 부르지 않겠어요. '왜 그러니?' 하고 그 애를 보니까 두 눈이 반짝이고 있더군요. '아빠, 어떻게 그놈이 감히 아빠한테 그럴 수 있어요?' '할 수 없잖니, 일류샤야' 하고 나는 말했습니다. '그놈하고 화해하면 안 돼요, 아빠, 절대 화해해선 안 돼요! 학교 아이들이 그러는데, 그 일 때문에 아빠가 10루블을 받았다는 거예요.' '아니다. 일류샤야, 그럴 리가 있겠니. 이렇게 된 이상 난 절대로 그놈의 돈을 받지 않겠다.' 그랬더니 그 애가 갑자기 온몸을 떨며 내 손을 꼭 잡고 입을 맞추더군요. '아빠, 그놈한테 결투를 신청하세요. 학교에선 모두 아빠가 겁쟁이라서 결투도 신청하지 못하고 오히려 그놈한테 10루블을 받고 물러섰다고 막 놀려댄단 말이에요.' '일류샤야, 나는 그놈한테 결투를 신청할 입장이 못 돼.' 나는 이렇게 대답하고, 좀 전에 당신한테 말씀드린 것 같은 사정을 대략 설명해주었습니다. 그 애는 유심히 듣고 나더니 '아빠, 그렇다고 그놈하고 절대 화해는 하지 말아요. 내가 어른이 되면 그놈한테 결투를 신청해서 죽여 버릴 테야!'라고 말하더군요. 그 애의 눈에는 뜨거운 불길이 타오르고 있었습니다.

그렇지만 나로서는 아버지의 입장에서 바른말을 해주어야 하겠기에 이렇게 말했습니다. '아무리 결투라 해도 사람을 죽이는 건 죄가 되는 거야.' 그랬더니 '아빠, 그럼 난 어른이 돼서 그놈을 때려눕힐 테야. 내 칼로 그놈의 칼을 쳐서 떨어뜨린 다음 그놈의 머리 위에 칼을 겨누고 이렇게 말해줄 테야. 당장 네놈을 죽일 수도 있지만 목숨만은 살려줄 테니 고맙게 생각해라!' 이렇게 말하더군요. 어떻습니까? 지난 이틀 동안 그 조그만 머릿속으로 복수할 궁리만 해서 밤마다 그런 잠꼬대를 한 모양입니다. 그렇지만 그 애가 학교에서 호되게 얻어맞고 집으로 돌아왔다는 사실을 나는 그저께야 알게 되었습니다. 당신 말대로 앞으로는 무슨 일이 있어도 그 애를 학교에 보내지 않을 생각입니다. 그 애가 반 학생 전부를 상대로 하여 마치 심장에 불이 붙은 듯이 닥치는 대로 싸움을 걸고 있다니, 나는 그 애가 걱정되어 견딜 수가 없습니다.

어쨌든 우리는 계속 산책을 나갔습니다. 그러자 이번엔 이렇게 묻더군요. '아빠, 부자가 이 세상에서 가장 힘이 세요?' '그렇단다. 일류샤야. 이 세상에서 가장 힘이 센 건 부자란다.' '아빠, 그럼 나는 부자가 될 거야. 장교가 되어 적을 모조리 쳐부수면 황제님이 많은 상금을 주실 테니까. 그걸 가지고 돌아오면 그때는 아무도 우리를 깔보지 못할 거야.' 그러고는 잠시 입을 다물고 있더니 또 이런 말을 했습니다. 그 조그만 입술은 여전히 떨리고 있었습니다. '아빠, 이 고장은 나쁜 곳이에요!' '그래, 일류샤, 그다지 좋은 곳은 아니지.' '그럼 아빠, 우리 다른 데로 이사 가요. 네? 아무도 모르는 곳으로 딴 곳으로 이사를 가요!' '그래, 우리 이사 가자. 일류샤야, 하지만 돈을 좀 벌 때까지는 기다려야 해.' 나는 아이가 괴로운 생각에서 벗어난 것을 기뻐하면서 말이며 마차를 사가지고 다른 곳으로 이사 가는 광경을 그 애와 함께 상상하기 시작했습니다. '엄마와 누나들은 마차에 태우고 그 위에다 지붕을 쳐주자꾸나. 너하고 나는 마차와 나란히 걸어가는 거야. 이따금 너는 태워줄게. 그렇지만 아빠는 말을 아껴야 하니까 끝까지 걸어가겠다. 어차피 우리 식구가 다 탈 수는 없거든. 그렇게 우린 이사를 가는 거야.' 이 말을 듣자 일류샤는 열광적으로 즐거워했습니다. 무엇보다 기쁜 것은 자기 집에 말이 있어서 그걸 타고 간다는 게 신기했던 모양입니다. 아시다시피 우리 러시아의 아이들은 말과 함께 세상에 태어난다 해도 과언이 아니니까요. 우리는 오랫동안 이런 얘기를 했답니다. 나는 이것으로 그 애의 마음을 풀어주고 달래줄 수 있어서 참으로 다행이라고 생각했지요.

이건 그저께 저녁에 있었던 일이었고요. 어젯밤부터는 상황이 완전히 달라졌습니다. 그 애는 평소대로 아침에 학교에 갔는데 돌아왔을 때 얼굴이 침울하더군요. 무서울 만큼 침울한 모습이었습니다. 저녁에 그 애 손을 잡고 산책하러 나갔습니다만, 아이는 입을 다문 채 전혀 말을 하지 않았습니다. 그러는 사이 산들바람도 불기 시작하고 해도 져서 어딘지 모르게 가을빛이 완연했습니다. 게다가 주위도 점점 어두워져서, 함께 걸으면서도 서글픈 마음만 들더군요. '얘, 일류샤야, 이사 갈 준비는 어떻게 하면 좋을까' 하고 내가 물었습니다. 전날의 화제로 다시 끌어들이려는 생각에서였지요. 그러나 그 애는 대답하지 않았습니다. 다만 그 애의 가느다란 손가락이 내 손 안에서 가늘게 떨고 있는 걸 느낄 수 있었습니다. '음, 또 무슨 새로운 일이 있었던 모양이군.' 나는 생각했습니다. 그러다가 우리는 지금처럼 이 바위에까지 와서 돌 위에 걸터앉았습니다. 하늘에는 연이 가득 날며 펄럭펄럭 소리를 내고 있었습니다. 아마 서른 개가량은 되었을 겁니다. 요즘은 연을 띄우는 계절이니까요. 나는 그 애한테 이렇게 말했지요. '얘,

일류샤야, 우리도 작년에 산 연을 날려볼까. 아빠가 고쳐줄게. 그 연은 어디에 감춰두었니?' 그래도 그 애는 여전히 나를 외면한 채로 아무 대꾸가 없었습니다. 바로 그때 돌풍이 일어 뽀얗게 먼지를 일으켰습니다. 그러자 그 애가 갑자기 나한테 달려들어 그 조그만 손으로 제 목을 감고 꼭 껴안지 않겠습니까!

말이 없고 자존심이 강한 아이들은 오랫동안 눈물을 꾹 참고 있지만 그러다 보면 슬픔이 쌓이고 쌓여서 한꺼번에 폭발하기 때문에, 그때는 눈물이 흐르는 정도가 아니라 폭포처럼 콸콸 쏟아지는 법입니다. 그 애의 뜨거운 눈물에 내 얼굴은 금세 흠뻑 젖고 말았습니다. 그 애는 마치 경련을 일으키듯이 온몸을 떨었고 흑흑 흐느껴 울면서 나를 꼭 껴안았어요. '아빠! 아빠!' 하고 그 애는 외쳤습니다. '어떻게 그놈이 아빠에게 그런 모욕을 줄 수가 있어요.' 그러자 나도 그만 참지 못하고 울음이 터지고 말았습니다. 우리는 서로 껴안은 채 부들부들 떨고 있었지요. '아빠! 아빠!' 하고 그 애가 부르면, '일류샤야, 일류샤야!' 하고 내가 대답했습니다. 그때 우리를 본 사람은 아무도 없었지만 하느님만은 보시고 내 기록부에 적어주셨겠지요. 알렉세이 표도로비치, 당신의 형님에게 감사의 말씀을 전해주십시오. 그렇지만 당신의 마음을 풀어드리려고 그 애를 때릴 수는 없습니다. 그건 어림도 없는 일이지요."

그는 또다시 아까처럼 악의에 찬 어릿광대와 같은 어조로 이렇게 말을 맺었다. 그러나 알료샤는 그가 이미 자기를 신뢰하고 있음을 알았다. 그는 다른 사람에게 결코 이렇게 긴 이야기를 하지 않았을 것이고, 또 지금 자기에게 말한 것 같은 사정을 고백하지도 않았을 거라고 느꼈다. 이런 생각이 들자 알료샤는 마음이 고무되기는 했으나, 그 가슴에는 눈물이 흐르고 있었다.

"아아, 어떻게 해서든지 그 애와 꼭 화해를 하고 싶군요!"

알료샤가 외쳤다.

"당신이 좀 힘을 써주신다면……."

"예, 물론 그래야지요."

대위는 중얼거렸다.

"그러나 이제부터 전혀 다른 말씀을 드려야 할 것 같군요."

알료샤가 외치듯이 말을 이었다.

"잘 들어주십시오! 실은 나는 부탁을 받고 당신을 찾아왔습니다. 형 드미트리는 자기 약혼녀에게까지 모욕을 주었습니다. 당신도 아시겠지만 그분은 더할 수 없이 고결한 아가씨입니다. 나는 그분이 받은 모욕을 당신한테 말할 권한을 갖고 있습니다. 아니, 그렇게 해야 할 의무가 있다고 하는 편이 정확하겠군요. 왜냐하면 그분은 당신이 모욕당했다는 것을 알고, 즉 당신의 불행한 처지를 알고 방금…… 아니, 조금 전에…… 그 아가씨의 이름으로 이 위로금을 전해달라고 나한테 부탁하셨기 때문입니다. 그렇지만 이건 어디까지나 그분 혼자서 하는 일이지 그분을 버린 드미트리 형이 시킨 일은 절대 아닙니다. 맹세해도 좋습니다. 또 동생인 내가 드리는 것도 아니고 어느 딴 사람이 드리는 것도 아니라, 어디까지나 그분의 마음에서 우러난 행동입니다. 그분은 자기 도움의 손길을 당신이 꼭 받아들이시길 간절히 바라고 있습니다. 그분은 당신과 동일한 사람으로부터 모욕을 받았습니다. 나의 형한테서 당신과 똑같은 심한 모욕(모욕의 정도는 다르지만)을 당했기 때문에, 그때 비로소 그분은 당신을 떠올린 것입니다. 그러니까 이건 누이가 오빠를 도우려는 행동으로 생각하시면 되는 겁니다. 그분은 당신의 어려운 처지를 알고 있기 때문에, 누이동생이 주는 것이라 생각하고 이 200루블을 받도록 당신을 설득해 달라고 나한테 부탁한 겁니다. 여기에 대해선 아무도 모르니까 쓸데없는 소문이 날 염려는 조금도 없습니다. 자, 이것이 그 200루블이니, 꼭 받아주셔야만 합니다……. 만일 거절하신다면, 거절한다면 세상 모든 사람들이 원수지간이 되지 않을 수 없겠지요……! 그러나 세상에는 형제로 지내는 사람들도 있습니다……. 당신은 착한 마음을 지니신 분입니다……. 당신은 이것을 이해해 주시리라 믿습니다. 반드시 이해하셔야 합니다!"

이렇게 말하고 알료샤는 무지갯빛 100루블짜리 새 지폐 두 장을 그에게 내밀었다. 이때 두 사람은 바로 울타리 가까이에 있는 바위 옆에 있었으므로 주위에는 아무도 없었다. 그 돈은 이등 대위에게 무시무시한 충격을 준 것 같았다. 그는 흠칫 몸을 떨었으나 처음에는 단지 놀란 모양이었다. 그는 이런 일을 생각해본 적도 없거니와, 이런 결과가 오리라고도 전혀 예상치 못했던 것이다. 그리고 누구에게건 이런 거액의 원조를, 그것도 이렇게 막대한 돈을 받게 되리라고는 정말 꿈도 꾸지 못했던 것 같았다. 그는 돈을 받아들긴 했으나 잠시 동안 말을 제대로 하지 못했다. 뭔가 전혀 지금까지와는 다른 표정이 그의 얼굴을 스치고 지나갔다.

"이건 나한테 주시는 겁니까! 이런 큰돈을! 200루블을! 이건 꿈이 아닌가요? 이렇게 큰돈은 지난 4년 동안 구경도 하지 못했습니다. 게다가 누이동생이 주는 것으로 생각하고 받으라구요……. 이게 사실입니까, 그렇습니까?"

"맹세코 제가 지금 말한 것은 모두 사실입니다."

알료샤가 외치자 이등 대위는 얼굴을 붉혔다.

"저, 그렇지만 내 얘기를 들어보십시오. 제가 만일 이걸 받으면 비열한 놈이 되는 게 아닐까요? 당신의 눈으로 봤을 때 말입니다. 알렉세이 씨, 내가 과연 비열한 놈이 되는 건 아닐까요? 아니, 알렉세이 씨, 제발 끝까지 들어주십시오."

그는 두 손으로 계속 알료샤의 몸을 만지면서 어쩔 줄 모르는 기색으로 급히 말을 이었다.

"당신은 지금 누이동생의 위로금이라고 하면서 나를 설득하고 있지만, 사실 마음속으로는 나를 비굴한 놈이라고 생각하는 건 아닙니까? 만일 내가 이걸 받는다면 말입니다."

"천만에요. 절대로 그렇지 않습니다. 하느님께 맹세하지요. 절대 그렇지 않습니다. 그리고 우리 말고는, 나와 당신과 그 아가씨 그리고 또 한 사람, 그 아가씨와 절친한 어떤 부인밖에는 누구도 모릅니다."

"부인 같은 건 문제가 아닙니다. 이거 보세요. 알렉세이 표도로비치, 끝까지 내 얘기를 들어주십시오. 이제 내 얘기를 모두 들어주셔야 할 때가 온 것 같습니다. 왜냐하면 이 200루블이라는 돈이 지금 나한테 어떤 의미인지 당신은 아마 이해하지 못할 겁니다."

불행한 대위는 점점 이성을 잃고 야만적이라 할 수 있는 기쁨에 둘러싸여 있었다. 그는 몹시 당황하여 할 말을 다 못하지나 않을까 조바심을 내며 급히 말을 이어갔다.

"이 돈이 그토록 거룩하고 존경할 만한 '누이동생'이 보내온 지극히 결백한 것이라는 점은 제쳐놓고라도, 당장 이 돈으로 마누라와 니나를, 곱사등이 천사인 제 딸을 치료해줄 수 있다는 걸 당신은 아십니까? 사실은 요전에도 게르첸슈트베라는 의사 선생님이 친절하게도 저희 집까지 와서 두 사람을 1시간 동안이나 진찰해주셨지만 '도무지 알 수가 없군요' 하고 말씀하셨습니다. 그러나 이곳 약국에서 파는 광천수가 반드시 효과가 있을 거라면서 처방을 내주셨어요. 그리고 다리를 찜질하는 데 쓰는 약도 처방해주셨습니다. 광천수는 30코페이카씩 하는데 우선 40병은 먹어야 효과가 있다고 하더군요. 그래서 저는 그 처방을 받아서 성상 아래 선반에 놓아둔 채 지금까지 그대로 모셔두고만 있는 형편입니다. 그리고 니나한테는 무슨 약을 탄 뜨거운 물로 목욕을 시키라고 하셨지만 날마다 아침저녁으로 두 번씩이나 해야 한다니 어디 우리 집 형편에 엄두나 낼 수 있겠습니까. 하인도 없고, 거들어줄 사람도 없거니와 목욕을 시킬 그릇도 물도 없는 집에서 말입니다!

게다가 니나는 지독한 류머티즘을 앓고 있습니다. 아직 말씀드리지 않았습니다만 밤마다 오른쪽 몸의 통증으로 몹시 고통스러워하고 있습니다. 그런데도 그 천사 같은 아이는 우리한테 걱정을 끼치지 않으려고 꾹 참고, 우리를 깨울까 봐 신음 한 번 내지 않는답니다. 식사를 할 때도 식구들은 닥치는 대로 마구 집어 먹지만 그 애는 그중에서도 제일 맛없는, 그야말로 개한테나 던져 줄 것만을 골라 먹거든요. '나 같은 건 좋은 걸 먹을 자격이 없어요. 그러면 다른 식구들 것을 가로채는 거나 마찬가지예요. 그렇잖아도 집안 식구들의 짐이 되고 있는걸요.' 그 애의 천사 같은 눈은 이렇게 말하고 있는 것 같습니다. 우리의 시중을 받는 것을 그 애는 얼마나 괴로워하는지 모릅니다. '나는 그럴 자격이 없어요. 아무 쓸모도 없는 장애인인걸요.' 이런 생각으로 가득 차 있는 것 같습니다. 그런데 그럴 자격이 없다고 누가 감히 말할 수 있겠습니까. 그 애는 천사와 같은 아름다운 마음으로 우리 가족을 위해 하느님께 기도해주고 있습니다. 그 애가 없으면, 그 애의 상냥한 말이 없으면 우리 집은 지옥이 될 겁니다. 그 애는 바르바라의 마음까지도 누그러뜨려주었습니다. 그러나 바르바라도 나쁘게 생각하지 말아주십시오. 그 애도 역시 천사랍니다. 모욕 받은 천사라고나 할까요. 그 애는 지난여름에 집에 돌아왔습니다만, 그때는 가정교사를 해서 번 돈 16루블을 가지고 있었습니다. 그 돈은 9월에, 즉 지금쯤 페테르부르크로 다시 돌아갈 여비로 쓰려고 따로 떼어놓은 거였습니다. 그러나 저희들이 그 돈을 생활비로 써버렸기 때문에 그 애는 지금 돌아갈 여비조차 없는 형편입니다. 게다가 지금 우리 집에서 죄수처럼 일을 하고 있으니 더욱 돌아갈 형편도 못 되는 거지요. 마치 여윈 말에게 마구와 안장을 얹어 혹사시키고 있는 거나 다를 바 없습니다. 집안 식구들의 시중을 들어주고 빨래를 하고 걸레질을 하고 어머니를 자리에 눕히고……. 게다가 그 어머니라는 사람은 변덕이 심한 데다 걸핏하면 눈물을 쥐어짜는 정신병자니까요……. 하지만 이제는 이 200 루블로 하녀를 둘 수도 있습니다. 알렉세이 씨, 이 돈으로 사랑하는 식구들을 치료해줄 수도 있고, 학생인 딸애를 페테르부르크로 돌려보낼 수도 있습니다. 고기를 살 수도 있고, 새로운 식이요법도 시도할 수 있습니다. 아아, 이건 정말 꿈같은 얘기입니다!"

알료샤는 이등 대위에게 이런 행복을 가져다줄 수 있고 또한 이 불행한 인간도 그 행복을 받아들이는 데 동의한 것에 한없이 기뻤다.

"잠깐만 기다려주십시오. 알렉세이 표도로비치."

이등 대위는 갑자기 머릿속에 떠오른 새로운 공상을 놓칠까 봐 또다시 재빠른 어조로 말을 이었다.

"어쩌면 저와 일류샤의 공상은 지금이라도 당장 실현될 수 있을지 모릅니다. 조그만 말 한 필과 포장마차를 사가지고―말은 검정말이어야 합니다. 그 애가 꼭 검정말을 원하니까요―그저께 계획한 대로 이 고장을 떠나는 겁니다. K현에는 어릴 적부터 친구인 변호사가 하나 있는데, 믿을 만한 사람을 통해 그 친구가 전한 얘기로는 내가 가면 자기 사무실에서 서기로 써줄 수 있다는 겁니다. 어쩌면 정말 써줄지도 모릅니다……. 자, 그러니까, 마누라와 니나를 마차에 태우고, 일류샤는 마부 자리에 앉히고 나는 걸어서 집안 식구들을 모두 데리고 가겠습니다……. 아아, 내가 받을 빚을 한 군데서나마 돌려받을 수만 있다면, 이런 것쯤은 다 하고도 돈이 남을 텐데……."

"문제없습니다. 문제없어요."

알료샤가 소리쳤다.

"카체리나 아가씨가 또 얼마든지 필요한 만큼 지원해줄 것입니다. 그리고 나도 돈을 좀 갖고 있으니 형제나 친구라 생각하시고 필요한 대로 써주십시오. 나중에 돌려주시면 되니까요……. (당신은 돈을 번 겁니다. 정말이에요) 당신이 다른 현으로 이사를 가겠다는 건 참으로 좋은 생각입니다. 그렇게 되면 당신도 살 수 있고, 특히 그 애를 위해서도 그 이상 좋은 일이 없을 겁니다. 그러니까 되도록 빨리, 겨울 추위가 닥쳐오기 전에 떠나도록 하십시오. 그리고 거기 가시면 편지를 보내주십시오. 우리는 언제까지나 형제처럼 지낼 수 있을 겁니다……. 그렇습니다. 이건 절대로 꿈이 아닙니다."

더할 나위 없이 흡족한 마음으로 알료샤는 그를 포옹하려 했다. 그러나 상대방의 얼굴을 보는 순간 갑자기 멈칫 물러서지 않을 수 없었다. 대위는 목을 길게 뽑고 입술을 비죽 내민 채 몹시 흥분한 듯 창백한 얼굴로 서 있었다. 그는 무언가 말하고 싶은 듯 입술을 달싹거리고 있었으나 소리는 나오지 않았다. 그의 입술이 계속 움직이는 모습은 뭔가 괴기스러웠다.

"아니, 무슨 일이십니까?"

알료샤는 왠지 모르게 갑자기 몸을 떨며 물었다.

"알렉세이 표도로비치…… 나는…… 당신은……."

그는 마치 절벽에서 뛰어내리려 결심한 사람처럼 이상하고도 불길한 눈초리로 알료샤를 쏘아보았다. 그리고 입가에 야릇한 미소를 띤 채 더듬더듬 중얼거렸다.

"나는 말입니다…… 당신은…… 그보다도 어떻습니까? 당장 이 자리에서 마술을 하나 보여드리고 싶은데요."

갑자기 그는 빠르면서도 확고한 어조로 더듬지 않고 속삭이듯 말했다.

"아니, 마술이라뇨?"

"마술은 마술이지만 뭐 간단한 겁니다."

이등 대위는 여전히 속삭이는 어조로 말했다. 그의 입은 왼쪽으로 비뚤어지고 왼쪽 눈을 가늘게 뜨고는 못 박힌 듯이 뚫어지게 알료샤에게 눈을 떼지 않고 있었다.

"도대체 무슨 일입니까, 별안간 마술이라니."

알료샤는 완전히 놀란 표정으로 이렇게 말했다.

"자, 보십시오. 이겁니다!"

별안간 그는 찢어지는 듯한 목소리로 외쳐댔다. 그리고 그는 지금까지 얘기를 계속하는 동안 오른쪽 엄지손가락과 집게손가락으로 한쪽 끝을 쥐고 있던 두 장의 무지갯빛 지폐를 알료샤에게 보이더니 별안간 맹렬한 기세로 마구 구겨가지고 오른쪽 주먹에 꽉 움켜쥐었다.

"보셨지요, 자, 어때요!"

그는 극도로 창백한 얼굴로 미친 듯이 이렇게 외쳤다. 그리고 주먹을 높이 쳐들고 구겨진 두 장의 지폐를 힘껏 땅에 내동댕이쳐버렸다.

"어떻습니까?"

그는 지폐를 가리키며 또다시 외쳤다.

"자, 바로 이겁니다."

이렇게 말하고는 오른발을 번쩍 들어 야수 같은 증오 어린 표정으로 구두 뒤축으로 지폐를 짓밟기 시작했다. 그는 한번 짓밟을 때마다 거칠게 숨을 내쉬며 이렇게 부르짖었다.

"당신의 이런 돈 따위는 이렇게! 이렇게! 이렇게! 이렇게!"

그러다가 그는 갑자기 한 걸음 뒤로 물러서더니 알료샤 앞에 가슴을 쭉 펴고 버티고 섰다. 그의 몸 전체에서는 뭐라 표현할 수 없는 오만한 자부심이 넘쳐흐르고 있었다.

"당신을 여기 보낸 분에게 가서 말해주세요. 이 수세미는 결코 자기 명예를 팔지 않는다고요."

그는 허공을 향해 오른손을 쳐들며 이렇게 외쳤다. 그리고는 몸을 홱 돌려 달려가더니 다섯 걸음도 채 못 가서 알료샤에게 손으로 키스를 날려 보냈다. 또 다섯 걸음이 못 되어 다시 돌아보았다. 그때는 이미 일그러진 미소는 말끔히 사라지고 얼굴은 눈물로 뒤범벅이 되어 있었다. 그는 파르르 떨리는 목소리로 목이 메어 부르짖었다.

"그런 모욕의 대가로 돈을 받는다면, 집에 있는 아들 녀석에게 내가 무슨 말을 할 수 있겠습니까."

이렇게 말하고는 이번에는 뒤도 돌아보지 않고 쏜살같이 달려갔다. 알료샤는 뭐라 말할 수 없는 슬픔에 싸인 채 그 뒷모습을 지켜보고 있었다. 이등 대위도 그 마지막 순간까지 자신이 돈을 구겨 땅바닥에 내동댕이치리라곤 꿈에도 생각지 못했으리라. 알료샤는 그것을 잘 알고 있었다. 도망치듯 달려가는 이등 대위는 한 번도 뒤를 돌아보려 하지 않았다. 알료샤도 그가 뒤돌아보지 않으리라는 것을 알고 있었다. 알료샤는 이등 대위를 쫓아가서 불러 세우고 싶지도 않았다. 자신도 그 까닭을 알고 있었기 때문이다.

이등 대위의 모습이 시야에서 아주 사라져버린 다음에야, 알료샤는 두 장의 지폐를 주워들었다. 지폐는 몹시 구겨진 채 모래 속에 반쯤 묻혀 있었을 뿐 조금도 파손된 부분은 없었다. 알료샤가 구김살을 펴보니 마치 새 것처럼 다시 빳빳해졌다. 알료샤는 지폐를 잘 손질해서 곱게 접은 후 호주머니에 넣은 다음 부탁받은 일의 결과를 알려주기 위해 카체리나의 집을 향해 걸음을 옮겼다.

제2부

제5편 | 찬성과 반대

1. 약혼

이번에도 알료샤를 제일 먼저 맞아준 것은 호흘라코바 부인이었다. 부인이 허둥지둥 수선을 피우는 것이 뭔가 예사롭지 않은 일이 일어난 모양이었다. 카체리나의 히스테리는 결국 기절로 끝났지만 그다음이 더 문제였다.

"그러고 나선 굉장히 무서울 정도로 쇼크를 일으켜서 자리에 눕자마자 눈을 뒤집고 헛소리를 해대지 않겠어요. 게다가 열까지 높아져서 게르첸슈트베 선생을 부르러 사람을 보냈고 이모님들도 모셔오도록 했지요. 이모님들은 벌써 와 계시지만 게르첸슈투베 선생은 아직 안 왔어요. 모두들 그분 방에 모여서 선생님이 오시기만 기다리고 있어요. 아가씨는 지금 의식이 없는데 혹시 심한 열병에라도 걸린 거면 어쩌죠!"

이렇게 큰 소리로 떠들어대는 호흘라코바 부인의 표정은 정말 겁에 질린 것처럼 보였다.

"정말 큰일이에요, 큰일이에요!"

그녀는 말끝마다 이렇게 덧붙였다. 마치 지금까지 있었던 모든 일은 하나도 큰일이 아니었다는 듯한 말투였다. 알료샤는 침통한 얼굴로 부인의 말에 귀를 기울였다. 그러고 나서 자기한테 일어난 일을 설명하기 시작했으나 말을 꺼내기 무섭게 부인이 가로막았다. 지금 그의 말을 듣고 있을 여유가 없다는 것이었다. 부인은 그에게 리즈한테 가서 자기가 올 때까지 기다려달라고 부탁했다.

"그런데, 리즈가 말이에요. 알렉세이 씨."

부인은 알료샤에게 귓속말을 하듯 속삭였다.

"리즈가 나를 깜짝 놀라게 했지 뭐예요. 하지만 또 나를 아주 감동시키기도 했어요. 그래서 그 애 일이라면 무엇이든 용서해주고 싶어요. 아까 당신이 나가자마자 그 애가 갑자기 어제와 오늘 당신을 놀린 것에 대해 진심으로 후회하더군요. 무슨 악의를 가지고 그런 것은 아니고 장난삼아 그랬던 거죠. 그런데도 그 애가 눈물을 흘리며 진정으로 뉘우치는 바람에 나는 깜짝 놀랐어요. 그 애는 지금까지 나를 비웃고 나서 한 번도 진심으로 후회한 일은 없어요. 언제나 농담으로 얼버무렸지요. 당신도 아시다시피 그 애는 언제나 나를 우습게 보고 있어요. 그런데 이번에는 진정인 것 같아요. 정말 진정이에요. 알렉세이 표도로비치, 그 애는 당신의 말씀을 존중하고 있답니다. 그러니까 되도록 그 애에게 화를 내지 마시고 나쁘게 생각하지 말아주세요. 난 언제나 그 애를 관대하게 대하려 하고 있어요. 원래는 영리한 아이니까요.

그렇지 않나요? 조금 전에도 그 애는 당신이 옛날 소꿉동무였다는 말을 하더군요. '어릴 적부터 사귄 가장 진실한 친구예요'라고 말이죠. 아시겠어요? 글쎄 가장 진실한 친구라고 하면서, 그런데도 자기는 뭐냐는 거예요. 그 애는 이런 면에서 매우 진지한 감정을 품고 있는 데다 지난 일까지 들먹이고 있답니다. 그러나 무엇보다 기특한 것은 예기치도 못한 때에 깜짝 놀랄 만큼 기묘한 말들이 그 애의 입에서 수시로 튀어나온다는 거예요. 예를 들어 바로 얼마 전에 소나무 얘기만 해도 그래요. 그 애가 아직 어렸을 때 우리 집 정원에 소나무 한 그루가 있었어요. 하긴 지금도 있으니까 굳이 과거형을 쓸 필요는 없겠군요. 알렉세이 표도로비치, 소나무는 사람하고 달라서 아무리 세월이 흘러도 쉽게 변하지 않아요. 그런데 그 애가 이런 말을 하지 않겠어요. '엄마, 난 그 소나무를 꿈속에서처럼 기억하고 있어요'라는 거예요. 즉, '소나무를 꿈에서라는 거예요.* 그 애의 표현은 뭔가 재치가 있는 것 같아요. 소나무라는 말은 그 자체로 보잘것없지만 그 애는 그 단어에 대해 하도 기발한 말을 연결시켜서 도저히 그대로 전할 수도 없을 것 같아요. 게다가 이젠 다 잊어버렸지만, 그럼 이만 실례하겠어요. 나는 벌써 두 번이나 정신 이상이 와서 의사의 치료를 받은 적이 있답니다. 그럼 리즈한테 가서 그 애가 기운을 차리도록 해주세요. 당신이라면 언제라도 그렇게 해주실 수 있으니까요. 얘, 리즈!"

　부인은 방문으로 다가가며 소리쳤다.

<hr>

* 소나무와 꿈은 러시아어로 '사스나'로 동음이의어이다.

"여기 네가 그렇게 모욕을 준 알렉세이 씨를 모셔왔다. 그러나 조금도 화를 내시지 않으니 안심해라. 오히려 네가 그렇게 생각하는 걸 이상하게 여기시니까."

"고마워요, 엄마(Merci, maman), 들어오세요. 알렉세이 표도로비치."

알료샤는 방 안으로 들어섰다. 리즈는 어쩐지 약간 민망한 듯이 그를 쳐다보다가 갑자기 얼굴을 확 붉혔다. 무언가 몹시 부끄러워하는 눈치였다. 그리고 이럴 때엔 언제나 그렇듯이, 그녀는 전혀 상관없는 이야기를 숨 가쁘게 마구 지껄이기 시작했다. 지금 이 순간, 그녀가 생각하고 있는 것은 그것뿐이라는 듯한 태도였다.

"알렉세이, 엄마가 방금 나에게 그 200루블 얘기랑, 당신이 그 가난한 장교한테 심부름을 갔다는 얘기를 전부 해주셨어요. 그리고 그 장교가 몹시 모욕을 당했다는 무서운 얘기도 들었어요. 엄마 얘기는 도무지 두서가 없었지만요. 얘기가 자꾸 이쪽저쪽으로 튀다가 무슨 말인지 모르겠다니까요. 그래도 나는 그 얘기를 들으면서 눈물을 흘렸어요. 그래서 어떻게 되었지요? 그 돈은 전해주셨나요? 그 불쌍한 사람은 지금 어떻게 되었어요?"

"사실, 돈을 주지 못했습니다. 얘기를 하자면 깁니다."

알료샤는 돈을 주지 못한 것이 못내 마음에 걸린다는 듯이 말했다. 그러나 그가 자꾸만 옆으로 시선을 돌리며 직접 관계도 없는 이야기를 하려고 애쓰고 있다는 것을 리즈는 똑똑히 느꼈다. 알료샤는 탁자에 기대 앉아 이야기를 시작했다. 그러나 일단 말을 시작하자 어색한 빛은 모두 사라지고 도리어 리즈의 관심을 사로잡았다. 아직도 그는 조금 전에 받은 강렬한 감동과 깊은 인상에 지배되고 있었으므로 아주 상세히, 조리 있게 이야기할 수 있었던 것이다.

예전에도 알료샤는 모스크바에 있을 때부터 아직 소녀였던 리즈를 찾아와 자기에게 새로 일어난 사건이며, 책에서 읽은 내용, 또는 소년 시절의 추억담을 이야기하는 것을 좋아했다. 때로는 둘이서 공상에 잠기거나 소설 같은 것을 꾸며내기도 했는데, 그것은 주로 경쾌하고 신나는 이야기들뿐이었다. 그래서 그들은 지금 2년 전의 모스크바 시절로 갑자기 되돌아간 것 같은 기분이었다. 리즈는 그의 얘기에서 몹시 감동을 받았다. 알료샤가 뜨거운 동정심을 갖고 일류샤의 모습을 그녀의 눈앞에 생생하게 그려 보여주었기 때문이다. 불행한 퇴역 대위가 돈을 짓밟는 광경을 상세히 설명했을 때, 리즈는 끓어오르는 감정을 억제하지 못하고 손뼉을 탁 치며 외쳤다.

"그럼, 결국 돈을 주지도 못했군요! 그냥 놓쳐버렸어요! 아, 뒤쫓아가서 붙잡지 않으시구!"

"그렇지 않아요. 리즈. 쫓아가지 않기를 잘했습니다."

알료샤는 이렇게 대답하고 의자에서 일어나더니 무언가 마음에 걸리는 것이 있는 표정으로 방 안을 한 바퀴 돌았다.

"왜 잘하셨다는 건가요? 어떤 점에서요? 그 사람들은 지금 먹을 게 없어서 당장 죽을 지경일 텐데요."

"죽지는 않을 겁니다. 어쨌든 그 200루블은 결국 그 사람들에게 돌아갈 겁니다. 내일이면 이 돈을 받을 겁니다. 틀림없이 받을 겁니다."

알료샤는 생각에 잠긴 얼굴로 걸음을 옮기며 말했다.

"그런데, 리즈."

그는 갑자기 리즈 앞에 멈춰 서서 말을 이었다.

"내가 아까 한 가지 실수를 한 것 같아요. 그러나 오히려 그 실수 때문에 일이 더 잘됐어요."

"어떤 실수요? 그리고 그것 때문에 뭐가 잘된 거예요?"

"다름이 아니라 그는 아주 겁이 많고 마음이 약한 사람이에요. 온갖 고초를 다 겪었지만 마음만은 선량한 사람이지요. 나는 지금 그 사람이 무엇 때문에 갑자기 화를 내며 그 돈을 짓밟았는지 그 이유를 생각해보았습니다. 아마 그 사람은 마지막 순간까지 그 돈을 짓밟을 생각을 하지 않았을 겁니다. 곰곰이 생각해보니 그때 그 사람은 여러 가지 점에서 화가 난 것 같습니다. 하긴 그 사람 입장에서는 그럴 수밖에 없었지요. 우선 내 앞에서 돈을 보고 그토록 기뻐서 어쩔 줄 몰라 하며, 그걸 나한테 숨기지 않은 자신에 대해 스스로 화가 났던 거예요. 만일 그때 속으로는 기뻤을 지라도 그렇게까지 노골적으로 드러내지 않고 다른 사람들처럼 시무룩하게 돈을 받았더라면 그래도 마지못해 받는 척하며 그 돈을 집어넣었으리라고 생각합니다. 그런데 그 사람은 너무나도 솔직하게 기쁨을 드러내 보였기 때문에 자기 자신에게 화가 난 겁니다. 아아, 리즈, 그는 정말 순수하고 착한 사람이에요. 그리고 이런 경우에는 바로 그것이 불행의 원인이 된 거죠!

그 사람은 말을 하는 동안 계속 힘없는 가느다란 음성으로 소곤대면서도 말을 굉장히 빠르게 하더군요. 그리고 쉴 새 없이 키득거리는가 하면 또 훌쩍훌쩍 울기도 하고……. 정말입니다. 그만큼 기뻤던 겁니다. 자기 딸들 얘기도 하더군요……. 다른 지방으로 옮겨가면 취직할 수 있다는 이야기도 했어요. 그렇게 자기 속을 다 보여준 것이 부끄러워진 겁니다. 그래서 결국 나라는 인간이 미워진 거예요. 그는 정말 부끄럼을 잘 타는 가난뱅이 중의 한 사람이었습니다. 그러나 그분이 화를 낸 가장 큰 이유는 나를 지나치게 빨리 친구로 생각하여 너무 빠르게 나한테 항복해버린 데 스스로 굴욕감을 느꼈기 때문입니다. 처음에는 내게 덤벼들며 위협까지 하다가 돈을 보자마자 나를 껴안으려 했거든요. 정말 나를 껴안으려고 몇 번이나 두 손을 내 몸에 가져다댔으니까요. 그래서 그 사람은 자기의 굴욕을 뼈저리게 느낀 겁니다. 그런데 바로 이때 내가 중대한 실수를 하고 말았어요. 다름 아니라 내가 갑자기 이런 소리를 했거든요. 다른 고장으로 이사를 가는데 여비가 부족하면 돈을 더 줄 수도 있고, 나도 가진 돈을 얼마든지 빌려드릴 수 있다고요. 이 말이 그에게 충격을 준 모양이에요. '무엇 때문에 너까지 나에게 은혜를 베풀겠다는 거냐?' 하는 생각이 들었겠지요.

이봐요. 리즈. 학대받고 모욕받으며 살아온 사람들은 다른 사람들이 무슨 커다란 은인이나 되는 것 같은 눈으로 자기를 바라보면 참을 수 없는 고통을 느낀다더군요……. 장로님께서 이런 말씀을 하신 걸 들은 적이 있습니다. 어떻게 설명하면 좋을지 모르겠지만 나 자신도 그런 경우를 여러 번 목격했습니다. 또 이렇게 말하는 나 자신도 그런 느낌을 받은 적이 있구요. 그러나 무엇보다 중요한 점은 그 사람이 마지막까지 돈을 짓밟으리라고는 생각지 못했다 할지라도 어쩐지 그런 걸 예감하고 있었을 거라는 거죠. 그랬기에 그토록 기뻐하며 좋아했던 거겠죠. 결국 이렇게 좋지 않게 끝났습니다만, 어쨌든 일은 잘된 겁니다. 오히려 일이 잘된 거라고 생각합니다. 더 이상 바랄 나위 없이 잘된 거라구요.”

“그게 무슨 뜻이죠?”

리즈는 놀란 눈으로 알료샤를 쳐다보면서 이렇게 소리쳤다.

“그건 말이죠. 리즈, 만약에 그 사람이 돈을 짓밟지 않고 그냥 받았다면 집에 돌아가 1시간도 못 돼 자신의 굴욕을 통감하고 울음을 터뜨리고 말았을 겁니다. 실컷 울고 나서, 내일 아침, 날이 새기가 무섭게 나한테 달려와서 아까 한 것처럼 그 돈을 내동댕이치고 무섭게 짓밟아버릴지도 모릅니다. 그러나 오늘은 비록 ‘자살행위’나 다름없는 짓을 했다는 걸 알면서도 어쨌든 떳떳한 자부심을 가지고 돌아갔을 겁니다. 그러니까 내일이라도 이 200루블을 가지고 가서 억지로라도 손에 쥐어주는 것쯤은 쉬운 일이지요. 그 사람은 자기가 비겁하지 않다는 것을 충분히 증명한 셈이니까요. 그는 돈을 짓밟을 때, 내가 내일 다시 그 돈을 가져오리라는 것을 꿈에도 짐작하지 못했을 겁니다. 그렇지만 그 돈이야말로 그 사람에게 절대적으로 필요한 것입니다. 물론 지금은 의기양양하겠지만, 그래도 자기가 큰 도움의 기회를 놓쳐버렸다고 오늘 중으로 후회할 겁니다. 밤이 되면 더욱더 돈 생각이 간절해져서 꿈까지 꾸겠지요. 아마도 내일 아침엔 나한테 달려와서 용서라도 빌고 싶을 겁니다. 바로 그때 내가 그를 찾아가서 '당신은 참으로 자부심이 강한 분이라는 걸 충분히 보여주셨으니, 제발 이 돈을 받아주십시오'라고 말하는 거예요. 그러면 그 사람도 돈을 받지 않을 수 없겠지요."

알료샤는 기쁨에 도취된 어조로 "그러면 그 사람도 돈을 거절할 수 없겠지요!"라는 말을 했다. 리즈는 저도 모르게 손뼉을 쳤다.

"아, 정말 그렇군요. 이제 알겠어요. 알료샤, 당신은 어떻게 그런 것까지 다 알고 계세요? 나이도 젊은데 다른 사람의 마음을 꿰뚫어보시네요……. 저는 어림도 없는 일이에요."

"이제부터 가장 중요한 것은 비록 그 사람이 우리한테 돈을 받는다 해도 우리들과 대등한 위치에 있다는 자부심을 갖도록 하는 일입니다."

여전히 기쁨에 도취된 알료샤가 말했다.

"아니, 대등하다기보다 한 단계 더 높은 위치에 있다는……."

"'한 단계 더 높은 위치'라는 말이 멋지군요. 알렉세이, 어서 말을 계속하세요!"

"내 표현이 서툴렀나 보군요. '한 단계 더 높은 위치'라는 건, 그렇지만 그런 건 문제가 아니지요. 왜냐하면……."

"그럼요, 물론이에요. 알료샤, 용서해주세요. 제발. 저 알료샤, 난 지금까지 당신을 별로 존경하지 않았어요. 아니, 존경하기는 했지만 어디까지나 대등한 위치에서였어요. 하지만 앞으로는 한 층 더 높이 존경하겠어요. 제발 화내진 마세요. 내 말이 좀 '지나쳤다'고 해서."

그녀는 감정에 북받쳐 말을 이었다.

"나는 이렇게 우스꽝스런 어린 소녀에 지나지 않지만, 당신은
…… 당신은…… 그렇지만요, 알렉세이, 당신은……, 당신은…….
역시 우리라고 말하는 편이 낫겠군요. 우리들의 이런 판단 속에
그 사람을, 그 불행한 사람을 모욕하는 부분은 없을까요? 마치 높
은 곳에서 내려다보듯이 그 사람의 마음속을 여러모로 해부해보
았으니 말이에요. 우리는 그 사람이 틀림없이 돈을 받을 거라고
단정해버리지 않았느냐 말이에요."

"아닙니다. 리즈. 그런 모욕 같은 것은 전혀 없었어요."

마치 그런 질문을 예상하기라도 한듯 알료샤가 딱 잘라 말했다.

"이리로 오는 동안 나는 이미 그걸 생각해보았어요. 우리나 그
사람이나 모두가 다 그 사람과 똑같은 인간인데 어떻게 멸시할
수 있겠습니까. 우리도 그 사람보다 결코 나을 게 없어요. 설사 나
은 점이 있다고 하더라도 그 사람의 입장에 처하게 되면 결국 그
와 똑같아지고 맙니다……. 리즈, 당신은 어떤지 모르지만 나 자
신은 여러 모로 보아 천박한 마음의 소유자라고 생각합니다. 그
런데 그 사람은 천박하기는커녕 아주 섬세한 영혼을 지닌 사람입
니다. 그러니까 그 사람에 대한 모욕이란 조금도 있을 수 없는 겁
니다! 어느 날 장로님이 이런 말씀을 하셨습니다. '인간이란 어린
애 돌보듯 늘 보살펴야 한다. 어떤 사람은 병원에 입원해 있는 환
자처럼 간호하며 돌볼 필요가 있다'고 말입니다."

"아아, 알렉세이 표도로비치. 정말 그래요. 우리 환자들을 돌보

듯이 인간을 대해요."

"그럽시다. 리즈. 나도 그럴 생각입니다. 아직 마음의 준비가 완전히 되어 있지는 못하지만, 나는 때로는 무척 참을성이 없고 또 때로는 사리를 판단하지 못할 때도 있어요. 그러나 당신은 그렇지가 않습니다."

"어머나, 알렉세이. 나는 얼마나 행복한지 모르겠어요."

"리즈, 당신이 그렇게 말하니 나도 기쁩니다."

"알렉세이 표도로비치, 당신은 정말 좋은 분이에요. 어떤 때는 학자 냄새가 나는 것도 같지만, 그러나 잘 보고 있으면 그렇지도 않아요. 저 문 쪽으로 가서 밖을 좀 보고 오세요, 문을 살짝 열고 어머니가 엿듣고 있지 않나 보고 오세요."

갑자기 리즈는 신경질적인 성급한 어조로 소곤거렸다. 알료샤는 가서 문을 열어보고 아무도 엿듣지 않는다고 말했다.

"그럼 이리 오세요. 알렉세이."

리즈는 얼굴을 점점 더 붉히면서 말을 이었다.

"손을 주세요. 네, 그렇게. 당신에게 중대한 사실을 고백하겠어요. 어제 드린 편지, 실은 농담이 아니라 진심으로 써 보낸 거예요."

리즈는 한 손으로 눈을 가렸다. 그렇게 고백하기가 무척 부끄러운 모양이었다. 별안간 그녀는 알료샤의 손을 잡더니 열렬히 세 번 입을 맞췄다.

"아아, 리즈, 그건 참 반가운 일입니다!"

알료샤가 기쁜 듯이 외쳤다.

"나도 당신이 그걸 진심으로 썼다는 걸 확신하고 있었어요."

"어머나, 확신하고 있었다구요!"

리즈는 갑자기 그의 손에서 입을 떼었으나, 여전히 손을 잡은 채 얼굴을 빨갛게 물들이면서 행복에 겨운 듯 생글생글 웃었다.

"기껏 내가 손에 입을 맞추니까 겨우 한다는 말이 '참 반가운 일'이라구요?"

그러나 그녀의 투정은 공평하지 않았다. 알료샤는 완전히 당황하고 있었던 것이다.

"나는 항상 당신 마음에 들고 싶지만, 어떻게 하면 좋을지를 모르겠어요."

알료샤는 얼굴을 붉히며 이렇게 중얼거렸다.

"알료샤, 당신은 정말 냉정하고도 무례한 분이세요. 제멋대로 나를 신부감으로 정해놓고 마음을 턱 놓고 있으니 말이에요! 당신은 내가 그 편지를 진심으로 썼다고 확신하고 있었다니, 그런 법이 어디 있어요. 그러니 대담하다고 할 수밖에 없잖아요."

"그렇지만 내가 그걸 확신했다는 게 그렇게 나쁜 일입니까?"

알료샤는 갑자기 웃었다.

"아니에요. 그 반대예요. 나쁘기는커녕 정말 잘하셨어요."

리즈는 행복에 겨운 듯한 상냥한 눈으로 그를 바라보았다. 알료샤는 여전히 그녀에게 손을 내맡긴 채 그 자리에 서 있었다. 그러다가 갑자기 몸을 굽혀 그녀의 입술에 키스했다.

"어머나, 지금 이게 무슨 짓이에요?" 하고 리즈가 외쳤다. 알료샤는 몹시 당황했다.

"혹시 내가 잘못했다면 용서하세요……. 내가 무척 어리석은 짓을 했나 봅니다. 당신이 나더러 냉정하다고 하는 바람에 그만 키스를 해버린 겁니다. 어쨌든 좀 쑥스러운 결과가 되었군요."

리즈는 웃음을 터뜨리며 두 손으로 얼굴을 감쌌다.

"수도사의 옷을 입고서!" 하는 소리가 웃음소리 사이로 튀어나왔다. 그러나 그녀는 갑자기 웃음을 멈추더니 진지하고도 준엄한 표정을 지었다.

"알료샤, 우리 키스는 좀 더 기다리기로 해요. 아직 그런 나이가 아니잖아요? 우리는 아직 한참 더 기다려야 해요."

리즈가 갑자기 이렇게 결론을 내렸다.

"그보다 한 가지 물어보고 싶은 게 있어요. 당신처럼 현명하고 생각이 깊고 재치 있는 분이 어째서 나처럼 병에 걸린 어리석은 바보를 신부감으로 택하셨나요? 아아, 알료샤, 나는 정말 행복해요. 나는 그럴 만한 가치가 없는 여자예요."

"아니, 충분합니다. 리즈. 나는 며칠 내로 수도원에서 아주 나올 겁니다. 속세로 나오면 결혼을 해야 해요. 그건 나도 잘 알고 있습니다. 장로님께서도 그렇게 말씀하셨구요. 그런데 나는 당신보다 더 나은 여자를 구할 수도 없을 거고……. 또 당신 말고는 나를 상대로 택할 여자도 없습니다! 나는 이 문제를 곰곰이 생각해봤습니다. 첫째로 당신은 나를 어릴 때부터 잘 알고 있습니다. 둘째, 당신은 내게 전혀 없는 여러 가지 장점을 가지고 있어요. 당신은 나보다 훨씬 명랑하고 또 무엇보다도 훨씬 순결합니다. 나는 이미 너무나 많은 일을 경험해버렸습니다. 아아, 당신은 잘 모르겠지만 나 역시 카라마조프의 핏줄을 이어받았으니까요. 당신이 나를 비웃거나 놀리는 것은 아무것도 아니에요. 아니, 얼마든지 비웃어주세요. 나는 그쪽이 더 기쁩니다. 당신은 어린애처럼 웃고 있지만, 속으로는 순교자와 같은 생각을 하고 있으니까요."

"순교자라뇨? 그건 무슨 말이에요?"

"그렇습니다. 리즈, 당신은 좀 전에도 이렇게 물으셨죠. 우리가 그 불행한 사람의 마음을 이리저리 해부하는 것은 그 사람을 모욕하는 것이 아니냐고요. 그것이 바로 순교자다운 질문이에요. 뭐라고 표현하면 좋을지 모르지만, 그런 질문을 할 수 있는 사람은 스스로 고난을 견딜 수 있는 사람입니다. 당신은 그렇게 바퀴 달린 의자에 앉아 있으면서도 많은 일을 생각하고 있음이 분명합니다."

"알료샤, 손을 이리 주세요. 왜 움츠리세요?"

너무나도 행복에 겨워 힘이 빠져나간 듯한 가냘픈 목소리로 리즈는 말했다.

"그건 그렇고 알료샤, 수도원을 나오시면 어떤 옷을 입으시겠어요? 웃지 마세요. 화를 내지도 마세요. 이건 나한테 아주 중요한 문제거든요."

"옷에 대해선 아직 생각해보지 않았지만, 당신만 좋다면 무엇이든지 따르겠습니다."

"나는 당신이 짙은 남색 빌로드 윗도리에 흰 조끼, 부드러운 회색 펠트 중절모자를 쓰면 좋겠어요. 그건 그렇고 아까 내가 어제의 편지는 진심이 아니라 모두 거짓말이라고 했을 때, 당신은 정말 그렇다고 생각하셨나요?"

"아니, 그렇게 생각하지 않았어요."

"아이 참, 당신은 어떻게 해볼 수가 없군요. 미운 사람!"

"실은 당신이 나를 사랑하고 있다는 걸 알고 있었지만 당신이 나를 사랑하지 않는다는 말을 그대로 믿는 척했던 거죠. 그러는 편이 당신에게도 좋을 것 같아서요."

"그건 더 나빠요! 아주 나쁘기도 하지만 너무 좋기도 해요. 알료샤, 나는 당신이 너무너무 좋답니다. 아까 당신이 오셨을 때, 나는 점을 쳐보았어요. 내가 어제 보낸 편지를 돌려달라고 했을 때, 당신이 태연스레 그걸 꺼내주시면(당신이라면 충분히 그럴 수 있잖아요), 당신은 나를 조금도 사랑하고 있지 않을 뿐만 아니라 아무것도 느끼지 못하는 바보 같고 한심한 소년에 지나지 않으니까 나의 인생은 끝나는 거라고 말이에요. 그런데 당신이 그 편지를 암자에 두고 왔다고 해서 얼마나 기뻤는지 몰라요. 당신은 내가 편지를 돌려달라고 할 줄 알고 일부러 암자에 두고 온 거죠? 그렇죠? 내 말이 맞나요?"

"천만에요. 리즈. 그 편지는 아직도 여기 가지고 있습니다. 아까도 여기 이 호주머니 속에 들어 있었죠. 자, 보세요."

알료샤는 웃으면서 편지를 꺼낸 뒤 멀찌감치 떨어져서 그녀에게 보여주었다.

"하지만 당신에게 돌려주진 않을 테니 거기서 구경만 하세요."

"어머나, 거짓말을 하시다니요. 수사님이 거짓말을 하다니……."

"거짓말을 했는지도 모르지요."

알료샤는 웃었다.

"당신에게 편지를 내어주기 싫었던 거죠. 이건 나한테 아주 소중한 거니까요."

갑자기 알료샤는 열정적인 목소리로 이렇게 덧붙이고는 또다시 얼굴을 붉혔다.

"이건 앞으로도 영원히 아무에게도 내줄 수 없어요!"

리즈는 감격과 환희에 찬 표정으로 그를 바라보았다.

"알료샤. 문밖에서 어머니가 엿듣고 있지 않나 보고 오세요."

그녀는 다시 속삭이듯 말했다.

"그러지요. 리즈. 그렇지만 안 그러는 편이 좋지 않을까요? 설마 어머님이 그런 점잖지 않은 행동을 하시겠어요?"

"뭐가 점잖지 못한 행동인가요? 어머니가 딸을 염려하여 엿듣는 건 점잖지 못한 행동이 아니라 당연한 권리예요."

리즈가 발끈해서 말했다.

"미리 말해두지만요. 알렉세이. 내가 어머니가 되어 나 같은 딸을 두게 되면, 나도 반드시 딸을 위해 몰래 엿들을 거예요."

"정말인가요. 리즈? 그건 좋지 않은데."

"아니, 뭐가 좋지 않다는 거죠? 세속적인 세상 얘기라도 엿듣는다면 몰라도, 만약 자기 딸이 젊은 남자와 단둘이 문을 닫은 채 방에 있는 경우라면 다르잖아요. 잘 들어보세요. 알료샤, 나는 결혼하면 그때부터 당장 당신을 감시할 테니까요. 그리고 당신한테 오는 편지도 모두 읽어볼 거예요. 이 점은 미리 알아두세요."

"그야 물론이죠, 당신이 그렇게 하고 싶으시다면……."

알료샤가 중얼거렸다.

"하지만 그건 좋은 일이 아니에요."

"아, 그렇게 사람을 모욕하시긴가요! 알료샤, 우리 처음부터 싸우는 건 그만해요. 그보다 솔직하게 말씀드리는 게 좋겠군요. 그야 물론 엿듣거나 몰래 감시하는 건 좋지 않은 일이죠. 나도 내가 옳지 않고 당신이 옳다는 것도 잘 알지만, 그래도 역시 나는 엿들을 것만 같아요."

"그럼 마음대로 해봐요. 그렇지만 나는 그런 짓을 절대로 안 할 겁니다."

알료샤는 웃었다.

"알료샤, 당신은 내 말에 복종하시겠어요, 안 하시겠어요? 이것도 미리 다짐을 받아둬야 하니까요."

"기꺼이 복종하겠습니다, 리즈. 맹세해요. 그렇지만 중요한 문제에 대해서만은 다릅니다. 근본적인 문제에 대해서 우리의 의견이 상반되더라도 나는 나의 의무가 명령하는 대로 행동할 테니까요."

"물론 그렇겠죠. 그렇지만 알료샤, 나는 오히려 반대로 그런 근본적인 문제의 경우뿐만 아니라 대부분의 문제에서도 당신에게 양보할 생각이에요. 지금 여기서 맹세할게요. 무슨 일에서나 당신을 한평생 따를 거예요."

리즈가 열정적으로 외쳤다.

"그리고 나는 그걸 다시없는 행복으로 생각하겠어요. 뿐만 아니라 절대로 당신 하는 일을 엿듣거나 하지 않겠어요. 어떤 일이 있어도 그러지 않겠다고 맹세해요. 편지도 절대 읽지 않겠어요. 당신이 옳고 나는 그렇지 못하니까요. 사실 당신이 하는 일을 감시하고 싶어 못 견딜 거예요. 나는 그걸 잘 알아요. 당신이 좋지 않은 일이라고 생각하니까요. 이제 당신은 나를 이끌어주는 하느님 같은 존재예요……. 그건 그렇고, 알렉세이 표도로비치, 어째서 당신은 이 며칠 동안, 어제도 오늘도 그렇게 우울한 얼굴을 하고 계신가요? 당신에게 여러 가지 걱정거리와 불행한 일이 있다는 건 알지만, 그것 말고도 무슨 특별한 슬픔이 있는 것 같아요. 혹시 남에게 말할 수 없는 무슨 걱정거리라도 있으신가요?"

"그래요. 리즈. 남에게 말할 수 없는 슬픔도 있어요."

알료샤는 침울한 목소리로 말했다.

"그런 걸 다 알아맞히는 걸 보니 정말 나를 사랑하는군요."

"대체 무슨 슬픔이기에? 무슨 일이에요? 말해줄 수는 없나요?"

리즈는 조심스럽게 애원하는 듯한 어조로 말했다.

"나중에 말하기로 하죠. 리즈……. 나중에……."

알료샤는 당황한 목소리로 대답했다.

"지금 말한다 해도 아마 이해하지 못할 거예요. 그리고 나 자신도 제대로 말할 수 없을 것 같고요."

"나도 알아요. 아버님과 형님들 때문인 거죠?"

"네, 형님들까지도……."

알료샤는 깊은 생각에 잠긴 듯 말했다.

"난 어쩐지 당신의 형님 이반 표도로비치가 마음에 안 들어요."

리즈가 갑자기 이렇게 말했다.

알료샤는 조금 놀랐으나 거기에 대해서는 아무런 대답도 하지 않았다.

"우리 형님들은 스스로 파멸의 길로 가고 있답니다."

그는 말을 이었다.

"아버지도 마찬가지예요. 그리고 다른 이들까지도 파멸시키고 있어요. 일전에 파이시 신부님께서 말씀하신 것처럼 거기에는 '카라마조프의 원시적 힘'이 작용하고 있는 거예요. 마치 대지(大地)와 같은 흉포하며 노골적인 힘이지요……. 이러한 힘 위에도 과연 하느님의 의지가 작용하고 있는지 어떤지, 나는 알 수가 없어요. 과연 내가 수도사일까요? 수도사? 리즈, 내가 과연 수도사라고 할 수 있나요? 당신은 방금 나보고 수도사라고 했지요."

"네, 그랬어요."

"그렇지만 어쩌면 나는 하느님을 믿지 않는지도 몰라요."

"당신이 믿지 않는다구요! 무슨 말씀이세요!"

리즈는 낮은 소리로 조심스럽게 물었다. 그러나 알료샤는 대답하지 않았다. 너무나도 뜻밖이라 알료샤의 이 말 속에는 무언가 신비스럽고, 너무나도 주관적인 무엇이 숨어 있었다. 그것은 어쩌면 알료샤 자신도 분명히 알 수 없는 것이긴 하지만, 이미 오래전부터 그를 괴롭혀왔다는 데는 의심의 여지가 없었다.

"그런데다 지금 나의 벗이며 또 이 세상에서 가장 훌륭하신 분이 이 세상을 떠나려고 하고 있습니다. 아아, 내가 그분하고 얼마나 정신적으로 가깝게 연결되어 있는지, 리즈, 당신이 알아준다면! 나는 혼자 외롭게 남게 됩니다……. 리즈, 나는, 당신에게 오겠어요……. 앞으로 우린 언제나 함께 있어요."

"네, 함께 있어요. 언제나 함께! 앞으로 한평생을 둘이 함께 살아요. 자, 알료샤, 나한테 키스해주세요. 허락할게요."

알료샤는 그녀에게 키스했다.

"그럼 이제 그만 가보세요, 안녕!"

리즈는 그에게 성호를 그어주었다.

"그분이 돌아가시기 전에 서둘러 가보세요. 내가 당신을 너무 오래 붙잡아둔 것 같군요. 오늘 나는 그분과 당신을 위해 기도하겠어요! 알료샤, 우리는 행복할 거예요. 행복하고말고요. 그렇죠?"

"그렇게 될 겁니다. 리즈."

리즈의 방을 나선 알료샤는 호흘라코바 부인한테는 들르지 않는 편이 낫겠다고 생각하고 작별 인사도 없이 그대로 밖으로 나가려 했다. 그러나 문을 열고 계단으로 나서자 어디서 나타났는지 바로 호흘라코바 부인이 그의 앞을 막고 서 있었다. 부인의 첫마디를 듣고 알료샤는 그녀가 일부러 거기서 기다리고 있다는 것을 짐작했다.

"알렉세이 씨, 이건 정말 큰일이에요. 그건 철부지 아이들의 어리석은 잠꼬대에 불과해요. 설마 그따위 터무니없는 공상을 믿지 않으시겠죠……. 어리석어요. 정말 어리석기 짝이 없어요!"

부인은 그에게 대들었다.

"그렇지만 리즈에게만은 그런 말을 하지 마세요. 그런 말을 했다간 리즈는 다시 흥분할 거예요. 지금 리즈에겐 그게 가장 몸에 해로우니까요."

"분별 있는 젊은 분의 말씀으로 들어두겠어요. 그러니까 방금 그 애의 말에 동의한 것은 그 애의 건강을 염려하여 공연히 그 애의 신경을 건드리지 않으려고 배려한 거라고, 그렇게 봐도 되겠죠?"

"아닙니다. 결코 아니에요. 나는 어디까지나 진지한 마음으로 리즈와 이야기한 겁니다."

알료샤가 딱 잘라 말했다.

"진지하게 그랬다니요. 그건 있을 수 없는 일이에요. 생각할 수도 없어요. 앞으로 절대로 당신을 우리 집에 들이지 않을 것이고, 나는 그 애를 데리고 이곳을 떠날 테니 그렇게 아세요."

"아니, 그렇게까지 하실 필요는 없습니다. 이건 아직 먼 미래의 일이에요. 아직도 1년 반은 더 기다려야 하는데요."

"물론이죠. 알렉세이 씨. 그건 맞는 말이에요. 하지만 그 1년 사이에 당신은 그 애와 몇천 번은 싸우고 헤어지고 할 거예요. 그렇지만 나는 불행해요. 불행한 여자라구요. 물론 그것이 허황된 일이라는 걸 알지만 너무나 충격적이에요. 나는 지금 그리보예도프의 《지혜의 슬픔》 마지막 장면에 나오는 소피야의 아버지 파무소프 같아요. 그리고 당신은 차츠키, 그 애는 소피야라고 하면 되겠군요. 그뿐인가요. 나는 당신을 만나려고 일부러 이 계단 위로 달려왔는데, 그 연극에서도 대부분 큰 사건은 계단에서 일어나거든요. 당신과 그 애의 이야기를 전부 들었어요. 정말이지 기가 막혀 쓰러질 것만 같았어요. 그러고 보니 어젯밤의 그 무서운 고열도, 아까 그 애의 히스테리도 이제 까닭을 알겠네요. 딸의 사랑이 바로 어머니에게는 죽음이라는 말은 바로 이걸 두고 하는 말이군요. 차라리 관속에 들어가 눕고 싶은 심정이에요. 그리고 또 가장 중요한 것은 그 애가 편지를 써 보냈다는 거예요. 도대체 어떤 편지인가요? 지금 당장 여기서 보여주세요. 지금 당장요.”

“아니, 그럴 수는 없습니다. 그보다 카체리나 이바노브나의 몸 상태는 어떤가요? 그걸 알려주세요.”

“여전히 헛소리를 하며 누워만 있어요. 아직도 정신을 차리지 못하고 있지요. 이모님들은 여기 와 계시지만 그저 한숨만 내쉬며 나한테 공연한 거드름만 피우고 있어요. 게르첸슈투베 선생도 오셨지만 놀라서 어쩔 줄 모르니, 나로서는 그 사람을 어떻게 도와야 할지 모르겠어요. 그래서 다른 의사를 또 한 사람 부를까 하는 생각까지 했어요. 그래서 결국 그 사람을 우리 집 마차로 되돌려 보내고 말았지요. 그런데 느닷없이 편지 사건이 튀어나오니 어쩌면 좋아요. 물론 아직도 1년 반 후의 일이긴 하지만, 모든 위대하고 성스러운 이름과 지금 세상을 떠나시려는 조시마 장로님의 이름 앞에서 맹세할 테니, 제발 그 편지를 내게 보여주세요. 알렉세이 표도로비치, 나는 그 애의 어머니예요! 원하신다면 당신 손에 들고 제게 보여만 주세요. 그저 한번 읽어보기만 할 테니.”

“아니, 보여드리지 않겠습니다. 리즈가 설사 허락한다 해도 나는 보여드릴 수 없습니다. 내일 다시 올 테니, 원하신다면 그때 다시 논의하기로 하지요. 오늘은 이만 실례하겠습니다.”

알료샤는 이렇게 말한 뒤 계단에서 거리로 달려 나갔다.

2. 기타를 든 스메르자코프

사실 알료사에게는 시간이 없었다. 리즈와 작별 인사를 할 때부터 이미 그의 머릿속에는 한 가지 생각밖에 없었다. 그것은 다름 아니라 분명 자기를 피하려고만 하는 큰형 드미트리를 지금 곧 찾아내야 한다는 생각이었다. 이제는 시간도 늦어서 오후 2시가 지나고 있었다. 알료사의 마음은 지금 수도원에서 숨을 거두려는 그의 위대하신 장로 옆으로 달려가고 있었지만, 드미트리형을 꼭 만나야 한다는 생각이 그를 압도해버렸던 것이다. 무언가 피할 길 없는 무서운 파국이 곧 닥쳐올 거라는 확신이 시시각각 그의 머릿속에서 커가고 있었다. 그리고 도대체 그 파국이 어떤 것이며 또 지금 이 순간 형을 만나 무슨 얘기를 하려는 건지 그것은 알료사 자신도 명백히 설명할 수 없었을 것이다. 비록 내가 없는 사이에 은인이 세상을 떠나신다 하더라도, 적어도 내 힘으로 구할 수 있는 것을 구하지 않고 그냥 지나쳐 돌아와버렸다는 자책감만큼은 한평생 느끼지 않아야 한다는 생각이었다. 또 그렇게 하는 것이 그분의 위대한 가르침을 실천하는 것과 다를 바 없는 것이다. 그의 계획은 불시에 드미트리 형을 찾아서 그를 붙잡는 것이었다. 즉, 어제처럼 울타리를 뛰어넘어 그 정자에 미리 잠복할 계획이었다. '만약에 형이 거기 없으면 집주인 노파한테도 아무 말 않고 거기 숨어서 기다리기로 하자. 만약 형이 여전히 그루센카가 오는 것을 감시하고 있다면, 반드시 그 정자에 올 것이 아닌가.' 그러나 알료샤는 이 모든 계획을 자세히 생각해보지도 않고 오늘 중으로 수도원에 돌아가지 못하더라도 이 계획만은 실행에 옮기기로 결심한 것이다.

모든 일이 제대로 잘되어서 그는 어제와 거의 같은 장소에서 울타리를 넘어 살그머니 정자까지 갔다. 그는 누구의 눈에도 띄지 않기를 바랐다. 주인 노파건 포마건 만일 거기서 형을 만나면 형의 편을 들면서 형의 명령대로 행동할지도 모르기 때문이었다. 그렇다면 알료샤를 정원에 들여보내지 않을 수도 있고, 아니면 알료샤가 형을 찾고 있다는 걸 재빠르게 형에게 알려줄지도 모른다. 정자에는 아무도 없었다. 알료샤는 어제 앉았던 자리에서 기다리기로 했다. 그는 다시 정자를 둘러보았다. 어째선지 어제보다 더 낡고 초라해 보였다. 그러나 어제와 다름없이 화창한 날씨였다. 초록색 탁자 위에는 어제 코냑 잔이 엎어졌는지 둥근 반점이 새겨져 있었다.

지루하게 사람을 기다릴 때면 으레 그렇듯이 아무 쓸모없고 부질없는 상념이 그의 머릿속에 떠올랐다. 예컨대 '왜 자기는 이 정자에 와서 다른 자리에 앉지 않고 하필이면 어제와 똑같은 자리에 앉았을까?' 하는 따위였다. 마침내 그는 몹시 불안해지면서 슬픈 기분에 빠져버렸다. 그러나 정자에 자리 잡은 지 15분이 되기도 전에 갑자기 어딘가 가까운 곳에서 기타를 치는 소리가 들려왔다. 그전부터 거기 앉아 있었는지, 아니면 방금 그곳에 와서 앉았는지, 아무튼 정자에서 스무 발짝도 안 되는 수풀 속에 누군가 있는 것이 분명했다. 알료샤는 문득 기억나는 것이 있었다. 어제 드미트리 형과 헤어져 이 정자를 나갈 때, 왼쪽 울타리 옆 수풀 속에 작은 초록색 벤치가 눈에 띄었다. 지금도 누군가 그 벤치에 앉아 있는 게 분명했다. 대체 누구일까? 갑자기 일부러 꾸민 것처럼 달콤한 남자의 목소리가 기타 반주에 맞춰 들려오기 시작했다.

  억누를 수 없는 힘으로
  나는 그 님을 사랑하노라,
  신이여, 불쌍히 여기소서,
  그녀와 나를!
  그녀와 나를!
  그녀와 나를!

  문득 노랫소리가 멎었다. 테너의 목소리나 노래의 가락 모두가 저속한 것이었다. 그런데 이번에는 교태를 부리는 듯한 여자의 목소리가 수줍으면서도 달콤하게 들렸다.

"파벨 씨, 왜 그토록 오랫동안 우리 집에 오시지 않으셨나요?
저희들을 경멸하시는 건가요?"

"천만에요."

남자는 공손하게, 그러면서도 위엄을 지키려는 목소리로 대답
했다. 짐작컨대 남자가 거드름을 피우고 여자가 남자의 비위를
맞추고 있는 모양이었다.

'남자는 스메르자코프 같은걸. 목소리만 들어도 알 수 있어. 그
리고 여자는 이 집 딸일 거야. 모스크바에서 돌아왔다는, 그 긴 옷
자락을 끌고 다니며 마르파에게 수프를 얻으러 다니는 그 딸일
거야.'

알료샤는 생각했다.

"나는 시라면 어떤 거든 다 좋아해요. 제대로 지은 것이라면."

여자의 목소리가 계속 이어졌다.

"왜 그다음을 부르지 않으세요?"

남자가 다시 노래를 부르기 시작했다.

황제의 왕관과도 같은

나의 사랑하는 그대

주여, 불쌍히 여기소오서

그녀와 나를!

그녀와 나를!

그녀와 나를!

“저번에 불러주신 시가 더 좋았어요. 지난번에는 ‘나의 어여쁜 그 님’이라고 하셨죠. 그렇게 부르시는 편이 훨씬 더 상냥하게 들려요. 오늘은 아마 그 구절을 잊으셔나 봐요.”

여자가 말했다.

“시라는 건 헛소리에 불과한 겁니다.”

스메르자코프가 무뚝뚝하게 말했다.

“어머, 무슨 말씀을 그렇게 하시나요? 나는 시를 좋아하는걸요.”

“시는 그저 시에 지나지 않을 뿐, 사실은 아무것도 아니에요. 생각해보세요. 도대체 운(韻)을 맞춰 말을 하는 사람이 세상에 어디 있습니까. 만일 정부에서 그런 명령을 내려 모든 사람이 운율에 맞춰 말을 한다면, 우리는 하고 싶은 말도 제대로 할 수 없을 거예요. 시란 아주 쓸모없는 겁니다. 마리야 씨.”

“어쩜, 그렇게 모든 면에서 훌륭하세요! 정말 당신은 모르는 게 없군요.”

여자의 목소리는 점점 더 교태를 부리고 있었다.

“어릴 때부터 그런 운명을 타고나지 않았더라면 나는 좀 더 많은 걸 할 수 있었을 겁니다. 좀 더 많은 걸 알고 있었을 겁니다. 누군가 스메르자시차야의 배 속에서 태어난 애비 없는 자식이라고 헐뜯는 놈이 있으면 당장 결투를 신청해 총으로 쏴 죽이고 싶어요. 모스크바에서도 내 앞에서 그런 욕을 하는 놈이 있었는데 그건 그리고리 때문에 거기까지 그런 소문이 퍼진 거지요. 그리고리 노인은 내가 나의 출생을 저주한다고 비난하면서, ‘너는 그 여자의 자궁을 찢은 거야’라고 말합니다. 내가 자궁을 찢었대도 상관없지만, 나는 그저 이 세상에 태어나지 않게 배 속에서 그냥 자살해버리지 못한 게 안타까울 뿐이에요. 시장에 나가면 사람들이 나를 보고 너의 어머니는 머리를 새둥지처럼 하고 돌아다녔다느니, 키는 넉자 반 남짓했다느니, 하는 소리를 합니다. 당신의 어머니까지 맞대놓고 그런 무례한 소리를 한다니까요. 그저 무엇 때문에 '작다'라고 하면 무방할 텐데, '남짓하다'는 말을 하는 이유는 대체 뭡니까. 표현을 좀 애처롭게 해보려는 거겠지만, 그런 건 이른바 농부들의 눈물, 농부들의 감정이라는 겁니다. 도대체 러시아 농부들이 교육받은 사람들에 대해 어떤 감정을 가질 수 있겠습니까. 그런 무식한 인간들은 아무런 감정도 가질 수 없어요. 나는 어릴 적부터 그 '남짓하다'는 말을 들을 때마다 벽에다 머리를 때리고 싶은 기분이 들었어요. 나는 러시아 전체를 증오합니다."

"그렇지만 당신이 육군 사관 후보생이라든가, 젊은 경기병이라면 아마 그렇게 말씀하지 않을 거예요. 장검을 빼들고 러시아를 지키려고 하겠지요."

"나는 말입니다. 마리야 씨. 경기병 따위가 되고 싶은 생각은 추호도 없을뿐더러 도리어 군인이라는 것들을 모조리 없애고 싶은 심정입니다."

"그렇다면 적이 쳐들어오면 누가 우리를 지켜주나요?"

"지킬 필요가 없죠. 1812년에 프랑스 황제 나폴레옹 1세가 대군을 이끌고 러시아로 진격해왔을 때, 차라리 그때 프랑스 사람들한테 완전히 정복되었더라면 좋았을 겁니다. 우수한 국민이 우매한 국민을 정복해서 병합해버려야 하는 거예요. 그렇게 했더라면 지금쯤 완전히 달라졌을 겁니다.”

“그럼, 그 사람들이 우리보다 훨씬 훌륭하다고 생각하세요? 나는 절대 우리 러시아 멋쟁이 한 사람과 영국 청년 세 사람을 바꾸자고 해도 절대로 바꾸지 않겠어요.”

마리아가 몹시 지친 표정으로, 하지만 상냥하게 말했다.

“그야 사람마다 취향이 다르니까요.”

“그렇지만 당신은 외국 사람 같아요. 좋은 집에서 태어난 고상한 외국 사람요. 부끄러움을 무릅쓰고 드리는 말씀이에요.”

“원하신다면 말씀드리지요. 도덕적 타락이라는 점에서 러시아 사람이나 외국 사람이나 조금도 다를 바 없습니다. 모두가 똑같은 악당에 지나지 않아요. 다만 외국 놈들은 번쩍번쩍 빛나는 에나멜 구두를 신고 있는데 반해 러시아 악당들은 거지처럼 악취를 풍기면서도 그걸 아무렇지도 않게 생각한다는 점이 다를 뿐이지요. 어제 표도르 씨가 말했듯이 러시아 놈들은 그저 두들겨 패야 해요. 하긴 그 사람이나 그 아들이나 모두가 정상은 아니지만요.”

“그래도 이반 씨를 무척 존경한다고 스스로 말하지 않았나요?”

“그렇지만 그 사람은 나를 더러운 머슴쯤으로 취급하고 있어요. 나를 무슨 모반이라도 일으킬 사람처럼 생각하는 모양인데 그건 그 사람의 착각입니다. 주머니에 얼마만큼의 돈만 있었어도 벌써 옛날에 이곳을 떴을 겁니다. 드미트리 씨로 말하면 그 행실로 보나, 지혜로 보나, 빈털터리라는 점으로 보나 여느 머슴보다 나을 것 없는 인간이고, 무엇 하나 제대로 할 줄 모르는 위인인데도 모든 사람들의 존경을 받고 있으니까요. 나 같은 건 한낱 시골 요리사에 지나지 않지만 혹시 운이 좋으면 모스크바의 페트로 프카 거리에서 카페를 열 수도 있죠. 내 요리 실력은 특별하고, 모스크바에도 외국인을 빼놓고는 그만한 요리를 할 수 있는 사람은 없으니까요. 그런데 드미트리 씨는 가난뱅이 귀족이지만, 그가 어느 훌륭한 백작의 아들에게 결투를 신청하면 그 아들은 기꺼이 응해줄 겁니다. 하지만 그 사람의 어디가 나보다 낫습니까? 그건 나와는 비교도 할 수 없을 정도로 멍청하다는 거겠지요. 사실 아무 소용도 없는 일에 얼마나 많은 돈을 낭비했는지 모르니까요."

"결투라는 건 정말 멋있는 것 같아요."

갑자기 마리야가 말했다.

"그건 또 왜요?"

"무서우면서도 용감하니까요. 특히 두 사람의 젊은 장교들이 한 여자 때문에 서로 권총을 겨누고 있다는 것은 그야말로 한 폭의 그림 같은 거예요. 아아, 나 같은 여자에게도 구경을 시켜준다면 꼭 한번 보고 싶어요."

"자기가 겨냥할 때야 좋지만 반대편에서 이마빼기를 똑바로 겨냥할 때면 그야말로 후회하게 될 겁니다. 그때는 당장 그 자리에서 도망치고 싶어질걸요. 마리야 씨."

"그럼, 당신이라면 도망치시겠어요?"

그러나 스메르자코프는 그런 질문에는 대답할 가치가 없다는 듯이 잠시 침묵을 지켰다. 이윽고 다시 기타가 울려 퍼지고 아까처럼 일부러 꾸민 것 같은 목소리가 마지막 구절을 부르기 시작했다.

아무리 그대가 말리신다 해도
나는 이곳을 떠나리
환락의 수도에서
삶을 즐기리!
나의 슬픔이여, 안녕
슬픔도 근심도 잊고
영원히 슬퍼하지 않으리!

이때 뜻밖의 일이 생겼다. 알료샤가 갑자기 재채기를 한 것이다. 벤치에서 들려오던 소리가 뚝 끊어졌다. 알료샤는 자리에서 일어나 그쪽으로 걸어갔다. 과연 그것은 스메르자코프였다. 화려한 옷차림을 하고 다소 지저분한 머리에는 포마드를 바르고, 윤이 나는 에나멜 구두를 신고 있었다. 기타는 벤치 위에 놓여 있었다. 여자 역시 짐작했던 것처럼 이 집 딸 마리야였다. 130cm 정도 되는 긴 꼬리가 달린 엷은 하늘색 원피스를 입고 있었다. 아직 나이가 어린 데다 얼굴도 꽤 예쁘장한 편이었지만, 아깝게도 얼굴이 너무 통통하고 주근깨투성이였다.

"드미트리 형님은 곧 돌아오실까?"

알료샤는 될 수 있는 한 침착하게 말했다. 스메르자코프는 천천히 벤치에서 일어났다. 마리야도 따라 일어났다.

"내가 드미트리 표도로비치에 대해 어떻게 알겠습니까? 내가 그분의 문지기라면 모르지만요."

스메르자코프는 또박또박 끊어지는 나직한 목소리로 상대방을 얕보듯이 말했다.

"혹시 알고 있는지 물어본 거야."

알료샤는 이렇게 변명했다.

"나는 그분이 어디 계신지 전혀 알지도 못하거니와 알고 싶지도 않습니다."

"그렇지만 형님의 말에 따르면 자네는 집 안에서 일어나는 일을 죄다 형님에게 알려주고, 또 그루센카가 오면 곧 알려주기로 약속했다던데?"

스메르자코프는 천천히 눈을 들어 태연하게 그를 쳐다보았다.

"그건 그렇고 어떻게 지금 이리로 들어오셨죠? 대문은 1시간 전에 빗장을 걸어놨는데요."

그는 알료샤의 얼굴을 가만히 응시하며 물었다.

"골목길에서 울타리를 넘어 곧장 정자 쪽으로 들어왔어."

알료샤는 마리야를 보며 다시 말했다.

"나를 용서하게. 형님을 한시 바삐 만나봐야 해서."

"아아뇨, 저한테 용서하고 말고가 어디 있어요!"

알료샤가 사과하는 바람에 기분이 좋아진 마리야가 말꼬리를 길게 끌며 말했다.

"드미트리 씨도 곧잘 울타리를 넘어서 정자 쪽으로 가시는걸요. 저희들이 모르는 사이에 벌써 정자에 가 계시곤 해요."

"나는 지금 열심히 형님을 찾고 있는 중인데, 어떻게든 형을 만나야 해. 형님이 어디에 계신지 말 좀 해주게. 실은 형님 자신을 위해서 매우 중대한 일이 있어."

“그분은 저희한테 아무 말씀도 없으셨어요.”

마리야는 분명치 않은 어조로 말했다.

“나는 그저 이웃이어서 자주 놀러 오곤 합니다만, 그분은 언제나 주인 영감님에 대해 꼬치꼬치 캐물으시며 나를 괴롭히곤 합니다. 집에서 무슨 일이 있었느냐, 누가 왔다 갔느냐, 그것 말고 또 알려줄 만한 일은 없느냐, 하고 귀찮게 물으십니다. 두 번씩이나 죽여버리겠다고 협박까지 했다니까요.”

스메르자코프가 다시 입을 열어 말했다.

“뭐, 죽여버리겠다고?”

알료샤가 깜짝 놀라 말했다.

“그분 성격으로 봐서 그만한 일쯤은 아무것도 아닙니다. 당신도 어제 직접 보시지 않았습니까? 만약 내가 그루센카를 집 안에 들여놓고 하룻밤을 지내게 하면 제일 먼저 나부터 살려두지 않을 겁니다. 나는 그분이 무서워서 견딜 수가 없어요. 더 이상 무서운 꼴을 당하지 않으려면 경찰에 신고할 수밖에 없을 것 같습니다. 정말 무슨 일을 저지를지 모르니까요.”

“저번에도 이분을 보고 ‘맷돌에 갈아버리겠다’고 했다니까요.”

마리야가 덧붙였다.

“그건 그냥 말뿐일 거야……. 지금 곧 형님을 만날 수만 있다면 그 얘기도 형님한테 할 수 있을 텐데…….”

알료샤가 말했다.

“다른 건 몰라도 이건 말씀드릴 수가 있지요.”

무슨 생각이라도 한 듯이 스메르자코프가 갑자기 입을 열었다.

"나는 그저 이웃 친구라는 이유로 여기 오곤 합니다. 이웃끼리 드나들어서 나쁠 것도 없으니까요. 그건 그렇고, 오늘 아침 일찍 나는 이반 표도르비치의 심부름으로 오제르나야 거리에 있는 드미트리표도르비치 댁에 갔습니다. 편지는 없고 그저 함께 식사를 하고 싶으니 광장 근처 레스토랑으로 나와주었으면 좋겠다는 분부였습니다. 내가 도착한 것은 아침 8시경이었지만, 드미트리 표도르비치는 댁에 안 계시더군요. '계셨는데 금방 나가셨습니다.' 집주인이 그렇게 말했지만 아무리 봐도 서로 짜고 하는 듯한 말투였습니다. 그러니까 어쩌면 지금쯤 그 레스토랑에서 이반 표도르비치와 식사하고 계실지도 모릅니다. 이반 표도르비치는 식사 하러 집에 오시지 않았으니까요. 영감님 혼자서 1시간 전에 점심을 드시고 지금은 누워서 쉬고 계십니다. 그렇지만 제발 부탁이니, 내 얘기나 내가 이런 소리를 하더라는 말은 절대 하지 마십시오. 다짜고짜 나를 죽이고 말 테니까요."

"그러니까 오늘 이반 형님이 드미트리 형님을 레스토랑으로 초대했단 말이지?"

알료샤가 재빨리 물었다.

"그렇습니다."

"광장에 있는 '수도'란 레스토랑 말인가?"

"바로 그 집입니다."

"바로 거기 계실지도 모르겠군!"

알료샤가 매우 흥분한 어조로 외쳤다.

"고맙네, 스메르자코프. 이건 중요한 정보야. 그럼 당장 가봐야겠어.”

“제발 내가 알려줬다고 하지 말아주세요.”

스메르자코프는 등 뒤에 대고 말했다.

“알았어. 우연히 들른 것처럼 할 테니까.”

“아니, 어디로 가세요? 제가 문을 열어드릴게요.”

마리야가 소리쳤다.

“아닙니다. 이쪽이 가깝습니다. 다시 울타리를 넘으면 돼요.”

이 정보는 알료샤의 마음을 크게 뒤흔들어놓았다. 그는 곧장 레스토랑으로 향했다. 수도사의 복장으로 들어가자니 쑥스러웠지만, 현관 밖에서 사정을 설명하고 형들을 불러내는 것은 별 문제가 아닐 것 같았다. 그러나 그가 레스토랑으로 다가갔을 때, 갑자기 창문이 하나 열리더니 바로 이반 형이 얼굴을 내밀고 밑에 있는 그에게 소리쳤다.

“알료샤, 너 지금 곧 이리 들어와줄 수 없겠니? 그래 주면 무척 고맙겠다.”

“나도 들어가고 싶지만 이런 옷을 입고 있으니 어찌해야 좋을지 모르겠군요.”

“내가 있는 곳은 별실이니 그냥 현관으로 들어오려무나. 내가 곧 내려갈 테니.”

1분 후에 알료샤는 형과 마주 앉았다. 이반은 혼자서 식사를 하고 있었다.

3. 서로를 알게 되는 형제

그러나 이반이 앉아 있던 곳은 별실이 아니라 칸막이로 막아놓은 창가의 좌석이었다. 그래도 칸막이 때문에 손님들에게 보이지는 않았다. 이 방은 출입문에서 첫 번째 방으로, 맞은편 벽에는 술병들을 늘어놓은 선반이 있었다. 종업원들이 쉴 새 없이 방 안을 드나들고 있었으나 손님이라고는 퇴역 장교처럼 보이는 노인 한 사람이 구석 자리에 앉아 차를 마시고 있을 뿐이었다. 그 대신 다른 방들에서는 여관 겸 식당인 곳에 있게 마련인 요란한 소음이 가득 차 있었다. 종업원을 부르는 소리, 술병 뚜껑을 따는 소리, 당구 치는 소리가 들려오는가 하면 한쪽에서는 풍금 소리가 들려왔다. 알료샤는 이반이 식당에 자주 다니지 않으며 또 별로 좋아하지도 않는다는 것을 잘 알고 있었으므로 이반이 여기 와 있는 것은 드미트리 형과 약속이 있는 거라고 짐작했다. 그러나 드미트리 형은 보이지 않았다.

"생선 수프든 뭐든 주문해야지. 너라고 차만 마시고 살 수는 없지 않니!"

이반은 알료샤를 불러들인 게 무척 만족스러운 듯 큰 소리로 말했다. 자신은 이미 식사를 마치고 차를 마시고 있었다.

"생선 수프를 주세요. 그리고 나중에 차도 마시겠습니다. 마침 배가 고팠거든요."

알료샤가 유쾌하게 대답했다.

"버찌잼은 어떠냐? 이 집에 있는데. 너 생각나니? 어릴 때 플레노프네 집에 살 때 너 버찌잼을 아주 좋아했는데?"

"그런 것까지 기억하고 계시다니. 버찌잼도 주세요. 지금도 좋아해요."

이반은 종업원을 불러 생선 수프와 차, 버찌잼을 주문했다.

"나는 모두 기억하고 있어. 알료샤. 네가 열한 살 되던 해까지는 무엇이든 다 기억하고 있지. 그때 나는 열다섯 살이었으니까. 열다섯과 열하나라는 나이 차이 때문에 그때는 형제끼리 서로 친구가 되지 못했지. 그때 내가 너를 좋아했는지 어떤지도 모를 정도니까. 모스크바에 가서도 처음 몇 년 동안은 네 생각을 전혀 하지 않았어. 그리고 그 후 네가 모스크바에 왔을 때에도 어디선가 한 번 만났을 뿐이고, 내가 여기 돌아온 지 그럭저럭 석 달이 지났지만 여태 우리는 한 번도 마음을 터놓고 얘기한 적이 없었어. 내일이면 나는 이곳을 떠날 계획인데, 지금 여기 앉아서 어떻게 해야 너를 좀 만나 작별 인사를 할 수 있을까 생각하던 참이었지. 그런데 마침 네가 이 앞을 지나간 거야.”

“그럼, 형님은 나를 무척 만나고 싶어 하셨군요.”

“물론이지. 나는 너와 친해지고 싶어. 그리고 나라는 인간을 올바로 알려준 다음 이곳을 떠나고 싶어. 서로의 마음을 알 수 있는 것은 이별 직전이 가장 적합하다고 생각해. 지난 석 달 동안 네가 나를 어떤 눈으로 지켜보고 있었는지 나도 잘 안단다. 네 눈 속에는 뭔가 끊임없는 기대가 서려 있었어. 나는 그걸 도저히 참을 수가 없었고 그래서 너를 가까이 할 수 없었던 거야. 그러나 그러는 사이에 나도 너를 존경하게 됐어. 젊은 녀석이 제법 확고하고 건실하구나 하고 생각했지. 알료샤, 나는 지금 웃으며 말하고 있지만 진심이야. 사실 너는 확고하고 의젓한 사람이야. 그렇지 않니? 나는 확고하게 버티는 인간을 좋아해. 비록 그 입장이 어떻든, 그리고 그 사람이 너 같은 애송이라도 말이야. 나중에는 무엇을 기대하는 것 같은 너의 눈도 오히려 좋아졌어. 너도 무엇 때문인지는 모르지만 나를 좋아한다고 느꼈는데, 그렇지 않니? 알료샤?”

“당연히 좋아하죠. 드미트리 형님은 이반 형님이 ‘무덤’이라고 말하지만 나라면 이반 형님을 ‘수수께끼’라고 말하겠어요. 지금도 형님은 나에게 수수께끼 같은 존재지만, 오늘 아침부터 그 수수께끼가 조금은 풀린 것 같네요.”

“대체 그게 무슨 말이냐?”

이반이 웃었다.

“화를 내시진 않겠죠?”

알료샤도 따라 웃었다.

"그래, 말해봐."

"형님도 역시 스물세 살 먹은 다른 청년과 조금도 다를 것이 없다는 점이에요. 역시 젊고, 활기차고, 싱싱한 청년이에요. 하지만 아직도 성숙하지 못한 철부지에 지나지 않는다 이 말이죠! 이렇게 말한다고 형님을 모욕하는 건 아니겠죠?"

"천만에 오히려 내 생각과 딱 일치해서 놀랄 지경인걸!"

이반이 열띤 어조로 유쾌하게 대답했다.

"사실은 말이야. 오늘 아침 그 여자와 헤어진 다음, 난 혼자 그것만 생각하고 있었단다. 그런데 별안간 네가 내 마음속을 들여다보듯이 그런 말을 하니 놀랄 수밖에. 내가 지금 여기 앉아서 무슨 생각을 하고 있었는지 아니? 내가 비록 인생에 대한 믿음을 잃고 사랑하는 여성에게 실망하고 사물의 질서를 의심한 끝에, 더 나아가 이 세상의 모든 것을 무질서하고 저주받은 악마의 소산이라고 확신하여 환멸의 공포를 남김없이 맛본다 해도, 그래도 나는 끝까지 살기를 원할 거야. 일단 인생이라는 술잔에 입을 댄 이상 마지막 한 방울까지 다 마셔버리기 전에는 결코 입을 떼지 않을 거야. 어디로 갈지는 모르지만 그래도 서른 살이 될 때까지는 내 청춘이 모든 것을 정복해버릴 거라고 나는 확신해. 인생에 대한 어떤 혐오도, 어떤 환멸도 모두 다.

나는 수없이 자문해보았어. 나의 이 거칠기 짝이 없는 광적인 삶에 대한 열망을 때려 부술 만한 절망이 과연 이 세상에 존재할까? 결국 그런 절망이 존재하지 않는다고 결론을 내렸지. 하기는 이것 역시 서른 살까지의 이야기고, 서른 살이 지나면 나 자신도 그런 생의 의욕을 느끼지 않을 것 같지만 말이야. 폐병쟁이 같은 도덕주의자들은 그런 삶을 살고자 하는 삶에 대한 열망을 저열하다고 떠들고 다니지. 시인이라는 자들은 특히 그래. 바로 이 삶에 대한 열망은 어느 의미에서 카라마조프 집안의 특징이야. 이건 사실인걸. 아무리 아니라고 우겨도 이러한 특징은 네 핏속에도 틀림없이 숨어 있어. 하지만 어째서 그게 저열하다고 하는 걸까? 알료샤, 우리가 사는 지구 위에는 구심력이라는 것이 아직도 무서울 만큼 많이 남아 있고, 나는 살고 싶어. 나는 논리를 거역하더라도 살고 싶을 뿐이야. 비록 사물의 질서를 불신한다 해도, 봄이 오면 싹이 터오는 끈적끈적한 새 잎이 내게는 무척 소중해. 푸르디푸른 하늘이 소중하고 때로는 어떤 이유도 모르면서 사랑해버리는, 그런 종류의 인간도 내게는 소중한 거야. 그리고 지금은 이미 오래전에 그 의의를 상실하고 말았지만, 낡은 관습 때문에 남몰래 속으로 존경하고 있는 그런 종류의 공명심이 소중한 거야. 자, 생선 수프가 나왔구나. 천천히 먹어. 맛이 제법 괜찮은 수프니까. 이 식당 요리 솜씨가 아주 좋거든.

난 말이다, 알료샤. 유럽으로 가고 싶어. 여기서 곧 출발할 거야. 내가 가는 곳은 결국 무덤에 지나지 않는다는 걸 잘 알고 있지만 그 무덤은 무엇보다, 세상의 무엇보다도 고결한 묘지란다. 알겠니? 거기에는 고결한 인간들이 잠들어 있어. 그들 위에 서 있는 비석들은 그 하나하나가 과거의 불타는 듯한 삶을 말해주고 있어. 자신의 위대한 공적, 자신의 진실, 자신의 투쟁, 학문을 향한 열정을 나타내주고 있지. 나는 땅바닥에 엎드려 그들의 묘비에 입 맞추며 눈물을 흘릴 거야. 하지만 동시에 그 모든 것이 이미 오래전부터 그저 묘비일 뿐 더는 아무것도 아니라는 것을 확신하게 되겠지. 그리고 또 내가 눈물을 흘린다고 해도 그건 결코 절망 때문이 아니라 그저 내가 흘린 눈물로 행복감을 맛보려는 데 지나지 않아. 이를테면 자기 감동에 도취되어보자는 거지. 나는 봄날의 끈적끈적한 새 잎을, 푸르디푸른 하늘을 사랑해. 그저 그뿐이야. 여기에는 이성이나 논리 같은 것은 없어. 다만 마음속 깊은 곳에서 우러나오는 젊고 싱싱한 힘에 대한 사랑이 있을 뿐이야. 알겠니, 알료샤? 내 이 어리석은 넋두리를 조금은 이해할 수 있겠니?"

이반이 갑자기 웃어댔다.

"이해하다뿐이겠어요. 형님. 마음속 깊이 우러나오는 사랑이란 말은 정말 멋지군요. 형님이 그토록 강한 삶에 대한 욕망을 가지고 있다니, 저도 정말 기쁩니다."

알료샤가 외쳤다.

"지상에 사는 모든 사람은 무엇보다 먼저 삶을 사랑해야 한다고 생각해요."

"인생의 의미보다 삶 그 자체를 사랑해야 한다는 말이지?"

"물론입니다. 형님 이야기처럼 논리에 앞서 우선 사랑을 해야 하는 거예요. 반드시 논리보다 앞서야만 해요. 그때 비로소 삶의 의미도 알게 되는 거죠. 이건 오래전부터 내 머릿속에 있던 거예요. 형님은 벌써부터 인생의 반을 성취한 셈입니다. 형님은 삶을 사랑하고 있으니까요. 이제 그 나머지 반을 이룩하기 위해 노력하셔야 합니다. 그러면 형님은 구원받게 될 거예요."

“넌 벌써 나를 위한 구제 사업을 시작했는지 모르지만, 나는 아직도 구원의 단계에까지 이르지 않았을지도 몰라. 그건 그렇고 네가 말하는 나머지 반이라는 건 또 무엇이냐?”

“그건 형님이 지금 말씀하시는 그 죽은 자들을 소생시키는 일이죠. 하긴 아직도 그들은 죽지 않았을지도 모르지만요. 저는 이제 차를 한 잔 마실게요. 난 이렇게 형님과 둘이서 이야기할 수 있어서 참 기쁘네요.”

“보아하니 넌 뭔가 영감에 사로잡힌 것 같구나. 나도 너 같은 수도사한테 ‘신앙고백’을 듣고 있으니 참 좋구나. 알렉세이 넌 정말 착한 사람이야. 네가 수도원을 나오려고 한다는 말이 사실이니?”

“그렇습니다. 장로님께서 나를 속세로 내보내셨어요.”

“그럼 다시 속세라는 곳에서 만날 수 있겠구나. 내가 서른이 되어 술잔에서 입을 떼려고 할 무렵에 어디서든 한번 만날 수 있겠지. 그런데 아버지는 일흔이 되어서도 술을 안 끊으시려는 것 같아. 아니 여든이 되어서도 허무한 꿈속을 헤매고 있겠지. 본인 입으로도 매우 심각한 문제라고 하면서도 그렇게 말했으니까. 비록 어릿광대에 지나지 않지만 말이다. 아버지는 육욕 위에 서 있으면서도 자기 딴에는 반석 위에 두 발을 딛고 있다고 생각하고 있거든……. 하기는 누구나 서른이 지나면 그 밖엔 서 있을 발판이 없을 테니까. 하지만 그렇다 쳐도 일흔까지는 너무나 추악해. 그저 서른까지가 적당하지. 왜냐하면 스스로를 기만하면서도 ‘인간다운 외모’만은 간직할 수 있으니까. 그런데 너 오늘 드미트리 형 만나지 못했니?”

“아니요, 만나지 못했어요. 스메르자코프는 보았습니다만.”

알료샤는 스메르자코프와 만났던 이야기를 자세하게 설명해 주었다. 이반은 매우 근심스러운 표정이 되어 귀를 기울이기 시작하더니 사이사이 몇 마디 묻기까지 했다.

“스메르자코프는 자기가 한 말을 드미트리 형님한테 절대 하지 말아달라고 당부하더군요.”

알료샤가 덧붙였다.

이반은 이마를 찌푸리고 골똘히 생각에 잠겼다.

“스메르자코프 때문에 이마를 찌푸리시는 겁니까?”

알료샤가 물었다.

“그래, 그놈 때문이야. 하지만 그깟 놈은 아무래도 상관없어. 사실 나는 드미트리 형을 만나보고 싶었는데, 이젠 그럴 필요가 없겠군……..”

이반은 내키지 않는 듯한 목소리로 말했다.

“형님은 정말 그렇게 빨리 떠날 계획이신가요?”

“그래.”

“그럼 드미트리 형님이나 아버지는 어떻게 되는 겁니까? 두 분 사이는 어떻게 결말이 날까요?”

알료샤는 불안한 듯 중얼거렸다.

“또 그 진절머리 나는 얘기! 대체 그 일에 내가 무슨 상관이 있단 말이냐? 내가 드미트리 형의 감시인이라도 된다는 거냐?”

이반이 짜증스러운 목소리로 말했으나 곧 쓴웃음을 지었다.

“동생을 죽인 카인이 하느님한테 한 대답과 똑같구나. 그렇지 않니? 아마 너도 지금 그렇게 생각했을 거야. 하지만 될 대로 되라지. 사실 나는 그 사람들의 감시인으로 여기 남아 있을 수는 없단다. 내 볼일을 모두 마쳤으니까 여기를 떠나는 거야. 너마저 내가 드미트리 형을 질투하고 있다느니, 지난 석 달 동안 형의 아름다운 약혼녀 카체리나를 가로채려 했다느니, 그런 생각을 하고 있는건 아니지? 제기랄, 내겐 내 볼일이 있었을 뿐이야. 이젠 일을 마쳤으니 떠나는 것뿐이고. 아까 내가 볼일을 마친 건 너도 직접 보았으니 알겠구나.”

“아까 카체리나 씨와의 일 말인가요?”

“그래, 나는 이제 깨끗이 손을 떼었어. 그래, 그게 도대체 무슨 법석이냐 말이다. 나는 카체리나한테 볼일이 있었을 뿐이지, 드미트리 형하고는 전혀 상관이 없어. 그런데 너도 알다시피 드미트리 형은 나와 무슨 약속이라도 한 듯이 자기 멋대로 행동했어. 내가 부탁한 적도 없는데 드미트리 형은 자기 마음대로 카체리나를 나한테 넘겨주고 엄숙히 축복까지 해주었으니 말이다. 얼마나 우스운 얘기냐. 이봐, 알료샤, 너는 잘 모르겠지만, 나는 지금 완전히 해방된 거야. 여기 앉아 식사를 하면서 비로소 자유롭게 된 이 순간을 축복하기 위해 샴페인이라도 터뜨려야 하나 하고 생각했을 정도야. 정말이야. 거의 반년이나 질질 끌던 문제를 단번에, 단숨에 결정을 내고 말았으니까. 결심만 하면 이렇게 쉽사리 끝장낼 수 있다는 걸 어제까지만 해도 전혀 생각지 못했으니 말이야!”

“그건 형님 자신의 연애 문제를 말씀하시는 건가요?”

“그래, 원한다면 연애라고 해도 좋아. 그렇게 부르고 싶다면 말이야. 나는 그녀에게 반해 있었던 거지. 나는 그 여자 때문에 무척 고민했고 그 여자 또한 나를 무척이나 괴롭혔어. 나는 그 여자 때문에 정말 정신이 없었지만……, 대번에 모든 게 획 날아가버리고 말았어. 아까는 내가 터무니없이 격한 어조로 떠들어댔지만 밖에 나와서는 나도 모르게 껄껄 웃음이 나더구나. 정말 그랬다니까. 난 진실을 말하고 있단다.”

“지금도 신나서 말하고 계시는데요.”

갑자기 명랑해진 것 같은 형의 얼굴을 보며 알료샤가 말했다.

“그리고 또 내가 그 여자를 조금도 사랑하지 않는다는 걸 어떻게 미리 알 수 있었겠니! 하하. 하지만 이제 그렇지 않다는 걸 깨닫게 된 거야. 물론 그녀가 무척 마음에 들었던 건 사실이야. 아까 내가 연설조로 한바탕 떠들어댔을 때 역시 나는 그 여자가 몹시 좋았어. 그리고 솔직히 말해서 아직도 그녀를 무척 좋아해. 그러면서도 그 여자에게서 떠나온 게 이리 마음이 홀가분할 수가 없어. 너는 내가 괜한 허세를 부린다고 생각하니?”

“아니요. 그렇지만 그건 연애가 아니었을지도 모르지요.”

“알료샤.”

이반이 웃으며 말했다.

“연애에 대한 토론은 그만하자! 너와는 어울리지 않으니까. 아까도 너는 도중에 말참견을 했었지. 정말 놀랐다니까. 아, 너한테 고맙다고 키스를 한다는 걸 그만 잊고 있었구나. 그건 그렇고 나는 그 여자 때문에 이만저만 괴로워한 게 아니냐! 그야말로 불구덩이 옆에 앉아 있는 거 같았지. 아아, 그 아가씨도 내가 자기를 사랑한다는 걸 눈치채고 있었어. 그녀 역시 나를 사랑했어. 드미트리 형을 사랑한 게 아니야."

이반은 쾌활한 어조로 이렇게 말했다.

"드미트리 형에 대한 그녀의 감정은 일종의 자학이지. 내가 그녀에게 한 말은 모두 진실이야. 하지만 무엇보다 중요한 것은 그녀가 형을 전혀 사랑하지 않을 뿐만 아니라 오히려 자기가 괴롭히고 있는 나를 사랑한다는 사실을 깨달으려면 적어도 15년에서 20년은 족히 걸릴 거라는 점이야. 아니 어쩌면 평생 깨닫지 못할지도 몰라. 아까와 같은 경험을 하고서도 말이야. 아무래도 상관없어. 나는 그저 조용히 일어나서 훌쩍 떠나가버리면 그만이니까. 그런데 그녀는 지금 어떻게 하고 있니? 내가 나온 후에 어떻게 됐어?"

알료샤는 카체리나가 히스테리 발작을 일으킨 얘기를 하고 아마 지금도 정신을 잃은 채 헛소리를 하고 있을 거라고 말했다.

"호흘라코바 부인이 거짓말을 한 것은 아닐까?"

"그런 것 같진 않아요."

"잘 알아볼 필요가 있겠군. 그렇지만 히스테리로 사람이 죽었다는 얘기는 한 번도 들은 적이 없어. 히스테리 발작 좀 일으켰다고 큰일나는 건 아니지. 히스테리는 하느님께서 여자를 사랑하는 마음에서 주신 선물이니까. 나는 두 번 다시 거기에 가지 않을 거야. 이제 새삼스레 얼굴을 내밀 필요도 없어졌고."

"그런데 아까 형님은 그 여자에게 이렇게 말씀하셨죠. 그 아가씨는 한 번도 형님을 사랑한 적이 없다고."

“일부러 그렇게 말한 거야. 알료샤, 샴페인이라도 시켜서 내 해방을 축하하는 게 어떠냐? 아아, 지금 내가 얼마나 기쁜지 너는 모를 거야!”

“아닙니다. 형님. 술은 마시지 않는 편이 좋을 거 같아요. 게다가 어쩐지 우울해지는군요.”

갑자기 알료샤가 이렇게 말했다.

“그래, 넌 오래전부터 슬픈 얼굴을 하고 있었어. 이미 오래전에 나도 알고 있었지.”

“그럼 내일 아침엔 떠나시는 겁니까?”

“아침이라니? 난 아침이라고는 말하지 않았어……. 아니, 그렇지만 아침이 될지도 모르지. 사실 내가 오늘 여기서 식사를 한 것은 다만 영감과 함께 식사하기가 싫어서야. 그 정도로 나는 그 영감이 보기 싫단다. 하긴 그 이유만으로도 벌써 떠나버렸어야 하는 건데. 내가 떠난다고 해서 네가 그렇게 걱정할 필요는 없어. 출발하기까지 우리 둘을 위한 시간은 아직 얼마든지 있으니까. 그야말로 영원한 시간, 불멸의 시간이지!”

“내일 출발하신다면서 영원이라고 말씀하시니 이상하네요.”

“그게 너하고 나 사이에 무슨 문제가 되겠니?”

이반이 웃었다.

“아무튼 우리들의 얘기를 할 시간이 충분하다는 말이야. 우리는 우리들의 얘기를 하러 온 거니까. 왜 그렇게 놀란 표정이니? 자, 대답해봐. 무엇 때문에 우리가 여기에 온 거지? 카체리나에 대한 사랑이며 아버지의 얘기며, 드미트리 형에 대한 얘기를 하러 온 걸 테지? 외국 얘기나 비참한 러시아의 현실에 대해 얘기하기 위해서는 아닐 테고? 나폴레옹 황제 얘기를 하려고 온 것도 아닐 테지? 어때, 우린 그런 얘기를 하려고 온 건 아니잖아?"

"물론 그런 얘기 때문은 아닙니다."

"그럼, 뭣 때문에 왔는지 너도 잘 알고 있구나. 다른 사람에겐 그들 나름의 화제가 있겠지만, 우리 같은 풋내기에겐 다른 것이 필요해. 우리는 무엇보다도 영원한 문제를 해결해야만 하거든. 바로 그것이 우리의 당면 과제니까. 오늘날 러시아의 젊은 세대는 오직 영원에 관한 문제에만 몰두하고 노인들은 모두 하나같이 실질적인 문제에만 열중하고 있는 바로 지금이 기회라고 할 수 있어. 너만 하더라도 도대체 무엇 때문에 석 달 동안 그처럼 기대에 찬 눈초리로 나를 바라보고 있었던 거니? 아마 내가 '신앙을 가지고 있는지 아니면 신앙이라는 걸 전혀 가지고 있지 않는지' 알고 싶어서였겠지. 나는 지난 석 달 동안의 너의 그런 시선이 결국 그 문제 때문이라고 생각했어, 그렇지, 알렉세이?"

"어쩌면 그럴지도 모릅니다. 설마 절 비웃는 건 아니죠?"

알료샤는 미소를 지었다.

"내가 너를 비웃다니! 석 달 동안이나 그런 기대를 가지고 나를 바라보던 귀여운 동생을 실망시키고 싶은 마음은 조금도 없단다. 알료샤, 내 얼굴을 똑바로 보렴! 나 역시 너와 조금도 다를 것 없는 애송이야. 단지 다른 점은 너처럼 수도사가 아닐 뿐이지. 그런데 러시아의 애송이들이 여태까지 해온 일이 무엇인지 아니? 물론 애송이라고 해서 모두에게 해당되는 얘기는 아니지만……. 예를 들면, 이 더러운 술집에 모여 한구석을 차지하고 있다고 치자. 서로 여태까지 한 번도 만난 적이 없을뿐더러 일단 이곳을 나가면 40년이 지나도 서로 만날 수 없을 친구들이지. 그런데도 그들은 이곳에서의 짧은 시간을 이용해서 도대체 무슨 토론을 하는지 아니? 우주의 문제를 논하는 거야. 즉, 신은 있느냐, 영생은 있느냐 없느냐라는 문제를 논하고 있다는 말이야. 신을 믿지 않는 자들은 사회주의니 무정부주의니 하면서 전 인류를 새로운 조직으로 변화시키느니 하는 얘기를 꺼내는데, 결론은 모두 매한가지여서 결국에 가서는 같은 문제로 귀착되고 말지. 다만 출발점만 다르다는 것뿐이야. 이렇게 우리 러시아의 수많은 젊은이들은 오로지 영원의 문제를 논하는 데만 정신을 팔고 있는 거야, 그렇지 않니?"

"그렇습니다. 신은 있느냐, 영생은 있느냐 하는 문제와 지금 형이 말한 것처럼 출발점이 다른 동일한 문제들이, 진짜 러시아인들에게 있어서 무엇보다도 중요한 문제이고, 또 그것은 당연히 그래야만 한다고 생각합니다."

알료샤는 온화하지만 여전히 상대의 마음을 살피려는 것 같은 조용한 미소를 머금은 채 형의 얼굴을 바라보며 대답했다.

"그런데 알료샤, 이따금 러시아에서 태어난 것 자체가 달갑지 않다고 느껴질 때가 있지만, 그건 그렇다 치고 지금 러시아의 젊은 애들이 하고 있는 짓보다 더한 어리석은 짓은 상상조차 할 수 없을 지경이야. 그러나 나는 알료샤라는 러시아 청년 하나만은 무척 좋아하지."

"그럴 듯하게 얘기를 끝내시네요."

알료샤가 갑자기 웃으며 말했다.

"그건 그렇고, 한번 말해보렴. 무엇부터 시작해야 좋을지 네가 말을 해. 신의 문제부터 시작할까? 신이 있는지 없는지 하는 문제, 어때?"

"좋을 대로 하세요. 형님 말대로 서로 다른 출발점에서부터 시작해도 좋구요. 그렇지만 형님은 어제 아버지 집에서 신은 없다고 분명히 단언하셨죠?"

알료샤는 형의 눈치를 살피며 이렇게 말했다.

"어제 내가 아버지 집에서 식사를 할 때 그렇게 말한 것은 일부러 너를 좀 놀려주고 싶어서 그랬던 거야. 아니나 다를까, 네 눈동자에서 막 불꽃이 일더구나. 그러나 지금은 너하고 마음 놓고 토론하고 싶구나. 이건 어디까지나 진정으로 하는 말이야. 나는 너와 친해지고 싶어, 알료샤. 나에겐 친구가 없으니까. 그래서 너하고 한번 터놓고 이야기하고 싶은 거야. 나도 어쩌면 신을 인정할지도 모르잖니?"

"그야 물론입니다. 형님의 말이 농담만 아니라면요."

"농담이라니? 어제 장로의 암자에서도 내가 농담을 한다고들 말하더구나. 너도 알겠지만, 18세기에 어떤 늙은 무신론자가 '신이 만일 존재하지 않는다면 일부러 만들어내야 한다(S'il n'existait pas Dieu, il faudrait 1'inventer)'라고 말했어. 그래서 정말 인간은 신이라는 걸 만들어냈지. 그러나 이상하고도 놀라운 것은 신이 실제로 존재한다는 것이 아니라 그러한 생각, 신은 반드시 필요하다는 생각이 인간과 같이 야만적이고 못돼먹은 동물의 머릿속에 불쑥 떠올랐다는 점이야. 그만큼 이 생각은 신성하고 감동적이며 현명하고 인간의 명예가 될 만한 일인 거지. 그런데 나 자신으로 말한다면 인간이 신을 만들었느냐, 신이 인간을 만들었느냐 하는 문제들은 이미 오래전부터 생각지 않기로 작정했어. 그래서 이 문제에 대해 러시아의 젊은이들이 요즘 세워놓은 공리(公利)에 대해서도 역시 거론하지 않으마. 그런 공리는 모두 유럽의 가설 에서 끄집어낸 거니까 모두 죄라고 할 수 있지. 왜냐하면 유럽에 서는 가설에 지나지 않는 것도 러시아에서는 순식간에 공리가 되 어버리거든. 이건 젊은 애들에 국한된 얘기가 아니라 그들의 선 생인 대학교수들에게도 해당되는 거야. 러시아의 대학교수는 거 의 모두 젊은 애들이니까. 그러니 가설은 모두 빼놓기로 하자. 그 렇다면 우린 지금 무슨 문제를 토론하면 좋겠니? 문제는 우선 되 도록 빨리 나 자신의 본질을 밝히는 거야. 다시 말해 내가 어떤 인 간이고, 무엇을 믿고, 무엇에 희망을 걸고 있는가를 너에게 설명 하는 것이 아닐까, 안 그러니? 그래서 내가 내 생각을 말하겠어. 단순 명료하게 신을 받아들일 거야.

다만 여기서 한 가지 유의해둘 것이 있어. 만약 신이 존재하고 신이 정말로 이 지구를 창조했다고 한다면 그럴 경우, 우리가 이 미 다 알고 있듯이 신은 이 지구를 유클리드 기하학의 원리에 따 라 창조했고, 인간의 두뇌로는 겨우 삼차원 관념밖에 이해할 수 없도록 창조했다는 거지. 그런데도 기하학자나 철학자들 중에서 이것을 의심하는 사람들이 옛날에도 있었고 지금도 있어. 아주 뛰어난 학자 중에서도 전 우주, 아니 훨씬 넓게 봐도 전 존재는 단지 유클리드 기하학에 의해 창조되지 않았다고 의심하지. 게다가 개중에는 한 걸음 더 나아가서 유클리드 법칙에 따르면 이 지상에선 절대로 서로 만날 수 없는 두 개의 평행선도 무한(無限) 속 어느 곳에 가서는 서로 마주칠지 모른다는 대담한 공상을 하는 자가 있을 정도니까. 그래서 솔직히 고백하지만, 나한테는 이런 문제를 해결할 아무런 능력이 없다고 생각했어. 잔인하지만 내 지성은 유클리드적이야. 지상적인 것이지. 그러니 이 지상 이외의 문제를 어떻게 풀 수 있겠니?

알료샤, 너한테도 친구로서 충고하지만, 결코 그런 문제는 아예 생각하지 않는 것이 좋아. 특히 신에 관한 문제, 신의 존재 여부에 관한 것은 삼차원의 관념밖에 지니지 못한 인간의 두뇌로는 엄두도 낼 수 없는 거니까. 그래서 나는 신을 인정해. 기꺼이 인정할 뿐만 아니라 우리에게 전혀 미지의 것인 신의 예지와 그 목적까지도 인정해. 그리고 생명의 질서도, 의의도 믿어. 우리를 언젠가는 하나로 융합시켜준다는 영원한 조화 또한 나는 믿어. 그리고 우주의 궁극적인 목표이며 언제나 신과 함께 있는 그 말씀, 또 동시에 그 자체가 신 자신이기도 한 그 말씀을 믿어. 또한 그와 유사한 모든 무한성을 믿는단다. 여기에 대해서는 참으로 경솔한 말들이 많이 만들어져 있지만 말이야. 어떠냐? 나도 제대로 된 길을 걷고 있는 것 같지 않니? 그렇지만 놀라지는 마. 내가 궁극적으로 결론을 내자면 이 신의 세상이라는 것을 받아들일 수 없어. 그것이 존재한다는 것은 알고 있지만, 그래도 절대로 그것만은 받아들일 수가 없어. 내 말을 오해하지는 않았으면 해. 내가 받아들일 수 없는 것은 단지 신이 창조한 세계, 다시 말해 신의 세계를 인정할 수 없다는 거지.

미리 말해두지만, 나는 어린애같이 이런 걸 믿고 있어. 언젠가 먼 훗날에는 이 고뇌와 상처도 아물고, 인생의 모순이 빚어내는 온갖 굴욕적인 희극도 가련한 신기루처럼 무력하고 미미한 존재인 인간의 유클리드적 지성의 한낱 원자처럼 사라지겠지. 마침내는 세계의 종국에 이르러 영원한 조화의 순간에 말할 수 없이 고귀한 현상이 출현해서, 그것은 모든 사람의 가슴에 흘러넘치고 모든 사람들의 원한을 풀어주고 인간의 모든 악행과 서로 흘리게 한 피를 보상해줄 거야. 게다가 그것은 인간에게 일어난 모든 일을 용서할 뿐만 아니라 그런 일들을 정당화하기에 충분할 거라고 생각해. 그러나 모든 것이 그렇게 된다 하더라도 나는 그것을 받아들일 수 없고 인정하고 싶지도 않아.

비록 두 개의 평행선이 일치해서 내 눈으로 그것을 본다고 해도, 분명히 일치했다고 내 입으로 말한다 해도 나는 역시 그것을 인정하지 않을 거야. 이게 나의 본질이야, 알료샤. 이것이 바로 나의 명제지. 진심으로 하는 말이야. 나는 일부러 이 대화를 말할 수 없이 어리석은 방법으로 시작했지만 결국에는 고백하고 말았구나. 하긴 네가 원하는 것이 바로 이 고백이니까. 네게 필요한 건 신에 대한 문제가 아니야. 너는 그저 사랑하는 형이 무엇을 통해 살고 있는지 알고 싶었을 뿐이야. 그래서 나도 이렇게 이야기한 거지."

이반은 갑자기 그 어떤 독특한, 전혀 예상치 못했던 감정을 느끼며 장황한 얘기를 마무리 지었다.

"그런데 형님은 무엇 때문에, '말할 수 없이 어리석은 방법'으로 시작하신 건가요?"

알료샤는 생각에 잠긴 눈으로 형을 바라보며 말했다.

"그건 첫째로 러시아적인 형식을 따르기 위해서였어. 러시아인은 누구나 이런 종류의 대화를 할 때마다 어리석은 논법으로 풀어가니까. 게다가 어리석으면 어리석을수록 그만큼 근본적인 문제에 접근할 수 있기 때문이야. 어리석음은 명석함의 어머니라는 말이 있지. 어리석음이란 단순하고 소박하지만 지혜라는 것은 언제나 요리조리 빠져나가면서 교활하게 자기 정체를 숨기려고 하거든. 결국 나는 절망이라는 결론에 도달하고 말았지만 어리석은 이야기를 하면 할수록 내게 유리해지는 거야."

"형님, 무엇 때문에 이 세계를 인정하지 않는지 그 이유를 설명해주시겠습니까?"

알료샤가 말했다.

"물론 설명해주고말고. 그건 비밀도 아니고 사실은 그 이야기를 하려고 너를 여기까지 끌고 온 거니까. 애, 알료샤, 나는 너를 타락시켜서 너의 견고한 신앙을 뒤흔들려는 건 아니야. 어쩌면 나는 너의 힘을 빌려 나를 치료하고 싶은지도 모르지."

이반은 갑자기 아주 얌전한 어린 소년처럼 생긋 웃었다. 알료샤는 지금까지 형이 그런 미소를 짓는 것을 한 번도 본 적이 없었다.

4. 반역

"너한테 고백할 게 하나 있어."

이반이 말을 시작했다.

"나는 사람이 어떻게 자기랑 가까운 사람을 사랑할 수 있는지 도무지 이유를 알 수가 없어. 내 생각에는 먼 곳에 있는 사람은 사랑할 수 있어도 가까이에 있는 사람은 도저히 사랑할 수 없을 것 같아. 언젠가 책에서 '자비로운 요한'이라는 성인의 얘기를 읽은 적이 있어. 어느 굶주린 나그네가 얼어 죽게 되어 그를 찾아와서 몸을 녹이게 해달라고 간청하자, 성인은 그 나그네와 함께 침대로 들어가서 그를 꼭 껴안아주고 무슨 무서운 병으로 썩어 문드러져 고약한 냄새를 풍기는 그의 입에다 입김을 불어넣어주었다는 거지. 그런데 이 성인이 그런 짓을 한 것은 거짓된 착란 때문이야. 스스로 그런 고행을 한 것은 의무 관념에서 강요된 거짓 사랑 때문이라고 나는 확신해. 누군가를 사랑하려면, 그 본인은 그 앞에 모습을 드러내지 않아야 해. 그 인간이 조금이라도 얼굴을 드러냈다간 사랑 같은 것은 순식간에 끝나고 마는 거야.”

“조시마 장로님도 여러 번 그런 말씀을 하셨어요.”

알료샤가 말했다.

“장로님 역시 인간의 얼굴은 아직 사랑의 경험에 익숙하지 않은 많은 이들에게 쉽게 사랑의 장애가 된다고 말씀하셨습니다. 그렇지만 실제로 우리 인류 안에는 많은 사랑이 있고 그중에는 거의 그리스도의 사랑과 같은 것도 있어요. 이건 나도 잘 알아, 형님.”

“그렇지만 나는 아직까지 그런 걸 알지도 못하거니와 이해할 수도 없어. 게다가 수없이 많은 사람들도 나와 마찬가지일 거라고 생각해. 문제는 인간의 나쁜 성질 때문에 이런 일이 일어나느냐, 아니면 인간의 본질이 그렇게 생겼기 때문이냐 하는 점이지. 내가 생각하기에 그리스도의 사랑은 이 지상에 있을 수 없는 일종의 기적이야. 하기는 그리스도는 신이었지만 우리는 신이 아니니까. 예를 들어 내가 깊은 고뇌에 빠져 있어도 다른 사람들은 내가 얼마나 고통 받고 있는지 결코 알 수가 없어. 왜냐하면 타인이란 내가 아니라 어디까지나 그저 타인이기 때문이지. 게다가 인간은 남의 고통은 절대로 인정하려 들지 않거든. 마치 그게 영예로운 일이라도 되는 듯이 말이야. 왜 인정하려 들지 않는지 아니? 그건 다름 아니라 내 몸에서 악취가 풍긴다든지, 내가 바보 같은 얼굴을 하고 있다든가, 또는 언젠가 그 사람의 발을 밟았다든지 하는 그런 사소한 이유 때문이야.

　게다가 고뇌라고 해도 거기에는 여러 가지 종류가 있거든. 나를 철저히 비참하게 만드는 굴욕적인 고뇌, 이를테면 굶주림 같은 고통이라면 아마 자선을 행하는 사람도 인정해줄 테지만 보다 고상한 고뇌, 그러니까 이념을 위한 고뇌 같은 극소수의 경우를 제외하고는 좀처럼 인정해주지 않게 마련이야. 그것은 내 얼굴이 그 자선가가 상상하던 얼굴, 즉 그의 상상 속 수난자의 얼굴과는 전혀 닮지 않았기 때문이지. 결국 이런 이유로 해서 나는 그 사람의 호의를 잃게 되지. 그러나 이것은 그 사람이 악의가 있어서가 절대 아니야. 거지들은, 특히 귀족에서 거지로 전락한 사람들은 절대로 사람들 앞에 모습을 나타내지 말고 신문지상을 통해 구걸해야 마땅한 거야. 때로는 멀리서도 사랑할 수는 있지만, 아주 가까이에 있는 사람을 사랑한다는 건 거의 불가능한 일이야. 만약 발레 무대 위에서 비단으로 된 누더기를 걸친 거지가 갈기갈기 찢긴 레이스를 하늘거리며 우아한 춤을 추면서 구걸을 한다면 잠자코 앉아서 구경을 할 수도 있겠지. 그러나 그것은 어디까지나 구경으로 끝나는 거지 그 사람을 사랑할 수는 없는 거야. 그건 그렇다 치고 이런 얘기는 그만두기로 하자. 나는 다만 너에게 나의 관점을 설명하기만 하면 되는 거니까.

　나는 인류 전반의 고뇌에 대해 말하고 싶지만 일단 아이들의 고뇌에 대해서만 이야기해볼게. 이것은 내 논지의 규모를 10분의 1로 줄이는 거지만 어쨌든 아이들에 대해서만 얘기하기로 하자. 그만큼 나한테는 불리하긴 하지만 말이야. 첫째로 아이들은 가까이 있어도 모두 사랑할 수 있어. 추하건 밉건 아이는 모두 사랑할 수 있어. 하긴 얼굴이 미운 아이는 하나도 없다고 생각하니까. 둘째로 내가 어른들의 얘기를 하고 싶지 않다고 말한 것은 그들이 추악해서 사랑받을 자격이 없을 뿐만 아니라 그들에게는 천벌이라는 게 존재하기 때문이야. 그들은 선악과를 따 먹었고 그래서 선과 악을 구별하게 되었고, 그리하여 '하느님처럼' 되어버렸어. 그리고 지금도 역시 과실을 따 먹고 있지. 그러나 아이들은 아직 아무것도 먹지 않았으니까 아직까지는 순결한 존재들이지. 알료샤, 너는 아이들을 좋아하니? 알고 있어. 좋아할 수밖에. 그러니까 지금 내가 왜 아이들 얘기만을 하려는지 너도 알 수 있을 게다.

그런데 만약 아이들도 마찬가지로 이 세상에서 무서운 괴로움을 겪고 있다면 그것은 당연히 그 아버지들 때문일 거야. 선악과를 따 먹은 자기 아버지들 대신에 벌을 받는 셈이지. 그러나 이러한 논의는 저세상에서나 할 얘기지, 이 지상에 사는 인간의 생각으론 도무지 이해할 수가 없는 얘기야. 죄 없는 자가 다른 사람 때문에 고통을 겪는다는 건 도대체 말이 되지 않거든. 특히 죄 없는 자가, 그것도 죄와는 인연이 먼 어린아이가 다른 사람 때문에 고통을 받는다는 건 있을 수 없는 일이야. 이렇게 말하면 네가 깜짝 놀랄지 모르지만, 알료샤, 나도 역시 아이들을 굉장히 좋아한단다. 또 한 가지 주목할 점은 잔인하면서도 정열적이고 육욕이 왕성한 카라마조프적 인간이 때로는 굉장히 아이들을 좋아할 때가 있다는 거야. 아이들이 어릴 때는, 예를 들어 일곱 살 정도까지는 어른들과 너무나 다르기 때문에 전혀 다른 본성을 가진 별개의 생물 같단다. 나는 감옥살이를 하고 있는 한 강도를 알고 있지만, 그는 밤마다 강도질을 하며 일가족을 몰살하기도 하고 때로는 아이들을 몇 명씩 한꺼번에 목 졸라 죽이기도 했어. 그런데 옥살이를 하는 동안에 그는 이상하게도 아이들이 좋아져서 형무소 안뜰에서 놀고 있는 아이들을 철창 너머로 바라보는 것이 일과처럼 되어버렸어. 그래서 나중에는 조그만 어린애 하나를 사귀어 철창 밑까지 오게 했고 그래서 그 애하고 아주 친해졌다지 뭐니. 내가 왜 이런 얘기를 하는지 너는 모르겠지? 아, 어쩐지 머리가 아프고 기분이 우울해지는구나.”

“정말 이야기하는 형 표정이 이상해요. 마치 넋이 나간 사람 같아요.”

알료샤가 불안한 듯 말했다.

“그런데 나는 최근에 모스크바에서 어떤 불가리아 사람에게 이런 얘기를 들었어.”

동생의 말에는 아랑곳하지 않고 이반은 말을 계속했다.

“불가리아에서는 터키인과 체르케스인들이 슬라브족의 폭동이 두려워 가는 곳마다 잔악한 행위를 자행하고 있다는 거야. 집에 불을 지르고, 사람들을 죽이고, 여자들을 폭행하고, 포로의 귀를 울타리에 못 박은 채 밤새껏 그대로 내버려두었다가 아침이 되면 교수형에 처하는 등 도저히 말로 다 할 수 없는 짓들을 한다는 거야. 사실 인간의 잔인한 행위를 ‘야수적’이라고 흔히 말하지만 이쯤 되면 오히려 야수에게 불공평하고도 모욕적이지. 야수는 결코 인간처럼 잔인한 짓을 하지 않으니까. 그처럼 예술적으로 기교를 부려가며 잔인한 행위를 할 수는 없거든. 호랑이는 그저 물어뜯는 재주밖에 없지 않니. 호랑이 머리에서는 사람의 귀를 밤새도록 못에 박아둔다는 생각 자체가 나오지 않으니까.

그런데 이 터키인들은 아이들을 괴롭히면서 관능적인 쾌락을 느낀다는구나. 칼로 산모의 배를 가르고 태아를 끄집어내는 것쯤은 아무것도 아니고, 심한 경우에는 어머니가 보는 앞에서 젖먹이를 공중에 던져 올렸다가 떨어져 내려오는 것을 총검으로 받는다는 거야. 아마 아이 엄마가 보는 앞에서 그런 짓을 한다는 것이 놈들에게 한껏 쾌감을 주는 거겠지. 그런데 알료샤, 한 가지 매우 흥미로운 장면이 있단다. 두려움에 떠는 어머니의 팔에 안긴 젖먹이를 보고 마을에 침입해온 터키인들이 재미있는 장난을 하나 생각해낸 거야. 그들은 어린애를 웃겨보려고 머리를 쓰다듬어주기도 하고 얼러보기도 하는 거야. 그러다 마침내 성공해서 아이가 웃기 시작하면 바로 그 순간에 터키인 하나가 아이 얼굴에 권총을 겨누는 거야. 그러면 아이는 까르르 웃으면서 권총을 잡으려고 그 조그마한 손을 내밀거든. 그때 이 '예술가' 놈은 아이 얼굴에다 대고 방아쇠를 당겨서 그 조그만 머리를 산산이 부숴버리는 거야. 그야말로 예술적이라고 할 수 있겠지, 안 그래? 게다가 터키인들은 단것을 무척 좋아한다는 거야."

"형님, 도대체 왜 그런 얘길 하시는 거죠?"

알료샤가 물었다.

"내 생각에는 말이다. 만약 악마라는 것이 존재하지 않고 인간이 창조해낸 거라면, 인간은 자기 모습과 비슷하게 악마를 만들어냈을 거야."

"그렇다면 신의 경우도 마찬가지겠군요."

"저런, 너는《햄릿》에 나오는 폴로니어스의 대사로 내 말을 받아치는구나."

이반이 소리 내어 웃었다.

"그만 네게 말꼬리를 잡혀버렸지만, 아무래도 좋다. 그런데 인간이 자기 모습에 따라 신을 만들어냈다면 너의 하느님은 아주 훌륭할 게다. 그런데 너는 방금 나에게 무엇 때문에 그런 애기를 하느냐고 물었지? 실은 말이다, 나는 어떤 종류의 사실들을 수집하는 애호가라고 할 수 있지. 신문이라든지 사람들의 얘기 중에서 그런 일화들을 닥치는 대로 기록해두는데, 이젠 꽤 많이 수집을 해두었지. 물론 지금 말한 터키인의 이야기도 그중 하나지만, 이런 건 모두 외국인의 것이고 나한테는 러시아 것도 많아. 그중에서는 이 터키인 이야기보다 더 걸작인 것도 있어. 너도 알다시피 우리나라 사람들은 때리는 것을 좋아하잖니. 그것도 가죽채찍이나 회초리로 때리는 경우가 많은데, 이건 민족적 특성에서 기인한 거지. 우리나라에선 귀에 못을 박는 짓 따위는 상상할 수도 없는 일이니까. 우리도 역시 유럽 사람이긴 하지만, 채찍이니 회초리니 하는 건 이제 러시아적인 것이 되어버려서 이미 우리에게서 뺏어갈 수는 없지.

요즘 외국에서는 사람을 때리는 행위가 아주 적어졌더구나. 인정이 많아졌기 때문인지 아니면 인간을 때려서는 안 된다는 법률이라도 만들어졌는지 분명치 않지만, 그 대신 그들은 우리와 마찬가지로 국수주의적인 것으로 그걸 메우고 있어. 그건 우리 러시아에선 도저히 불가능하다고 생각될 정도로 너무 민족적이야. 하긴 우리 러시아에서도 특히 상류 사회에서 종교 운동이 시작된 후부터 점차 인식되고 있는 것 같기는 하지만 말이야. 나는 프랑스에서 번역된 재미있는 작은 책을 한 권 가지고 있는데 얼마 전, 그러니까 5년 전쯤 스위스 제네바에서 한 살인범을 사형시킨 이야기가 들어 있어.

이 악당은 리샤르라는 스물세 살 된 청년인데, 사형 집행 직전에 자기 죄를 뉘우쳐 기독교에 귀의했다는 거야. 리샤르는 본시 누군가의 사생아였는데, 여섯 살밖에 안 되었을 때 부모가 스위스 어느 산속의 양치기에게 그를 '선사'했다는 거야. 양치기들은 그를 부려먹으려고 키운 셈이지. 그 애는 양치기들 사이에서 야생 동물처럼 자랐어. 그들은 그 애한테 아무것도 가르쳐주지 않았을 뿐만 아니라 일곱 살 때부터 벌써 양치기를 시켰다는 거야. 비가 오건 날씨가 춥건 입을 것도 제대로 주지 않고 먹을 것도 먹이지 않았어. 줄곧 그들은 아이를 학대하면서도 조금도 뉘우치거나 후회하는 기색이 없었지. 오히려 자기들 딴에는 그럴 권리가 있다고 생각했어. 왜냐하면 리샤르는 무슨 물건처럼 그들이 선물로 받은 것이기 때문에 먹을 것도 줄 필요가 없다고 여긴 거지. 리샤르의 증언에 따르면 그 아이는 성서에 나오는 방탕아처럼 돼지가 먹는 사료라도 좋으니 실컷 배부르게 먹어보는 게 소원이었다는군. 하지만 그들은 그것조차 먹여주지 않고, 어느 날 돼지 먹이를 훔쳐 먹었다고 사정없이 두들겨 팼다는 거야.

그는 이렇게 소년 시절과 청년 시절을 보낸 뒤, 어른이 되어 힘이 생기자 이번엔 스스로 강도질을 시작했어. 이 야만인은 제네바에서 막노동으로 돈을 벌어서 죄다 술을 마시며 깡패처럼 지내다가 결국은 강도질을 하고 어떤 노인을 죽이기에 이른 거지. 그는 곧 체포되어 재판에서 사형 선고를 받았어. 그쪽 사람들은 감상적인 동정심 따윈 전혀 없는 족속들이니까. 그런데 감옥에 들어가자마자 교회 목사님이니 무슨 기독교 단체의 회원인지 뭔지 자선가 귀부인들이 몰려와서는 그에게 글을 가르치고 성경 강의를 시작했지. 그리고 그를 어르고 타이르고 귀찮게 설교를 하며 압력을 가하고 해서 나중에는 그도 진심으로 자신의 죄를 깨닫고 세례까지 받게 되었어. 그는 직접 재판소에 편지를 보내어 자기는 한때 깡패였지만, 덕분에 하느님이 자기의 마음을 비춰주시고 은총을 내려주셨다고 썼어. 그러자 제네바 전체가, 제네바의 모든 자선가와 모든 신앙 깊은 사람들이 법석을 떨기 시작했지. 상류 사회의 사람들, 교양 있는 사람들이 모두 감옥으로 달려가서 리샤르를 포옹하고 키스하며 말했어.

'당신은 우리 형제입니다. 당신은 하느님의 은총을 받았습니다!'

그러면 리샤르는 그저 감격해서 울 뿐이었지.

'그렇습니다, 저는 하느님의 은총을 받았습니다! 저는 소년 시절과 청년 시절에 돼지 사료만 얻어먹어도 기뻐했습니다만, 이제는 저 같은 놈에게도 하느님께서 은혜를 내려주셨으니 저는 주님의 품 안에서 죽을 수 있습니다.'

'그렇고말고, 리샤르. 너는 주님의 품 안에 안겨 죽어야 해. 네가 돼지 먹이를 탐내어 훔쳐 먹고 얻어맞았을 때 네가 한 일은 아주 좋지 않은 것이야. 어쨌든 훔친다는 것은 하느님께서 금지하신 거니까. 그때 네가 하느님을 전혀 몰랐다는 건 네 잘못이 아니더라도, 남의 피를 흘리게 했으니 넌 죽어 마땅한 거야.'

드디어 최후의 날이 왔어. 지칠 대로 지쳐버린 리샤르가 눈물을 흘리면서 '오늘은 내 생애에서 가장 복된 날입니다. 나는 주님에게로 돌아갑니다'라고 쉴 새 없이 되풀이하자, 목사와 재판관, 자선가 귀부인들이 외쳐댔어.

'그렇고말고, 네 생애에서 가장 복된 날이지. 오늘은 주님 앞으로 가는 날이니까!'

그들은 모두 리샤르를 태운 죄수 마차의 뒤를 따라서 마차를 타거나 걸어서 단두대에 도착하자마자 소리쳤어.

'자, 그럼 죽어라, 형제여. 주님의 품 안에서 죽어라, 너한테는 주님의 은총이 내렸으니까.'

그리하여 형제들의 빗발치는 키스를 받은 리샤르는 형장으로 끌려 들어가 단두대에 앉혀졌어. 그러고는 하느님의 은총을 받았다는 이유로 형제의 대우를 받으며 목이 싹둑 잘렸다는 거야.

이건 정말 서구인의 특성을 잘 나타내는 의미심장한 이야기지. 이 작은 책은 러시아의 상류 사회에 속하는 루터파 자선가들이 러시아어로 번역하여 러시아 민중의 교화를 위해 신문 잡지의 부록으로 찍어 무료로 배포했지. 리샤르의 이야기에서 흥미로운 것은 그 나라의 국민성을 여실히 말해주고 있다는 점이야. 러시아에서는 어떤 사람이 우리의 형제가 되었다고 해서, 하느님의 은 총을 받았다고 해서 그 사람의 목을 잘라버린다는 것은 상상조차 할 수 없지. 하지만 되풀이해서 말하자면 우리나라도 이에 못지 않는 독자적인 특성이 있다는 걸 알아야 해. 우리 러시아에서는 남에게 매질을 가하여 고통을 주는 것이 직접적인 쾌락을 얻는 가장 손쉽고도 오래된 방법으로 알려져 있어. 네크라소프의 시 속에 농부가 채찍으로 말의 눈을, 그 '유순한 눈'을 후려치는 대 목이 있는데 그런 광경은 누구나 흔히 볼 수 있는 것으로, 이거야 말로 러시아적인 풍속이라 할 수 있지.

이 시인의 묘사에 따르면, 힘에 겨운 무거운 짐을 실은 허약한 말이 진흙탕에 빠져 헤어 나오지 못하고 있는 거야. 농부는 채찍 으로 사정없이 말을 때리고 또 때리고, 나중에는 때린다는 동작 에 취해버려 자기가 무슨 짓을 하고 있는지조차 모를 지경으로 악을 쓰며 채찍질을 하는 거야.

'힘이 들어도 끌라면 끌어야 해, 죽어도 좋으니 끌라니까!'

말이 버둥거리고 있으면 농부는 느닷없이 그 울고 있는 것 같 은 '유순한 눈'을 사정없이 휘갈기는 거야. 그러면 말은 있는 힘 을 다해 몸부림치고 간신히 마차를 끌어내려 움직이는 거야. 온 몸을 떨면서 숨도 제대로 못 쉬고, 온몸을 비스듬히 뒤틀고, 경련 을 일으키는 것 같은 보기 흉한 걸음걸이로 걸어가는 거야. 이 모 습이 네크라소프의 시 속에 무서울 정도로 잘 묘사되어 있어. 그 러나 이건 어디까지나 말에 대한 이야기야. 말은 때리라고 하느 님께서 주신 거다, 타타르인들은 이렇게 우리에게 가르치며 이것을 잊지 말라고 말채찍을 선물로 주었다고 하거든.

그러나 사람들에게도 역시 매질을 할 수 있는 거야. 소위 지성인 계층에 속한다는 훌륭한 신사와 그 부인이 겨우 일곱 살밖에 안 된 자기 딸을 나뭇가지로 매질한 예가 실제로 있었거든. 내 수첩에는 이 얘기가 자세히 적혀 있어. 아버지란 자는 회초리에 울퉁불퉁한 마디가 많은 걸 보고는 이게 더 '효과적'이라면서 기뻐하고는 자기의 친딸에게 매질을 가한 거야. 확언하건대 개중에는 회초리나 채찍을 휘두를 때마다 육체적 쾌감을, 말 그대로 육체적 쾌락을 느끼며 흥분하는 사람도 있어. 그것은 매질의 수가 거듭될 때마다 기하급수적으로 점점 더해지기 마련이야. 1분, 5분, 10분 이렇게 때리는 동안 매질은 더욱더 빨라지고, 더더욱 모질어져서 아이는 '아빠, 아빠, 아빠!' 비명을 지르며 울어대지. 나중에는 울지도 못하고 그저 숨넘어가는 소리만 낼 뿐이야. 악마같이 잔인한 행동 때문에 이 사건은 결국 사회적인 스캔들이 되어 법정에까지 가게 되었지. 그래서 아버지는 변호사를 고용했지. 러시아의 민중들은 오래전부터 변호사를 '돈에 고용된 양심'이라고 부르지만, 아무튼 변호사는 자기의 의뢰인을 보호하기 위해 열변을 토했어.

'본 사건은 흔히 있을 수 있는 가정 내의 단순한 에피소드일 뿐입니다. 아버지가 자기 딸의 버릇을 가르친 것뿐이니까요. 그런데도 이런 일을 법정에서까지 논의한다는 건 우리 시대의 수치가 아닐 수 없습니다!'

이 열띤 변호에 감동한 배심원들은 일단 별실로 물러갔다가 이

읔고 무죄를 선고했지. 세상 사람들은 가해자가 무죄가 되었다고 기뻐서 환호성을 질렀어. 내가 그 자리에 없었던 게 무척 유감이야! 만일 그 자리에 있었다면 가해자를 표창하는 뜻에서 장려금이라도 모으자고 제안했을 텐데 말이다! 이 얼마나 희한한 이야기냐! 그런데 아이들에 대한 얘기는 이보다 더 재미있는 게 얼마든지 있어. 나는 러시아 아이들에 대한 일화를 굉장히 많이 수집해놓고 있거든, 알료샤야.

어떤 다섯 살 먹은 계집애는 부모의 증오의 대상이 된 경우도 있어. 그 부모라는 자들은 '명예로운 관리인 데다가 교양 있는 신사숙녀'였지. 다시 한번 말하지만 다수의 인간에게는 일종의 특이한 성질이 있는데, 바로 어린애를 학대하는 취미야. 학대의 대상은 어린애에 국한되어 있거든. 그런 잔인한 가해자들은 어린애들을 제외한 다른 모든 인간들에게는 박애심 넘치는 교양 있는 유럽 사람의 얼굴을 하고 더없이 겸손하고 친절하게 굴지. 하지만 아이들을 학대하는 일만은 멈추지 못하고 어쩌면 그런 의미에서 오히려 아이들 자체를 사랑한다고 해도 과언이 아닐 정도야. 즉, 아이들의 무력한 처지가 가해자의 마음을 유혹하는 거야. 아무 데도 갈 곳 없는, 누구에게도 의지할 수 없는 조그만 어린애의 천사와 같은 순진무구한 믿음, 이것이 폭군의 더러운 피를 끓어오르게 하는 거지. 물론 모든 인간의 마음속에는 야수가 숨어 있어. 걸핏하면 성을 내는 야수, 희생당한 피해자의 울부짖음에 욕정 같은 쾌감을 느끼는 야수, 사슬에서 풀려나 멋대로 날뛰는 야수, 음탕한 생활 때문에 통풍이나 간질환에 걸린 야수, 이러한 야

수들이지. 그래서 그 다섯 살 먹은 가엾은 여자아이를, 그 교양 있
는 부모는 온갖 방법을 동원해 학대했다는 거야. 무엇 때문인지
자기들도 알지 못하면서 무조건 쥐어박고 때리고 발로 차고 해서
그 아이는 온몸에 시퍼렇게 멍이 들어 부풀어 올랐지. 그런데 부
모는 그 짓도 나중에는 싫증이 나서 교묘한 기술까지 동원하기에
이르렀지.

엄동설한에 아이를 밤새도록 변소에 가둬둔 거야. 그것도 단지
아이가 밤에 변소에 가겠다는 말을 하지 않았다는 이유 때문이었
어. 도대체 천사처럼 잠든 다섯 살짜리 어린애가 어떻게 부모에
게 그걸 알릴 수 있겠니. 그래서 잘못해서 똥을 싸면 그 똥을 아이
의 얼굴에 칠하는가 하면 억지로 먹이기까지 했다는 거지. 이런
짓을 바로 그 애의 친어머니라는 여자가 했단 말이야. 그리고 이
여자는 밤중에 변소에 갇힌 가엾은 아이의 신음소리를 들으며 태
연스레 잠을 잤다는 거야! 너는 이걸 이해할 수 있겠니? 자기 몸
에 무슨 일이 일어나고 있는지도 완전히 이해하지 못하는 조그만
어린애가 어둡고 추운 변소 안에서 조그만 주먹으로 터질 듯한
자기 가슴을 두드리기도 하고 아무도 원망할 줄 모르는 천진난만
한 눈물을 흘리면서 하느님께 제발 살려달라고 기도하는 거야.

알료샤, 그래, 너라면 이 불합리한 이야기를 이해할 수 있겠니?
너는 나의 친구이자 하느님께 봉사하는 겸손한 수도사지. 도대체
무슨 이유 때문에 이런 불합리한 일이 생기는지, 어디 한번 설명
해다오!

'이런 불합리가 없이는 지상에서 인간은 생활할 수가 없다, 왜

냐하면 선악을 구별할 수 없을 테니까’

어떤 사람들은 이런 망발을 하기도 하지만, 이런 대가를 치러가면서까지 그 저주받을 선악을 구별할 필요가 있을까? 만일 그렇다면 인식의 세계를 통틀어봐도 이 어린애가 ‘하느님’께 흘린 눈물만 한 가치도 없지 않느냐 말이다. 나는 어른들의 고뇌에 대해선 말하지 않겠다. 어른들은 선악과를 따 먹었으니 될 대로 되라지. 모두 다 악마의 밥이 된다 해도 상관없어. 하지만 이 아이들만은, 아이들만은 달라! 알료샤, 내가 너를 괴롭히는 것 같구나. 완전히 새파랗게 질려 있는 것 같아. 듣고 싶지 않다면 그만두마.”

“괜찮아요, 나 역시 괴로워하고 싶으니까요.”

알료샤는 중얼거렸다.

“그럼, 한 가지만 더 이야기하게 해다오. 단지 호기심에서 하는 얘기이긴 하지만 이것도 굉장히 진기한 얘기야. 바로 얼마 전에 어느 고담집(古談集)에서 읽은 건데, 연대기였는지 고대 기록이었는지 잘 기억이 나질 않는구나. 그건 다시 조사해보면 알겠지만 암튼 19세기 초 농노제가 가장 심했던 암흑 시대의 이야기야. 우리는 사실 농노 해방자이신 알렉산드르 2세에게 감사를 드려야 할 거야! 그 시대에, 즉 19세기 초에 한 장군이 살고 있었어. 그는 세도가 당당한 많은 친지를 가진 부유한 지주였지. 퇴직하고 은퇴 생활에 들어간 그는 자기 하인들을 마음대로 죽이고 살릴 수 있는 권한을 가졌다고 확신하는 그런 족속 중의 하나였지. 하긴 그 당시에도 그런 족속은 드문 편이기는 해도 더러 있긴 했거든. 그런데 이 장군은 2000명의 농노가 딸린 자기 영지에서 살고 있었기 때문에 근처의 소지주들은 자기 집 식객이나 어릿광대처럼 취급하면서 그 위세가 보통이 아니었나 봐.

이 장군의 개집에는 수백 마리의 개가 있었는데, 개를 기르는 하인들 100여 명은 모두 제복을 입고 말을 타고 다녔어. 그러던 어느 날, 농노의 여덟 살 먹은 한 사내아이가 돌팔매질을 하다가 잘못 던져서 그만 장군이 애지중지하는 사냥개의 다리를 다치게 한 거지. '어찌하여 내가 귀여워하는 저 개가 다리를 저느냐?' 하고 장군이 묻자, 실은 이러이러한 아이가 돌을 던져 개의 다리에 상처를 입혔다고 고해바쳤지. 장군은 '네가 그랬겠다' 하며 아이를 돌아보더니 '저놈을 잡아라' 하고 소리쳤어. 그래서 하인들은 그 애를 어머니 손에서 빼앗아다가 하룻밤 가둬두었어. 다음 날 아침 날이 새기도 전에 장군은 사냥 차림으로 마당에 나타났어. 그 옆에는 식객들, 사냥개들, 개를 기르는 하인들, 몰이꾼들이 모두 말을 타고 주군을 호위하듯 늘어서 있었고, 주위에는 본보기를 보여주려고 모이게 한 모든 남녀 농노가 둘러서 있었지. 그 맨 앞줄에는 나쁜 짓을 한 아이의 어머니가 서 있었어. 이윽고 그 아이가 끌려나왔어.

안개 낀 음산하고 추운 가을날이어서 사냥하기엔 안성맞춤이었지. 장군은 아이를 발가벗기라고 명령했어. 발가숭이가 된 아이는 오들오들 떨면서 얼마나 무서운지 말도 못하고 넋이 빠져 있었지. '자, 저놈을 몰아내라' 하고 장군이 명령을 내리자, '뛰어라, 뛰어!' 하고 몰이꾼들이 아이에게 외쳐댔어. 아이는 뛰어 달아나기 시작했어. 그러자 장군은 '달려들어' 하고 외치며 사냥개를 모조리 풀었지! 이렇게 아이의 어머니가 보는 앞에서 개들이 무슨 짐승이라도 쫓듯이 아이를 쫓아가서 순식간에 갈기갈기 찢어버리고 말았다는 거야! 결국 그 장군은 금고형인가 뭔가를 선고받았더군. 자, 이런 작자는 어떻게 하면 좋겠니? 총살이라도 시켜야 할까? 도덕적 감정을 만족시키기 위해서 총살형에 처해야 할 게 아니냔 말이다. 말해봐, 알료샤!"

"총살해야죠!"

알료샤가 창백해진 얼굴에 일그러진 미소를 지으며 형을 쳐다보면서 말했다.

"브라보!"

이반은 기쁜 듯이 환호성을 질렀다.

"네가 그렇게 말하다니……. 너도 정말 대단한 수도사구나! 그러니까 너의 가슴속에도 악마의 새끼가 숨어 있는 거야. 알료샤 카라마조프!"

"내가 그만 어리석은 소리를 했군요. 하지만……."

"이런 바보 같으니, 그 말, 그 '하지만'이 문제야" 하고 이반이 소리쳤다.

"이것 봐, 수도사님. 이 지상에는 그 어리석은 소리가 너무 많이 필요한 거야. 이 세상은 어리석은 것을 발판으로 하고 서 있기 때문에, 그것이 없다면 아마 이 세상에는 아무 일도 일어나지 않을 거야. 우리는 그저 우리가 알고 있는 범위 내의 것만을 알고 있을 뿐이니까!"

"그럼, 형님은 대체 무엇을 알고 계시죠?"

“난 아무것도 알지 못해.”

헛소리라도 하는 것처럼 이반이 말을 이었다.

“난 아무것도 이해하고 싶지 않아. 나는 사실에만 충실할 작정이야. 벌써 오래전부터 모든 것을 이해하지 않기로 결심했어. 무언가를 이해하려고 하면 꼭 사실을 왜곡하게 되거든. 그래서 나는 사실에만 충실하기로 결심한 거야.”

“무엇 때문에 형님은 나를 시험하려고 하는 건가요? 그만하시고 어서 대답해주세요.”

알료샤가 갑자기 슬픈 표정으로 소리쳤다.

“물론 대답하고말고. 그 말을 하려고 너를 여기까지 끌고 왔으니까. 너는 내게 소중한 존재야. 나는 너를 놓치고 싶지 않다. 나는 너를 조시마 장로 따위에게 양보할 수 없어.”

이반은 잠시 말을 끊었다가 다시 침통한 표정을 지었다.

“이봐, 알료샤, 나는 문제를 보다 분명하게 하기 위해서 어린 애들의 예만 들었을 뿐이야. 이 지구를 지표에서부터 중심부까지 온통 축축하게 적시고 있는 전 인류의 눈물에 대해서는 한 마디도 하지 않았어. 나는 일부러 논제를 좁힌 거야. 나는 빈대 같은 존재에 지나지 않기 때문에 어째서 모든 것이 요 모양 요 꼬락서니가 되었는지 도무지 이해할 수 없어. 그리고 이러한 사실을 통감하는 나 자신을 보며 굴욕감을 느끼지. 결국 잘못은 인간에게 있어. 원래 인류에겐 낙원이 주어졌는데, 자기들이 불행해질 것을 뻔히 알면서도 자유를 원한 나머지 천국의 불을 훔쳐냈기 때문에 조금도 그들을 불쌍히 여길 필요는 없는 거야. 나의 비참하고 지상적인 유클리드적인 지혜에 따르면, 그저 고통만 있을 뿐 죄인은 없다는 것, 모든 것은 단순 소박하게 하나의 사건에서 다른 사건을 낳으면서 끊임없이 흐르고 흘러 균형을 유지한다는 것뿐이야. 그러나 이것은 유클리드식 엉터리 사고에 지나지 않아. 나도 이것을 알고 있기 때문에 그런 사고방식을 따라 살아간다는 것에 찬성할 수가 없어.

그건 그렇고 사실은 말이야. 죄인은 하나도 없고, 모든 건 단순하게 직접적으로 하나의 사건이 다른 사건을 낳을 뿐이라는 사실을 알고 있다고 해서 도대체 뭐가 달라지겠니? 나한테 필요한 것은 복수야. 그걸 할 수 없으면 나는 자멸해버리고 말 거야. 그 복수를 언제 하게 될지는 모르지만 어쨌든 끝도 없는 저세상이 아니라 이 지상에서, 바로 내 눈앞에서 이루어져야만 해. 나는 그것을 믿어왔으니까. 그러니까 내 눈으로 똑똑히 지켜보고 싶다는 거야. 만약 내가 그때 죽어 있다면 나를 다시 소생시켜줘야만 해. 왜냐하면 내가 없는 곳에서 그 모든 것이 이루어진다는 건 너무 분한 일이 아니니. 사실 말이지 내가 지금까지 고행을 겪어온 것은 어느 딴 사람에게, 어디서 굴러먹던 놈들인지도 모르는 이들에게 미래의 조화를 안겨주기 위한 것은 아니었어. 나는 그것을 위해 나 자신이며 나의 악행이며 나의 고통을 희생해온 게 아니란 말이지. 어디까지나 난 내 눈으로 사슴이 사자 옆에 태평하게 누워 있고 살해된 자가 일어나서 자기를 죽인 인간과 포옹하는 장면을 직접 보고 싶다는 거야. 즉, 모든 사람이 모든 사정을 깨닫게 될 때 나도 그 자리에 있고 싶다는 말이지. 이 지상의 모든 종교는 이러한 희망 위에 세워져 있는 거야. 그리고 나도 그러한 믿음을 가지고 있단다.

하지만 그렇다 해도 역시 아이들이 문제야. 그럴 경우 대체 그 아이들에게 무엇을 해줄 수 있겠니? 이게 바로 내가 해결할 수 없는 문제야. 또다시 되풀이해서 말하겠는데, 그 밖에도 문제는 수없이 많지만 나는 단지 어린애들의 경우만 예를 들었어. 그 까닭은 내가 말하고자 하는 바가 그 안에 명백히 드러나 있기 때문이지. 이봐, 알료샤, 많은 인간이 고통을 겪어야 하는 것은 그 고뇌를 통해 영원한 조화를 이루기 위해서라고 할 수도 있지만 무엇 때문에 어린애들까지 그 속에 끌어들여야 한단 말이야? 넌 그걸 나한테 말해줄 수 있겠니? 무엇 때문에 어린애들까지 고뇌를 겪어야 하고 조화를 위해 고통을 받아야 하는지, 나는 그 이유를 도무지 알 수가 없어! 무엇 때문에 어린애들까지 그런 거름이 되어 누군가를 위한 미래의 조화를 위해 희생되어야 한다는 거냐? 인간 사이에 얽힌 죄악의 연대 관계는 나도 이해 못하는 건 아니야. 그러나 어린애들이 그 연대 관계에 책임을 지는 건 이해할 수 없어. 만일 아버지의 모든 악행에 대해 그 자식에게 연대 책임을 물어야 한다는 것이 그 속사정이라면, 그런 진실은 저세상에나 있는 거니까 내가 알 바 아니야. 개중에는 우스꽝스러운 친구가 있어서, 어차피 아이들도 자라서 어른이 되면 악행을 저지를 게 아니냐고 말할지도 모르지만, 어쨌든 지금은 아직 어른이 아니잖느냐 말이다. 이제 겨우 여덟 살밖에 안 된 어린애가 개한테 물려죽은 거야.

오오, 알료샤, 나는 결코 신을 모독하려는 건 아니다! 만약 하늘 위와 땅 밑에 있는 모든 것이 하나의 찬미가가 되고, 삶을 누리고 있는 모든 것과 전에 삶을 누렸던 모든 것이 조화로운 소리를 내어 '주여, 당신의 말씀은 옳았나이다. 이는 당신의 길이 열렸기 때문이었습니다!'라고 부르짖을 때, 우주 전체가 얼마나 진동할지 나도 잘 알고 있어. 그리고 그 어머니가 자기 아들을 개한테 물려 죽게 만든 폭군과 얼싸안고 이 셋이 다 같이 눈물을 흘리며 소리를 합하여 '주여, 당신의 말씀이 옳았나이다'라고 외칠 때, 그때야말로 인식의 승리가 도래하여 모든 것이 명백하게 해명될 게 틀림없어. 그러나 여기엔 또 하나의 장애가 있어. 요컨대 나는 그것을 받아들일 수가 없어. 그래서 나는 이 지상에 살고 있는 동안 나 자신의 대책을 강구하기 위해 서두를 수밖에 없는 거야.

알료샤, 어쩌면 나는 자기 아들의 원수와 포옹하고 있는 어머니의 모습을 내 눈으로 직접 보고 '주여, 당신의 말씀이 옳았습니다'라고 외칠 때까지 살 수 있을지도 몰라. 아니면 그것을 보려고 일부러 다시 소생할지도 모르지. 그러나 나는 그때 '주여' 하고 외치고 싶지 않단 말이야. 아직 시간 여유가 있을 때 나는 재빨리 나 자신을 방어하기 위해 서두를 거야. 그런 최고의 조화 같은 건 깨끗하게 거부하겠어. 왜냐하면 그따위 조화는 구린내 나는 변소에 갇혀 조그만 자기 가슴을 두드리며 보상받을 길 없는 눈물을 흘리면서 '하느님 아버지께' 기도를 드린 그 학대받은 어린애의 눈물 한 방울만 한 가치도 없기 때문이야. 왜 그만한 가치도 안 되냐 하면 그건 이 눈물이 영원히 보상받지 못한 채 버려졌기 때문이야. 그 눈물은 마땅히 보상받아야만 해. 그렇지 못하면 조화라는 건 있을 수가 없는 거야. 그러나 무엇으로, 무엇을 가지고 그것을 보상할 수 있겠니? 과연 그것이 가능한 일일까? 눈물로써 복수를 한다? 과연 이게 보상이랄 수 있을까? 그러나 나는 그따위 복수 같은 건 필요 없어. 학대자를 위한 지옥이 무슨 소용이겠니. 이미 죄 없는 어린애가 온갖 학대를 당했는데 그 이후에 지옥 같은 게 무슨 소용이냐 말이다.

그리고 또 지옥이 있는 곳에 조화가 있을 리 없어. 나는 용서하고 싶어. 포옹하고 싶은 거야. 나는 더 이상 인간이 고통을 당하는 건 원치 않으니까. 만일 어린애들의 고뇌가 진리의 보상에 필요한 만큼 꼭 필요하다면, 단언컨대 모든 진리를 통틀어도 그만한 대가를 치를 가치가 없다고 말하겠어. 그런 대가를 지불할 바에는 개에게 아이를 물어뜯게 한 폭군을 그 아이의 어머니가 포옹하는 걸 반대할 거야. 어머니라 해서 그 폭군을 용서할 권리는 없으니까! 그래도 굳이 용서를 원한다면 자기 몫만 용서해주면 되는 거야. 아이의 어머니로서 끝없이 괴로워한 데 대해서만 용서해주란 말이지. 갈기갈기 찢겨진 아이의 고통을 용서해줄 권리까지 어머니에겐 없어. 가령 그 아이가 용서해준다 해도, 그 어머니에겐 폭군을 용서해줄 권리가 없는 거야. 만일 그렇다면, 만일 아무도 용서해줄 권리를 가지고 있지 않다면 도대체 그 조화는 어디에 있는 걸까? 도대체 이 세상에 타인을 용서할 권리를 가진 사람이 있을까? 나는 조화 같은 건 바라지 않아. 즉, 인류를 사랑하기 때문에 필요하지 않은 거야. 나는 차라리 보상받을 수 없는 고뇌 속에 있기를 원해. 비록 내 생각이 틀렸다 해도 보상받을 수 없는 고뇌와 풀 수 없는 분노를 품고 있는 편이 나아. 게다가 그 조화의 대가가 너무나 비싸서 내 주머니 사정으로는 그처럼 비싼 입장료를 지불할 수가 없어. 그래서 나는 나의 입장권을 빨리 돌려보내는 거야. 만일 내가 정직한 인간이라면 되도록 빨리 그 입장권을 돌려보낼 의무가 있어. 나는 그것을 실천에 옮기고 있는 중이야. 알료샤, 내가 신을 인정하지 않는 건 아니야. 그저 조화의 입장권을 정중히 돌려보낼 뿐이지.”

“그건 반역입니다.”

알료샤가 눈을 떨구며 나직한 소리로 말했다.

“반역이라고? 네가 그런 말을 할 거라고는 생각 못했는데…….”

이반이 정색하며 말했다.

“반역하며 살아갈 수는 없잖아? 나는 살고 싶은 놈이야. 그건 그렇고 너한테 한 가지 묻겠는데, 솔직하게 대답해다오. 가령 내가 궁극에 가서 세상 사람들을 행복하게 하고 또 평화와 안정을 줄 목적으로 인류의 운명의 탑을 쌓아 올린다고 하자. 그런데 이 일을 위해서는 단 하나의 보잘것없는 생물, 아까 그 조그만 주먹으로 자기의 가슴을 두드린 그 가엾은 여자아이라도 좋아. 아무튼 반드시 그 애를 괴롭혀야 하고 또 그 애에게 보상받을 길 없는 눈물을 흘리게 한 다음에야 이 탑을 쌓을 수 있다고 가정한다면, 너는 과연 이러한 조건 아래서 그 탑의 건축 기사가 되는 것에 동의할 수 있겠니? 자, 솔직하게 말해다오.”

“아니오. 나는 동의할 수 없을 겁니다.”

알료샤가 조용히 대답했다.

"그리고 또 하나, 너한테서 그런 탑을 물려받은 세상 사람들이 이 조그만 희생자의 보상할 길 없는 피 위에 세워진 행복을 기꺼이 받아들이고 영원히 행복을 누릴 거라는 생각에는 동의할 수 있겠니?"

"아니, 동의할 수 없습니다. 형님."

알료샤는 갑자기 눈을 빛내며 말했다.

"형님께서는 지금 남을 용서할 수 있는 권리를 가진 사람이 이 세상에 존재하느냐고 말씀하셨죠. 그렇지만 그런 분은 존재합니다. 그분은 모든 일에 대해서 모든 인간을 용서할 수 있습니다. 왜냐하면 그분은 모든 사람을 대신해서 스스로 자기의 무고한 피를 흘리셨으니까. 형님은 그런 분이 존재한다는 것을 잊고 계시군요. 바로 그분을 기초로 하여 그 탑은 세워져 있는 겁니다. 그리고 그분을 향하여 우리는 '주여, 당신의 말씀은 옳았나이다. 이는 당신의 길이 열렸기 때문입니다!'라고 외칠 수 있는 겁니다."

"아아, 그건 '죄 없는 유일한 한 분'과 그의 피에 대한 말이구나! 천만에, 나는 그 사람을 결코 잊은 게 아니다. 나는 도리어 네가 어째서 그 사람 얘기를 꺼내지 않나 이상하게 여기고 있었지. 너희는 무슨 논쟁을 할 때면 으레 그 사람을 맨 앞에 내세우곤 하지 않니, 알료샤. 그런데 비웃지 말고 들어주렴. 내가 1년 전쯤 서사시 한 편을 쓴 게 있는데, 어떠니? 나와 10분가량 더 시간을 보낼 수 있다면 네게 들려주고 싶은데, 괜찮겠니?"

"형님께서 서사시를 쓰셨다고요?"

“아니, 실제로 쓴 건 아니야” 하고 이반이 웃었다.

“나는 지금까지 시라곤 단 두 줄도 써본 적이 없어. 다만 그 서사시는 머릿속에서 구상해서 따로 기억하고 있을 뿐이야. 그러나 정말 열심히 구상한 건 사실이지. 그러니까 네가 나의 최초의 독자, 아니 청중이 되는 거야. 사실 작가로서는 단 한 사람의 청중도 놓치지 아까운 법이거든.”

이반은 싱긋 웃었다.

“어때, 이야기를 해줄까, 그만둘까?”

“꼭 들어보고 싶네요.”

알료샤가 대답했다.

“제목은 〈대심문관(對審問官)〉이라고 하지. 우스꽝스러운 작품이지만 너한테 꼭 들려주고 싶다.”

5. 대심문관

"그런데 이 작품에서 역시 서문이 빠질 수 없지, 이를테면 작가의 서문 말이다. 하하!"

이반은 웃었다.

"이거 뭐, 내가 대단한 작가라도 된 것 같구나! 그건 그렇고 내 서사시의 무대는 16세기란다. 너도 학교에서 배워 잘 알겠지만 그때는 시 창작을 하면서 하늘의 신비로운 힘을 지상으로 끌어내리는 것이 문학적 습관처럼 유행하던 시대였어. 단테는 말할 것도 없고 프랑스에서는 재판소의 서기니 수도원의 수도사니 하는 사람들이 여러 가지 연극을 보여주곤 했는데, 그건 주로 성모 마리아니, 성인 그리스도니, 심지어 하느님 자신까지도 무대에 등장시켰어. 그 당시에는 이 모든 것이 매우 소박하게 다루어지던 시절이었거든. 빅토르 위고의《노트르담 드 파리》에는 루이 11세 시대에 황태자 탄생을 축하하여 파리의 의사당 건물에서 '그지없이 성스럽고 인자하신 동정녀 마리아의 훌륭한 재판(Le bon jugement de la trèsainte et gracieuse Vierge Marie)'이라는 교훈극이 시민에게 무료로 상연되었다는 이야기가 나온단다. 이 극에서는 성모께서 직접 무대에 왕림하여 공정한 재판을 주관하는 것으로 되어 있지. 그리고 우리 러시아에서도 표트르 대제* 전의 모스크바에서 주로 구약성서에서 내용을 가져와 비슷한 연극들을 간혹 상연하곤 했지. 그러나 이런 연극 이외에도 그 당시에는 여러 가지 소설이니 '종교시(宗敎詩)'가 널리 세상에 퍼져 있었는데, 그 속에서는 성도니 천사니 하는 천상의 주인공들이 필요에 따라서 활약하고 있었어. 러시아의 수도원에서도 역시 번역을 하거나 단순히 필사를 하든지 개중에는 그러한 내용의 서사시를 창작하는 사람들이 있었는데, 그것이 타타르인들이 러시아를 지배하던 시절이었으니 더욱 놀랄 일이지.

그런데 예를 하나 들면 어느 수도원에서 만든 극시에, 물론 그리스어에서 번역한 것이긴 해도 〈성모 마리아의 지옥 순례〉라는 것이 있는데 여기에는 단테 못지않은 대담한 광경들이 수없이 많아. 성모 마리아가 대천사 미카엘의 인도를 받아 지옥을 방문하고 고뇌 속을 헤매며 수많은 죄인과 그들의 고통을 직접 목격한다는 내용이지. 그중에서도 가장 주목할 만한 것은 불바다 속에 떨어진 한 떼의 죄인들이야. 그들 중에는 영원히 다시 떠오를 수

---

* 러시아의 서구화를 이끈 황제이다.

없을 만큼 깊은 바다 속에 빠진 자들도 있는데, 그들은 '하느님한 테서도 버림받은' 존재들이야. 이건 정말 심각하면서도 박력 있는 표현이야. 여기서 성모 마리아는 깊은 충격을 받아 슬픔에 잠긴 채 하느님 앞에 엎드려 지옥에 떨어진 모든 사람, 자기가 지옥에서 보고 온 모든 사람에 대해 아무 차별 없이 자비를 내려주십사고 탄원했어. 성모 마리아와 하느님 사이의 이 대화는 참으로 흥미진진한 데가 있어. 성모는 하느님 앞을 떠나지 않고 탄원에 탄원을 거듭하지. 하느님은 십자가에 못 박힌 아들 그리스도의 손과 발을 가리키며 '저렇게 가혹한 짓을 한 자들을 어떻게 용서할 수 있겠는가' 하고 물었어. 그러자 성모는 모든 성자, 모든 순교자, 모든 천사, 모든 대천사를 향해 자기와 함께 엎드려 모든 죄인에 대해 차별 없는 죄의 사면을 기원하자고 부탁했어. 그리하여 마침내 성모는 매년 성금요일(聖金曜日)에서 성신강림절(聖神降臨節)까지의 50일 간은 모든 고통을 중지한다는 허락을 받게 되었어. 그러자 지옥의 죄인들은 일제히 하느님께 감사하며 '주여, 당신은 옳으십니다!' 하고 외치는 거야. 그건 그렇고 내가 쓴 서사시도 그 당시에 발표되었다면 아마 이와 유사한 것이 되었으리라고 생각해.

나의 서사시에도 그리스도가 무대에 등장하지. 그런데 그저 나오기만 할 뿐, 한 마디 말도 없이 그대로 지나가버리고 마는 거야. 그때는 그가 지상에 와서 나타날 것을 약속한 뒤 15세기나 지났을 때야.

'그날과 시간은 아무도 모른다. 하늘의 천사들도 모르고 아들

도 모르고 오직 아버지만이 아신다.'*

예언자도 이렇게 썼고 또 그리스도 자신도 이 지상에 살아 있을 때 같은 말을 했지만, 그때부터 이미 15세기나 지났는데도 인류는 여전히 같은 신앙과 감동을 느끼며 그의 재림을 기다리고 있는 거야. 아니, 그때보다 신앙심은 더 커졌지. 왜냐하면 하늘에서 인간에게 내려준 보증이 단절된 후 이미 15세기라는 세월이 지나가버렸으니까 말이야.

믿어라, 마음의 속삭임을
하늘의 보증이 없더라도**

즉, 마음의 속삭임에 대한 믿음밖에 남지 않은 거야. 물론 그 당시만 해도 여러 가지 기적이 있었던 것은 사실이야. 기적적인 치료를 행한 성인들도 있었고, 성모 마리아의 방문을 받은 기록도 있었지. 그러나 악마도 낮잠을 자고 있었던 것은 아니니까, 이런 기적의 진실을 의심하는 자들이 인류 속에 나타나기 시작했어. 그 당시 독일 북쪽에 무서운 이단이 새롭게 일어났어. '불붙은 큰 산과 같은 (즉, 교회와 같은) 큰 별 하나가 수원(受援)에 떨어져 물이 써졌다'***라는 말이지. 이들 사교는 대담하게도 그러한 기적들을 부정하기 시작했어. 그러나 신앙을 가진 사람들은 더욱 열

---

* 〈마태복음〉 24:36
** F. 실러의 시 〈동경〉에서 인용하였다.
*** 〈요한계시록〉 8:10~11

렬히 믿었어. 인류의 눈물은 여전히 변함없이 그리스도를 원하고, 사랑하고, 기다리며 그에게 희망을 걸고, 옛날처럼 그를 위해 고난을 당하다 죽어가기를 갈망하고 있었어. 이렇게 몇 세기에 걸쳐 인류는 신앙과 열정을 가지고 '오, 주여, 우리에게 모습을 나타나소서'라고 기도하며 애타게 불렀기 때문에, 그지없이 자비로우신 그리스도는 마침내 기도를 드리는 이들한테 내려가기로 생각한 거야. 그전에도 그는 천국에서 내려와 그때까지 이 지상에 살고 있던 몇몇 성인이며 순교자들, 성스러운 은자들을 방문한 일이 있었는데, 이것은 그들의 전기에도 기록되어 있지. 우리 러시아에서도 자기 말의 진실성을 굳게 믿고 있던 추체프*가 이렇게 노래한 바 있어.

십자가의 무거운 짐 지고 내려와
하느님의 아들이 노예가 되어
어머니인 대지에 축복을 주고자
방방곡곡 두루 다니시도다

이건 정말 그랬을 거야. 나도 그건 확신할 수 있어. 그래서 그리스도는 잠시라도 좋으니 민중 속에 모습을 드러내기로 작정하신 거겠지. 고민하고 괴로워하며 어둠의 죄에 싸여 있으면서도 젖먹이처럼 순진하게 자기를 사랑해주는 민중 곁으로 말이야. 그러나

---

* 러시아 낭만주의 시기의 시인으로, 러시아 '철학시'의 시조로 일컬어진다.

내 서사시는 스페인의 세비야를 무대로 하고 있어. 그리고 그 시대는 신의 영광을 위해 날마다 화형장에서 사악한 이교도들을 태워죽이던 심문시대(審問時代)에 속해 있지.

활활 타오르는 화형장에서
사악한 이교도들이 불타 죽도다*

그러나 물론 이 강림은 그가 일찍이 약속했던 하늘의 영광에 싸여 이 세상이 끝나는 날에 출현한다는 것과는 전혀 다른 거야. 결코 '동쪽에서 서쪽까지 번쩍이는 번갯불'**처럼 나타난 것은 아니었으니까. 그리스도는 잠깐 동안 자기 자식들을 방문하고 싶었던 거야. 그래서 그는 특별히 이교도들을 불태우는 불길이 무섭게 타오르는 바로 그 땅을 골랐어. 그지없이 자비로우신 그리스도는 15세기 전에 3년간 사람들 사이를 돌아다녔을 때와 마찬가지로 인간의 모습을 빌려 다시 한번 민중 속에 나타나신 거야. 그리스도는 남쪽 도시의 '뜨거운 광장'에 내려왔는데, 마침 그때는 '활활 타오르는 화형장'에서 거의 100명에 가까운 이교도들이 '하느님의 크신 영광을 위하여(a majorem gloriam Dei)' 국왕을 비롯한 조정의 신하들, 기사들, 추기경, 아름다운 궁녀들과 세비야의 수많은 주민들이 지켜보는 가운데 대심문관인 추기경의 지휘

---

* A. I. 폴레자예프의 시 〈코리올란〉에서 인용하였다.
** 〈마태복음〉 24

555

아래 한꺼번에 화형당한 바로 그다음 날이었어.

　그리스도는 사람들의 눈을 피해 조용히 나타났어. 그런데 이상하게도 세상 사람들이 모두 그분이 주님이란 것을 알아보았어. 바로 여기는 내 서사시 중에서도 최고의 대목이라 해도 과언이 아니야. 즉, 어떻게 민중이 그를 알아보았느냐 하는 점이 그럴듯하거든. 민중은 불가항력적인 어떤 힘에 이끌려 그리스도를 향해 밀려가서 순식간에 그를 에워싸고 그의 뒤를 따라가는 거야. 그리스도는 그지없이 자비로운 미소를 지으며 말없이 군중 속을 걸어가고 있었어. 사랑의 태양이 그의 가슴속에 타오르고, 광명과 힘의 광선은 그 눈에서 흘러나와 사람들의 머리 위를 비추면서 사람들 가슴속에 사랑의 감흥을 일으켰어. 그는 군중에게 두 손을 뻗어 축복을 내렸는데, 그 자신의 몸은 말할 것도 없고 그의 옷자락에만 손이 닿아도 모든 병을 고치는 힘이 솟아나는 거야. 이때 어릴 때부터 장님인 노인 하나가 군중 속에서 '주여, 제 눈을 뜨게 하시어 저도 당신을 볼 수 있게 하소서'라고 소리쳤어. 그러자 마치 눈에 붙었던 비늘이라도 떨어져나간 듯이 장님이 눈을 떴어. 사람들은 감격의 눈물을 흘리며 그가 밟고 지나가는 땅에 입을 맞추었고, 아이들은 그의 앞에 꽃을 던지고 노래하며 '호산나!'라고 외치고 사람들은 '이분은 틀림없이 그분이셔, 틀림없이 그분이시라니까' 하고 끊임없이 외쳐댔어. '그분이 아니라면 누구시겠어.'

　그가 세비야 대성당 현관 앞에서 걸음을 멈췄는데, 마침 이때 뚜껑을 덮지 않은 조그마한 하얀 관이 통곡 소리와 함께 성당으로 운반되어 들어가고 있었어. 그 관 속에는 이름 있는 시민의 외동딸인 일곱 살 난 소녀의 시체가 꽃에 덮여 누워 있었지.

'저분은 당신의 딸을 소생시켜주실 거예요.'

슬픔에 빠져 있는 어머니를 향해 군중 속에서 외치는 소리가 들렸어. 관을 맞으러 나온 신부는 미간을 찌푸린 채 의혹에 찬 눈으로 그를 바라보고 있는 거야. 갑자기 이때 죽은 아이의 어머니의 외침 소리가 울려 퍼졌어. 여인은 주님의 발밑에 몸을 던지고는 '만약 당신이 예수님이시라면 제 딸을 다시 살려주십시오' 하고 그리스도에게 두 손을 뻗으며 외쳤지. 장례 행렬이 멈춰서고 관은 그의 발밑에 내려졌어. 그리스도는 연민의 눈으로 바라보더니, 조용히 입을 열어 '탈리타 쿰(Talitha cumi)'* 하고 한번 외쳤어. 그러자 소녀는 관 속에서 일어나 앉더니 놀란 듯이 눈을 크게 뜨고 방실방실 웃으며 주위를 둘러보는 거야. 그 손에는 관에 눕힐 때 쥐어준 백장미 꽃다발이 그대로 있었어. 군중 속에서 동요와 환성과 통곡이 일어났지. 바로 이때 대심문관인 추기경이 성당 옆 광장을 지나고 있었지.

이 대심문관은 나이가 거의 아흔 살에 가까웠지만 키가 크고 허리가 꼿꼿했으며, 여윈 얼굴에 눈은 움푹 패어 있었지만, 아직도 두 눈에는 불꽃과 광채가 번쩍이는 노인이었지. 그는 전날 로마 교회의 적들을 불태울 때 민중 앞에 입고 나왔던 찬란한 법의가 아니라 낡아빠진 허름한 법의를 걸치고 있었어. 그 뒤에는 우

---

* '소녀여, 일어나라'라는 뜻이다. 〈마르코복음〉 5:41

울한 얼굴을 한 보좌관들, 노예들 그리고 '성스러운' 호위병들이 일정한 간격을 두고 따라오고 있었지. 대심문관은 군중 앞에 걸음을 멈추고 멀리서 쳐다보고 있었어. 그는 모든 장면을 다 보았지. 사람들이 그리스도의 발밑에 관을 내려놓는 것도 보았고, 소녀가 다시 살아나는 장면도 보았어. 그러자 그의 얼굴이 어두워지면서 숱 많은 흰 눈썹을 험상궂게 찌푸렸고, 두 눈에서는 불길한 광채가 번뜩였어. 그는 호위병을 향해 손가락을 쳐들어 보이며 '저자를 체포하라'고 명령했어. 그의 권세는 너무나 강하여 그의 명령이라면 누구나 벌벌 떨며 순순히 복종하도록 길들여져 있었으므로 군중은 호위병들에게 순순히 길을 열어주었어. 그리하여 별안간 내습한 무덤 같은 침묵 속에서 호위병들은 그리스도를 잡아서 끌고 갔지. 군중들은 마치 한 사람이 움직이듯 일제히 늙은 심문관 앞에 이마가 땅에 닿도록 절을 했고, 심문관은 말없이 군중에게 축복을 내리고 그 자리를 떠났어. 호위병은 이 죄인을 신성재판소(神聖裁判所)로 사용하는 낡은 건물 안의 어둡고 좁다란 원형 천장의 감방으로 끌고 가서 그 안에 가둬버렸지.

날이 저물어 어둡고 무더운 '죽음과도 같은 세비야의 밤'이 찾아왔어. 대기는 온통 '월계수와 레몬 향기'로 가득 차 있었어. 그런데 캄캄한 어둠 속에서 갑자기 감방 문이 열리더니 늙은 대심문관이 손에 등불을 들고 안으로 들어오는 거야. 그는 혼자 들어왔는데, 들어오자 감방 문은 곧 닫혀버렸어. 그는 문 옆에 선 채 1, 2분 동안 그리스도의 얼굴을 뚫어지게 바라보고 있더니, 이윽고 조용히 다가와서 탁자 위에 등불을 내려놓고 말을 시작했어.

'네가 정말 그리스도냐? 네가 그리스도냔 말이다?'

그러나 대답을 듣기도 전에 그는 얼른 말을 이었어.

'대답을 안 해도 좋다. 잠자코 있거라. 하기는 대답할 말도 없을 테지. 난 네가 할 말을 너무나 잘 알고 있다. 게다가 너는 지금껏 말한 것 이외에 아무것도 덧붙일 권리가 없단 말이다. 무엇 때문에 우리를 방해하러 왔느냐? 너는 정말 우리를 방해하러 온 거지? 하지만 내일 무슨 일이 일어날지 알고 있느냐? 나는 네가 누군지도 모르고 또 알고 싶지도 않다. 네가 진짜 그리스도건 아니건 그건 아무래도 상관없어. 어쨌든 나는 내일 너를 재판에 회부하여 극악무도한 이단자루 화형에 처해버릴 테니까 오늘 너의 발에 입을 맞춘 민중이 내일은 내가 손가락을 놀리기만 해도 네가 불타고 있는 모닥불 속에 앞 다퉈 장작을 던져 넣을 거다. 그걸 너는 아느냐? 아마 알고 있겠지.'

대심문관은 단 한순간도 죄수에게서 눈을 떼지 않고 깊은 감개를 느끼는 듯한 어조로 말했어."

"뭐가 뭔지 통 모르겠어요. 형님, 도대체 그건 무슨 뜻입니까?"

말없이 계속 듣고만 있던 알료샤가 미소를 지으며 물었다.

"그건 터무니없는 공상인가요, 아니면 그 노인의 오해인가요, 그건 도저히 있을 수 없는 모순당착(qui pro quo) 아닌가요?"

"그럼, 마지막 것으로 생각하렴."

이반이 껄껄 웃었다.

"네가 요즘 유행하는 사실주의에 물들어 공상적인 요소는 조금도 참을 수 없다면, 그래서 그걸 모순당착으로 생각하고 싶다면 그래도 좋아."

그는 다시 웃었다.

"노인은 이미 아흔 살이 되었으니까 오래전부터 비정상적인 관념을 가지고 있었는지도 모르지. 더욱이 그 죄수의 용모에 압도되기도 했을 거고 말이야. 아니, 어쩜 그것은 아흔 노인의 단순한 헛소리나 망상일지도 몰라. 아마 그 전날 100명이나 되는 이단자들을 화형에 처했기 때문에 아직도 흥분해 있었겠지. 그러나 너한테나 나한테나 그것이 모순당착이건 터무니없는 망상이건 결국은 매한가지 아니냐? 결국 그 노인은 자기 마음속에 있는 것을, 90년 동안이나 말하지 않고 있던 것을 입 밖에 내서 말한 것뿐이니까."

"그런데도 죄수는 여전히 가만 있는 겁니까? 상대방의 얼굴만 바라볼 뿐 아무 말도 하지 않나요?"

"그야 물론 그럴 수밖에 없잖아. 어떤 경우에든."

이반은 다시 웃었다.

"그리스도는 옛날에 자기가 말한 것 이외에 덧붙일 권리가 없다고 그 노인이 못 박고 있으니 말이야. 내 생각에는 바로 여기에 로마 가톨릭의 가장 근본적인 특징이 숨어 있다고 할 수 있는 것 같아. '너는 이미 모든 것을 교황에게 넘겨주지 않았느냐 말이다. 이제 모든 것이 교황 수중에 있으니, 제발 다시 나타나지 말라고. 적어도 어느 시기가 올 때까지는 방해하지 말아주게'라고 말하는 거야. 그들은 이런 뜻을 입으로만 떠드는 것이 아니라 책으로까지 쓰고 있거든. 적어도 예수회 사람들은 말이야. 나도 예수회 신학자가 쓴 책을 읽은 적이 있어.

'도대체 너는 네가 방금 떠나온 저세상의 비밀을 우리에게 한 가지만이라도 전할 권리를 가지고 있다고 생각하느냐?'

대심문관은 그리스도한테 이렇게 묻고는 곧 자신이 대신 답하는 거야.

'아니, 그럴 권리는 조금도 없어. 그건 네가 옛날에 한 말에 무엇 하나 덧붙이지 않게 하기 위해서도 그렇고, 또한 네가 이 지상에 있을 때 그처럼 강력히 주장했던 자유를 민중에게서 빼앗아가지 못하게 하기 위해서도 그래. 네가 지금 새로이 전하려고 하는 것은 전적으로 민중의 신앙의 자유를 위협하는 것뿐이야. 왜냐하면 그것은 기적으로 나타나기 때문이지. 그런데 민중의 신앙의 자유야말로 이미 1500년 전 당시부터 너에게 가장 귀중한 것이 아니었느냐. 나는 너희들을 자유롭게 해주기를 원하노라고 입버릇처럼 말한 것은 바로 네가 아니었느냐 말이다. 이제 너는 그들의 자유로운 모습을 보게 된 거야. 생각에 잠긴 듯한 표정으로 노인은 빙긋이 웃으며 이렇게 덧붙였어. 사실 우리는 이 사업을 위해 얼마나 비싼 대가를 치렀는지 모른다고.'

준엄한 눈초리로 상대방을 쏘아보며 노인을 다시 말을 이었어.

'그러나 우리는 너의 이름으로 마침내 이 사업을 완성했다. 지난 15세기 동안 우리는 이 자유를 위해 온갖 고초를 겪었으나, 이제는 그것을 완성한 거야. 견고하게 완성한 거지. 너는 견고히 완성했다고 해도 믿지를 않겠지? 너는 상냥한 눈으로 나를 바라보며 화를 낼 가치조차 없다는 표정이구나, 그러나 이것만은 알아두어라. 민중은 지금 어느 때보다도 자기들이 완전한 자유를 누리고 있다고 믿고 있다. 하지만 그들은 그들의 자유를 자진해서 우리에게 바쳐준 거야. 겸손하게 우리의 발밑에다가 그것을 다 바쳤다고. 그리고 그걸 완성한 건 바로 우리란 말이다. 네가 원하는 것은 바로 이런 자유가 아니었을 테지!'"

"무슨 말인지 잘 모르겠어요,"

알료샤가 형의 말을 또 가로챘다.

"노인은 비꼬아 말하는 겁니까? 비웃는 건가요?"

"결코 그렇지 않아. 그들은 마침내 자유를 정복함으로써 민중을 행복하게 해주었고, 그 모든 것은 자기와 동료의 공적이라고 생각하는 거야. '왜냐하면 이제야 비로소 민중은 행복을 생각할 수 있게 되었기 때문이다. 인간은 원래 반역자로서 창조되었지만 반역자가 과연 행복할 수 있을까? 너도 여러 번 경고를 받았어' 하고 노인은 그리스도에게 말하는 거야. '너는 경고와 주의를 충분히 받았음에도 불구하고 그 경고에 귀 기울이지 않고 인간을 행복하게 할 수 있는 유일한 길을 거부해버렸단 말이다. 그러나 다행히도 너는 이 세상을 떠날 때 자기 사업을 우리에게 넘겨주고 가지 않았느냐. 그러니까 너는 이제 와서 그 권리를 우리한테서 빼앗아갈 수 없단 말이다. 그런데도 도대체 무엇 때문에 우리 일을 방해하러 온 거냐?'"

"경고와 주의를 충분히 받았다는 건 대체 무슨 뜻이죠?" 하고 알료샤가 물었다.

"바로 그것이 심문관이 말하려는 가장 중요한 대목이야. 노인은 말을 계속하지. '무섭고도 지혜로운 악마*가, 자멸과 허무의 악마가 광야에서 너를 시험한 것으로 되어 있는데, 그것이 사실인지? 그러나 그 악마가 세 가지 물음으로 너에게 한 말, 너한테 거절당했던 말, 성경에서 시험이라 불리는 그 말보다 더 진실한 말이 과연 있을 수 있을까? 만약에 이 땅에서 정말로 위대한 기적이 이루어진 때가 있다고 한다면, 그것은 이 세 가지 시험의 날, 바로 그날일 테지. 그 이유는 이 세 가지 시험 속에 다름 아닌 기적이 포함돼 있기 때문이지. 가령 여기서 이 무서운 악마의 세 가지 물음이 성경 속에서 자취도 없이 사라져버려서, 또다시 그것을 성서에 써 넣기 위해 새롭게 고안하여 창작하지 않으면 안 되게 되었다고 치자. 이것을 위해 세계의 모든 현자, 즉 정치가, 성인, 학자, 철학자, 시인 등을 모아놓고 '세 가지 물음을 고안해다오. 그러나 그것은 어디까지나 사건의 위대성에 상응할 뿐더러 세 마디의 말, 단 세 마디의 인간의 말로 전 세계와 전 인류의 미래사를 남김없이 망라해서 표현하지 않으면 안 된다' 이런 과제를 주었다고 하자. 이런 경우, 전 세계의 전지전능을 한데 묶어 짜내본다 하더라도 그 힘과 깊이에서, 강하고 현명한 악마의 광야에서 너한테 던진 세 가지 물음에 필적할 만한 것을 과연 그들이 짜낼 수 있을 것인가? 너도 그런 것쯤은 알고 있을 테지.

이 세 가지 물음으로 판단하더라도, 그 실현의 기적만으로 판단하더라도 덧없이 흘러가는 인간의 지혜가 아니라 영원하고도

---

* 〈마태복음〉 4

절대적인 지혜를 상대로 하고 있다는 것이 판명되지 않느냐 말이다. 왜냐하면 이 세 가지 물음 속에 인간의 전 미래사가 하나로 통합되어 예언되어 있을 뿐 아니라 지구 전체에 미치는 인간 본질의 해결할 수 없는 역사적 모순을 한꺼번에 모아놓은 세 가지 이미지가 나타나 있기 때문이지. 그야 물론 미래를 알 수 없으므로 그 당시만 해도 이런 것을 잘 몰랐을 테지만, 그로부터 15세기라는 세월이 흐른 오늘날의 우리는 이것을 알고 있지. 이 세 가지 물음 속에 무엇 하나 증감할 수 없을 만큼 모든 것이 예언되었고, 또 그 예언대로 모두 맞아 들어가고 있다는 것을 잘 알 수 있지 않느냐 말이다. 도대체 어느 쪽 말이 옳은가 너 자신이 판단해봐라. 네가 옳은가, 아니면 그때 너를 시험한 자가 옳은가?

첫째 질문을 상기해봐라. 말은 좀 다를지 몰라도 뜻은 이런 거니까. '너는 지금 세상으로 나가려 하고 있다. 그것도 자유의 약속이니 뭐니 하는 걸 가졌을 뿐 맨손으로 나가려 한다. 그러나 원래가 어리석고 비천한 인간들은 그 약속의 뜻을 이해하지 못하고 오히려 두려워하고 있다. 왜냐하면 인간이나 인간 사회에 있어 자유보다 더 견디기 어려운 것은 지금까지 없었으니까! 이 메마른 벌거숭이 광야에 뒹구는 돌들을 보라. 만일 네가 이 돌을 빵으로 변하게 할 수만 있다면 온 인류는 점잖은 양 떼처럼 너의 뒤를 따를 것이다. 그리고 네가 혹시 빵을 주지 않을까 영원토록 전전긍긍하리라.'

그러나 너는 민중한테서 자유를 빼앗기를 원치 않았으므로 이 제의를 거부해버렸던 것이다. 너의 생각으로는 만약 그 복종이 빵으로 살 수 있는 것이라면 어떻게 거기 자유가 존재할 수 있겠느냐 하는 것이었다. 그때 너는 '사람은 빵만으로 살 수 없다'고 반박했지만 그러나 다름 아닌 그 빵의 이름으로 이 지상의 악마가 너한테 반기를 들고 너와 싸워 승리를 거두게 될 것이며, 모든 사람들은 '이 짐승을 닮은 자야말로 하늘에서 불을 훔쳐 우리에게 준 자다'라고 환호하면서 그 악마의 뒤를 따라가고 있는 것을 너는 모르느냐?

수백 년이 지난 후에 인류는 자기의 지혜와 과학의 입을 빌어 '범죄라는 것도 없고 따라서 죄악도 없다. 다만 굶주린 인간이 있을 뿐이다'라고 선언하게 되리라는 걸 너는 모르느냐?

'먼저 먹을 것을 우리에게 달라. 그러고 나서 선행을 요구하라!'

이렇게 쓴 깃발을 치켜들고 사람들은 너를 반대하여 폭동을 일으킬 것이다. 그리고 그 깃발에 의하여 너의 신전은 파괴되어버릴 것이다. 그리하여 너의 신전이 서 있던 자리에는 새로운 건물이, 다시금 새로운 바벨탑이 세워질 것이다. 물론 옛날의 그것과 마찬가지로 이 탑도 완성되지 못하겠지만, 그렇다 하더라도 너는 이 새로운 탑의 건설을 사전에 막아 사람들의 고통을 천 년은 줄일 수 있었을 것이다. 왜냐하면 그들은 천 년 동안 그 탑을 세우느라고 고통 받은 끝에 우리한테 돌아온 것이 분명하니까! 그때 그들은 또다시 땅속 묘지 안에 숨어 있는 우리를 찾아낼 거다. 그때는 우리가 또다시 박해를 받아 고난의 길을 가고 있을 테니까. 그들은 우리를 찾아내서 '우리에게 먹을 것을 주십시오, 우리에게 천국의 불을 가져다주겠다고 약속한 사람이 거짓말을 했습니다'

라고 외칠 테지. 그러면 그때 우리는 비로소 그들의 탑을 완성시켜줄 것이다. 왜냐하면 그들에게 먹을 것을 주는 자만이 그 탑을 완성시킬 수 있는데 바로 우리가 너의 이름으로 그들에게 먹을 것을 주기 때문이다. 그러나 '너의 이름으로'라는 건 거짓말에 지나지 않는 거다. 그들이 자유를 누리고 있는 한 어떤 과학도 그들에게 빵을 줄 순 없는 거야!

그러나 결국에 가서는 그들도 자기의 자유를 우리의 발밑에 가져다 바치며 '우리를 노예로 삼아도 좋으니 제발 먹을 것을 좀 주십시오'라고 애원할 게 틀림없어. 즉, 자유와 빵은 어떠한 인간에게도 양립할 수 없다는 것을 그들 자신이 깨닫게 되는 거지. 또한 그들은 자기네들끼리 그것을 공평하게 분배할 수는 도저히 없기 때문에, 또한 그들은 자기들이 너무나 무력하고 너무나 악할뿐더러 한 푼의 값어치도 없는 반역자들이기 때문에 절대로 자유를 누릴 수 없다는 것을 깨닫게 될 테지. 너는 그들에게 하늘의 양식을 약속했지. 그런데 다시 되풀이하지만 그 무력하고도 죄 많은 비천한 인간들의 눈으로 볼 때, 과연 하늘의 빵이 지상의 빵만 하겠느냐 말이다! 설사 수천수만의 인간이 하늘의 빵을 얻기 위해 너의 뒤를 따른다 하더라도, 하늘의 빵을 위해 지상의 빵을 멸시할 수 없는 수백만 수천만 명의 인간은 도대체 어떻게 된다는 거냐? 아니면 너에겐 위대하고 강력한 의지를 지닌 수만 명의 인간만이 귀할 뿐, 약한 의지를 가지긴 했지만 너를 사랑하는 수백만 명의 인간들은, 아니, 바닷가의 모래알처럼 수많은 인간들은 조금도 귀하지 않다는 거냐? 우리에겐 무력한 인간도 귀중하다. 그들은 방탕한 반역자들이긴 하지만, 나중에 가선 오히려 이런 인간들이 유순해지기 마련이니까. 그들은 우리를 경탄의 눈으로 바라보고 우리를 신으로 받을 것이다. 왜냐하면 우리는 그들의 선두에 서서 그들이 그처럼 두려워하는 자유를 달갑게 참아내고 그들 위에 군림할 것을 동의했기 때문이야. 그리하여 마침내 그들은 자유롭게 된다는 것을 가장 큰 공포로 여기게 될 것이란 말이다.

그러나 우리는 그들에게 '우리 역시 그리스도의 종이며, 너희들 위에 군림하는 것도 그리스도의 이름으로 하는 것이다'라고 선언할 거야. 이렇게 우리는 다시금 기만할 것이지만, 이제는 무슨 일이 있어도 너를 우리에게 가까이 오지 못하게 할 테니까 문제될 건 하나도 없지. 그러나 이 기만 속에 우리의 고민이 존재하고 있는 거야. 왜냐하면 우리는 영원히 거짓말을 해야만 하니까. 광야에서의 첫째 물음은 바로 이런 뜻을 지니고 있는 거야. 너는 네 자신이 무엇보다도 가장 존중하는 자유 때문에 그것을 거부했던 거야. 그 밖에도 이 물음 속에는 현세의 위대한 비밀이 숨어 있지. 만약 네가 '지상의 빵'을 받아들였더라면 개개의 인간 및 전 인류의 영원하고도 공통적인 번민에 대하여 해답을 줄 수 있었을 것이다. 그것은 '누구를 숭배할 것이냐' 하는 의문이지. 자유를 누리는 인간에게 가장 괴롭고 해결하기 어려운 문제는 우선 급하게 자기가 숭배할 인물을 찾아내야 한다는 거야. 그런데 인간이란 존재는 태생적으로 숭배할 만한 가치를 지닌 대상을 찾게 되어 있어. 왜냐하면 이 가련한 생물들은 그들 각자가 숭배 대상을 찾을 뿐만 아니라 만인이 함께 떠받들고 만인이 다 함께 무릎을 꿇을 수 있는 그런 대상을 찾기 때문이지.

이런 공통적인 숭배의 요구야말로 세상이 시작된 그날부터 개개의 인간 및 전 인류의 가장 큰 고민거리가 되어왔어. 숭배의 공통성이라는 것 때문에 사람들은 서로 칼을 들고 싸워왔지. 그들은 각자 자기들만의 신을 만들어서 서로 자기 쪽으로 불러들였어. ‘너희 신을 버리고, 이리 와서 우리 신 앞에 무릎을 꿇어라. 그렇지 않으면 너희들도, 너희 신도 죽여버리겠다’고 하면서. 이런 상태는 이 세상이 끝날 때까지, 이 세상에서 신이라는 신이 모두 사라진 뒤에도 계속될 거다. 신이 없으면 그들은 우상 앞에라도 무릎을 꿇지 않을 수 없는 자들이니까. 너는 인간 본성의 이 근본적인 비밀을 알고 있었을 게다. 아니, 몰랐을 리가 없어. 그런데도 너는 모든 인간을 무조건 네 앞에 무릎 꿇게 하기 위해 악마가 너한테 권한 절대적인 유일무이한 깃발, 즉 지상의 빵이라는 깃발을 거부했어. 더욱이 하늘의 빵과 자유의 이름으로 그것을 거부해버리지 않았느냐 말이다. 그리고 또 네가 무슨 일을 했는지 잘 생각해봐라. 너는 걸핏하면 자유라는 이름을 내걸었어! 거듭 말하지만 인간이라는 가련한 생물들에게는 자유라는 타고난 선물을 넘겨줄 사람을 한시 바삐 찾아내는 것이 가장 큰 고민거리란 말이다.

그러나 그들의 자유를 지배할 수 있는 자는 그들의 양심을 편안하게 해줄 수 있는 자에 한하는 거야. 너에겐 빵이라는 절대적인 깃발이 주어졌으니까, 빵을 주기만 하면 사람들은 네 발밑에 엎드릴 게다. 왜냐하면 빵보다 더 확실한 것은 없으니까. 하지만 만약 그때 누구든 너 이외에 인간의 양심을 지배하는 자가 나타나면 오, 그때는 너의 빵을 내던지고서라도 인간은 자기의 양심을 사로잡는 자의 뒤를 따를 게 틀림없어. 이 점에 있어선 네가 옳았어. 왜냐하면 인간 삶의 비밀은 그저 사는 것뿐만 아니라 무엇을 위해서 사느냐 하는 데 있기 때문이지. 무엇 때문에 사느냐 하는 굳건한 의식이 없다면, 설사 빵이 산더미같이 쌓여 있더라도 결코 인간은 살기를 원치 않을 거야. 이 지상에 남아 있기보다는 차라리 자멸의 길을 택할 게 틀림없어. 그러나 실제는 어떤가? 너는 인간의 자유를 지배하기는커녕 오히려 더욱 큰 자유를 그들에게 부여하지 않았느냐 말이다! 그래 너는 인간이 선악의 의식에 있어서의 자유로운 선택보다는 안식을 (때로는 죽음까지도) 더욱 귀중하게 여긴다는 것을 잊었던 게다. 그야 물론 인간에겐 양심의 자유보다 더욱 매력적인 것은 없지만, 그것만큼 괴로운 것 또한 없다. 그런데 너는 인간의 양심을 영원히 평안케 할 확고한 기반을 주는 대신 이상하고 아리송한 수수께끼 같은, 인간의 힘에는 너무나 벅찬 것들만 안겨주었다. 따라서 너의 행위는 인간을 조금도 사랑하지 않는 것과 유사한 결과를 가져오게 된 거다. 도대체 그런 행동을 한 것은 누구냐 말이다. 그건 다름 아닌 인류를 위해 자신의 생명을 던진 네가 아니냐?

너는 인간의 자유를 지배하려 하지 않고 오히려 너는 그 자유를 증진시켜 괴로움을 심어주고 그 괴로움을 통해 인간의 마음의 왕국에 영원한 무거운 짐을 지워주었던 거다. 너는 너에게 매혹된 인간이 자유 의지로써 너를 따라올 수 있도록 인간의 자유로운 사랑을 바랐다. 그 결과 인간의 확고한 고대의 율법을 물리치고, 그 후부터 무엇이 선이고 어떤 게 악인지 자유 의지에 따라 스스로 결정하지 않으면 안 되게 된 거다. 게다가 지도자라고는 그들 앞에 너의 모습밖에 없었던 거야. 그러나 너는 이러한 것을 생각해보진 않았느냐? 만일 선택의 자유라는 무거운 짐이 인간을 압박할 때, 인간들이 네게 등을 돌리고 너의 모습도, 너의 진리도 배척하게 될 것이라는 것을. 그들은 결국 진리는 네 속에 없다고 외치게 될 것이다. 왜냐하면 너는 그처럼 많은 걱정거리와 풀 수 없는 과제들을 그들에게 줌으로써 그들로 하여금 혼란과 고통 속에서 허우적거리도록 했기 때문이지. 사실 그 이상으로 잔인한 일은 도저히 불가능한 일이니까. 이렇게 너는 스스로 자기 왕국이 붕괴되는 기초를 만들어놓았으니 어느 누구도 비난하거나 원망할 수도 없을 거다. 그렇지만 과연 네가 권고받은 것이 이런 것이었을까?

이 지상에는 세 가지 힘이 있다. 즉, 이들 무력한 폭도들의 양심을, 그들의 행복을 위해 영원히 정복하고 사로잡을 수 있는 힘은 이 지상에 세 가지밖에 없단 말이다. 그 세 가지 힘이란 바로 기적과 신비와 권위를 말하는 거다. 너는 이 세 가지를 모두 거부함으로써 스스로 모범을 보여주었다. 그때 그 무섭고도 지혜로운 악마가 너를 성전 꼭대기에 세워놓고 이렇게 물었지.

'만약에 네가 하느님의 아들인가 아닌가를 알고 싶거든 여기서 뛰어내려봐라. 왜냐하면 밑에 떨어져 몸이 부서지지 않도록 도중에 천사가 받아준다고 책에 씌어 있으니까. 그때 너는 하느님의

아들인가 아닌가를 알게 될 것이고 하느님 아버지에 대한 너의 믿음이 얼마나 깊은지도 알게 될 것이다.'*

그러나 너는 이 권고를 물리쳤고, 술책에 빠져 밑으로 뛰어내리거나 하지 않았다. 물론 너는 신의 아들로서 긍지를 지키며 훌륭하게 행동했을지 모른다. 그러나 인간은, 그 무력한 폭도의 무리들은 결코 신이 아니다.

오오, 그때 만일 네가 한 걸음이라도 앞으로 나서서 뛰어내릴 자세를 취하기만 했더라도 너는 하느님을 시험한 것이 되어 당장에 모든 신앙을 잃고 네가 구원하러 온 그 대지에 부딪혀서 온몸이 산산이 부서져 너를 유혹한 그 지혜로운 악마를 기쁘게 해주었을 것이 틀림없다. 그러나 되풀이해 말하지만 너는 그것을 알고 있었던 거지. 유혹을 이겨낼 수 있는 힘이 다른 사람에게도 있을 것이라고 너는 정말 한순간이나마 생각한 적이 있는가? 인간의 본성이란 기적을 부정할 수 있도록 만들어져 있을까? 특히 생사가 걸린 그런 무서운 순간에, 가장 무섭고 가장 근본적이고 가장 괴로운 정신적 의혹에 자유로운 양심의 결정만으로 행동할 수 있도록 인간이 창조되었을까. 물론 너는 자신의 이 언행이 역사에 기록되어 땅 끝까지 영원히 전해지리라는 것을 알고 있었으므로, 다른 사람들도 너를 본받아 기적을 구하지 않고 하느님과 함께 있을 것이라고 기대했던 거야. 그러나 기적을 부정할 때 인간은 신까지도 함께 부정한다는 걸 너는 몰랐던 거야. 왜냐하면 인

---

* 〈마태복음〉 4:5~6

간은 오히려 신보다도 기적을 구하기 때문이지. 인간이란 기적 없이는 살 수 없는 존재야. 그래서 그들은 제멋대로 기적을 만들어내고, 마침내는 마술사의 기적이나 무당의 요술에도 금방 무릎을 꿇어버리는 거지. 다른 사람보다 몇 배나 더한 반역자고 이교도고 불신자라 할지라도 이 점에서는 다 똑같을 거란 말이다. 너는 많은 사람들이 '십자가에서 내려와봐라. 그럼 네가 하느님의 아들이라는 걸 믿겠다'라고 희롱하며 소리쳤을 때도 십자가에서 내려오지 않았어. 그때도 역시 인간을 기억의 노예로 삼기를 바라지 않고 기적의 구속을 받지 않는 자유로운 신앙을 갈망했기 때문에 내려오지 않았던 거야. 당신이 원한 것은 강력한 힘에 지배를 받는 인간의 노예와 같은 삶에서 오는 기쁨이 아니고 자유로운 인간이었어. 하지만 이런 점에서마저 너는 인간을 지나치게 높이 평가했어. 그들은 처음에 반역자로 태어났지만 역시 노예인 것이 분명했기 때문이지. 주변을 잘 둘러보고 판단해라. 그때부터 15세기나 지났으니 네가 네 자신의 높이까지 끌어올린 상대가 과연 어떤 존재들인지 보란 말이다. 나는 단언할 수 있다. 네가 생각한 것보다 인간은 훨씬 약하고 비열하단 사실을. 인간이 네가 한 것과 같은 일을 할 수 있다고 생각하는가?

그런 방식으로 그들을 존중하면서 너의 행위는 오히려 그들을 동정하지 않는 것처럼 되어버렸어. 그것은 네가 그들에게 지나치게 많은 걸 요구해서 그렇게 된 거야. 자신보다 인간을 더 사랑했다고 했지. 그런 것들이 네가 할 일이라고 생각한 건가? 네가 만일 그들을 그렇게 사랑하지 않았다면 그들에게 그렇게 많은 것을 요구하지도 않았을 것이다. 그렇게 되면 인간도 부담을 덜 느꼈을 것이고 그래서 그들을 사랑하는 결과가 되었겠지. 인간은 본디 힘이 없고 비열하니까. 지금 그들은 여러 곳에서 우리의 권위에 대항하여 반기를 들고 있고, 그것을 자랑스러워하지만 그런 건 아무래도 좋아. 그런 것 따위는 어린애들의 자랑에 불과하니까. 초등학생들의 자랑일 뿐이지. 그것은 교실에서 소란을 일으켜서 선생을 쫓아내는 유치한 어린애들이 하는 짓과 같아. 하지만 얼마 지나지 않아서 아이들의 기쁨은 끝나고, 그들은 그것 때문에 혹독한 대가를 치르겠지. 그들은 성전을 무너뜨리고 피로 대지를 물들이겠지만 결국 이 아이들도—그들이 반역자이지만—그 반역을 끝까지 지탱할 수 없는 의지가 빈약한 반역자라는 걸 알게 될 거야. 결국 자신들을 반역자로 만든 신은 자신들을 비웃으려고 한 게 분명하다는 사실을 아둔하게 눈물을 흘리며 깨닫게 되는 거지.

그들이 이런 소리를 하는 건 절망에 빠졌기 때문이지만 일단 내뱉은 말은 전부 신을 모독하는 것이 되어서, 결국에는 더 불행해지겠지. 인간의 본성은 신에 대한 모독을 이겨낼 수 없게 되어 있어서 마침내 그런 본성이 자신에게 복수를 할 것이고. 그래서 불안, 혼란, 불행 같은 것이 바로 지금 우리가 겪는 숙명이 되어버리지. 네가 그들의 자유를 위해서 그렇게 고난을 겪은 뒤에도 역시나 인간의 운명은 변하지 않아. 위대한 예언자*는 비유와 환상

---

* 제자 요한을 가리킨다.

으로 가득한 계시록에서 심판의 날에 참석한 모든 자들을 둘러보았는데, 각 지파별로 1만 2000명이었다고 했지. 그러나 그들의 수가 그것밖에 되지 않는다면 그들은 인간보다는 신이라고 해야겠지.* 그들은 너의 십자가를 지고 몇십 년간 메뚜기와 풀뿌리만을 먹으며 아무것도 없는 황야에서 견뎠지. 그래서 너는 물론 자유의 아들, 자유로운 사랑의 아들, 너 자신을 위해 스스로 원해서 성스러운 희생을 한 아들들을 자랑스럽게 가리킬 수도 있겠지.

하지만 그들은 몇천 명밖에 되지 않는 신과 마찬가지인 인간들임을 명심해라. 그렇다면 나머지 인간은 어떻게 되는 거지? 그런 거룩한 인간들이 참고 견딘 것을 약한 인간들이 견디지 못했다고 해서 연약한 영혼들을 꾸짖을 수는 없지 않은가? 자유라는 무서운 선물을 받아들일 수 없었다고 해서 연약한 영혼들을 비난하는 건 아니지 않느냐는 거지. 실제로 너는 선택된 자들만을 위해 선택된 자들에게만 강림한 것인가? 만약에 그렇다면 그건 신비이며, 우리는 도저히 이해할 수 없는 부분이야. 그리고 그것이 진실된 신비라면, 우리도 신비를 선전하며 '인간에게 중요한 것은 마음의 자유로운 판단이나 사랑이 아니라 양심에 벗어나더라도 무조건적으로 복종하는 신비'라고 가르쳤을 것이다. 그리고 우리는 그렇게 했지. 우리는 너의 위업을 수정해서 그것을 기적과 신비와 권위 위에 세웠지. 사람들은 또다시 자신을 양 떼처럼 끌어주고, 큰 고통을 준 무서운 선물을 결국 없애줄 자가 나타난 것에 기

뼈하며 어쩔 줄 몰라 했지.

우리가 그렇게 배우고 또 그런 식으로 한 것이 옳은지 그른지 말해보거라. 우리가 그렇게 겸손하게 인간이 무력하다는 것을 인정하고 사랑으로 인간의 짐을 덜어주고 연약한 본성을 이해하고 우리의 허락을 얻으면 그들의 죄까지 용서받을 수 있도록 했는데 우리가 인류를 사랑하지 않았다고 말할 수 있겠는가! 너는 왜 우리를 방해하러 지금 나타났느냐? 왜 그대는 내 마음속을 들여다보는 것처럼 부드럽게 내 얼굴을 바라보는 거지? 화를 내고 싶으면 어서 내거라. 나는 너의 사랑을 원하지 않아. 왜냐하면 나는 그대를 사랑하지 않으니까. 그대에게 숨길 이유가 없어. 내가 지금 누구를 상대하는지 모르는 것 같나? 너는 내가 무엇을 말하려는지 벌써 다 알겠지. 네 눈을 보면 알 수 있거든. 이런데도 내가 너에게 우리의 비밀을 감추는 것이 무슨 의미가 있을까? 어쩌면 너는 내 입으로 직접 그것을 말하길 바라고 있는지도 모르지. 그렇다면 내가 말하겠어. 우리는 너와 손을 잡은 게 아니라 악마와 손을 잡았어! 이게 바로 우리의 '비밀'이야. 우리는 이미 오래전부터 너를 버리고 그와 함께했지. 8세기 전부터 그랬으니까. 예전에 네가 거세게 거절했던, 그가 이 지상의 왕국을 손가락질하며 너에게 권유했던 그 마지막 선물을 그 '악마'에게서 받은 지 8세기가 되었어. 우리는 악마에게 로마와 황제의 칼을 받고, 우리가 이 지상의 유일한 왕이라고 선언했다. 아직은 이 사업이 완벽하게 이루어지지는 못했지만 그건 우리의 잘못이 아니야. 비록 이 사업이 아직 초기이기는 하지만, 어쨌든 시작된 것은 사실이야. 완성되기까지는 오래 기다려야 하고 이 지구는 수많은 고통을 겪어야겠지만, 그래도 우리는 끝내 황제가 될 것이고 그때는 우리가 인류의 행복에 대해서도 생각할 수 있을 것이다.

그런데 너는 그때 이미 황제의 칼을 손에 넣을 수 있었는데 왜 마지막 선물을 거절했느냐? 그때 그 악마가 건넨 세 번째 충고를 받아들였다면 너는 인류가 원하는 모든 것을 만족시켰을 것이다. 그렇지? 즉, 인류가 누군가를 찬양하고 누구에게 양심을 맡길 것인지, 그리고 모든 인간을 개미집에서 공동 생활을 하는 개미처럼 하나로 통합할 수 있는 방법은 무엇인지 등을 해결할 수 있었을 것이다. 세계적 통합의 요구는 인류의 제3의 고민이며, 또한 마지막 고민이기 때문이다. 시대에 상관없이 인류는 수단과 방법을 가리지 않고 세계적인 통합을 이루기 위해 항상 노력해왔지. 거룩한 역사를 가진 국민은 많았지만, 이들은 높은 위치를 얻을수록 더 불행해졌다. 왜냐하면 다른 사람보다 훨씬 강할수록 인류의 세계적 통합의 요구를 더 강하게 의식했기 때문이지. 티무르나 칭기즈칸 같은 위대한 정복자들은 우주를 정복하기 위해서 폭풍처럼 대지를 휘저었지만, 그들도 인류의 세계적이고 보편적인 결합의 요구를 표현한 것에 머물렀지. 전 세계와 황제의 홍포(紅袍)*를 갖게 되었을 때, 비로소 세계적 왕국을 세울 수 있고 세계적인 안식도 줄 수 있어. 왜냐하면 인간의 양심을 지배하고 그들의 양식을 마음대로 할 수 있는 사람이 아니면 아무도 인간을

---

* 옛 로마의 황제와 추기경이 입던 붉은 복장으로 제위를 뜻한다.

지배할 수 없기 때문이지.

　우리는 황제의 칼을 얻었고 그것을 손에 넣으면서 너를 버리고 그를 따르게 되었다. 오, 인간의 자유로운 지식, 과학 그리고 인육을 먹는 무법천지가 앞으로도 더 지속될 것이고, 우리의 도움 없이 바벨탑을 건설하면 결국 미개한 식인 세계로 종결되겠지. 하지만 결국 한 마리의 야수가 우리의 발을 핥으며 피눈물을 쏟을 것이 분명해. 그렇게 되면 우리는 그 야수 위에 앉아서 축배를 들 것이다. 그 잔에는 '신비'라고 적혀 있겠지. 결국 인류는 평화와 행복의 왕국을 건설하게 되는 것이지. 너는 자신의 선민들을 자랑스러워하지만 그들은 선택받은 소수일 뿐이야. 그러나 우리는 모두에게 안식을 줄 수 있지. 뿐만 아니라 그 선민들이 될 수 있었던 강자들 중에서 대부분은 너를 기다리다가 지쳐서 그 정신과 열정을 다른 세계에 쏟았고, 앞으로도 그렇게 되겠지. 그래서 그들은 결국 너에게 맞서며 자유의 반기를 높이 들 거야. 하긴 너도 그런 깃발을 든 적이 있었지.

　이와 반대로 우리 진영은 모두가 행복해지고, 자유로운 세계에서는 반란이나 살육이 없어질 거야. 맞아, 그들이 자유를 버리고 우리에게 복종하면 그제야 그들은 진실로 자유로울 것이라고 우리는 설득할 거야. 우리의 말이 옳을지, 거짓이 될지, 어떻게 생각하나? 그들은 스스로 옳다고 확신하겠지. 너의 그 자유 때문에 노예의 공포와 혼란에 빠졌던 걸 기억하면서 말이지. 자유, 자유로운 지식, 과학은 그들을 밀림 안으로 데리고 가서 큰 기적과 풀리지 않는 신비 앞에 세울 테고, 그들 가운데 가장 거칠고 반항심이 많은 자들은 스스로 자살하겠지. 또한 반항적이지만 겁이 많은 자들은 서로를 죽일 것이고, 그 외에 힘이 없고 불쌍한 자들은 우리에게 기어와서 이렇게 울부짖겠지.

'맞습니다. 당신들이 옳습니다. 하느님의 신비를 지배하는 것은 오직 당신들뿐입니다. 당신들에게 돌아올 것이니 제발 우리를 우리로부터 구원해주십시오.'

그들은 우리에게 빵을 받고, 우리가 그들이 얻은 빵을 거뒀다가 기적도 베풀지 않고 다시 나눠준다는 것을 확실하게 깨닫겠지. 또 그들은 우리가 돌을 빵으로 변하게 하지 않았다는 것도 깨닫게 되겠지. 그러나 그들은 빵보다도 우리에게 빵을 받는 것에 더 큰 기쁨을 느낄 거야. 우리가 없었을 때는 그들이 얻은 빵이 그들의 손에서 돌로 변했지만 우리에게 돌아왔을 때는 그 돌이 다시 빵으로 변했다는 걸 잊을 수 없기 때문이지. 영원한 복종이 어떤 의미인지 그들은 뼛속 깊이 느낄 거야! 이걸 이해하지 못하면 인간은 영원히 불행할 수밖에 없어.

그러니 이런 몰이해를 만든 건 도대체 누구지? 말해봐! 양 떼를 흩어지게 하고 낯선 곳으로 쫓은 건 도대체 누구지? 그 양 떼는 다시 모여서 이번에는 영원히 복종하게 될 테고, 그렇게 되면 우리는 대단하지는 않지만 조용한 행복을 나눠줄 것이다. 연약한 생물로 태어난 그들에게는 그게 어울리는 행복이기 때문이지. 결국 우리는 그들을 설득하여 자부심을 느낄 수 없게 만들 거야. 왜냐하면 네가 그들을 부추겨서 자부심을 갖게 만들었기 때문이지. 우리는 그들이 힘이 없고 가련한 어린아이일 뿐이고, 어린아이의 행복이 가장 달콤하다는 것을 그들에게 증명하고 말겠다. 그렇게 되면 그들은 겁을 먹고 암탉에게 모여드는 병아리처럼 두려움에 몸을 떨며 우리에게 달려들어서 우리를 찬양하겠지. 그들은 감탄의 눈으로 우리를 바라보며 공포에 가득 찬 채 날뛰던 수많은 양 떼를 제압할 정도로 큰 힘과 뛰어난 지혜를 가진 우리를 자랑스러워하겠지. 우리가 화를 내면 어쩔 줄 몰라 하며 가냘프게 몸을 떨면서 여자처럼 울고, 우리가 웃으면서 부르면 기뻐하고 웃으며 진실로 행복한 것처럼 어린이의 노래를 부르며 즐거워할 것이다. 우리는 그들에게 일을 시키겠지만, 노동이 없는 시간에는 어린애처럼 놀이와 노래와 춤으로 즐겁게 시간을 보내도록 하겠다. 그래, 우리는 그들의 죄까지 용서할 것이다. 그들은 힘이 없고 의지도 약한 자들이므로 우리가 그들의 죄를 허락하면 우리를 어린애처럼 사랑하게 될 것이다. 우리의 허락을 받으면 무슨 죄를 지어도 모든 죄가 씻어질 것이라고 우리는 그들에게 말할 것이다. 죄를 허락하는 것은 우리가 그들을 사랑해서이며, 그 죄에 대한 벌은 우리가 받겠다고 할 것이다. 그렇게 되면 그들은 하느님 앞에서 자신들의 죄를 대신 맡아준 은인이라고 우리를 떠받들 것이고, 우리에게 아무것도 숨기지 않으려고 할 것이다. 아내가 있으면서 첩을 삼는 것도, 아이를 낳거나 낳지 않는 것도, 모두 복종의 여부에 따라서 허가하거나 금지할 것이다. 그래서 그들은 기쁘게 우리에게 복종할 것이다. 그들은 가장 괴로운 양심의 비밀까지 모두 우리에게 말할 것이고, 우리는 모든 문제를 해결할 것이다. 그러면 그들은 우리가 해결한 것을 기뻐하며 받아들이겠지. 왜냐

하면 모든 것을 자신이 해결해야 하는 큰 부담과 깊은 고민으로
부터 벗어날 수 있기 때문이지. 모든 사람은 행복해질 것이다. 그
들을 이끄는 10만 명의 사람들을 제외하고 몇십 억의 사람들이
행복해질 것이다. 오직 우리만이, 비밀을 지키는 우리만이 불행
을 참아내기 때문에 그 행복이 가능해질 것이다.

수십억의 어린애들은 행복하고, 10만 명의 선악을 감별하는 저
주받은 수난자가 생기겠지. 수난자는 너를 위해서 소리 없이 죽
을 테지만, 그들이 저세상에서 찾을 수 있는 건 죽음뿐이지. 하지
만 우리는 비밀을 지키고 그들의 행복을 위해 영원한 보상으로서
천국을 미끼로 삼아서 그들을 유혹해야 해. 저세상에 뭔가가 있
어도 그들에게는 차례가 돌아가지 않을 것이기 때문이지.

사람들의 예언에 따르면 너는 다시 이 세상으로 돌아올 것이
고, 다시 모든 것을 거느릴 것이며, 선택받은 훌륭하고 힘센 자들
을 거느리고 올 것이라고 했어. 그러나 그들은 자신을 구원한 것
뿐이지만 우리는 모두를 구원해준 것이라고 말할 거야. 이런 예
언도 있지. '마침내 야수에 올라타서 신비를 손에 쥔 간부(姦婦)는
모욕을 당할 것이고, 힘없는 자들은 또다시 반란을 일으켜 그 간
부의 붉은 옷을 찢고 추한 몸을 벌거벗길 것'*이라는 예언이지. 그
러나 그때 나는 일어나서 죄 없는 수십억의 행복한 아기들을 너
에게 보여주겠다. 그들의 행복을 위해서 그들의 죄를 맡은 우리
는 네 앞을 막고 '우리를 심판할 수 있으면 심판해보라!'고 외칠

---

* 〈요한계시록〉 17~18

거야.

알아두어라, 나는 네가 두렵지 않다. 나도 황폐한 광야에서 메뚜기와 풀뿌리를 먹으며 지낸 일이 있다. 너는 자유를 내걸고 인류를 축복했고, 나 역시 자유를 축복했지. '수를 채우고' 싶어서 나머지 당신의 선택받은 사람들 속에, 거룩하고 힘센 사람들 사이에 끼고 싶어 했지. 하지만 갑자기 제정신이 들어보니 너의 광기에 봉사하기 싫어졌어. 그래서 나는 광야에서 돌아와 네 위업을 비판하는 사람들 편에 섰어. 오만한 자들의 무리에서 벗어나 겸허한 사람들의 행복을 위해서 겸허한 사람들에게 돌아온 셈이지. 얼마 뒤에 내가 말한 일들은 이뤄질 것이고, 우리의 왕국도 결국 세워질 것이다. 다시 반복하지만 내일이 되면 너도 순한 양 떼를 보게 될 것이다. 내가 손을 드는 시늉만 해도 그들은 달려와서 너를 불태울 장작더미에 빨간 숯을 던질 것이다. 우리가 당연히 화형시킬 사람이 있다면, 그것은 바로 너란 말이야! 나는 내일 너를 불에 태워 죽일 것이오. 딕시(Dixi)……."*

여기에서 이반은 말을 멈췄다. 그는 이야기하면서 줄곧 흥분해서 정신없이 떠들어댔다. 그러나 말을 마친 뒤 그는 문득 빙긋 웃었다.

알료샤는 내내 말없이 듣다가 이야기가 끝날 때쯤 몹시 흥분해서 형이 하는 말을 몇 번이고 가로막으려다가 간신히 참고 있는 것 같았다. 그는 결국 벌떡 일어나 둑이 터지는 것처럼 말했다.

---

* '나는 할 말 다 했다'는 뜻의 라틴어이다.

“하지만…… 그건 말도 안 돼요!”

그는 얼굴을 붉히면서 외쳤다.

“형님의 서사시는 형님이 뜻한 것과 반대로 그리스도에 대한 찬양은 될 수 있을지 몰라도 비난은 될 수 없어요. 그리고 형님이 말하는 그 자유론을 믿을 사람도 없어요! 그런 식으로 자유를 해석하는 이유가 뭡니까? 그것이 러시아 정교의 해석인가요? 그것은 로마의 해석이 아니고 로마 전체도 아니에요. 로마 전체라고 하면 거짓말이죠. 그건 가톨릭의 가장 나쁜, 종교재판의 심문관이나 예수회 회원 같은 사람들의 사상일 뿐이에요! 게다가 형님이 말한 심문관과 같은 그런 허황된 인간은 절대 없어요. 자신이 대신 맡았다는 인간의 죄는 대체 뭡니까? 인류의 행복을 위해 비밀을 지키고 자처해서 저주를 감당한 사람은 대체 누구일까요? 그런 사람이 대체 언제 있었나요? 우리도 예수회에 대해 압니다. 예수회 사람들이 악명 높은 건 맞지만, 과연 형님의 시에 나오는 그런 사람일까요? 전혀 달라요, 절대 그렇지 않습니다……. 그들은 단지 로마 교황을 황제로 모시고 온 세계에 왕국을 세우려고 애쓰는 로마의 군대일 뿐이에요. 그들의 유일한 이상에는 신비도 없고, 고상한 비애도 없어요……. 권력과 더러운 세속의 부귀영화 그리고 민중의 노예화를 목적으로 삼는 아주 단순하고 자잘한 욕망을 지닌 집단일 뿐이지요. 그 노예화도 미래의 농노제처럼 지주는 그들 자신이 되려는 속셈이고요. 그들의 사상은 고작 이런 정도예요. 아마 그들은 하느님도 믿지 않을 거예요. 그래서 형님이 말한 고뇌하는 심문관은 단지 환상일 뿐이에요.”

"그래, 진정하렴, 진정해."

이반이 웃었다.

"그렇게 흥분은 하지 말고. 네가 환상이라고 한다면 환상이라고 하자꾸나! 당연히 환상이라고 하자구. 하지만 한 가지 묻고 싶구나. 너는 진짜 최근 몇 세기 동안 일어난 가톨릭 운동이 더러운 행복을 원하는 권력이라고만 생각하니? 파이시 신부가 네게 그런 말을 했냐?"

"아니요, 그렇지 않습니다. 파이시 신부님은 오히려 형님과 비슷하게 말씀하셨어요……. 하지만 물론 핵심은 달라요. 그것과는 전혀 다른 의미였어요."

알료샤가 순간 말을 바꾸었다.

"네가 '전혀 다른 의미였다'고 아무리 변명해도 그건 귀한 정보가 확실하구나. 그런데 더 물어볼 게 있다. 너희 예수회 회원이나 심문관들은 왜 추악한 물질적 행복을 위해 뭉친 거지? 왜 그들 중에는 거룩한 비애와 고뇌를 안고서 인류를 사랑하는 수난자가 한 명도 없는 거니? 추악한 물질적 행복을 추구하고 있는 자들 중에도 한 명 정도는 내가 말한 늙은 심문관 같은 사람이 있었을 거라고 예측할 수 있는 것 아니니? 그는 광야에서 풀뿌리를 먹으면서 자신을 자유롭고 완벽한 존재로 만들려고 자신의 욕망을 극복하기 위해서 필사적으로 계속 노력했어. 하지만 평생 동안 인간을 사랑하고, 어느 날 갑자기 깨달음을 얻어서 자유 의지의 완성에 이르는 것도 대단한 정신적 기쁨이 아니라는 것을 알게 된 거야. 왜냐하면 자기 혼자서 의지의 완성에 이르게 되면 신의 창조물인 수억 명의 나머지 인간들은 비웃음을 받으려고 창조된 존재라는 사실을 인정할 수밖에 없기 때문이야. 그들은 자신에게 주어진 자유를 누릴 능력도 없고, 불쌍한 반역자들 중에서 바벨탑을 완성할 초인이 나올 리도 없으며, 거룩한 이상주의자가 바랐던 조화로운 세계는 결코 아둔한 인간들을 위해서가 아니라는 걸 깨달았기 때문에 광야에서 돌아와서 현명한 사람들 편에 섰던 거야. 그런데 너는 이런 일이 생길 수 없다는 거냐?”

“누구 편에 섰다는 거죠? 현명한 사람들은 도대체 누구를 뜻하는 건가요?”

알료샤는 자신도 잊은 채 흥분해서 소리쳤다.

“그들에게는 그런 지혜가 아예 없어요. 신비와 비밀이 없다는 뜻이에요. 있는 건 무신론뿐이에요. 그들의 비밀은 고작 그것이 전부예요. 형님이 말하는 늙은 심문관은 하느님을 믿지 않아요. 노인의 비밀은 그것이 전부라구요!”

“그래도 달라지지 않아! 너도 이해하는 것 같구나. 사실 그의 비밀은 오직 그것뿐이야. 하지만 그렇다고 해도 그런 인간에게는 그것이 크나큰 괴로움이거든. 그는 광야에서 고행을 하면서 인생을 낭비했지만 인류에 대한 사랑이라는 불치병을 못 고쳤으니까 말이야. 그는 인생의 마지막에 이르러서야 그 거룩하고 소름끼치는 성령의 힘이 나약한 반역자들, 즉 ‘비웃음의 대상이 되기 위해서 창조된 미완성의 시험적 생물’들을 그나마 버틸 수 있는 질서 속에서 살 수 있게 할 수도 있다는 것을 이해하게 되었던 거야. 그러자 그는 지혜로운 성령, 죽음과 파괴의 끔찍한 성령의 행동을 따르는 것이 옳다고 깨달았지. 그래서 거짓말과 속임수를 앞장서서 받아들이고 의식적으로 인간들을 죽음과 파괴로 이끄는 것이 지당하며, 또한 그들이 어디로 끌려가는지 모르도록 속이면서 그동안에 그 불쌍한 장님들이 다소 행복을 느끼도록 해주어야 한다고 생각했어. 그런데 특히 짚고 넘어가야 할 것은 이런 속임수도 노인이 평생 그 이상을 맹렬하게 받들어온 그리스도의 이름으로 이뤄진다는 거야! 정말 불행이 아니냐? 만일 그 '오직 더러운 행복만을 위해 권력을 원하는' 군대 전체의 지도자로 그런 사람이 단 한 명이라도 나타난다면 그 한 명으로 비극은 이미 충분하지 않겠어? 게다가 그런 사람이 한 명이라도 우두머리가 되다면 모든 군대와 예수회를 포함해서 온 로마의 가톨릭 사업에 대한 참된 지도적 이념, 이 사업의 최고 이념을 만들어내기에 충분할 거란 말이지. 나는 이런 '유일한 인간'은 모든 운동에 앞장섰던 사람들 중에서 늘 존재했다고 강하게 믿어. 역대 로마 교황 가운데에서도 이런 보기 드문 인물들이 있었을 거야. 그렇게 집요하리만큼 자신의 방식대로 인류를 사랑하는 이 저주받을 늙은 심문관은 지금도 자기처럼 '유일한 사람'들의 무리 속에서 지금도 존재하고 있을지 모르지. 그런데 이런 부류의 무리는 결코 우연히 존재하는 것이 아니라 예전부터 비밀을 지키려고 조직된 종파나 비밀 결사로서 존재하는 것이 확실해. 연약하고 불쌍한 인간들로부터 그 비밀을 지키는 것은 그들의 행복을 위해서니까 말이야. 그래서 이것은 반드시 존재할 것이고, 또 존재해야만 해. 내 생각에는 프리메이슨 같은 단체도 그 조직의 바탕에 이런 비슷한 비밀이 있을 거라고 생각해. 가톨릭이 프리메이슨을 왜 미워하냐면 그들을 자신들의 경쟁자라고 생각하거나, 그들이 전체적 이념을 끊어버렸다고 생각하기 때문이야. '양 떼가 하나이니 목자도 하나'여야 한다는 거야. 그런데 내가 이렇게 내 사상을 옹호하다 보니 마치 네 비평에 벌벌 떠는 삼류 소설가가 된 기분이 드는구나. 그러니 이제 그만하자."

"어쩌면 형님은 프리메이슨 회원일 수도 있겠군요."

갑자기 알료샤가 이렇게 말했다.

"형님은 하느님을 믿지 않아요."

덧붙여 말하는 알료샤의 목소리에는 깊은 슬픔이 담겨 있었다. 형이 경멸 어린 시선으로 자신을 보는 것을 알료샤는 느꼈다.

"그런데 형님의 그 서사시의 결말은 어떻게 됩니까?"

알료샤는 시선을 아래로 하며 갑자기 물었다.

"그것으로 그냥 끝인가요?"

"나는 이렇게 마무리하려고 해. 대심문관은 말을 끝내고 한동안 '죄수'의 대답을 기다렸어. 그는 상대의 침묵이 몹시 괴로웠지만 죄수는 가만히 노인의 눈을 바라보며 반박도 하지 않고 그냥 계속 귀를 기울여 듣고 있었어. 노인은 끔찍하고 고통스러운 말이라도 상관없으니 어떤 말이라도 하기를 기다렸지. 하지만 죄수는 아무런 말도 하지 않고 갑자기 다가와서 아흔 살이 된 노인의 핏기 없는 입술에 가만히 입을 맞췄어. 그게 대답이었어. 노인의 몸이 떨리고 입술 근처에는 경련이 일어난 것 같았어. 그는 철문으로 가서 문을 열고 이렇게 말했어. '자, 이제 나가거라. 그리고 다시는 오지 마라. 무슨 일이 생겨도 다시 오지 마라!’ 그래서 ‘도시의 캄캄한 광장’으로 풀려난 죄수는 그곳을 조용히 떠났어.”

“그 노인은 그래서 어떻게 됐나요?”

“노인의 가슴속에서는 입맞춤의 잔상이 사라지지 않았지만 그는 계속 자신의 이념을 지켜갔어.”

“그리고 형님도 그 노인과 같은 편이지요?”

“알료샤, 이건 모두 쓸데없는 농담이야. 시는 단 한 줄도 써본 적이 없는 형편없는 대학생이 쓴 엉망인 시일 뿐인데, 너는 왜 그렇게 심각하게 생각하니? 너는 내가 정말 예수회 사람들을 찾아가서 그리스도의 위업에 비판을 하는 자들과 한통속이 될 거라고 생각하는 거냐? 전혀. 나는 달라! 예전에 너에게 서른 살까지만 살면 끝이라고 말했었지? 서른 살이 되면 술잔을 마룻바닥에 던져버릴 거야!”

“하지만 습기가 끈적끈적한 어린잎들은 어떻게 하나요? 그리고 소중한 무덤과 파란 하늘은요? 사랑하는 여자는요? 그럼 형님은 앞으로 어떻게 살겠다는 거예요? 어떻게 그런 것들을 사랑할 수 있느냐는 말입니다.”

알료샤는 슬픈 목소리로 물었다.

“가슴과 머릿속에 그런 지옥을 품고 과연 그렇게 할 수 있을까요? 형님은 분명히 예수회 사람들을 만나기 위해 이곳을 떠나려는 게 확실해요. 그렇지 않다면 자살할지도 몰라요. 도저히 견딜 수 없을 테니까요.”

“아니, 모든 것을 견딜 수 있는 힘이 있어!”

이반이 냉소적으로 웃으며 말했다.

"어떤 힘인데요?"

"카라마조프의 힘이야. 카라마조프의 저열한 힘이지."

"방탕에 빠져서 끝없이 추락하며 영혼을 질식시키는 힘을 말하는 건가요? 그런 거예요, 형님?"

"그럴 수도 있지. 그러나 서른 살까지는 피할 수 있겠지. 벗어날 수 있을지도 몰라. 하지만 그때부터는……."

"어떻게 피한다는 거죠? 형님 같은 생각으로는 불가능해요."

"역시 카라마조프 식으로 하면 될 거야."

"'모든 것이 허용된다'는 말인가요? 정말 모든 것이 허용되는 건가요, 그런가요, 형님?"

이반은 인상을 찌푸리다가 기이하게도 얼굴색이 파리하게 변했다.

"어제 미우소프가 분통을 터뜨렸던 말을 네가 끌어내는구나. 드미트리 형이 순박하게 끼어들어서 그런 말을 몇 번이나 반복해서 물었지."

그는 얼굴을 일그러뜨리며 미소를 지었다.

"모든 것이 허용된다고 할 수도 있지. 일단 한 말이니 굳이 번복하지는 않으마. 드미트리 형의 표현도 그리 나쁜 것은 아니군."

알료샤는 물끄러미 그를 바라보았다.

"알료샤, 출발을 결심하고 생각했지. 이 드넓은 세상에서 그래도 너는 내 친구라고 여겼어."

이반은 문득 예상 밖의 감정에 휩싸인 듯 말했다.

“하지만 이제는 네 마음속에도, 귀여운 은둔자의 마음속에도 내가 쉴 곳은 없다는 걸 깨달았어. 하지만 ‘모든 것이 허용된다’는 공식은 번복하지 않겠어. 어떠냐, 너는 이 공식 때문에 나를 부정할 테냐? 응?”

알료샤는 일어나서 형에게 다가가 조용히 입을 맞췄다.

“이건 문학적 표절이야!”

이반이 문득 기뻐하며 외쳤다.

“넌 내 서사시에서 그 입맞춤을 훔쳤어! 어쨌든 고맙다. 그럼 알료샤, 이제 일어나자. 너도, 나도 가봐야 할 시간이 됐구나.”

그들은 밖으로 나오면서 식당 현관에서 멈췄다.

“알료샤, 그러니까 말이다.”

이반은 비장하게 말했다.

“만일 내가 정말 끈적이는 어린잎에 마음이 이끌려도 너를 떠올려야만 그걸 진짜로 사랑할 수 있어. 네가 이 세상 어느 곳에 있다는 그것만으로도 내가 살 의욕을 잃는 일은 없을 거야. 하지만 이런 얘기는 더 듣고 싶지 않지? 내 사랑의 고백이라고 생각해도 괜찮다. 이제 그만 헤어지자. 너는 오른쪽으로, 나는 왼쪽으로 가는 거야. 우린 더 할 말도 없다, 그렇지? 만약 내일 내가 안 떠나고—확실히 떠나기는 하겠지만—어쩌다가 또 너를 만나게 되면 이런 문제는 더 말하지 않았으면 좋겠다. 정말 이건 간절하게 부탁하마. 그리고 드미트리 형에 대해서도 아무 말 하지 마라.”

그는 갑자기 빠르게 이렇게 덧붙였다.

“이제는 전부 속 시원하게 털어놓았으니 더 이상은 말할 것이 없어, 맞지? 그리고 너에게 약속할 게 있어. 내가 서른 살 무렵 '술잔을 마룻바닥에 던져버리고' 싶어졌을 때 그때 나는 네가 어디에 있든지 다시 너와 이야기를 하기 위해 돌아올 거야. 내가 그때 미국에 있더라도 꼭 너를 찾아오마. 너와 얘기하려고 일부러 돌아오는 거란다. 네가 그때 어떤 사람으로 변해 있을지 한번 만나는 것만으로도 무척 즐거울 거야. 어떠냐, 이건 굉장히 진지한 약속이야. 우리는 정말 이렇게 헤어져서 앞으로 7년에서 10년 정도 못 만날 수도 있어. 이제, 어서 너의 세라피쿠스 신부*에게 가거라. 죽어가고 있잖아. 만일 네가 없을 때 그가 죽으면 내가 이유 없이 너를 붙잡았다고 나를 원망할 테니까. 잘 가거라, 한 번 더 입 맞춰주고, 그래, 이제 됐어. 이제 가거라."*

이반은 몸을 돌려서 뒤도 보지 않고 성큼성큼 걸었다. 물론 어제와는 다른 종류의 이별이었지만 큰형 드미트리가 알료샤에게서 떠날 때와 흡사한 구석이 있었다. 이 기이한 느낌은 깊은 슬픔에 빠진 알료샤의 머릿속을 화살처럼 스치고 사라졌다. 그는 형의 뒷모습을 보면서 잠깐 그 자리에 그냥 서 있었다. 그는 갑자기 이반이 몸을 흔들면서 걸어간다고 생각했다. 뒤에서 살펴보니, 오른쪽 어깨가 왼쪽 어깨보다 조금 처진 것이 보였다. 전에는 알지 못했던 점이었다.

어쨌든 알료샤도 몸을 돌려 수도원을 향해서 거의 뛰다시피 걸었다. 날이 완전히 저물어서 불길한 기운이 느껴졌다. 그의 마음

---

* 괴테의《파우스트》마지막 장면에서 인용하였다.

속에서 설명할 수 없는 무언가 새로운 것이 점점 커져가는 것이 느껴졌다. 그가 수도원의 숲에 들어서자, 어제저녁처럼 바람이 불더니 수백 년이나 된 늙은 소나무를 음침하게 흔들어댔다. 그는 거의 뛰다시피 빨리 걸었다. '페터 세라피쿠스, 이 이름을 형님이 어디서 가져온 것 같은데 도대체 어디서 가져온 거지' 하는 의문이 갑자기 알료샤의 머릿속에 떠올랐다. '이반, 불쌍한 이반, 형을 언제 다시 만날 수 있을까? 아, 벌써 암자가 보인다! 맞아, 저곳에 계신 분이 바로 페터 세라피쿠스야. 내 영혼을 그분이 구원해주실 거야. 영원히 악마로부터!'

알료샤는 그 뒤로 일생 동안 몇 번씩 이때의 일을 추억하며 의문을 가졌다. 이반과 헤어진 뒤, 드미트리 형에 대해서 어떻게 그렇게 까맣게 잊어버렸던 것일까. 그날 아침, 불과 몇 시간 전만 해도 그는 드미트리 형을 꼭 찾아내려고 했고, 찾지 못하면 그날 밤에 수도원으로 돌아가지 못하더라도 읍내를 떠나지 않겠다고 결심했었는데 말이다.

6. 아직은 몹시 막연하지만

이반은 알료샤와 헤어진 뒤 아버지 표도르의 집을 향해 걸었다. 그는 이상하게도 갑자기 참을 수 없을 정도의 우울감이 몰려왔고 아버지의 집이 가까워질수록 더 심하게 우울해졌다. 그런데 정작 이상한 것은 우울함보다도 왜 우울한지 그 이유를 이반도 알 수 없다는 것이었다. 전에도 우울한 적이 있었으므로 이런 순간에 우울함이 느껴진다고 해서 별로 이상하지는 않았다. 내일이면 그를 이 집으로 끌어당긴 모든 것과 인연을 끊고 방향을 바꾸어 예전처럼 미지의 새로운 길을 홀로 떠날 것이다. 희망도 있었지만 그 희망이 대체 무엇인지 그 자신도 몰랐고, 인생에 대해 많은 기대를 가지면서도 그 기대와 희망이 무엇인지 확실히 설명할 수 없었다.

새로운 미지의 세계에 대한 불안감이 그의 마음속에 웅크리고 있었던 것은 분명했지만 지금 이 순간 그를 괴롭히는 감정은 이전과는 전혀 다른 종류의 것이었다.

'아버지의 집에 대한 혐오감 때문일까?'

이반은 생각했다.

'맞는 것 같아. 이제는 그 집만 떠올려도 진절머리가 나. 그 추악한 문을 넘는 것도 오늘이 마지막이겠지만 그래도 불쾌한 건 똑같아. 아니야, 꼭 그렇지만은 않을 거야. 그렇다면 알료샤와 헤어져서 그런 걸까? 그 애와 그런 얘기를 해서일까? 벌써 몇 년 동안 세상에 대해 입을 다물고 말할 필요가 없다고 여겼는데, 어쩌다가 그런 필요 없는 말을 꺼내서 그러지도 모르지.'

그것은 청년다운 미숙함과 허영심에서 생기는 청년의 분노였을 수도 있다. 즉, 어린 알료샤에게 자신이 생각하는 것을 제대로 표현하지 못해서 생긴 불만이었을 수도 있다. 게다가 이반은 알료샤에게 내심 기대를 하고 있었던 것이다. 물론 자신에 대한 불만도 분명히 있었을 것이다. 그러나 결국 이 모든 것이 우울함의 원인이 아닌 것처럼 느껴졌다.

'우울함 때문에 가슴이 답답한데 나는 무엇을 원하는지도 알 수가 없으니 차라리 아무런 생각도 하지 말자.'

이반은 생각을 하지 않으려고 노력했지만 그것도 뜻대로 되지 않았다. 더 화가 나는 것은 이 우울함이 뭔가 갑자기 생긴 것 같으면서도 완전하게 외적인 모양을 가지고 있는 것이었다. 이반도 그것을 확실하게 느낄 수 있었다. 자신도 모르게 사람이나 물건이 주변에 서 있거나 튀어나와 있는 느낌과 비슷했다. 예를 들자면 대화를 나누거나 일하는 데 몰입해서 무언가가 눈앞에 튀어나와 있는 것을 오랫동안 알지 못하고 있다가 마음이 불안해서 살펴본 뒤 결국 그 방해물을 없애버리지만, 그것은 아주 하찮고 우스운 물건인 경우가 대부분이다. 엉뚱한 곳에 둔 채 잊어버린 것이나 책꽂이에서 튀어나와 있는 책 같은 것과 같았다.

결국 이반은 굉장히 불쾌하고 불안한 상태로 아버지 집에 도착했다. 그가 대문까지 열다섯 걸음 정도 되는 곳에서 갑자기 문을 쳐다보았을 때 지금까지 자신을 괴롭히고 불안하게 한 원인이 무엇인지 금방 알 수 있었다. 하인 스메르자코프가 대문 앞 벤치에 앉아서 시원한 저녁 바람을 쐬고 있었는데 이반은 그를 보자마자 하인 스메르자코프가 자신의 마음속에 웅크리고 있었고, 바로 그것 때문에 그렇게 자신이 참을 수 없이 우울해졌음을 깨달았다.

갑자기 모든 것이 햇빛 아래에 분명하게 모습을 드러내듯 분명해졌다. 알료샤가 조금 전에 스메르자코프를 만났다는 얘기를 들은 순간에도 어둡고 음침한 그림자 같은 생각이 그의 가슴을 쑤셔 대서 반사적으로 증오심이 생겼다. 이야기에 심취하느라 스메르자코프에 대한 생각은 잠시 잊어버렸으나 그때도 마음 한쪽에 그 생각이 남아 있다가 알료샤와 헤어진 뒤 집으로 혼자 걷기 시작하자 잊고 있었던 그 무서운 감각이 다시 살아나서 자신을 휘감았던 것이다.

'저런 하찮은 녀석 때문에 이렇게 불안해하다니!'

그는 견딜 수 없는 증오를 느끼면서 생각했다. 요즘 들어서 이반은, 특히 지난 2~3일 간 스메르자코프가 싫어서 견딜 수가 없었다. 그에 대한 감정이 증오에 가깝게 변해가고 시간이 지날수록 더 강해짐을 이반도 느끼고 있었다. 이렇게 증오가 커지게 된 것은 이반이 처음 돌아왔을 때와 전혀 다른 상황이 되었기 때문이었다. 이반은 그때만 해도 스메르자코프에게 관심이 많았고 독특한 사람이라고 생각했다. 이반이 먼저 스메르자코프에게 말을 걸었고 그럴 때마다 사물을 보는 그의 기이한 관점, 아니 그보다 뭔가 모르게 불안정한 생각에 매번 놀랐다. 그리고 도대체 무엇이 이 사색가의 마음을 그렇게 헤집어대는지 궁금했다.

두 사람은 철학적인 주제로 대화를 나누었고, 〈창세기〉에서 태양, 달, 별들은 나흘째 되는 날에 만들어졌다고 나와 있는데 그렇다면 어떻게 첫날에 빛이 있었는지, 그리고 그것을 어떻게 해석해야 하는지도 화제로 삼은 적이 있었다. 하지만 얼마 뒤 이반은 태양이나 달, 별에 문제가 있는 게 아니라는 걸 깨달았다. 물론 태양, 달, 별이 흥미로운 주제이긴 했지만, 스메르자코프와는 상관이 없는 것들이고 그에게 필요한 것은 그런 것이 아니라는 걸 확신하게 되었다. 어찌 됐든 이 하인에게는 정도에 따라 다르지만 끝없는 자존심, 더욱이 상처받은 자존심이 뿌리 깊이 박혀 있었다. 이반은 그 점이 몹시 못마땅했으며 그에 대한 혐오감은 바로 거기에 있었다.

그런 뒤에 아버지 집에 갈등이 생기고 그루센카가 나타나고 드미트리 형과 문제가 생겨서 여러 골칫거리들이 이어졌을 때, 그런 일들에 대해서도 두 사람은 대화를 나누었다. 스메르자코프는 그런 이야기를 나눌 때면 크게 흥분했지만, 그런 문제들이 어떻게 해결되면 좋을지에 대해서는 좀처럼 입을 열지 않았다. 때때로 그의 소망이 무의식적으로 나타날 때도 있었는데, 그의 소망이라야 언제나 모호하고 논리도 없고 무질서해서 사람을 더 헷갈리게 만들었다. 스메르자코프는 먼저 생각해두었던 암시적인 질문을 해서 뭔가를 알아내려고 했지만, 왜 그렇게 하는지 말하지 않았다. 그리고 자신의 질문에서 가장 중요한 부분에 이르면 갑자기 입을 다물거나 전혀 다른 이야기로 넘어가버렸다.

그러나 강한 혐오감이 들 정도로 이반을 화나게 만든 결정적인 것은 최근에 스메르자코프가 이반을 대하는 역겨울 정도의 뻔뻔한 태도였다. 게다가 그런 태도는 시간이 갈수록 노골적이고 심해졌다. 하지만 그가 이반에게 무례하게 행동한 것은 아니었다. 오히려 언제나 공손하게 말했다. 그런데 스메르자코프는 자신과 이반 사이에 뭔가 끈이 있다고 여기는 것 같았다. 두 사람 사이에 어떤 약속이 있고 두 사람만 그 약속을 알고 있으며 주변 사람들은 아무것도 모르는 것처럼 말했다. 이반은 마음속에서 점점 커지는 혐오감의 원인이 무엇인지 오랫동안 알지 못했는데, 요즘 들어서야 왠지 조금씩 감이 오는 것이다.

구역질나는 혐오감 때문에 이반이 스메르자코프를 못 본 척 소리 없이 대문으로 들어서자 스메르자코프가 벤치에서 일어났다. 이반은 그 모습을 보고 그가 자신에게 어떤 얘기를 하려고 한다는 것을 바로 눈치챘다. 이반은 그를 바라보며 멈춰 섰다. 그러나 방금 마음먹은 것처럼 무시하지 못하고 발을 멈춘 자신에게 분노가 끓어올랐다. 그는 분노와 혐오감에 사로잡혀서 거세당한 사람처럼 삐쩍 마른 스메르자코프의 얼굴과 닭 벼슬처럼 빗어 넘긴 앞머리를 바라보았다. 왼쪽 눈으로 살며시 윙크를 한 스메르자코프는 '지나가다가 그냥 지나치지 못하는 걸 보니 역시 우리 같은 현명한 사람들은 대화를 나눌 게 있나 봐요' 하는 것처럼 은근한 미소를 짓고 있었다.

이반은 순간 몸을 부르르 떨었다. '꺼져, 이 자식, 널 상대할 시간 없어, 바보 같은 놈!' 이런 욕지거리가 금방 튀어나오려고 했지만, 실제는 전혀 다른 말이 나와서 자신도 놀랐다.

"아버지는 아직 주무시나, 아니면 일어나셨나?"

이반은 자신도 예상 못한 나직하고 부드러운 목소리로 말하며 벤치에 앉았다. 나중에 회상한 바에 따르면 그날 그는 거의 공포를 느꼈다고 한다. 스메르자코프는 이반 앞에서 뒷짐을 지고 마주 선 채 자신만만하게 상대방을 바라보았다.

"아직 주무십니다."

그는 차분하게 대답했는데 흡사 '먼저 물어본 사람은 당신이지 내가 아닙니다'라는 듯한 어투였다.

"도련님은 참 놀랍습니다."

잠시 가만히 있다가 스메르자코프가 불쑥 이렇게 말했다. 그러고는 어딘지 거들먹거리며 고개를 숙이고 오른쪽 발을 내밀더니 반짝이는 구두코를 이쪽저쪽으로 움직였다.

"내가 어디가 그렇게 놀라운가?"

이반은 스스로를 억누르는 듯 무뚝뚝하게 말했지만, 갑자기 강한 호기심에 이끌리고 있음을 느꼈고 그 호기심이 풀리기 전에는 자리에서 일어날 수 없을 것 같아 자신에게 혐오감이 들었다.

"왜 체르마쉬냐에 가지 않으십니까?"

스메르자코프는 문득 눈을 치켜뜨면서 친근하게 웃었다. '왜 내가 웃는지 당신이 현명하다면 알 수 있을 거예요.' 그의 가늘게 뜬 왼쪽 눈이 이렇게 말하는 듯했다.

"내가 체르마쉬냐에 왜 가야 하지?"

이반은 의아해하며 물었다. 스메르자코프는 잠깐 말없이 조용했다.

"주인님께서 도련님에게 간곡하게 부탁하셨잖습니까!"

그는 당황하지 않고 대답했지만 이런 대답이 그리 중요하다고 생각하는 것 같지는 않았다. '무슨 말이라도 해야 하니 하찮은 문제라도 얘기해서 둘러대는' 식이었다.

"빌어먹을, 할 말이 있으면 똑바로 해!"

결국 이반은 인자한 태도를 버리고 거칠게 돌변하여 화를 내며 외쳤다. 스메르자코프는 앞으로 내민 오른발을 왼발에 붙이면서 자세를 바로잡았지만 여전히 침착하고 여유 있는 미소를 지은 채 상대를 바라보았다.

"중요한 것은 아니고요……, 그저 이야기나 나누려고……."

거의 1분 정도 두 사람은 침묵했다. 이반은 자리에서 일어나 화가 났다는 걸 알려야겠다고 생각했고, 스메르자코프는 그 앞에 선 채 그런 모습을 기다리는 것 같았다. 이반에게는 그 모습이 '당신이 화내는 걸 어디 한번 볼까요?' 하는 것처럼 느껴졌다. 결국 이반은 자리에서 일어났다. 스메르자코프는 기다렸다는 듯 그 순간에 말을 꺼냈다.

"도련님, 저는 난감한 상황에 처했는데 어떡해야 좋을지 모르겠습니다."

그는 말끝마다 힘주어 말을 하고 한숨을 내쉬었다. 이반은 다시 벤치에 앉았다.

"두 분이 고집을 피우며 애들처럼 그러니까요. 도련님의 아버님과 드미트리 형님 두 분 말이에요. 주인어른께서는 일어나시면 저에게 1분마다 '그래, 그 여자 안 왔어? 왜 아직도 안 온 거지?' 하며 성가시게 물으십니다. 자정이 될 때까지, 아니 자정이 지나서도 계속 물어보십니다. 그런데 결국 그루센카가 안 오면— 그 여자는 오지 않을 생각일 테니까—다음 날 아침이 되면 또 제게 무섭게 달려들어서 '안 왔어? 왜 오지 않는 거냐고? 도대체 언제 온다고 하던?' 하시며 제가 잘못한 것처럼 화를 내셔요. 게다가 드미트리 형님은 날이 지면, 아니 날이 저물기 전에 총을 들고 옆집에 나타나서 '이 악당아, 만약 그 여자가 여기 오는 것을 바로 알려주지 않으면 너부터 죽을 줄 알아라' 하시며 겁을 주십니다. 그렇게 밤이 지나고 아침이 되면 다시 주인어른께서 저를 괴롭히십니다. '안 왔어? 이제 올 것 같아?' 하며 마치 그 여자가 오지 않는 것이 저 때문인 것처럼 말하세요. 이렇게 두 분의 고집이 갈수록 더 고약해지니 저는 너무 무서워서 살 수가 없고, 정말 죽고 싶은 심정입니다. 정말 그분들 때문에 지긋지긋해요."

"너는 왜 끼어들었지? 왜 드미트리 형에게 이런저런 소식들을 날라다주었냐고?"

이반이 화가 나서 쏘아붙였다.

"끼어들지 않을 방법이 없었죠. 정확히 말하면 제가 원해서 끼어든 것은 절대로 아닙니다. 저는 거절할 용기가 없어서 처음부터 말도 못하고 그저 벙어리처럼 지냈어요. 그분께서 마음대로 저를 옛날이야기에 나오는 심복 '리처드'로 만들었어요. 그때 이후로 드미트리 형님은 저만 보면 '이 사기꾼 녀석아, 그 여자가 오는 것을 놓치면 너를 죽일 테니 각오해!' 이 말씀만 반복하십니다. 도련님, 이러다가는 내일 제가 분명히 대단한 발작을 일으킬 것 같습니다."

"대단한 발작이라니?"

"간질병 발작 말이에요. 몇 시간, 아니 하루나 이틀쯤 발작이 계속될 수도 있어요. 예전에는 사흘이나 계속된 적도 있었으니까요. 그때는 다락방에서 떨어져서 그랬는데 끝났다 싶으면 다시 시작되고 하면서 사흘 간 정신을 잃었었죠. 주인어른께서 게르첸슈투베라는 의사를 부르셨는데 의사 선생님이 머리에 얼음찜질도 해주고 약도 주셨어요. 그땐 거의 죽을 뻔했습니다."

"하지만 간질병은 원래 발작이 언제 일어날지 알 수 없는 병이 아니냐? 너는 어떻게 내일 발작이 일어날 거라고 말하는 거지?"

이반은 속이 타서 신기해하며 물었다.

"물론 미리 알 수 없죠."

"그때 발작은 다락방에서 떨어져서 시작된 거라며?"

"다락방을 날마다 오르내리니까 내일 거기서 떨어질 수도 있습니다. 만약 다락방에서 떨어지지 않는다면 지하실 계단에서 떨어질 수도 있고요. 지하실에도 날마다 가니까요.”

이반은 한참동안 스메르자코프를 쳐다보았다.

“헛소리 그만해라. 내가 네 속을 다 알지. 도대체 네 말은 알아들을 수 없다니까.”

그는 낮은 목소리로 위협하듯 말했다.

“그러니까 네 말은 내일부터 사흘 동안 간질 발작을 일으키겠다는 거구나, 맞지?”

스메르자코프는 땅을 보며 다시 오른쪽 구두를 움직이다가 왼쪽 발을 내밀고 고개를 들고 조용히 웃었다.

“만약 제가 그렇게 발작을 흉내 낸다고 해도—겪어본 사람이라면 그리 어려운 일은 아니에요—목숨을 지키기 위해서 충분히 할 수 있는 거죠. 내가 아파서 누워 있으면 그루센카가 주인어른을 찾아와도 ‘왜 알리지 않았냐’고 아파 누워 있는 저에게 물어볼 수는 없을 테지요. 드미트리 형님도 저한테 그렇게 막 대하지는 않으실 거고요. 아픈 사람한테 그러면 부끄러운 짓이 되지요.”

“에라, 이놈의 자식아!”

이반은 증오심에 얼굴을 찡그리며 자리에서 일어났다.

“너는 왜 목숨만 걱정하는 거냐? 드미트리 형이 그렇게 협박을 했다 해도 홧김에 한 말이야. 드미트리 형은 절대로 너 따위를 죽이지 않아. 만약 사람을 죽인다고 해도 너 같은 놈은 아니야!”

“저는 파리 새끼처럼 그분에게 죽을 거예요. 근데 더 무서운 건 만일 그분이 주인어른에게 무슨 짓을 하게 되면 저까지 공범으로 몰리게 될까 봐 걱정입니다.”

"네가 왜 공범으로 몰린다는 거지?"

"왜냐하면 그분에게 신호 방법을 몰래 가르쳐드렸기 때문이죠."

"신호? 무슨 신호? 그걸 누구에게 가르쳐줬다는 거냐? 빌어먹을, 답답하게 하지 말고 똑바로 얘기해봐!"

"그럼 전부 말씀드려야겠네요."

스메르자코프는 기묘한 표정으로 마치 학자처럼 침착하고 느긋하게 말했다.

"저와 주인어른 사이에는 비밀이 한 가지 있거든요. 도련님도 아시잖아요, 요즘 주인어른께서는 밤이면, 아니, 어떤 날은 초저녁부터 방문을 걸어 잠그시거든요! 요즘 도련님이 저녁에는 2층 도련님 방으로 일찍 올라가버리시고, 어제처럼 종일 방에만 계시니 주인어른께서 갑자기 문단속을 더 신경 쓰시는 걸 모르실 수도 있어요. 주인어른께서는 그리고리가 와도 목소리를 확인하지 않으면 문을 절대로 열어주시지 않아요. 하지만 그리고리는 찾아오는 일이 거의 없기 때문에 방 안에서 주인어른의 시중을 드는 것은 저뿐이에요. 그루센카 때문에 난리가 난 후, 주인어른께서 직접 내리신 명령이거든요.

지금은 저도 주인어른의 지시에 따라 밤이면 바깥채로 나가서 잠을 자지만, 깊은 밤까지 안 자고 망을 보거나 때로 뜰 안을 돌고 있습니다. 그루센카가 오기를 기다리기 위해서이지요. 주인어른께서 며칠째 미친 사람처럼 그 여자가 오기만 기다리고 계시니까요. 주인어른은 그 여자가 드미트리 형님을― 주인어른께서는 늘

미치카라고 부릅니다─무서워해서 밤이 깊으면 뒷골목으로 올 거라고 생각하십니다. '그러니까 너는 자정까지, 아니 자정이 지나서라도 망을 보다가 그녀가 오면 내 방문을 두드리거나 뜰에서 창문을 두드려야 한다. 처음에는 작게 두 번 두드린 다음, 빠르게 세 번 연이어 두드리면 그 여자가 온 걸로 알고 내가 조용히 문을 열어주겠다' 이렇게 말씀하셨어요.

그리고 제가 만일 급하게 전해야 할 일이 생길 경우를 대비해서 또 한 가지 신호를 알려주셨죠. 두 번 빠르게 두드린 다음, 잠시 간격을 두고 한 번 세게 두드리는 방법이에요. 그렇게 하면 무슨 급한 사정이 생겨서 제가 주인어른을 뵙기를 원하는 걸로 알고 즉시 문을 열어주시면 제가 들어가서 보고하기로 했습니다. 그루센카가 직접 올 수 없으면 사람을 시켜 소식을 전할 경우가 있어서 그런 것이죠. 또 드미트리 형님이 언제 올지 모르니 그런 경우에도 그분이 와 있다는 것을 주인어른께 알려드려야 해요. 만일 그루센카가 찾아와서 주인어른과 함께 방 안에 있는데 드미트리 형님이 갑자기 나타나면, 주인어른께서는 그분을 정말 무서워하기 때문에 저는 연달아 문을 세 번 두드려서 알려드려야 하거든요. 다섯 번 두드리는 첫 번째 신호는 '그루센카 씨가 오셨다'는 의미이고 먼저 두 번 두드리고 나중에 한 번, 이렇게 세 번 두드리는 두 번째 신호는 '급히 보고할 일이 있다'는 의미입니다. 주인어른께서 몇 번이나 제게 시범을 보이며 가르쳐주신 신호 방법이죠. 이 드넓은 세상에서 이 신호를 아는 건 저와 주인어른 두 명뿐이므로 주인어른께서는 누구냐고 외칠 것도 없이─주인어른께서는 소리 지르는 걸 정말 싫어하십니다—재빨리 문을 열어주시는 거지요. 그런데 이 중요한 비밀을 이제는 드미트리 형님도 알게 되었습니다.”

“어떻게 알게 된 거지? 네가 알려줬겠지? 감히, 왜 그런 짓을?”

“너무 무서워서요. 그분에게는 말하지 않을 수가 없었습니다. 그분은 늘 저에게 ‘나를 속이고 있지? 뭔가 나에게 숨기는 게 분명해. 똑바로 말하지 않으면 다리를 부러뜨리겠다!’ 하고 으름장을 놓습니다. 그래서 어쩔 수 없이 그 신호를 알려드렸어요. 제가 그분에게 노예처럼 복종한다는 걸 보여드리고 그분을 속이는 게 아니라 무엇이든 전부 보고한다고 믿게 하려고요.”

“만일 드미트리 형이 그 신호를 써서 방으로 들어가려고 하면 그때는 네가 못 들어가게 막아야 해.”

“그런데 제가 발작으로 누워 있으면 그분이 아무리 난폭하게 하더라도 그걸 알면서도 못 들어가게 막을 수 없잖아요?”

“망할 놈 같으니! 너는 왜 자꾸 발작을 일으킬 거라고 생각하는 거냐? 나를 놀리는 거냐?”

“도련님을 놀리다니요, 제가 어떻게 감히 그런 짓을 할 수 있나요? 게다가 이렇게 무서운데 농담할 생각을 하다니요? 그냥 발작이 일어날 것 같은 예감이 든다는 거예요. 무섭다는 생각만 해도 발작이 일어나거든요.”

“헛소리 그만해! 만일 네 녀석이 아파 누워 있으면 대신 그리고리가 망을 보겠지. 미리 알려주면 그리고리는 절대로 형님을 방에 들여보내지 않을 거야.”

"주인어른의 명령이 없으면 그리고리에게 절대 그 신호를 알려줄 수 없습니다. 그리고 그리고리가 형님을 들여보내지 않을 거라고 하셨는데 때마침 그 사람은 어제의 일로 병이 나서 내일은 마르파에게 치료를 받을 거예요. 그런데 치료가 꽤 재미있어요. 마르파는 약술을 직접 만들 줄 아니까 항상 약술이 떨어지지 않게 준비해두고 있죠. 어떤 약초를 보드카에 담가서 만든다고 들었는데 아주 독한 술이에요. 그 노파가 비법을 알고 있어서 그리고리가 해마다 서너 번씩 중풍에 걸린 것처럼 허리를 못 움직일 때 그 약으로 고치거든요. 마르파는 그때마다 수건을 약술에 적신 다음 반시간 정도 영감님의 등이 발갛게 부풀어 오를 때까지 문지르고 주문을 외우면서 병에 있는 술을 영감님에게 마시게 한답니다. 그런데 남은 술을 전부 마시게는 하지 않고 조금 남기라고 한 다음에 자신도 같이 마시지요. 그런데 두 사람은 술도 못 하는지라 그대로 그 자리에서 쓰러져서 오랫동안 잠을 자요. 잠이 깨면 그리고리는 늘 병이 낫지만, 오히려 마르파는 잠이 깬 뒤 머리가 아프다고 하네요. 그래서 내일 그들이 치료를 시작하면 드미트리 형님이 오는 소리도 못 듣고 그러니 못 들어가게 막을 수가 없는 거지요. 두 사람은 모두 잠에 빠져 있을 테니까요."

"헛소리 집어치워. 일부러 모의라도 한 것처럼 그런 일들이 한꺼번에 일어나다니……. 너는 지랄 같은 발작을 일으키고 그 사람들은 잠에 빠져 정신을 못 차리고!"

이반이 외쳤다.

"일부러 네가 일을 그렇게 꾸민 거지?"

이반은 갑자기 이렇게 말하며 위협하듯 얼굴을 찌푸렸다.

"제가 그런 일을 어떻게 계획하겠습니까……. 더구나 무슨 이유로 그런 일을 꾸밀까요? 오직 드미트리 형님에게 모든 일이 달려 있는 게 아닐까요? 그분이 무슨 짓이든 하려고 하면 그렇게 할 수 있으니까요. 제가 그 형님을 주인어른 방에 일부러 들어가라고 할 이유가 없지 않습니까?"

"그럼 형님이 무엇 때문에 아버지를 찾아온다는 거냐? 그리고 몰래 올 까닭도 없지 않냐? 네가 말한 대로 그루센카가 절대로 안 온다면 말이야."

이반은 화가 나서 얼굴색이 파래져서 말했다.

"나는 여기서 지내면서 네 말처럼 그 더러운 여자는 절대 안 올 거라고 장담할 수 있게 되었어. 아버지는 지금 그저 환상에 빠져 계시지. 그 여자가 오지 않을 텐데 형이 무엇 때문에 아버지를 공격하며 행패를 부리냔 말이지. 어서 말해봐! 아무래도 난 네 속셈을 알아야겠다."

"도련님도 그분이 어떤 목적을 가지고 있는지는 잘 알면서 저에게 굳이 물어볼 필요는 없으실 텐데요? 그분은 그냥 화가 나서 오실 수도 있지만 제가 아파서 누워 있는 것을 아시면 그때는 의심이 생겨서 어제처럼 못 참고 집 안을 전부 뒤질 수도 있어요. 그 여자가 혹시나 자신을 피해서 몰래 와 있는 건 아닐까 하고 말이에요. 더구나 그분은 주인어른이 3000루블을 넣어둔 봉투가 있다는 것도 알고 있죠. 그 봉투는 세 겹으로 봉한 뒤에 노끈으로 묶었고, '나의 천사 그루센카에게, 만약 그대가 내게 와준다면'이라고 주인어른이 직접 쓰셨어요. 그리고 다시 사흘 뒤, '사랑스러운 병아리에게'라고 덧붙였지요. 이 점이 께름칙하거든요."

"헛소리 집어치워!"

이반은 거의 실성한 듯 소리를 질렀다.

"드미트리 형은 돈을 훔칠 사람이 아니야. 돈 때문에 아버지를 죽일 사람이 아니라구. 어제는 원래 성격이 급한 데다 바보처럼 사람이 많이 흥분해서 그런 것이고, 그루센카 때문에 아버지를 죽일 수 있을지는 모르지만, 강도질을 하려고 오다니! 말 같지도 않은 소리 작작해!"

"하지만 도련님, 그분은 지금 돈 때문에 아주 어려운 상태예요. 사정이 얼마나 급한지 목구멍에서 손이 나올 지경이라고요. 도련 님은 지금 그 형님이 얼마나 곤경에 처해 있는지 모르세요."

스메르자코프는 굉장히 침착하고 단호하게 설명했다.

"게다가 그분은 그 3000루블을 자기 돈이라고 생각하고 있어 요. '아버지는 내게 3000루블을 줘야 해'라며 저에게 직접 말한 적도 있으니까요. 그리고 또 하나 분명한 사실이 있습니다. 도련 님께서 직접 판단하세요. 그루센카는 마음만 먹으면 주인어른과 결혼을 할 거예요. 그 여자가 원하기만 한다면 이건 확실하게 이 루어질 수 있어요. 어쩌면 그 여자는 그걸 원할 수도 있고요. 그 여자가 오지 않을 거라고 했지만 오느냐, 안 오느냐의 문제가 아 니라 주인어른의 부인이 정식으로 되고 싶을 수도 있지 않을까 요? 그 여자의 남편인 삼소노프라는 장사치는 대놓고 그 여자에 게 그렇게 하는 게 머리 좋은 거라면서 낄낄댔다는 이야기를 저도 들은 적이 있거든요. 그리고 그 여자도 머리가 좋아서 드미트리 형님 같은 돈도 없는 남자와 결혼하지는 않을 거예요. 도련님도 이런 상황을 전부 생각한다면 주인어른이 돌아가신 뒤, 드미트리 형님, 도련님, 알렉세이 도련님은 단돈 1루블도 못 받게 된다는 걸 아실 겁니다, 단돈 1루블도요! 왜냐하면 그루센카가 주인어른과 결혼한다면 모든 재산을 전부 자기 명의로 바꾸고 혼자서 독차지할 테니까요. 그러나 이렇게 되기 전에 주인어른이 돌아가시면 도련님들은 각각 4만 루블 정도의 돈을 받을 수 있어요. 유언장이 아직 작성되지 않았으니 주인어른께서 그토록 증오하는 드미트리 형님도 같은 돈을 받을 수 있어요. 그분은 바로 이 점을 잘 알고 있죠.”

이반의 얼굴이 일그러지면서 부르르 경련을 일으키더니 갑자기 발갛게 변했다. 그는 재빨리 스메르자코프의 말을 가로챘다.

“그렇다면 도대체 넌 그걸 알면서도 무엇 때문에 나에게 체르마쉬냐에 가라고 하는 거냐? 무슨 꿍꿍이가 있어서 그런 소리를 한 거야? 내가 거길 간 사이에 무서운 일이 일어날 텐데.”

이반은 힘겹게 가쁜 숨을 몰아쉬었다.

“그건 분명합니다.”

스메르자코프는 조용하게 말했지만 모든 걸 다 안다는 말투였다. 그리고 두 눈을 크게 부라리며 이반을 바라보았다.

“뭐가 분명해?”

이반은 겨우 자신을 억누르면서 눈을 무섭게 뜬 채 위협하듯 물었다.

"저는 도련님이 가엾어서 드린 말씀입니다. 제가 만약 도련님이었다면 이런 일에 끼어드느니 전부 포기하고 떠났을 테니까요."

스메르자코프는 눈을 무섭게 뜬 채 서 있는 이반을 친숙하게 바라보며 대답했다. 두 사람 모두 잠시 말이 없었다.

"너는 바보 천치에다가 무서운 악당이야."

이반은 갑자기 벤치에서 일어났다. 그리고 문안으로 들어가려고 하다가 갑자기 멈추고 스메르자코프를 바라보았다. 그러자 돌연 분위기가 묘하게 변했다. 이반은 얼굴에 경련이 이는 것처럼 입술을 깨물고 주먹을 움켜쥐었다. 스메르자코프에게 당장이라도 덮벼들 것처럼 보였다. 스메르자코프는 그런 낌새를 재빨리 눈치채고 뒤로 물러섰고, 그 순간은 아무 일도 없이 지나갔다. 이반은 뭔가를 망설이는 것처럼 조용하게 문 쪽으로 몸을 돌렸다.

"미리 말해두지만 나는 내일 모스크바로 떠날 거야. 그것도 내일 아침 일찍……. 내가 할 말은 이게 전부야!"

그는 증오심을 감추지 않은 채 분명한 목소리로 한 마디 한 마디 말했다. 나중에 그는 자신이 왜 그런 말까지 했는지 스스로도 이상하게 생각했다.

"좋은 생각이십니다."

스메르자코프는 뭔가를 각오하듯 바로 말했다.

"집에 무슨 일이 일어나면 모스크바에 전보를 보내서 오시게 할 수도 있지요."

이반은 다시 걸음을 멈추고 스메르자코프에게 몸을 돌렸다. 이번에는 스메르자코프에게 변화가 생겼다. 뻔뻔하고 오만하던 지금까지의 표정이 사라지고 이상한 호기심과 기대가 떠올랐다. 하지만 그것은 겁을 내며 아부하는 듯한 표정이었다. '더 하실 말씀은요? 덧붙일 말씀이라도?' 뚫어지게 이반을 바라보는 그의 눈에는 이런 질문이 담겨 있었다.

"체르마쉬냐에 있으면 전보를 쳐서 나를 부르겠지? 무슨 일이 생기면 말이야?"

이반은 스스로도 이유를 모르는 채 갑자기 목소리를 높여서 외쳤다.

"체르마쉬냐에 가 계셔도 알려드릴 거예요."

스메르자코프는 당황한 것처럼 속삭이면서 중얼거렸지만 이반을 똑바로 쳐다보았다.

"그럼 네가 나에게 체르마쉬냐로 가라고 계속 권하는 건 모스크바는 멀고 체르마쉬냐는 가까우니 여비를 아끼라고 그러는 거 같구나. 아니면 내가 괜히 멀리 오가는 게 불쌍해서 그러는 것이냐?"

"실은 그렇습니다."

스메르자코프는 음흉하게 웃으며 뭔가를 중얼거리면서 뒤로 물러서려 했다. 그러자 이반이 갑자기 크게 웃어서 스메르자코프는 흠칫 놀랐다. 그는 계속 웃으면서 빠른 걸음으로 문안으로 걸어갔다. 그 순간에 그의 얼굴을 본 사람이라면 누구든 그가 즐거워서 웃는 게 아니라는 것을 쉽게 알 수 있었을 것이다. 이반도 그 순간에 자신의 마음을 결코 설명할 수 없었을 것이다. 그의 몸짓이나 걸음은 경련이라도 일으킨 사람처럼 보였다.

7. 현명한 사람과 나누는 이야기는 즐겁다

더욱이 말하는 태도에서도 역시 그런 모습이 보였다. 이반은 표도르와 거실에서 만나자마자 갑자기 두 손을 내저으며 "2층에 있는 내 방에 가는 중이에요, 아버지 방에 가는 게 아니에요. 이따 뵐게요"라고 말하고는 얼굴도 보지 않고 그냥 지나가버렸다.

이반이 그 순간에 노인에 대해 증오심을 느낄 수는 있지만 그렇게 대놓고 적대감을 드러내자 표도르도 당황했다. 게다가 노인은 이반과 급하게 나눌 얘기가 있어서 일부러 거실에 나와 있었다. 노인은 쌀쌀맞은 인사를 받고 말없이 선 채로 위층으로 올라가는 아들의 모습이 보이지 않을 때까지 한심하다는 눈빛으로 바라보았다.

"저 녀석은 왜 저러는 거냐?"

스메르쟈코프가 뒤를 이어 들어오자 노인이 물었.

"무슨 일로 화가 난 것 같은데, 도련님 마음을 알 수가 있나요."

하인은 피하는 듯 중얼거리며 말했다.

"망할 놈! 실컷 화내라고 해! 너도 사모바르나 가져다놓고 나가보거라. 그런데 다른 일은 없는 거지?"

그리고 스메르자코프가 방금 이반에게 하소연한 것처럼 여러 가지 질문을 계속 퍼부어댔다. 그 질문이란 노인이 기다리고 있는 그 여자에 대한 것들이므로 새삼스럽게 또 옮기지 않겠다.

30분 뒤에 집의 문단속이 전부 끝났다. 정신 나간 노인은 설레는 마음으로 이 방 저 방 다니면서 약속 신호인 노크 소리가 다섯 번 들리기를 간곡하게 기다리다가 때로 캄캄한 창밖을 바라보기도 했다. 하지만 창밖에는 캄캄한 어둠 이외에 아무것도 없었다.

이반은 밤늦은 시간에도 잠을 이루지 못하고 생각에 빠져 있다가 새벽 2시 무렵이 돼서야 겨우 잠들었다. 지금은 그의 복잡한 마음에 대해서는 자세히 다루지 않겠다. 게다가 그의 영혼을 깊이 들여다볼 때도 아니다. 그의 영혼에 대해서는 앞으로 언급할 기회가 있을 것이기 때문에 지금 독자들에게 전하고 싶어도 꽤 어려운 일이 될 것이다. 왜냐하면 지금 그의 머릿속에는 생각이라고 할 수 없는, 끝없이 막연하고 엉망진창으로 뒤얽힌 상념들이 가득했기 때문이다. 이반도 자신의 마음이 갈피를 잡을 수 없을 정도로 혼란스러운 상태라는 것을 알고 있었다. 게다가 예상치 못한 갖가지 기이한 욕구마저 그를 괴롭혔다. 예를 들어 자정이 지난 시간에 갑자기 아래층으로 내려가 바깥채로 뛰어나가서 스메르자코프를 죽을 만큼 때려주고 싶은 충동이 치밀어 올랐다.

하지만 왜 그런 충동을 느끼는 거냐고 물으면 하인이 이 세상에 없을 무례한 사람이라는 것 이외에는 타당한 이유가 없었다.

그날 밤, 그는 말로 표현하기 어려운 굴욕적인 공포에 사로잡혀 육체적으로도 힘이 빠진 느낌이 들었고 머리가 아프고 현기증도 났다. 마치 누구에게라도 당장 복수하려는 것처럼 증오가 그의 가슴을 옥죄었다. 조금 전 알료샤와 나눈 대화가 떠오르자 동생에게도 증오가 생겼고 때로는 자기 자신에게도 분노가 치밀어 견딜 수가 없었다. 하지만 카체리나에 대해서는 아무런 생각이 나지 않았다. 낮에 그녀를 만나서 "내일 모스크바로 떠나겠다"고 호언장담을 했을 때도 마음속으로는 '헛소리하기는, 네가 어딜 가. 지금 네가 큰소리를 치는 것처럼 그렇게 쉽게 떠나지는 못해' 하고 자신에게 속삭인 것을 분명하게 기억하고 있었던 만큼 이렇게 그녀를 잊을 수 있는 것이 더욱 이상했다.

오랜 세월이 흐른 뒤, 그날 밤을 떠올릴 때마다 이반은 자신에게 참기 힘든 혐오감을 느끼는 게 있었다. 그것은 그날 밤 자신이 소파에서 갑자기 일어나서 누가 몰래 엿보지 않을까 겁을 내는 것처럼 조용히 방문을 열고 계단까지 나가서 귀를 기울이며 아래층 방에서 서성이는 아버지를 감시했다는 것이다. 그는 오랫동안, 거의 5분 정도를 정체 모를 호기심 때문에 가슴을 두근대며 숨을 죽인 채 귀를 기울였다. 그러나 그가 왜 그런 짓을 하고 왜 귀를 기울였는지는 자신도 알 수 없었다.

그는 평생 그런 행동을 '저열한' 짓이라고, 자신의 인생에서 가장 더러운 짓이었다고 마음속 깊이 생각했다. 그때는 아버지 표도르에 대해 증오를 전혀 느끼지 않았고 다만 억누를 수 없는 호기심만 있었다. 아버지가 아래층에서 어떻게 서성일까, 혼자서 무슨 일을 하고 있을까 하는 호기심을 품고, 아버지가 지금쯤은 분명히 어두운 창밖을 바라보다가 갑자기 방 한가운데에 걸음을 멈추고 누가 노크를 하는지 초조하게 기다리고 있을 거라고 상상했다. 이반은 이런 마음으로 아버지를 살피기 위해 두 번이나 계단에 나갔던 것이다.

2시경, 세상이 고요해지고 표도르도 잠이 들자 이반은 몹시 피로해서 자신도 어서 잠을 자야겠다고 생각하고 잠자리에 들었다. 그는 그대로 잠이 들어서 꿈도 꾸지 않고 깊은 잠에 빠졌다. 날이 터오는 7시 무렵, 그는 일찍 잠에서 깼다. 눈을 뜨자 이상하게 온몸이 활력으로 가득 찬 듯했고 재빨리 일어나서 옷을 갈아입은 뒤 트렁크를 꺼내 짐을 꾸렸다. 어제 세탁소에서 속옷도 전부 찾아다 놓은 뒤여서 모든 것이 순조롭게 진행되어 갑작스러운 출발에 방해가 되는 것은 아무것도 없다고 생각하니 저절로 미소가 떠올랐다.

이런 출발은 그에게도 갑작스러운 것이었다. 어제 그가 카체리나와 알료샤 그리고 스메르자코프에게 오늘 떠날 거라고 말하기는 했지만 어젯밤 잠자리에 들 때까지도 실제로 떠날 생각은 아직 없었던 것이다. 그는 아침에 눈을 뜨자마자 지난밤에 트렁크를 꺼내 짐을 꾸릴 생각을 하지 않았다는 것을 확실하게 기억했다.

어찌 됐든 그는 트렁크와 짐을 전부 꾸렸다. 마르파가 9시쯤 올라와서 평소처럼 물었다.

“차는 어디서 드시겠어요? 방에서 드시겠습니까, 아래층에서 드시겠습니까?”

아래층으로 내려간 이반은 겉으로 보기에는 꽤 즐거워 보였지만 그의 행동에는 어딘지 모를 어수선하고 불안한 기색이 있었다. 하지만 이반은 아버지를 보고 기분 좋은 인사를 건네고 건강이 어떠냐고 물은 뒤, 그가 대답하기도 전에 1시간 뒤에는 모스크바로 영원히 떠나버리겠다고 말하고 마차를 불러달라고 부탁했다. 하지만 노인은 아들이 떠난다고 하는 말에 거짓으로라도 서운해해야 한다는 생각도 없이 놀라지도 않은 채 듣고만 있었다. 오히려 갑자기 자신의 중요한 용무가 생각난 듯이 법석을 떨어댔다.

“너도 그러는 게 어디 있니! 어제 말해주었으면 좋았을 텐데 ……. 하지만 뭐 상관없다. 지금도 늦지 않았다. 그런데, 애비한테 효도하는 거라고 생각하고 네가 체르마쉬냐에 들러주는 건 어떠냐? 체르마쉬냐는 볼로비야 역에서 왼쪽으로 12km만 가면 되는데…….”

“죄송하지만 그건 안 돼요. 철도까지 89km나 되고, 모스크바로 가는 열차는 오늘 저녁 7시라서 기차 타는 것도 시간이 벅찬걸요.”

“그러면 내일이나 모레 차를 타고 가고 오늘은 체르마쉬냐에 들르거라. 네가 조금만 애써주면 애비가 안심이 되지 않냐. 이곳에서 볼일이 없으면 내가 진작 다녀왔을 텐데, 그곳 일이 무척 급한 모양인데 나도 여기 일이 있으니 움직일 수 없지 않냐. 그 베기체프와 자치킨의 두 지역에 걸쳐 내 임야가 있는데 그곳은 무법천지거든. 그런데 마슬로프 부자가 나무를 벌채하고 그 대가로 8000루블 정도밖에 생각을 안 하지 않겠니. 작년에는 1만 2000루블을 주겠다는 사람도 있었는데 일이 성사가 안 됐어. 그자는 그곳 사람이 아니어서 처음에는 흥정이 쉽게 됐는데도 결국 그렇게 되었단 말이지. 지금은 그곳 사람 중에 흥정을 하려는 사람이 아무도 없어. 그 지방에서 마슬로프 부자와 경쟁할 부자가 아무도 없거든. 그자는 자기네가 생각한 금액으로 사겠다고 마음을 먹었더라. 그런데 갑자기 지난 목요일 일린시키 신부에게 고르스트킨이라는 새 상인이 나타났다는 소식을 받았어. 고르스트킨은 나도 예전부터 잘 아는 사람인데, 그자가 그곳 출신이 아니라 포그레보프 사람이라는 게 중요해. 마슬로프를 두려워하지 않을 거라는 뜻이지. 고르스트킨이 그 임야를 1만 1000루블에 사겠다는 거야, 그런데 듣고 있는 거냐? 신부가 편지에 쓰기를 그자가 앞으로 일주일 정도만 머물 예정인 것 같으니 네가 그자를 만나서 흥정을 했으면 좋겠다."

"아버지가 신부님에게 직접 편지를 쓰면 그 신부님이 흥정을 해주지 않을까요?"

"그 신부는 장삿속이 없어서 그런 데 소질이 없으니 하는 말이지. 사람이야 믿을 만하지만. 그런 사람이라면 당장 2만 루블 정도는 영수증 없이도 맡길 수 있어. 하지만 장삿속에는 눈이 어두워서 까마귀한테도 속아넘어갈 거야. 그런 사람이 학자라니 참 놀랍지 않냐. 그런데 그 고르스트킨은 겉보기에는 소매 없는 푸른 외투를 입고 다녀서 평범한 농사꾼처럼 보이지만, 실제는 상종 못할 악당 놈이야. 난 그게 걱정이라고. 그놈은 뻔뻔하게 거짓말을 하는데 그게 그놈의 특징이야. 어느 때는 이유도 알 수 없는 거짓말을 하염없이 늘어놓는다니까! 재작년에는 부인이 죽어서 두 번째 부인을 얻었다고 들었는데 실제는 그것도 전부 거짓말이었어. 기가 막힐 노릇이지! 부인이 죽기는커녕 멀쩡하게 살아 있는데 지금도 사흘에 한 번은 그자를 때린다는 거야. 그러니 이번에 1만 1000루블에 내 임야를 사겠다는 말도 진짜인지 거짓말인지 알아봐야 해.”

“그러면 저도 쓸모가 없겠는데요, 저도 사람 보는 눈은 없으니까요.”

“잠깐 기다려봐, 너는 할 수 있어. 내가 그자의 습관을 전부 가르쳐주마. 나는 고르스트킨과 예전부터 거래를 해서 잘 알고 있지. 우선 붉은 수염은 더럽고 힘없어 보여도, 그 수염을 덜덜 떨면서 화를 내고 말하면 흥정할 생각이 있다는 거니까 거래가 성공할 거야. 하지만 왼손으로 수염을 만지며 빙긋빙긋 웃으면 그때는 너를 속이려는 수작을 꾸미는 거야. 그 작자 두 눈을 아무리 자세히 봐도 성경의 ‘어두운 비구름 뿌연 안개’ 같아서 아무것도 알아낼 수 없어. 그러니 너는 그 수염만 잘 보면 된다. 내가 그에게 편지를 쓸 테니 편지를 가져가서 그에게 주어라. 그의 이름은 고르스트킨이지만 진짜 이름은 랴가브이*야. 하지만 그자를 만나서 랴가브이라고 부르면 안 된다. 그러면 엄청 화를 내니까. 만약 그

---

* 사냥개이다.

와 애기를 해서 일이 잘 풀릴 것 같으면 나에게 편지를 해라. '거 짓말을 하는 것 같지는 않습니다' 이렇게만 쓰면 된다. 처음에는 1만 1000루블을 계속 주장하다가 나중에 1000루블 정도는 물러 나도 좋아. 그러나 그 아래로는 절대 안 된다. 너도 생각해보렴, 8000루블과 1만 1000루블이면 3000루블이나 차이가 나질 않 냐. 그런 차액은 흥정만 잘하면 그냥 생기는 거란 말이야. 사실 사 려는 사람은 안 나타나고 나는 돈이 궁하거든. 그자가 진짜로 사 려고 하는 것 같다는 편지만 받으면 그때는 내가 시간을 쪼개서 라도 그리로 가서 결판을 낼 거다. 하지만 아직은 신부의 생각인 지도 모르니 내가 그곳까지 갈 필요는 없는 거 아니냐. 그럼, 내 말대로 하겠냐?"

"하지만 시간이 없어요, 죄송해요."

"참 내, 이 애비를 좀 도와다오. 네 수고는 잊지 않으마! 너희는 모두 인정머리라고는 없구나! 하루나 이틀이면 되는데 왜 안 되 는 거냐? 지금 너는 어디를 가는 거야, 베니스에라도 가는 거니? 네가 좀 늦는다고 베니스가 하루 이틀 사이에 전부 무너지는 것 도 아니지 않냐? 알료샤를 보내도 되긴 한다만 흥정에 그 애가 무 슨 소용이냐? 너에게 부탁하는 건 그래도 네 머리가 좋기 때문이 야. 네 머리가 좋다는 걸 내가 모를 줄 알았지? 임야를 흥정하는 데 네가 문외한일 수도 있지만 너는 눈치가 빠른 편이지. 그자가 정말 살 생각이 있는지 없는지만 확인하면 되는 거야. 내가 말해 준 대로 수염이 덜덜 떨리면 진심이라고 생각하면 된다."

"아버지는 그 저주받을 체르마쉬냐로 일부러 저를 쫓아내려고 이러시는 거죠, 네?"

이반은 화를 내는 듯 쓴웃음을 지으며 소리쳤다.

표도르는 아들의 증오를 눈치채지 못한 것인지, 아니면 일부러 모르는 척 가장하는 것인지 오직 이반의 웃음을 보고 끈질기게 말을 이었다.

"그럼 가는 거지, 응? 정말 가는 거지? 내가 편지를 한 장 써서 주겠다."

"모르겠어요, 가게 될지 가지 않을지 모르겠습니다. 가는 길에 정할게요."

"가는 길에라니, 지금 정해라. 지금 여기서 결정하거라. 그곳에 가서 얘기가 잘되면 몇 자만 적어서 신부에게 맡기면 그 사람이 바로 내게 편지를 부칠 테니까. 그다음에는 너를 절대로 붙잡지 않을 테니 베니스든 어디든 네가 가고 싶은 대로 가면 된다. 신부가 볼로비야 역까지는 마차를 태워줄 거야."

노인은 무척 기뻐하며 편지를 쓰고 마차를 부르면서 이반에게 코냑과 간단한 안주를 권했다. 그는 즐거울 때 기분이 겉으로 드러나지만 오늘은 자제하는 것처럼 보였다. 예를 들어 드미트리에 대해서는 아무 말이 없었고 아들과 헤어지는 걸 서운해하지도 않을뿐더러 무슨 말을 해야 할지도 모르는 것처럼 보였다. 이반도 그런 아버지를 눈치채고 이렇게 생각했다.

'아버지도 나에게 싫증이 날 만하지.'

노인은 아들을 배웅하기 위해 현관까지 나왔을 때에야 입을 맞추려고 아들에게 다가섰지만 이반은 입맞춤을 피하려는 것처럼 악수를 하기 위해 손을 내밀었다. 노인도 금세 눈치를 채고 점잖게 굴었다.

그는 계단에서 반복해서 말했다.

"그럼 잘 가라, 조심하고! 내가 죽기 전에 다시 오겠지? 반드시 오너라, 언제든 반갑게 맞이할 테니. 부디 몸조심하고 잘 가라."

이반은 여행용 마차에 탔다.

"이반, 잘 가라! 애비를 나쁘게 생각하지 말아다오!"

노인은 마지막으로 이렇게 말했다.

스메르자코프와 마르파, 그리고리 등 집안 식구 모두가 작별 인사를 하기 위해 나왔다. 이반은 그들에게 10루블씩을 쥐어주고 마차에 앉았다. 그때 스메르자코프가 깔개를 바로잡기 위해 뛰어왔다.

"너도 이제 알겠지……. 내가 체르마쉬냐에 가는 것을."

이반은 불쑥 이런 말을 했다. 자신도 모르게 어제저녁처럼 말을 내뱉고 만 것이다. 그리고 이상하게 신경질적으로 웃기도 했다. 그는 시간이 흘러도 오랫동안 그때 일이 머리에서 떠나지 않았다.

"그렇다면 '현명한 사람과 나누는 얘기는 즐겁다'는 말이 맞는군요."

스메르자코프는 이반의 얼굴을 싸늘하게 쳐다보며 단호하게 대답했다.

마차는 집을 떠나자 빠르게 달렸다. 나그네의 마음은 뿌옇고 혼란스러워졌다. 그는 주변의 들판과 언덕, 울창한 나무와 맑은 하늘, 하늘 높이 나는 기러기 떼를 유심히 바라보았다. 그러자 갑자기 기분이 좋아져서 마부에게 말을 건넸다. 그는 마부의 대답에 큰 관심을 가지고 있는 것처럼 보였으나 잠시 뒤에 생각해보니 마부의 대답은 그저 한 귀로 흘리고 하나도 듣지 않았다는 것을 깨달았다. 그는 입을 다물었다. 공기는 깨끗하고 시원했으며 하늘도 맑게 개어 있어서 기분이 상쾌했다. 갑자기 알료샤와 카체리나가 떠올랐지만 그는 웃으면서 가만히 입김을 불어서 그 다정한 환상을 날려버렸다.

'언젠가 다시 만나겠지.'

그는 역참에서 말을 바꿔 타고 다시 볼로비야로 향했다.

'현명한 사람과 나누는 얘기는 즐겁다는 말은 무슨 의미일까?'

갑자기 이런 생각이 나자 그는 숨이 막힐 것 같았다.

'그리고 나는 무엇 때문에 그 녀석에게 체르마쉬냐로 간다고 알려준 걸까?'

마침내 그는 볼로비야 역에 도착했다. 이반은 마차에서 내리자마자 역마차 마부들에게 휩싸였다. 그는 체르마쉬냐까지 12km의 시골길을 사설 역마차로 가기로 결정하고 곧 마차를 준비시켰다. 그런 뒤 역참 안으로 들어가 주변을 둘러보다가 역참지기의 부인 얼굴을 살며시 보고 갑자기 현관 계단으로 되돌아서 나왔다.

"이보게, 체르마쉬냐에는 안 가겠네. 그런데 7시까지 철도역에 도착할 수 있나?"

"그럼요, 마차를 끌어올까요?"

"빨리 가져오게. 그리고 내일 읍내로 들어갈 사람은 없는가?"

“없기는요, 여기 있는 미트리도 내일 들어가는걸요.”

“미트리, 내 심부름 좀 해주지 않겠나? 다름이 아니라 우리 아버지인 표도르 카라마조프 씨에게 들러 내가 체르마쉬냐에는 가지 않았다는 말을 전해주면 되네. 그렇게 할 수 있나?”

“당연하지요, 꼭 들르겠습니다. 저는 표도르 씨를 예전부터 잘 알고 있습니다.”

“자, 이건 담뱃값으로 주는 돈이니 받게나. 아버지한테는 보나마나 못 받을 테니까.”

이반이 즐겁게 웃자 미트리도 함께 웃었다.

“물론 주실 리가 없지요. 고맙습니다, 분명히 그렇게 전해드리겠습니다.”

오후 7시, 이반은 기차를 타고 모스크바로 떠났다.

“지나간 일들은 모두 잊자. 과거로부터 소식이나 기별을 받을 수 없도록 영원히 떠나자. 돌아보지 말고 오직 새로운 세상, 새로운 곳을 향해 가자!”

그러나 그의 영혼은 기뻐지기는커녕 문득 짙은 어둠에 둘러싸였고 그의 마음은 지금껏 한 번도 느껴본 적 없는 깊은 슬픔을 느꼈다. 그가 밤새 생각에 빠져 있는 동안에도 기차는 줄곧 달렸다. 새벽에 기차가 모스크바 시내로 들어서자 그는 문득 정신이 들었다.

‘나는 저열한 인간이다!’

갑자기 그는 마음속으로 이렇게 뇌까렸다.

한편, 표도르는 아들을 떠나보낸 뒤 매우 흡족해했다. 그는 행복한 마음으로 2시간 동안 코냑을 마시고 있었다. 그런데 갑자기 아주 이상하고 불쾌한 사건이 일어나서 표도르와 온 집안사람들의 마음을 혼란스럽게 만들었다. 그것은 무엇 때문인지 모르겠지만 스메르자코프가 지하실에 들렀다가 계단 위에서 굴러떨어진 것이었다. 때마침 뜰 안에 있던 마르파가 그 소리를 들어서 불행 중 다행이었다. 마르파는 그가 떨어지는 것을 직접 본 것은 아니었지만 그가 외치는 소리를 들었던 것이다. 예전부터 여러 번 들었던 소리였고, 발작을 일으키면서 쓰러지는 간질병 환자의 독특하고 이상한 울부짖음이었다. 그가 계단을 내려가다가 발작을 일으킨 것일까? 그렇다면 의식을 잃고 그대로 아래로 굴러떨어지는 게 당연한 일이었다. 그게 아니면 발을 헛디뎌서 떨어진 충격으로 간질병 환자인 그가 발작을 일으킨 것일 수도 있지만, 마르파는 어쨌든 그가 지하실 바닥에서 입에 거품을 물고 온몸에 경련을 일으키면서 몸부림치는 것을 발견했다. 처음에 집안사람들은 그가 팔이나 다리를 다치고 몸에 타박상을 입었을 것으로 생각했지만 마르파의 말대로 '하느님 덕분에' 아무런 일 없이 무사했다. 단지 지하실에서 그를 '지상'으로 옮기는 것이 어려워서 이웃 사람들의 도움을 받아야 했다. 표도르도 계속 이 소동을 지켜보았는데 그는 몹시 놀라서 어쩔 줄 몰라 하며 직접 돕기까지 했다.

그러나 병자는 좀처럼 의식을 회복하지 못하고 발작을 멈추었다가 다시 발작을 하곤 했다. 사람들은 그래서 작년에 그가 다락방에서 떨어졌을 때와 똑같이 될 거라고 결론을 지었다. 마르파는 작년에 머리에 얼음찜질을 해주었던 것을 기억하고 지하실에 남아 있는 얼음을 꺼내왔다. 표도르는 저녁에 게르첸슈투베 선생을 부르기 위해서 사람을 보냈다. 곧 의사가 왕진을 와서 병자를 자세히 진찰한 뒤―이미 소개했던 것처럼 그는 이 지방에서 가장 따뜻하고 친절한 의사로 존경을 받는 노인이었다―이건 꽤 특이한 발작이기 때문에 생명이 위험할 수도 있다고 말했다. 병자는 바깥채의 그리고리와 마르파의 옆방으로 옮겨졌다.

이런 일을 겪은 뒤에도 표도르는 하루 종일 갖가지 재난을 연이어 겪었다. 식사는 마르파가 대신 요리했는데 스메르자코프의 훌륭한 솜씨와 비교하면 마르파가 만든 수프는 '구정물' 수준이었고 닭고기는 너무 질겨서 씹을 수가 없었다. 마르파는 주인어른의 심한 꾸중―당연한 꾸지람이긴 하지만―을 듣고 닭이 원래 오래된 닭이었고 자신은 요리를 배운 적이 없으니 당연하지 않느냐고 대들었다.

저녁이 되자 그에게는 한 가지 걱정거리가 또 추가되었는데, 벌써 이틀 전부터 몸이 아팠던 그리고리가 때마침 이런 때 허리를 못 쓰게 돼서 그만 몸져누웠다는 보고를 받은 것이었다. 표도르는 일찍 차를 마시고 안채에 혼자 틀어박혔다. 그는 두렵고 불안한 마음에 가슴이 두근댔다. 오늘 밤에는 분명히 그루센카가 올 것 같아서 언제 오려나 하고 기다리고 있었던 것이다. 왜냐하면 오늘 아침 일찍 스메르자코프가 '오늘은 분명히 오겠다고 약속했습니다'라는 전갈을 주었기 때문이었다. 성미 급한 노인은 초조한 마음에 심장이 두근거렸고 빈방들을 돌아다니며 귀를 쫑긋 기울였다. 드미트리가 어디에서 망을 보고 있을 수도 있으니

귀를 곤두세워야 했다. 그리고 그녀가 창문을 두드리면—스메르자코프는 이틀 전에 그녀에게 노크하는 방법을 가르쳐주었다고 보고했다—1초도 밖에서 머물지 않게 빨리 문을 열어주어야 했다. 표도르는 만약 그녀가 무엇에 놀라서 도망가면 큰일이라는 생각이 들자, 마음이 몹시 불안해졌다. 하지만 또 이렇게 달콤한 희망에 빠진 적은 이제껏 한 번도 없었다. 그는 지금 확신에 차서 이렇게 단언할 수 있었다.

오늘 밤에는 그녀가 분명히 올 것이다…….

제2부

제6편 | 러시아의 수도사

1. 조시마 장로와 그의 손님들

알료샤는 가슴에 고통을 느끼면서 장로의 방에 들어선 순간 깜짝 놀라서 멈춰 섰다. 이미 의식을 잃은 채 혼수상태에 빠졌을 거라고 걱정했던 환자는 예상 밖에 안락의자에 앉아 있었다. 장로는 매우 쇠약하고 지쳐 있었지만, 그래도 꽤 활기찬 얼굴로 그를 찾아온 손님들에게 에워싸여서 조용하고 즐거운 대화를 나누고 있었다. 그러나 장로가 침대에서 일어난 것은 알료샤가 도착하기 15분 전이었고, 이미 손님들은 그전부터 수도실에서 장로가 깨어나기를 기다렸다. 파이시 신부가 '장로님께서는 오늘 아침 약속한 대로 사랑하는 사람들과 마지막 이야기를 나누려고 다시 한 번 일어나실 것입니다'라며 확고하게 예언했기 때문이다.

파이시 신부는 죽어가는 장로가 한 모든 약속과 말을 굳게 믿고 있었기 때문에 의식 불명 상태가 아니라 호흡이 멎어버린다고 해도 장로가 다시 일어나 작별을 전하겠다는 약속을 분명히 지킬 것이라고 확신했다. 혹여 장로가 이미 운명한 것을 보았다고 해도 그는 장로가 다시 살아나서 약속을 지킬 거라고 믿으며 언제까지나 기다렸을 것이다.

그날 아침, 조시마 장로는 잠들기 전에 그에게 이렇게 말했다.

"마음에서 사랑하는 사람들과 그간 나누지 못한 이야기를 하고, 그들의 정겨운 얼굴을 보면서 다시 한번 내 마음을 전하기 전에는 절대로 죽지 않을 거야."

조시마 장로와의 마지막 만남이 될지도 모르는 이 대화를 듣기 위해서 모인 수도사들은 모두 4명이었다. 그들은 오래전부터 정성을 다해 장로를 섬긴 그의 친구들이었다. 그들 중에는 이오시프 신부와 파이시 신부 그리고 암자의 책임자인 미하일 신부가 있었는데 이 사람은 나이가 그다지 많지 않았고 평민 출신으로 배움도 평범한 보통 수도사였지만 의지가 강했고 소박하며 굳은 신앙을 가지고 있었다. 그는 겉으로는 무뚝뚝하게 보였지만 마음속으로는 이미 깊은 오성(惡性)을 가지고 있었고, 그런 자신의 신앙이 다른 사람에게 알려지는 것을 무척 창피하게 생각했다.

네 번째 사람은 안핌 신부였는데 그는 가난한 농민 출신이었고, 몹시 늙었으며 키가 작고 문맹이나 다름없는 사람이었다. 조용하고 과묵해서 다른 사람과 별로 말도 하지 않았다. 겸손한 사람들 중에서도 가장 겸손한 사람이었는데 자신의 지혜로는 도저히 닿을 수 없는 어떤 거룩하고도 강력한 힘에 겁을 먹은 것처럼 보였다. 조시마 장로는 늘 두려움에 떨고 있는 이 늙은 수도사를 몹시 아껴서 평생 특별히 더 존중하며 그를 대했다. 예전에 장로는 이 늙은 수도사와 함께 몇 년 동안 러시아 전국의 성지를 돌아보기까지 했지만, 수도사에게 말을 건네는 일은 아주 드물었다. 러시아 전국을 돌던 오래전, 즉 40년 전 조시마 장로가 사람들은 잘 모르는 코스트로마의 작은 수도원에서 첫 수도 생활을 시작할 무렵에, 수도사가 된 지 얼마 되지 않았지만 그 가난한 수도원을 위해서 성금을 모으기 위해 안핌과 같이 전국을 순례했던 것이다.

주위이나 손님 할 것 없이 모두가 장로의 침대가 놓인 두 번째 방에 앉았다. 앞서 밝힌 대로 이 방은 몹시 좁아서 4명의 손님은 첫 번째 방에서 의자를 가지고 와서 장로의 안락의자에 바짝 붙어 앉아야 했다. 견습 수사인 포르피리는 시중을 맡았기 때문에 계속 서 있었다. 날은 이미 어두워져서 성상 앞의 램프와 촛불이 방을 밝히고 있었다. 알료샤가 영문을 모른 채 문턱에 서 있으니 장로는 기쁘게 미소를 짓고 손을 건넸다.

"어서 오너라, 잘 왔다, 우리 얌전한 아이가 이제 돌아왔구나. 네가 올 거라고 생각했다."

알료샤는 장로에게 다가가서 이마가 바닥에 닿도록 정중하게 절을 한 뒤, 갑자기 울음을 터트렸다. 마음속에서 무언가가 터져 나오며 영혼이 떨려오는 것 같았다. 그는 소리 높여서 마음껏 울어버리고 싶은 마음이었다.

"왜 그러니, 아직 울기엔 이르지 않니."

장로는 오른손을 알료샤의 머리에 얹고 살며시 웃었다.

"나는 일어나서 의자에 앉아 이야기를 나누고 있다. 아직 20년 정도는 더 살 수 있을 것 같은데. 어제 브이셰고리예에서 리자베타라는 어린 딸을 안고 온 그 착한 부인이 말한 대로 말이야. 오, 주여, 그 어머니와 귀여운 딸에게 축복을 내려주소서!"

그는 이렇게 말하고 성호를 그었다.

"포르피리, 그 부인이 낸 성금을 내가 말한 곳에 주었느냐?"

이것은 어제 장로를 숭배하는 그 쾌활한 여인이 자신보다 더 가난한 사람에게 전해달라고 준 60코페이카에 대한 말이었다. 그런 성금은 자신에 대한 자발적인 징벌의 의미로 바치는 것으로, 꼭 스스로 일을 해서 번 돈이어야만 했다. 장로는 엊저녁에 포르피리에게 얼마 전 화재로 집이 몽땅 타버려서 아이들 3명과 구걸을 하고 있는 어느 상인의 과부에게 그 돈을 전하라고 했던 것이다. 장로가 말한 대로 포르피리는 '익명의 자선가'가 주는 것으로 하고 그 돈을 직접 전달했다고 말했다.

"알료샤, 이젠 일어나거라. 얼굴 좀 보자. 집에서 형님은 만났니?"

장로는 알료샤를 향해 계속해서 말했다. 알료샤는 장로가 '형님들'이라고 칭하지 않고 '형님'이라고 정확하게 한 사람을 가리켜 묻는 것이 이상하게 여겨졌다. 어느 형인지 묻는 걸까? 어쨌든 장로가 어제와 오늘 자신을 읍내로 보낸 것은 두 형님 중에서 한 사람 때문인 것은 분명했다.

"둘 중의 한 사람만 만났습니다."

알료샤가 대답했다.

"내가 묻는 건 어제 내가 이마가 땅에 닿도록 절한 큰형이다."

"그 형님은 어제 만나보았고, 오늘은 찾지 못했습니다."

"빨리 찾아야 한다. 내일 또 가서 찾아보아라. 만사를 제쳐두고 서라도 그 일부터 빨리 서둘러라. 무서운 일이 일어나기 전에 미리 막을 수 있을 거야. 나는 어제 그 사람이 앞으로 겪을 큰 고통에 대해 머리를 숙인 거란다."

장로는 문득 말을 멈추고 생각에 잠겼다. 이상한 말이었다. 어제 그 상황을 본 이오시프 신부와 파이시 신부는 서로 바라보며 눈짓을 했다. 알료샤는 더 이상 견디기 힘들었다.

"장로님, 스승님. 장로님 말씀은 너무 모호합니다. 도대체 형님을 기다리고 있는 건 어떤 고통입니까?"

알료샤가 몹시 흥분해서 말했다.

"너무 자세히 알려고 하지 마라. 어제 나는 무서운 기운을 느꼈단다. 어제 그의 눈빛은 자신의 운명을 보여주는 것 같았지. 그 사람의 눈빛은 심상치 않았어. 나는 그 눈을 보고 그가 자신에게 벌이려는 재앙을 알고 가슴이 서늘해졌단다. 나는 자신의 운명을 그대로 보여주는 눈빛을 평생 동안 한두 번 봤는데, 그들의 운명은 슬프게도 내 짐작대로 맞더구나. 알렉세이, 내가 너를 읍내로 가게 한 것은 동생으로서 네가 그에게 도움이 될 거라고 생각해서였단다. 하지만 우리의 모든 운명은 하느님에게 달려 있지. '밀알 하나가 땅에 떨어져 죽지 않으면 한 알 그대로 남아 있고 죽으면 수많은 열매를 맺느니라'고 한 말을 잘 기억해야 한다. 알렉세이, 난 지금까지 마음속으로 너를 여러 번 축복했었다. 그건 네 얼굴 때문이지. 이것도 알아두렴.”

장로는 다정하게 웃으며 말을 이었다.

“나는 너에 대해 이렇게 생각한단다. 수도원 밖으로 네가 나간다 해도, 너는 속세에서도 수도사처럼 살 거야. 수많은 적들을 만나게 되겠지만, 그 적들도 너를 사랑하게 될 거다. 너에게 인생은 많은 불행을 안겨주겠지만, 그 불행 속에서 행복을 찾을 수 있을 것이고 인생을 축복할 수도 있을 것이며, 다른 사람들에게도 인생을 축복하게 해주어라. 이게 가장 중요해, 알았느냐? 너는 그런 사람이란다. 자, 여러분.”

장로는 감동의 미소를 지으며 손님들에게 말했다.

“나는 이 청년의 얼굴이 왜 이토록 내게 사랑스러운지 지금까지 알렉세이에게 말하지 않았습니다. 지금에야 말하지만 내게 이 청년의 얼굴은 어떤 사람에 대한 기억이자 예언과도 같습니다. 내 인생이 시작되던 어린 시절에 내게 형님이 한 분 계셨지요. 그런데 그만 열여덟 살의 나이에 바로 내 눈앞에서 죽었습니다. 그런 일이 있은 뒤 점점 나이를 먹으면서 나는 그 형님이 내 운명에서 하느님의 계시이자 숙명이었다는 것을 조금씩 확신하게 되었습니다. 만약 형이 내 인생에 없었다면, 아니 그 형이 처음부터 없었다면 나는 수도사가 되지 않았을 것이고 보람을 주는 이런 길도 걷지 못했을 겁니다. 처음 그가 나타난 것은 내가 어렸을 때이지만 이제 내 순례의 마지막에는 거의 그가 재림이라도 한 것처럼 그런 존재가 내게 나타났습니다. 여러분, 그것은 정말 놀라웠습니다. 나는 알렉세이가 나의 형님과 외모는 닮지 않았지만 정신적으로는 많이 닮아서 알렉세이를 바로 그 청년, 즉 내 형님으로 착각한 적이 많았습니다. 신비하게도 내 순례의 마지막에 무언가를 생각하고 통찰할 수 있도록 형님이 내게 찾아온 것처럼 느껴졌습니다. 이런 공상에 빠진 내가 스스로도 놀라울 정도였지요. 포르피리, 지금 내가 한 말 들었지?"

그는 곁에 있는 견습 수사에게 물었다.

"내가 너보다 알렉세이를 더 사랑해서 네가 실망하는 걸 여러 번 봤지만, 이제 너도 그 이유를 알겠지? 하지만 나는 너 역시 사랑한단다. 알았느냐? 나도 네가 실망하는 것을 보고 무척 마음이 아팠다. 그럼 여러분, 나는 이제부터 그 청년, 즉 내 형에 대해서 조금 이야기하려고 합니다. 왜냐하면 내 인생에서 형만큼 감동적이며 예언적인 사람은 아무도 없었기 때문입니다. 지금 내 마음은 깊은 감동에 쌓여서 내 일생이 생생하게 눈앞에 펼쳐지고 있어요."

여기서 미리 밝힐 것은, 장로가 그 생애의 마지막에 자신을 찾아온 손님들에게 한 이야기는 부분적으로 기록되어서 보존되고 있다는 사실이다. 알료샤는 장로가 세상을 떠나고 얼마 되지 않아서 기억을 되살려 이때의 일을 기록해두었다. 그러나 그날의 이야기만을 기록했는지, 아니면 그 이전의 이야기도 추려서 덧붙인 것인지는 확실하게 말하기 어렵다. 게다가 이 기록에 있는 이야기는 고운 문체여서 마치 장로가 친구들에게 자신의 인생을 소설처럼 들려준 것 같지만, 사실은 그와 다르다. 왜냐하면 그날 밤의 대화는 손님과 주인이 함께 나눈 것이었고, 비록 손님들이 주인의 말을 가로채는 일이 별로 없었다고 해도 그들 역시 자신의 의견을 말하거나 자신들의 이야기도 했을 것으로 보이기 때문이다. 게다가 장로는 숨이 차서 가끔 말이 끊기고 잠시 쉬려고 자리에 눕기까지 했으므로, 그의 이야기가 흐르는 물처럼 전개되었을 리도 없다. 장로가 물론 침대에 계속 누워 있었던 것은 아니고 손님들도 자리를 떠나지 않았다. 성경을 봉독하기 위해 한두 번 이야기가 중단된 적은 있었는데 파이시 신부가 성경 봉독은 주관했다. 또 한 가지 주목해야 할 것은 그들 중에서 누구도 그날 밤에 장로가 죽을 거라고 예상하지 못했다는 것이다. 장로는 낮에 깊이 자고 일어났기 때문에 인생의 마지막 밤에 친구들과 함께 이야기를 나눌 새 힘을 얻은 것처럼 보였다. 그것은 그의 몸에 거의 믿지 못할 활력을 준 마지막 감동이라고 부를 만한 것이었다. 그러나 그것이 오래 지속될 수는 없었다. 그의 생명을 잇는 줄이 문득 툭 끊어졌기 때문이다. 그러나 이것에 대한 이야기는 다음에 하기로 하고, 지금은 알렉세이 카라마조프가 기록한 장로의 이야기를 전달하겠다. 그렇게 해야 좀 더 간결하고 지루하지 않을 것이기 때문이다. 그러나 다시 한번 반복하자면 알료샤가 이전의 이야기에서 추려서 여기에 덧붙였다는 사실이다.

2. 조시마 장로의 전기에서

: 수도자이자 사제인 고(故) 조시마 장로의 말을 바탕으로
알렉세이 카라마조프가 엮음

(1) 조시마 장로의 형

나는 먼 북쪽 지방의 어떤 현에 있는 시에서 태어났다. 아버지
는 귀족이었지만 명문가 자제도 아니었고 지위도 높은 편이 아니
었다. 아버지는 내가 두 살 무렵에 돌아가셔서 아버지에 대한 기
억은 남아 있지 않다. 아버지가 어머니에게 남긴 것은 작은 목조
가옥과 얼마 되지 않는 재산이었다. 대단하지는 않았지만, 그래
도 어머니가 아이들을 데리고 옹색하지 않게 지낼 수 있을 정도
였다.

우리는 지노비로 불리던 나와 형인 마르켈, 두 형제뿐이었다.
나보다 여덟 살이 많은 형은 집중력이 좋고 성격은 급한 편이었
지만 착해서 남을 깔보지 않았으며 이상할 정도로 말이 없었다.
특히 집에서 어머니나 나, 하인들을 대할 때는 더 그런 편이었다.
중학교에서는 공부를 잘했고, 친구들과 싸우지 않았으나 누군가
와 친하게 지내는 성격도 아니었다. 어머니의 기억대로라면 형

은 그런 사람이었다. 형이 만으로 열일곱 살이 되었을 무렵, 즉 세상을 떠나기 반년 전에 형은 자유사상 때문에 모스크바에서 우리 고장으로 유배를 온 정치범인 유형수를 자주 만나러 다녔다. 그 정치범은 유명한 학자로 대학에서도 철학자로 이름이 있는 사람이었다. 그는 무슨 이유에서인지 마르켈 형을 좋아해서 자기가 지내는 곳에 드나들도록 허락했다. 그해 겨울, 형은 날마다 그와 함께 지냈고 얼마 뒤 이 유형수는 청원이 받아들여져서 관직에 복귀하려고 페테르부르크로 가게 되었다. 그에게는 유력한 몇몇의 후원자들이 있었던 것이다.

그 뒤 사순절 때, 마르켈은 단식을 하려고 하지 않았다.

"모두 엉터리 같은 잠꼬대지, 하느님은 절대 없어."

그는 이렇게 조소와 욕설을 했고, 그래서 어머니와 하인들 그리고 어린 나까지도 겁에 질리곤 했다. 그때 나는 겨우 아홉 살이었지만 형의 그런 말에 많이 놀랐다. 우리 집에는 4명의 하인이 있었는데 그들은 모두 알고 지내던 지주의 명의로 산 농노였다. 나는 어머니가 이 4명 중에서 요리를 맡던 아피미야라는 절름발이 노파를 60루블에 다시 팔고, 해방 농노인 하녀 하나를 고용했던 것을 아직 기억한다. 그런데 사순절 제6주가 되자, 형이 갑자기 병에 걸렸다. 형은 평소에도 허약한 데다 키가 크고 여위어서 폐병에 걸리기 쉬운 체질이었다. 그러나 얼굴은 아주 품위 있게 생긴 편이었다. 처음에는 감기라고 생각했는데, 의사가 진찰을 한 뒤 어머니에게 귓속말로 급성 폐결핵이라서 봄을 넘기지 못할 거라고 말했다. 어머니는 울면서 형을 붙잡고 무척 조심스럽게—

형을 놀라게 하지 않으려는 의도였다―제발 단식을 하고 교회에 가서 성찬도 받으라고 애걸했다. 형은 그때까지는 자리에 드러누울 정도는 아니었다.

형은 그 말을 듣고 굉장히 화를 내고 교회에 욕설을 했지만 그러는 중에도 무언가를 깊이 생각하는 듯했다. 그는 곧 자신의 병이 깊다는 것과 그래서 어머니가 자신에게 기력이 남아 있는 동안에 단식을 해서 성찬을 받게 하려고 한다는 것을 알았다. 그도 물론 자신이 병에 걸렸다는 것은 이미 알고 있었다. 그보다 1년 전에, 어느 날 형은 식사를 하다가 어머니와 나에게 차분한 말투로 이렇게 말했다.

"나는 어머니나 동생과 함께 이 세상에서 살 수 없어요. 앞으로 1년도 살지 못할 것 같아요."

형의 말이 예언처럼 적중한 것이다.

사흘 후 고난주간이었다. 그 주의 화요일 아침부터 형은 교회에 나갔다.

"어머니, 나는 단지 어머니를 위해서, 어머니를 기쁘게 하고 안심시키려고 교회에 가는 거예요."

형은 어머니에게 이렇게 말했다. 어머니는 슬픔과 기쁨에 겨워 갑자기 눈물을 흘렸다.

'녀석이 갑자기 변한 걸 보니, 앞으로 얼마 살지 못할 것 같아.'

어머니는 이렇게 생각했다. 그러나 형은 교회에 얼마 다니지 못하고 곧 드러누워서 참회와 성찬을 집에서 받아야만 했다.

날씨는 화창했고 세상은 향기로웠다. 그해는 다른 때보다 부활절이 늦게 있었다. 나는 형이 밤새 기침을 하고 잠도 제대로 자지 못했지만 그래도 아침에는 언제나 옷매무새를 단정히 하고 안락의자에 앉아 있었던 것을 기억한다. 투병 중이었지만 언제나 즐겁고 명랑하게 미소 지으며 앉아 있던 형의 모습이 나는 지금도 기억하고 있다.

형은 정신적으로 완전히 변했다. 갑자기 마음속에 큰 변화가 일어난 것이다! 늙은 유모가 형의 방에 들어가서 "도련님, 성상 앞에 있는 등불을 밝힐까요?" 하고 물으면, 전에는 그런 일을 허락하지도 않고 켠 등불도 일부러 꺼버렸던 형이었다. 그런데 형이 이렇게 말했다.

"할멈, 어서 켜세요. 빨리 켜줘요. 전에는 성등(聖燈)까지 켜지 말라고 했으니 내가 참 못된 놈이었어. 할멈이 불을 켜고 기도하면 나도 할멈을 보며 기쁘게 기도를 드리겠어요. 그럼, 우리 둘이 함께 하느님 앞에 기도를 드릴 수 있잖아요?"

형이 이런 말을 하는 것을 우리는 이상하게 생각했다. 어머니는 방에 들어가서 흐느끼기만 했지만, 그래도 형의 방에 들어갈 때는 눈물을 닦고 밝은 표정을 지어 보이려고 애썼다.

"어머니, 울지 마세요."

형은 늘 이렇게 말했다.

"나는 앞으로 오래 살 수 있을 거예요. 영원히 어머니와 같이 즐겁게 살고 싶어요. 인생은, 그리고 산다는 것은 정말 즐겁고 기쁘니까요!"

"아들아, 뭐가 그리 즐거우냐. 매일 밤 가슴이 터지도록 기침을 하고 온몸에 열이 나서 숨쉬기도 쉽지 않은데.”

“어머니, 울지 마세요. 인생은 천국과 같아요. 우리는 모두 천국에 살면서도 그것을 모를 뿐이에요. 만약에 우리가 그것을 알려고만 한다면, 내일이라도 당장 이 땅은 천국이 될 거예요.”

우리는 형이 너무나 거룩하고 꿋꿋해서 깜짝 놀랐고, 형의 말에 감동해서 눈물을 흘렸다.

친척들이 병문안을 오면 형은 이렇게 말했다.

“여러분은 모두 소중합니다. 내가 무얼 했다고 이런 사랑을 주시나요? 나 같은 인간을 무엇 때문에 사랑하십니까? 또 왜 나는 지금까지 그걸 몰랐을까요? 왜 전에는 그것을 고맙게 생각하지 않았을까요?”

그리고 형은 하인들에게 늘 이렇게 말했다.

“너희는 정말 친절해. 왜 너희는 이렇게 정성껏 내 시중을 드는 거지? 내가 과연 이런 시중을 받을 만한 사람일까? 만약 하느님이 날 돌봐주셔서 살아나기만 하면 이번에는 내가 너희의 시중을 들어줄 거야. 사람은 서로 돕고 보살피며 살아야 하니까.”

형이 이렇게 말할 때마다 어머니는 고개를 저었다.

“마르켈, 네가 그렇게 말하는 건 병이 들어서 그런 거야.”

“어머니, 사랑하는 어머니, 세상에서 주인과 하인을 구분 짓는 것이 완전히 사라지지는 않겠지요. 하지만 내가 우리 집 하인들의 시중을 들지 말라는 법은 없잖아요? 그들이 나를 위했던 것처럼 나도 그들을 위할 거예요. 어머니, 나는 이렇게 말하고 싶어요. 우리는 누구나 다른 사람에게 죄를 짓는다고요. 나는 그중에서 가장 죄를 많이 지은 인간이에요."

형의 말을 들은 어머니는 자신도 모르게 웃었다. 그리고 한바탕 울고 난 뒤 다시 미소를 지었다.

"얘야, 네가 어째서 가장 죄가 크다는 거냐? 세상에는 살인범이나 강도 같은 죄인이 많은데, 대체 네가 나쁜 일을 한 게 없는데 왜 죄가 크다는 거니?"

"어머니, 나에게 피를 주신 사랑하는 어머니—형은 그때 예상 밖으로 다정하게 말을 했다—어머니, 내 사랑이자 내 기쁨이며 나의 피처럼 귀중한 어머니, 우리는 누구든지 사람에 대해, 모든 것에 대해 죄를 지어요. 어떻게 설명해야 할지 모르겠지만, 어쨌든 그 사실이 나는 괴로워요. 우리는 어째서 그걸 모르고 사는 동안 화만 냈을까요?"

형은 이렇게 날이면 날마다 강한 감동과 환희에 둘러싸여서 사랑이 가득한 마음으로 아침에 일어나는 것이었다.

얼마 후, 의사가 왕진을 오기 시작했다. 의사는 에이젠슈미트라는 늙은 독일인이었는데 그가 올 때마다 형은 농담처럼 이렇게 물었다.

"의사 선생님, 이 세상에서 아직 하루 더 살 수 있을까요?"

"하루라니, 너는 여러 날 더 살 수 있다. 아직도 몇 달, 아니 몇 년도 더 살 수 있어."

"몇 달이나 몇 년은 살아서 뭐해요!"

형은 종종 이렇게 외쳤다.

"날수를 따질 필요가 뭐가 있어요! 온갖 행복을 모두 경험하는

데 사람은 하루면 충분해요. 그런데 왜 우리는 싸우고, 무안을 주고, 서로 앙심을 품고 살까요? 차라리 뜰에 나가서 산책하고, 서로 사랑하고, 칭찬하고, 입을 맞추며 우리의 삶을 축복해야 하지 않을까요?"

"댁의 아드님은 이미 이 세상 사람이 아닙니다."

현관까지 배웅을 한 어머니에게 의사가 말했다.

"병이 도져 정신 착란까지 온 것 같습니다."

형의 방에 있는 창문은 뜰을 향해 있었는데, 뜰에는 이미 나뭇가지에 어린 싹이 솟아나고, 오래된 나무는 땅에 그늘을 드리우며 늘어서 있었다. 형은 때 이른 새들이 나뭇가지에 날아와 창가에서 지저귀는 것을 애정 어린 시선으로 바라보다가 갑자기 새들을 향해 용서를 빌기 시작했다.

"하느님의 새들아, 행복한 새들아, 나를 용서해다오. 너희에게 나는 너무나 많은 죄를 지었구나."

우리 중에서 그의 말을 이해할 수 있는 사람은 그 당시 아무도 없었지만 형은 기쁨에 겨워 눈물까지 흘렸다.

"아, 내 주변에는 하느님의 영광이 이토록 넘친다. 새들, 나무, 풀밭, 하늘……. 그런데 나는 혼자 치욕스럽게 살면서 이 모든 걸 더럽히고 영광과 아름다움을 모른 척했어."

"얘야, 너는 스스로 너무 많은 죄를 지려 하는구나."

어머니가 울면서 말했다.

"어머니, 나의 소중한 어머니, 나는 슬퍼서 우는 게 아니라 기뻐서 눈물이 나는 거예요. 어머니에게 설명하기 힘들지만 내가 모든 사람에 대해 죄인이 되는 건 내가 그것을 원하기 때문이에요. 나는 어떻게 해야 모든 사람을 사랑할 수 있는지도 잘 모른답니다. 하지만 내가 모든 사람에게 죄를 지었다고 해도, 모두 나를 용서해주지 않나요? 바로 이것이 천국이에요. 나는 지금 천국에 있는 것 같아요."

이것 이외에도 여러 가지 일이 많았지만 내가 전부 기억하고 있지 않고 세세히 이곳에 기록할 수도 없다. 그러던 어느 날, 내가 혼자서 형의 방에 갔을 때가 떠오른다. 방에는 형만 있었다. 날 맑은 저녁 무렵이어서 해가 지면서 방 안을 사선으로 그리듯 비추고 있었다.

형이 내게 손짓해서 나는 형의 옆으로 가까이 다가갔다. 그러자 형은 내 어깨에 두 손을 올리고, 애정과 감동을 담은 시선으로 나를 들여다보았다. 형은 아무런 말을 하지 않고 1분 정도 나를 그렇게 보다가 결국 말했다.

"자, 이제 나가서 놀아라. 부디 내 몫까지 살아야 해."

나는 형의 말대로 놀러 나갔고 그 후 살아오면서 몇 번이나 대신 살아 달라던 형의 말을 떠올리며 울어야 했다. 그 당시에는 이해하지 못했지만 그 밖에도 형은 감탄이 절로 나오는 아름다운 말을 많이 남겼다.

부활절이 지나고 3주 뒤, 형은 세상을 떠났다. 말을 할 수 없는 상태였지만 의식은 또렷해서 마지막 순간까지도 형은 조금도 변하지 않았다. 그는 행복해 보였고, 눈은 쾌활한 기색이었으며, 주변을 둘러보다가 우리를 발견하고는 미소를 지으며 가까이 오라고 손짓했다. 그래서인지 읍내에는 형의 죽음에 대해 많은 소문이 퍼졌다. 이런 일들은 그 당시 나에게 커다란 충격이었지만, 그렇게 대단한 일은 아니었다. 물론 나는 형의 장례식에서 많이 울었다. 나는 아직 나이 어린 소년이었지만, 이런 일들은 나에게 지울 수 없는 인상을 남겼고 마음속에 은밀한 생각이 자리 잡게 하였다. 이런 생각의 싹은 언젠가 때가 왔을 때 문득 고개를 들고 어떤 부름에 대답하게 되어 있으며, 이것은 그대로 이루어졌다.

(2) 조시마 장로의 인생에서 성경의 의미

나는 어머니와 둘만 남게 되었다. 친절한 지인들이 어머니에게 조언하기를, 아들이 하나밖에 없으니 살림이 그리 어렵지 않고 그나마 재산이 있을 때 아들을 페테르부르크로 보내라고 했다. 그들은 이런 시골에서 자라면 출세할 기회가 없다고 했다. 그리고 나를 페테르부르크의 육군 사관학교에 보내서 훗날 근위 사단에 들어갈 기회를 만들어주라고 어머니에게 권했다. 어머니는 단 하나 남은 아들과 헤어질 수 없어서 오래 고민했지만, 많은 시간을 울고 난 뒤 마침내 내 미래를 위해 결단을 내리셨다. 어머니는 나를 데리고 페테르부르크에 가서 학교에 입학시켰는데, 그 후로 나는 영원히 어머니를 뵐 수 없었다. 어머니는 3년 동안 두 아들을 생각하며 슬픔 속에서 지내시다가 세상을 떠나셨다.

어린 시절에 내가 집에서 얻은 것은 어느 것과도 바꿀 수 없는 소중한 추억이었다. 인간에게는 부모님의 집에서 보낸 어린 시절의 추억보다 더 소중한 것은 없다. 비록 가난할지라도 사랑과 신뢰가 있는 집이라면 대부분 그렇다. 아니, 화목하지 못한 가정이라도 그 사람이 소중한 것을 찾아낼 수만 있다면 무엇과도 바꾸지 못할 수많은 추억을 만들 수 있다. 이쯤에서 나는 우리 가정에 대한 여러 가지 추억 중에서 성서에 대한 기억을 말하고 싶다. 부모님의 집에서 자랄 때 나는 아직 어렸지만, 그래도 성서를 아주 좋아했다. 그 무렵 내게는 《신약 및 구약 성서에서 고른 104가지 이야기》라는 제목의 아름다운 그림이 가득 그려진 책이 있었는데, 나는 그 책으로 독서에 입문했다. 그 책은 지금도 내 방의 선반 위에 꽂혀 있다. 나는 그 책을 내 과거의 소중한 기념품으로 간직하고 있다.

그보다도 나는 아직 글을 읽지 못했을 때, 즉 내가 아직 여덟 살이 되지 않았을 무렵에 처음으로 깊은 감동을 느꼈던 것을 아직도 기억한다. 그해의 고난주간 월요일, 어머니는 나를 데리고―그때 형은 무엇을 하고 있었는지 기억이 안 난다―미사에 참석했다. 지금도 그때 일을 떠올리면 모든 것이 분명하게 생각난다. 날씨는 아주 맑았고 향로에서 향의 연기가 아스라이 위로 피어올랐다. 둥근 천장에 달린 작은 창문에서는 성당 안으로 햇빛이 비치고 있었다. 연기가 너울대며 위로 올라가서 둥근 천장 아래 맴돌며 그 햇빛 속에 섞였다. 나는 그런 모습을 감격에 겨워 바라보면서 태어나 처음으로 하느님 말씀의 씨앗을 의식적으로 깨닫고 내 영혼 속으로 그것을 받아들이게 되었다.

작은 아이가 커다란 책을 들고―그 시절의 내게는 그 소년이 큰 책을 겨우 들어서 옮기는 것으로 보였다―교회당 가운데로 나오더니 그것을 성서대 위에 올리고 책장을 넘기며 읽었다. 그때 나는 처음으로 무언가를 깨닫게 되었다. 하느님의 교회에서 '읽는 것'이란 무엇인지 처음으로 알게 되었다.

우스에 정직하고 신앙이 깊은 욥이라는 사람이 살았다. 그는 엄청난 부자였기 때문에 낙타와 양과 나귀가 셀 수 없을 만큼 많았다. 그의 아이들은 늘 즐겁게 뛰어놀았고, 그도 아이들을 무척 사랑했기 때문에 하느님께 아이들을 위해 기도했다. 아이들이 장난을 치다가 죄를 지을지도 몰랐기 때문이었다.

그러던 어느 날, 악마가 하느님의 아들들과 함께 하느님 앞으로 가서 땅 위와 땅 밑을 살펴보고 왔다고 말했다.

"너는 내 종인 욥을 만났느냐?"

하느님께서는 이렇게 물으며 위대하고 거룩한 자신의 종인 욥을 악마에게 자랑했다. 악마는 그 말을 듣고 히죽거리며 이렇게 대답했다.

"제게 그 사람을 맡겨주세요. 당신의 거룩한 종이 당신에게 불평하고 당신을 저주하는 것을 보여드리겠습니다."

그래서 하느님은 자신이 사랑하는 강직한 종을 악마에게 맡겼다.

악마는 욥의 아이들과 가축을 모두 죽이고, 벼락을 맞은 것처럼 빠르게 그의 엄청난 재산을 한순간에 없애버렸다. 욥은 옷을 갈기갈기 찢으면서 땅에 엎드려 크게 소리쳤다.

"내가 어머니의 배에서 벌거벗고 나왔으니 벌거벗은 채 땅으로 돌아갈지어다. 하느님께서 주신 것을 하느님께서 다시 가져가신 것뿐이니, 하느님의 이름은 영원히 찬양 받을지어다!"

친애하는 여러분, 지금 내가 눈물을 흘리는 것을 용서해주시길. 내가 흘리는 눈물은 내 어린 시절이 지금 다시 눈앞에 선하고, 마치 여덟 살이었던 어린 시절의 내가 내 속에서 살아 숨 쉬는 것 같아서, 그때처럼 경탄과 혼란과 기쁨을 분명하게 느끼기 때문이오.

그때 낙타 떼와, 하느님에게 말을 한 악마, 자신의 종에게 시련을 주신 하느님, 그리고 "오, 주여, 주님이 내게 벌을 주셨나이다. 그러나 주님을 영원토록 찬송할지어다!"라고 소리친 그 종, 이런 것들이 나의 상상력을 전부 차지했던 것이다. 그리고 〈나의 기도를 받아주소서〉라는 성가가 조용하고 아름답게 교회 안에 울려 퍼지고, 신부가 든 향로에서는 향이 다시 너울거렸다. 마침내 사람들은 무릎을 꿇고 엎드린 채 기도를 올렸다.

그때부터 나는 이 성스러운 이야기—심지어 나는 어제도 그 책을 읽었지만—를 읽을 때마다 감동을 받아서 눈물이 났다. 이 이야기에는 거룩하고 신비한 수많은 일들이 얼마나 많은지!

그 뒤 나는 이 이야기를 비웃고 헐뜯는 자들의 소리를 들었지만, 그런 이야기는 모두 교만한 자들의 말들이었다.

"하느님은 왜 자신의 성자 중에서 가장 사랑하는 자를 악마에게 내주고, 그 아이들을 빼앗고, 그도 질병과 악성 종기 때문에 상처가 생겨서 고름을 사금파리로 긁는 무서운 벌을 주었을까? 대체 무슨 목적으로 그랬을까? 단지 악마에게 '보아라, 나의 성자는 나를 위해 저런 고통도 견딘다!'라고 자랑하려는 것 아닌가!"

그러나 여기에 바로 신비함이 있다. 갑자기 나타났다 사라지는 땅 위의 것이 영원한 진리와 하나가 되었다는 사실이 바로 위대함인 것이다. 조물주가 천지를 창조하는 동안 날마다 '내가 창조한 것은 선하다'라고 칭찬하며 감탄하셨듯이 욥의 기특함을 보고 다시 자신의 창조물을 찬양하신 것이다. 그리고 욥이 하느님을 찬양한 것은 단지 하느님에 대한 봉사인 것이 아니고, 하느님의 영원한 창조물에 대한 봉사였다. 그것은 처음부터 그가 그런 사명을 지녔기 때문이다. 아, 이 얼마나 거룩한 책이며 이 얼마나 위대한 교훈이란 말인가! 이 성서란 얼마나 고마우며 얼마나 위대한 기적인가! 그리고 이 책은 인간에게 얼마나 큰 힘을 주는가!

성서에는 인간과 세계 그리고 인간의 성격이 마치 돌에 새겨진 것처럼 분명하게 드러나 있다. 게다가 영원히 모든 것에 이름을 부여하고 그것을 지적하고 있다. 이렇게 이 책은 얼마나 수없이 많은 신비를 일으키고 계시하였는가! 하느님께서는 욥을 다시 일깨우고 그에게 재산을 돌려주셨다. 그리고 다시 세월이 많이 흘러 그에게는 새 아이들이 태어났고, 그는 아이들을 사랑했다. 하지만 나는 이런 생각을 했다. '아, 과연 그럴 수 있을까! 아이들을 모두 빼앗기고, 아이들을 모두 잃고도, 어떻게 새 아이들을 사랑할 수 있을까! 비록 새로 태어난 아이들이 사랑스럽다 해도 전의 아이들을 생각하면 그는 완벽한 행복을 느낄 수 있을까?'

맞다, 그것은 가능하며 다시 행복해질 수 있다. 오래된 슬픔은 점점 조용하고 감동으로 가득 찬 기쁨으로 변해가는 것이 인간이 가진 생명의 위대한 신비라고 할 수 있다. 젊었을 때 피가 끓는 것 같은 정열 대신 온화하고 평온한 노년기가 찾아오는 것이다. 나는 날마다 떠오르는 아침 해를 축복하고 전과 같이 내 마음은 아침 햇살을 향해 노래를 부르지만, 지금은 오히려 지는 저녁 해를, 비스듬하게 비추는 저녁 햇살을 더욱 사랑한다. 그리고 그 햇살과 함께 고요하고 부드러운 감동에 겨운 추억을, 나의 긴 축복받은 인생 중에서 떠오르는 그리운 사람들을 사랑한다. 그런 모든 것 위에는 사람을 감동시키고, 화해시키고, 용서하는 하느님의 진리가 있다. 나의 인생은 이제 끝나려고 한다. 나는 그것을 잘 알고 느낀다. 그러나 얼마 남지 않은 하루가, 내 지상에서의 날들이 이미 새롭고 끝없는 미지의, 그러나 곧 찾아올 내세에서의 삶과 하나로 이어지고 있다는 것을 나는 안다. 그러한 새로운 삶을 예감하면, 나의 영혼은 기쁨으로 떨려오고, 지성은 밝게 빛나며, 마음은 환희에 넘쳐 울게 된다.

사랑하는 여러분, 내가 지금까지 수없이 들었고 특히 요즘 자주 듣는 말이 있다. 우리나라의 성직자들, 특히 시골의 성직자들이 여기저기에서 자신들의 적은 수입과 낮은 지위에 대해 늘어놓는 불평에 대한 말이다. 그들 중에는 신문이나 잡지의 힘을 빌려서—나도 직접 읽었지만—수입이 너무 적기 때문에 이제는 성경 말씀을 민중에게 가르칠 수가 없다고 한다, 비록 루터파나 다른 이교도들이 양 떼를 가져간다고 해도 우리의 수입이 적기 때문에 멋대로 가져가도록 내버려둘 수밖에 없다고 말하는 것을 주저하지 않는 자들도 있는 실정이다.

오, 주여, 그들이 소중히 여기는 수입을 조금이라도 늘려주시옵소서. 왜냐하면 그들의 불평에도 일리가 있으니까. 그러나 진실을 말하자면, 만일 이 문제에 대해 누군가 책임을 져야 한다면 우리 자신에게 그 절반의 책임이 있다. 왜냐하면 비록 여유 시간이 없고 계속 노동과 예배에 묶여 있다는 그들의 말이 일리가 있긴 하지만 밤새도록 그런 것은 아니고, 일주일에 단 1시간 정도는 하느님을 생각하는 여유가 있을 것이기 때문이다. 게다가 11년 동안 계속 일을 하는 것은 아니다! 처음에는 어린아이들만 일주일에 한 번 정도 저녁 때 자신의 집에 모이게 하는 것이 어떻겠는가? 그렇게 하면 아버지들도 소문을 듣고 점점 모일 것이다. 그 일을 하려고 굳이 큰 집을 짓지 않아도 된다. 그냥 자신의 집에 모이게 하면 된다. 그들이 자신의 집을 더럽힐까 봐 걱정하지 않아도 된다. 고작 1시간 정도의 모임이니까.

사람들이 다 모이면 이 책을 펼치고, 어려운 말을 쓰지 말고 거만하게 굴지도 말고 진심을 다해서 친절하게 읽으면 된다. 이때 자신이 읽는다는 것을, 그리고 사람들이 정신을 바르게 하고 그것을 듣고 이해하는 것을 기쁘게 생각하고, 자신도 이 책의 말씀에 귀를 기울여야 한다. 그리고 가끔 읽다가 멈추고, 그들이 이해하지 못하는 말들을 설명해야 한다. 걱정하지 않아도 된다. 그들은 무엇이든지 이해할 테니까. 정교(正敎)를 믿는 사람들은 무엇이든지 다 이해할 것이다. 아브라함과 사라, 이삭과 리브가의 이야기를 읽어줄 것이며, 또 야곱이 어떻게 라반에게 가게 되었는지가 담긴 이야기와 그가 꿈에 하느님과 싸운 이야기, '이 얼마나 두려운 곳인가'라고 한 이야기*도 읽어주고, 민중의 경건한 마음에 깊은 감동을 주어야 한다. 특히 어린아이들에게는 이런 이야기를 들려주면 좋을 것이다.

형들이, 피를 나눈 동생 요셉, 즉 나중에 해몽을 잘하는 거룩한 예언자가 되는 귀여운 소년 요셉을 노예로 팔아넘기고 아버지에게 들짐승이 동생을 잡아먹었다고 하며 피가 묻은 옷을 보여준다. 그 뒤에 형들이 곡물을 사기 위해서 애굽으로 갔는데, 그때 요셉은 형들이 몰라볼 정도로 훌륭한 통치자로 자라서 그들을 괴롭히고 죄를 뒤집어 씌워서 형제 중의 한 명인 베냐민을 잡아서 가둔다. 그러나 이것은 모두 그가 형들을 사랑해서였다.

"나는 형님들을 사랑합니다. 내가 형들을 괴롭히는 것은 사랑하기 때문입니다."

그는 옛날에 자신이 불에 탈 것 같은 사막의 어느 우물가에서 장사꾼들에게 노예로 팔렸던 것과, 그때 형들에게 낯선 땅에 노예로 팔지 말아달라고 두 손을 빌며 애원했던 일을 영원히 잊을 수 없었지만, 이렇게 세월이 흐르고 난 뒤 서로 만나니 다시 그들에게 끝없는 사랑이 솟아올랐다. 요셉은 형들을 사랑했으면서도 그들을 괴롭히고 박해했다. 결국 요셉은 터질 것 같은 마음의 고통을 참지 못하고 그들 곁을 떠나 침대에 몸을 던지고 울음을 터트린다. 잠시 뒤, 그는 눈물을 닦고 그들 앞에 밝은 얼굴로 나타나서 이런 말을 한다.

---

* 구약 〈창세기〉이다.

"형님들, 나는 당신들의 동생 요셉입니다!"

그다음에는 늙은 아버지 야곱이, 사랑하는 아들 요셉이 살아 있다는 소식을 듣고 얼마나 기뻐했는지에 대해서 읽어주는 것이 좋겠다. 야곱은 그 소식을 듣고 즉시 고향을 떠나서 애굽으로 갔는데, 결국 낯선 땅에서 죽고 말았다. 그때 그는 평생 동안 자신의 경건하고 소심한 마음속에 사람들 모르게 간직하던 위대한 말을 이 세상에 유언으로 남겼다. 바로 그것은 그 자손, 즉 유대 민족에서 이 세상의 거룩한 희망이며 화해자인 구세주가 탄생할 것이라는 예언이었다!

사랑하는 여러분, 이미 여러분들이 오래전부터 잘 알고 있는, 나보다 몇백 배나 더 유려하고 훌륭하게 이야기할 수 있는 것을 내가 마치 어린아이에게 얘기하듯이 신나서 말하는 것을 불쾌하게 생각하지 말고 용서하길 바란다. 나는 단지 기쁨이 넘쳐서 이런 이야기를 하는 것이다. 그리고 내가 흘리는 눈물도 이 위대한 성경을 아주 사랑하기 때문에 그러는 것이니 용서하길 바란다. 이 책을 민중들에게 읽어주는 하느님의 사도들도 함께 눈물을 흘리는 것이 좋을 것 같다. 그렇게 하면 듣는 사람들의 마음에도 분명히 감동이 생겨서 떨리는 것을 볼 수 있을 것이다. 단지 작은 한 알의 씨앗이 필요할 뿐이다. 이것을 민중의 가슴에 뿌리면 그 씨앗은 죽지 않고 가슴속에서 살아서, 반짝이는 한 점의 빛처럼 어떤 어둠, 어떤 죄악 속에서도 살아남을 것이다. 그러나 필요 없는 설명을 하거나 설교를 하지 말아야 한다. 그들은 모든 것을 있는 그대로 이해할 것이기 때문에, 그럴 필요가 조금도 없다. 여러분은 그것을 민중들이 이해할 능력이 없다고 여기는가? 그렇다면 시험 삼아서 그다음 이야기를 들려주어야 한다. 아름다운 에스더와 거만한 와스디의 불쌍하면서도 감동적인 이야기나 고래 뱃속에 들어갔던 예언자 요나의 기적 같은 이야기도 괜찮다.

그리고 또 그리스도의 이야기도 잊지 말고 얘기해주어야 한다. 이것은 오직 〈누가복음〉에서 선택해야 한다. 나도 줄곧 그렇게 해왔다. 그리고 〈사도행전〉 중에서는 사울*이 개종한 이야기—무슨 일이 있어도 이 이야기는 꼭 읽어주어야 한다—를, 그리고 마지막으로 〈성자전〉 중에서는 하느님의 아들 알렉세이의 인생과 하느님을 직접 본 가장 거룩하고 행복한 순교자이자 그리스도의 숭배자인 애굽의 마리아**의 인생을 읽어주어야 한다. 이런 간단한 이야기가 민중의 마음에는 깊은 감동을 준다.

일주일에 1시간이면 충분하다. 자신의 적은 수입에 연연하지 말고 단지 1시간만 쓰면 된다. 그러면 우리나라의 민중이 자비심이 많고 감사할 줄 아는 사람인지 깨달을 수 있다. 민중은 성직자들의 열정과 감동에 넘치는 그 말들을 언제나 기억하다가 100배 크게 보답할 것이다. 그들은 스스로 나서서 성직자의 밭일이나 집안일을 도울 것이고, 이전보다 훨씬 더 그를 존경할 것이다. 이미 그의 수입은 늘어난 것과 같다. 이런 것이 지나치게 고지식한 방법이기 때문에 가끔 무슨 헛소리를 하느냐고 비웃을까 봐 남에

---

* 사도 바울의 본명이다.
** 황야에서 47년을 보낸 성녀이다.

게 말하는 것을 머뭇거렸지만, 실은 이것이 그 어떤 것보다도 확실한 방법이다!

하느님을 믿지 않는 사람은 하느님의 종인 민중도 믿지 않는다. 그와 반대로 신의 종인 민중을 믿는 사람은, 예전에는 절대 믿지 않았을지언정 민중이 거룩하게 여기는 것을 분명하게 볼 수 있다. 오로지 민중과 그들의 미래의 정신력만이 어머니 대지로부터 분리되어 있는 우리나라의 무신론자들을 바른 길로 다시 이끌수 있다. 그리스도의 말씀이어도, 실제 사례를 들지 않으면 무슨소용인가? 하느님의 말씀이 없다면 민중에게는 오직 파멸만이 있을 뿐이다. 왜냐하면 민중의 영혼은 하느님의 말씀을 간절히게 원하며 모든 훌륭한 것에 목말라하기 때문이다.

나의 젊은 시절, 지금으로부터 거의 40년 전에, 나는 안핌 신부와 함께 러시아 전역을 순례하며 우리 수도원을 위해 성금을 모았던 때가 있다. 어느 날, 우리는 배가 지나는 큰 강가에서 어부들과 같이 밤을 보냈다. 그때 얼굴에 귀티가 흐르는 젊은 농부 한 명이 우리 곁에 앉았다. 열여덟 살 정도로 보이는 청년이었는데, 그는 다음 날 아침 어느 장사꾼의 짐을 실은 배를 끌기 위해 서둘러 목적지를 향해 가는 중이었다.

나는 그 청년이 맑은 눈으로 감격에 겨워서 앞을 보고 있는 것을 발견했다. 조용하고 따뜻한 7월의 밝은 밤이었기 때문에 드넓은 수면에서는 물안개가 끼어서 사람들의 마음을 기분 좋게 만들었다. 가끔 물고기들이 철벅거리는 소리가 들렸지만 새들도 잠들고 주변은 고요하고 엄숙한 기운이 흘러서, 마치 만물이 하느님에게 기도를 하는 것처럼 느껴졌다. 그날 밤, 잠을 자지 않은 건 나와 그 청년뿐이었다. 우리는 하느님의 소유인 세상의 아름다움과 그 거룩한 신비에 대해 대화를 나누었다. 단 하나의 풀잎, 한 마리의 곤충, 한 마리의 개미, 한 마리의 꿀벌. 지성을 갖추지 못한 이런 모든 존재들이 신기할 만큼 자신들의 길을 알아서 하느님의 신비를 증명하고 또 끝없이 그것을 실천하는 것이다. 이런 대화를 나누는 동안 나는 귀여운 청년의 마음이 뜨겁게 불타는 것을 알았다. 그는 숲과 숲속의 새들을 무척 좋아한다고 했다. 그리고 자신은 사냥꾼이기 때문에 새들이 우는 소리를 전부 구분할 수 있고, 어떤 새든지 가까이 부를 수 있다고 했다.

"숲에 있을 때 저는 가장 행복해요. 정말 행복할 뿐이에요."

"그렇지."

나는 대답했다.

"전부 다 유쾌하고 아름답지. 또 웅장하고. 모든 것이 다 진리이기 때문이야. 저 말을 좀 보게. 저렇게 큰 짐승이 인간의 옆에 아무렇지 않게 서 있으니까 말이야. 또 소도 보게나. 늘 생각에 잠긴 것처럼 고개를 숙이고 사람에게 우유를 주고, 또 사람들을 위해서 일을 하지. 말과 소의 얼굴을 봐. 얼마나 엄숙한 표정인가! 툭하면 인정사정없이 채찍으로 때리는 인간을 어쩌면 그리 따르는 것일까! 악의는 전혀 없는 저 표정, 인간을 언제나 믿는 저 아름다운 얼굴! 저런 짐승들에게는 아무런 죄가 없어. 이런 생각만으로도 가슴이 벅차오르네. 왜냐하면 인간을 제외한 모든 것에는 죄가 없으니까. 그리스도께서는 우리 인간들보다 그들과 먼저 함께하셨네.”

“그랬을까요?”

청년이 물었다.

“그렇다면 소나 말에게도 그리스도가 함께하신다는 건가요?”

“함께하시고말고. 하느님 말씀은 모든 창조물을 위해 존재하는 거니까. 세상 만물은 잎사귀 하나에까지 그 말씀을 따르면서 하느님의 영광을 노래하고 그리스도를 위해 기쁨의 눈물을 흘리는 거라네. 그러나 자신은 그것을 모르고 있을 뿐이야. 단지 죄를 모르는 일상생활의 신비 때문에 그것이 이뤄지고 있는 것뿐이거든. 숲에는 무서운 곰들이 이리저리 돌아다니고 있네. 사납고 난폭한 곰이지만, 그것은 곰의 죄가 아니네.”

여기까지 말한 뒤 나는 그에게 숲속 작은 암자에 은둔하면서 수도를 하던 어떤 위대한 성자에게 어느 날 곰이 나타난 이야기를 했다. 그 거룩한 성자는 곰을 불쌍하게 여겨 머뭇거리지 않고 다가가서 빵을 한 개 주면서 말했다.

“이제는 가라. 그리스도께서 너와 함께하시니까.”

그러자 그 흉악한 짐승은 성자를 해치지 않고 고분고분하게 그곳을 떠났다. 청년은 곰이 성자를 전혀 해치지 않고 떠났다는 것과 곰에게도 그리스도가 함께하신다는 말을 듣고 몹시 감동했다.

“아, 정말 좋은 이야기예요. 하느님이 창조하신 것은 전부 아름답고 훌륭해요.”

청년은 황홀한 듯이 감동에 젖어서 앉아 있었다. 내가 한 말을 잘 이해하는 것 같았다. 마침내 그는 내 곁에서 순수하고 평화롭게 잠들었다.

나는 잠들기 전에 그 청년을 위해 기도했다.

'주여, 이 청년에게 축복을 내리소서! 당신께서 창조하신 인간들에게 평화와 빛을 주시옵소서!'

(3) 수도사가 되기 전 조시마 장로의 청년 시절 회상—결투

페테르부르크의 사관학교에서 오랜 시간을, 거의 8년을 보냈다. 그곳에서 새 교육을 받으면서 유년 시절에 받은 인상들을 대부분 덮어버렸지만, 그러나 아무것도 잊지 않았다. 나는 여러 가지 새로운 습관과 어설픈 생각을 받아들여서 거의 야만에 가까울 정도로 잔인하고 둔한 사람으로 변했다. 우리는 겉치레를 중시하는 예절이나 사교술, 프랑스어 등을 열심히 배우면서도 우리를 시중드는 사병들은 짐승만도 못하게 여겼다. 물론 나도 그렇게 생각했고, 다른 누구보다 더 심했던 것 같다. 왜냐하면 모든 면에서 나는 동료들보다 감수성이 가장 예민했기 때문이다.

우리가 장교가 되어 학교를 떠날 때 즈음에는 자신이 속한 부대의 명예를 위해 목숨도 버릴 결심을 했지만, 진정한 명예란 과연 무엇인지 아는 사람은 없었다. 비록 알고 있었어도 내 스스로 가장 먼저 그것을 조롱거리로 삼았을 것이다. 우리는 주로 음주와 싸움질, 어리석은 용기 따위를 자랑스러워했다. 그렇지만 우리가 나쁜 본성을 가진 인간들은 결코 아니었다. 동기생들 모두는 착했지만 단지 행동이 나빴을 뿐이다. 그중에서도 내가 제일 못된 사람이었다. 내 마음대로 할 수 있는 수입이 생긴 것이 가장 큰 문제였다. 그래서 나는 젊은 혈기에 취해서 거리낄 것 없이 쾌락을 좇는 생활에 빠져서 돛을 전부 올린 범선처럼 내달렸다. 그런데 당시에 내가 책을 읽으며 큰 만족을 느꼈다는 것은 이상한 점이었다. 하지만 성서는 한 번도 펼친 적이 없었지만 어디를 가든지 항상 그것을 소지하고 다녔다. 성경책만큼은 무의식적으로 소중하게 간직했다. '한 시간 뒤에, 하루 뒤에, 한 달 뒤에, 일 년 뒤에' 다시 읽겠다는 그런 마음이었다.

이런 식으로 4년이 흐른 뒤에 나는 그때 부대가 주둔하던 K시에서 살게 되었다. 이 K시의 사교계에는 신기한 일도 많고, 사람도 많아서 즐거웠으며 손님을 잘 대접했고 화려했다. 어느 곳을 가든지 나는 환대를 받았다. 천성적으로 활발한 성격인 데다 돈을 잘 쓴다는 소문이 났기 때문이었는데 이런 점은 사교계에서는 나름 의미가 있었다.

그런데 바로 그즈음, 나중에 모든 일의 발단이 된 사건이 발생했다. 나는 젊고 아름다운 아가씨와 사귀게 되었다. 그 여자는 그 지방 유명인사의 딸이었고, 지혜롭고 품위 있으며 밝은 성격이었다. 그녀의 부모는 지위가 높고 재산이 많았으며 상당한 권력을 지닌 존경받을 만한 사람들이었고 늘 나를 따뜻하고 기쁘게 대해 주었다. 마침내 아가씨도 나에게 호감이 있음을 알게 되었고 나는 황홀한 상상으로 불타올랐다. 하지만 나중에 알게 된 것은 내가 진실로 그녀를 열정적으로 사랑한 것이 아니라 단지 그녀의 고상한 성격과 지성미를 존경한 것이었다. 나도 미처 깨닫지 못한 부분이었다. 어쨌든 그 무렵에 나는 이기심 때문에 청혼을 하지 못했다. 그 당시만 해도 나는 한창 젊었고 돈이 많아서 자유롭고 방탕한 독신 생활의 유혹을 저버리는 것이 괴롭고 두려웠다. 물론 좋아한다는 암시를 그녀에게 비치기는 했지만 결정적인 이야기는 하지 않고 있었다.

그런데 그때 갑자기 나는 다른 지역으로 두 달 동안 파견을 가게 되었다. 두 달이 지난 뒤 돌아오니 그녀는 이미 결혼한 뒤였다. 그녀가 결혼한 사람은 교외에 사는 부유한 젊은 지주였고—물론 나보다는 나이가 많았지만—더구나 페테르부르크의 상류 사회에 친지들이 많다는 것이 나와 달랐다. 또 그는 내가 갖추지 못한 교양을 겸비했고 성격도 좋았다. 나는 예상 밖의 사실을 접하고 큰 충격을 받아서 어안이 벙벙했다. 무엇보다 큰 충격을 받은 것은 이미 오래전에 그 젊은 지주와 약혼을 했다는 것을 그때서야 비로소 알게 되었다는 것이다. 전에 여러 번 그녀의 집에서 그 남자를 만났지만 자만심에 눈이 어두워 그 사실을 전혀 몰랐던 것이다.

'누구나 다 아는 사실을 왜 나만 모르고 있었던가!'

무엇보다 이런 생각 때문에 나는 마음의 상처를 받았다. 나는 갑자기 억제할 수 없는 증오로 불타올랐다.

지금까지 뱉은 수많은 사랑의 고백과 그 비슷한 말을 생각하면 얼굴이 불에 데기라도 한 것처럼 뜨거워졌다. 그때 그녀가 나를 말리거나 자신의 입장을 밝히지 않은 것은 나를 조롱한 거라고 결론을 내렸다. 물론 시간이 흐른 뒤에 여러 가지로 반성해보니 그녀가 나를 조롱한 것이 아니라 반대로 그런 말이 나올 때마다 화제를 다른 데로 옮기거나 농담으로 돌리려고 노력했다는 것을 깨달았다. 하지만 그때는 그런 것을 생각할 정도의 마음의 여유가 없었고 마음속에 복수심만 불타고 있었다. 지금 생각해도 놀랍지만, 이런 분노와 복수심은 나 자신에게도 무척 고통스러운 것이었고 결코 유쾌하지도 않았다. 나는 본성이 활발하고 누구에게나 화를 오래 낼 수 없는 성격이라서 더 큰 고통을 느꼈다. 그들을 증오하기 위해서 의식적으로 나 자신을 계속 부추기고, 그런 결과로 나는 결국 추악하고 바보 같은 인간이 되었다.

나는 기회가 오기를 기다렸다. 그러던 어느 날, 사람들이 많은 곳에서 말도 안 되는 트집을 잡아서 나의 연적을 무욕하는 것에 성공했다. 그 무렵의 중요한 사건*에 대한 그의 생각을 조롱했던 것이다. 사람들이 말하기를, 나의 조롱이 제법 교묘하고 재치 있었다고 한다. 그를 비웃은 뒤 나는 지나치게 그에게 설명을 강요했다. 그때 내가 지나칠 정도로 예의 없이 굴어서, 결국 그는 우리 두 사람 사이에 큰 차이가 있는데도—사회적인 지위, 관등, 나이를 따지면—나의 도전을 받아들일 수밖에 없었다. 나중에 알게 됐지만, 그도 역시 나에게 질투를 느껴서 나의 도전에 응했다고 한다. 예전에 그는 아내와 결혼하기 전에 나를 질투했고, 만약 나에게 모욕을 당하고도 용감하게 결투를 신청하지 못했다는 말이 아내에게 들어가면 자신을 무시할 거고 자연스레 남편에 대한 애정도 흔들릴 거라고 생각했다고 한다.

---

* 1826년 '데카브리스트의 난'이다.

나는 친구들 중에서 나와 같은 부대에 근무하던 중위를 결투 입회인으로 골랐다. 그때도 결투는 엄중하게 금지되고 있었지만 장교들 사이에서는 마치 유행처럼 여겨지고 있었다. 이렇게 편견은 야만스럽게 자라나서 인간의 마음속에 자리를 잡는지도 모르겠다. 그때는 6월 하순이었고, 우리의 결투는 다음 날 아침 7시에 그 도시의 교외에서 하기로 결정했다. 그런데 그때 나의 운명을 바꾼 숙명적인 사건이 생겼다. 결투를 하기로 한 저녁, 화가 난 짐승처럼 추한 꼴로 숙소로 돌아온 나는 당번을 서던 아파나시에게 분노를 터뜨려서 있는 힘껏 그의 얼굴을 두 번이나 후려쳤다. 그의 얼굴은 온통 피로 범벅이 되고 말았다. 그가 내 밑에서 일한 것은 그리 오래되지 않았지만 전에도 나는 그를 두들겨 패곤 했었다. 하지만 그날처럼 잔혹하게 때린 적은 없었다.

여러분은 이런 말을 도저히 믿을 수 없다고 할 수도 있지만, 40년이 지난 지금도 나는 그 일을 떠올리면 고통스럽고 부끄럽다.

나는 자려고 누웠다. 3시간 정도 자고 눈을 뜨니 이미 날이 밝아오고 있었다. 나는 더 자고 싶은 생각이 없어서 일어나 창가로 다가가서 창문을 열었다. 내 방의 창문은 정원을 향해 있었는데, 창밖을 보니 때마침 해가 뜨고 있어서 세상이 아름답고 따스하게 보였고 어딘가에서 새들이 지저귀고 있었다.

'대체 어떻게 된 거지?'

갑자기 나는 생각했다.

'내 마음속에 더럽고 비열한 것이 느껴지는 것은 무슨 이유일까? 남의 피를 흘리게 하려고 하기 때문일까? 아니 그렇지는 않을 것 같았다. 그렇다면 죽는 것이 두렵고, 상대방에게 죽임을 당하게 되는 것이 두려워서일까? 아니, 그렇지 않다, 그것과는 전혀 다른 것이었다.'

그리고 나는 곧 핵심을 알 수 있었다. 어젯밤 내가 아파나시를 때린 것이 마음에 걸려서 그런 것이었다. 어제저녁의 모든 일이 머릿속에 다시 또렷하게 떠올랐다. 내 앞에 아파나시가 와서 서고, 나는 무턱대고 있는 힘껏 그의 얼굴을 후려쳤다. 그는 대열 속에 서 있는 것처럼 부동자세로 반듯하게 서서 손을 아래로 뻗은 채 고개를 들고 눈을 부릅뜨고 있었다. 한 번 때릴 때마다 휘청댔지만 손으로 막으려고 들지 않았다. 아, 이것이 대체 인간이 저지를 수 있는 짓일까? 인간이 인간을 때리다니, 이런 범죄가 또 어디 있단 말인가! 예리한 바늘이 영혼을 뚫은 것만 같았다. 나는 넋이 나가서 우두커니 서 있었다. 창밖에서는 눈부신 햇살이 빛나고, 나뭇잎은 기쁘게 넘실거렸으며, 새들은 하느님을 찬양하는 노래를 부르고 있었다. 나는 두 손으로 얼굴을 감싼 채 침대에 엎드려 울음을 터트렸다.

그때 나는 형 마르켈의 모습과 그가 죽기 전 하인들에게 한 말을 떠올렸다.

"너희는 정말 친절해. 왜 너희는 이렇게 정성을 다해 내 시중을 드는 거지? 내가 정말 그런 정성을 받을 자격이 있을까?'"

'그래, 과연 내게 그럴 자격이 있을까?'

내 머릿속에 이런 생각이 떠올랐다가 사라졌다.

'나는 무슨 자격으로, 나와 같은 인간을, 하느님의 모습을 본떠

서 만들어진 다른 인간을 나에게 시중들게 하는가?'

처음으로 이런 질문이 내 머릿속에 생겨났다.

'어머니, 내 사랑이자 기쁨이자 피처럼 소중하신 어머니, 우리는 누구나 모든 사람에게, 모든 일에 대해 죄를 짓는 거예요. 사람들은 다만 그것을 모르고 있지요. 사람들이 만약 그걸 알면 당장이 땅은 천국이 될 거예요'라고 했던 형의 말을 떠올리고 나는 눈물을 흘리며 생각에 잠겼다.

'오, 하느님, 이것이 진실입니까? 정말 나는 그 누구보다 다른 모든 사람들에게 죄를 많이 지었습니다. 이 세상에서 가장 나쁜 사람입니다.'

이렇게 생각한 순간, 모든 진리가 갑자기 밝게 빛나며 내 앞에 환하게 떠올랐다. 지금 나는 도대체 무슨 짓을 하는 것인가? 나에게 아무런 잘못도 하지 않은 착하고 똑똑하고 고상한 신사를 죽이려는 것인가? 그리고 그의 아내에게 행복을 빼앗고 고통을 주면서 그 여자도 죽이려는 것인가?

나는 침대에 엎드려 베개에 얼굴을 묻은 채 시간이 가는 줄도 몰랐다. 나의 친구인 중위가 두 자루의 권총을 들고 나를 데리러 왔다.

"벌써 일어났군. 잘됐네, 이제 갈 시간이야. 어서 가자고."

갑자기 나는 어쩔 줄을 모르고 당황했지만 마차를 타기 위해 밖으로 나갔다.

"잠시 기다리게. 곧 돌아올 거야, 지갑을 두고 왔어."

나는 그에게 말했다. 그리고 혼자 숙소로 돌아와서 바로 아파나시의 작은 방으로 뛰어들었다.

"아파나시, 내가 어제 네 얼굴을 두 번이나 때린 걸 용서해라."

그는 겁을 먹은 것처럼 눈을 크게 뜨고 나를 바라보았다. 그러나 나는 그것만으로는 부족해서 예복을 입고 있었는데도 전혀 신경 쓰지 않고 그의 발아래에 몸을 굽히고 이마를 바닥에 대고 한 번 더 말했다.

"부디 나를 용서해줘!"

그러자 아파나시도 크게 놀란 것 같았다.

"중위님, 아니 나리, 도대체 왜 이러시는 겁니까! 제가 어떻게 감히…….”

그는 조금 전에 내가 했던 것처럼 얼굴을 두 손으로 감싸고 창문 쪽으로 몸을 돌려서 몸을 떨면서 울었다. 나는 달려 나가서 마차에 타면서 외쳤다.

"가자고! 자네는 누가 이길 거라고 생각하나? 바로 자네 앞에 있는 내가 이길 걸세!"

나는 말로 표현할 수 없는 기쁨에 가득 차서 크게 웃으며 말했지만 무슨 말을 했는지는 기억이 잘 나지 않는다.

친구는 나를 바라보며 이렇게 말했다.

"자네는 대단해! 군복의 명예를 지킬 수 있을 거야."

그렇게 우리는 약속한 장소에 도착했다. 이미 그곳에는 상대가 먼저 와서 우리를 기다리고 있었다. 나와 상대는 서로 열두 발자국 정도 거리를 둔 채 마주 보았다. 상대가 먼저 쏘기로 했다. 나는 밝은 얼굴로 눈도 깜박이지 않고 그의 앞에서 명랑하게 그를 바라보았다. 나는 내가 어떤 일을 해야 하는지 잘 알았다. 마침내 권총이 발사됐다. 그러나 총알은 내 뺨을 스치고 나는 귀를 조금 다쳤을 뿐이었다.

나는 외쳤다.

"아, 정말 잘됐소! 당신이 살인을 안 해도 되니까."

나는 내 권총을 들어서 몸을 돌리고 숲을 향해서 멀리 있는 힘을 다해 던졌다.

"권총이 있을 곳은 바로 저기야!"

나는 그렇게 외치고 상대에서 다시 돌아섰다.

"용서하세요, 이 어리석은 애송이를 용서해주십시오. 나는 이유도 없이 당신을 모욕했고 내게 권총을 쏠 것을 강요했습니다. 나는 당신보다 열 배는 더 나쁜 사람입니다. 아니, 그보다 더 나쁜 인간일지도 모릅니다. 이 말을 당신이 세상에서 가장 사랑하는 부인에게 전해주세요."

내가 말을 마치기도 전에 나머지 세 사람이 소리 높여 외쳤다.

"말도 안 되는 짓이오! 싸우지 않을 거라면 왜 나를 이곳까지 불렀소?"

상대는 화를 냈다.

"나는 어제까지 헤아릴 수 없는 바보였지만, 오늘은 조금 똑똑해진 것뿐입니다."

나는 유쾌하게 대답했다.

"어제 일은 나도 믿지만, 오늘 일은 당신이 말한 대로 받아들이기 어렵소."

"브라보! 나도 당신과 같은 생각입니다. 당연하지요!"

나는 박수를 치며 외쳤다.

"도대체 당신은 나를 쏠 거요, 안 쏠 거요?"

"그만하겠습니다. 만약 원하신다면 한 번 더 쏘셔도 됩니다. 하지만 쏘지 않는 것이 당신에게도 더 좋겠지요."

그러자 양쪽 참관인들 중에서 특히 나의 참관인이 말했다.

"결투장에서 적에게 용서를 구하다니 부대의 명예를 이렇게 더럽힐 수가 있나! 에잇, 이럴 줄은 꿈에도 생각 못했네!"

결국 나는 웃음을 거둔 채 그들 앞에 나섰다.

"여러분, 자신의 어리석음을 뉘우치고 많은 사람 앞에서 자신의 잘못을 사죄하는 사람이 당신들에겐 그다지도 이상한가요?"

"하지만 왜 결투장에서 그러느냔 말이야!"

내 참관인이 다시 외쳤다.

"바로 그 점이 중요합니다."

나는 그들에게 말했다.

"왜냐하면 나는 이곳에 도착하자마자 상대가 총을 쏘기 전에, 다시 말해 상대가 무서운 살인을 하기 전에 나의 죄를 사죄하는 것이 당연합니다. 그러나 그런 일은 사실 거의 불가능하지 않습니까. 왜냐하면 상류 사회는 이미 우리들에 의해 아주 추악하게 변했으니까요. 열두 발자국의 거리에서 상대가 쏜 총을 맞은 뒤에야 결국 내 말이 세상 사람들에게 의미 있게 다가갈 겁니다. 만약 내가 여기 도착하자마자 상대가 총을 쏘기 전에 그런 짓을 했다면 세상 사람들은 '겁쟁이로군, 권총을 보고 겁을 먹었어. 저런 놈이 하는 변명은 들을 가치가 없다'고 단정해버리지 않겠어요? 하지만 여러분……."

나는 문득 이렇게 소리쳤다. 그것은 진심으로 하는 말이었다.

"하느님이 우리에게 주신 주변의 선물을 보세요. 맑은 하늘, 청명한 공기, 부드러운 풀, 귀여운 새들…… 자연은 아름답고 이토록 순수하지 않습니까. 그런데 우리는, 오직 우리만 어리석게도 하느님을 믿지 않고 천국을 모르지요. 우리가 그것을 이해하려고 한다면 금방 아름다운 천국이 나타날 것이고, 우리는 서로 부둥켜안고 눈물을 흘릴 것입니다."

나는 말을 더 하고 싶었지만 그럴 수 없었다. 숨이 막힐 듯한 달콤하고 생생한, 전에는 한 번도 경험해보지 못한 행복이 마음속에 가득했던 것이다.

"당신이 한 말은 모두 이치에 맞는 훌륭한 말입니다. 더구나 거룩함이 가득하군요. 당신은 참 특이하군요."

상대가 나에게 말했다.

"저를 조롱하십시오. 하지만 언젠가 당신도 나를 칭찬할 겁니다."

나는 웃으면서 그에게 말했다.

"아니, 나는 지금도 주저하지 않고 칭찬할 수 있습니다. 자, 우리 악수할까요? 당신은 진정 진실한 사람인 것 같군요."

"아닙니다. 지금은 아닙니다. 앞으로 내가 더 훌륭한 인간이 되면, 정말 당신의 존경을 받을 만할 때 그때 하기로 합시다. 그때는 정말 기쁘게 악수할 수 있을 것입니다."

우리는 집으로 돌아왔다. 나의 참관인은 집으로 돌아오면서 계속 나를 거세게 비난했지만, 그럴 때마다 나는 그에게 입을 맞췄다. 곧 내 동료들이 소식을 듣고 나를 재판하기 위해 그날 모여들었다.

"군복을 더럽혔으니 지금 제대 신청을 해야 해."

그들은 이렇게 말했지만 나를 변호하는 사람도 있었다.

"하지만 어쨌든 상대가 쏜 총알 앞에서 당당히 서 있었잖은가."

"하지만, 그런 다음에는 총알이 무서워서 결투장에서 용서를 구했어."

그러자 내 편을 드는 동료들은 이렇게 반론했다.

"만약 그가 정말 총알이 두려웠다면 용서를 구하기 전에 먼저 총을 쏘지 않았을까? 하지만 그는 장전이 된 총을 숲으로 던졌지. 그런 걸 보면 이번 일은 좀 다르지, 정말 특이해."

나는 유쾌하게 그들을 바라보면서 이야기를 들었다.

"여러분. 제대 신청에 대해서는 걱정하지 않으셔도 됩니다. 이미 절차를 끝냈으니까요. 오늘 아침에 연대 본부로 제대 신청서를 보냈습니다. 제대 허가가 떨어지면 나는 곧바로 수도원으로 들어갈 것입니다. 내가 연대를 떠나는 이유도 수도원에 가기 위해서입니다."

나는 그들에게 말했다. 내 말이 끝나자 모두 크게 웃었다.

"그러면 처음부터 그렇게 말하면 좋았잖아. 이 문제는 이제 해결되었군. 수도사를 재판에 넘길 수는 없으니까."

그들은 이렇게 말하며 계속 웃었다. 그러나 결코 비웃는 것이 아니라 따뜻하고 즐거운 웃음이었다. 나를 가장 날카롭게 비판했던 사람까지 좋아해주었다. 제대 명령이 내려올 때까지 한 달 동안 내가 가는 곳마다 모두 "신부님"이라고 나를 불러서 따뜻하게 나를 안아주는 느낌이었다. 만나는 사람들 대부분이 다정한 말을 건넸지만 어떤 사람은 나를 생각해서 결심을 바꾸라고 얘기하기도 했다.

"도대체 자네는 어떻게 하려고 그러는 건가?"

그런 반면 나를 이해하고 지지하는 사람도 있었다.

"아니, 그는 우리의 영웅이야. 적의 총알을 의연하게 견뎠고 권총을 쏠 수 있었지만 전날 밤에 수도사가 되는 꿈을 꾸어서 그렇게 된 거야."

사교계도 비슷한 반응이었다. 그전에는 그냥 친절하게 대할 뿐 나에게 특별한 관심을 갖지 않던 사람들까지 갑자기 나와 친하게 지내고 싶어 했고, 또 자신의 집으로 초대하기도 했다. 사람들은 나를 놀리면서도 또 나를 사랑했다.

한 가지 말해두고 싶은 것은, 모든 사람들이 우리의 결투를 큰 소리로 지껄였지만 부대 본부에서는 모르는 척했다는 것이다. 왜냐하면 나와 결투를 한 사람이 우리 부대의 장군과 가까운 친척이었고, 또 결투가 장난처럼 끝난 데다가 내가 제대 신청서를 제출해서 모든 것을 정말 농담으로 끝냈기 때문이었다. 나는 세상의 비웃음에는 신경 쓰지 않고 이 사건에 대해 아랑곳하지 않고 큰 소리로 떠들어댔다. 그것은 그들의 비웃음이 나쁜 마음에서 비롯된 것이 아니라 선량한 마음에서 나온 것임을 알고 있었기 때문이었다. 나에 대한 이야기는 대부분 저녁 파티의 부인들이 모이는 곳에서 회자되었다. 부인들은 유독 내 이야기에 관심을 가졌고 남자들로부터 이야기를 들으려고 했다.

"하지만 어떻게 자신이 모두에게 죄를 지었다고 할 수 있는 거예요? 그렇다면 나도 당신에게 죄를 지었나요?"

사람들은 나를 앞에 두고 빈정거렸다.

"아니요, 여러분은 절대로 이해하지 못합니다. 오래전부터 세상이 나쁜 길에 빠져서 허황된 거짓을 진실이라고 믿고, 다른 사람에게 거짓을 강요하고 있으니까요. 그래서 나는 굳은 결심을 하고 태어나서 처음으로 진심에서 우러난 행동을 했습니다. 그 결과 여러분은 나를 유로지비로 생각하지 않았습니까? 물론 여러분이 나를 사랑하긴 하지만, 그러면서도 나를 비웃고 있는 거지요."

"어떻게 당신을 사랑하지 않을 수 있나요?"

그 집 안주인이 웃으면서 말했다. 그곳에는 사람들이 많았는데, 갑자기 여자들 중에서 젊은 부인이 일어났다. 그 부인은 내가 결투를 신청한 원인을 제공한 여자로, 얼마 전까지 미래의 내 아내로 생각했던 바로 그 여자였다. 나는 이곳에 그녀가 온 것을 몰랐던 것이다. 그녀는 일어나서 나에게 다가와 손을 내밀었다.

"실례지만, 나는 당신을 비웃지 않은 첫 번째 사람이에요. 오히려 그때 당신의 행동을 눈물로 감사드리며, 깊은 존경을 표하는 바입니다."

그녀의 남편도 내게 가까이 걸어왔다. 그러자 그 자리에 있는 사람들 모두 다가와 나에게 입이라도 맞출 것 같았다. 나는 기뻤지만 그때 갑자기 다른 사람들과 함께 나에게 다가오는 나이가 지긋한 신사가 눈에 들어왔다. 나는 예전부터 그의 이름은 알았지만 별로 마주친 적이 없었던지라, 그날 저녁까지 한 번도 말을 나눈 적이 없었다.

⑷ 비밀스러운 방문자

오래전부터 그는 그 시에서 관리 생활을 해왔기 때문에 사회적인 지위도 높았고 모든 사람에게 존경을 받았으며 돈도 많았을 뿐 아니라 자선가로서 명성을 떨치고 있었다. 그는 고아원과 양로원에 많은 돈을 기부했고, 그가 죽은 뒤에야 밝혀졌지만 그 외에도 이름을 밝히지 않은 채 많은 자선 활동을 했다. 그의 나이는 쉰 살 정도였고 엄격해 보이는 인상이었으며 말수가 적은 편이었다. 결혼한 지 10년이 안 되었지만 부인은 아주 젊었고 나이 어린 아들이 셋이었다. 파티가 있은 다음 날 저녁, 혼자 방에 있었는데 갑자기 문이 열리고 바로 그 신사가 들어왔다.

여기서 한 가지 짚어둘 것은, 그때 나는 이미 전에 살던 곳에서 이사를 했다는 것이다. 나는 전역 신청을 하고 곧바로 어떤 나이든 미망인 집으로 옮겨서 하숙 중이었다. 내가 그 집으로 이사를 한 것은 결투에서 돌아온 뒤 곧바로 아파나시를 부대로 돌려보냈기 때문이다. 그런 일이 있은 뒤에 그를 보는 것이 부끄럽기도 했다. 세속의 미숙한 인간들은 자신이 바른 행동을 하고도 부끄러워하는 법이니 말이다.

방으로 들어온 신사가 말했다.

"요즘 나는 며칠간 여러 장소에서 날마다 당신의 이야기를 듣고 호기심을 느끼게 되었습니다. 그래서 오늘은 직접 만나 친밀하게 이야기를 나누고 싶어서 이렇게 찾아왔습니다. 죄송하지만 저의 소원을 들어주실 수 있을까요?"

"물론입니다. 정말 영광으로 생각합니다."

나는 이렇게 말했지만 속으로는 몹시 당황스러웠다. 왜냐하면 그의 태도는 처음부터 나를 놀라게 했기 때문이다. 모두 호기심을 가지고 내 얘기를 들어주었지만, 이렇게 진지하고 심각하게 여기고 나를 찾아온 사람은 없었다. 더욱이 그는 스스로 우리 집으로 찾아왔다. 그는 의자에 앉아서 계속 말을 이었다.

"나는 당신에게서 위대한 정신력을 발견했습니다. 왜냐하면 당신은 모두의 조롱거리가 될 것이 분명한데도 용감하게 진리를 위해 투신했으니까요."

"저를 너무 과대평가하시는 것입니다."

"아닙니다. 과대평가가 아닙니다. 그런 일을 하는 것은 생각보다 훨씬 어렵습니다. 이렇게 직접 찾아오게 된 것도 그런 사실에 깊은 감동을 받았기 때문입니다. 결투장에서 상대에게 용서를 구하려고 마음먹었을 때 어떤 심정이셨는지 궁금합니다. 이런 무례한 질문을 해도 화를 내지 않으신다면, 그리고 그때 일을 기억하신다면, 그 부분에 대해 자세히 얘기해주실 수 있을까요? 내 질문이 무례하다고 생각하지 말아주세요. 내가 이렇게 묻는 것은 나에게도 말하지 못할 이유가 있기 때문입니다. 하느님께서 만약 우리가 가까워질 수 있도록 허락하신다면, 앞으로 설명할 기회가 있을 거라고 생각합니다."

그가 말하는 동안 나는 계속 그의 눈을 바라보았다. 그러자 이번에는 내가 그 신사에 대해 강한 믿음과 이상한 호기심을 느꼈다. 그에게도 예사롭지 않은 비밀이 있다는 걸 느꼈기 때문이다.

"내가 상대에게 용서를 구하려고 마음먹었을 때 어떤 심정이었는지 물어보셨지만 그것보다는 지금까지 아무에게도 말하지 않았던 것을 처음부터 이야기하는 것이 낫겠습니다."

나는 아파나시와 있었던 일과 그에게 무릎 꿇고 용서를 구한 일까지 전부 말했다.

"이 정도면 선생께서도 짐작하겠지만 집에서 이미 결심했었기 때문에, 결투에 섰을 때는 마음이 홀가분했습니다. 우선 결심하고 시작하니, 그때부터는 두렵기는커녕 도리어 기쁘고 즐거웠습니다."

내 이야기가 끝나자 그는 아주 밝은 표정으로 나를 바라보았다.

"정말 즐거웠습니다. 앞으로 자주 찾아뵙겠습니다."

그날 이후 그는 거의 날마다 저녁 무렵에 나를 만나러 왔다. 만약 그가 자신의 이야기도 들려주었다면 우리는 더욱 친밀해졌을 것이다. 그러나 그는 자신의 이야기는 하지 않았고 항상 나에 대해서만 이것저것 캐물었다. 하지만 나는 그를 정말 좋아했고, 진심으로 그를 믿었으며 내 모든 것을 숨기지 않고 전부 이야기했다.

'그의 비밀을 알아서 뭐 하겠어. 그는 착한 사람이 분명한데.'

나는 이렇게 생각하고 말았다. 게다가 그는 사회적인 지위도 높았고, 나보다 연배가 훨씬 높은데도 기꺼이 나를 찾아오고 내 앞에서 거만하게 행동하지도 않았다. 그는 무척 현명했기 때문에 나는 그에게 여러 가지로 배울 게 많았다.

그는 갑자기 이렇게 말했다.

"나는 오래전부터 인생이 천국이라고 생각했습니다."

그리고 곧바로 이렇게 덧붙였다.

"사실 나는 그것만 계속 생각하고 있어요."

그는 상냥하게 미소 지으며 나를 바라보았다.

"그것에 대해서 나는 당신보다 더 굳게 확신합니다. 왜 그렇게 생각하는지는 나중에 이야기하겠습니다."

그가 하는 말을 듣고 나는 분명히 그가 나에게 뭔가를 고백하려고 하는 것이 있음을 알았다.

"천국은 우리들 마음속에 숨어 있습니다. 이렇게 말하는 내 마음속에도 숨어 있지요. 그래서 만약 내가 그럴 마음만 먹으면, 내일이라도 천국은 확실하게 나타나서 영원히 사라지지 않을 것입니다."

그는 열정을 가지고 말했고, 마치 나에게 질문하듯이 신비스러운 눈길로 나를 바라보았다. 그리고 그는 말을 계속했다.

"그래서 인간은 누구나 자신이 지은 죄 외에도 모든 사람에 대해 죄가 있다는 당신의 생각은 절대적으로 맞습니다. 그렇게 한순간에 갑자기 당신이 그런 생각을 완벽하게 깨달을 수 있었다는 게 참 신기합니다. 사람들이 그 생각을 이해할 수 있는 때부터, 하늘의 나라는 그들에게 이미 단지 공상이 아니라 살아 움직이는 현실이 될 것입니다. 이것은 불변의 진리입니다."

"아, 그렇지만 그것이 언제 이루어질까요? 정말 언젠가는 이루어질 날이 올까요? 정말 우리의 공상에 지나지 않을까요?"

나는 슬픈 기분으로 이렇게 외쳤다.

"그렇게 말하는 것을 보니 당신도 그것을 믿지 않군요. 자신이 그렇게 설교하면서도 스스로 믿지 않는군요. 잘 들으세요. 당신이 말하는 그 꿈은 분명히 이루어집니다. 그렇게 믿어야 합니다. 그러나 지금 당장 이루어지지는 않습니다. 모든 일에는 특별한 법칙이 있으니까요. 이것은 정신적이면서도 심리적인 문제에 해당합니다. 전 세계를 다 고치려면 우선 스스로 심리적으로 새로운 길로 가야 합니다. 인간이 모든 인간에게 진실로 참된 형제가 되지 않으면 진정한 평화는 이루어지지 않습니다. 과학의 힘이나 이익을 내세워 유혹해도 결코 모든 인류에게 공평하게 재산과 권리가 분배되지는 않습니다. 언제나 자신에게 돌아오는 것이 적다고 불평하고, 상대방을 원망하고, 그래서 질투하며 싸우게 될 것입니다. 당신은 언제 이루어지는지 물으셨지만, 이루어지는 것은 분명히 이루어집니다. 다만 인간의 고립 시대가 끝나야 합니다."

"고립이라고요?"

"지금, 특히 19세기 들어 전 세계에 만연하는 고립을 말하는 것입니다. 하지만 고립의 시대는 아직 끝나지 않았고, 그 시기도 아직 오지 않았습니다. 왜냐하면 지금은 모두가 각각 떨어져서 개성을 살리는 삶을 추구하고, 가능하면 혼자서 충족하는 삶을 살려고 노력하기 때문입니다. 그러나 그들의 노력에도 불구하고 그 결과는 만족한 삶을 누리지 못하고 자기 상실감만 느낍니다. 그들이 자신의 존재를 나타내는 완전한 자아를 실현하는 대신에 도리어 고립에 빠지게 되어서 그런 겁니다. 현대 사회의 인간은 모든 것이 각각 파편화되어 각자의 구멍에 숨은 채 타인과 떨어져서 자신을 숨기고, 자신이 가지고 있는 것도 서로 숨깁니다. 그래서 결국 스스로 사람들에게서 등을 돌리고 사람들을 거절하는 것입니다. 혼자서 아무도 모르게 재산을 모으고 이렇게 속삭입니다.

'나는 이제 이만큼 강해지고 이 정도로 안정되었다'

그러나 아둔하게도 재산이 많아질수록 자신이 자살과 같은 무기력의 수렁으로 빠져드는 것을 모르고 있습니다. 오직 자신만 믿고 공동체에서 소외되어 하나의 개체로서 타인의 도움이나 자신 외의 인간, 또 인류 전체까지 믿지 않게 자신을 길들이면서 오직 자신의 돈과 자신이 얻은 권리를 잃지는 않을지 두려움에 떨면서 안절부절못하게 되지요. 참다운 생활은 소외된 개인이 노력해서 되는 것이 아니고, 인류 전체가 화합할 때 이루어집니다. 그러나 세계 어디에 가도 인간의 지성은 이런 사실을 비웃으며 인정하려 하지 않지요. 하지만 이런 무서운 고립 상태도 언젠가는 종말을 맺을 것이고, 모든 사람은 인간이 분리되어 떨어져 지내는 것이 얼마나 기이한 일인지 깨닫는 날이 분명이 올 것입니다. 시대의 흐름이 그렇게 변해서, 사람들은 자신이 얼마나 오랫동안 어둠 속에서 빛을 안 보고 살아왔는지 깨닫고 깜짝 놀라게 될 것입니다. 그리고 그때는 천상에 '사람의 아들'의 깃발이 나부낄 것입니다. 그때까지는 신앙의 깃발을 귀중하게 여겨야 합니다. 비록 자신 혼자일지라도, 또 유로지비처럼 보일지라도, 자발적으로 모범을 행하면서 인간의 영혼을 소외로부터 형제애와 화합의 길로 끌어내야 합니다. 그렇게 하는 것이 이 거룩한 사상을 살리는 길입니다."

저녁마다 우리 둘은 열정적이고 감동에 겨운 대화를 하면서 보냈다. 이미 나는 사교계에 나가지 않았고 이웃을 찾는 일도 별로 없었으며, 나에 대한 사람들의 관심도 점점 사라지고 있었다. 나는 그들을 비난하려고 이런 말을 하는 것이 아니다. 그들은 아직 나를 사랑했고, 또 친절하게 대해주었다. 하지만 사교계를 지배하는 것이 유행이라는 것은 부인할 수 없는 사실이다. 결국 나는 이 비밀스러운 방문자를 감동 어린 눈으로 바라보게 되었다. 그의 높은 지성이 나에게 즐거움을 주었고, 그가 마음속에 어떤 계획을 가지고 있고 용감한 행동을 준비하고 있을지도 모른다는 것을 예감했다.

어쩌면 그는 내가 자신의 비밀에 대해 대놓고 호기심을 보이거나 단도직입적으로 묻거나 은연중에 그것을 알아내려고 애쓰지 않는 모습이 마음에 들었는지도 모른다. 그러나 결국 나는 그가 무언가를 나한테 고백하려고 하는데 무척 고통스러워한다는 것을 깨달았다. 그가 나를 찾아오기 시작한 지 한 달 정도 지났을 무렵에는 그 시도는 너무나 확연해졌다.

"당신은 아십니까? 요즘 사람들이 내가 이렇게 자주 당신을 방문하는 것에 대해 이상하게 여기며 호기심을 품기 시작했어요. 그렇지만 그들이 마음껏 생각하게 그냥 둡시다. 곧 모든 것을 알게 될 테니까요."

어느 날 그는 나에게 물었다. 그는 때로 문득 무서운 흥분 상태에 빠지는 경우가 있었는데, 그런 때면 대부분 바로 자리에서 일어나 자신의 집으로 가버리곤 했다. 또 어떤 경우에는 나를 오랫동안 뚫어져라 바라보기도 했다. 그래서 '이제 무슨 말을 하려고 하는군' 하고 내가 이런 생각을 하면 그는 갑자기 마음이 변한 것처럼 평범하고 아무것도 아닌 일상적 이야기를 꺼냈다. 또 그는 자주 머리가 아프다고 했다. 한번은 오랫동안 열을 올리며 이야기하고 나서, 갑자기 안색이 창백해지면서 경련을 일으킨 것처럼 일그러졌다. 그 와중에도 그는 내 얼굴을 뚫어지게 바라보았다.

"왜 그러시나요? 어디가 불편하신가요?"

내가 이렇게 물어본 것은 바로 조금 전 그가 머리가 아프다고 말했기 때문이었다.

"나는…… 실은…… 나는…… 사람을 죽인 적이 있습니다."

그는 이렇게 말한 뒤 미소를 지었지만 얼굴은 창백했다.

'이 사람은 왜 웃는 것일까?'

다른 생각을 하기도 전에 이런 생각이 문득 스쳤다. 나도 얼굴이 창백해지는 것 같았다.

"무슨 말씀이세요?"

나는 그에게 외쳤다.

그는 여전히 미소를 지으며 창백한 얼굴로 말을 이었다.

"이 첫마디를 꺼내기가 정말 힘들었습니다. 그러나 이제 말을 하고 나니, 길이 보이는 것 같군요. 이제는 그냥 앞으로 걷기만 하면 되겠지요."

　나는 한동안 그의 말을 믿을 수 없었다. 물론 시간이 흐르고 나도 그가 한 말을 믿게 되었지만, 그렇게 믿게 된 것은 그가 사흘을 내리 찾아와 모든 일을 상세히 얘기하고 난 뒤였다. 나는 처음에 그가 정신 이상이 온 것은 아닐까 생각했지만, 결국 더없는 슬픔과 놀라움을 느끼면서 그 사실을 받아들였다. 그는 14년 전에 어떤 부유한 여인, 젊고 아름다운 지주의 부인에게 무서운 죄를 지었다. 그 여인은 영지에서 도시에 나왔을 때 지낼 만한 집을 한 채 시내에 마련해두었다. 그는 그 여인을 너무나 맹렬하게 사랑해서 마침내 자신의 마음을 고백하고 결혼해달라고 애원했다. 그러나 그 여인은 이미 마음을 준 다른 남자가 있었다. 그 남자는 명문가 출신으로 계급이 높은 군인이었고, 그 당시 일선에서 복무 중이었지만 곧 돌아올 것으로 기대하고 있었다. 그래서 그녀는 그의 청혼을 거절하고 앞으로는 자신을 찾아오지 말라고 부탁했다. 그는 그녀의 집에 찾아가지는 않았지만, 그 집의 구조를 잘 알고 있었기 때문에 어느 날 들킬 위험에도 정원을 통해 그 집 지붕으로 대담하게 기어 올라갔다. 그러나 흔하게도, 가장 과감하게 저지른 범죄는 훨씬 더 성공하기 쉬운 법이다. 그는 지붕으로 난 창문을 통해 다락방으로 들어간 뒤, 다시 사다리를 타고 내려가 거실로 들어갔다. 그는 사다리 밑에 있는 쪽문을 하녀들이 깜빡 잊고 가끔 잠그지 않는다는 것을 알고 있었다. 그는 그날도 하녀들이 부주의하기를 바랐고, 과연 그의 예상대로였다. 그는 아래로 내려가서 어둠 속을 더듬어 아직 불이 밝혀진 그 부인의 침실로 다가갔다. 때마침 하녀 둘이 주인의 허락도 없이 이웃집 명명일 파티에 참석한 터였다. 다른 하인들은 아래층 하인방과 부엌에서 잠들어 있었다. 그는 잠든 그 부인을 보는 순간, 마음속에 욕망이 들끓었지만 복수와 질투에서 비롯된 분노에 사로잡혀서 이성을 잃고 술에 취한 사람처럼 그 여인의 심장에 단도를 찔렀다. 여인은 비명도 지르지 못하고 죽었다. 그런 뒤, 그는 악마처럼 무섭고 교활하게 하인들에게 혐의가 가도록 꾸몄다. 우선 그는 여자의 지갑을 훔치고 베개 밑에서 열쇠를 꺼내 장롱을 열고 몇 가지 물건을 훔쳤다. 그리고 귀중한 서류는 내버려두고 현금만 훔쳐서 누가 봐도 무식한 하인이 한 짓처럼 꾸몄다. 또 꽤 부피가 큰 금붙이를 몇 개 훔쳤지만 그것보다 열 배는 비싼 작은 부피의 물건은 그대로 두었다. 그리고 자신이 기념으로 가져갈 물건도 몇 가지 챙겼는데, 이것에 대해서는 뒤에 이야기하겠다. 그는 이렇게 무서운 범죄를 저지른 뒤, 자신이 들어왔던 길을 다시 더듬어서 밖으로 나갔다.

다음 날 큰 소동이 벌어졌을 때뿐만 아니라, 그 뒤 그의 인생에서 그를 범인으로 생각하는 사람은 아무도 없었다. 게다가 그가 그 여인을 좋아했다는 사실을 아는 사람도 없었다. 그는 늘 말수가 적은 편이었고 사교성도 없어서 자신의 마음을 털어놓을 친구가 없었기 때문이다. 그는 살인이 일어나기 전 2주일 간, 그 여자를 방문한 적이 한 번도 없었기 때문에 사람들은 단지 피해자와 그를 조금 알고 지내는 사이로 여겼다.

혐의는 농노 출신인 하인 표트르가 뒤집어썼다. 그리고 뜻하지 않게도 표트르의 혐의를 입증하는 사실들이 계속 밝혀졌다. 죽은 여인은 자신의 영지에서 차출할 신병(新兵)으로 이 하인을 군대에 보내려고 했는데, 그 이유는 이 하인이 혼자였고 행실이 좋지 않았기 때문이다. 여인은 그런 자신의 생각을 숨기지 않았고, 표트르도 물론 그 여인의 생각을 알고 있었다. 그가 이 일로 크게 화가 나서 술집에서 잔뜩 술을 마시고 주인을 죽이겠다고 큰 소리로 외치는 것을 본 사람들도 있었다. 게다가 그는 주인 여자가 죽기 이틀 전에 집에서 도망쳐 시내에 숨어 있었다. 그는 살인 사건이 일어난 다음 날, 교외로 나가는 길에서 만취해서 쓰러진 채 발견되었는데 그의 주머니에는 칼이 들어 있었고 우연인지 오른손에는 피가 묻어 있었다. 그는 코피가 난 것이라고 변명했지만 아무도 그의 말을 믿으려 하지 않았다. 하녀들은 파티에서 돌아올 때까지 현관을 열어두었다고 자백했다. 이외에도 이런 비슷한 증거가 여러 가지 나타났기 때문에 결국 죄 없는 하인은 구속되었다. 그는 곧 재판을 받을 예정이었지만 구속되고 일주일 뒤 열병으로 의식불명이 되어 병원에서 죽어버렸다. 재판관과 검찰, 시민들 모두 병원에서 죽은 하인이 범인이 분명하다고 생각했다.

하지만 그때부터 하느님의 형벌이 시작되었다. 이제는 내 친구가 된 비밀스러운 방문자는 처음 얼마간은 양심의 가책을 느끼지 않았다고 고백했다. 그도 물론 오랫동안 괴로워한 것은 사실이었지만, 양심의 가책 때문이 아니라 단지 자신이 사랑하는 여인을 죽였다는 것, 그 여자가 세상에 없다는 것, 욕정의 불길은 여전히 피를 타고 흐르지만 그 여자를 죽였기 때문에 자신의 사랑마저 죽였다는 절망감에서 괴로워했던 것이었다. 그러나 자신이 아무런 죄도 없는 사람의 피를 흘리게 한 것이나 사람을 죽인 것에 대한 후회는 거의 하지 않았다. 그것보다 자신이 죽인 여자가 만약 그대로 살아남았다면 분명히 다른 사람의 아내가 되었을 것이고 그것은 도저히 참을 수 없는 일이었기 때문에, 그는 오랫동안 자신의 양심을 걸고 생각해볼 때 그렇게 할 수밖에 없었다고 확신했다.

물론 처음 얼마 동안은 그 하인이 붙잡혔다는 것만으로도 마음이 괴로웠지만, 피고의 갑작스러운 질병과 죽음으로 마음이 완전히 편안해졌다. 그가 죽은 건은 체포되거나 그로 인한 공포 때문이 아니라 주인집을 나온 뒤, 술에 취한 채로 밤새 눅눅한 땅바닥에 누워 있어서 감기에 걸렸기 때문이라고 생각해서였다. 물건을 훔치고, 돈을 훔친 것도 그다지 그를 괴롭히지 못했다. 왜냐하면 물건을 가지고 싶어서 훔친 게 아니었고 단지 혐의를 벗기 위한 방법이었기 때문이다. 훔친 돈도 그리 많지 않았기 때문에 그는 그 돈을 모두, 아니 훔친 것보다 더 많은 액수의 돈을 그 도시에 있는 고아원에 기부했다. 그것은 도둑질을 한 것에 대한 양심의 가책을 덜기 위해서 일부러 그렇게 한 것이었지만 얼마 동안 이상하게도, 아니 꽤 오랫동안 그는 진실로 마음이 평안해짐을 느꼈다. 이것은 그가 나에게 직접 한 말이다.

그 뒤로 그는 자신이 맡은 일에 전력을 쏟기로 했다. 그는 앞장서서 어려운 일이나 힘든 일을 맡아서 하며 2년 정도를 보냈다. 그는 원래 성격이 강한 편이어서 과거의 일은 거의 다 잊어버렸고, 가끔 기억이 되살아나도 생각 자체를 하지 않으려고 애썼다. 그는 그 도시에 여러 가지 시설을 세우고 봉사 활동을 하면서 자선 사업에도 힘을 기울였다. 더불어 페테르부르크와 모스크바에서도 많은 일을 하여 두 도시의 자선 단체 임원으로 선출되기도 했다.

그러나 고통스러운 날들은 다시 찾아왔고, 결국 그는 그의 힘만으로는 더 견딜 수 없는 지경에 이르렀다. 바로 그즈음해서 그는 아름답고 똑똑한 아가씨에게 마음이 끌렸고 곧 그 아가씨와 결혼했다. 그 나름대로는 결혼을 하면 외로운 고뇌를 없앨 수 있을 거라고 생각했던 것이다. 인생의 새로운 길에서 아내와 자식을 위해 열심히 맡은 바 임무를 다하면 무서운 기억으로부터 벗어날 수 있을 거라는 기대했다. 그러나 현실은 그의 기대와는 전혀 달랐다. 결혼한 뒤 한 달도 채 되지 않아서 이미 '아, 아내는 나를 이렇게 사랑하는데, 만약 아내가 그 일을 알게 되면 어떡하지?'라는 생각이 계속 그를 괴롭혔다. 아내가 임신했다는 사실을 처음 알렸을 때. 그는 매우 당황했다.

'지금 나는 새로운 생명을 만들었지만, 이미 생명을 뺏은 몸이라니.'

연이어 아이 셋이 태어났다.

'내가 어떻게 감히 그들을 사랑하고, 기르고, 교육할 수 있단 말인가! 내가 어떻게 감히 아이들에게 선행을 논할 수 있는가? 나는 살인자가 아닌가!'

별 탈 없이 자라는 아이들을 보고 쓰다듬어주고 싶은 마음이 생길 때도 '나는 아이들의 순진한 얼굴을 마주 볼 수 없다. 나는 그럴 자격이 없다'라는 생각을 했다.

마침내 그는 자신에게 희생된 자의 피가, 자신이 죽인 젊은 생명의 복수를 울부짖는 그 피가, 무서운 모습으로 마음을 습격해서 도무지 견딜 수가 없었다. 날마다 그는 악몽에 시달렸다. 원래 강한 기질을 타고난 그였기에 오랜 시간 이 고통을 인내했다.

'남모르는 이 고통으로 내 모든 것을 속죄하리라.'

그러나 그 소망은 결국 헛된 것이었다. 시간이 지날수록 고통은 더욱더 심해졌다. 세상 사람들은 그의 엄격하고 어두운 성격을 두려워하면서도 그의 자선 사업 때문에 그를 존경했다. 그러나 사람들의 존경을 받으면 받을수록 더욱 견디기 힘들었다. 그가 나에게 고백하기를 자살할 고민까지 했다는 것이다. 그러나 그의 머릿속에서는 자살 대신 다른 공상이 떠올랐다. 처음에는 도저히 불가능하고 생각도 할 수 없는 일처럼 여겨졌지만, 점점 마음속 깊이 들어와 떨칠 수 없게 되었다. 그 공상은 바로, 용감하게 일어나서 대중 앞에서 자신이 살인자라고 고백하는 것이었다.

이 공상은 3년 동안 여러 가지 모습으로 나타났다가 사라지길 반복했다. 결국 그는 자신의 범죄를 고백하기만 하면 자신의 영혼은 나을 수 있고 영원한 평화를 얻을 것이라도 굳게 믿게 되었다. 하지만 이것을 어떻게 실행할 것인가? 그는 그것을 생각하면 마음속이 순식간에 공포로 가득 찼다. 그때, 나의 결투 사건이 일어났던 것이다.

"나는 당신을 보면서 결심했습니다."

나는 그를 바라보았다.

“아니, 그게 진심입니까? 그런 하찮은 사건이 당신에게 그런 결심을 하게 만들었다는 말인가요?”

나는 박수를 치며 이렇게 외쳤다.

“이렇게 결심을 하는 데 3년이란 시간이 걸린 셈이지요. 당신의 사건은 단지 나를 자극했을 뿐입니다. 나는 당신과 가까워지면서 나를 꾸짖고, 또 당신을 동경했습니다.”

그는 엄숙한 표정을 지으며 말했다.

“하지만 당신의 고백을 누구도 믿지 않을 거예요. 벌써 14년이 흘렀으니까요.”

“증거가 있어요. 확실한 증거를 가지고 있습니다. 그들에게 증거를 내보이겠습니다.”

나는 눈물을 흘리며 그에게 입을 맞추었다.

“그런데 한 가지만, 꼭 한 가지만 당신의 생각을 말씀해주세요. 아내와 아이들을 어떻게 하면 좋을까요? 아내는 슬픔을 견디지 못하고 죽을지도 모릅니다. 그리고 아이들도 신분이나 재산은 유지할 수 있을지 모르지만 살인자의 자식이라는 낙인이 영원히 생길지도 모르잖습니까? 아이들의 마음속에 내가 어떤 기억을 남기게 될지 생각해보세요!”

그는 마치 내 말 한 마디에 전부가 걸린 것처럼 부탁했다.

나는 침묵했다.

“그렇게 그들과 헤어져야만 합니까? 그들을 영원히 버려야만 하나요? 영원히, 당신도 알다시피 영원히 말이에요!”

나는 조용히 마음속으로 기도를 반복했다. 마침내 나는 자리에서 일어났다. 왠지 무서워졌다.

"어떻게 해야 좋을까요?"

그는 나를 바라보았고 나는 대답했다.

"가세요. 모든 사람들에게 고백하세요. 전부 지나가고 오로지 진실만이 남습니다. 아이들도 크면 당신의 결심이 얼마나 훌륭한 것이었는지 깨닫게 될 거예요."

그는 마음을 굳게 먹은 표정으로 돌아갔다. 그러나 그 뒤에도 전처럼 결심을 하지 못하고 2주일 동안 날마다 저녁에 나를 찾아와 항상 마음의 준비만 반복했다. 그런 그의 태도에 나는 정신적으로 완전히 지쳐버렸다. 어떤 때는 단호하게 결심을 한 것처럼 나타나서 감격에 겨워 이런 말을 하기도 했다.

"이제 알았습니다. 나에게 천국이 찾아오려고 하는 것 같아요. 내가 고백하는 것과 동시에 천국이 찾아올 것입니다. 나는 14년 동안 지옥에서 살았지만 이제는 정말 그 고통을 이겨내고 싶어요. 나는 고통을 기꺼이 감수하고 인생을 다시 시작할 것입니다. 인간은 거짓된 모습으로 이 세상을 살 수도 있지만, 그렇게 하면 원래대로 되돌아갈 수 없지요. 지금처럼 이웃은커녕 내 아이들도 사랑할 수 없습니다. 아, 아이들도 내 고통이 어느 정도였는지 이해하고 나를 비판하지는 않겠지요. 하느님께서는 힘과 함께하시는 것이 아니라 진리와 함께하시니까요."

"물론 이해합니다. 모두 당신의 영웅적인 행동을 이해할 것입니다. 지금 이해하지 못하더라도 시간이 흐르면 분명히 이해하게 될 것입니다. 왜냐하면 당신은 진리에 봉사한 것이니까요. 이 속세의 진리가 아닌 훨씬 더 거룩한 진리를 추구한 것입니다."

그는 큰 위로를 받은 것처럼 돌아갔지만, 다음 날 다시 창백하고 고통에 가득 찬 얼굴로 나를 찾아와 조소하듯 말했다.

"내가 이곳에 올 때마다 당신은 '고백을 아직도 하지 않았군!' 하는 것 같은 호기심이 가득한 눈으로 나를 보는군요. 그러나 조금 더 기다려주세요. 그리고 나를 너무 경멸하지 마세요. 당신이 생각하는 것처럼 그렇게 쉽지 않습니다. 어쩌면 영원히 고백하지 못할지도 모릅니다. 그렇게 되면 당신은 나를 고발할 건가요?"

그러나 나는 어리석은 호기심에 차서 그를 보기는커녕 그를 보는 것도 두려워하고 있었다. 나는 심신이 지쳐서 거의 병이 날 정도였고, 마음속에는 눈물이 흐르고 있었다. 밤에는 제대로 잠을 이루지 못할 정도였다. 그가 말을 계속했다.

"지금 나는 아내에게서 오는 길이에요. 과연 당신은 '아내'란 어떤 존재인지 아십니까? 내가 집을 나설 때 아이들은 '아버지, 안녕히 다녀오세요. 빨리 와서 동화책을 읽어주세요, 네?' 이렇게 말했어요. 당신은 아마도 모를 겁니다! 타인의 불행을 진심으로 이해하는 사람은 없으니까요."

그의 눈은 번득였으며 입술은 경련을 일으키는 것처럼 떨렸다. 그러다가 문득 주먹을 쥐고 테이블 위에 놓인 물건들이 흔들릴 정도로 테이블을 쾅 내리쳤다. 평상시에는 매우 점잖았기 때문에 그가 이런 행동을 하는 것은 처음 있는 일이었다.

"정말 그럴 필요가 있는 일일까요?"

그는 고함을 쳤다.

"왜 내가 그래야 할까요? 죄를 뒤집어쓴 사람은 아무도 없고, 나 때문에 누군가 시베리아로 가지도 않았는데 말이지요. 그때 그 하인은 열병으로 죽었잖습니까. 그리고 나는 내가 지은 죄 때문에 그동안 고통을 겪은 것만으로도 이미 충분히 벌을 받지 않았을까요? 그리고 아무도 내 말을 믿지 않을 것이고, 어떤 증거를 들이대도 믿어주지 않을 거예요. 그런데 왜 꼭 자수를 해야 하는 거지요? 내가 지은 죄 때문이라면 평생 동안 고통을 받겠습니다. 하지만 아내와 아이들에게만은 고통을 주고 싶지 않습니다. 그들까지 나와 함께 파멸시키는 것이 과연 맞는 걸까요? 이런 때에 진리는 어디 있습니까? 세상 사람들은 과연 진리를 제대로 인정할까요? 그것을 올바로 평가하고 존중할까요?"

'이럴 수가 있나! 이 사람은 이 순간에 세상 사람들의 존경 따위를 따지고 있다니!'

나는 마음속으로 탄식했다. 그러자 나는 그가 너무도 불쌍해서, 만일 내가 위로할 수 있다면 그와 운명을 함께해도 좋다고 생각했다. 그는 거의 정신이 나간 것처럼 보였다. 그가 그런 결심을 하기 위해서 어떤 대가를 치러야 하는지, 나는 단지 이성이 아닌 온 마음으로 직감하고 전율을 느꼈다.

"내 운명을 결정해주세요!"

그가 또 외쳤다.

"가서 고백하십시오."

나는 그에게 속삭였다. 나는 숨이 막혀서 목소리가 제대로 나오지 않았지만 그래도 단호하게 속삭였다. 그런 뒤 테이블 위에 놓인 성경을 들고 〈요한복음〉 12장 24절을 읽어주었다.

"내가 진실로 너희에게 말하노니, 밀알 하나가 땅에 떨어져 죽지 않으면 한 알 그대로 남아 있고 죽으면 수많은 열매를 맺느니라."

나는 그가 오기 직전에 읽고 있었던 그 구절을 읽었다.

"맞습니다."

그는 쓸쓸한 미소를 지었다.

"하지만 이런 책에는."

그는 잠깐 말을 끊었다가 다시 이었다.

"무어라 형언할 수 없는 무서운 말이 많지요. 다른 사람에게 그것을 들이대는 건 무척 쉽습니다. 하지만 이건 누가 쓴 거죠? 설마 사람이 쓴 건 아니잖아요?"

"성령께서 쓰신 것입니다."

"당신이 그렇게 말하는 것은 아주 쉽겠지요."

그는 다시 한번 쓸쓸한 미소를 지었는데, 그 미소는 증오로 가득 차 있었다. 나는 다시 책을 들고 다른 곳을 펼쳐서 〈히브리서〉 10장 31절을 보여주었다. 그는 그 부분을 읽었다.

"살아 계신 하느님의 벌하시는 손에 떨어지는 것은 무서운 일입니다."

그는 읽고 난 뒤 그 책을 던졌다. 그는 몸을 덜덜 떨었다.

"무서운 말씀입니다. 더 이상 아무 할 말이 없습니다. 어떻게 이렇게 꼭 맞는 구절만 고르셨습니까."

그는 의자에서 일어났다.

"그럼, 안녕히 계세요. 아마 다시는 못 올지도 모릅니다. 천국에서 다시 만나기로 합시다. '살아 계신 하느님의 벌하시는 손에 떨어진' 지 벌써 14년이 흘렀네요. 지난 14년은 정말 그렇게 불러야 맞겠지요. 내일은 그 손을 향해서 제발 나를 놓아달라고 애원하겠습니다."

나는 그를 안고 작별의 입맞춤을 하려고 했지만 그럴 용기가 생기지 않았다. 그의 얼굴이 일그러져 있었고 고통으로 가득 차 보였기 때문이다. 그는 밖으로 나갔다.

'아, 그는 도대체 어디로 갈까?'

나는 성상 앞에 엎드려서 우리의 부탁을 망설이지 않고 들어주시는 보호자인 동시에 구원자이신 성모 마리아께 그를 위해서 흐느끼며 기도를 올렸다. 내가 눈물을 흘리며 기도를 드리는 동안 30분 정도의 시간이 흘렀다. 밤이 깊어서 거의 자정에 가까운 시간이었다. 그때 갑자기 문이 열리고 그가 다시 왔다. 나는 깜짝 놀랐다.

"어디 다녀오셨습니까?"

"제가…… 뭔가 두고 간 것 같아서…… 아마도 손수건을…… 아니, 두고 간 게 없다고 해도 잠시 앉아 있게 해주십시오."

그는 의자에 앉았고 나는 그 앞에 섰다.

"함께 앉으시지요."

그가 말했고, 나도 앉았다. 그렇게 2분 정도가 지났다. 그는 슬며시 내 얼굴을 바라보다가 문득 쓸쓸하게 웃었다. 지금도 나는 그때 일을 기억하는데, 그가 벌떡 일어서서 나를 힘차게 끌어안고 입을 맞췄던 것이다.

"기억하게. 내가 자네에게 두 번이나 왔었다는 것을. 알겠지, 이것을 꼭 기억해두게나."

그는 말했다. 그가 나를 자네라고 부른 것은 처음 있는 일이었다. 그리고 그는 다시 나갔다.

'틀림없이 내일 하겠군.'

내 예상은 맞았다. 나는 그날 저녁에도 그다음 날이 그의 생일이라는 것을 몰랐다. 나는 지난 며칠 간 외출하지 않아서 그런 말을 들을 기회가 없었다. 그의 생일에는 매년 그의 집에서 성대한 잔치가 벌어졌는데, 그 마을 사람들 대부분이 모였다. 이번에도 역시 그랬다. 그는 식사를 마치고 방 한가운데로 걸어 나갔다. 그는 손에 종이를 한 장 들고 있었다. 그것은 그가 일하는 관청의 장관에게 낼 정식 자백서였다. 때마침 장관도 그 자리에 있어서, 그는 그 자백서를 그곳에서 온 모든 사람들 앞에서 큰 소리로 읽었다. 자백서에는 범행 일체가 소상하게 적혀 있었다.

"저는 극악무도한 범인인 저를 스스로를 인간 사회에서 추방시키려고 합니다. 하느님께서 이렇게 저를 찾아주셨으니 저는 기쁘게 형벌의 고통을 받으려고 합니다."

그의 자백서는 이렇게 끝맺고 있었다. 그리고 그 자리에서 자신의 범죄를 증명하는, 14년 동안 간직한 물건들을 모두 테이블 위에 늘어놓았다. 혐의를 피하기 위해 훔쳤던 금붙이들과 피해자에게서 가져온 큰 목걸이와 십자가—목걸이에는 약혼자의 사진

이 들어 있었다—와 수첩 그리고 두 통의 편지도 있었다. 그중 한 통의 편지는 약혼자가 곧 돌아온다는 소식을 전하는 내용이었고, 다른 한 통은 여자가 다음 날 부치려고 테이블 위에 놓아둔 답장이었다. 그는 살인을 한 뒤에 이 편지 두 통을 집으로 가져왔던 것이다. 그러나 그는 무엇 때문에 자신에게 불리한 증거를 없애지 않고 14년 동안이나 간직했던 것일까? 그리고 그 결과는 이랬다.

처음에 사람들은 깜짝 놀라서 공포를 느꼈지만 아무도 믿지 않았다. 모두 호기심을 가지고 경청했지만 병자가 하는 헛소리를 들은 것처럼 며칠이 지난 뒤에는, 어느 집에서나 그 사람은 불쌍하게도 미친 것 같다고 결론을 내렸다. 사법 당국에서는 그 사건을 조사해야 했지만 역시 당분간 조사를 보류하기로 결정했다. 훔친 물건들과 편지는 조사할 만한 가치가 있었지만 그 증거물이 확실하다고 밝혀져도 역시 그것만으로 유죄 선고를 내릴 수는 없다고 결론 내렸다. 게다가 그 증거물도 피살자가 자신의 친구인 그에게 보관해달라고 했을 수도 있는 일이었다. 나중에 들은 얘기는, 피살자의 친구들과 친척이 그 증거물의 출처를 확인해주어서 거기에 대한 의문의 여지는 전혀 없었다고 한다.

어쨌든 이 사건은 다시 미해결인 채로 사라질 운명이었다. 그리고 닷새 정도가 흐른 뒤, 이 불행한 사람이 갑자기 병이 들어서 생명이 위독하다는 것이 알려졌다. 무슨 병인지는 정확하게 알 수 없지만 사람들이 말하기를 심장 부정맥이라고 했다. 그러나 곧 사실이 밝혀졌다. 의사들은 그의 부인의 간곡한 부탁을 받고 환자의 정신 상태를 진찰했는데 정신 착란이라는 진단을 내렸다.

사람들은 내게 앞 다투어 어떻게 된 것인지 물었지만 나는 아무런 대답도 하지 않았다. 그러나 내가 그에게 문병가고 싶다고 말하자 사람들은—특히 그의 아내는—기를 쓰고 말리면서 허락하지 않았다. 그의 아내는 나에게 이렇게 말했다.

"남편이 이렇게 미친 건 당신 때문이에요. 남편은 항상 우울한 편이긴 했지만, 특히 작년부터 이유 없이 흥분하면서 더 이상해졌어요. 그런데 당신이 나타나서 그이를 완전히 망쳐놨어요. 당신이 그이에게 이상한 생각을 불어넣었기 때문이에요. 지난 한 달간 계속 당신 집에 갔었으니까요."

그의 아내뿐만 아니라 그 도시의 모두가 나에게 달려들어 나를 비난했다.

"모두가 당신 때문이오!"

나는 침묵했고, 속으로는 오히려 무척 기뻐했다. 왜냐하면 나는 자신에게 반기를 들고 자신에게 벌을 준 이 불행한 사람에 대한 하느님의 자비를 분명하게 보았기 때문이다. 나는 그가 진짜 정신 이상이라고 생각하지 않았다. 그러는 중에 결국 나는 그와의 면회를 허락받았다. 병자가 나와 작별 인사를 하고 싶다고 간곡하게 부탁했기 때문이었다. 나는 그의 방에 들어선 순간, 그의 목숨이 며칠은커녕 몇 시간도 남지 않았다는 것을 알았다. 그는 몹시 야위어 안색은 누렇고 손을 떨면서 숨을 헐떡이고 있었지만 얼굴은 감동과 기쁨이 가득해 보였다.

"마침내 뜻을 이루었네! 자네가 몹시 보고 싶었는데 왜 오지 않았는가?"

그가 이렇게 말했다. 나는 사람들이 그를 만나지 못하게 했다고 말하지 않았다.

"하느님께서 나를 불쌍히 여기셔서 곁으로 불러주시는 거야. 죽을 때가 멀지 않았다는 걸 나도 알지만, 나는 몇십 년 만에 처음으로 기쁨과 평안을 느끼고 있다네. 내가 해야 할 일을 끝낸 다음부터 내 마음속에는 천국이 생겼다네. 이제는 주저하지 않고 아이들을 사랑할 수 있고 입을 맞출 수도 있어. 그러나 아내나 판사, 그 밖의 사람들은 내 말을 믿지 않았네. 그러니 아이들도 믿지 않을 거라네. 이걸 봐도 하느님께서 베푸신 아이들에 대한 자비를 알 수 있네. 비록 내가 지금 죽더라도, 내 이름은 아이들에게 아무런 흠결을 남기지 않을 걸세. 지금 이 순간에도 나는 벌써 하느님 곁에 와 있는 것 같아서, 나는 천국에 있는 것처럼 즐겁다네. 나는 내가 해야 할 일을 하고야 말았어."

그는 끝내 더 말을 이어가지 못했다. 그는 숨을 가쁘게 몰아쉬면서도 내 손을 꼭 잡고 불타는 눈으로 나를 바라보았다. 우리는 길게 얘기할 수가 없었다. 그의 아내가 계속 우리를 살펴보러 들어왔기 때문이었다. 하지만 그는 틈이 생길 때마다 내게 이렇게 속삭였다.

"자네, 내가 그날 밤에 자네를 두 번째 찾아갔던 걸 기억하나? 내가 꼭 기억해두라고 했잖은가. 자네는 내가 왜 다시 돌아갔는지 아는가? 실은 난 자네를 죽이려고 다시 갔었네!"

나는 놀라서 몸을 떨었다.

"나는 그때 자네의 집에서 어둠 속으로 뛰쳐나와서, 거리를 걸으며 나 자신과 싸워야 했네. 갑자기 자네가 미워서 참을 수 없었네. '오로지 나를 구속하는 자는 그자뿐이다'라고 생각했었지. '그자는 나의 심판관이다. 그가 모든 걸 알고 있으니, 나는 내일이라도 형벌을 받아야 할지 모른다.' 하지만 자네가 나를 밀고할까 봐 두려워한 건 아니네. 정말 그런 생각은 하지 않았다네. 단지 '내가 만일 자수하지 않으면, 어떻게 그를 다시 본단 말인가?'라는 생각을 했던 거지. 혹시라도 자네가 이 세상의 끝에 가 있다고 해도, 자네가 살아 있는 동안은 역시 마찬가지가 될 테니 말이야. 자네가 모든 일을 알고 있으니 나를 심판할 거라는 생각이 들어서 나는 도무지 견딜 수 없었네. 나는 자네가 모든 일의 원인이라도 되는 양, 자네에게 모든 죄가 있기라도 한 것처럼 자네를 증오했네. 그래서 자네에게 되돌아갔지. 그때 자네 방의 테이블 위에 칼이 놓여 있던 걸 기억했거든. 나는 의자에 앉아 자네에게도 앉으라고 권했지. 그리고 1분 동안 깊이 생각했네. 내가 만일 자네를 죽였다면, 이전에 지은 죄는 자백하지 않아도 되지만 자네를 죽였기 때문에 분명히 파멸하고 말았을 거야. 그러나 그런 일은 전혀 생각하지 않았고 또 생각하기조차 싫었다네. 나는 단지 자네가 미웠을 뿐이고 모든 일에 대해 자네에게 복수하고 싶었네. 그러나 하느님께서 내 마음속 악마를 없애주셨네. 어쨌든 잘 기억하게나, 자네가 그때처럼 죽음에 다가선 적은 없었다는 것을 말이야."

　1주일이 지난 뒤, 그는 죽었다. 그 도시의 사람들 대부분이 묘지까지 관을 따라갔다. 대주교는 감동적인 조사(弔辭)를 했다. 사람들은 그의 생명을 가져간 무서운 병에 대해 탄식했다.

도시 사람들 전부는 장례식이 끝난 뒤 나에게 적의를 드러내며 나를 손님으로 초대하는 것을 거절했다. 물론 그들 중에는 그의 고백을 믿는 사람도 있었다. 처음에는 극소수였지만 점점 믿는 사람이 늘어났다. 그들은 나에게 종종 찾아와서 호기심과 관심을 보이며 여러 가지를 물었다. 인간에게는 반듯한 사람의 타락과 오욕을 좋아하는 성미가 있기 때문이다. 그러나 나는 끝내 입을 다물었다. 그리고 곧 그 도시를 떠나서 다섯 달 뒤에는 하느님의 은총을 받고 이 거룩하고 확고한 길로 들어서게 되었다. 나는 이토록 확실하게 이 길을 보여주신 '하느님의 눈에 보이지 않는 손'을 축복했다. 그러나 많은 고통을 겪은 하느님의 종 미하일을 기억하고 지금까지 날마다 기도드린다.

3. 조시마 장로의 담화와 설교 중에서

⑸ 러시아의 수도사와 그 의미

신부, 수사 여러분, 대체 수도사란 무엇인가? 요즘 같은 문명사회에서 이 수도사라는 말에 어떤 이들은 비웃음을 던지고, 또 어떤 이들은 심지어 욕설을 퍼붓기도 한다. 그리고 이런 현상은 날이 갈수록 더 심해져간다. 슬프게도 수도사들 중에는 무위도식하는 게으른 자, 난봉꾼, 무뢰한 그리고 파렴치한 부랑자들도 많은 것이 사실이다. 교육을 받은 속세의 사람들은 이런 사실을 지적하면서 다음과 같이 말한다.

"수도사, 너희들은 게으르고, 사회에 아무런 소용도 없는 족속들이며, 남의 노력에 빌붙어 사는 뻔뻔한 거지들이야."

그러나 수도사 중에도 겸손하고 온화한 자들은 많아서, 그들은 고독과 고요 속에서 열렬하게 기도하기를 원한다. 세상 사람들은 이런 수도사들에게는 관심을 갖지 않고 완전히 무시해버린다. 그러므로 내가 만일 이처럼 고독한 기도를 원하는 겸손한 수도사들 중에서 다시 한번 러시아의 구원자가 나타날 것이라고 말하면 그들은 얼마나 놀랄까! 그런 수도사들은 정적 속에서 '그 해, 그 달, 그 날, 그 시간'을 위해 준비하는 것이 사실이다. 그들은 지금 고독 속에서 먼 옛날의 신부, 사제, 순교자들로부터 전해 내려오는 순수한 신의 진리 그대로 그리스도의 모습을 선하고 아름답게 간직하고 있다. 그리하여 때가 되면 중심을 잃고 흔들리는 세상의 진리 앞에 그들은 그리스도의 모습을 드러낼 것이다. 이것은 진실로 거룩한 사상이다. 언제가 이 별은 동쪽 하늘에서 찬연히 빛날 것이다.

나는 수도사에 대해 이렇게 생각한다. 내 생각이 정녕 거짓이며 자만일까? 신의 백성 위에 군림하고 있는 속세와 그 안에서 살아가는 인간들을 보라. 하느님의 모습과 하느님의 진리가 왜곡되어 있지는 않는가? 그들은 과학을 말한다. 그러나 그들이 찬양하는 과학이란 인간 오감의 대상일 뿐이다. 인간 존재의 귀중한 축을 이루는 정신세계는 한편으로는 과학이 거둔 하찮은 승리감에 의해, 다른 한편으로는 신에 대한 과학의 혐오에 의해 완벽히 거부당하고 사라졌다. 세상은 자유를 선언했다. 요즘 들어 특히 그렇게 되었다. 과연 그들의 자유에서 우리는 무엇을 발견할 수 있을까? 오직 예속과 자멸뿐인 것이다! 그들은 이렇게 외치고 있다.

'너희도 욕구가 있으면 그것을 만족시켜라. 너희도 귀족이나 부자들과 같은 권리를 가지고 있으니. 욕구를 충족하는 것에 대

해 두려움을 갖지 마라. 아니, 더욱 그것을 증대시켜야 한다.'

이것이 바로 현재 그들이 가르치는 것이다. 그들은 여기에 자유가 있다고 여긴다. 그러나 욕구를 증대시키는 권리는 어떤 결과를 가져올까? 부자에게는 고독과 자살이, 가난한 자들에게는 질투와 살인뿐이다. 왜 그럴까? 그들이 단지 욕구 충족의 권리만을 주고 어떻게 그것을 충족시켜야 하는지에 대한 방법을 주지 않았기 때문이다. 그들의 주장은 이렇다. 즉, 인간과 인간 사이의 거리는 좁혀지고 사상은 대기를 통해 전달되니까 인류는 시간이 흐르면서 점점 가까워져서 형제와 같은 관계를 갖게 될 것이라고.

아, 결코 이런 인간들의 결합은 믿으면 안 된다. 세상 사람들은 자유를 욕망의 증대와 빠른 충족으로 이해하면서 그들의 본질을 왜곡한다. 그것은 현명하지 못하고 의미 없는 희망과 습관, 가당치 않은 공상을 수없이 파생시키기 때문이다. 단지 사람들은 서로의 선망이나 욕망, 허영을 위해 살아갈 뿐이다. 그들은 파티, 마차, 말, 관직, 노예 같이 부리는 하인, 이런 것들이 필수적으로 있어야 한다고 여긴다. 그래서 이를 갖추려고 자신의 생활과 품성, 인간애까지 모두 버리려고 한다. 그런 욕구가 충족되지 않으면 자살하기까지 한다. 그렇게 부유하지 못한 사람들에게서도 같은 현상이 나타나지만, 가난한 자들은 술로 욕구불만이나 질투를 달랜다. 그러나 곧 그들은 술 대신 인간의 피를 마실 것이다. 그렇게 될 수밖에 없지 않은가.

나는 이것이 과연 참된 자유로운 인간인지 묻고 싶다. 나는 '이상을 위해 헌신하는 투사'를 한 명 알고 있는데 그가 나에게 말하길, 감옥에서 담배를 피울 수 있는 권리를 빼앗기자 담배를 피우고 싶은 마음을 참기 힘들어서 담배를 얻을 수 있다면 자신의 '이상'을 팔았으면 좋겠다고 생각했다고 한다. 이런 사람들이 겉으로는 '인류를 위해 싸우겠다'고 큰소리치고 있다. 과연 이런 자들이 어디서 무슨 일을 할 수 있는가? 힘 안 들이고 빠른 시간에 할 수 있는 일이라면 몰라도 힘들고 인내가 필요한 일은 결코 오래 계속할 수는 없을 것이다. 그래서 그들은 자유를 얻는 대신에 예속에 빠지게 되고, 인류의 결합에 기여하는 대신 당연하게도 고립과 고독에 빠지게 되는 것이다. 이런 말은 내가 젊었을 때 내 스승이었던 신비스러운 방문자가 해준 말이다. 그래서 인류에 대한 봉사나 인간의 형제적 결합 같은 사상은 점점 이 세상에서 사라지고, 심지어 이제는 비웃음의 대상이 된 것이다. 아무렇게나 생각한 수많은 욕망을 충족시키는 데만 익숙한 인간이 어떻게 자신의 습관에서 벗어날 수 있는가? 그리고 또 어디로 갈 수 있는가? 그래서 그들은 더 많은 물질을 축적하는 것에는 성공했지만, 세상에서의 기쁨은 점점 잃는 결과에 이른 것이다.

수도사들이 걷는 길은 이것과는 정반대다. 사람들은 복종과 단식, 더 나아가 기도까지 조롱하지만 오로지 그런 것들에만 진정한 자유에 이를 수 있는 길이 있다. 우리는 필요 없는 욕망을 버리고 자존심에서 우러난 교만한 자신의 의지를 복종으로 억누르면서, 하느님의 힘을 빌려서 정신의 자유를 얻고 정신적인 환희까지 함께 얻는 것이다.

어느 쪽이 위대한 사상을 널리 알리고 봉사할 수 있는 것일까. 고립된 부자인가, 물질의 전횡과 습관으로부터 벗어난 사람인가?

수도사는 고립된 생활을 하기 때문에 종종 비난의 대상이 된다.

"너는 너의 구원을 위해 수도원 안에서 숨어 지내고, 인류에 대한 형제애적 봉사를 잊은 것이 아니냐?"

그러나 어느 쪽이 과연 형제애적인 사랑을 위해 노력하고 있는지 금방 알 수 있다. 왜냐하면 그들은 비록 모르고 있지만 고독에 빠진 것은 우리가 아닌 그들이기 때문이다. 오래전부터 우리 수도사들 중에서 민중의 지도자들이 많이 배출되었다. 그런데 지금이라고 그런 사람이 나타나지 않으리라는 법이 있는가? 온화하고 겸손한 금욕과 침묵의 고행자들이 다시 나타나 거룩한 사업에 헌신할 것이다. 러시아의 구원은 민중에게 달려 있다. 그리고 러시아의 수도원은 옛날부터 민중과 함께했다. 만약 민중이 고립되어 있다면 우리도 고립되어 있는 것이다. 우리처럼 민중도 하느님을 믿는다. 하느님을 믿지 않는 실천가는, 그가 비록 순수한 열정과 비상한 두뇌를 가졌다 해도 러시아에서는 아무것도 이룰 수 없을 것이다. 이것을 잘 기억해두어야 한다! 곧 민중은 무신론자를 상대로 싸우고 그를 물리칠 것이다. 그래서 정교 아래에 결합된 러시아가 될 것이다. 민중을 소중하게 여기고 그들의 마음을 지켜야 한다. 침묵 속에서 민중을 가르쳐라. 수도사로서 여러분이 할 일은 이것이다. 민중이 하느님을 구현할 백성이기 때문이다.

⑹ 주인과 하인에 대하여—그들은 정신적으로 형제가 될 수 있는가?

안타깝게도 나는 민중에게도 죄가 있음을 부정하지 않는다. 부패와 타락의 불길은 무서운 속도로 번져 상류층으로부터 아래로 퍼져나가고 있다. 민중에게도 고립이 물들기 시작했다. 고리대금업자와 사회에 해를 입히는 사람들이 늘어나고, 장사꾼들도 지위를 얻고 싶어 했으며, 교양이 없는 자가 교양 있는 신사처럼 굴었다. 그리고 그러기 위해서 오래전부터 내려온 전통을 무시하고 조상이 섬겨온 신앙까지 수치스럽게 여기게 되었다. 그리고 문턱이 닳도록 귀족의 집을 드나들지만, 그들은 언제나 부패한 농민일 뿐이었다. 민중들은 음주로 망가져가면서도 그 습관에서 쉽사리 벗어나지 못한다. 그들은 자신의 아내와 아이들에게까지 잔인한 행동을 서슴지 않는다. 이것은 모두 음주가 불러온 결과이다.

나는 공장에서 바짝 야위고 지쳐서 등까지 구부정한 여남은 살 정도의 아이들을 많이 보았다. 그 아이들은 일찍 악행에 빠져 있었다. 숨 막히는 공장 건물, 요란한 기계 소리, 종일 이어지는 노동, 음담패설 그리고 술, 또 이어지는 술. 정말 이런 것들이 어린 아이의 영혼에 어떤 필요가 있을까? 그들에게는 밝은 태양과 아이다운 놀이, 어디에나 있는 밝은 모범, 비록 한 방울일지언정 그들에게 먹일 사랑이 필요하다. 여러분, 이런 나쁜 전통이 없어지도록, 아이들에게 행해지는 학대가 사라지도록 여러분은 서둘러 계몽에 나서야 한다.

하느님께서는 러시아를 구원하실 것이다. 민중은 타락하여 악취로 가득 찬 죄악 속에서 헤어나지 못하더라도 그들은 자신들이 짓는 악취에 찬 죄악이, 하느님의 저주를 받으며 죄를 짓는 자신이 잘못된 것을 충분히 알고 있기 때문이다. 우리나라의 민중은 진리와 하느님을 아직도 열렬하게 믿으며, 하느님을 받아들이고 감동의 눈물을 흘린다. 그러나 상류층은 그렇지 않다. 과학을 따르는 그들은 이성으로만 올바른 사회를 만들려고 한다. 예전처럼 그리스도의 힘에 기대지 않고, 지금은 범죄도, 죄악도 없다고 큰 소리친다. 그들의 사고방식에서는 당연한 것처럼 보인다. 하느님이 존재하지 않으면 범죄라는 것이 없기 때문이다.

유럽에서는 이미 민중이 자본가에게 폭력으로 대항하고 있다. 민중의 지도자들은 도처에서 그들을 피 흘리게 하면서, '너희의 분노는 마땅한 것'이라고 가르친다. 그러나 그들의 분노는 잔인하기 때문에 저주받을 것이다. 그러나 하느님께서는 지금까지 여러 차례 구원하신 것처럼 러시아를 분명히 구원하실 것이며, 구원은 민중으로부터, 그들의 신앙과 겸손에서 나올 것이다.

여러분, 민중의 신앙을 지키려고 노력하라. 이것은 절대로 공상이 아니다. 나는 평생 우리나라의 위대한 민중이 지닌 탁월한 자질에 깊이 감동했다. 나는 내가 직접 보았기 때문에 감히 단언할 수 있다. 나는 그것을 볼 때마다 거지나 다름없는 참혹한 모습에도 찬탄하지 않을 수 없다. 그들은 200년 동안 농노 시대를 거쳤지만 결코 비굴하지 않고, 태도나 거동이 자유롭지만 예의에 어긋나지 않는다. 그리고 복수심이 크지 않고 시기하지도 않는다.

"당신은 훌륭합니다. 부자이고, 머리가 좋고, 재능도 있습니다. 진심으로 좋은 일입니다. 하느님께서 당신을 축복하시길 빕니다.

나는 당신을 존경합니다. 나는 내가 인간임을 알고 있습니다. 그래서 나는 당신을 시기하지 않고 존경합니다. 또 그렇기 때문에 나도 인간으로서의 품격을 당신에게 보여줄 수 있습니다.”

이렇게 그들이 말하지 않아도—왜냐하면 아직 그들은 그렇게 말할 줄 모르기 때문이다—실제로 그렇게 행동하고 그렇게 실천한 것을 내가 직접 보아왔다.

여러분은 안 믿을지 모르지만 러시아의 민중은 가난해질수록, 신분이 낮을수록 그 이면에 이런 위대한 진리를 더욱 확실하게 가지고 있다. 왜냐하면 부농이나 착취자 같은 사람들은 이미 대부분 타락했기 때문이다. 이것은 주로 우리가 열정을 잃어버리거나 게을러지는 데서 일어나는 것임을 깨달아야 한다.

하느님께서는 당신의 하인인 인간들을 분명히 구원해주실 것이다. 왜냐하면 러시아는 그 겸손함 덕에 위대하기 때문이다. 나는 우리나라의 미래를 생각하며 그것을 이미 눈으로 본 것처럼 느낀다. 언젠가는 우리나라의 타락한 부자들도 가난한 사람들 앞에서 자신의 부를 부끄럽게 생각할 것이고, 가난한 자들은 그런 겸손한 태도를 보고 그들의 마음을 이해하게 되어서 그들에게 양보하고 기쁨과 사랑으로 그 아름다운 반성에 답할 것이다. 분명히 이런 결과가 올 것이라고 믿어도 좋다. 이런 방향으로 가고 있다.

인간의 정신적인 존엄에서만 평등을 찾을 수 있으므로 러시아 민중들만이 이것을 이해한다. 우리가 만일 서로 형제의 관계라면 동포들의 다정한 결합도 이루어질 수 있지만, 그런 결합이 이루어지기 전에는 결코 분배가 공평해질 수 없다. 우리가 그리스도의 모습을 귀중하게 지키고 그것이 고결한 다이아몬드처럼 전 세계에 아름답게 빛나기를. 이처럼 이루어지이다, 아멘!

여러분, 나는 예전에 감동적인 경험을 한 적이 있었다. 전국을 순례할 때, 예전에 당번병이었던 아파나시를 헤어진 지 8년 만에 K시에서 만났다. 그는 시장에서 우연히 나를 보고 기뻐서 어쩔 줄 모르며 얼싸안을 듯이 손을 잡았다.

"수사님, 혹시 나리가 아니세요? 이런 곳에서 나리를 만나게 되다니!"

그는 나를 자신의 집으로 데리고 갔다. 오래전 제대를 하고 결혼해서 아이가 둘이나 있었고 아내와 함께 시장에서 작은 노점을 하며 푼돈을 벌고 있었다. 방 내부는 소박했지만 정갈했고 기쁨이 넘치고 있었다. 그는 나를 의자에 앉게 하고 사모바르를 내온 뒤, 아내를 부르러 사람을 보내는 등 파티라도 열 것처럼 법석을 떨었다. 그는 아이들을 내게 데려와서 말했다.

"수사님, 아이들에게 축복을 내려주세요."

"내가 감히 축복을 내릴 수 있겠나? 나는 수도승이니까 아이들을 위해 하느님께 기도를 드리겠네. 그런데 아파나시, 나는 그날 이후 날마다 자네를 위해 기도했네. 내가 이렇게 된 것은 전부 자네 덕분이니까."

나는 그때의 일을 그에게 자세히 설명했다. 그는 어쩐 일인지 내 얼굴을 뚫어지게 바라보더니 예전에 자신의 상관이자 장교였던 사람이 지금 이런 모습으로 자신의 앞에 있는 게 잘 이해되지 않는 모양이었다. 그는 결국 눈물을 보였다.

“왜 우는 건가? 나에게 자네는 잊지 못할 사람이네. 나를 위해 기뻐하게나. 내 미래는 빛과 기쁨으로 넘친다네.”

그는 말없이 계속 한숨을 쉬면서 감격에 겨워 고개를 끄덕였다.

“그런데 나리의 재산은 어떻게 하셨나요?”

“수도원에 기부했다네. 우리는 공동생활을 하니까.”

차를 마신 뒤, 나는 작별 인사를 전했다. 그러자 그는 갑자기 50 코페이카 은화를 꺼내서 내 손에 쥐어주며 서둘러 이렇게 말했다.

“이건 순례하시는 나그네에게 드리는 것입니다. 혹여 필요하실지 모르니까요.”

나는 그 은화를 받고 그들에게 인사를 한 뒤, 즐겁게 밖으로 나왔다. 그리고 걸으면서 이런 생각을 했다.

‘이제 우리는 전부, 그는 집에서, 나는 길을 걸으면서 하느님께서 우리를 다시 만나게 하신 것에 감사드리며 즐겁게 고개를 끄덕이며 한숨을 쉬기도 하고, 기쁘게 웃기도 할 것이다.’

그렇게 만난 이후로 나는 그를 만나지 못했다. 나는 그의 주인이었고 그는 내게 하인이었지만, 지금 이렇게 두 사람이 큰 감동에 겨워 다정한 입맞춤을 주고받은 순간 우리 사이에는 거룩한 인간적인 결합이 이루어졌다.

나는 이에 대해 여러 생각을 했고 이런 결론을 내렸다.

‘이렇게 위대하고 순수한 결합이, 마침내 도처에서 러시아 사람들 사이에 실현되리라는 생각은 상상조차 할 수 없는 일인 걸까? 나는 믿는다. 그것은 이루어질 것이고 머지않아 그 시기가 올 것이라고.’

나는 하인들에 대해 좀 더 덧붙여 말하고 싶다. 내가 청년이었을 때는 하인들에게 종종 화를 냈다. 요리사가 지나치게 뜨거운 요리를 가져오거나 당번병이 옷에 솔질을 하지 않았다는 등의 이유였다. 그러나 그때 어린 시절에 들었던 그리운 형의 사상이 갑자기 내 마음에게 이런 속삭임을 들려주었다.

'다른 사람이 나의 시중을 들고 있다는 이유로, 또 가난하고 무식하다는 것 때문에 내가 다른 사람들을 막 부릴 자격이 과연 있단 말인가?'

나는 그때 이렇게 간단하고 명확한 생각이 나의 머릿속에 이렇게 늦게 떠오른 것이 스스로도 놀라울 정도였다. 하인 없이 사는 것이 속세에서는 불가능하겠지만, 자신의 하인들에게는 비록 그들이 하인이 아닐 때보다 정신적인 자유를 주어야 한다. 주인 스스로, 하인들을 위해서 하인의 하인이 되어서는 안 되는 것이냐고 하인들에게도 이해를 시켜야 한다. 주인이 자신이 주인이라는 자만심을 갖지 않고 하인들에게 불신을 갖지 않도록 하는 것이 왜 불가능할까? 하인들을 피붙이처럼 여기고, 가족의 일부분으로 받아들이면서 즐거움을 함께 나누는 것이 왜 불가능한 것일까? 그것은 가능하며, 앞으로 있을 위대한 인류 결합의 기반이 될 것이다. 인간은 그때가 되면 지금처럼 자신을 위해 하인을 데리고 있지 않게 될 것이고, 자신과 대등한 인간을 하인으로 삼으려 하지 않고 오히려 복음서의 가르침을 따라서 진실로 모든 사람의 하인이 되기를 소망하게 될 것이다. 종국에 이르러서는 인간은 오늘날처럼 잔인한 쾌락―탐욕, 음욕, 허영, 자만, 시기가 넘치는 서로의 경쟁이 아닌, 교화와 자비의 행위 안에서만 오직 기쁨을 느낄 수 있을 것이다. 이것이 공상에 불과한 것일까? 나는 결코 이것이 공상이 아니며 이미 그때가 다가왔음을 확신하고 있다.

사람들은 웃으면서 이렇게 물을 것이다.

"그런 때가 정말 올까요? 도대체 언제 그때가 온다는 거죠?"

그러나 나는 그리스도와 함께 그것을 이룰 수 있을 것이라고 굳게 믿는다. 인류의 역사를 살펴보면, 10년 전만 해도 불가능하다고 생각했던 사상이 얼마나 많았는가? 신비로운 시기가 찾아오고 갑자기 나타나 전 세계를 휩쓸어버린 예는 수없이 많다. 이런 일이 우리나라에서도 일어나서 러시아 민중이 전 세계에 빛나고, '장인'이 필요 없다고 버린 돌이 이제는 중요한 주춧돌이 되었다고 모든 사람이 경탄하며 말할 것이다. 우리를 비웃는 사람들에게 나는 이렇게 묻는다.

"만약 우리의 소망이 한낱 공상에 지나지 않는다면, 당신들이 그리스도에게 기대지 않고 자신의 머리로만 세우려는 건물은 언제 완공될 수 있습니까? 그 평등한 사회는 언제 실현되는 거지요?"

그들이 만약 자신들이 인류의 결합을 위해서 노력한다고 단언할지언정, 그것을 진심으로 믿는 사람은 그들 중에서도 가장 단순한 사람에 지나지 않을 것이다. 하지만 그렇게 두뇌가 단순할 수 있는 것일까? 사실 그들에게는 공상적 경향이 우리보다 더 많은 게 사실이다. 그들은 공평한 사회를 만들려고 하지만 그리스도를 부정하면 결국 전 세계를 피바다로 만드는 결과만을 얻을 것이다. 왜냐하면 피는 피를 부르게 되고, 칼을 쓴 자는 칼로 망할 것이기 때문이다. 그러므로 만약 그리스도의 위대한 약속이 없었다면 인간은 이 땅에서 단 두 사람만 남을 때까지 서로 살인을 저지를 것이다. 그리고 마지막 두 사람까지 잘난 척하다가 서로를 돕지 않고, 그중의 한 사람이 상대를 죽이고 결국 자신까지 파멸하게 될 것이다. 온순하고 겸손한 자들 덕분에 언젠가는 이런 일이 끝날 것이라는 그리스도의 약속이 없었더라면 정말 그대로 되었을 것이다.

지금도 기억하는 속세에서의 그 결투 사건이 있은 뒤, 아직 군복을 입고 있을 때, 내가 하인에 대한 이러한 문제를 얘기하자 모두 깜짝 놀라며 내게 이렇게 물었다.

"네? 그럼, 우리가 하인을 안락의자에 앉히고 그들에게 차 시중을 들어야 한다는 말인가요?"

그래서 나는 그들에게 이렇게 말했다.

"그렇게 못할 것도 없지 않습니까? 가끔이라면 말이지요."

그러나 그들은 내 말을 모두 무시했다. 그들의 질문도 즉흥적이고 나의 대답도 정확하지는 않았지만, 그래도 나는 어떤 진리가 담겨 있었다고 생각한다.

⑺ 기도와 사랑 그리고 다른 세계와의 접촉에 대하여

청년이여, 기도하는 것을 잊지 마라. 그대들이 기도할 때마다, 그 기도가 진심이라면 분명히 새 감정이 샘솟을 것이다. 그리고 그 감정 안에 지금껏 알지 못했던 새 사상이, 그대에게 새로운 용기를 심어줄 사상이 들어 있다. 그래서 그대는 기도가 수양의 일종이라는 것을 깨닫게 될 것이다.

또 기억해야 할 한 가지는, 날마다 시간이 생기는 대로 마음속으로 기도하는 것이다.

'주여, 오늘 주님 앞에 나타난 모든 사람들을 불쌍히 여기소서.'

왜냐하면 매시간, 아니 매순간 수천 명에 이르는 사람들이 이 지상의 삶을 등지고 하느님 앞에 영혼이 불리고, 그들 중의 대부분은 슬픔과 고뇌를 가진 채 이 세상을 떠나기 때문이다. 하지만 누구도 그것을 슬퍼하지 않고 또 그들이 이 세상에 살았는지에 대해서도 모른다. 그때 그런 사람의 명복을 비는 그대의 기도가, 지구 반대편 끝에서 출발하여 하느님에게 닿을 것이다. 비록 그대가 그들을 잘 모르고, 그들이 그대를 모른다고 해도 말이다.

하느님 앞에 공포를 느끼며 서 있는 그 누군가의 영혼에게, 자신과 같은 인간을 위해서도 기도를 해주는 사람이 있으며, 자신 같은 인간을 사랑해주는 누군가가 이 땅 어딘가에 있다고 느끼는 것만큼 커다란 위안은 없다. 또 하느님께서도 두 사람을 더 자애롭게 바라보실 것이다. 그대가 그를 불쌍히 여긴다면, 끝없이 자비로운 사랑을 지닌 하느님께서는 그를 얼마나 가엾이 여기실 것인가. 그대를 봐서라도 그를 용서하실 것이다.

형제들이여, 인간이 짓는 죄를 두려워하지 마라. 죄 지은 자라도 사랑하라. 그것은 이미 하느님의 사랑에 가깝고 이 지상에서 가장 위대한 사랑이다. 또한 하느님의 모든 창조물을, 그 모두와 작은 부분까지 사랑하라. 잎사귀 하나, 햇살 한 줄기까지도 사랑하라. 동물을 사랑하고, 식물을 사랑하고, 모든 사물을 사랑하라. 만일 그대가 모든 사물을 사랑하게 되면 그때 그 사물에서 하느님의 신비를 깨달을 수 있다. 그것을 발견하기만 하면, 그 이후에는 날마다 더 깊이, 더 많이 깨달을 수 있다. 그리고 마침내 모든 것을 감싸는 우주적 사랑으로 전 세계를 애정으로 안을 수 있게 된다.

동물을 사랑하라. 하느님께서는 그들에게 기본적인 사고력과 온유한 기쁨을 주셨다. 동물을 괴롭히고 학대해서 그들에게 기쁨을 빼앗고 하느님의 뜻을 거스르면 안 된다. 인간이여, 결코 동물 위에 군림하려고 하지 마라. 동물에게는 아무런 죄가 없지만 인간은 큰 힘을 가졌으면서도, 지상에 나타났기 때문에 땅을 오염시키고 그곳에 더러운 발자국을 남긴다. 슬프지만 우리 모두가 그렇다!

특히 아이들을 사랑하라. 그들은 천사처럼 순진하고 우리의 마음을 감동시켜서 순결하게 정화시키기 위해 사는 존재이며, 우리를 이끄는 지표이다. 아이들을 모욕하는 것은 슬픈 일이다. 나에게 아이를 사랑하도록 가르친 것은 안핌 신부이다. 말이 별로 없고 다정한 그는 나와 함께 순례를 할 때도 우리가 받은 동전으로 과자나 사탕을 사서 아이들에게 나누어주었다. 그는 아이들 곁을 지날 때면 영혼의 떨림을 느꼈다.

우리는 우리와 다른 생각을 대하면 때때로 의혹을 느낀다. 특히 남이 저지른 나쁜 짓을 보면 그런 사람을 강압으로 붙잡아가둘 것인지, 또는 겸손한 사랑으로 보듬어야 할 것인지에 망설이

게 된다. 그러나 어떤 경우에도 겸손한 사랑으로 사로잡겠다고
결심하라. 일단 그렇게 결심하면 전 세계를 포용할 수 있을 것이
다. 겸손한 사랑은 모든 힘 중에서도 가장 강력하고 가장 무서운
힘이다. 날마다, 매시간, 매순간, 부지런히 반성하고 자신이 아름
답도록 마음을 써야 한다.

예를 들어 아이들 곁을 지날 때, 화를 풀기 위해 험한 말을 하고
분노에 가득 차서 지나간다면 비록 화를 낸 쪽에서는 그 아이를
알아볼 수 없더라도, 아이는 이쪽을 분명히 보고 있을지도 모른
다. 그러면 아이의 순수한 마음에 그 추악한 모습이 영원히 새겨
질 수도 있다. 즉, 이쪽에서는 모르고 있는 사이에 아이의 마음에
나쁜 씨앗을 뿌리게 되는 것이다. 그래서 그 씨는 점점 자랄 것이
다. 이런 모든 원인은 그대들이 아이에 대해서 세심하게 주의를
기울이지 않아서이고, 실천적인 사랑을 그대들의 마음속에서 애
지중지 기르지 않아서이다.

형제들이여, 사랑은 스승과 같다. 그러나 일단 이것을 얻으려
면 방법을 배우는 것이 우선이다. 사랑을 얻는 것은 매우 어렵기
때문에 값비싼 대가를 치러야 하고 오랜 시간 동안 노력을 해야
얻을 수 있다. 또 우리가 얻은 사랑은 즉흥적인 것이 아니고 영원
히 이어지는 것이다. 즉흥적인 사랑은 누구나 할 수 있고 심지어
악당도 할 수 있다.

나의 형은 새들에게 용서를 구했는데 그것은 전혀 쓸모없는 행
동 같아 보이지만 실은 필요한 일이었다. 세상 모든 것은 바다처
럼 모든 것이 흘러가서 합해지기 때문에, 한쪽을 건드리면 세상

의 다른 한쪽까지 그것이 메아리로 돌아온다.

　비록 새들에게 용서를 비는 일이 우스워 보일지는 모르지만, 만일 사람들이 지금보다 조금 더 훌륭하고 아름다워진다면, 새들도, 아이들도 그 밖의 다른 동물도 더 행복해질 수 있다. 다시 반복하면 세상 모든 것은 바다와 같다. 이것을 깨달으면 인간도 완전한 사랑을 자각하고 양심의 가책을 느껴 말로 표현할 수 없는 기쁨을 느끼면서 새들에게 자신의 죄를 용서해달라는 기도를 하게 될 것이다. 다른 사람들이 보기에는 그것이 무의미할지 모르지만 우리는 이런 기쁨을 귀하게 여겨야 한다.

　내 친구들이여, 하느님께 기쁨과 즐거움을 바라고 구하라. 아이처럼, 하늘을 나는 새들처럼 즐거운 마음을 가져라. 그러면 다른 사람의 죄가 당신의 일을 방해하지 않을 것이다. 그러므로 다른 사람이 당신의 할 일을 방해하고, 완성을 방해할지 몰라서 두려워하지 않아도 된다. '죄와 모독이 너무 강력하다. 나쁜 환경이 너무 강력하다. 그런데 우리는 지나치게 약하고 의지할 데가 없으며 나쁜 환경의 방해를 받아서 우리의 이 훌륭한 사업을 도무지 이룰 수 없다'고 낙심하면 안 된다. 그대들은 이런 굳세지 못한 마음을 물리칠 수 있도록 노력하라! 이럴 때 구원의 단 한 가지 방법은, 스스로 인간의 모든 죄를 자신의 책임으로 떠맡는 것이다. 친구들이여, 진리란 이런 것이다. 모든 죄와 모든 사람에 대해 진심으로 책임을 인정하면 그것이 진실이고 모든 사람에 대해 자신에게 죄가 있음을 알게 된다. 그러나 자신의 게으름과 나태함을 다른 사람에게 전가하면 결국 사탄의 교만에 물들어 하느님께 불평하게 될 것이다.

　나는 사탄의 교만에 대해 이렇게 생각한다. 교만은 지상의 우리가 이해하기 어렵기 때문에 자칫 잘못을 저지르고 거기에 물들기 쉽고, 그런 와중에도 거룩하고 훌륭한 일을 하는 것처럼 생각하기 쉬운 것이다. 더불어 우리 인간 본성의 강력한 감정이나 행동 속에도, 이 지상에서는 우리가 이해하기 어려운 것이 많기 때문에, 이 사실을 자신의 잘못을 정당화하는 명분으로 삼으면 안 된다. 하느님은 영원한 심판자이기에 인간이 이해할 수 있는 것을 물으실 뿐, 이해하지 못하는 것을 묻지 않으신다. 이제 그대들이 이것을 이해하면 모든 것을 바르게 볼 수 있고 싸움을 하지 않을 것이다.

　이 땅의 우리는 방향을 잡지 못한 채 방황하고 있다. 만약 고귀한 그리스도가 우리에게 없었다면, 우리도 대홍수가 나기 전의 인류처럼 길을 잃은 채, 결국 파멸했을 것이다.

　수많은 것들이 이 지상에서 우리 인간으로부터 숨어 있지만, 우리에게는 다른 세계, 고귀한 천상의 세계와 진실로 소통할 수 있는 소중한 감각을 부여받았다. 그리고 우리의 생각과 감정의 바탕은 이 지상에 있는 것이 아니고 다른 세계에 있다. 이런 이유 때문에 철학자들이 이 세상에서 사물의 본질을 이해할 수 없다고 말하는 것이다. 하느님은 다른 세계에서 씨를 받아서 이 지상에 뿌리고, 자신의 화원을 만들었다. 그래서 싹이 틀 수 있는 것은 모두 싹이 트고 자라서 지금도 삶을 이어가지만, 그것은 오직 신비한 저세상과 접촉의 감각을 지녀서이다. 인간 내부의 이 감각이

만약 약해지거나 사라진다면 그 사람의 내부에서 자란 것도 역시
죽게 될 것이다. 그렇게 되면 인간은 생명에 대한 관심을 잃게 되
고, 결국 그것을 증오할 것이다. 나는 그렇게 생각한다.

**⑻ 사람은 사람을 심판할 수 있는가? 마지막까지 믿음을 지키는 것에 대
하여**

인간은 그 어떤 것에도 심판자가 될 수 없다는 것을 특히 유념
하라. 왜냐하면 심판자 스스로, 자신도 지금 눈앞에 있는 사람과
같은 죄인, 자신이야말로 이 사람의 범죄에 대해 누구보다 책임
이 있다는 것을 자각하지 않으면 이 지상에 죄인의 심판자라는
것은 있을 수 없기 때문이다. 이 사실을 깨닫게 되면 마침내 심판
자가 될 수 있다. 언뜻 생각하면 이치에 올바르지 않게 느껴지지
만, 이것은 불변의 진리이다. 만일 내가 올바른 사람이었다면 지
금 내 앞의 죄인은 아예 존재하지 않았을지 모른다. 그대 앞에서,
그대의 뜻대로 심판받게 될 죄인의 죄를 스스로 책임질 수 있다
면 주저하지 말고 실천하여 그를 위해 고통 받을 것이며, 죄인에
게는 아무런 원망도 하지 말고 용서하라. 비록 법에 따라 심판을
받게 된다고 해도 사정이 허락하면 이런 정신을 가지고 행동하
라. 그러면 죄인은 심판대에서 내려온 뒤, 그대의 심판보다 더 가
혹하게 스스로를 심판하게 될 것이다.

만약 죄인이 그대의 입맞춤을 아무렇지도 않게 생각하고 오히
려 그것을 조롱하며 물러나더라도, 그것에 마음이 흔들리면 안
된다. 그것은 그에게 아직 때가 되지 않은 것일 뿐, 그런 때는 언

젠가 분명히 온다. 또 오지 않는다고 하더라도 마찬가지다. 만약 그가 깨닫지 못하면, 다른 사람이 대신 깨닫고 괴로워하며 자신을 심판하고 꾸짖을 것이고 그렇게 진리는 이루어질 것이다. 우리는 이것을 믿어야 한다. 옛 성인들의 모든 기대와 모든 신앙이 바로 이 점에 있는 것을 깨달아야 한다.

쉬지 않고 실천하라. 밤에 잠들기 전, '내 할 일을 다 하지 못했다'는 생각이 들면 곧바로 일어나서 그 일을 끝내야 한다. 그리고 주변의 사람들이 모두 나쁘고 잔혹하기만 해서 그대의 말을 듣지 않으면 그들 앞에 엎드려 용서를 구해야 한다. 왜냐하면 그대의 말을 듣지 않는 것은 그대에게도 책임이 있기 때문이다. 만약 상대가 화를 내서 도저히 설득하지 못할 때에는 조용하게 견디며 그들에게 봉사해야 한다. 그러나 결코 희망을 잃지 말아야 한다.

그리고 모든 사람이 자신을 버리거나 강제로 내쫓으면 혼자 땅에 엎드려 흙에 입을 맞추고 눈물로 땅을 적셔라. 그렇게 하면 비록 고립된 그대를 누구도 듣지도 못하고, 보지도 못한다 해도, 땅은 그 눈물로 열매를 맺게 해줄 것이다. 끝까지 믿음을 가져야 한다. 가령 이 지상의 모든 사람이 타락하여 믿음을 가진 자가 오직 그대 혼자뿐이라도 혼자인 그대가 하느님을 찬양하고 예배하면 된다. 만일 그런 사람을 한 명 더 만나서 두 사람이 되면, 그때는 이미 생명 있는 사랑의 세계가 나타난 것이니, 서로 감동해서 얼싸안고 하느님을 찬양할 것이다. 비록 두 사람에게나마 하느님의 진리가 실현되었기 때문이다.

또 만약 그대가 죄를 저질러서—비록 수많은 죄가 쌓였든, 의

도치 않았는데 우발적으로 저지른 단 하나의 죄이든 간에—뼛속까지 뉘우치며 슬퍼할 때는 자신 이외의 다른 사람을 위해 기뻐하고 올바른 사람을 위해 기뻐하라. 자신은 죄를 저질렀지만, 정직하고 올바른 사람은 죄를 짓지 않은 것에 대해 기뻐하라.

만약 다른 사람의 악행이 복수를 하고 싶을 정도로 참을 수 없는 분노와 슬픔을 느끼게 해도, 그러한 감정을 두려워하지 말고 피해야 한다. 그런 때는 그 사람의 악행에 대한 책임이 자신에게도 있음을 떠올리고, 자신을 위해 곧 고통을 찾아나서야 한다. 그 고통을 견디고 끝까지 참으면 그때는 분노도 사라지고 자신에게도 잘못이 있다는 것을 진실로 깨닫게 된다.

왜냐하면 그대는 죄가 없는 오직 하나뿐인 인간으로, 나쁜 사람들에게 골고루 빛을 비출 수 있는데도 나태했기 때문이다. 만약 그대의 빛으로 다른 사람들의 앞길을 환하게 비추었다면 악행을 저지른 자도 그 빛에 이끌려 죄를 저지르지 않았을 테니까. 그리고 만일 그대가 빛을 비추었지만 사람들이 죄악에서 구원을 받지 못한다 하더라도, 끝까지 마음을 굳게 먹고 하늘이 주신 빛의 힘을 의심하지 마라. 지금 구원을 받지 못해도 곧 구원을 받을 수 있다고 믿어야 한다. 만약 끝까지 구원을 받지 못하면 그의 자손이 구원을 받게 될 것이다. 사람은 죽지만 그 진리는 사라지지 않을 것이고 올바른 사람은 죽어도 그 빛은 뒤에 남는다.

구원자가 죽고 난 뒤에, 마침내 사람은 구원을 받을 수 있다. 인류는 예언자를 거부하거나 박해하지만, 다른 한편으로는 자신들이 괴롭힌 순교자를 사랑하고 존경한다. 그렇게 한 만큼 그대들은 전체를 위해서 일하고, 미래를 위해서 더욱 노력하라. 하지만 결코 대가를 바라서는 안 된다. 그대들이 굳이 대가를 바라지 않아도 이미 이 세상에서 거룩한 대가를 주고 있다. 올바른 사람만이 가질 수 있는 마음의 즐거움이 바로 그것이다. 지위가 높은 사람이나 권력이 있는 사람을 두려워하지 말고 항상 지혜롭고 강하고 아름답게 행동하라. 모든 일에서 그 경계와 때를 아는 절도를 보여라. 특히 이것을 배워라. 고립 속에서 혼자 있을지언정 기도하라. 즐겁게 땅에 엎드려 땅에 입을 맞추는 행동을 사랑하라. 모든 사람과 모든 사물을 사랑하라. 거기에서 감동과 환희를 느껴라. 기쁨에 가득 찬 눈물로 땅을 적시고 그 눈물을 사랑하라. 또 그 환희를 부끄러워하지 말고 소중하게 생각하라. 그것은 하느님의 거룩한 선물이자 극소수의 선택받은 인간에게만 주어지는 것이기 때문이다.

⑼ 지옥과 지옥불에 대한 신비적 고찰

사랑하는 여러분, '지옥이란 무엇인가?'에 대해 생각할 때, 나는 그것이 '사랑할 수 있는 힘을 잃어버린 데서 오는 괴로움'이라고 풀이한다. 시간적, 공간적으로 셀 수 없는 무한한 세계에서 어떤 정신적인 존재가 이 지상에 출현했을 때, 그는 '나는 존재한다, 고로 사랑한다'라는 말을 자신에게 할 수 있는 능력이 생겼다. 그에게는 생명 있는 존재를 사랑할 수 있는 실천적인 기회가 한번 생기는데, 그것을 위해 이 땅에서의 생활이 한정적으로 생긴 것이다.

그런데 이 행복한 존재는 한없이 귀중한 하느님의 그 선물을 받아들이지 않고, 사랑도 하지 않고, 인정하지도 않은 채 비웃는 듯 힐끗 쳐다보고 결국 감동을 느끼지 않았다. 이런 인간이지만 일단 이 지상을 떠나게 되면 부자와 나사로에 대한 비유에서 나타난 것처럼 아브라함의 가슴을 보고 아브라함과 이야기도 할 것이고, 또 천국을 숭배하며 하느님에게 갈 수도 있다. 그러나 누구도 사랑한 적이 없는 사람이 하느님 앞에서, 자신이 남들의 사랑을 무시하는 동안 사랑을 실천해온 사람들과 나란히 서는 것은 그 자체만으로 큰 고통이다. 왜냐하면 그는 그제야 마침내 눈을 뜨고 마음속으로 이런 생각을 할 것이기 때문이다.

'이제 알겠어. 내가 그렇게 사랑하고 싶어 했지만, 내 지상에서의 삶은 이미 끝나서 나의 사랑에는 이미 위업을 이룰 힘도 희생을 할 여력이 없다는 것을 말이야. 지금 내 마음에는 지상에서 내가 멸시했던 정신적인 사랑에 대한 욕망이 불처럼 타오르지만, 아브라함은 그것을 끄기 위한 생명수(능동적인 지상 생활이라는 선물)을 단 한 방울도 주지 않아. 이제 나에게는 지상에서의 생활도 없고, 그것을 위해 쓸 시간도 없다! 내가 빌고 다른 사람을 위해 내 목숨을 내놓을 준비가 되어 있어도 이제 그것은 불가능하다. 사랑을 위해 희생할 수 있는 생활은 이미 끝났고 그 생활과 이곳의 생활은 이제 끝없는 심연만이 존재할 뿐이다.'

사람들은 대개 지옥의 불은 물질적이라고 말한다. 나는 이런 신비를 파헤칠 생각도 하지 않지만 그것을 파고드는 것은 무서운 일이다. 그러나 내 생각에는 그것이 물질적인 불이라면, 그곳에 떨어진 사람들은 기뻐할 것이다. 왜냐하면 물질적인 고통 때문에 일시적으로 더 큰 정신적 고통을 잊을 수 있기 때문이다. 게다가 정신적인 고통은 외부에 있지 않고 내면에 있기 때문에 그것을 없애는 것은 불가능하다. 그리고 그것을 없앨 수 있다고 해도, 그 때문에 사람들은 더욱 큰 불행을 느낄 것이다. 천국의 의로운 자들이 그들의 고통을 보고 그들을 용서하고, 끝없는 사랑으로 자신의 곁으로 부른다고 해도, 오히려 그 때문에 그들의 고통은 더욱 커지기 때문이다. 그들의 마음속에, 그 뜻에 보답하려는 능동적인 사랑을 갈망하는 불이 더 크게 타오를 것이기 때문이다. 그러나 이미 그것은 불가능하지 않은가. 하지만 나는 마음속으로 그것이 불가능하다는 인식 그것이야말로 결국 그 고통을 어느 정도 덜어내는 데 도움이 될 것이라고 조심스럽게 생각해본다. 보답할 가능성이 없으면서도 의로운 사람들의 사랑을 받아들일 때, 이 순종과 겸손함 속에서, 자신이 지상에서 경멸했던 능동적인 사랑의 이면을 발견할 수 있기 때문이다. 여러분, 나는 이것을 더 구체적으로 설명하지 못하는 것이 매우 유감이다.

그러나 불쌍한 인간들은 지상에서 자신의 목숨을 스스로 끊어버리는 자들이다! 나는 그들이 가장 불쌍하다고 생각한다. 하느님께 그들을 위해 기도하는 것은 죄악이라고들 하고, 교회도 겉으로는 등을 돌리고 있다. 하지만 나는 마음속으로 그들을 위해 기도해도 괜찮다고 생각한다. 그리스도께서도 이런 사랑에 대해 화를 내시지는 않을 것이다. 이제 와 고백하면 나는 평생 그런 사람들을 위해 기도했고 지금도 날마다 기도한다.

아, 그러나 지옥에서도 거만하고 난폭한 태도를 여전히 가진 자들이 있다! 재론의 여지가 없는 지식과 확고한 진실을 보고도 악마와 그 오만한 정신에 완전히 잠식당한 무서운 인간들도 있다. 지옥은 이런 인간들에게 그들 자신의 의지로 만들어진 것이지만, 그들은 만족하지 않는다. 그들은 스스로 자청한 수난자들이다. 그들은 하느님과 생명을 저주하고 스스로를 저주한다. 가령 사막에서 굶주린 사람이 자신의 피를 빨아먹는 것과 마찬가지로 그들은 악의에 차서 자신의 오만을 먹는 것이다. 그러나 만족을 모르는 그들은 용서를 거부하고 자신을 부르는 하느님을 저주한다. 그들은 증오에 찬 시선으로 살아 계신 하느님을 보며, 살아 있는 하느님이 사라지기를 바란다. 그리고 신이 자신과 자신의 창조물을 아주 없애버리길 요구한다. 그래서 그들은 영원히 자신의 분노 속에서 불타며 죽음과 허무를 원한다. 그러나 그들에게는 죽음조차 허용되지 않는다.

알렉세이 카라마조프의 수기는 여기까지가 끝이다. 다시 반복하면, 이 수기는 미완성이고 파편적이다. 예를 들어 전기적 자료는 장로의 청춘 시대의 초기에 한정되어 있다. 그의 설교나 의견 중에는 이전에 여러 곳에서 설파된 것들이 하나로 묶여 있는 것을 알 수 있다. 장로가 죽기 직전, 몇 시간 동안에 한 말들은 정확하게 나뉘어 있지 않지만 알렉세이 표도로비치가 이전의 설교 중에서 뽑아서 이 수기에 함께 실은 것과 비교해보면 그때의 담화의 정신과 성격을 이해할 수 있다.

장로의 임종은 갑자기 일어났다. 그날 밤, 장로의 방에 모인 사람들은 그의 임종이 임박했다는 것을 잘 알았지만 그래도 그렇게 갑자기 찾아올 것이라고는 전혀 짐작하지 못했다. 아니, 그와는 달리 앞에서도 말했듯이 친구들은 그날 밤 장로가 생기 있어 보이고 말이 많은 것을 보고, 오래 이어지지는 못하겠지만 건강이 많이 좋아졌다고 생각했다. 나중에 사람들이 의아해하며 전하기를, 임종하기 5분 전까지도 전혀 예상하지 못했다고 한다.

장로는 갑자기 극렬한 가슴의 통증을 느끼는 것처럼 얼굴이 창백해지며 두 손으로 심장을 움켜쥐었다. 사람들은 모두 일어나서 그에게 달려갔다. 그러나 그는 고통스러워하면서도 여전히 미소를 지은 채 모두를 바라보며 가만히 안락의자에서 내려와서 무릎을 꿇었다. 그리고 엎드려서 얼굴을 땅에 대고, 두 팔을 벌리고 기쁨이 넘치는 몸짓으로 자신이 가르친 것처럼 대지에 입을 맞추고 기도를 드리며, 조용하고 기쁘게 하느님께 영혼을 바쳤다.

장로의 죽음은 곧 암자에 퍼졌고 수도원도 알게 되었다. 고인과 가까운 사람들은 직책상 참관할 의무가 있는 사람들이었고, 옛 의식에 따라서 유해를 관에 넣을 준비를 시작했다. 나머지 수도사들은 전부 대성당에 모였다. 훗날 전해지는 얘기에 따르면, 장로의 죽음은 날이 밝기 전에 읍내에 퍼져서, 날이 밝은 후에는 읍내 사람의 대부분이 이 사건에 대한 이야기를 했다고 한다. 거리에서 수많은 사람들이 수도원으로 몰려왔다. 그러나 이 이야기는 다음 편에서 하기로 하고, 지금은 그로부터 하루가 지나기 전에 모든 사람에게 예상치 못한 일이 일어났다는 것을 미리 말해

두려고 한다. 그 사건은 수도원과 읍내 사람들에게 몹시 기이하고 불안함을 주는 애매한 사건이었기 때문에, 오랜 세월이 흐른 지금까지 많은 사람의 마음을 불안하게 한 그날이 생생하게 기억되고 있는 것이다.

(2권에 계속)

옮긴이 **장한**

한국외국어대학교에서 체호프 연구로 문학 석사, 박사 학위를 받았다. 현재 한국외국어대학교 러시아어학과 특임강의교수, 러시아연구소 초빙연구위원으로 활동 중이다. 번역서로는《톨스토이의 세 가지 질문》《신의 입맞춤, 도스토옙스키 소설 번역집》《초원, 체호프 소설 번역 선집》, 저서로는《러시아문학사》《러시아어, 이제 동사로 표현하자》가 있다.

카라마조프가의 형제들 1

1881년 오리지널 초판본 표지디자인

초   판 1쇄 펴낸 날 2022년 4월 20일
개정판 1쇄 펴낸 날 2024년 5월 10일

지 은 이   표도르 도스토옙스키
옮 긴 이   장한
펴 낸 이   장영재
펴 낸 곳   (주)미르북컴퍼니
자 회 사   더스토리
전   화   02)3141-4421
팩   스   0505-333-4428
등   록   2012년 3월 16일(제313-2012-81호)
주   소   서울시 마포구 성미산로32길 12, 2층 (우 03983)
E-mail   sanhonjinju@naver.com
카   페   cafe.naver.com/mirbookcompany
S N S   instagram.com/mirbooks

* (주)미르북컴퍼니는 독자 여러분의 의견에 항상 귀 기울이고 있습니다.
* 파본은 책을 구입하신 서점에서 교환해 드립니다.
* 책값은 뒤표지에 있습니다.